U0116005

福建師範大學文學院百年學術論叢　第三輯

# 十九世紀以來的福州方言

## ——傳教士福州土白文獻之語言學研究

陳澤平　著

# 第三輯
# 總序

三載以來，通過兩岸學者及出版界同仁的協力合作，《福建師範大學文學院百年學術論叢》在臺北已出版兩輯凡二十種，目前第三輯十種又將推出，我為之由衷高興。

朱子詩曰：「千里煙波一葉舟，三年已是兩經由。今宵又過豐城縣，依舊長江直北流。」(〈次韻擇之發臨江〉)他吟嘆的是人生履跡，我卻想藉以擬喻兩岸學術傳播交流的景況：煙海茫茫之間，矢志於弘揚中華文化的學人，駕一葉之扁舟，舉學術以相屬，僶俛努力，增進溝通，諸多同道，樂曷如之？今宵，我又提筆為第三輯作序，腦海中浮現的盡是福建師範大學文學院百年學術精品入臺後相繼產生的美好影響，以及兩岸學術交流更加輝煌的明天。

本輯所收論著，依舊如前兩輯的格調：辯章學術，融貫古今。

述古代文化者凡有四種：一是張善文《象數與義理》，考論歷代易學發展的主要流派；二是郗文倩《古代禮俗中的文體與文學》，溝通禮與文在特定意義上的關聯；三是歐明俊《唐宋詞史論》，從史的角度評騭唐宋詞作的蘊蓄；四是涂秀虹《明代建陽書坊之小說刊刻》，就版本範疇追考明代建本小說刊行的情貌。

論現代文學者亦有四種：一是鄭家建《透亮的紙窗（修訂本）》，為多層面的現代文學理論與個案研究；二是朱立立《臺灣及海外華文文學散論》，考察漢語文學在臺灣及海外的發展創新；三是余岱宗《現代小說的文本解讀》，參合審美風格對現代小說名著作出新的解讀；四是拙作《現代散文學論稿》，探討現代散文多樣發展的情形，乃亦忝列此間。

另有語言與修辭學專著兩種：陳澤平《十九世紀以來的福州方言——傳教士福州土白文獻之語言學研究》，考論福州方言在近代的歷史演變和話語特點；朱玲《意象·主題·文體——原型的修辭詩學考察》，從修辭詩學角度闡發文學原型的意蘊。

以上十種，合為論叢第三輯，與前兩輯相輔相成，共同呈示我校中文學科近年較有代表性的研究成果，並奉獻給臺灣文教學術界的同道，以相切磋研磨，以期攜手發展。

唐劉知幾云：「尺有所短，寸有所長。切磋酬對，互聞得失。」（節《史通》〈惑經〉語）無論是斗室間的師友講習，還是大規模的學術研討，劉氏之語仍然是今天頗可遵循的正確理念。當此全球化浪潮洶湧澎湃的關頭，如何不丟失我們五千年的學術文化，發揚傳統精華，滋培濟濟多士，實屬兩岸學者應相與擔當的歷史使命，也是本論叢陸續刊行的首要宗旨。

臺北萬卷樓圖書公司為論叢的編校出版付出辛勤工作，我們始終感荷於心，謹再次敦致謝忱。

汪文頂

西元二〇一六年仲冬序於福州

# 目次

## 附圖

# 第一章
# 傳教士與福州方言

## 第一節　十九世紀的福州鳥瞰

在這本書中，筆者打算研究十九世紀傳教士留下的福州方言資料。這項研究的基本目標之一是完成一個十九世紀福州方言的「調查報告」。只有先建立起這樣一個比較完整的歷史平面，才能再進一步，討論從那時起到現在福州方言發生了哪些變化，這是本書的第二個努力目標。「福州方言」在行文中有時也稱「福州話」，當我們需要特別指稱十九世紀的福州方言語料時，就借用「福州土白」（或「土白」）這個詞語，與「今福州話」對稱。

「方言」既是語言學的概念也是人文地理學的概念。通常的方言調查報告總是要先說明該方言分佈的地理位置、使用人口和行政區劃的歷史沿革等項內容。為避免與已有的資料重複，也鑒於我們這項「調查」方式和對象的特殊性，就以一個「鳥瞰」式的描寫來介紹十九世紀的福州。

十九世紀的福州城是什麼模樣？中國舊時代的文人似乎不屑於做這樣的缺乏文字技巧的寫實，只留下了一些虛實相間詠景抒情的格律詩，不能給我們提供足夠的信息。美國傳教士盧公明在一八五〇年來到福州，所著《中國人的社會生活》[1]對當時的福州作了細緻的描述。以下是該書「引言」中的幾段摘譯：

1 Justus Doolittle, *Social Life Of The Chinese* (New York: Harper & Brothers, Publishers, 1865). 陳澤平譯：《中國人的社會生活——一個美國傳教士的晚清福州見聞錄》（福州市：福建人民出版社，2009年）。

福州——幸福之州，是福建省的首府。福州城坐落在南北寬二十五公里的一個盆地裡，距閩江入海口約五十六公里，東京一百一十九度，北緯二十六度，比佛羅里達更靠南一些。根據鴉片戰爭後中國政府與英、法、美等國訂立的條約，成為開放通商和允許外國人居住的五個口岸城市中地理位置居中一個，南有廈門，北有寧波，從這裡到廣州和上海的距離差不多。

福州包裹在城牆中，有七個高大的城門，天亮開啟，天黑關上。從高聳的城門樓上可以觀察和控制城門的進出。城牆上隔不遠就有一個哨所。城牆六～八米高，四～六米厚，用石料和夯土築成，牆體內外兩面鋪石塊或磚塊，牆頭上有花崗石的垛口。城牆全長約十一公里，牆頭上可以行走，乘轎子轉一圈可以觀察到多姿多彩的市區內外景象。出了城門就是郊區，南門外的郊區約有六公里廣闊，當地人稱為「南台」。東門、西門和西南門外也都有廣闊的空間。北面三個城門，尤其是靠東的兩個的城外居民區很小，也不很重要。

城裡城外的居民人口從來沒有準確的統計數字，幾年前，中國官員告訴英國領事，城內居民數是五十萬。城外居民的人口至少與城內居民一樣多，連同數量龐大的水上居民，總人口數估計在一百萬左右大概不會離事實太遠。

福州是跟廣州一樣的第一等大城市。它不僅是福建省巡撫的衙門所在地，而且也是閩浙兩省總督的駐節地。福州是個「府」，這個詞綴表明它是個核心城市，跟寧波府是同一個等級。福州還是閩縣和侯官縣兩個縣衙門的所在地，城內從南到北的一條界線劃分出兩個縣治範圍。城裡還住有很多文武高級官員，包括滿族將軍，他的品級與總督相當，還有省布政使、巡按使、鹽道、糧道、學政等。福建省的面積超過十三萬七千平方公里，根據一八一二年的數字，人口一千四百五十多萬。

一八四二年的統計數字是兩千五百萬。福州是全省的政治、經濟、文化中心。城裡居住著數量眾多的等候具體任命的候補官員，還有很多從全國各地的官府衙門退休還鄉的前官員。

福州還是一個重要的文教中心。學政等官員住在這裡，本地獲得科舉功名的讀書人為數眾多。全福建省、包括臺灣島的生員如果要參加每五年舉辦兩次的鄉試，都得集中到福州來考。每次舉行這樣規模浩大激動人心的考試，總有六千至八千的應試者。

外國輪船停泊在離福州十六公里外的閩江下游，那一片水域中的一個小島，島上有一個寶塔[2]，所以叫做寶塔錨地。從那兒往上，水位就太低了，大船無法安全行駛。郵輪至少每兩週一次駛達寶塔錨地，換有經驗的水手駕駛的小船將郵件送到福州。常常可以見到二三十艘來自不同國家的輪船停泊在那個水域裝卸貨物。大輪船就趴在江中心不動，貨物用小船載著穿梭於通往福州碼頭的閩江航道。

閩江口擋著一座山——不像上海的揚子江以及大沽的白河入海口那樣通暢，更不像渤海灣的天津港。外國輪船上的引水員只能把船開到江口，換上當地的引水員把船引到寶塔錨地。閩江兩岸都是高高的丘陵，樹卻很少。許多山坡層層梯田一直到頂，在春夏兩季呈現出奇特的有趣景觀。外國人總是十分欣賞從閩江口到寶塔錨地這一段水路的浪漫情調。歐洲遊客往往將這裡的景色與瑞士的獨特風光相提並論，美國人則常常會以紐約州的哈德遜河流域的美景來比較。

閩江在福州上游約十二公里處分為大致平行的南北兩股支流，又在離馬尾不遠處匯合後流入大海。福州處在北支的北岸。兩

2 譯注：即馬尾羅星塔。

支流之間夾著一塊長達二十四公里的肥沃河洲，最寬處達到六公里。從馬尾到福州的航道走北面的支流，約一半路程處右邊岸上有一座山，叫做「鼓山」，高約七百米。半山腰上有一座著名的大寺廟——湧泉寺。在炎熱的夏季，寺中的氣溫常要比盆地中的市區低八～十華氏度，那裡是中外人士常去避暑的勝地。該寺院得名於山上一泓清冽的泉水。寺裡有百來個和尚整日念經打坐，研習佛法，做例行的佛教儀式。在夏季晴朗的日子裡，從山頂或山的一側俯瞰，無數河流港汊縱橫交錯，數十個村落散佈在廣闊豐茂的田野上，景色美不勝收，令人終生難忘。

過了鼓山乘船繼續前行，遠隔五、六公里，就可以望見江北福州城內南門附近的兩座塔和城市最北端的望海樓。江南岸的外國洋行和英美等國領事館上飄揚的旗幟也漸漸進入眼簾。外國商行和外國商人、外交官、傳教士的住宅是西洋風格的建築，與周圍中國人的店鋪、民居形成鮮明的對比。與市區隔江相望的南岸小山頂上，美以美會的禮拜堂和英國聖公會的教堂的鐘樓尖塔清晰可辨。

市區邊上的閩江江中有一個人口密集的小島，叫「中洲」。著名的「萬壽橋」（也叫「大橋」）將之連接到江北岸。「萬壽橋」始建於八百年前，四百米長，四米多寬。共有約四十個堅固的粗花崗石橋墩，橋墩兩頭呈楔形，橋墩之間的距離長短不等。大量的石材用於構築橋身，其中有些差不多一米寬，長達十四米，橫跨在相鄰的橋墩之上充當橋樑，其上再鋪石板路面。橋面兩側有粗大的石護欄，石頭的橫欄與立柱以榫眼相接。以前部分橋面上有人擺攤設點做生意，這種情況一直到八年前才結束，現在只供行人往來和貨物運輸。連接中洲島和閩江南岸的橋叫「倉前橋」，建築結構與大橋相似，但只有大橋的四分之一長。駁船和牽引船可以從大橋下面駛過。來自寧波、廈門一帶的舢板就停泊在大橋和中洲島旁邊。沒有固定往返兩岸的渡輪，但大橋兩側都有很多小木船可以隨時雇傭，過江一趟只要幾文錢。每天從早到晚都有很多行人和轎子在橋上穿行，苦力挑夫來回運送貨物。西北方向上約十公里的上游還有一座大石橋，叫「雲山橋」[3]，其建築結構跟大橋相似。橋在群山疊嶂襯托下，構成美麗的風景。

外國僑民基本上都住在閩江南岸的江濱小山坡上。站在山頭眺望，東面遠處矗立著鼓山，江水從山腳下蜿蜒而過，江面上舢板漁船風帆點點。朝北望，福州市區收入眼底，白塔和望海樓歷歷在目。從市區到江邊的半道上，可以看到一座美部會教堂的屋頂。城內的烏石山十分顯著，更近一些的郊區有大廟山，和幾座高大的洋行建築。西北方向的江面上有許多舟楫往來，背襯遠山，風景絕佳。

一八五三年之前，儘管在停泊於閩江口附近的外國商船上進行的鴉片貿易不斷擴大，福州口岸合法的對外貿易額微不足道，沒有絲綢從福州出口，也沒有任何茶葉通過福州出口。這一年春季，一家名叫「拉塞爾」的美國公司使福州一躍成為紅茶出口的重要口岸。該公司派中國買辦到閩西北購買了大量茶葉，用小船順閩江運到福州，裝上外國貨輪直接運往國外。當年共有十四艘外國貨輪來到福州運茶。到一八五六年這個數字擴大到一百四十八艘次。

以茶葉為主的商品從福州銷往國外，進口的是鴉片、棉花、羊毛製品等貨物和銀子。一八六三年度截至十二月三十一日，從福州輸入中國的貨物總值達一〇五〇萬美元，其中五百萬為鴉

---

3　譯注：即洪山橋，福州方言「雲」「洪」同音。

片。福州和其他港口之間也有大量的商品交易，包括奢侈品和生活必需品。從臺灣和暹羅進口了大量大米；從閩西北沿閩江運來大量木材和紙張，再從福州分銷到南北沿海港口。福州每年還出口大量的乾果和蜜餞。十多年前，福州碼頭常可見數百艘舢板在裝卸貨物。近年來，商人更願意雇傭更快、更安全的外國輪船來運送貨物。內河運輸的本地小船差不多都改停泊到江對岸去了。

福州城牆內有三座小山，兩座在城南，一座在城北，所以文辭上福州又稱為「三山」。福州城區及周邊到處都生長著大榕樹，所以也稱為「榕城」。這裡的榕樹很少像印度榕樹那樣氣根落地再生根，而是像一部長鬚那樣從樹枝上垂下數尺，隨風飄拂，中國人就把氣根叫做「榕鬚」。榕樹枝葉繁茂，一株大樹的樹蔭覆蓋範圍直徑可達四五十米。

市區內外的街道都很骯髒而且狹窄，往往只有西方國家的街旁人行道那樣的寬度。有些主要街道的狹窄處兩頂轎子無法交錯而過，相遇時一頂轎子必須後退，找到可以容身之處，讓另一頂先通過。許多商家都擠佔街道擺放一個一尺多寬的可移動店招，使得路面更加擁擠不堪。店鋪都出簷很長，且不設簷槽，下雨天屋頂的雨水就直接傾瀉在街道中央。下大雨的時候，行人即使打著傘也難免全身濕透。

福州的大小商店都沒有玻璃櫥窗。商店的門面是插在上下兩個槽中的活動牆板。這些牆板編了號碼，取下再裝上時不會弄錯。晚上打烊插上牆板，再從內部頂上門閂。早晨取下來，把店鋪完整呈現在來往的行人眼前，同時也獲得必要的店內採光。在風雨交加的天氣裡，大風往往夾著雨水侵入店內。在寒冷的冬天，店員和顧客都要暴露在料峭寒風之中。店內迎街橫擺一個四尺高的櫃檯，只留下一個狹窄的通道。

街道路面鋪花崗石板，上下坡的地方鋪石階。因此，即使街道足夠寬，也無法使用車輛。運送貨物和笨重的家具只能肩挑手提。五十公斤左右的東西，分作均衡的兩份，套上繩子，掛在四五尺長的槓子兩頭挑著走。扁擔只能直著走，如果橫過來，就會擋住整條街道。太重或太大的東西一個人沒法挑，就掛在竹槓中間，兩個人或更多人抬著走。有的時候，需要搬動的東西特別重，要八人、十六人、甚至更多的人一起抬。也有的時候，重物就直接扛在肩頭，或馱在背上，雙手托住。

鄉村的道路更狹窄，不適於人力車或畜力車通行。鋪了石板的路面，只夠讓兩人並肩行走。驛道上每隔五里或十里有個供旅行者及轎夫歇息的地方。中華帝國的這塊地方沒有收通行費的關卡。陸路旅行只能步行或乘轎子，老百姓的轎子由兩三個轎夫抬，一定級別以上的官員乘四抬大轎。低級的武官和高級文官的隨從人員可以騎馬，這裡的一般百姓從來沒有騎過馬。每當有人騎馬經過擁擠的街道，總要有個隨行人員在前面叫著「馬來了！馬！」，催路人及時避讓，否則會有很多事故發生。

福州的民居一般都是單層的木屋，結實的磚房很少見。屋頂都使用窯裡燒出的黏土瓦片覆蓋，不用木片瓦也沒有鐵皮屋頂。地面通常是黏土、沙和石灰混合的三合土築的，如果工藝得當，這種材料的地面也很結實光滑。也有一些房子的地面就是夯實的泥土。即使是一些比較好的房子裡，木地板也是很粗糙的，沒有刨光，高低不平。沒有人用地毯，也很少人在地上鋪席子。房間通常沒有天花板，頭上就是瓦片屋頂。有很多家庭住在約兩丈長七八尺寬的船上，小孩子在船上出生、長大，也在船上結婚直至老死。

普通民居通常有木頭的窗戶，即使是有錢人家裡窗戶也不裝玻璃。有的人家的窗戶上巧妙地鑲嵌了成排的半透明貝殼。當需要光線時，木頭窗戶就部分或完全打開。夏季通風也需要打開窗戶。

這些房子裡沒有任何如西方國家的壁爐、取暖爐等在冬天取暖的設備，門窗的禦寒功能也很差，往往不能密閉。福州人的冬季禦寒方式只是多穿衣服，隨著入冬氣溫下降，衣服越穿越多。由於房間內沒有人工取暖設施，人們經常隨身攜帶小手爐，裡面放著燃燒的木炭或焦炭，不時地烘一烘。

東北方向的城門外有好幾個溫泉澡堂，一些有頹廢傾向的中國人常到那地方去。附近的澡堂可以用幾文錢洗個澡。在一個用石壁圍起來澡堂裡可以看見十來個人泡在裡面，熱水浸到齊胸高。在市區內的烏石山上和南郊的大廟山上都建有祭天地的祭壇。政府的高官每年兩度到山上祭拜天地。每年農曆九月九，山上擠滿了放風箏的人。

福州的居民與西方人的一般情況比較起來，身材矮一些，脾氣溫和，表情羞怯。他們不像華南一些地方的民眾那樣狂暴、嗜血、膽大妄為。你會經常在街頭看見他們憤怒地叫罵，激烈地爭吵，但很少會揮拳相向。他們也和其他地方的中國人一樣驕傲、自信，以輕蔑的態度對待外國人。他們習慣於用帶小稱後綴的詞語把外國人稱作「番仔」——外國小孩，而且用這個詞的時候總是帶著一種極度嘲諷的語調。不過這也還算好了，不像廣東人那樣叫「番鬼」——外國的魔鬼。他們自己幾乎沒有例外地是黑頭髮、黑眼睛，注意到外國人的頭髮眼睛顏色不同，所以也經常稱外國人為「紅毛」、或「藍目」，儘管外國人的頭髮也可能是白的，眼睛可能是灰的。反正中國人屬於黑頭髮種族，所有的外國人都屬於「紅毛國」。

福州城的東部和南部一片區域提供給駐防的滿族八旗人居住，但沒有設圍牆把旗人與漢人隔開。這塊區域內有些房子後來又

> 賣給了漢人，因此也還有漢人間雜居住在那裡。目前居住在福州的滿族人口約在一萬人至一萬五千人之間。他們不受漢族官員管轄，只服從八旗軍官。所有的滿族男人都隸屬於軍隊，但每月領取餉米的在冊士兵只有一千人。旗營士兵的餉額是固定不變的，死一個補一個。這些士兵只是駐守福州，不離開福州去外地執行任務，平日各自住在自己家裡。他們的時間主要用於練習騎馬射箭或用火繩槍打靶。直到不久前還沒有任何旗人參與營利性的商業活動。但近來，迫於貧窮，也有少數人開起了小店，賣一些最普通的日用雜貨。他們相互交談基本上是說漢語官話，雖然其中一部分人也懂滿語，絕大多數也會說當地的福州話。文化學習不是旗人的長項，近年來致力於研讀漢語書籍的人比過去要多一些。整體上說，旗人懶散、無知、自高自大。
>
> 作為征服者，滿族人以主子、老爺的身分淩駕於漢人之上，對待漢人傲慢無理。這是很自然的，幾乎無可避免。兩百多年前，滿族人強迫漢人接受他們的民族傳統改變髮式，因此現在福州男人不論滿漢都剃了額髮，腦後梳同樣的髮辮。滿族婦女不像當地的漢族婦女那樣纏小腳，她們身材較高大，顯得更高貴，行動更為自如。滿族的男性也比當地漢人更為高大強壯。滿漢兩族不允許通婚。

以上的摘譯片段給我們一個從外部觀察福州面貌的印象速寫。任何一個有心的旅行家在十九世紀中期來到福州盤桓一段時間，看到的景象大概就是如此。而在今天的福州居民看來，這幅圖景既熟悉親切又有些陌生、有些隔閡。

既熟悉親切又有些陌生、有些隔閡。這也正是筆者閱讀福州土白資料時的語言感受。

## 第二節　英語與福州方言的接觸

一八四四年七月簽訂的《望廈條約》第十七款規定：「合眾國民人在五港口貿易，或久居，或暫住，均准其租賃民房，或租地自行建摟，並設立醫館、禮拜堂及殯葬之處。」第十八款規定：「准合眾國官民延請中國各方士民人等教習各方語言……並准其採買中國各項書籍。」[4]

在《望廈條約》簽訂不到兩年半的一八四七年一月二日，美國海外傳教會（美部會）的 Stephen Johnson（楊順）牧師乘販賣鴉片的商船從閩江口進入福州，在閩江中的中洲島上了岸。

一八四七年九月 L. B. Peets（弼來滿）偕夫人，和來自美以美會的 M. C. White（懷德）偕夫人以及 J. D. Collins（柯林）作為第二批人員也抵達福州；一八四八年四月美以美會又派來 H. Hickok（喜谷）夫婦和 R. S. Maclay（麥利和）；五月，美部會的 C. C Baldwin（摩憐）偕夫人，S. Cummings（簡明）偕夫人，W. L. Richards（曆浹）抵達。J. Doolittle（盧公明）攜夫人於一八五〇年五月抵達。

從一八四七年九月至一八五一年，美國傳教士連同他們的妻子共有二十七人來到福州。[5]一八四七年至一八八〇年之間，派遣來到福州的英美傳教人員有九十六人。[6]除了上述的兩個來自美國的教會組織，在十九世紀，還有來自英國的安立甘（Anglican Church）在福州進行傳教活動。

4　王鐵崖主編：《中外舊約章彙編》（北京市：生活・讀書・新知三聯書店，1957年），冊1，頁54。轉引自吳義雄：《在宗教與世俗之見》（廣州市：廣東教育出版社，2000年），頁115。

5　Ellsworth C. Carlson, *The Foochow Missionaries, 1847-1880* (London: Harvard University Press, 1974), p.9.

6　林金水主編：《福建對外文化交流史》（福州市：福建教育出版社，1997年），頁395-401。

當時的福州地方官府對西方傳教士的到來並不歡迎，最初不讓他們在市區所在閩江北岸落腳。但在朝廷對列強軟弱無力的大環境下，官府對傳教士的頑強努力也無可奈何。傳教士的立足點和活動範圍逐步擴大。一八五〇年在閩江南岸的保福山購置了地產，建起寓所。一八五三年建立了寄宿學校，起初規模很小，男女生兼收。一八五六年倉山的天安堂和台江茶亭的真神堂兩座頗有規模的禮拜堂相繼建成。一八五九年又在城內設置了佈道所，在倉山辦毓英女校，建立美華書局。到一八六〇年已有五十六個當地人受洗入教。[7]歐美傳教士到亞洲各處宣講佈道，發展教徒，籌建教堂，辦學辦醫館，由點及面逐步擴大新教區，手段和過程都差不多，這些我們留給歷史學家去研究。我們關心的是來到福州的傳教士學習、研究和使用福州方言的史實。

傳教士抵達福州之後，最緊迫的任務就是學習福州話。這不僅是傳教的需要，也是在當地生存的需要。在當時的福州，不僅沒有人懂英語，絕大多數民眾連官話也不懂。楊順在曼谷時曾學了一些閩南話和一些官話，但在福州一上岸，他發現這兩種漢語在福州全用不上。幾天之內，他就開始跟著一個當地的教師學習福州話。這是歷史上福州話與英語的首次接觸。隨著這種語言接觸的擴大和深化，產生了一批以英語為工作語言，記錄、描寫福州方言的文獻資料。自此，這樣一種有上千年歷史的漢語南方方言進入了歐美語言學家的視野。

我們可以擬想當時的狀況。一批洋人到了福州，找到了可以來教他們說福州話的教師後，在雙方沒有共通語言，並且沒有任何雙語教材、工具書的情況下開始教學，其艱難的程度可想而知。靠著對傳教事業的熱忱和基督教徒的堅忍精神，他們度過了最初的難關。Collins在他的報告中說，教師每天從早上八點到下午五點來輔導。他們的學習目標首先是日常口語，學習從最簡單的口語詞彙開始。剛開始時只

7　林金水主編：《福建對外文化交流史》（福州市：福建教育出版社，1997年），頁393。

能用手指實物或手勢比劃說明詞義，然後逐步過渡到用已經掌握的詞來講解新詞。[8]

這些受派遣來到遠東的美國傳教士都受過良好的教育，至少還掌握拉丁語或其他一兩種歐洲語言，有學習第二語言的經驗和一般的語言分析能力，這是他們學習和研究漢語方言的有利條件。歐洲語言文字的字母拼音法是掌握一種新語言的利器。很自然，他們學到的每一個新詞都要用字母拼音的方法記錄下來。最初的記法只是為了說明記憶，可能並不系統，也不完全準確，而且各個學習者自發的記音也不完全相同。記音在實踐中逐步完善，終於自然地形成較系統的音位標音法。學到的新詞這麼記錄下來，並用英語附記了所表示意義，積累多了，按音序一排列，就是詞彙表，形成了詞典的雛形。這大概就是在許多傳教區，都先後編出了漢英雙語的方言詞典的原因。正如他們在回憶錄中說的，編寫方言詞典最初只是為了自己更好地學習掌握當地方言。

受命派往一個新的語言區的傳教士得到的指令就是學習當地語言並且把《聖經》翻譯為當地語言。在一個陌生的國度用一種陌生的語言傳教，在街頭散發《聖經》一直都是傳教士主動接觸潛在皈依者的基本手段，至今還是如此。所以來到遠東的傳教士們幾乎在開始學習一種方言的同時，就努力嘗試把《聖經》的章節逐步譯出來。只要能譯出來，就迫不及待地印刷散發，這是開拓新傳教區工作的第一步。有了一定的積累之後，俟時機成熟，成立一個委員會，修訂出版完整的《聖經》譯本。

傳教也是幾代人前赴後繼的事業。局面打開後，就要逐漸擴大規模。因此有新的傳教士源源不斷地加入這個行列。在語言學習方面，

8 Ellsworth C. Carlson, *The Foochow Missionaries, 1847-1880* (London: Harvard University Press, 1974), p.16.

先行者有義務為後來者提供幫助。他們很快就著手編寫學習當地方言的入門教材和字典類工具書。這些教材和字典也適合在當地工作、經商的其他外國人的需要，流傳甚廣，成為第一批描寫、記錄當地方言的資料，被西方的一些研究機構和圖書館收藏。

學習一種陌生語言的過程是艱苦的，但也有一種探索未知世界的樂趣。在遠離歐美文化的陌生環境中，傳教生活的內容難免有些單調，這種受到教會鼓勵的學術探索也未嘗不能成為一種調劑精神的智力遊戲。當然，傳教士們未必同意筆者的這種說法，這只是我們在研讀他們描寫、討論、分析方言的精彩論著時得到的感受。因為如果僅是為了學說話、佈道，似乎沒有必要那樣執著地分析到語音的精微之處，也沒有必要把可能永遠也用不著的字詞一一納入他們編撰的方言語彙集或詞典中。

## 第三節　傳教士留下的福州方言文獻

十九世紀的福州傳教區有一個突出的特點：這裡的傳教士勤於著述，出版物特別豐富。美以美會把福州作為在中國乃至整個東南亞地區的旗艦傳教區，在這裡設立了專門的出版印刷機構——美華書局。一九五九年在福州倉前山興建了四層的印書局大樓，購置了先進的印刷機械和中英鉛字數副，「以印華英合參之書」，「專為發行教會之書籍而設」。所謂「教會之書籍」不僅是與講經佈道直接相關的圖書，如《聖經圖說》、《救世道問題》、《榕腔聖經》、《新約串珠》、《牧師之法》等，還有很多從西文翻譯過來的科學史地方面的教會學校用書，以及教會的會議記錄、文檔和一般社會教育的小冊子等。

在福州傳教士的著述和福州美華書局的出版物中，我們感興趣的是使用或關於「福州土腔」的那一部分。以下介紹筆者見到的幾種十九世紀美英傳教士所做的福州方言文獻資料：

# 一　《福州的中國話》

一八五六年七月的《基督教衛理公會季度評論》上發表 M. C. White（懷德）牧師的《福州的中國話》[9]（*The Chinese Language Spoken at Fuh Chau*）。普林斯頓大學圖書館藏有抽印本，加裝的硬皮封面上的書名為《漢語口語》（*CHINESE SPOkEN LANGUAGE*），三十二開本，共有四十四頁。

M. C. White（1819-1900）生於美國紐約州一個叫 Oneida 的村子。二十二歲進入 Weleyan 大學學習，四年後畢業。一八四七年，他作為美國基督教衛理公會第一批派遣來華人員來到福州傳教兼行醫，一八五三年回美國。後出任耶魯大學教授。White 就是屬於那種語言天賦特別好的人。據他本人的自傳，他一到福州，就雇請了兩個當地的教師開始學習福州方言。除了每天花數小時學習漢字及其福州方言讀音，還經常走街串巷，跟當地人交談，學習口語。很快，他就在中國教師的幫助下，試著以福州話口語翻譯《馬太福音》，「用方塊漢字來表示方言口語裡的音節和詞語」，於一八五一年出版，結果受到歡迎。這是第一種用福州話翻譯的《聖經》讀本。[10]

《福州的中國話》是幫助英語背景的初學者學習福州話口語的導論性教材，於一八五六年他回到美國後發表。這部著作應該是最早的全面描寫福州方言的資料，是一系列西方傳教士研究記錄福州方言的濫觴。

和這個時期的同類著作一樣，White 是直接從英語的視角觀察描

9　M.C.White, 1856, *The Chinese Language Spoken at Fuh Chau*, Methodist Quaterly Review For July, 1856.

10　美國基督教衛理公會檔案微縮膠片。Moses Clark White, Photocopied from the United Methodist Church Arohives-GCAH.

寫福州話。這本著作雖然篇幅不大，但結構上相當完整，包括語音、語法和一部分常用詞語。

語音部分按照《戚林八音》的框架，設計了拉丁字母的拼寫方案，並結合字母的用法，為各個聲母和韻母都做了簡單的描寫說明。除了描寫單字音聲調，也粗略地描述了連讀變調以及城鄉口音在連讀變調上的主要差異。十五年後，R. S. Maclay 和 C. C. Baldwin 編《福州方言拼音字典》和《榕腔初學撮要》基本上沿用了懷特的標音系統，甚至連描寫語言也大體上照搬了，當然，在很多細節上有了更詳細豐富的說明。

大體上可以這麼說，在十五年後出版的《榕腔初學撮要》是以四、五倍的篇幅擴充豐富了 White 的這本《福州的中國話》。

## 二　《福州方言拼音字典》

一八七〇年由福州美華書局出版的《福州方言拼音字典》（*The Alphabetic Dictionary in the Foochow Dialect*）影響最大，在一八九七年和一九二九年兩次修訂再版。編者是 R. S. Maclay（麥利和）和 C. C. Baldwin（摩憐）。

R. S. Maclay（1824-1907）的中文名字又叫摩嘉立，生於美國賓夕法尼亞州。一八四五年畢業於 Dickinson 學院，獲神學博士學位，次年進入基督教衛理公會（美以美會），一八四七年十月派遣到福州傳教。他是把《新約全書》翻譯成福州話的委員會成員之一，曾擔任福州差會的總監和司庫。一八七二年調任日本教團的總監和司庫，其間擔任日語版的新約全書翻譯委員會成員，一八八一年作為日本差會的代表出席了基督教衛理公會倫敦大會。於一八八一年協助創辦了福州的英華學院，一八八三年和一八八四年先後在東京協助創辦了英日學院和 Philander Smith 神學院，擔任英日學院的首任校長。一八八四年受命前往朝鮮，獲得高麗國王的許可在朝鮮傳教。一八八八年回美國加州創辦以他的名字命名的神學院並自任院長。[11]

C. C. Baldwin（1820-1911）生於美國紐約州，就讀於當地學校，一八四八年受美國海外傳教會派遣，攜妻子來到福州傳教，直至一八九五年告老回鄉，一九一一年在紐約家中去世。他在福州生活了近半個世紀，其間只在一八五九年、一八七一年和一八八五年短期回國。除了《福州方言拼音字典》和《榕腔初學撮要》，他的著述僅限於將《聖經》和教義問答翻譯成漢語。[12]他沒有顯赫的學歷和職業生涯，但顯然是那個時期在福州生活工作得最久的外國傳教士。到一八七〇年編著出版《福州方言拼音字典》（以下簡稱《字典》）的時候，他已經在福州過了二十二年的傳教生活，可以推斷他對福州方言是精通的。

《字典》大體上沿用了 M.C.White 創制的福州話字母符號系統，在「緒論」中對當時福州音系做了較為詳細的描寫說明。描寫聲調顯然是西方人最感棘手的部分，編者特意直接引用了 White 的描寫和另外一個傳教士 Charles Hartwell（夏查理）對福州話聲調的專題研究報告。Hartwell 對福州話的每一類的調值都從音高、音質變化、音強變化、是否曲折和音長五個角度加以考察，其細緻程度在某些方面甚至超過了我們現在熟悉的五度標調法。

《字典》正文部分的編撰顯然倚重於「緒論」中一再提及的《戚林八音》，估計編者是依靠當地的塾師，參照《康熙字典》對《戚林八音》進行整理、增補，加上拉丁字母拼音後重新按字母順序排列。拼音字母形式相同的按福州話聲調順序排列。每個條目以漢字出字頭，字頭的福州話調類直接用發圈法標在漢字的四角。該字的威妥瑪官話拼音附在字頭下方。釋語用英文解釋了字義之後再羅列有關的常

11 《美國人名詞典》第一卷，一九六六年第六版。*Who Was Who in America*, Vol. I (1897-1942). Chicago, Illinois: Marquis Who's Who, Inc., 1943.022 (6th printing, 1966).

12 《紐約時報》（*New York Times*），1911年7月21日，第7版專稿。

用詞語，並都加以英文對譯。詞語分為三類：緊跟著字義解說的是書面語詞語，其中包括引自四書五經的片段；其次在「COM.」（通用）標記下羅列在書面語和口語中通用的詞語，而且包括許多專門術語和書信套話；最後在「COLL.」（土白）標記下羅列那些往往不能用漢字完整寫出來的方言俗詞語。

所有的詞語在正文中都只寫福州話拼音形式，能寫出漢字的或以註腳方式列在頁面的底部。由於這部字典有了拼音方案，方言中「有音無字」的語素也都可以收集起來。或以拼音形式出字頭，排列在相應的音序位置上，或附錄於其他相關的字頭之下。這是它很大程度上優於傳統方言韻書《戚林八音》的地方。據編者自己的統計，這部字典共羅列了九百二十八個福州話的基本音節（不分調）；有字的「目」八千三百一十一條，寫不出漢字的「目」一千兩百四十二條，（其中很多實際上有字可寫，是「字」的白讀音）附在各字目下的詞語共三萬多條。

這部字典的編寫質量在同類的傳教士方言詞典中屬於上乘。在一八九七年出了第二版，一九二九年出了第三版。從第二版開始更換了幾個母音字母的形體，把發圈法的調號更換為音節主母音字母上方的符號，版式上也作了調整，而內容基本上不變。高本漢的名著《中國音韻學研究》中，福州方言的資料均取自這部字典。它對於我們了解一百多年前福州話的音系和詞彙面貌，以及一個多世紀以來福州話語音詞彙的演變發展具有重要的參考價值。

這部厚達一千一百〇七頁的《字典》內容相當豐富，是我們整理十九世紀福州方言的「音節全表」、「同音字彙」和「語彙表」的主要依據。在本書相關章節裡，還要繼續介紹說明有關的細節。（參看卷末附圖）

# 三　《榕腔初學撮要》

《榕腔初學撮要》（*Manual of the Foochow Dialect*）於同治十年（1871）由福州美華書局出版。三十二開本共兩百五十六頁。

該書英文扉頁上署名作者是 C. C. Baldwin，而中文扉頁署名摩嘉立（即 R. S. Maclay），與英文扉頁不同。根據 Baldwin 署名的「前言」，這部書的實際編寫者還包括他的夫人。Baldwin 太太負責的部分是第二章、第五章和第六章的大部分內容。Maclay 則只編寫了第三章。

從全書的內容及體例來看，可以肯定《榕腔初學撮要》（以下簡稱《撮要》）是從 White 的《福州的中國話》擴展而成的。Baldwin 在序中說明，該書第一章對福州話語音的描寫及標音方法的說明基本上是從《字典》上照搬的，既然是同一作者在同一時期的著作，這是很自然的。他還說明，《撮要》中分類羅列的詞彙，除了商業詞彙和部分其他行業詞外，差不多都能在《字典》中找到，作者希望這樣能夠讓兩書相得益彰，給讀者更大的方便。《字典》中有些無字可寫的口語詞只有其拼音形式，《撮要》都儘量配上了漢字。不過有些詞語在《字典》和《撮要》中所配的漢字不同。

《撮要》共分七章。第一章的內容分語音和語法兩個部分，前者已見上述。語法部分介紹詞類，分冠詞、名詞、代詞、形容詞、動詞、副詞、介詞、嘆詞、語氣詞九類分別羅列，末了還有一個關於兼類詞的簡單說明。作者其實是用英語的詞類來套福州話，在英語教學語法的框架中羅列福州話中跟英語各類詞對當的成分。「動詞」一節也介紹時、體、態、式等範疇的表達方式。

第二章介紹「短語」（phrase）。按照會話的內容和場景羅列相關的常用短語和短句子。內容很雜，但語料相當真實。每一小節列舉十來個句型相似或內容相關的短語，以英文出條，配上對應的福州話，不做解釋說明。

第三章「商業」，羅列商業詞彙，包括貨物名稱，商業活動的行業語和商業場景中的簡短的對話。這一章的編寫者是 Maclay，體例與前兩章明顯不同。特別是對話部分中的很多語料看來是從實際商業場景中記錄下來的口語，用拼音記錄，所配的漢字往往與拼音不符，是用書面語替代。

第四章「宗教、文學、政府」，分項羅列有關的專有名詞和術語。這一章的內容像是百科詞典，對羅列的每個詞語都有英語的解釋說明。這些詞語以及前一章的貨品名稱基本上都屬於漢語書面語。這些內容對於學習漢語的外國學生來說也許是重要的，但從方言學的角度看，其語料價值不高。

第五章「雜集」，羅列封閉類的詞彙，包括：（1）數詞，（2）序數，（3）度量衡單位，（4）量詞，（5）外國地名，（6）中國省名，（7）中國府名，（8）福建省內各府名，（9）福州府內各縣名，（10）沿海通商港名，（11）天干地支及中國朝代，（12）親屬稱謂，（13）社會稱謂。

令人感興趣的是該章最後還附了一份兩字組的調類組合練習表，按順序排列各種調類組合的詞語，共四十九組，每組七個詞語。注音仍然只注本調的調類，沒有說明應該怎麼變，只讓讀者參照第一章中的說明練習發音。

第六章是第二章「短語」裡包含的詞彙集釋，即將短語短句中使用的詞，大多數是單字，按音序排列，加上簡要的英文注釋。

第七章「英漢詞彙」，羅列英文常用詞彙，按英文的字母順序排列，配上對應的福州話詞，這一部分不限於本書已見過的詞語，只是一個簡明的「英文～福州話」對照詞表。

《字典》和《撮要》僅相隔一年先後出版，兩部著作的內容互相參照，對當時的福州方言的語音、詞彙、語法諸方面做了全面的描寫記錄，其詳細程度（至少在收詞數量和語法例句方面）甚至超過了當

代的許多方言調查報告和方言詞典。(參看卷末附圖)

《撮要》出版後一直是洋人學習福州話的標準入門讀物,經歷了時間的考驗。一九〇二年,初版售罄,又在福州印行了該書的第二版以應付讀者的需求。第二版改名為《福州方言手冊》(*Handbook of the Foochow Dialect*)的第一卷,只包含原書內容的第一、四、五章,音標符號替換成與第二版《字典》相同的系統,版式上做了相應的調整,將原來夾在英文中的漢字書寫移到每頁的下端。出版者是 W. H. Lacy。

《撮要》是我們重新描寫說明十九世紀福州話語法特點的主要資料來源。

## 四 《福州方言入門二十課》

一九〇四年出版了 C. S. & A. E. Champness 夫婦編寫的 *A Manual of the Foochow Dialect in Twenty Lessons*(暫譯為《福州方言入門二十課》,簡稱《二十課》)。據作者在「前言」中的說明,《二十課》的體例完全是模仿當時很有影響的漢語官話課本《英華合璧》(*The Premier of the Mandarin Dialect*),其作者是中華內地佈道會的鮑康寧(F. W. Baller)。Champness 說:「在本書的某些地方由於方言的差異,不得不做些調整,大部分內容亦步亦趨地模仿《英華合璧》,差不多可以說是鮑康寧著作的福州方言版。」作者在前言中還提到,「許多受聘而來的中國教師對本書做了有價值的貢獻,我們家中的僕人們也經常提供很好的諮詢意見,告訴我們在兩種或更多種說法中哪個更為常用的。以他們的話來說,即哪種說法『故平』(更自然)」。

《二十課》的教學重點是詞彙和語法,沒有語音部分的教學內容。每一課都分為「課文」和「練習」兩個部分。每一課的「課文」先列出二十個左右的常用詞,包括漢字、音標、英文對譯。然後以這些詞語為材料講解十條左右關於構詞、造句以及語用方面的知識。「練習」部分再補充一些詞語後，就是相關句型的英譯漢、漢譯英的練習。全書末了附有各課練習的參考答案。（參看卷末附圖）

《二十課》出版的年代相對較晚了一些，但課文和練習部分包含了較多的完整句子，我們在句法描寫中選用了其中的一些語料來補充《撮要》的不足。《二十課》與《撮要》的編寫年代相隔了世紀之交的三十多年，兩書中的一些語料差異可能提示語法演變的線索。

## 五　《英華福州方言詞典》

也是由福州美華書局出的《英華福州方言詞典》（以下簡稱《英華》）問世於一八九一年。英文原名是 *An English-Chinese Dictionary of the Foochow Dialect*，編者為 T. B. Adam（亞當）。三十二開本三百二十頁。作者生平不詳，只知道他是稍晚來到福州工作的傳教士兼醫生。作者在簡短的前言中說明：本書只是 Baldwin《閩腔初學撮要》第七章「英漢對照詞表」的擴展，除了標音符號的兩處替換之外，沿用了《撮要》的音標系統和對語音的描寫。

《英華》以英文字母為序，列九千餘條英文單詞，配上相應的福州方言詞語，同義的詞語依次排列。福州方言詞全部只寫拼音，全書不見方塊漢字。聲調用發圈法注單字的本調。這樣只標單字原調的做法和《字典》、《撮要》是一脈相承的。

這部詞典在今天的參考價值首先在於它的編排和檢索方式。我們可以將立目的英文單詞作為按詞義檢索的嚮導，從中翻檢所需要的方言詞語。但缺陷也是明顯的：由於是以英漢對譯為組織線索，一部分與英語沒有對應關係的福州話特有的詞語難以搜羅到這部詞典中。我們主要利用《英華》來覆核《字典》中某些有疑問的詞語。

其次，《英華》在每一個英文詞頭目下羅列對應的福州話詞語，不分這些詞語的語用屬性，不管這些詞語是方言特有的，還是漢語通用的；是口語的俗詞，還是官話的借詞。換一種說法，編者是以廣義的福州方言詞彙為編輯對象。我們設想在當時的條件下，編著這樣的詞典最可能的工作方法就是，列出一個英語的常用詞表，逐項由當地合作人提供福州話相應的詞語，同時提供相關的常用搭配，或以簡短的句子舉例。當被問及某個義位時，合作者頭腦中首先反應的通常是首選常用詞，然後再補充不那麼常用的同義詞。這就會反映為詞典中各條目下的福州話同義詞語的排列順序。如果仔細審看各詞條下福州話同義詞的排列順序，並和今天的語用選擇對比，應該可以觀察到一百多年來方言詞彙的微觀變化。（參看卷末附圖）

## 六　帕柯的論文

除了以上的著作，十九世紀末至二十世紀初還有幾種英文刊物上也刊登關於福州方言的單篇論文。其中最值得重視的是 E. H. Parker（帕柯）發表在 *CHINA REVIEW*（《中國評論》）上的《福州方言聲調和韻母的變化》（*Tonic and Vocal Modification in the Foochow Dialect*）和他的另一篇文章《福州話的音節表》（*Foochow Syllabary*）。[13]

E. H. Parker（1849-1926）是英國的職業外交官。一八六六年開始在曼徹斯特學習中文，兩年後派赴中國，先後在北京、天津、福州、晉江、溫州、佛山、重慶、上海以及緬甸、漢城等地的使領館工作。一八九六年回英國，任利物浦大學中文講師，一九〇一年起在曼徹斯特的維多利亞大學任中文教授。他的關於中國語言和中國社會文化的著述甚多。尤其擅長方言語音分析，發表過描寫分析廣東話、客

---

13 分別載《中國評論》卷7（*The China Review*, Vol. 7, 1878-1879）和卷9（*The China Review*, Vol. 9, 1880-1881）。

家話、溫州話、北京話、天津話、南京話、太原話、漢口話、四川話語音的論文。[14]

帕柯研究過多種漢語方言，特別擅長於將不同方言的類似音素或調值以及音節構造放在一起比較。因此，他對福州話某些聲母韻母和調值的描寫說明更加具體明確，很大程度上彌補了 White 和 Baldwin 諸家的不足。他在《福州方言聲調和韻母的變化》一文中對福州方言連讀變調規律做了簡潔而準確的歸納，並清楚地說明了變調和變韻的相關性。

## 七　福州方言《聖經》譯本

筆者見到的福州方言《聖經》譯本有拼音文字版的和漢字版的各一種。

拼音版的由英國及海外聖經協會（British and Foreign Bible Society）於一九〇八年出版。其中的《新約全書》部分另插扉頁，出版時間為一九〇五年。該書由拉丁化文字出版社（Romanized Press）承印。可能是由於聖書的特殊性質，沒有任何關於編寫者及其編寫出版過程的說明。猜想是先出了《新約全書》，三年後再合併《舊約》部分，湊成《新舊約全書》。全書不見一個漢字，除了版權頁也不見英文，完全是福州話的拼音形式。扉頁上的文字也是如此，轉寫為漢字：「《聖經》新舊約全書，福州土腔，大英連外國聖書會印其，一九〇八年」。出版者對譯本的純口語化追求由此可見一斑。

《聖經》譯本的拼音符號已經從音標演進為拼音文字體系。按英文的行款格式，句子開頭及專有名詞的第一個字母大寫，雙音節詞和多音節詞的各音節之間加連接號，調號改成如中文拼音方案的符號，

14 *Who was Who*, Vol. 2 (1916-1928), Adam & Charles Clack London (4th. print, 1967).

標在主要母音上方。為此，將過去加在母音字母上方的雙點都移到字母的下方。

筆者另外在福州民間訪求到一冊新約全書福州話譯本的漢字版，因扉頁丟失，無法確認出版年代。經與拼音文字版比對，二者除了個別章節的個別詞語外，語句完全相同，可以互相對照著閱讀。推想是先有漢字版本，再從漢字版轉寫為拼音文字的。（參看卷末附圖）

漢字版的《聖經》大約在此前半個世紀就有了。根據 White 的傳記：「一八五一年，M. C. White 申請出版《馬太福音》的福州口語譯本……，用方塊漢字來表示方言口語裡的音節和詞語，（即兼用同音字、訓讀字——譯注）這是一個把《聖經》翻譯成福州方言口語的實驗。當把這個口語譯本和文言譯本同時在公眾場合向各式各樣的市民散發時，每五、六人中大約會有一人瞧不起這個口語譯本，而選擇了文言譯本；但其餘的人會急切地請求：給我『「平話字」的。』他們需要能夠看懂的方言口語譯本。……幾週之後，所有的英美傳教組織都對這種口語形式的《聖經》譯本給予了一致的支援。」[15]

White 的實驗成功後，教會組織了一個將全本《聖經》翻譯成福州話的工作委員會，Maclay 等都是這個委員會的成員。據林金水（1997）研究，《聖經》篇章的福州方言譯本有五十六種，含《新約全書》十一種，有節譯本，也有全譯本。《新約全書》的最早全譯本在一八五六年初版，《新舊約全書》的譯本在一八八四年初版。一八九一年，美華聖經會和大英聖書公會聯合成立《聖經》翻譯委員會，並且提供經費出版《新舊約全書》的福州方言版，一八九五年略加修訂後再次印行。[16]

15 美國基督教衛理公會檔案微縮膠片。Moses Clark White, Photocopied from the United Methodist Church Arohives-GCAH.

16 林金水主編：《福建對外文化交流史》（福州市：福建教育出版社，1997年），頁407-408。

最初的《聖經》福州話譯本是用方塊漢字寫的。可能是到了二十世紀初，才有轉寫為拼音文字的版本。拼音文字版本的出現大概跟清末的切音字運動有關。據游汝傑（2000）[17]介紹，還有三種福州方言《聖經》譯本轉寫為國語注音符號（一九一三年讀書統一會制定的「注音字母」)，那是更晚的事了，也跟當時的語文改革運動有關。

《聖經》譯本篇幅大，包含的語料豐富。漢字本提供了閱讀上的便利，但要分辨確認漢字語料中的同音字或訓讀字則需要用拼音文字版本核對。

土白《聖經》是翻譯的文本，更由於其「神聖」的宗教屬性，直譯甚至「硬譯」的痕跡明顯。使用《聖經》譯本中的語料來研究方言語法，必須仔細篩選。

## 第四節　資料的選擇和甄別

游汝傑教授在《漢語方言學導論》中指出：西洋傳教士的方言學著作「是研究十九世紀後半期至二十世紀初期的漢語方言自然口語的最有價值的資料。……就研究的深度和廣度而言，傳教士的著作都是遠勝於趙元任之前的中國學者。這些著作是研究十九世紀漢語方言不可或缺的資料。……它們提供的自然口語的準確度是同時代其他文獻資料不可比擬的。」[18]我們在上一節中羅列的一批十九世紀福州方言資料證實了游教授的評價是確切的。傳教士在一百多年前對福州方言觀察之深入、描寫之精細、搜羅之宏富往往令人驚歎。

但畢竟這些十九世紀的英美傳教士還不是專業的語言學家，他們當年做這些方言資料的目的也不在於研究語言學，更沒想到要為我們

17 游汝傑：《漢語方言學導論》（上海市：上海教育出版社，2000年），頁248。

18 游汝傑：《漢語方言學導論》（上海市：上海教育出版社，2000年），頁254-255。

今天的方言演變史研究留下一份現成的描寫資料。隔著語言和文化的藩籬，又受到當時漢語研究水準的限制，傳教士對漢語方言的認識和記錄、說明難免有偏頗或疏漏之處。通過仔細的梳理分析，去粗取精、去偽存真，從這些文獻中還原出福州方言在十九世紀的真實面貌，是我們的責任。首先要做好對資料的甄別、選擇和審核工作。

## 一　語音研究的資料

語音有很強的系統性。錯誤的音位歸納必然會在注音資料中出現無法解釋的內部矛盾。傳教士為福州話設計了一套完整的拼音方案，並用它記錄了數以萬計的方言詞語，課本、字典，以及羅馬字的《福州土白聖經》在標音方面高度一致，這事實本身就證明了他們對音位系統的分析是合理的。根據 Baldwin 在《閩腔初學撮要》和《福州話拼音字典》的緒論中的音值描寫，再參考 Parker 的論文，我們可以比較有把握地對當時的聲母、韻母和聲調做出擬測。

Baldwin 對福州話聲韻調系統的分析顯然是接受了當地合作者的指導，十分重視乾隆年間印行的福州方言韻書《戚林八音》。他在緒論中介紹了《戚林八音》，指出它是當地方言的一本方便實用的入門手冊。在介紹語音系統時，Baldwin 的聲母韻母代表字和聲調名稱都沿用《戚林八音》的，和當地讀書人的傳統相吻合。例如，福州話實際上只有七種聲調，但他也跟《戚林八音》一樣循四聲八調的套路，先將聲調分成八個，按照福州塾師「呼八音」的習慣順序：上平、上上、上去、上入、下平、下上、下去、下入，他分別稱為第一調……第八調，然後再說明第六調（下上）和第二調（上上）相同。《戚林八音》及當地的語音教學傳統自有其道理，在這一點上，Baldwin 也許未及深思，卻不自覺地走了捷徑。由於有了現成的傳統框架做參考，他分析福州話的聲韻調系統及音節構造規律十分順利。

《戚林八音》代表的音系比《字典》還要早兩、三百年。Baldwin 對《戚林八音》的倚重難免使我們擔心：他的著作所反映的福州音系會不會過於保守，而實際上成為《戚林八音》的翻版？這個擔心不是多餘的，但我們在研究過程中逐步排除了這個合理的憂慮。因為《戚林八音》是傳統的地方韻書，只有聲韻調的分類而沒有任何關於發音的說明，Boldwin 雖然沿用了聲韻調分類的代表字，也仍然必須根據自己所聽到的實際發音進行語音描寫和音標設計。《字典》中有一千兩百四十二條寫不出漢字的口語「字頭」（leading word），《撮要》裡的多數語料是口語實錄，也有許多現在我們可以考出本字而當時卻無字可寫的詞語，以及許多至今仍不明來源的方言詞，這些詞語只能根據實際發音來標寫。我們可以從這一部分「有音無字」的詞語來驗證字音的實際分類情況。事實上，《字典》中對福州話字音的標注也並不都與《戚林八音》一致，而這些不一致之處正反映出從十七世紀到十九世紀的字音變化。詳細的討論和說明請見本書第二章和第三章。

## 二　研究語法的資料

傳教士的語言調查和描寫能力是出色的，但運用能力則未必同樣出色。這種情況跟今天的方言調查田野工作相似。一個訓練有素的語言學家，可以通過實地調查，把一種非母語方言描寫得相當精細準確，但這並不意味著他就能同樣精細準確的使用這種方言。語音方面，學習者也許可以憑個人的天賦模仿得相當接近當地人發音；但詞彙語法上的把握就難多了。一旦超出大量重複實踐的日常會話範圍，就難免有詞語搭配不當、句法生硬等毛病出現，生造出許多實際上「不能說」的句子來。這裡我們想特別指出的是，十九世紀的《聖經》漢譯本就有這樣的毛病。

以外語為目的語的翻譯工作要比從外語翻譯成母語難得多。生活在第二語言的環境中是口語習得的有利條件，迅速獲得簡單的日常會話能力是可能的。自由交談可以選擇熟悉的、有把握的表達方式來說話，迴避開自己沒有把握的詞語或句式；但翻譯則要根據原著來尋求相應的表達方式，要求接近完美的書面表達能力。我們認為，十九世紀的英美傳教士在著手翻譯《聖經》的時候尚未真正具備這項工作所要求的高水準運用漢語的能力。誠然，傳教士翻譯《聖經》都有當地人從旁協助。但早期與傳教士合作的中國人不通英文更不懂拉丁文、希伯來文，且居於受雇傭的卑微地位，無從適當地發揮作用。這一情況直到十九世紀末，英美傳教士在中國培養出一批懂外語的皈依者才有所改變。

評價翻譯質量的標準有嚴復提出的「信達雅」三端，傳教士譯《聖經》過程中，考慮最多的是「信」，即如何忠實傳達「上帝的福音」。不僅要直譯英文版的《聖經》，還講究譯語是否與希伯來文、拉丁文版本切合，至於譯語本身是否自然流暢則往往被忽視。更糟糕的是，一些傳教士出於西方人的優越感，有意無意地漠視漢語內在的規範要求，放任「硬譯」。郭士立在批評早期的翻譯時說道：「有幾種英－中文出版物就是使用這種表達方式的，他們使用的字確實是漢字，但這些漢字以及措辭風格則是英語式的。第一批《聖經》翻譯者……認為，在翻譯上帝的語言時，他們有責任忠實於原文。他們中的一位甚至向筆者肯定，他認為中文的表達方式缺陷太大，模糊不清，因此他希望，中國人在閱讀其譯文後，會轉而接受我們語法的形式與結構。」[19]儘管這些批評是針對十九世紀早期傳教士譯經工作的，其實程度不同地也適用於他們的後繼者在十九世紀中後期以及二十世紀初的工作。外國傳教士翻譯《聖經》的工作方式基本相同，指導思想實

19 吳義雄：《在宗教與世俗之間》（廣州市：廣東教育出版社，2000年），頁489。

際上也一直沒變，直到上世紀七〇年代，翻譯《聖經》都一直以直譯為原則，中西語言結構上的重大差異使得譯本總是無法做到自然流暢。

例如，即使是經過多次集體修訂，出版於一九一九年，至今仍作為標準譯本的「官話合和本」《新約全書》，仍然有這樣的句子：

> 王要回答說：「我實在告訴你們，這些事你們既做在我這弟兄中一個最小的身上，就是做在我的身上。」（《馬太福音》25-40）
> （And the king will answer and say to them, "Assuredly, I say to you, in as-much as you did it to one of the least of these My brethren, you did it to Me."）

> 成就你手和你意旨所預定必有的事。（《使徒行傳》4-28）
> （"To do whatever Your hand and Your purpose determined before to be done."）

這種生硬的表達對於不熟悉《聖經》的人來說，簡直不知所云。

南方方言的書面表達系統本身不完備，不像北方官話有宋元明清一脈相承的白話文獻作為相應的語言基礎，這使得將《聖經》譯成方言的工作更加困難。南方各種方言的《聖經》譯本的總體質量不太可能比「文理和合本」和「官話和合本」高明。《福州土白新舊約全書》的語言質量也是可疑的。例如：

> 眾人都奇特伊教訓，因伊教人像有操權，伓像讀書人。（《馬太福音》1-22）
> （And they were astonished at His teaching, for He taught them as one having authority, and not as the scribes.）

耶穌趁加利利海邊經過，見西門共伊其兄弟安得烈拋網落海，因伊是討魚其人（《馬太福音》1-16）
（And as He walked by the Sea of Galilee, He saw Simon and Andrew his brother casting a net into the sea; for they were fishermen.）

耶穌應講，汝共我齊去附近鄉村，以致我也著許塊傳道，因我來是因為者代。(《馬太福音》1-38)
（But He said to them, "Let us go into the next towns, that I may preach there also, because for this purpose I have come forth."）

把解釋原因的分句放在主句後面，顯然是直譯英語因果複句的結果，並不是十九世紀福州土白的固有複句結構。「奇特伊教訓」、「教人像有操權」、「拋網落海」、「以致」等詞語也都是生硬的直譯。

在一個陌生的國度用一種陌生的語言傳教，散發《聖經》一直都是傳教士主動接觸潛在皈依者的基本手段。出於需要，教會用一種實用主義的態度看待傳教士的譯經工作，對翻譯的質量標準沒有硬性的要求。從另一方面來說，在十九世紀，這些翻譯《聖經》的傳教士既是新傳教區的開拓者，也是當地陌生語言的探險者。在同時代，並沒有任何其他人有能力評判他們的翻譯質量。

前面說過，有些傳教士把翻譯上遇到的困難歸咎於「中文的表達方式缺陷太大」，放任硬譯，還希望「中國人在閱讀其譯文後，會轉而接受我們語法的形式與結構」，這種從語言學角度來說絕對錯誤的想法在宗教的特殊語境中竟然部分地成為事實。基督教的傳教工作雖然注重讓教徒或潛在的教徒自己通過閱讀《聖經》直接與上帝交流，但實踐上更重視靠傳教士口頭「佈道」宣講，因此無論經文本身翻譯得如何詰屈聱牙，只要輔以宣講師口頭的闡發解釋，也能大致弄明白其中的意思。再通過反覆誦讀，靠習慣成自然，也就接受了原本不很自然的經文語言，並且由於這種「不很自然」造成了語言的陌生感、距離感，進而產生出一種宗教性的修辭效果。《聖經》的語言是基督教教義的載體，質疑每日誦讀的經文語言是近乎褻瀆神聖的危險念頭。當宗教崇高感附著在《聖經》譯本的文本上，在教徒的語言社團中，便不再使用一般的語言標準來審視《聖經》譯本了。我們對《聖經》譯本的語言質量的評判意見與教會學者的意見如此不同，原因就在於此。

退一步說，土白《聖經》即使翻譯得差強人意，它既是「翻譯體」又是「聖書體」，仍與自然口語有距離。欽定英文版《聖經》（KJV）的語體風格受到許多英文修辭學家的追捧，從另一角度來看，也正說明它顯然不同於日常口語。《聖經》的漢語譯本也是如此。

與土白《聖經》文本形成對照的是傳教士編寫的課本和詞典等。例如《榕腔初學撮要》中舉例的短句和片語，基礎資料都是編寫者自己在學習過程中積累的筆記。大多數從其內容上就可以與實際生活場景聯繫起來，應該可以看作是調查獲得的口語，所以比較可靠。例如《撮要》第二章「短語」的內容：

第十四節「疾病」

> 𣍐曉的生世乇，起先那一粒囝，伶變有甌大。伶禮灌膿，盡疼。睏𣍐睏的著，也拍寒拍熱。（不知道長什麼，起初只是小小的一粒，現在有茶杯那麼大。現在在化膿，很疼。睡也睡不著，還發冷發熱。）
>
> 膿頭故未現。故著有幾日乍會爆膿。（膿頭還沒出來。還要有幾天才會破潰。）

第二十六節「火災」：

昨冥晡火燒厝，燒盡大嚇，八傳囉未？（昨晚發生火災，燒得好大，知道了嗎？）
未八傳。燒喏夥間嚇？（還不知道。燒了多少間啊？）
聽講有五六百間，儂燒死四五隻。（聽說有五六百間，人燒死四五個。）
賛盡去淒慘嚇！底儂裡起火？（這非常淒慘啊！哪家失火？）
聽伊講是染店禮起火，也有講是儂放火。（聽說是染坊裡失火，也有人說是有人放火。）
乜毛時候燒起？（什麼時候燒起的？）
有二更燒起，天光故禮燒。（大約二更燒起，天亮還在燒。）

這樣的內容不可能是編教材的時候憑空設計出來的。熟悉福州方言的讀者可以感覺到這是一段非常真實的老派風格的對話。對話中使用的詞語很道地，連語氣都維妙維肖，卻未必都是初學者必須最先掌握的常用詞和簡單句式。這只能是對真實對話的記錄，編教材時就湊合著用上了。此外，《福州話拼音字典》中有一些作為詞語用法舉例的短語和句子，沒有統一的範式，看起來像是當地合作者即興提供的，也是很好的材料。

當然，對「課本」中語料也要進行篩選。這種課本首先是為後來的傳教人員編寫的，課文中也有一些宗教內容的語句，例如祈禱文等。這類語料也是傳教士的「創作」，應該與《聖經》譯本上的語料同樣看待。《福州方言入門二十課》中的某些套用句型替換詞語練習造出的句子不太自然，這也是應該注意的。

總之，研究十九世紀的福州方言語法，必須對資料有所篩選。我們選擇使用資料的基本原則是：儘量利用傳教士記錄的語料，而儘量不用傳教士「創作」的語料。根據以上的分析，我們認為土白《聖經》儘管語句數量很大，對照方便，但作為方言語法史的資料有較大的缺陷。我們在概括語法特點時必須有課本語料的依據；土白《聖經》只作為補充和參考，對僅見於土白《聖經》的句式結構和語法成分要逐一甄別，不輕易採信。

關於詞彙資料的選擇和甄別在本書第六章再做討論。

## 第五節　十九世紀的福州方言雜字

從目前各種研究傳教士的文獻來看，傳教士在運用漢字方面沒有創造性。他們既不造字，也不發明特殊的用字法。如何使用漢字記寫方言，他們都遵從當地合作者（即他們的「中國教師」）的意見。所以傳教士資料中的方言用字，一般都有「社會約定俗成」的基礎。當然不排除這樣的可能性，他們的「中國教師」可能在情急之下做了某些字的「倉頡」，但這樣的字只是偶爾出現在單一資料中，不會是普遍的情況。

字是詞的書面符號，二者的關係是約定俗成的。和通用漢字有系統的約定俗成關係的是漢語標準語——古代的雅言和近代的官話以及現代的普通話。通用漢字體系隨著標準語的發展而增減調整，為標準語的書面表達服務。方言的本質是一種有別於標準語的地方性口語，和通用漢字體系沒有直接的全面的對應關係。福州方言的口語常用詞系統與標準語的距離比較大，用漢字來書寫更見困難。

儘管如此，方言區社會對書寫方言口語還是有一定的需求。這種需求自古就有。明清以來由於城市經濟發展，市民階層不斷擴大，而市民普遍不懂官話，整體上文化教育的水準不高，社會上對書寫方言口語的「平話字」的需求更為迫切。M.C.White 在回憶錄中談到，當初促成他下決心用通俗的「平話」（福州話）來翻譯《聖經》，就是看到街邊書攤上租售的讀物大多數都是用這種「平話字」寫的。於一八五一年，他首次將《馬太福音》譯成「平話字」本，並「把這個口語譯本和文言譯本同時在公眾場合向各式各樣的市民散發時，每五、六人中大約會有一人瞧不起這個口語譯本，而選擇了文言譯本；但其餘的人會急切地請求：『給我平話字的。』他們需要能夠看懂的方言口語譯本。」[20]福州南後街的鄉紳董執誼於一九一一年刊刻出版四十卷本的「以福州方言土語，敘述閩中故事」的《閩都別記》，就是彙集此類抄本而加以編校成書的。從《閩都別記》之浩大篇幅也可以窺見清末福州方言出版物（主要是抄本形式）的豐富程度。只是由於這些書寫下來的方言文本多半只以手抄形式或以粗劣的坊間印刷流傳，且內容鄙俗，多為話本、曲本之類，不登大雅之堂，所以都很快地自生自滅，也無從通過積累而逐步提高「平話字」的使用水準。

傳教士要利用這種「平話字」來翻譯《聖經》、編詞典，尤其是後者，肯定是已經最大限度地利用了當時可以收集到的所有方言雜字。「方言雜字」這裡指用來記寫方言詞的：一、方言區特有的俗字；二、在方言文本中有特殊用法的字，或者說是方言文本中挪作他用的字。三、見於古籍卻少見於同時代標準書面語的字，即生僻的方言本字。

以下我們把這些方言雜字收集在一起，做一個簡單分析。一方面要借此觀察民間造字用字的規律，另一方面也以對照「今用字」的名義向讀者交代本書的方言詞用字方案。

# 一　方言形聲字

## 自創或借用的形聲字

所謂「方言形聲字」是從合體字記寫方言詞的理據上來定義的。

20 美國基督教衛理公會檔案微縮膠片。Moses Clark White, Photocopied from the United Methodist Church Achives-GCAH.

不論字形是方言區自創而特有的，還是借用現成的，這樣的合體字兩偏旁能夠分別體現所寫方言詞的音和義兩方面，其用法區別於通用漢字。

| 音 | 義 | 形 | 本字 | 今用字 |
|---|---|---|---|---|
| $aŋ^3$ | 米湯 | 泔 | 飲 | 飲 |
| $eiŋ^1$ | 放置 | 按 | | 安 |
| $høk^8$ | 喘氣；勞累 | 惑 | | 惑 |
| $hau^3$ | 使令動詞：叫 | 哮 | | 吼 |
| $heiŋ^6$ | 沉默 | 噤 | | 悻 |
| $huoŋ^5$ | 癬子 | 瘋 | | 瘋 |
| $ie^6$ | 播撒 | 穙 | | 穙 |
| $iak^8$ | 搖（扇子） | 拹 | | 搧 |
| $kɔ^2\ tauŋ^6$ | 涮 | 滈（蘯） | | 滈蘯 |
| $ka^6\ sak^8$ | 蟑螂 | （咬）蝛 | | 家蠘 |
| $kai^1$ | 雞鴨的嗉囊 | 腊 | | 胲 |
| $keiŋ^6$ | 雞鴨的胃 | 肣 | | 肣 |
| $khɛ^1$ | 啃 | 齟 | | 啃 |
| $kha^1$ | 腳 | 膠 | 骹 | 骹 |
| $khie^6$ | 站立 | 跬 | 徛 | 徛 |
| $khiak^7$ | 擠壓 | 唘 | | 唘 |
| $khuo^2$ | 瘸 | 趵 | 瘸 | 瘸 |
| $kie^2$ | 鹽漬小魚 | 鮭 | | 鮬 |
| $kiaŋ^2$ | 走 | 跅 | 行 | 行 |
| $kouŋ^2$ | 水煮 | 炡 | | 炡 |
| $laŋ^3$ | 唾液 | 瀾 | | 瀾 |
| $lai^2$ | 籮筐 | 箂 | 籮 | 箂 |

| 音 | 義 | 形 | 本字 | 今用字 |
|---|---|---|---|---|
| leiŋ$^{5}$ | （分割的）塊 | 稜 | | 另 |
| loi$^{1}$ | 木疙瘩 | 櫑 | | 纍 |
| loi$^{1}$ | 疙瘩 | 纍；纇 | | 纍 |
| louŋ$^{3}$ | 內上衣 | 襱 | | 襱 |
| maøŋ$^{6}$ | 網 | 綕 | 網 | 網 |
| ma$^{1}$ | 抓取 | 攠 | | 攠 |
| mau$^{3}$ | 閉口 | 呃 | 卯 | 卯 |
| møŋ$^{3}$ | 痲疹 | 痲 | | 痲 |
| muoɪ$^{6}$ | 還沒有 | 昧 | 未 | 未 |
| muo$^{2}$ | 霧 | 霿 | | 霿 |
| neiŋ$^{3}$ | 胸肌 | 膿 | | 膿 |
| ouŋ$^{2}$ | 久 | 昕 | | 昕 |
| pɔk$^{8}$ | 包租（船） | 贌 | | 泊 |
| pa$^{2}$ | 爬 | 扒 | 爬 | 爬 |
| pauk$^{7}$ | 駁（船） | 艀 | 駁 | 駁 |
| pei$^{6}$ | 嗅 | 嚊 | 鼻 | 鼻 |
| phau$^{1}$ | 柚子 | 枹 | | 柂 |
| puŋ$^{2}$ | 吹氣 | 嗙 | 嗌 | 嗌 |
| søyŋ$^{6}$ | 穿（衣） | 褔 | 頌 | 頌 |
| tauk$^{7}$ | 端 | 拯 | 掇 | 掇 |
| thaøŋ$^{5}$ | 被水流帶走 | 瀓 | | 瀓 |
| thai$^{2}$ | 殺 | 刣 | 治 | 刣 |
| thauk$^{7}$ | （熱水）泡 | 炡 | | 汑 |
| theiŋ$^{5}$ | 賺 | 聽（錢） | | 趁 |
| thiak$^{7}$ | 眨 | 睸 | | 眨 |
| tieŋ$^{6}$ | 容器滿 | 滰 | | 澱 |

| 音 | 義 | 形 | 本字 | 今用字 |
|---|---|---|---|---|
| touŋ[3] | 買（布） | 擋；黨 | 斲 | 斲 |
| tsɛ[1] | 一種糯米糕 | 糍 | 齋 | 齋 |
| tsha[5] | 糯米粉團 | 粻 | 粞 | 粞 |
| tsheu[5] | 樹 | 樔 | 樹 | 樹 |
| tshia[6] | 歪斜 | 跒 | 笡 | 笡 |
| tshiak[7] | 抽搐 | 愋 |  | 愋 |
| tshiak[7] | 雙手對搓洗衣 | 汖 |  | 汖 |
| tshiak[8] | 踩 | 蹫 |  | 蹫 |
| tshioŋ[6] | （用吊桶）打（水） | 潒 | 上 | 上 |
| tshouŋ[6] | 擰 | 捘 |  | 捘 |
| tshuŋ[3] | 瞌睡 | 睶 |  | 睶 |
| tshyŋ[2] | 扭傷 | 搣 |  | 搣 |
| tsiu[1] | 眼睛 | （目）睭 | 珠 | 睭 |
| ua[3] | 拐道 | 蹘 |  | 蹘 |

這一類的字數量較多，很能體現形聲造字法的優越性。當需要把一個方言詞用漢字寫出來，要儘量讓讀者能「一目了然」地知道作者想寫的是哪個詞，形聲字無疑是最佳選擇。能有現成的字形就用現成的，如果沒有現成的字形可用，就自己根據形聲原則來創造。其實即使是通用漢字中現成的字形，剝離了原來的字音與字義之後，以舊瓶裝新酒，也就等於是方言區自創的。例如「炡」字，《集韻》胡公切，「火盛」，本是「烘」的異體。「睶」：《玉篇》「大目也」，與「瞌睡」的詞義毫不相干。「炧」：《廣韻》陟駕切，「火聲」，本是個擬聲詞。

這樣的方言形聲字只要造得合理，易懂易記也不難寫，迎合了方言區社會的需求，就很可能流傳開來，達到某種程度的「約定俗成」。至於方言形聲字是否合於古籍記載，是否是古今一脈相承的

「本字」，則並不重要。其實下面二個小類從用字的理據上說，也都是「方言形聲字」。

## 1 方言本字

福州方言畢竟還是漢語方言的一種，福州方言文本中大多數用字的音義還是能與古代韻書對齊的，這些佔大多數的字是通用漢字，不屬於「方言雜字」的範疇。我們一般說的方言本字指能與古代典籍記載對應上、而同時期的標準語中不用、罕用或不這麼用的字。它們往往被視為「方言保存古語」的證據，能體現方言詞彙的特點。

| 音 | 義 | 形 | 備注 | 今用字 |
|---|---|---|---|---|
| auŋ6 | 竹竿 | 笐 | 《集韻》下浪切，竹竿也。 | 笐 |
| khauŋ5 | 收藏 | 囥 | 《集韻》口浪切，藏也。 | 囥 |
| kouk7 | （從躺臥）起身 | 趉；趜 | 《廣韻》九勿切，《玉篇》卒起走貌。 | 谷 |
| laø5 | 摩擦 | 攄 | 《廣韻》良倨切，錯也。 | 攄 |
| maŋ2 | 夜；晚飯 | 暝 | 《廣韻》冥：莫經切，暗也幽也。 | 暝 |
| nauŋ6 | 小 | 嫩 | 《廣韻》奴困切，弱也。 | 嫩 |
| puak8 | 泡沫 | 浡 | 《廣韻》蒲沒切，浡然興作。 | 浡 |
| puo1 | 夜晚 | 晡 | 《廣韻》博孤切，申時。 | 晡 |
| tsheiŋ5 | 冷 | 清 | 《廣韻》七政切，《說文》寒也。 | 清 |
| tsiaŋ3 | 不鹹 | 饗 | 《廣韻》子冉切，食味薄也。 | 饗 |

這幾個「本字」有共同的特點：它們都是形聲字，在字形上就能切合福州方言的音和義。它們被使用在十九世紀的福州方言文本中未必都先經過追根溯源的論證，其中有些字很可能只是根據字形拈來就用，與古代文獻記載的吻合是碰巧了。

### 2 生僻的異體字

在方言文本中，寫異體、俗體的字很多，這裡羅列的幾個異體字是比較少見的，而被選擇用於福州方言的原因大概與其形符聲符切合福州話音義有關。

| 音 | 義 | 形 | 今用字 |
|---|---|---|---|
| ka$^{6}$ tshau$^{3}$ | 跳蚤 | （咬）蚽 | 蚤 |
| phui$^{2}$ | 吐（痰） | 呸 | 呸 |
| puoŋ$^{6}$ | 米飯 | 飰 | 飯 |
| siŋ$^{1}$ | （懷）孕 | （帶）娠 | 娠 |
| taŋ$^{3}$ | （黃）疸 | （黃）癉 | 疸 |
| tsauŋ$^{5}$ | 錐子 | 鑚 | 鑽 |

## 二　方言表意字

### 1 創造或借用獨體指事字

方言區自創的雜字中形聲字佔絕對優勢，獨體字很少見。獨體字缺乏聲符表音這一項，也很難在字形設計中確切地指向所寫的方言詞的詞義，就不易通過傳播達到約定俗成的境界。只有少數幾個例外：

| 音 | 義 | 形 | 本字 | 今用字 |
|---|---|---|---|---|
| nɔʔ$^{7}$ | 物，東西 | 乇 |  | 乇 |
| phaŋ$^{5}$ | 虛；空虛 | 冇 |  | 冇 |
| taiŋ$^{6}$ | 實；堅實；硬 | 有 | 橂 | 橂 |

「乇」字的字形見於《說文》，是個象形字，「草葉也」。《集韻》陟格切。顯然音義都與福州話的用法無關。作為福州話俗字的「乇」

可能是從同韻同調但聲母不同的「托」字拆卸下來，造字方法近於「省形」。由於詞義籠統抽象，也無法再加上什麼表義類的形符。

比較有意思的是「冇」和「𠕇」這一對反義詞，從字形上看，與「有」字的理據聯繫明確。粵語俗字中也有一個「冇」，讀如「冒」，是「有」的反義詞。，把「有」字腹中的兩筆掏空，就成了「沒有」。福州方言的「冇」是個形容詞，標準語中沒有對應的詞，意思是「不充盈」、「不結實」或「內部空虛」。把「有」字掏空，表示外殼是一樣的，但只是虛有其表，內部是空虛的，如膏薄肉少的梭子蟹叫「冇蠘」，一捅就開的鐵皮鎖叫「冇鎖」。造字理據如字謎。

有了「冇」字，在空虛的腹心加上一點，也就順勢造出了它的反義詞「𠕇」。從「有」到「冇」是「省體指事」，而再從「冇」字派生出「𠕇」字這一步，則是「增體指事」。與「口」加一點造出「甘」，「刀」加一點造出「刃」在原理上是一樣的。

## 2 創造或借用合體會意字

創造「比類合誼」的會意字也需要取巧，才能被社會接受，所以數量也很少。

| 音 | 義 | 形 | 本字 | 今用字 |
|---|---|---|---|---|
| taøk[7] | 對頂 | ⿰牜角 | | ⿰牜角 |
| liak[7] | 舐 | 狧 | | 狧 |
| kuaŋ[6] | 提 | ⿰扌匚 | | 摜 |
| tshøyŋ[5] | 拼接 | ⿰聚攴 | | ⿰聚攴 |

合「牛角」表示「對頂」，合「犬舌」表示「舐」，意象典型，符合人們的一般生活經驗。「匚」字《說文》分析為象「受物之器」之形，《廣韻》府良切。配上「扌」旁就凑成「⿰扌匚」字。「⿰聚攴」中的

「攴」表示手部動作，「聚」則代表動作的目的和結果。這幾個字的造字匠心比「休、從」等也不遑多讓。

### 3 借用同義字（訓讀）

此即所謂「訓讀」字。訓讀字的條件是，字義與方言語素義要對應得比較整齊，基本義相同，主要的派生義也要大致相同，形成大致相似的詞族。一般的民眾並不關心語音對應規律，訓讀字與白讀音的本字在使用上沒有什麼區別。

在長期的書面標準語和口語方言的雙語語境中，方言與標準語之間有密切的接觸和頻繁的互轉，例如將以方言思維的成果轉換成標準書面語表達，或將標準書面語的內容轉述為方言口語形式。這樣的互動逐漸培養出兩個系統中的對應詞項及其相關的對應詞族，在一系列的常用詞語搭配中都能對應。這樣就直接把方言口語中的詞與書面語中的字挂起鈎來。

| 音 | 義 | 形 | 本字 | 今用字 |
|---|---|---|---|---|
| ŋɛ$^{1}$ | 枝 | 枝 | 椏 | 椏 |
| ɔi$^{5}$ | 要；想要 | 欲 | 愛 | 愛 |
| hia$^{3}$ | 指代：那 | 那 |  | 遐 |
| houŋ$^{1}$ | 烟草 | 菸 | 薰 | 烟 |
| køŋ$^{3}$ | 雄性 | 牯 |  | 港 |
| kaø$^{5}$ | 大聲叫 | 呼 | 告 | 告 |
| kaøk$^{7}$ | 雄性 | 雄 |  | 角 |
| kau$^{5}$ | 到 | 至 | 遘 | 遘 |
| keiŋ$^{2}$ | 高 | 高 | 懸 | 懸 |
| khøyŋ$^{6}$ | 柏樹 | 柏（檈） |  | 椌 |
| khak$^{7}$ | 程度副詞：太 | 太 |  | 恰 |

| 音 | 義 | 形 | 本字 | 今用字 |
| --- | --- | --- | --- | --- |
| khiak$^{7}$ | 峽谷 | （山）谷 | | 峽 |
| laŋ$^{6}$ | 二 | 二 | 兩 | 兩 |
| neiŋ$^{2}$ | 乳 | 乳 | | 朧 |
| nia$^{3}$ noi$^{5}$ | 一點兒 | 些微 | | |
| nioʔ$^{8}$ | 葉 | 葉 | 箬 | 箬 |
| ouŋ$^{2}$ | 久；一陣 | 久 | | 昖 |
| phiaŋ$^{1}$ | 背 | 背 | 髀 | 髀 |
| phiaŋ$^{3}$ | 跛足 | 跛（膠） | 蹁 | 蹁 |
| phuoŋ$^{5}$ | 落潮 | 汐 | | 汐 |
| puak$^{8}$ | 跌（倒） | 跌 | 跋 | 跋 |
| sioʔ$^{8}$ | 一 | 一 | 蜀 | 一 |
| taŋ$^{6}$ | 錯誤 | 錯 | | 鄭 |
| taʔ$^{7}$ | 壓 | 壓 | | 哲 |
| ta$^{1}$ | 乾燥 | 乾 | 焦 | 乾 |
| tau$^{1}$ | 量詞：棵 | 株 | | 蔸 |
| thauŋ$^{5}$ | 脫 | 脫 | 褪 | 褪 |
| thu$^{2}$ | 泥土 | 土 | 塗 | 塗 |
| tie$^{3}$ | 進入 | 入 | | 裡 |
| tieŋ$^{6}$ | （容器）滿 | 溢 | | 澱 |
| tioŋ$^{6}$ | 剩 | 剩 | 長 | 剩 |
| tio$^{6}$ | 路 | 路 | 墿 | 墿 |
| tsieŋ$^{3}$ | 壁虎 | 蝘 | | 蝘 |
| tsou$^{6}$ | 咒罵 | 詛 | 咒 | 咒 |
| tsuak$^{8}$ | 骨關節錯位 | 櫍 | | 櫍 |
| uoŋ$^{3}$ | 衣袖 | 袖 | 裷 | 裷 |

## 4 以「亻」標記白讀和訓讀字

一些常用字的文白兩讀在方言文本中都是常用的，且用法已形成詞彙分化，一般不能互相替代。為避免書面上的混淆，為白讀用法加上「亻」以示區別。這個標誌同樣用於其「本讀」，也常見於方言文本的訓讀字。區分白讀和訓讀的學理依據是看是否存在有規則的語音對應關係，也就是看該方言詞與漢字所代表的標準語的詞是否歷史同源。在現代方言學研究中這是一個原則性的差別，但不是一般民眾在使用漢字時所關心的。用同樣的記號標記這兩種字詞關係說明了這一點。

| 音 | 義 | 形 | 本字 | 今用字 |
|---|---|---|---|---|
| $ŋ^{6}$ | 不 | 伓 | | 伓 |
| $kiaŋ^{3}$ | 兒子；子 | 仔 | 囝 | 囝 |
| $lau^{6}$ | 老 | 佬 | 老 | 老 |
| $muoŋ^{5}$ | 問 | 僴 | 問 | 問 |
| $nøŋ^{2}$ | 人 | 仏 | 儂 | 儂 |
| $pou^{6}$ | 再；又 | 僅 | 復 | 復 |
| $sai^{6}$ | 一條船的載貨量 | 儎 | 載 | 儎 |
| $siaʔ^{8}$ | 吃 | 偵 | 食 | 食 |
| $taŋ^{1}$ | 現在 | 伶 | | 伶 |
| $tie^{6}$ | 弟弟 | 俤 | 弟 | 弟 |
| $tshiaŋ^{2}$ | 動詞：使完成 | 俴 | 成 | 成 |
| $tshia^{1}$ | 車；轉動 | 俥 | 車 | 車 |

# 三　方言表音字

## 1 借用同音字

使用方言同音字就是「依聲托事」的假借法，也可以分為「本無其字」與「本有其字」的兩種情況。「本無其字」寫個同音字替代，在上下文的語境中用方言一讀即得。「本有其字」而仍要假借是因為語言社會一般民眾不知道本字的存在。這樣的「本字」大概是：（一）罕見於同時代的標準文本，過於生僻，如：絎、骬、跡、柿等；（二）常用字有文白兩讀，且文白兩讀的音類差異較大，其白讀音的語音對應規律比較特殊，例如：無、有、使、事、晝、注、解、丈夫等。

| 音 | 義 | 形 | 本字 | 今用字 |
|---|---|---|---|---|
| $hou\eta^2$ | 刺縫 | 杭 | 絎 | 絎 |
| $hu\eta^2$ $muo\eta^2$ | 蚊子 | 蚊門 | 風蚊 | 風蚊 |
| $hua\eta^5$ | 哺育 | 喚 | 豢 | 豢 |
| $k\o y^6$ | 點（火） | 具 | 炬 | 炬 |
| $kak^7$ $ma\eta^6$ | 保險箱 | 夾幔 |  | 夾萬 |
| $kha^1$ $ta\eta^1$ | 腳後跟 | （膠）單 | 骬 | 骬 |
| $khaik^7$ | 擁擠；擠 | 剋 |  | 剋 |
| $kheu^5$ | 挺刮；不鬆軟 | 疚 |  | 翹 |
| $li^2$ | 來 | 梨 | 來 | 來 |
| $lia\eta^3$ | 畦 | 領 | 町 | 町 |
| $m\text{ɔ}^2$ | 沒有 | 毛 | 無 | 無 |
| $m\varepsilon^6$ | 不會；不 | 賣 |  | 

䱳 |
| $mai^6$ | 動詞：背 | 邁 |  | 邁 |
| $muo\eta^3$ | 姑且；越 | 莽 |  | 罔 |

| 音 | 義 | 形 | 本字 | 今用字 |
| --- | --- | --- | --- | --- |
| $nio ʔ^{8}$ $uai^{6}$ | 疑問代詞：多少 | 箬壞 | 喏夥 | 喏夥 |
| $ou^{6}$ | 有 | 務 | 有 | 有 |
| $phuo ɪ^{5}$ | （木）屑 | （柴）配 | 柿 | 柿 |
| $pie^{5}$ | 跑 | 臂 | 跰 | 跰 |
| $sa ŋ^{1}$ $hou ŋ^{6}$ | 陌生 | （生）混 | 分 | 分 |
| $sai^{3}$ | 使用；使得 | 駛 | 使 | 使 |
| $sio ʔ^{8}$ $ma ŋ^{2}$ | 昨天 | 一（暝） | 昨 | 昨 |
| $sio ʔ^{8}$ $nik^{8}$ | 前天 | 一（日） | 昨 | 昨 |
| $t ɛ^{6}$ | 遮擋 | 遰 |  | 遰 |
| $t ɔ^{6}$ $tai^{6}$ | 道士 | （道）大 | 士 | 士 |
| $ta ŋ^{6}$ | 錯誤 | 鄭 |  | 鄭 |
| $tai^{6}$ | 事情 | 代 | 事 | 事 |
| $tau^{5}$ | 中午；午飯 | 罩 | 晝 | 晝 |
| $thu^{3}$ | 伸（出） | 凸 |  | 土 |
| $ti ŋ^{3}$ | 等 | 頂 | 等 | 等 |
| $tie^{6}$ | 疑問代詞：何 | 俤 | 底 | 底 |
| $tik^{8}$ | 要 | 值 |  | 挃 |
| $tou ŋ^{2}$ $puo^{1}$ | 丈夫 | 唐哺 | 丈夫 | 丈夫 |
| $tou^{6}$ | 量詞：（一）份 | 杜 | 注 | 注 |
| $tsi ŋ^{1}$ | 親嘴 | 烝 |  | 斟 |
| $tsi^{3}$ $ku^{3}$ | 此刻 | （只）古 | 久 | 古 |

## 2 以「亻」標記同音假借字

「亻」也可以加在同音字或近音字上，但這樣的字較少：

| 音 | 義 | 形 | 本字 | 今用字 |
| --- | --- | --- | --- | --- |
| paik[7] | 知道 | 仈 | 八 | 八 |
| ɛ[6] | 會；能 | ⿰亻鞋 | 解 | 會 |
| na[6] | 副詞：只 | 㑚 | | 㑚 |
| tshie[1] | 福州的評彈曲藝 | 伬 | | 伬 |
| sɛ[6] | 多 | 㑷 | | 㑷 |
| huɪ[2] | 回；次 | 佪 | 回 | 佪 |
| tøŋ[2] | 巫師 | 僮 | | 僮 |

## 3 以「口」標記同音假借字

間或也用「口」字旁表示同音字：

| 音 | 義 | 形 | 本字 | 今用字 |
| --- | --- | --- | --- | --- |
| tsia[3] | 指代：這 | 啫 | | 者 |
| ha[2] liaŋ[3] | 一會兒 | ⿰口霞嶺 | | |
| ɔ[1] | 副詞：難於 | 啊 | | 噢 |
| tsuɪ[2] | 指代：這個 | 囋 | | 囋 |

總的說來，方言雜字中加了明確標記「亻」或「口」的只是少數。加與不加似乎沒有一定的規律可循。加了標記是強調該字是「平話字」（方言俗字），區別於通用漢字。

## 4 方言反切字

| 音 | 義 | 形 | 今用字 |
| --- | --- | --- | --- |
| kak[8] | 在；卡在 | ⿰合甲 | 敆 |

固然只有這麼一個「⿰合甲」字，其造字理據特殊，也值得單列一項。「⿰合甲」是一個「在」義動詞兼介詞，詞義上與「合」或「甲」都

沒有關係，以「甲」切「合」正是它的語音形式。合體字的兩偏旁分別指向詞語音和義的是「形聲字」，都與義有關而與音無關的是「會意字」，而「反切字」的兩個偏旁都只與音有關，與義無關。裘錫圭（1988）稱為「合音字」，並說明中古時代的佛教徒為了翻譯梵音經咒造過這樣的字，來表示漢語裡沒有的音節，例如「𥤭」（名養反）、「𧈶」（亭夜反）等。[21]只是這個「㕅」的反切上下字是顛倒的。

## 四　結語及本書的用字書明

從十九世紀傳教士文獻中篩出的福州方言雜字是到清末為止福州民間創造性使用漢字的集大成。同一時期以及前後一段時間內福州方言戲曲話本等殘存資料中也使用方言雜字，但行文往往文白混雜，以用書面語詞語替代方言詞語的方法繞過方言書寫的困難。而且由於缺乏標音工具，使我們弄不清文本中方塊漢字對應的是哪個詞，例如「兩」寫作「二」，「公羊」寫作「羊牯」，「一點兒」寫作「些微」，「再」寫作「僅」，是訓讀還是音讀，是借詞還是借字，僅看漢字文本就無法判斷。傳教士翻譯《聖經》、編詞典、編教科書，需要比較全面系統地使用漢字書寫方言，相信他們在當地教師的幫助下已經盡可能地使用了能夠用得上的方言雜字，並且對這些字使用上的混亂情況做了一定程度的清理。更重要的是，傳教士資料中使用的方言雜字都有拉丁化拼音文字的對照，字詞對應關係明確，給我們今天的歸類分析工作提供了可靠的基礎。

通用漢字系統是為標準書面語服務的，用來書寫方言捉襟見肘。方言區社會利用現有的漢字體系，包括現有的字形及其與字音、字義的對應關係，根據書寫方言口語的需要，從造字和用字兩個方面創造

21 裘錫圭：《文字學概要》（臺北市：臺灣商務印書館，1988年），頁108。

性地發揮，補充了一批方言雜字以敷應用。這個具體過程和成果體現了方塊漢字體系發生和發展的一般原理。本文提供的是一個封閉範圍內的窮盡式分析。以下是各類方言雜字的字數統計：

| 型類型 | 字數 | 小計 |
| --- | --- | --- |
| 方言形聲字 | | 79 |
| 自創或借用的形聲字 | 63 | |
| 方言本字 | 10 | |
| 生僻的異體字 | 6 | |
| 方言表意字 | | 55 |
| 創造或借用獨體指事字 | 3 | |
| 創造或借用合體會意字 | 4 | |
| 借用同義字 | 36 | |
| 加「亻」的白讀字或訓讀字 | 12 | |
| 方言表音字 | | 47 |
| 借用同音字 | 35 | |
| 加「亻」的同音字 | 7 | |
| 加「口」的同音字 | 4 | |
| 反切字 | 1 | |
| 合計： | | 181 |

以上收集的這一百八十一個方言雜字中有個別是「方言異體字」，例如表示「長久」的〔$ouŋ^2$〕既有自創的的形聲字「昖」，又可以寫同義訓讀字「久」；表示「錯誤」的〔$taŋ^6$〕可以寫同義訓讀字「錯」，也可以寫同音字「鄭」。實際上這種情況還比較多，特別是偶爾一用的詞語在不同的文本常各有各的寫法，《戚林八音》的用字也沒有權威性。其根本原因就在於方言雜字的「社會約定俗成」程度不夠。

從這個統計表可以看出，自創或借用形聲字數量最大，其次是借用同義字或同音字。只有約四分之一的同義字、同音字特意加上了「亻」或「口」的標記，這些字記寫的大概都是出現頻率特別高的常用詞。數量很少的幾個方言自創的表義字也是高頻詞。看來創造方言雜字最重要的是要讓讀者從字形上辨認出寫的是哪個方言詞，方言形聲字能較好地實現這個目的。一般情況下，對應比較圓滿的同義字和聲韻調全同的同音字一般在上下文中也都能做到這一點。只有那些最常用、因而組合環境最豐富的方言詞才需要加上特定記號或造出特別的字形，以避免可能的書面混淆。

## 本書的用字說明

以上表格中「今用字」一欄是本書擬採用的部分常用字。我們加以替換的字有少數是已經被證實的「本字」；生僻的異體字改用通用的字形；對於本字不明的，我們更傾向採用同音字而盡量不用訓讀字；取消不必要的「亻」、「口」偏旁。我們在逐漸熟悉了這些十九世紀的方言文本之後，覺得在用漢字書寫方言方面，我們現在做得其實也並不比一百多年前民間約定俗成的結果高明多少。對某些用字進行替換只是為了盡量與近年來發表的福州方言論著的用字保持一致。

# 第二章
# 語音研究

## 第一節　材料依據

這一章討論一八七〇年的福州音系，材料依據主要是 C. C. Baldwin 在《字典》和《撮要》的緒論中的描寫。E. H. Parker 在同一時期發表的兩篇很有價值的論文也是我們倚重的參考資料。

Baldwin 使用瓊斯音標，並用和英語法語對比的方法描寫了每一個元音輔音，例如：

元音：

a，　as in *far*, *father*.

á，　as in *care*, *fair*, or as *e* in *there*.

ă，　as in *hat*, *sat*, *fathom*.

e，　as in *they*, *prey*, or as *a* in *name*.

é，　as in *met*, *seven*, *error*.

ë，　as in *her*, or as *i* in *bird.*

i，　as in *machine.*

í，　as in *pin*, or as the second *i* in *in finite*.

o，　as in *no*, *note*, *report.*

ó，　as in *for*, *lord*, or as *a* in *fall*.

u，　as in *bull*, but oftener as *o* in *move*, or *oo* in *school*.

ü，　as in the Franch *l'une*, *jeune*.

輔音：

ch， as in church.

ch‘， the aspirate ch, or the same as ch with an additional h, which is always represented by the Greek as *piritus asper*, or mark of rough breathing.

h， as in hand at the beginning of words. While at the end it is not fully enunciated, but marks an abrupt closing of the vocal organs.

k， as in *king* at the beginning of words, while at the end it is a suppressed *k* sound, and like *h* marks an abrupt closing of the vocal organs.

k‘， the aspirate k.

l， as in *lay*.

m， as in *may*.

n， as in *nay*.

ng， as in *singing*, both at the beginning and end of words.

p， as in *pay*.

p‘， the aspirate p.

s， as in *say*

t， as in *tame*

t‘， the aspirate t.

w， as in *want*, *wing*, *swan*, in the beginning and middle of words.

y， as in *your*.

根據這樣的描寫，除了少數幾個聲母韻母需要斟酌，我們不難將這套音標替換成現在更通行的國際音標：

**對照表一：瓊斯音標與國際音標對照表**

| a | á | ă | e | é | ë | i | í | o | ó | u | ü | w | y | |
|---|---|---|---|---|---|---|---|---|---|---|---|---|---|---|
| a | ɛ | æ | ei | e | ø | i | ɪ | ou | ɔ | u | y | u | i | |
| ch | ch‘ | h | h | k | k‘ | l | m | n | ng | p | p‘ | s | t | t‘ |
| tʃ | tʃh | h | ʔ | k | kh | l | m | n | ŋ | p | ph | s | t | th |

說明：

一、這個對照表是嚴格按照上文的字母發音描寫轉寫音標符號，表中上行是瓊斯音標，下行是國際音標。下文中將通過討論，進一步確定各個聲母韻母的轉寫方案。

二、瓊斯音標的“h”兼做聲母和喉塞韻尾。

三、瓊斯音標的“u、i”與“w、y”互補，前者作為韻腹，後者作為韻頭。

# 第二節　聲母系統

## 一　一八七〇年的聲母系統

Baldwin 沿用了《戚林八音》的「字頭」和「字母」來代表福州方言的聲母和韻母。《戚林八音》的聲母歌訣是四句五言詩：柳邊求氣低，波他曾日時，鶯蒙語出喜，打掌與君知。前三句共十五字代表不同的聲母，《字典》的聲母表也是如此排列的。

**對照表二：聲母音標對照表**

| 序號 | 字頭 | 字典 | ipa | 序號 | 字頭 | 字典 | ipa | 序號 | 字頭 | 字典 | ipa |
|---|---|---|---|---|---|---|---|---|---|---|---|
| 1 | 柳 | l | l | 6 | 波 | p‘ | ph | 11 | 鶯 | | |
| 2 | 邊 | p | ɵ | 7 | 他 | t‘ | th | 12 | 蒙 | m | m |
| 3 | 求 | k | k | 8 | 曾 | ch | tʃ | 13 | 語 | ng | ŋ |
| 4 | 氣 | k‘ | kh | 9 | 日 | n | n | 14 | 出 | ch‘ | tʃh |
| 5 | 低 | t | t | 10 | 時 | s | s | 15 | 喜 | h | h |

說明：

一、《字典》沒有提到今福州話的聲母類化現象以及今福州話由於聲母類化而產生的幾個濁音聲母。這一點我們將在下文中專門討論。

二、「喜」母從音系上看，是與舌根塞音〔k〕〔kh〕配套的擦音。根據《字典》的描寫，擬為喉音〔h〕。這個擬音是一個音位符號，當這個聲母與前元音相拼時，部位很可能會前移到舌根，今福州話就是如此，沒有理由認為一百多年前有什麼不同。

三、塞擦音聲母的發音部位問題請看下一節的討論。

## 二　關於塞擦音聲母的發音部位的討論[1]

《字典》對「曾」和「出」的標音用 ch、ch‘ 兩種符號，並在「緒論」中說明 ch 的發音如同英語詞“church”，因此，嚴格地轉換音標，應該標為舌葉音。與此同時，《字典》對「時」的標音卻是 s，說明讀如“say”開頭的輔音。

---

1　這一部分的討論是筆者與秋谷裕幸先生合作的成果，請參閱陳澤平、秋谷裕幸：〈福州方言塞擦音聲母演變考察〉，載《中國語文創刊50周年紀念論文集》（北京市：商務印書館，2004年）。

《字典》作者對這兩個聲母的審音可能受了英語母語的影響而產生偏差，但塞擦音和擦音由於發音方法的不同而形成發音部位上的明顯差異也是可能的。例如很多方言的舌根音〔k $k^h$ x〕一套聲母中，擦音的實際發音部位與塞音比較，部位上多少有些區別。那麼，一百三十多年前的《字典》時代，以及一直上溯到三四百年前的《戚林八音》時代，「曾、出」兩個聲母的發音部位究竟是舌尖還是舌葉呢？

我們準備接受《字典》的描寫，即在二十世紀以前，福州話的「曾、出」兩個塞擦音是舌葉音，與舌尖擦音「時」的發音部位不同。理由如下：

## （一）同時期的同類文獻說明“ch、ts”代表不同的輔音

十九世紀傳教士對漢語方言的語音描寫並沒有使用發音部位、發音方法等術語，通常只是與英語、法語等歐洲語言的發音做類比，我們有理由懷疑他們的類比受到母語的影響而產生偏差。這幾位傳教士都是美國人，而英語中單詞開頭的位置上既有舌葉擦音 sh，又有舌尖擦音 s；但塞擦音在這個位置上只有拼寫為 ch 的舌葉音，沒有舌尖塞擦音。是否存在這樣的可能性，《字典》作者為「時」母選擇了比較準確的「s, as in say」，而為「曾、出」兩母則是權宜地使用了“ch, as in church”？

但這種可能性不大。

先引一個旁證。傳教士在各自的傳教地區學習當地方言，編製方言拼音文字，並以這種方言拼音文字來翻譯出版《聖經》，這是一個有計畫、有組織的工作項目。各地的傳教士並不是孤立地從事這項工作的，他們之間有密切的相互交流。此類出版物互相參考在情理之中。他們還在《中國評論》（*China Review*）、《衛理公會季刊》（*The Methodist Quarterly Review*）等刊物上發表研究成果，討論漢語方言的語音、詞彙、語法等等。廣東話、客家話、官話的同類資料表明，

當時的羅馬字拼音通行用 ts 來表示舌尖前塞擦音，ch 表示舌葉、舌尖後或舌面前塞擦音。例如對北京話的標音，「知」類、「家」類的聲母都標 ch，而「資」類的聲母一定是標 ts。

英國長老會牧師 Carstairs Douglas 所作的《廈英大辭典》[2]（*Chinese-English Dictionary of the Vernacular or Spoken Language of Amoy*）在一八七三年出版。它與《字典》是同一時期的同類著作，作者一為英國人，一為美國人，母語都是英語。可以為我們的判斷做個參考。

Douglas 對塞擦音的標音有些特別，不送氣的「曾」母在細音 i、e 之前標 ch，在其他元音前標 ts，而送氣的「出」母一律標 chh。至於擦音一律標 s。例如[3]：

借 chia$^{6}$ | 浸 chim$^{5}$ | 災 che$^{1}$ | 正 cheng$^{5}$ | 灶 tsau$^{5}$ | 族 tsok$^{8}$ | 珠 tsu$^{1}$

車 chhia$^{1}$ | 市 chhi$^{6}$ | 請 chheng$^{3}$ | 炒 chha$^{3}$ | 醋 chho$^{5}$ | 鼠 chhu$^{3}$ | 推 chhui$^{1}$

西 sai$^{1}$ | 虱 sat$^{7}$ | 世 se$^{5}$ | 時 si$^{2}$ | 水 sui$^{3}$

在《廈英大辭典》的引言中，作者對此有個說明：「ch 總是讀如 church；只有在其送氣的形式 chh 有時接近送氣的 ts」，「有時 chh 的發音更接近於送氣的 ts，當後隨的元音是 a、o、u 或 ng 的時候有時會出現這種情況。總的說來，即使後隨的是這些字母，這個音總是保持為一般的 chh，或非常接近。但有的時候，尤其是在泉州話、同安話中它要寫作 tsh，一般情況下它介於 chh 和 tsh 之間。但由於這種讀音並不是很普遍，而且漸次地靠近正常的 chh，我認為最好不要因此改變對廈門話的一般標音。」

看來十九世紀的英美傳教士還沒有建立起很自覺的音位觀念，設

---

2 Douglas, Carstairs, *Chinese-English Dictionary of Vernacular or Spoken Language of Amoy* (London:Trubner & Co, 1873).

3 這裡引用原書的標音符號，調號改用8以內數字標調類。閩語沒有陽上，調號4空缺。

計標音符號時不注意系統性。但也正因為如此，他們也較少被「系統性」的觀念所左右，能更客觀地對待可能存在的音色差異。

當時廈門話的塞擦音究竟是什麼狀況，這個問題跟本文對福州話的討論相關，但略微超出了本題，我們暫不繼續深入。這裡引入這個資料只是做個旁證，說明當時的方言研究者有足夠的審音能力和相應的標音手段來區分 ch 和 ts 的。福州話的《字典》作者應該也不例外。如果他們認為「曾、出」是和「時」部位相同的塞擦音，完全可以用 ts 來表示。但他們選擇了 ch。

## （二）稍後的文獻印證了《字典》的描寫

瑞典學者高本漢著《中國音韻學研究》的法文原版於一九一五至一九二六年間分卷出版。趙元任等的中文譯本在一九四〇年出版。高著中使用的福州字音也是取自《字典》，作者特別說明，福州話的標音是經他本人核對過的，有把握用嚴式音標來記錄。高本漢的原著使用瑞典方言字母音標，經趙元任等人翻譯轉換成國際音標，這三個聲母分別是〔ȶɕ ȶɕʰ s〕。

儘管高氏具有很高的學術聲望，但二十世紀初的歐洲學者的語音分析理論框架也許跟我們現在的認識會有一些細微的差別。我們要討論的就是一個很精細的音色差異問題，所以這裡有必要先澄清音標後面的語音事實。

高氏把舌面前音再分為「極前與普通」的兩種。福州話的「曾、出」就屬「極前」的這一種，部位在「舌尖—齒齦」，「這個音在聲母地位的見於北京、山西、蘭州、西安、懷慶、福州」。[4]高氏還認為，英語的 church 中的 “ch” 也是舌面音，不過部位要偏後些。據趙元任

4　高本漢著，趙元任等譯：《中國音韻學研究》（北京市：商務印書館，1995年），頁188。

關於音標轉換的說明，作為嚴式音標，〔tɕ tɕ$^{h}$〕是軟音，〔tʂ tʂ$^{h}$〕是硬音，而〔tʃ　tʃ$^{h}$〕則是介於二者之間、確切地不軟不硬的音。但值得注意的是，在高著第四卷《方言字彙》中，羅列了二十六個方言的字音，都沒有使用舌葉音〔tʃ　tʃ$^{h}$ ʃ〕的符號。這不禁讓我們覺得，高氏的審音是否把軟硬之分看得太絕對了，以至於在漢語方言中找不到一個「不軟不硬」的中間點。

但無論如何，高氏的嚴式音標把福州話的「曾、出」兩母跟北京話的舌面前塞擦音歸為一類，儘管我們也不太清楚一九一五年的北京話這兩個聲母是否跟今天的聽起來完全一樣，但也可以這樣認定：高氏聽到的「曾、出」兩個塞擦音部位在「舌尖—上齒齦」，音色偏軟，應該跟廣州話差不多。在該書第三百一十八頁有一條譯注：「據譯者調查，廣州（塞擦）音介乎硬軟之間，略偏向於軟，並且很前」。

在高著中，福州話的這兩個塞擦音最大的特點還在於它們的分布。瀏覽《方言字彙》，會注意到，多數方言都有〔ȶɕ ȶɕ$^{h}$〕，一般都只出現在齊齒呼和撮口呼韻母的前面，而福州話的〔tɕ tɕ$^{h}$〕後面四呼俱全。例如：

左 ȶɕɔ｜ 斬 ȶɕaŋ｜ 叉 ȶɕ$^{h}$a｜ 妻 ȶɕ$^{h}$ɛ｜ 蔗 ȶɕia｜ 戰 ȶɕieŋ
水 ȶɕui｜ 催 ȶɕ$^{h}$ui｜ 慈 ȶɕy｜

關於這個特點，高本漢的解釋是：「別的方言，爆發音塞擦音跟摩擦音，只在 i 音前頭受顎化，有些方言就是在 i 音前頭也只限於某幾類字。福州話則不然，它在所有的元音前頭都發生這種變化，不過僅限塞擦音，而不影響到爆發音跟摩擦音罷了。」[5]

---

5　高本漢著，趙元任等譯：《中國音韻學研究》（北京市：商務印書館，1995年），頁319-320。

高本漢作出這樣的標音和說明，一定是有語言事實的依據的；只是我們根據一般的經驗，認為舌面塞擦音在洪細不同的韻母之前，應該也還是有部位前後、或顎化程度高低的細微差別被作者忽略了。如果不太苛刻地使用〔tʃ tʃʰ〕這一對音標，用它們來標記當時福州話的「曾、出」兩個聲母，認為它們是偏軟的舌葉音，應該是合適的。

### （三）毗鄰方言的情況說明「曾、出」和「時」部位有別

Jerry Norman（1977-1978）把閩東方言的塞擦音分立為互補分布的舌尖、舌面兩套，後者只出現在齊齒韻和撮口韻前。但沒有和擦音 s 相配的舌面音。我們感興趣的是他對這幾個輔音的描寫：「在寧德和福安，不顎化的嘶音聽起來有點像廣東方言那樣的〔tʃ〕〔tʃʰ〕，在整個閩東地區，〔s〕在任何環境下部位都很靠前，給人〔θ〕的印象。」[6]作者是知名的漢語方言學家，對福建方言做過深入的調查，他的描寫是可信的。

馮愛珍（1993）對閩東方言福清話的描寫也指出：「福清方言的〔s〕實際上是齒間清擦音〔θ〕……與福州方言的〔s〕是有區別的。」而福清方言的塞擦音〔ts tsʰ〕的發音部位跟福州話相同。[7]

閩東各地的方言跟福州話的音韻格局大致相同，都適用《戚林八音》的聲母歌訣，通常把福州話作為這一片方言的代表。因此我們把以上的語言事實作為福州話的「曾、出」和「時」的發音部位曾經有區別的旁證。

### （四）聲母類化規律說明塞擦音與擦音部位不同

今福州話的聲母在連讀時會發生有規律的變化，一般稱這種語流

6 Jerry Norman, *A Preliminary Report on the Dialects of Mintung* (Sankt Augustin: Monumenta Serica, 1977-1978).

7 馮愛珍：《福清方言研究》（北京市：社會科學文獻出版社，1993年），頁28。

音變現象為「類化」。陳澤平（1998）指出：「聲母類化表現為語流音變的順同化作用，連讀上字的收尾音部分同化或完全同化了下字的聲母。語流音變的結果是在連續的小語段內部合併了同部位的輔音音位。」[8]這是根據聲母類化規律的大勢作出的概括，其中卻包含了一個例外的情況：今福州話的〔ts tsʰ s〕三個聲母部位一致，但類化的規律卻不同：

| 後字原聲母 | 類化聲母 | |
|---|---|---|
| | 前字元音尾 | 前字鼻音尾 |
| ts tsʰ | z | nz |
| t tʰ n s | l | n |

例如：

| | | | | | |
|---|---|---|---|---|---|
| 粗紙草紙 | tsʰu | ts-zai | 番錢銀元 | xuaŋ | ts-nzieŋ |
| 老鼠 | nɔ | tsʰ-zy | 風車 | xuŋ | tsʰ-nzia |
| 雨傘 | y | s-laŋ | 風簫打氣筒 | xuŋ | s-niu |
| 戲臺 | xie | t-lai | 紅糖 | œyŋ | tʰ-nouŋ |

〔s〕的類化規律跟〔t th n〕一致，而與〔ts tsʰ〕不同。

閩語莆仙話一般被認為是閩南話與福州話的過渡方言。底子是閩南話，受福州話的深度浸潤，在表層上有很多跟福州話相同的特徵。例如，莆仙話也有聲母類化現象。我們不妨用莆仙話來做個對比。

莆仙話有一個音色很特殊的邊擦音〔ɬ〕，據《福建省志》〈方言志〉：「凡福州話、廈門話讀〔s〕聲母的字，莆田話一般讀〔ɬ〕聲母。」儘管〔ɬ〕的音色特殊，但莆仙話的〔ts tsʰ ɬ t tʰ n l〕七個舌尖音聲母的類化規律相同。這一點與福州話形成對照：

8 陳澤平：《福州方言研究》（福州市：福建人民出版社，1998年），頁9。

| 後字原聲母 | 類化聲母 | |
|---|---|---|
| | 前字元音尾 | 前字鼻音尾 |
| ts tsʰ ɬ t tʰ n l | l | n |

例如：

沸水開水　pui　ts-lui　　逢早明天　hɒn　ts-nɒ
考試　kʰo　ɬ-li　　新生　sin　ɬ-nɛŋ
戲臺　hi　t-lai　　皇帝　hon　t-ne

這個對比說明，福州方言的〔s〕與〔ts tsʰ〕的類化規律不同，是因為在形成類化規律的時期，擦音與塞擦音的發音部位不同。我們還認為，福州話的聲母類化現象雖然比較特殊，卻不是很古老的現象，大約就形成於十九世紀的後半葉至二十世紀初這段時期內，下文將進一步討論這個判斷。

## （五）塞擦音聲母誘發的低元音韻母齊齒化

《戚林八音》的「嘉、山」兩韻字今福州話讀〔a aŋ aʔ〕。王天昌（1969）、秋谷裕幸（1991）都報告其中大部分與塞擦音相拼的字，韻母變成齊齒韻〔ia iaŋ iaʔ〕。陳澤平（1998）說明，這些字以福州城內口音來說，仍以開口韻為「正音」，但在郊區多是齊齒韻，本來是一種城鄉口音的差別。由於城鄉混雜，齊齒韻的讀法以詞彙擴散的方式向城內口音發展，這種讀法現在多數都能被接受。這些字例如：

| 城內 | 郊區 | |
|---|---|---|
| tsa | tsia | 查渣嘈早濟劑炸詐 |
| tsʰa | tsʰia | 叉岔差柴炒吵 |
| tsaŋ | tsiaŋ | 井爭殘慚站盞斬棧暫贊簪 |
| tsʰaŋ | tsʰiaŋ | 參慘燦生青 |
| tsaʔ | tsiaʔ | 窄扎閘鍘仄雜砸 |
| tsʰaʔ | tsʰiaʔ | 冊察插查擦 |

此外，陳澤平（1998）還報告，在福州城以北的郊區以及靠近連江縣的東郊，城內口音以〔ts $ts^h$〕拼〔au〕韻母的音節也都衍生出〔i〕介音，讀作齊齒韻。例如：

| 城內 | 郊區 | |
|---|---|---|
| tsau | tsiau | 糟抓巢走找灶奏皺 |
| $ts^hau$ | $ts^hiau$ | 抄操抄草吵臭湊 |

以上這些字音的城內「正音」與三百多年前的《戚林八音》分韻一致，郊區的齊齒呼讀法是後起的變異。這種變異只出現在塞擦音聲母字，不涉及擦音及其他聲母。

現在我們已經可以從音理上解釋產生這種變異的原因了：在稍早的一段時期內，福州話的塞擦音是偏軟的舌葉音〔tʃ $tʃ^h$〕，它們與低元音〔a〕相接的音節，由於顎化作用，產生出一個輕微的過渡音〔i〕。在這之後的一段時間內，塞擦音和擦音之間的部位差別作為羨餘特徵經系統調整被消除，並且平行地演變成與韻母洪細相和諧的硬軟兩套互補的變體，即今福州話的這個格局。在這個過程中，某些鄉村口音的過渡音〔i〕被強化為介音，從而轉化為齊齒韻。

舌尖擦音本來是部位靠前的硬音，所以不發生同樣的變異。

前一項變異發生在文教基礎較薄弱的郊區，再逐漸以詞彙擴散的途徑影響城內口音。其中生活常用詞，如「井、爭、簪、殘、窄、雜、冊」等的齊齒呼讀法已經為城內人普遍接受了，而口語不常用的「參、斬、慚、仄、燦」等讀齊齒呼仍覺得比較「土氣」。後一項變異至今還仍然是一種典型的鄉村口音，城內人不能接受。這一點可能是因為福州話韻母系統中本沒有這麼一個〔iau〕韻母。（福州話有一個來源不明的動詞「$ŋiau^1$」，通常不為它單獨立一個韻母。）

福州話韻母系統中還有一個以〔a〕開頭的〔ai〕韻母，由於韻尾與〔i〕介音不相容，沒有發生同類的變異。

### （六）小結

以上羅列的種種理由，使我們相信十九世紀的福州話聲母系統中，兩個塞擦音是音色偏軟的舌葉音，跟我們今天聽到的不同。因為如果不做出這樣的擬測，我們就很難解釋：（1）為什麼《字典》為「曾、出」兩母選擇了 ch 的標音符號；（2）為什麼高本漢對福州的塞擦音做了那樣特殊的描寫和說明；（3）為什麼福州話塞擦音和擦音的聲母類化規律不同；（4）為什麼塞擦音與低元音相拼時會衍生出一個〔i〕介音。

儘管我們對這一對塞擦音的具體發音部位的擬測具有很大的把握，但由於不涉及音位系統的重組，本書以下章節中的注音仍舊遵循習慣使用舌尖音符號〔ts〕〔tsh〕來代表這兩個輔音音位。

**一八七〇年的福州話聲母系統表**

| | | | | |
|---|---|---|---|---|
| p | ph | m | | |
| t | th | n | | l |
| k | kh | | h | |
| ts | tsh | | s | |
| 0 | | | | |

## 三 一個多世紀以來聲母系統的變化

### （一）泥來母的混同

《戚林八音》區分「柳、日」兩個聲母，「柳」類來源於來母，「日」類來源於泥娘日母。這大體上也是普通話 “n、l” 兩個聲母的歷史來源。今福州話的單字音，〔n〕、〔l〕兩個聲母已經混同，一般只有〔n〕，沒有〔l〕。這一變化的分布範圍已經超出福州市，閩江出海口的兩岸閩侯、長樂、連江都是如此，陳澤平（1998）有詳細說明。《閩音研究》（1930）已經指出福州有部分人的這兩個聲母混同，但在一八七〇年的材料中沒有類似說明。《字典》收集的「有音無字」的口語詞，也分 n-l，例如主要由「無字詞」構成的〔ø〕韻母：

lø　陰平　□（～倒：躺倒）
　　陽平　驢□（伸頭）□（咒罵）
　　上聲　魯（土氣，蠢）
nø　陰平　□（～落：滑倒）□（黏糊糊）
　　陽平　□（漤～：唾沫）
　　上聲　□（酸疼）
　　陰去　□（肥～～：肥胖）

其他例子請參看下一章的「同音字彙」。

我們也在《字典》發現了若干 n-l 混亂的迹象。個別寫不出字的單音詞既有 n 聲母形式，又有 l 聲母形式，對詞義的翻譯解釋卻十分相似。例如上例中的「lø1倒」解釋為「躺倒」（to recline）；「nø1落」解釋為「滑倒」（to fall over）。再如：「neik7」解釋為「少量、極少量」（a little, a very small quantity）；「leik7」解釋為「不太夠」（scant, falling short, barely sufficing）。「郎罷」（父親）的「郎」注音「nouŋ²」，也許「郎」不是本字；但「頭髮亂」（剪下的頭髮亂纏成一團，用作擦洗工具）和「亂白續」（亂麻）中的「亂」是可以確定的來母字，卻標音「nauŋ⁵」。

《字典》以《戚林八音》為正音標準，不排除當時也已經出現少數 n-l 混同現象，但被認為是不規範的個人發音特點而沒有得到承認。

## （二）塞擦音發音部位的移動

根據上一節的討論，我們認為「曾、出」這兩個塞擦音在一八七〇年的平面上還是「偏軟的舌葉音」，與舌擦音「時」的發音部位不同。大約在二十世紀初葉變成今天這樣的〔ts〕、〔tsʰ〕、〔s〕平行對稱的格局。很難確切地斷定這個細微的音色變化在什麼時候完成，因為總會存在因人而異、因區域而異的情況。陶燠民一九三〇年發表《閩音研究》時，福州城內口音的主流大概已經完成了這個轉化。陶氏用齊齒呼的「寂、戚」做這兩個聲母的代表字，他的描寫如下：

> 惟舌面寂戚二母，國音為與硬顎阻礙之音，閩音則為與硬顎齒齦之間阻礙，且齊撮之則所用舌部稍後，而與國音濟齊相近，開闔之則所用舌部稍前，而與國音之資眥相類矣。

這項說明用今天習慣的表達方式來說就是：福州話的〔ts〕、〔tsʰ〕與開合兩呼相拼時跟北京話差不多，與齊撮兩呼相拼時是舌面前音，其部位比北京話的〔tɕ〕、〔tɕʰ〕要偏前一些。這大致就是今福州話塞擦音的面貌。

## 第三節　韻母系統

### 一　一八七〇年的韻母系統

《戚林八音》的韻母代表字歌訣語句長短參差，共三十六字，其中有三個韻母的代表字重複，實際上只有三十三個「字母」。「字母」以舒聲韻為代表，統攝相應的入聲韻。

今福州方言音系的主要特點之一是它的韻母有鬆緊兩套音值，兩套韻母音值分布在不同調類。在平聲、上聲以及陽入的音值成為「本韻」，去聲和陰入的音值稱為「變韻」。陳澤平（1998）證明這個現象是韻母在特殊調值的作用下逐漸發展形成的，在三百多年前的《戚林八音》音系中還沒有這個現象。一百多年前 Baldwin 對兩套韻母的描寫也是特別值得關注的方面。

Baldwin 專門列了一張韻母和聲調關係表（FINALS, AS MODIFIED BY TONES），縱列三十四個字母，橫排八個調類（實際上只有七個），填上各韻母在不同調類上的標音符號。這個表完整地反映了當時兩套韻母音值和兩套入聲韻尾的情況。我們將標音符號轉換成國際音標，調類名稱也改為現在的稱法，抄錄如下：

| | 陰平 | 上聲 | 陰去 | 陰入 | 陽平 | 陽去 | 陽入 |
|---|---|---|---|---|---|---|---|
| 春 | uŋ | uŋ | ouŋ | ouk | uŋ | ouŋ | uk |
| 花 | ua | ua | ua | uaʔ | ua | ua | uaʔ |
| 香 | ioŋ | ioŋ | ioŋ | iok | ioŋ | ioŋ | iok |
| 秋 | iu | iu | eu | euʔ | iu | eu | iuʔ |
| 山 | aŋ | aŋ | aŋ | ak | aŋ | aŋ | ak |
| 開 | ai | ai | ai | aiʔ | ai | ai | aiʔ |
| 嘉 | a | a | a | aʔ | a | a | aʔ |
| 賓 | iŋ | iŋ | eiŋ | eik | iŋ | eiŋ | eik |
| 歡 | uaŋ | uaŋ | uaŋ | uak | uaŋ | uaŋ | uak |
| 歌 | ɔ | ɔ | ɔ | ɔʔ | ɔ | ɔ | ɔʔ |
| 須 | y | y | øy | øyʔ | y | øy | yʔ |
| 杯 | uɪ | uɪ | uoɪ | uoɪʔ | uɪ | uoɪ | uɪʔ |
| 孤 | u | u | ou | ouʔ | u | ou | uʔ |
| 燈 | eiŋ | eiŋ | aiŋ | aik | eiŋ | aiŋ | eik |
| 光 | uoŋ | uoŋ | uoŋ | uok | uoŋ | uoŋ | uok |
| 輝 | ui | ui | oi | oiʔ | ui | oi | uiʔ |
| 燒 | ieu | ieu | ieu | ieuʔ | ieu | ieu | ieuʔ |
| 銀 | yŋ | yŋ | øyŋ | øyk | yŋ | øyŋ | yk |
| 釭 | oŋ | oŋ | auŋ | auk | oŋ | auŋ | ouk |
| 之 | i | i | ei | eiʔ | i | ei | iʔ |

| | 陰平 | 上聲 | 陰去 | 陰入 | 陽平 | 陽去 | 陽入 |
|---|---|---|---|---|---|---|---|
| 東 | øŋ | øŋ | aøŋ | aøk | øŋ | aøŋ | øk |
| 郊 | au | au | au | auʔ | au | au | auʔ |
| 過 | uo | uo | uo | uoʔ | uo | uo | uoʔ |
| 西 | ɛ | ɛ | ɛ | ɛʔ | ɛ | ɛ | ɛʔ |
| 橋 | io | io | io | ioʔ | io | io | ioʔ |
| 雞 | ie | ie | ie | ieʔ | ie | ie | ieʔ |
| 聲 | iæŋ | iæŋ | iæŋ | iæk | iæŋ | iæŋ | iæk |
| 催 | oi | oi | ɔi | ɔiʔ | oi | ɔi | oiʔ |
| 初 | ø | ø | aø | aøʔ | ø | aø | øʔ |
| 天 | ieŋ | ieŋ | ieŋ | iek | ieŋ | ieŋ | iek |
| 奇 | iæ | iæ | iæ | iæʔ | iæ | iæ | iæʔ |
| 歪 | uai | uai | uai | uaiʔ | uai | uai | uaiʔ |
| 溝 | eu | eu | aiu | aiuʔ | eu | aiu | euʔ |

這張表反映的是韻母音值和調類的關係，其中有些變韻音值和入聲音值只是理論上允許存在，而實際上並沒有這樣的音節。上表只是機械地按照「對照表1」進行音標替換。我們還需要對它作一些擬測性的調整。

趙元任先生在說明為什麼要用音位標音法來代替音素標音法時，曾指出「自己有語言的人，他對於一般語言的判斷跟辨別力量，總是具有極深的成見跟偏見的，這是很難免的。」[9]我們在 Baldwin 對福州話的標音中也不時看到英語的影子，對韻母的標音中這種英語的影子出現得更多。

由於福州話的韻母有本韻和變韻兩種音值，元音音位的變體較多，區別更加細微。從標音法的原理上說，只要能夠在音節的層面上

9　趙元任：《語言問題》（北京市：商務印書館，1980年），頁39。

用不同的符號區別對立的形式就都是正確的。要再進一步讓音標的使用盡可能準確體現音值，屬於錦上添花。福州話的變韻是在特殊調值的作用下韻母音值的改變，這種變化出現在所有的韻母上，只是程度不同而已。一般說來，高元音變化劇烈一些，涉及到音位系統；低元音變化的幅度小一些，不涉及音位。精細的標音可以為所有韻母標出本韻和變韻兩種音值，但通常只需要為涉及到元音音位的變韻音值單獨設計符號。在所使用的標音工具性能許可下，大體上做到寬嚴標準一致就很好了。Baldwin 就是這麼做的。

Baldwin 使用的這套音標只有 a、o、e、i、u 和 w、y 七個元音符號，再加上很像《漢語拼音方案》的陽平、上聲調號的兩個附加符號，要對付福州話複雜多樣的元音音位變體，顯然有些力不從心。而且他對每個標音符號的定義也只是和英語、法語中的元音進行簡單類比，沒有一套現在已經成為常識的發音語音學概念的支持，很難將元音特徵說明清楚。這是我們琢磨他的標音時應該注意到的。以下是我們做的幾點分析：

（一）Baldwin 設計了一個 ă，說明讀音如英語 hat、sat 中的元音，可見應該是比第四號標準元音略高的〔æ〕。他的英語母語使他的聽覺對這個元音特別敏感。這個元音在他的韻母表中只用於「奇」字母和「聲」字母，前面都有一個〔i〕介音。從整個音位系統來看，無疑屬於 a 音位。我們可以取消這個符號，「齊」、「聲」的主要元音擬為〔a〕。

（二）Baldwin 把「溝」字母的變韻標為 aiu。這中間的「i」，無論是作為韻腹還是過渡音都很難理解其音理。其他漢語方言中似乎沒有這樣的三合元音，顯得不太合理。我們推測這樣的標音可能是表示主要元音 a 部位偏高偏前，並在向韻尾 u 滑動過程中有比較明顯的過渡音，因而跟後元音為主要元音的 au（「郊」字母）有所區別。因此我們把這個韻母音值擬為〔æu〕。

（三）今福州話的國際音標標音中，〔œ、ø〕和〔ɔ、o〕是配套的兩對圓唇元音。在單韻母中出現半低元音，在複元音韻母中出現半高元音。Baldwin 的標音中區別了後元音〔ɔ〕和〔o〕，卻不區別圓唇的前元音〔œ〕和〔ø〕。這一點可能跟他的英語母語也有關係。

值得注意的是，Baldwin 用法語來類比說明圓唇的〔y〕，卻沒有同樣用法語來類比說明這個〔ø〕，而是類比於英語的 her、bird，在他聽來，這個元音不是圓唇的，而是唇形中性的央元音。除了他的英語母語背景之外，可能還說明這個元音當時的圓唇特徵還不明確。今福州話中的〔œ〕和〔ø〕的唇型其實也不很圓。但我們根據 Parker 的描寫，認為這個元音還是確定為圓唇元音比較合適。Parker 在〈福州方言音節表〉一文中試圖用一套統一的音標來標記北京、漢口、廣州、福州四處的方言，他用 ö（o 上加兩點）來記這個元音，並將它與廣州話進行比較。他說：要確切地說明廣州話和福州話的 o 韻母的區別很困難，如果我們說前者更響亮一些、開放一些（more sonorous and open），也許不至於說得太過分。今廣州話的這個韻母是與前半低圓唇元音。兩處方言這個元音的圓唇特徵都被誤判的可能性不大，兩處在一百年間不約而同地由不圓唇變為圓唇的可能性也不大，因此把一八七〇年的福州話個「初」字母判為前半高圓唇元音〔ø〕是比較妥當的。

（四）在韻母表的說明中，Baldwin 提到幾個讓他感到為難的韻母：

> 一、「杯」有人寫作 uei，也有人更傾向於 uoi。
>
> 二、「過」有人喜歡在後面加上一個 a 或ø，寫作 uoa 或 uoø。
>
> 三、「橋」有人會寫作 yo、ioa，也許這些標音都不能準確地表示口語的實際音值，想掌握這個韻母的精確讀法，唯有跟著當地教師模仿。

四、「秋」和「燒」常常相混，當地的教師和其他人都是如此，特別是在郊區和鄉下。同樣的情況發生在「輝」和「杯」之間。

除了最後一點以外，實際上都只是涉及複合元音的非區別性特徵。「杯」韻母無論寫作 uei 或 uoi，中間的元音實際上是從 u 到 i 的過渡音，唇形是很模糊的，而由於中間有個舌位較低的過渡音，收尾的 i 可能不到位。所以 Baldwin 自己的標音為 wí，與「輝」韻母的 wi 加以區別。有人要在「橋」和「過」的後面添個 a，大概是要形容性地說明主要元音 o 不那麼圓而且實際上有個動程，最後的開口度要低一些。「橋」的韻頭可能是從〔i〕向〔y〕逐漸轉化的，[10]當時可能還介於展唇和圓唇之間。這些都是容易解釋的。

（五）「杯—輝」和「秋—燒」的分合問題與歷史音變有關，稍後繼續討論。

根據上面的討論，再剔除了《字典》中實際上不存在的韻母音值後，我們便得出一個一八七〇年的韻母表，排列如下：

**對照表三：韻母音標對照表**

| 序號 | 字母 | 舒聲 | | | | 入聲 | | | |
|---|---|---|---|---|---|---|---|---|---|
| | | 本韻 | | 變韻 | | 本韻 | | 變韻 | |
| | | 字典 | ipa | 字典 | ipa | 字典 | ipa | 字典 | ipa |
| 1 | 春 | ung | uŋ | ong | ouŋ | uk | uk | ok | ouk |
| 2 | 花 | wa | ua | — | — | wah | uaʔ | — | — |
| 3 | 香 | iong | ioŋ | — | — | iok | iok | — | — |
| 4 | 秋 | iu | iu | eu | eu | | | | |

10 參看陳澤平：《福州方言研究》（福州市：福建人民出版社，1998年），頁86。

| 序號 | 字母 | 舒聲 | | | | 入聲 | | | |
|---|---|---|---|---|---|---|---|---|---|
| | | 本韻 | | 變韻 | | 本韻 | | 變韻 | |
| | | 字典 | ipa | 字典 | ipa | 字典 | ipa | 字典 | ipa |
| 5 | 山 | ang | aŋ | — | — | ak | ak | — | — |
| 6 | 開 | ai | ai | — | — | | | | |
| 7 | 嘉 | a | a | — | — | ah | aʔ | — | — |
| 8 | 賓 | ing | iŋ | eng | eiŋ | ik | ik | ek | eik |
| 9 | 歡 | wang | uaŋ | — | — | wak | uak | — | — |
| 10 | 歌 | ó | ɔ | — | — | óh | ɔʔ | — | — |
| 11 | 須 | ü | y | ëü | øy | üh | yʔ | ëüh | øyʔ |
| 12 | 杯 | wí | uɪ | woí | uoɪ | | | | |
| 13 | 孤 | u | u | o | ou | uh | uʔ | oh | ouʔ |
| 14 | 燈 | eng | eiŋ | aing | aiŋ | ek | eik | aik | aik |
| 15 | 光 | wong | uoŋ | — | — | wok | uok | — | — |
| 16 | 輝 | wi | ui | oi | oi | | | | |
| 17 | 燒 | ieu | ieu | — | — | | | | |
| 18 | 銀 | üng | yŋ | ëüng | øyŋ | ük | yk | ëük | øyk |
| 19 | 釭 | ong | ouŋ | aung | auŋ | ok | ouk | auk | auk |
| 20 | 之 | i | i | e | Ei | ih | iʔ | eh | eiʔ |
| 21 | 東 | ëng | øŋ | aëng | aøŋ | ëk | øk | aëk | aøk |
| 22 | 郊 | au | au | — | — | | | | |
| 23 | 過 | wo | uo | — | — | woh | uoʔ | — | — |
| 24 | 西 | á | ɛ | — | — | áh | ɛʔ | — | — |
| 25 | 橋 | io | io | — | — | ioh | ioʔ | — | — |
| 26 | 雞 | ié | ie | — | — | iéh | ieʔ | — | — |
| 27 | 聲 | iăng | iaŋ | — | — | iăk | iak | — | — |

| 序號 | 字母 | 舒聲 | | | | 入聲 | | | |
|---|---|---|---|---|---|---|---|---|---|
| | | 本韻 | | 變韻 | | 本韻 | | 變韻 | |
| | | 字典 | ipa | 字典 | ipa | 字典 | ipa | 字典 | ipa |
| 28 | 催 | oi | oi | ói | ɔi | | | | |
| 29 | 初 | ë | ø | aë | aø | ëh | øʔ | aëh | aøʔ |
| 30 | 天 | iéng | ieŋ | — | — | iék | iek | — | — |
| 31 | 奇 | iă | ia | — | — | iăh | iaʔ | — | — |
| 32 | 歪 | wai | uai | — | — | | | | |
| 33 | 溝 | eu | eu | aiu | æu | | | | |

說明：

一、「本韻」分布在陰平、陽平、上聲和陽入調，「變韻」分布在陰去、陽去和陰入調。這與今福州話相同。

二、上表中用「—」表示「變韻」與「本韻」的《字典》標音符號相同，也就意味著這些韻母在不同聲調上的音值差異都還沒有達到區分元音音位的的程度，可以忽略不計。上表「入聲」欄中的空白格表示實際上不存在這樣的韻母。

三、從上表可以看出，這個韻母系統的格局相當均勻。每一個陽聲韻都有與之相配的〔-k〕尾入聲韻。每一個開尾的陰聲韻也都有相配的收喉塞〔-ʔ〕尾的入聲韻，而所有元音尾的陰聲韻沒有與之相配的入聲韻。

我們再將這個表按照韻母的類聚關係排列成韻母表，以便於觀察。縱分陰聲韻、喉塞尾入聲韻、陽聲韻、舌根尾入聲韻四欄。本韻和變韻用斜線隔開。

### 一八七〇年的福州話韻母系統表

| | | | | | | | | |
|---|---|---|---|---|---|---|---|---|
| 陰聲韻 | a | ε | ɔ | ø/aø | i/ei | ai | ieu | uɪ/uoɪ |
| | ia | ie | io | | u/ou | uai | iu/eu | ui/oi |
| | ua | | uo | | y/øy | au | eu/æu | oi/ɔi |
| 入聲韻 | aʔ | εʔ | ɔʔ | øʔ/aøʔ | iʔ/eiʔ | | | |
| | iaʔ | ieʔ | ioʔ | | uʔ/ouʔ | | | |
| | uaʔ | | uoʔ | | yʔ/øyʔ | | | |
| 陽聲韻 | aŋ | | | | iŋ/ciŋ | ciŋ/aiŋ | | |
| | iaŋ | ieŋ | ioŋ | | uŋ/ouŋ | ouŋ/auŋ | | |
| | uaŋ | | uoŋ | | yŋ/øyŋ | øŋ/aøŋ | | |
| 入聲韻 | ak | | | | ik/eik | eik/aik | | |
| | iak | iek | iok | | uk/ouk | ouk/auk | | |
| | uak | | uok | | yk/øyk | øk/aøk | | |

說明：表中不包括作為否定詞的聲化韻和只有一個字的 iau 韻母。

## 二　一個多世紀以來韻母系統的變化

下面先列出現代福州話韻母表，表中斜線左邊的是本韻，右邊是與之相配的變韻。在這些韻母中，只有六個韻母沒有變韻。

### 現代福州話韻母表

| | 甲 | | | | 乙 | | 丙 |
|---|---|---|---|---|---|---|---|
| 陰聲韻 | a / ɑ | ε | o / ɔ | œ | au / ɑu | ai / ɑi | |
| | 嘉 嫁 | 西 | 歌 告 | 初 | 郊 教 | 開 蓋 | |
| | ia / iɑ | ie / iε | | | εu | uai / uɑi | i / ei |
| | 奇 瀉 | 雞 寄 | | | 溝 | 歪 壞 | 之 記 |

| | 甲 | | 乙 | 丙 |
|---|---|---|---|---|
| 陰聲韻 | ua / uɑ<br>花 掛 | uo / uɔ<br>朱 過 | i$^{ə}$u　u$^{ə}$i / uəi<br>秋燒獸　輝杯歲 | u / ou<br>孤 固 |
| | | yo / yɔ<br>橋 曳 | | y / øy　øy / ɔy<br>須 箸　催 坐 |
| 入聲韻 | aʔ / ɑʔ　ɛʔ<br>白 百 | oʔ / ɔʔ　œʔ<br>鐲 索 | | |
| | iaʔ / iɑʔ　ieʔ / iɛʔ<br>食 設 | | | iʔ / eiʔ　eiʔ / aiʔ<br>直 滴　十 色 |
| | uaʔ / uɑʔ<br>罰 法 | uoʔ / uɔʔ<br>局 國 | | uʔ / ouʔ　ouʔ / ɒuʔ<br>毒 督　滑 骨 |
| | | yoʔ / yɔʔ<br>藥 約 | | yʔ / øyʔ　øyʔ / ɔyʔ<br>俗 宿　墨 抹 |
| 陽聲韻 | aŋ / ɑŋ<br>山 散 | | | |
| | iaŋ / iɑŋ　ieŋ / iɛŋ<br>聲 鏡　天 變 | | | iŋ / eiŋ　eiŋ / aiŋ<br>賓 信　燈 贈 |
| | uaŋ / uɑŋ<br>歡 換 | uoŋ / uɔŋ<br>光 飯 | | uŋ / ouŋ　ouŋ / ɒuŋ<br>春 棍　缸 算 |
| | | yoŋ / yɔŋ<br>香 憲 | | yŋ / øyŋ　øyŋ / ɔyŋ<br>銀 供　東 凍 |

與今福州話韻母系統對比，一個多世紀來涉及韻母結構類型和結構格局的變化主要有以下幾個方面：

## （一）「東」字母被類推為「雙尾韻」

「東」字母的主要元音也是灾，包括鼻音尾韻和舌根塞音尾兩個韻母。今福州話裡這兩個韻母都是跟「銀」字母配套的雙尾韻，即主要元音後有一個元音尾再加上一個輔音尾。「銀」字母的變韻音值與「東」字母的本韻音值相同，構成韻位的交叉。這與「賓、燈」「春、釭」的韻位交叉是平行現象。Baldwin 標音的福州話「東」字母本韻沒有元音尾。看下面的比較表：

| 今福州話 | | | | 一八七○年的福州話 | | | |
|---|---|---|---|---|---|---|---|
| 銀 | yŋ / øyŋ | 東 | øyŋ / ɔyŋ | 銀 | yŋ / øyŋ | 東 | øŋ / aøŋ |
| | yʔ / øyʔ | | øyʔ / ɔyʔ | | yk / øyk | | øk / aøk |

出現這個差別可以有兩種解釋：（　）Baldwin 標音太粗，由於英語中沒有現成的複合元音可以類比，所以他忽略了「東」字母的元音動程。但這個解釋不能說明他為什麼又能標出「銀」字母變韻音值的元音動程。（二）Baldwin 如實地標出了他聽到的實際音值，一百年前的「東」字母本韻音值就是如此，後來進一步的語音系統內部調整才形成今福州話這樣的整齊局面。這後一種解釋可以印證陳澤平（1984）對福州話韻母結構演變模式的推測：

> 在變韻現象發生的前後，「燈、釭、東」舒促六個韻母的本韻音值也發生了變化……本韻音值與變韻音值發展是同方向的……福州音系中特殊的「雙尾韻」（韻腹＋元音韻尾＋輔音韻尾）是在近四百年來的語言演變過程中產生的。[11]

如果這是事實，現在我們還可以進一步補充說，「燈、釭、東」發展為雙尾韻屬同一個語音演變趨勢，但這不意味著它們在發展過程中處處同步，「東」字母本韻音值的演變落後了一步，在一八七○年的平面上尚未完成。

---

11　陳澤平：〈福州方言的韵母結構及其演變模式〉，《語言學論叢》（北京市：商務出版社，1984年），第13輯。

至於「東」字母的變韻音值，其主要元音 Baldwin 用 a 表示，今福州話用〔ɔ〕表示，只是元音音位歸納的不同處理，不表示實際的區別。一八七八年 Parker 的標音在這個 a 上方加了兩個點 “ä”，這個附加符號也用於「ë〔ø〕」和「ü〔y〕」的標音，無疑是表示「圓唇」。因此，我們認為這個元音可以擬為〔ɒ〕，納入 a 音位。

## （二）「杯、輝」、「秋、燒」兩對韻母完成合併

「杯」與「輝」的對立大體上是中古蟹攝合口與止攝合口字的對立。蟹攝合口字一般讀「杯」韻，只有「推傴隊吠」四個字讀「輝」韻。止攝合口三等字一般讀「輝」韻，只有「吹炊飛尾」四個字讀「杯」韻。這一交錯的情況在《戚林八音》中就是如此。有趣的是，「吹、炊」兩字在《戚林八音》中即見於「杯」韻，又見於「輝」韻。如果不是傳抄訛誤，也許提示正在發生的詞彙擴散式音變。推想蟹攝合口與止攝合口的相混現象開始與三四百年前，以詞彙擴散的方式緩慢進行，一八七〇年之後突然加速，現在已經完全合併了。

「秋」與「燒」兩個韻母的對立就是中古流攝與效攝三四等字的對立。這個對立也在這近一百多年間消除了。

陳澤平（1998）指出，今「廣義福州話」區域的南北兩端如古田屏南、平潭等地還保存這兩對韻母的區分，而福州市區、周圍郊縣都已經完全混同了。Boldwin 所說的「郊區和鄉下」大概只是福州城周圍的一圈。一般說來，中心城市的語言演變比郊外鄉間要快一些。如果兩個音類鄉下能分而城裡不分，多半是由於鄉下口音保留了較古老的形式；如果反過來，鄉下不分而城裡能分，則多半是基於人為的努力，借文教維持傳統。這樣的努力是維持不了多久的。一八七〇年正是觀察韻母系統這一演變的關節點，當時在福州話裡這兩對韻母到底分還是不分，根據上面整理出來的包括本韻、變韻音值的韻母表，答案已經露出水面了。當時這兩對韻母的本韻音值固然很相似，但變韻音值的差異還十分顯著：

秋 ieu/ieu　　杯 uɪ/uoɪ

燒 iu/eu　　輝 ui/oi

Baldwin 對這兩對韻母到底是分還是合拿不定主意，雖然分了卻又加注說明其實沒有真正分得清楚，大概原因就在這裡。我們不難從中推斷，一八七〇年平面上，「杯、輝」、「秋、燒」分別合併的演變過程正處於尾聲，平聲、上聲實際上已經混同，只有去聲字在不連讀變調的情況下還能區分。

## （三）「西、溝、初」形成去聲空格

「西、溝、初」三個字母在今福州話裡只有本韻調類有字，變韻調類的字分別竄入「嘉、郊、歌」，這也是變韻發展的結果。在一八七〇年的平面上，這三對字母的變韻音值仍然有別，還沒有發生相混。

西 ɛ/ɛ　　溝 eu/æu　　初 ø/aø

嘉 a/a　　郊 au/au　　歌 ɔ/ɔ

前面說過，變韻是在特殊調值條件下韻母的變化，影響涉及所有的韻母，只是不顯著的變化不在標音上體現而已。Baldwin 的標音也要如此看待，沒有為變韻音值另外設計音標並不意味著沒有本韻變韻的音值差異。本韻的主要元音舌位越高，變韻音值的差異越大。高元音變化最顯著，變成複元音；中低元音的變化主要表現為舌位的低化和後化。「西、溝、初」的舌位比對應的「嘉、郊、歌」高，變韻的變化幅度比較大，最終導致變韻調音節與「嘉、郊、歌」的合併。這也是語音漸變積累成音位性「頓變」的典型例子。

## （四）低元音韻母齊齒化

《戚林八音》的「嘉、山」兩韻字在《字典》中分別讀〔a aʔ aŋ ak〕。其中與塞擦音聲母相拼的字，在今福州郊區衍生出〔-i-〕介音。（參看前文「關於塞擦音聲母的發音部位的討論」第五點。）由於城鄉混雜，齊齒韻的讀法以詞彙擴散的方式向城內口音發展，這種讀法現在多數都能被接受。這是一項正在進行中的擴散式音變。這一類字都是中古一二等字，《字典》中的注音都沒有 i 介音，符合與中古音對應的一般條例。今福州話中以聲母為條件增生出 i 介音是近期內的演變，但城裡人對不同字的齊齒呼讀音的可接受性感覺不同，可粗略地分為三種：

一、多數人口語中是齊齒呼，說開口呼反而給人咬文嚼字的感覺，例如：柴炒吵井盞冊插殘青察

二、開口齊齒兩讀在風格上沒有什麼差別的，例如：爭早濟生差叉

三、多數人口語中是開口呼，說齊齒呼給人郊區鄉下口音的感覺，例如：暫站渣榨炸詐鬧雜窄

以上分類列舉的具體字例可能存在爭議。字音以「詞彙漸變，語音突變」的詞彙擴散模式發生變化，在變化過程結束之前，存在這種因人而異的語體風格評價是必然的。這一類字先在郊區鄉村以漸變的方式發展為齊齒呼韻母，再逐漸以異讀形式向城內口音滲透。城內口音是以詞彙擴散的模式逐步接受了齊齒呼異讀，各有關的字音離散地被後起的異讀取代。當這一離散式音變過程結束之後，目前存在的兩讀風格差異將消失，我們將只能看到這一變化的嚴整的語音條件。[12]

## （五）齊齒呼韻母合口化

《戚林八音》的「橋、香」兩韻字分別讀〔io io? ioŋ iok〕。其中與舌齒音聲母相拼的字在今福州話中全部轉為合口呼〔uo uo? uoŋ uok〕，併入了「過、光」兩韻。

在《字典》中，與這一變化相關的情況是，《戚林八音》的

12 參看徐通鏘：《歷史語言學》（北京市：商務印書館，2001年），頁291。

「光」韻的舌齒音聲母字（來自山攝合口三等）都出現了屬於「香」韻的齊齒呼又讀音，但「香」韻舌齒音字（來自宕攝開口三等）並沒有產生平行的合口呼又讀音。

屬於「橋、過」兩韻的舌齒音聲母字在《字典》中全部都變成齊齒、合口兩讀。值得一提的是，原屬於「過」韻的舌齒音字「朱珠廚注輸主鑄」全都來自遇攝三等虞韻，而沒有一個是來自魚韻的，屬於所謂「魚虞有別」的中古「江東」層次。[13]

下面每類韻母各選一個代表字列表展示音變過程：

| | 《戚林八音》 | | |
|---|---|---|---|
| 貯橋 tio | 石橋 sioʔ | 張香 tioŋ | 雀香 tshiok |
| 主過tsuo | 燭過 tsuoʔ | 轉光 tuoŋ | 雪光suok |
| | 《字典》 | | |
| 貯 tio～tuo | 石 sioʔ～suoʔ | 張tioŋ | 雀 tshiok |
| 主 tsuo～tsio | 燭 tsuoʔ～ tsuoʔ | 轉tuoŋ～tioŋ | 雪suok～siok |
| | 今福州話 | | |
| 貯 tuo | 石 suoʔ | 張tuoŋ | 雀 tshuok |
| 主 tsuo | 燭 tsuoʔ | 轉tuoŋ | 雪suok |

我們認為，《字典》中增加的又讀音說明當時這部分字已經出現相混，但原屬於「香」韻的字還沒發生變化。說明這種以聲母為條件的介音變化不是平行發生的，而是逐韻類推的。現在這些舌齒音字在今福州城內全部讀合口呼韻，而在福州東郊閩安鎮、亭江鎮一帶直至連江縣全部讀齊齒呼韻，形成一種城鄉口音差別。《字典》中這些合口、齊齒兩可的舌齒音聲母字，傳教士的發音人似乎傾向於認為齊齒呼的讀法是更符合標準的。因為《字典》是以音序排列的，這些有關的字的完整條目都排在齊齒呼位置上，加注說明可以自由變讀（also

13 陳忠敏：〈吳語及鄰近方言魚韻的讀音層次——兼論「金陵切韻」魚韻的音值〉，《語言學論叢》（北京市：商務印書館，2003年），第27輯。

interchangably read）為合口呼形式；而在相應的合口呼位置上只留出音節序號和拼音形式，注明參見。《字典》對齊齒呼讀法的偏好也許說明當時這種郊區口音的分布範圍一直延伸到早期傳教士落腳的的倉前山一帶（即今福州倉山區）。

## （六）兩套入聲韻尾的合併

這一點放在最後說，但卻是涉及整個韻母系統格局的最大變化。

三百多年前的《戚林八音》音系中有九個承陰聲韻的入聲韻，十二個承陽聲韻的入聲韻。承陽聲韻的入聲字收〔-k〕尾，承陰聲韻的收〔-ʔ〕尾。這一局面一直保持到一八七〇年。

讀〔-ʔ〕韻尾的入聲韻不僅韻母數量少，包含的字數也有限。整體上觀察，有如下幾個方面的特點：

一、從來源上說，除了個別例外，都來自中古收〔-k〕尾的「宕、江、梗、通」四攝。

二、從語音條件上看，韻母的主要元音都是低元音或半低元音。

三、從詞彙角度看，這些字都是口語常用字，若有文白兩讀，都屬白讀音。

看來這是一個詞彙擴散式的歷史音變過程，開始於三套古入聲韻尾尚未合併的較早時期，由於某種原因這個擴散過程中斷了。跨過三百多年前的《戚林八音》平面和一八七〇年的《字典》平面之後，在這近一百多年間，隨著〔-k〕尾的整體弱化，都變成了〔-ʔ〕尾，兩套入聲韻徹底合併。情況與此相似的還有羅源、連江、閩候、永泰等周邊郊縣的方言，在這些地方只有少數老年人還能不完整地分辨兩類入聲字。這一韻尾合併使整個系統減少了九個韻母。

## （七）小結

以上分析表明，福州話很有特色兩套韻母音值的現象，在一八七

○年的平面上已經大體上形成今天的局面。在這一百多年來福州話韻母系統主要有六項變化，其中既有漸變式的演化，也有以詞彙擴散方式展開的變化。第一項變化的原因是韻母系統內部的結構調整，通過類推改變了「通」字母的結構，形成平衡對稱的韻母系統格局。第二、三兩項變化都與調值條件下的變韻有關，「杯、灰」與「秋、燒」的合併過程中，變韻音值是維持原音類對立的保守因素，而在「西、溝、初」的變化中，變韻音值率先完成了音類的合併；第四、五兩項變化表現為四呼轉換，都與聲母條件有關；第六項是由於入聲韻尾的合併形成韻母系統的整體簡化。

兩套入聲韻尾的合併再加上「秋、燒」「杯、灰」徹底合併，福州話在這最近的一百多年間韻母總數減少了十一個。「西、溝、初」的去聲音節、「香、橋」的舌齒音聲母音節都發生了韻母移類變化，涉及到另外十一個韻母。變化幅度較大。

結合上一節對聲母變化的討論，我們認為從十九世紀至今福州話聲母和韻母的演變都是語音系統內部調整的需要推動的，看不出權威方言對這些過程產生了什麼樣的影響。

## 三　一八七○年的韻母系統與中古音的比較

觀察這一百多年間語音系統的變化發展，音類方面變化最大的就是韻母。有十一對韻母完全合併了，還有十一對韻母之間發生了以聲母或聲調為條件的字音轉類。我們有必要在中古音系的觀照下考察這些變化，以下列出韻母比較表作為參考。兩個音系的韻母比較，以方言韻母為綱，古音條件依次說明「攝、開合口、等、韻（舉平以賅上去）」，對應關係比較複雜的，加用「系、組、母」說明古聲母的類別和聲調。

## (一) 陰聲韻比較

十九世紀的福州話陰聲韻有單元音七個a、ɛ、ɔ、ø、i、u、y；複元音十四個ia、ua、ie、ai、uai、eu、iu、ieu、oi、au、uɪ、ui、uo、io。現依次與《廣韻》比較如下：

| 福州話 | 《廣韻》 | 例字 |
|---|---|---|
| a | 假開二麻 | 疤家茶牙把罵架亞夏下 |
| | 蟹開二佳 | 罷柴佳崖涯 |
| | 效開二肴（白） | 貓吵炒膠教咬 |
| ɛ | 蟹開二皆佳 | 排埋挨牌簰街鞋擺奶差解買矮賣 |
| | 蟹開四齊 | 低題蹄泥犁黎妻齊西溪倪底抵體弟禮洗帝替第屜麗隸濟劑細 |
| ɔ | 果開一歌 | 多馱羅鑼籮歌哥俄河左可我個餓賀 |
| | 果合一戈（見系在外） | 波坡梭婆磨鎖唆禾座 |
| | 遇合一模 | 做錯 |
| | 效開一豪 | 褒毛刀桃勞曹高糕豪保抱島討老嫂稿考好襖帽套號 |
| ø/aø | 遇合三魚（白） | 初梳疏蔬驢所除苧 |
| | 止開三支 | 璽 |
| i | 止開三支 | 皮疲脾斯撕奇知兒是被荔智易 |
| | 止開三脂 | 琵枇眉梨遲肌饑伊比美死指旨幾秘屁備地利自四至示二器肆 |
| | 止開三之 | 絲持詩時基欺疑醫李耻智止紀起喜已柿吏治忌意志 |
| | 止開三微 | 機祁希稀衣幾既氣豈 |
| | 止合三脂 | 葵逵唯維惟遺 |
| | 蟹開三祭 | 蔽弊斃敝幣 |
| | 蟹開四齊 | 迷奚堤提米閉箅 |

| 福州話 | 《廣韻》 | 例字 |
| --- | --- | --- |
| u | 遇合一模（幫組、精組去聲除外） | 租姑奴湖賭苦戶故怒五 |
| | 遇合三魚（莊組、泥母） | 廬阻礎所助 |
| | 遇合三虞（非組、莊組） | 夫膚敷俘孵符無府父武付賦傅務舞數 |
| | 流開一侯 | 畝母 |
| | 流開三尤（非組）（見組和喻三的白讀） | 浮婦負富復副牛舊舅有 |
| y | 遇合三魚（莊組在外） | 豬鋤居墟魚書女序煮鼠舉語許濾著處預鋸 |
| | 遇合三虞（莊組白讀、非組在外） | 須株殊拘區愚取矩雨趣注輸遇寓 |
| | 止開三支 | 斯此賜刺 |
| | 止開三脂 | 資姿瓷私師次 |
| | 止開三之（精組部分） | 兹滋慈思司辭詞祠子飼伺士仕史事 |
| ia | 假開三麻 | 爹車邪姐惹蔗卸謝夜 |
| | 效開二肴 | 笊 |
| ua | 假合二麻 | 瓜花誇蛙華寡跨化瓦 |
| | 蟹合二佳 | 蛙掛卦畫話 |
| | 果開一歌（白） | 拖挪 |
| | 效開二肴 | 抓爪 |
| ie | 蟹開四齊 | 批啼雞弟啟剃計契系 |
| | 蟹開三祭 | 例祭際制世勢逝誓藝 |
| | 蟹合三廢 | 廢肺 |
| | 蟹合四齊 | 圭閨奎桂惠慧 |
| | 蟹開一泰 | 艾 |
| | 假開三麻 | 蛇扯爺 |

| 福州話 | 《廣韻》 | 例字 |
|---|---|---|
| | 止開三支 | 披離池支施宜移紙企椅蟻避翅戲 |
| | 止開三脂 | 脂 |
| ai | 蟹開一咍泰 | 胎台才來開孩在改海戴耐菜礙愛太賴蔡蓋害 |
| | 蟹開二皆佳夬 | 排埋豺階皆楷拜屆介界械釵差柴篩債敗邁寨 |
| | 蟹開四齊（從母心母） | 梯臍婿 |
| | 止開三之（上聲） | 祀滓使駛趾 |
| | 止開三脂（白） | 私師獅屎 |
| | 蟹合一灰（白） | 雷碓 |
| | 果開一歌 | 拖大籮 |
| uai | 蟹合二皆佳夬 | 乖懷淮槐怪塊壞歪拐快 |
| | 果開一歌（白） | 舵我大 |
| | 果合一戈（幫組白讀） | 磨簸破 |
| eu / æu | 流開一侯（文） | 偷溝摳頭鬥樓夠藕豆漏嗽漚茂貿奏湊歐侯候剖抖簍口偶 |
| | 流開三尤 | 謀否浮愁餿 |
| | 效開四蕭 | 條鳥料 |
| iu / eu | 流開三尤（非組在外） | 流秋修休綢油收仇州抽手酒柳醜九壽秀受售舊宙尤又 |
| | 流開三幽 | 幽糾幼彪謬 |
| | 遇合三虞（白） | 住柱蛀樹須 |
| ieu | 效開二肴 | 肴淆狡敲巧攪 |
| | 效開三宵 | 標票苗廟僚焦消超招搖表繞紹笑趙妙少燒嬌轎妖耀 |
| | 效開四蕭 | 雕挑堯遼曉杳釣跳尿叫了 |

| 福州話 | 《廣韻》 | 例字 |
| --- | --- | --- |
| oi | 蟹合一灰（端系） | 推堆雷腿最罪對退內碎兌 |
| | 蟹開一咍（白） | 袋才裁 |
| | 止合三脂 | 衰帥 |
| | 果合一戈 | 螺腡坐 |
| au | 流開一侯（白） | 偷溝摳頭鬥樓夠藕豆漏嗽漚 |
| | 效開一豪（見系在外） | 袍操滔逃蚤草掃到澇灶蒋 |
| | 效開二肴 | 包抄跑茅卯爪炮罩鬧效 |
| | 流開三尤（白） | 流劉留肘臭九晝 |
| | 流開一侯 | 厚構 |
| uɪ / uoɪ | 蟹合一灰（幫組、見系） | 杯胚梅陪倍每輩配妹灰回賄悔匯盔傀潰外會魁 |
| | 蟹合三祭 | 歲稅衛脆 |
| | 止合三支脂微 | 吹炊飛尾 |
| | 果合一戈（見系白） | 火果裹餜 |
| | 蟹開一咍 | 開賽改 |
| ui / oi | 止合三支脂微 | 隨垂虧危為累詭跪毀委瑞偽雖翠綏追槌錘龜軌類泪墜愧櫃位肥歸揮輝徽威圍違鬼偉葦痱魏畏慰胃謂貴嘴醉水 |
| | 止開三脂微（見母白） | 饑幾 |
| | 蟹合一灰 | 推儡隊 |
| | 蟹合三廢 | 吠 |
| uo | 流開一侯 | 母畝戊 |
| | 遇合一模（幫組） | 鋪蒲菩模補譜部布步墓 |
| | 遇合三虞 | 脯斧霧句芋（朱珠廚注輸主鑄） |
| | 果合一戈（見系）（端組個別） | 橢裸過科果火課貨臥靴（躲裸） |

| 福州話 | 《廣韻》 | 例字 |
| --- | --- | --- |
| io | 遇合三虞（知章組） | 朱珠厨注輸主鑄 |
| | 果合一戈 | 躲裸 |
| | 山合三薛以母 | 閱悅 |
| | 蟹開三祭以母 | 曳裔 |
| | 效開三宵 | 橋 |

## （二）陽聲韻比較

陽聲韻韻母只有收-ŋ尾的一類，有十二個，即aŋ、iaŋ、uaŋ、iŋ、uŋ、yŋ、eiŋ、ieŋ、ouŋ、uoŋ、yoŋ、øyŋ。按次序比較如下：

| 福州話 | 《廣韻》 | 例字 |
| --- | --- | --- |
| aŋ | 咸開一覃談 | 貪三含籃膽慘探暗憾暫 |
| | 咸開二咸銜 | 杉斬站限餡監岩銜艦鑒 |
| | 山開一寒 | 攤肝彈難傘秆贊漢岸旱 |
| | 山開二山刪 | 山間蠻顔盞眼晏雁 |
| | 梗開二庚耕（白） | 彭膨生牲省更盲坑猛浜爭 |
| | 梗開三庚（幫組）（白） | 平坪評柄病 |
| | 梗開三清（精組）（白） | 晴靜性姓鄭 |
| | 深開三侵 | 簪參 |
| iaŋ | 梗開三清庚（白） | 名餅領嶺請偵聲成城贏正命驚鏡 |
| | 梗開四青（白） | 拼聽並鼎定 |
| | 梗合三庚清（白） | 兄營 |
| | 山開三仙 | 癬囝線 |
| uaŋ | 山合一桓 | 搬瞞鸞官款碗灌叛亂換 |
| | 山合二山刪 | 頑幻關還環彎灣慣患宦 |
| | 山合三元（非組） | 翻番煩反晚販萬 |

| 福州話 | 《廣韻》 | 例字 |
|---|---|---|
| | 咸合三凡（非組） | 凡帆範犯泛 |
| iŋ / eiŋ | 深開三侵 | 心金琴淋品嬸浸禁任妗枕沈 |
| | 山開三鹽 | 鉗 |
| | 臻開三真殷 | 親真貧神敏緊進印陣認謹隱殷勁 |
| | 曾開一登 | 藤 |
| | 曾開三蒸 | 冰憑淩升承凝興應證勝 |
| | 梗開二庚耕 | 埂鶯鸚 |
| | 梗開三庚清 | 兵英鳴迎丙景慶敬命清輕情靜整聘勁令盛 |
| | 梗開四青 | 丁經停形頂艇釘寧定另 |
| | 梗合三庚清 | 兄榮永傾營頃穎泳咏瓊 |
| uŋ / ouŋ | 通合一東冬 | 東公翁蒙洪總孔涷貢動宗農統宋 |
| | 通合三東鐘（非組） | 風楓馮豐楓諷鳳封峰蜂鋒奉捧縫 |
| | 臻合三諄文 | 春唇旬笋盾准順俊潤閏紛文軍群粉奮問雲訓韻 |
| | 臻開三真殷 | 巡循荀 |
| | 山合三仙薛 | 船拳 |
| | 曾開一登（白） | 崩 |
| yŋ / øyŋ | 臻開三真殷 | 巾銀斤筋勤芹近 |
| | 臻合三諄文 | 允勛熏 |
| | 通合三東鐘（非組在外） | 中忠弓終隆眾熊雄充窮鐘胸從龍松容種勇共用 |
| eiŋ / aiŋ | 咸開二咸 | 咸減 |
| | 咸開四添 | 念店 |
| | 山開二山刪（白） | 辦辨閑限莧版板扳 |
| | 山開三仙（白） | 剪 |

| 福州話 | 《廣韻》 | 例字 |
|---|---|---|
| | 山開四先（白） | 邊田填先牽殿墊蓮憐前繭 |
| | 山合四先 | 犬縣懸 |
| | 深開三侵 | 沉森參針 |
| | 曾開一登 | 燈曾能楞層恒等肯凳贈 |
| | 臻開一痕 | 很 |
| | 梗開二庚耕 | 更生爭行猛冷省幸孟硬 |
| ieŋ | 咸開三鹽嚴 | 尖淹鹽鐮貶險占厭艷驗 |
| | 咸開四添 | 添甜拈兼檢險炎閻鹽謙嫌念歉 |
| | 山開三仙薛 | 篇棉鞭免煎纏氈連錢展演扇變辯膳 |
| | 山開四先 | 邊扁片眠年天先研千肩前賢典顯見燕面現 |
| ouŋ / auŋ | 山合一桓 | 鑽酸段緞算蒜 |
| | 山合三仙薛 | 宣選 |
| | 臻開一痕 | 吞根痕恩恨懇墾 |
| | 臻合一魂 | 村孫豚存論寸損困嫩渾 |
| | 臻合三諄 | 遵 |
| | 宕開一唐 | 幫榜當郎蕩桑剛昂倉湯忙行榜黨葬抗浪藏 |
| | 宕開三陽（莊組） | 裝秧莊床霜爽闖壯創狀 |
| | 江開二江 | 邦樁窗扛降綁講撞項棒 |
| uoŋ | 山合一桓 | 完丸 |
| | 山合三仙 | 員眷（傳轉篆專川穿串） |
| | 山合三元（見系）（非母個別） | 飯冤原園袁勸怨遠願 |
| | 臻合一魂（幫組） | 奔盆門本 |
| | 宕合一唐 | 光慌荒黃簧皇汪廣曠 |

| 福州話 | 《廣韻》 | 例字 |
| --- | --- | --- |
| | 宕合三陽（非組、見系） | 方筐防王紡往放況望旺 |
| | 臻合三文（非組白） | 分問蚊 |
| ioŋ | 山合三仙 | 絹緣沿鉛捐傳轉專川穿串磚全串戀篆軟 |
| | 江開二江 | 腔 |
| | 宕開三陽（莊組在外） | 將槳槍相箱翔良常想像匠張腸唱帳杖章昌商廠上賞壤姜強羌樣鄉香響羊洋陽養仰 |
| øŋ / aøŋ | 江開二江 | 雙港巷 |
| | 通合一東冬（白） | 通冬籠紅桶攏粽送洞弄 |
| | 通合三東 | 蟲夢隴壟重 |

## （三）入聲韻比較

十九世紀福州方言的入聲韻分為兩類：一是收-k尾的入聲韻母，有十一個，即ak、iak、uak、ik、uk、yk、eik、iek、ouk、uok、yok、øyk；二是收-ʔ尾的入聲韻母，有七個，即aʔ、iaʔ、uaʔ、ɔʔ、uoʔ、yoʔ、œʔ。與中古音比較如下：

**收-k尾入聲韻比較表**

| 福州話 | 《廣韻》 | 例字 |
| --- | --- | --- |
| ak | 咸開一合盍洽狎 | 搭踏納雜合鴿盒塌塔蠟劄插夾恰閘甲匣鴨押壓 |
| | 咸開三葉 | 獵 |
| | 深開三緝 | 粒拾揖 |
| | 山開一曷 | 達捺辣癩割葛撒薩渴 |
| | 山開二山轄 | 札察殺鍘瞎轄 |

| 福州話 | 《廣韻》 | 例字 |
| --- | --- | --- |
| iak | 咸開二洽 | 眨 |
| | 山開一曷 | 獺 |
| uak | 咸合三乏 | 法乏 |
| | 山合一末 | 鉢撥潑鈸末抹括闊活 |
| | 山合二轄 | 滑猾挖刮 |
| | 山合三元 | 發髮伐罰襪 |
| ik / eik | 深開三緝 | 立輯集習蟄執濕入急吸 |
| | 臻開三質 | 筆蜜栗七侄質實日吉乙 |
| | 臻合三術 | 橘 |
| | 曾開三職 | 力即息直職式食植極翼 |
| | 梗開三昔陌 | 積迹赤籍惜席適石益譯碧 |
| | 梗開四錫 | 壁滴踢笛敵曆績析戚擊 |
| | 梗合三昔 | 役疫 |
| uk / ouk | 臻合一沒 | 沒卒 |
| | 臻合三術物 | 律術出述秫恤佛物勿掘屈 |
| | 通合一屋沃 | 木獨祿族速穀谷屋毒督酷 |
| | 通合三屋燭 | 福幅覆腹服伏複復目牧 |
| yk / øyk | 臻開三迄 | 乞 |
| | 通合三屋燭 | 陸竹畜軸粥叔熟菊蓄育足促俗續觸贖矚曲欲浴 |
| eik / aik | 咸開四帖 | 帖貼 |
| | 深開三緝 | 澀汁十 |
| | 山開二 | 八拔 |
| | 曾開一德 | 默得德特肋則賊塞刻克 |
| | 山合四屑 | 血 |
| | 曾開三職 | 色側測嗇 |

| 福州話 | 《廣韻》 | 例字 |
| --- | --- | --- |
| | 梗開二陌麥 | 迫澤擇宅赫責策革扼 |
| | 梗合二麥 | 獲劃 |
| | 咸開二洽 | 峽狹 |
| iek | 咸開三葉業 | 揑鑷躡接妾捷摺攝涉頁 / 劫業脅 |
| | 咸開四帖 | 疊碟蝶諜牒挾協 |
| | 山開三薛月 | 別滅列薛哲舌熱浙杰揭 |
| | 山開四屑 | 撇篾鐵揑節切截結潔 |
| | 山合四屑 | 穴 |
| | 梗開二陌 | 拆 |
| ouk / auk | 山合一末 | 脫奪撮 |
| | 山合二轄 | 滑刷 |
| | 臻合一沒 | 突骨窟 |
| | 梗開二麥 | 核 |
| | 宕開一鐸 | 莫幕托諾落樂各鄂鶴惡 |
| | 江開二覺 | 駁樸啄濁覺確樂獄岳學 |
| | 通合一屋 | 卜撲 |
| | 通合三屋 | 縮 |
| uok | 山合三薛月 | 闕獗月越（劣茁拙絕雪說） |
| | 山合四屑 | 缺 |
| | 宕合一鐸 | 郭霍藿擴 |
| iok | 咸開三業 | 怯 |
| | 山開三月 | 歇 |
| | 山合三薛 | 閱悅劣茁拙絕雪說 |
| | 山合四屑 | 決訣 |
| | 宕開三藥 | 略鵲雀著若腳卻虐約鑰削 |

| 福州話 | 《廣韻》 | 例字 |
|---|---|---|
| | 梗開三陌昔 | 劇石 |
| øk / aøk | 江開二覺 | 雹角殼 |
| | 曾開一登 | 北墨 |
| | 通合一屋 | 讀鹿 |
| | 通合三屋 | 六 |

## 收-ʔ尾入聲韻比較表

| 福州話 | 《廣韻》 | 例字 |
|---|---|---|
| aʔ | 梗開二陌麥 | 百白拍格胳客麥脈冊隔 |
| iaʔ | 梗開二陌麥 | 額摘 |
| | 梗開三昔 | 璧僻益驛赤脊迹只 |
| | 梗開四錫 | 壁 |
| | 曾開三職 | 食 |
| uaʔ | 梗合二麥 | 劃 |
| ɔʔ | 江開二覺 | 桌卓鐲戳學 |
| | 宕開一鐸 | 膜莫摸薄箔泊粕托落絡索咋閣擱 |
| | 梗開二陌 | 舶 |
| | 山合一末 | 脫 |
| uoʔ | 通合一屋沃 | 曝沃 |
| | 通合三屋燭 | 綠燭玉獄曲局 |
| | 宕合三藥 | 縛 |
| | 江開二覺 | 剝 |
| | 梗開三昔 | （尺石席借） |
| | 通合三屋燭 | 綠燭 |
| ioʔ | 宕開三藥 | 嚼藥鑰著箬削腳約掠 |

| 福州話 | 《廣韻》 | 例字 |
| --- | --- | --- |
| | 梗開三昔 | 尺石席借 |
| | 通合三屋燭 | 綠燭 |
| øʔ | | （無字） |

# 第四節 聲調系統

## 一 一八七〇年的聲調系統

前面介紹過，《字典》的聲母韻母代表字和聲調名稱都沿用《戚林八音》的，也將聲調分成八個，按照福州塾師「呼八音」的習慣順序：上平、上上、上去、上入、下平、下上、下去、下入，分別稱為第一調……第八調，然後再說明第六調（下上）和第二調（上上）相同。福州話濁上歸去，只有七個調。自《戚林八音》以來，為了呼讀方便，一直設置著「下上」這個空調類。

顯然，Baldwin 覺得調值的描寫相當棘手，他在《字典》緒論中說明了調類之後，請另一位名叫 Charles Hartwell（夏查理）的美國傳教士來描述調值，然後再引用 M.C.White （懷德）在《福州的中國話》裡的論述來做參考。（參看第一章第三節）

在劉複用浪紋記研究漢語聲調之前，還沒有什麼科學的理論來解釋聲調的實質。在趙元任發表《一套記錄聲調的音標符號》之前，也沒有任何簡明有效的方法來說明、記錄聲調。十九世紀時的洋人，多半是憑著音樂素養在琢磨漢語的調值。Charles Hartwell 艱難地從音高、音質變化、音強變化、是否曲折和音長五個角度對福州話的七個調逐一描寫，細緻有餘，卻有些不得要領。但他畫了一個示意圖，在五線格上用粗筆迹表示各個調值，給我們留下寶貴的記錄。這個示意

圖比他的語言表述明確得多。（參看卷末附圖）

利用五線譜來描寫漢語調值，如果再進一步將五線譜抽象化，而且能認識到「相對音高」的概念，就是趙元任發明的五度標調法了。我們這裡就直接將他的示意圖解讀為五度標調法的數字調值，填入下表：

**一八七〇年的福州話聲調系統表**

| 陰平 | 陽平 | 上聲 | 陰去 | 陽去 | 陰入 | 陽入 |
|---|---|---|---|---|---|---|
| 44 | 53 | 33 | 13 | 341 | 13 | 4 |

## 二　關於調值的討論

用數字來說明五線格上調值示意圖的起迄點，陰去和陰入都是13，二條線段的陡度和長度也都相同，區別在於陰去線段的終點是以柔和的尖頭觸及三度線，而陰入則是棱角分明的平頭停在三度線略低一點兒的地方，朝上的一角還略微超過三度線。線段終點的平頭表示的是入聲調突然收尾的性質。陽入調也是平頭收尾的，而且線段長度只有別的線段的一半。

陰入和陽入線段的終點都是平頭，顯然是表示由於存在韻尾塞音，音節戛然而止。陽入是短促的，陰入固然有塞音收尾，但並不短促，這於今福州話相符。

兩個不同的調類都標成相同的13，令人覺得不妥，但不論是從Hartwell 自己的描寫，還是對照參考 White 的描寫，我們都找不出任何依據可以把其中一個加以調整改變，只能就這樣令人不舒服地擺在那兒了。

## 三　一個多世紀以來聲調系統的變化

自《戚林八音》以來，福州話的調類系統一直保持穩定。從傳教士對調值的描寫來看，一個多世紀前的調值，除了陰去和陰入兩調之外，都能跟今福州話的調值、至少是調型認同。。以下是今福州話的聲調表，引自陳澤平（1998）：

**今福州話聲調系統表**

| 陰平 | 陽平 | 上聲 | 陰去 | 陽去 | 陰入 | 陽入 |
| --- | --- | --- | --- | --- | --- | --- |
| 55 | 53 | 33 | 213 | 242 | 24 | 5 |

關於今福州話的陰去和陰入兩調，陳澤平（1998）作了這樣的說明：「構成調位的基本因素是音高，但音強也起一定的作用，五度標調法不能標出音強變化的特點。對曲折調來說，轉折點前後兩部分各占的時長比例也是調值特徵的構成因素，五度標調法對此也無能為力。福州話的陰去調是低降升調，下降的部分是調值的主體，音強大而且時間長，只在音節末了輕輕向上挑起，音節終點的高度並不穩定，隨說話人的語氣、情緒、語速及嗓音特點而變化，標記為3只是個大致的範圍。」「陰入調音節以喉塞音收束，結尾很乾淨，清晰，但促而不短，是個明顯的中升調，五度值定為23似乎過於平板，不足以說明其上升的陡度，所以我們擬為24。」[14]

許多從事實驗語音學研究的學者都指出，五度值記調的方法從根本上說並不是對客觀物理量的描寫，而是通過人的耳朵得出的對實際音高的間接的帶有相當模糊性的描寫。「五度記調法從原則上講是一種聲調音位處理的方法。這種方法的主要目的在於區別聲調的類別，其次在分類的基礎上盡可能對聲調的調值作出記錄。」（王士元）

14　陳澤平：《福州方言研究》（福州市：福建人民出版社，1998年），頁17。

如果這兩個相隔一個多世紀的「對實際音高的間接的帶有相當模糊性的描寫」是接近事實的，我們可以由此揣測陰去和陰入調值發生了細微而有意義的鏈移變化。由於在這一百多年間兩套入聲韻尾的合併，本來以收〔-k〕尾為主體入聲音節全部轉化為較鬆的喉塞韻尾，調值趨於舒緩，使得陰入調與陰去調過於相似；為保持調類之間的有效區別，陰去調逐漸強化發音開始時的調值下壓，終於變成以低降階段為主的曲折調。

## 第五節　語流音變

福州方言語音系統的重要特點之一就是它特別豐富的語流音變。一個音節處在語流中，聲韻調都可能會發生變化。可惜西洋傳教士用拉丁字母拼寫漢語方言並不是為了語言學的目的，他們編製方言的拼音方案的想法跟清末切音字運動的倡導者實出一轍，是準備用它來取代方塊漢字的。因此，他們以「字」為單位建立了正字法。無論是《字典》中的詞條還是《撮要》中的例句，標音一概是標單字音，不反映連讀音變。這是可以理解的，但使得我們現在很難全面地了解當時的語流音變狀況。

### 一　輔音聲母在語流中的變化

福州方言聲母方面的語流音變在陶燠民的《閩音研究》中定名為「聲母類化」。這一術語的涵意是：在連續的語流中，連讀下字的聲母以上字韻母的類別為條件發生有規律的變化。聲母類化規律見下表：

| 單字聲母 | 類化聲母 | |
| --- | --- | --- |
| | 陰聲韻後 | 陽聲韻後 |
| p　ph | ß | m |
| t　th　s | l | n |
| ts　tsh | z | nz |
| k　kh　x　0 | 0 | ŋ |
| M　n　ŋ | 不變 | 不變 |

例如：

戲臺 xie ta → xie la　　雨傘 y saŋ → y laŋ
青草 tshaŋ tshau → tshaŋ nzau　　清天 tsheiŋ thieŋ → tshiŋ nzieŋ（冬天）
燭斗 tsuoʔ tau → tsuo lau（燭臺）　　客鵲 khaʔ tshuoʔ → kha zuoʔ（喜鵲）
白糖 paʔ thouŋ → pa louŋ　　桌囝 tɔʔkiaŋ → tɔ iaŋ（小桌子）

從語音學的角度分析，聲母類化的本質是輔音聲母的弱化。處在連續語段（通常也正是一個語義整體）中的輔音弱化，發音部位肌肉鬆弛，對氣流的節制作用削弱，使得前一音節收尾音的「＋嗓音，（＋鼻音）」特徵延續下來，形成所謂的類化聲母。

在今福州話中，這種聲母連讀音變不僅是很自然的，甚至是強制性的，已經成為雙音節詞、多音節詞的凝固語音形式。拆為單字發音，當地人可能會聽不懂。有學者撰文指出，今福州話詞語類化與否，已成為區別詞的手段。[15]

在《字典》〈緒論〉的結尾處，Baldwin 給初學者提了幾條學習建議，其中透露了福州話語流音變的一些情況。這是整個語音描寫部分中提到輔音在連讀中的變化的唯一地方。

15 參閱李如龍：〈福州話聲母類化的制約條件〉，載《廈門大學學報》（哲學社會科學版）2000年第1期，頁123-130。

建議第四條：

> 單字發音學會以後，就要非常注意觀察和學習一般人的實際發音，以使自己的發音達到精確。例如在隨意的口語中，音節收尾的輔音 h、k 和 g 以及某些作為聲母的輔音如何在本地人說話中被半壓抑（弱化）（half-suppressed）或整個脫落的情況。

入聲字的韻尾在作為連讀前字時通常有不同程度的弱化，喉塞尾往往在變調的同時完全脫落，這與今天的觀察相符。鼻韻尾的發音部位也會自然地被連讀下字的聲母同化，這也是可以理解的。但對於聲母類化這個重要現象，只是在這兒輕描淡寫地提一下，且很不明確，就有些令人費解了。

我們在梳理《字典》內容的過程中，注意到有極少數詞語的語音形式透露出當時可能就存在聲母類化音變的蹤跡。比如《字典》中有個別雙音節詞語的標音從其字源上分析，應該是連讀類化以後的形式，而不是其本來的單字音，例如：

新婦 $\text{siŋ}^{1}\text{mou}^{6}$ （兒媳婦）

郎罷 $\text{nouŋ}^{2}\text{ma}^{6}$ （父親）

按：這兩個詞語都見於古代文獻，來歷明確。「婦」字奉母，按規律聲母應該是〔p-〕。「郎罷」一詞在唐代文獻中就出現了，「罷」字的聲母也應該是〔p-〕。在前字陽聲韻的條件下變成〔m-〕聲母，符合連讀類化的規律。

一些詞語的不規則音變也透露出連讀類化的存在，例如：

豆乾 $\text{tau}^{6}\ \text{kuaŋ}^{1}$ （豆腐乾）

「豆乾」的後字變成合口不合規律，比較「豆腐」（$\text{tau}^{6}\ \text{hou}^{6}$）和「腐乾」（$\text{hou}^{6}\ \text{kaŋ}^{1}$）（豆腐乾），可以推知「豆乾」實際上是「豆腐乾」的合音，即：

| 原形 | 語流音變1 | 語流音變2 | 錯誤逆推 |
|---|---|---|---|
| tau hou kaŋ → | tau u aŋ → | tau uaŋ ⟶ | tau kuaŋ |

這個過程中間的語流音變符合今福州話聲母類化規則，又在合音的第二音節上錯誤逆推出一個〔k-〕聲母。

《字典》中有少量詞語加注了「又音」，其中若干條目的「又音」似乎也是符合連讀類化規律的音變結果。例如：

尷尬 kaŋ$^{1}$ kai$^{5}$ \ kaŋ$^{1}$ ŋai$^{5}$

南台 naŋ$^{2}$ toi$^{2}$ \ naŋ$^{2}$ noi$^{2}$ （福州地名）

夥計 huɪ$^{3}$ kei$^{5}$ \ huɪ$^{3}$ ei$^{5}$ （商家的雇員）

還有一些詞語的「又音」不符合連讀類化規律，但也可能提示：由於其構詞理據不清晰，其後字的聲母「類化」之後，在「逆推還原」單字音時出現了不同意見，例如：

鱟圭 hau$^{5}$ kie$^{1}$ \ hau$^{5}$ hie$^{1}$ （用鱟殼製的水瓢）

坎囟 khaŋ$^{3}$ seiŋ$^{5}$ \ khaŋ$^{3}$ theiŋ$^{5}$ （小兒顱骨未合縫的地方）

膶鳥 noi$^{2}$ ieu$^{3}$ \ noi$^{2}$ tsieu$^{3}$ （男陰）

烏碌碌 u$^{1}$ thouk$^{7}$ thouk$^{7}$ \ u$^{1}$ louk$^{7}$ louk$^{7}$ （很黑，很暗）

啄鳥卦 tauk$^{7}$ tseu$^{3}$ kua$^{5}$ \ tauk$^{7}$ tseu$^{3}$ hua$^{5}$ （用雀鳥抽籤算命）

桑萊籽 souŋ$^{1}$ lai$^{2}$ tsi$^{3}$ \ souŋ$^{1}$ tai$^{2}$ tsi$^{3}$ （桑葚）

蟶調 theiŋ$^{1}$ tieu$^{6}$ \ theiŋ$^{1}$ lieu$^{6}$ （蟶肉、蛋、洋葱等炒的菜肴）

沾早 tsieŋ$^{1}$ tsa$^{3}$ \ tsieŋ$^{1}$ tsha$^{3}$ （無代價的給予）

疼中 thiaŋ$^{5}$ taøŋ$^{5}$ \ thiaŋ$^{5}$ laøŋ$^{5}$ （非常喜愛）

骹臁 kha$^{1}$ lieŋ$^{2}$ \ kha$^{1}$ tieŋ$^{2}$ （腳腕子）

菜披 tshai$^{5}$ phie$^{1}$ \ tshai$^{5}$ pie$^{1}$ （菜幫子）

蜜林檎 mik$^{8}$ liŋ$^{2}$ khiŋ$^{2}$ \ mik$^{8}$ liŋ$^{2}$ kiŋ$^{2}$ （一種蜜餞，「林檎」狀似小蘋果）

儘管有以上羅列的一些證據，但顯然，我們還不能根據這樣幾條散見於《字典》各處的詞語得出什麼明確的結論。因為以今福州話而論，聲母類化實在是一個不可能漏過、也無法忽視的語音現象，從單字音的調查一轉入詞彙調查，馬上就會遇到。將單字音與實際口語發音一比較，也馬上發現聲母的變化。以傳教士對福州話語音其他方面觀察和記錄的細緻程度來看，不太可能將這樣的重要事實忽略過去。像《撮要》這樣一本以英語母語者為對象的福州話口語的教科書，更不應該漏掉這樣的重要內容。聲母類化現象雖然特殊，但很有規律，歸納出這些規律並不特別困難。我們可以對比一下連讀變調的情況：連讀變調也是語流音變，在土白《聖經》之類的成篇資料中也是不反映的。其規則不比聲母類化簡單，音高升降的描寫西方人更感疑惑，但在《字典》緒論和《撮要》第一章就花了大力氣加以說明。（參看下文）因為初學者如果不同時掌握連讀變調，就無法與當地人交流，今福州方言的聲母類化也是如此。

綜合以上的分析，我們不妨做這樣的推測：今福州話的聲母類化現象在十九世紀還處於發展期內，還不是一種強制性的語音規則，只是一種跟隨意說話風格相聯繫的聲母弱化而含混（「半壓抑」）的現象，和北京話輕聲音節的聲母含混類似（如北京人說「告訴、天氣、糊塗」等）。不排除少數口語常用的已經習慣性地發生類化，但在注意咬字的正式說話風格中，一般還是可以恢復成清晰的原聲母。這種聲母弱化現象由於某種原因在隨後的半個世紀中得到強化，到陶燠民發表《閩音研究》的一九三〇年之前，才變成普遍的、帶有強制性的語音規則。

## 二　韻母在語流中的變化

除了個別字源不明的重疊詞以外，《字典》標音中也沒有體現出韻母在語流中的音值變化，這一處理的可以原諒之處是，韻母音值的變化是連讀變調的伴隨現象，去聲字或陰入字單字音讀變韻音值，連讀時如果發生變調，就自動改讀為本韻音值，沒有例外。

一八七八年，Edward Harper Parke 在英文刊物《中國評論》（*The China Review*）第七期，發表了題為《福州方言聲調和韻母的變化》（*Tonic and Vocal Modification in the Foochow Dialect*）的文章。這篇文章在評論了 Baldwin 的著作後，就連讀變調和相關的韻母音值變化做了說明，（值得注意的是，這篇文章也沒有提及連讀時聲母的變化）文章作者指出：

> 這兩個調類（陰去和陽去）的字作為連讀前字，伴隨調值的變化，還有非常重要的元音變化現象。

他隨後列出這個這個現象涉及的韻母：

| | | | |
|---|---|---|---|
| eiŋ 改變為 iŋ | ieu 改變為 iu | oi 改變為 ui | eu 改變為 iu |
| øy 改變為 y | auŋ 改變為 ouŋ | ei 改變為 i | aøŋ 改變為 øŋ |
| ɔi 改變為 oi | aø 改變為 ø | æu 改變為 eu | øyŋ 改變為 yŋ |
| uoɪ 改變為 uɪ | | | |

這個表沒有列出入聲韻，因為作者感興趣的只是韻母中的元音變化，我們可以類推入聲韻也是按同樣規則變化。對照上面的韻母表，我們可以看出這一組的變化就是變韻音值變為本韻音值，跟今福州話的規律一樣。

## 三　連讀變調

Baldwin 在《字典》緒論中單辟一節來介紹連讀變調：

> 1. 字單念時，聲調的調值充分，各調的區別特徵明顯。但處在合成詞或人名中，以及處在固定詞組或關係緊密的結構中，

字調的特徵有時會有引人注目的變化。這種變化發生在詞或短語的開頭第一個字。我們觀察到的唯一的例外是連讀的後字是一個詞綴或類詞綴，這種情況下，前字保持原有的特徵。

2. 陰平調的前字往往發音帶有非常顯著的重音，例如「先生」、「基礎」。
3. 上聲調的前字具有那種特殊的曲折，有時會給發音加上輕微的譏諷口吻，特別是後字是陰去或者陽去的時候，例如「賞賜」「假冒」。
4. 陰去和陽去作為前字跟陰平不能區分，它們都具有同樣顯著的重音。這一點很容易從這樣的事實得到證明：口語詞的前字往往沒有普遍接受的寫法，當地的教師要找一個借用字時經常意見不一，一個任選了陰平字，另一個可能選了陰去字，還有一位則選了陽去字。
5. 陰入調前字，如果是收喉塞尾的，就跟陰平前字相同，如果是收舌根塞音的，就跟上聲前字一樣。以下是一些常見的詞例：摘花，客廳，桌囝跟刀囝同音，(以上 h 尾，以下k尾)八音、七月、鐵煉。
6. 陽平調前字調值低抑，沒有明顯的重音。初學者如果完全按照單字調來讀連調，就完全錯了，聽起來像是陰平前字……。對比「基礎」和「棋子」這樣的合成詞，它們聲調上的區別是非常明顯的。
7. 陽上調是空的，或者說是跟陰上完全一樣。
8. 陽去和陰去作為連讀前字，是一樣的。
9. 陽入前字不像陰入前字那樣，有兩種塞音尾的明顯區別。在福州城內，調值像陰入一樣下抑；在郊區，可能也包括農村，經常聽到的卻是像陰平前字那樣強調的重音，這種特徵可能被認為是鄉下口音。在第二字為陽平的組合中這種特殊的土腔不很明顯，這是因為本調強降的特徵與之相適應。例如，白馬、石碑、食茶、白塔、學生、合意、日頭。

以上是根據「語法・組合的聲調」一節翻譯的。每個自然段前面的數字序號是譯者加的。

作者的觀察和表述限於二字組連讀，所舉例子也都是二字連讀的。我們先將作者的條例重新表述一遍，以便於進一步的討論。從 Baldwin 的描述中，關於福州話的連讀變調，可以歸納出以下幾點：

（一）除非後字是詞綴或其他弱讀的成分，有直接組合關係的二字組都發生變調，規律是前字變，後字不變。

（二）陰平、陰去、陽去、陰入乙（喉塞尾）的作為二字組的前字調值相同。

（三）陽平的連讀變調自成一類。

（四）上聲和陰入甲（舌根尾）作為二字組的前字調值相同。

（五）陽入作為二字組的前字，它的實際調值可以分辨城內口音或鄉村口音，調值像陰入的是城內口音，調值像陰平的是鄉村口音。

這些描述除了最後一點外，都與今福州話的規律相符合。但作者沒有像描述單字調那樣用五線譜來表示變調的調值，「重音」、「強調」、「譏諷的口吻」等等形容性的描述我們現在難以揣摩。

Parke 不滿意 Baldwin 對福州話連讀變調的描寫，在他的〈福州方言聲調和韻母的變化〉一文中重新做了歸納，讓我們終於了解了當時連讀變調的真相。這篇論文最後的結論翻譯如下：

雙字結合的聲調規律

1. 除了上聲和收k尾的陰入字，其他所有的二字組前字調值都一樣。具體地說，在陰平、陽平和陽入之前，調值如陰平；

在上聲、陰去、陽去、陰入之前，調值如陽平。

例外：陽平字在陽平、上聲、陰去、陽去、陰入之前，變為陰去。

2. 上聲和收k尾的陰入字，處在陰平、陽平、上聲和陽入之前時調值不變；處在陰去、陽去和陰入之前時，調值如陰平。

這樣兩個簡單的規則可以引導初學者掌握四十九種二字組合的變調。只有一個例外，那就是陽平。這兩條規律都適用上文關於調值的描寫，諸如「鬆弛」、「柔和」、「時長」、「強調」等等，但這些描述沒有一項真正具有語言學上的價值。

附加兩條說明：

1. 三字組合或更多字的組合的變調規則與此不同。
2. 陽入調前字在城內口音的某些詞語中變成「溫和的」上聲調，而城外的變調更符合一般的規律，因此我們有權選擇城外的變化作為標準。

可以看出，Baldwin 對變調的描述較多地糾纏於對實際調值的揣摩，而 Paker 對聲調更有分析經驗，著眼於調類之間的同異比較，因而更接近實質。這些觀察和描述是一百多年前作出的，準確得令人驚訝。下面引陳澤平（1998）的今福州話二字組連讀變調規律表做一個對照：[16]

福州話的詞語連讀時一般都要發生變調。連讀變調總的規律是連讀上字以下字的調類為條件發生調值的變化，連讀變調語段的末一音節的聲調保持不變。

16 陳澤平：《福州方言研究》（福州市：福建人民出版社，1998年），頁18。

讀輕聲的後附性的句法成分不與其他詞語組合成連調組。

連讀變調的調值有五種，其五度值分別為：55、53、33、21、24。前三種調值與單字音的陰平、陽平、上聲相同，是因連讀而發生的調位替換。後兩種調值我們姑且分別稱為變降調和變升調。

**福州話二字組連讀變調規律表**

| | 陰平 | 陽平 | 上聲 | 陰去 | 陽去 | 陰入 | 陽入 |
|---|---|---|---|---|---|---|---|
| 陰平 | 陰平 | 陰平 | 陽平 | 陽平 | 陽平 | 陽平 | 陰平 |
| 陽平 | 陰平 | 上聲 | 上聲 | 變降 | 變降 | 變降 | 上聲 |
| 上聲 | 變降 | 變降 | 變升 | 陰平 | 陰平 | 陰平 | 變降 |
| 陰去 | 陰平 | 陰平 | 陽平 | 陽平 | 陽平 | 陽平 | 陰平 |
| 陽去 | 陰平 | 陰平 | 陽平 | 陽平 | 陽平 | 陽平 | 陰平 |
| 陰入 甲 | 變降 | 變降 | 變升 | 陰平 | 陰平 | 陰平 | 變降 |
| 陰入 乙 | 陰平 | 陰平 | 陽平 | 陽平 | 陽平 | 陽平 | 陰平 |
| 陽入 | 陰平 | 上聲 | 上聲 | 變降 | 變降 | 變降 | 上聲 |

比較前後相距一百多年的連讀變調規律，結果發現二者大體上一致。一些表面上的區別是可以解釋的：

（一）陽入調前字：陳澤平（1998）根據城內口音歸納，發現其規律跟陽平調前字相同，Baldwin 已經注意到城內外口音有區別，Paker 為了使規則的表述更簡潔，取城外口音為標準，與陰平等大多數調規律相同。

（二）上聲調前字的變調今福州話有「變降」和「變升」兩種新調值。「變降」擬為低降調21，上聲原調值為中平調33，實際上有些頭高尾低，跟「變降」調很接近。在聽辨連讀變調時，忽略這種細微差別是無可厚非的。Paker 說明城內口音的陽入變調用「溫和的上聲」（gentle second）來描寫，加上「溫和的」定語可能就是指實際調值稍下抑一些。

唯一可以確定的區別是今福州話「上聲＋上聲」和「陰入甲＋上聲」這兩組前字變為「變升」調24，而一百年前的規律是不變調。這不由地使人聯想到北京話兩個上聲相連，前一個字變為升調的同類事實。

與聲母韻母相比，聲調是相當穩定的。這既表現在單字音的調類調值方面，也反映在連讀變調的規則上。漢語方言小片的內部差異往往突出地表現在調值上，從歷史比較法的經典理論上推斷，調值應該是較短時期內變化最顯著的項目，但我們的觀察卻表明聲調也可能是最穩定的音類。

## 第六節　一八七〇年的福州話音節全表

Baldwin 指出，福州話有十五聲母，三十三韻母和七個聲調，可以拼出三千四百六十五個可能的音節，但其中約半數實際上不存在。還有兩個音節沒有列入聲韻調配合總表。一個是否定詞「伓」，是個韻母化的鼻音，另一個是「ŋiau$^{1}$」。這是兩個特殊的音節，至今也還是這樣。

我們自然不滿足於這樣籠統的說明，於是便以《字典》和《撮要》為原材料，重新登錄了同音字表，再從同音字表提取出完整的音節全表，以便於觀察當時音節分布的實際情況。

《字典》中收錄了一千兩百四十二個無字可寫的「字頭」，這裡面包含兩種情況。一是《字典》稱為「前綴」的，其實就是單音節動詞有規律的「貌」變形重疊形式（參閱第四章），這些音節形式不屬靜態的音節構造平面，我們不把它們作為單字音收入。《字典》中還收入了較多的擬聲詞，擬聲詞也屬語音系統的邊緣成分，不能說明音節構造的規律，本表也不予收入，除非這個詞已從單純的擬聲派生出名詞、動詞或形容詞的用法。

另一類是實語素，其中也有一些其實就是同音節的某字的特殊引申義，或者是某字的白讀音，我們在相應的位置上直接改寫為本字。還有一些是本字不明且沒有適當的訓讀字可寫的單音詞（語素），這是很珍貴的方言資料，我們一一收入本表。這部分「無字詞」以及一些《字典》中有字，卻明顯不是本字，而且我們也不知道確切本字的音節，本表在相應位置標出注解序號，在該表下方用注解提示詞義。

以下根據《字典》，分韻母排列出一八七〇年的福州土白音節全表。為便於相關韻母的比較，我們綜合考慮韻母系統的共時結構和歷史演變兩方面的特點，重新排列出如下的順序：

| 序號 | 《八音》字母 | 舒聲 | | | | 入聲 | | | |
|---|---|---|---|---|---|---|---|---|---|
| | | 本韻 | | 變韻 | | 本韻 | | 變韻 | |
| | | 字典 | ipa | 字典 | ipa | 字典 | ipa | 字典 | ipa |
| 1 | 西 | á | ɛ | —— | —— | áh | ɛʔ | —— | —— |
| 2 | 嘉 | a | a | —— | —— | ah | aʔ | —— | —— |
| 3 | 山 | ang | aŋ | —— | —— | ak | ak | —— | —— |
| 4 | 奇 | iă | ia | —— | —— | iăh | iaʔ | —— | —— |
| 5 | 聲 | iăng | iaŋ | —— | —— | iăk | iak | —— | —— |
| 6 | 花 | wa | ua | —— | —— | wah | uaʔ | —— | —— |
| 7 | 歡 | wang | uaŋ | —— | —— | wak | uak | —— | —— |
| 8 | 雞 | ié | ie | —— | —— | iéh | ieʔ | —— | —— |
| 9 | 天 | iéng | ieŋ | —— | —— | iék | iek | —— | —— |
| 10 | 橋 | io | io | —— | —— | ioh | ioʔ | —— | —— |
| 11 | 香 | iong | ioŋ | —— | —— | iok | iok | —— | —— |
| 12 | 過 | wo | uo | —— | —— | woh | uoʔ | —— | —— |
| 13 | 光 | wong | uoŋ | —— | —— | wok | uok | —— | —— |
| 14 | 之 | i | i | e | ei | ih | iʔ | eh | eiʔ |

| 序號 | 《八音》字母 | 舒聲 | | | | 入聲 | | | |
|---|---|---|---|---|---|---|---|---|---|
| | | 本韻 | | 變韻 | | 本韻 | | 變韻 | |
| | | 字典 | ipa | 字典 | ipa | 字典 | ipa | 字典 | ipa |
| 15 | 賓 | ing | iŋ | eng | eiŋ | ik | ik | ek | eik |
| 16 | 燈 | eng | eiŋ | aing | aiŋ | ek | eik | aik | aik |
| 17 | 孤 | u | u | o | ou | uh | uʔ | oh | ouʔ |
| 18 | 春 | ung | uŋ | ong | ouŋ | uk | uk | ok | ouk |
| 19 | 釭 | ong | ouŋ | aung | auŋ | ok | ouk | auk | auk |
| 20 | 須 | ü | y | ëü | øy | üh | yʔ | ëüh | øyʔ |
| 21 | 銀 | üng | yŋ | ëüng | øyŋ | ük | yk | ëük | øyk |
| 22 | 東 | ëng | øŋ | aëng | aøŋ | ëk | øk | aëk | aøk |
| 23 | 初 | ë | ø | aë | aø | ëh | øʔ | aëh | aøʔ |
| 24 | 歌 | ó | ɔ | —— | —— | óh | ɔʔ | —— | —— |
| 25 | 溝 | eu | eu | aiu | æu | | | | |
| 26 | 郊 | au | au | —— | —— | | | | |
| 27 | 催 | oi | oi | ói | ɔi | | | | |
| 28 | 輝 | wi | ui | oi | oi | | | | |
| 29 | 杯 | wí | uɪ | woí | uoɪ | | | | |
| 30 | 秋 | iu | iu | eu | eu | | | | |
| 31 | 燒 | ieu | ieu | —— | —— | | | | |
| 32 | 開 | ai | ai | —— | —— | | | | |
| 33 | 歪 | wai | uai | —— | —— | | | | |

這個韻母順序方便於在音節全表以及同音字彙中仔細觀察對比近一百多年來福州方言在韻母平面以及音節平面上的變化。例如：

（一）從1西～2嘉、23初～24歌、25溝～26郊，可以觀察去聲音節合流之前的對立狀況。

（二）從2嘉～3山、4奇～5聲、6花～7歡、8雞～9天、10橋～11香、12過～13光，觀察入聲韻尾合併前的對立。

（三）從10橋～12過、11香～13光的對比，可以觀察舌齒音聲母字韻母歸類的變化。

（四）從14之～15賓、17孤～18春、20須～21銀，可以觀察陰陽入三類韻母的平行關係。

（五）從15賓～16燈、18春～19釭、21銀～22東，以及27催～28輝，可以觀察韻母變體的交叉關係。

（六）從28輝～29杯、30秋～31燒，可以觀察這兩對韻母合流前的對立狀況。

## 一八七〇年福州話音節全表

### 1 西

| | | p | ph | m | t | th | n | l | ts | tsh | s | k | kh | ŋ | h | o |
|---|---|---|---|---|---|---|---|---|---|---|---|---|---|---|---|---|
| ɛ | ① | 1 | | | 低 | 拖 | 4 | | 齋 | 妻 | 西 | 街 | 溪 | 丫 | 鰗 | 挜 |
| | ② | 排 | 2 | 埋 | 題 | 陀 | 泥 | 黎 | 齊 | | | | | 倪 | | 鞋 |
| | ③ | 擺 | 痞 | 買 | 底 | 體 | 奶 | 禮 | 擠 | | 洗 | 解 | | | 8 | 矮 |
| | ⑤ | | 稗 | 咩 | 帝 | 替 | | | 濟 | 粞 | 細 | 解 | 快 | | | |
| | ⑥ | | | 賣 | 第 | | | 麗 | 劑 | | 6 | 7 | | | 蟹 | 解 |
| ɛʔ | ⑦ | | | 3 | | | | | | | | | | | | |
| | ⑧ | | | | | | 5 | | | | | | | | | |

1.轉向。2.黃～：青蛙。3.瘪。4.拖拉。5.蠢。6.多。7.拉繂。8.斜眼看。

## 2 嘉

| | | p | ph | m | t | th | n | l | ts | tsh | s | k | kh | ŋ | h | o |
|---|---|---|---|---|---|---|---|---|---|---|---|---|---|---|---|---|
| a | ① | 疤 | 脬 | 嫲 | 礁 | 他 | | 拉 | 渣 | 叉 | 紗 | 家 | 鮫 | | 哈 | 鴉 |
| | ② | 爬 | | 痲 | 茶 | | | | 炸 | 柴 | 2 | | | 牙 | 蝦 | |
| | ③ | 把 | | 馬 | 打 | | 拿 | 喇 | 早 | 炒 | | 假 | | 雅 | | 啞 |
| | ⑤ | 霸 | 帕 | 罵 | 詐 | 蛇 | | | 榨 | | 㓾 | 架 | 敲 | | 孝 | 亞 |
| | ⑥ | 罷 | | | | | | | 乍 | | | 咬 | | 砑 | 夏 | 下 |
| aʔ | ⑦ | 百 | 拍 | | 1 | 澈 | 凹 | | | 冊 | 霎 | 格 | 客 | 4 | | 揖 |
| | ⑧ | 白 | | 麥 | 擇 | 宅 | | | | | | 3 | | 5 | | |

1.壓。2.繩套。3.撬。4.破裂聲。5.拗～：齟齬。

## 3 山

| | | p | ph | m | t | th | n | l | ts | tsh | s | k | kh | ŋ | h | o |
|---|---|---|---|---|---|---|---|---|---|---|---|---|---|---|---|---|
| aŋ | ① | 班 | 攀 | 懵 | 單 | 攤 | 2 | | 爭 | 參 | 三 | 甘 | 刊 | | 酣 | 安 |
| | ② | 平 | 評 | 盲 | 談 | 壇 | 南 | 蘭 | 殘 | 殘 | 晴 | 寒 | | 岩 | 函 | 衡 |
| | ③ | 版 | | 猛 | 膽 | 坦 | 揇 | 懶 | 斬 | 慘 | 傘 | 敢 | 砍 | 眼 | 罕 | 掩 |
| | ⑤ | 柄 | 胖 | | 旦 | 探 | 3 | | 贊 | 燦 | 散 | 監 | 看 | | 漢 | 暗 |
| | ⑥ | 病 | | 漫 | 淡 | | | 濫 | 站 | | 靜 | 汗 | | 岸 | 憾 | 餡 |
| ak | ⑦ | | | | 答 | 塔 | | 瘌 | 窄 | 插 | 殺 | 甲 | 拾 | 5 | 喝 | 鴨 |
| | ⑧ | 拔 | 1 | 帓 | 達 | 疊 | 納 | 蠟 | 雜 | | 渫 | 敆 | 4 | | 合 | 盒 |

1.溢。2.～潤：蠢。3.用力撐住。4.文火煮。5.嚙骨聲。

## 4 奇

| | | p | ph | m | t | th | n | l | ts | tsh | s | k | kh | ŋ | h | o |
|---|---|---|---|---|---|---|---|---|---|---|---|---|---|---|---|---|
| ia | ① | | | | 爹 | | | | 遮 | 車 | 賒 | 迦 | 欺 | 奇 | 罅 | |
| | ② | | | | 1 | | | | | | 斜 | 伽 | 騎 | 訝 | | 耶 |
| | ③ | | 跛 | | | | 惹 | | 姐 | 且 | 寫 | | | | 嬉 | 也 |

| | | | | | | | | | | | | | | | | |
|---|---|---|---|---|---|---|---|---|---|---|---|---|---|---|---|---|
| | ⑤ | | | | | | 偌 | 2 | 蔗 | | 瀉 | 叫 | | | | |
| | ⑥ | | | | | | | | 籍 | 笡 | 謝 | 下 | | | | 夜 |
| iaʔ | ⑦ | 壁 | | | 摘 | | | 3 | 迹 | 赤 | | | | | 嚇 | 益 |
| | ⑧ | | 澼 | | 糴 | | | 裂 | | 鍤 | 食 | | | 額 | | 役 |

1.萎靡。2.衣裳漂亮。3.晾曬用的竹器。

## 5 聲

| | | p | ph | m | t | th | n | l | ts | tsh | s | k | kh | ŋ | h | o |
|---|---|---|---|---|---|---|---|---|---|---|---|---|---|---|---|---|
| iaŋ | ① | | 拚 | | | 聽 | | 涼 | 精 | 清 | 聲 | 驚 | 17 | 21 | 兄 | |
| | ② | 砰 | | 名 | 呈 | 程 | | 晾 | 濺 | 成 | 城 | 行 | | 迎 | | 贏 |
| | ③ | 餅 | 餅 | | 偵 | 町 | 8 | 領 | 井 | 請 | | 囝 | | | | 26 |
| | ⑤ | 并 | | | 鎮 | 疼 | 9 | | 正 | 倩 | 線 | 鏡 | 18 | 22 | 25 | |
| | ⑥ | | 并 | 命 | 定 | | 10 | 令 | 淨 | 鱔 | 賤 | 健 | 19 | 岸 | | 映 |
| iak | ⑦ | 1 | 3 | 5 | | 獺 | 11 | 12 | 嘖 | 14 | 睫 | 16 | 20 | 23 | 嚇 | 27 |
| | ⑧ | 2 | 4 | 6 | 7 | | | | 13 | 15 | | 揭 | 屐 | 24 | 頁 | 28 |

1.手掌拍打。2.手掌拍打。3.手掌拍打。4.赤足行走聲。5.黏貼。6.竹鞭抽打。7.氣味薰蒸。8.混雜。9.閃爍。10.酒微醉。11.眨眼。12.舔。13.嘖嘴。14.理睬。15.踩。16.生氣走開。17.敲擊瓷器聲。18.點頭。19.合併。20.擠壓。21.鬚髮翹起。22.前傾。23.剪。24.昂頭。25.站立不穩。26.藥效。27.掀翻。28.搖扇。

## 6 花

| | | p | ph | m | t | th | n | l | ts | tsh | s | k | kh | ŋ | h | o |
|---|---|---|---|---|---|---|---|---|---|---|---|---|---|---|---|---|
| ua | ① | | | | | 拖 | | | 抓 | | | 瓜 | 誇 | | 花 | 蛙 |
| | ② | | | | | 拖 | | | 3 | | | | | | 華 | 划 |
| | ③ | | | | | | | | 爪 | | 掃 | 寡 | | 瓦 | | 7 |
| | ⑤ | | | | | | | | | 5 | | 掛 | 跨 | | 化 | 8 |

| | | | | | | | | | | | | | | | | |
|---|---|---|---|---|---|---|---|---|---|---|---|---|---|---|---|---|
| | ⑥ | | | | | | 1 | | | | | | | 瓦 | | 畫 |
| uaʔ | ⑦ | | | | | | | | | | | | | 6 | | 9 |
| | ⑧ | | | | | | 2 | | 4 | | | | | | | 劃 |

1.挪動。2.扭筋。3.大吃大嚼。4.不對。5.突然的疼痛。6.骨頭發出的聲音。7.拐道前往。8.暢銷。9.豬叫聲。

**7 歡**

| | | p | ph | m | t | th | n | l | ts | tsh | s | k | kh | ŋ | h | o |
|---|---|---|---|---|---|---|---|---|---|---|---|---|---|---|---|---|
| uaŋ | ① | 搬 | | | 端 | | | | 鑽 | 餐 | | 官 | 寬 | | 歡 | 彎 |
| | ② | 盤 | | 瞞 | | 團 | | 鸞 | | | | | 環 | 頑 | 還 | 灣 |
| | ③ | 阪 | | 滿 | 短 | | 暖 | 卵 | 攢 | 喘 | | 管 | 款 | | 反 | 碗 |
| | ⑤ | 半 | 判 | | 斷 | 鍛 | | 孿 | 纂 | 竄 | | 灌 | | | 販 | |
| | ⑥ | 拌 | 伴 | | 斷 | | | 亂 | 撰 | | | 摜 | | 玩 | 犯 | 萬 |
| uak | ⑦ | 撥 | 潑 | 抹 | | 脫 | | | | | | 括 | 闊 | | 法 | 挖 |
| | ⑧ | 鈸 | 跋 | 末 | 奪 | | | | 1 | | | 2 | | | 罰 | 活 |

1.抓住。2.大口飲水。

**8 雞**

| | | p | ph | m | t | th | n | l | ts | tsh | s | k | kh | ŋ | h | o |
|---|---|---|---|---|---|---|---|---|---|---|---|---|---|---|---|---|
| ie | ① | 裨 | 批 | 1 | | | | | 支 | 枝 | 施 | 雞 | 稽 | | | |
| | ② | | | | 池 | 啼 | 兒 | 釐 | | 2 | 蛇 | 岐 | 騎 | 鵝 | 携 | 移 |
| | ③ | | | | 底 | 扯 | | | 紫 | 侈 | 㗢 | | 啟 | | | 椅 |
| | ⑤ | 臂 | | | | 剃 | | 裂 | 際 | 翅 | 世 | 桂 | 契 | 艾 | 費 | 翳 |
| | ⑥ | 閉 | | | 弟 | | 兒 | 離 | | 笡 | 豉 | 易 | 徛 | 義 | 惠 | 稗 |
| ieʔ | ⑦ | | | 乜 | | | | | | | | | | | | |
| | ⑧ | | | | | | | | | | | | | | | |

1.切削。2.移動重物。

## 9 天

| | | p | ph | m | t | th | n | l | ts | tsh | s | k | kh | ŋ | h | o |
|---|---|---|---|---|---|---|---|---|---|---|---|---|---|---|---|---|
| ieŋ | ① | 邊 | 篇 | | 顛 | 天 | 拈 | | 尖 | 千 | 仙 | 堅 | 謙 | 妍 | 掀 | 烟 |
| | ② | 駢 | | 棉 | 田 | 恬 | 年 | 連 | 錢 | 尋 | 禪 | 乾 | 擒 | 閻 | 嫌 | 炎 |
| | ③ | 扁 | | 免 | 點 | 忝 | 染 | 臉 | 踐 | 淺 | 閃 | 檢 | 遣 | 研 | 顯 | 演 |
| | ⑤ | 變 | 騙 | | 玷 | 綻 | | 輾 | 占 | 塹 | 扇 | 見 | 欠 | 硯 | 2 | 燕 |
| | ⑥ | 辯 | | 面 | 電 | | 念 | 鏈 | 賤 | | 善 | 儉 | | 驗 | 現 | 艷 |
| iek | ⑦ | 鱉 | 撇 | | 哲 | 鐵 | 捏 | | 接 | 切 | 設 | 結 | 缺 | 鑷 | 血 | |
| | ⑧ | 別 | | 滅 | 蝶 | 1 | 捏 | 裂 | 捷 | 蠘 | 舌 | 竭 | | 業 | 俠 | 葉 |

1.瘦弱。2.～～：岌岌可危。

## 10 橋

| | | p | ph | m | t | th | n | l | ts | tsh | s | k | kh | ŋ | h | o |
|---|---|---|---|---|---|---|---|---|---|---|---|---|---|---|---|---|
| io | ① | | | | | | 娜 | | 朱 | 1 | 輸 | | | 3 | | |
| | ② | | | | 廚 | | | | | | | 橋 | | | | |
| | ③ | | | | 躲 | | | 裸 | 主 | | | | | | | 萎 |
| | ⑤ | | | | | | | | 注 | 厝 | | | | | | |
| | ⑥ | | | | 度 | | | | | | 2 | | | | | 閱 |
| ioʔ | ⑦ | | | | | | | | 燭 | 尺 | 削 | 腳 | | 4 | | 約 |
| | ⑧ | | | | 著 | | 箬 | 綠 | 嚼 | 蓆 | 石 | | | 5 | | 藥 |

1.旋轉。2.鋪襯。3.冷淡。4.仰起。5.仰起。

## 11 香

| | | p | ph | m | t | th | n | l | ts | tsh | s | k | kh | ŋ | h | o |
|---|---|---|---|---|---|---|---|---|---|---|---|---|---|---|---|---|
| ioŋ | ① | | | | 張 | 張 | | | 章 | 川 | 湘 | 捐 | 腔 | | 香 | 央 |
| | ② | | | | 場 | 椽 | 娘 | 良 | 全 | 牆 | 祥 | 強 | | 言 | | 陽 |
| | ③ | | | | 轉 | | 軟 | 兩 | 掌 | 搶 | 想 | 強 | | 仰 | 響 | 養 |

| | | | | | | | | | | | | | | | | |
|---|---|---|---|---|---|---|---|---|---|---|---|---|---|---|---|---|
| | ⑤ | | | | 帳 | 暢 | | | 醬 | 串 | 相 | 建 | | | 向 | 映 |
| | ⑥ | | | | 丈 | 杖 | 讓 | 量 | | 像 | 尚 | 健 | | | | 樣 |
| iok | ⑦ | | | | | | | 劣 | 爵 | 雀 | 雪 | 決 | 卻 | | 歇 | 約 |
| | ⑧ | | | | | | | 掠 | 絕 | | 躍 | | 劇 | 虐 | | 弱 |

12 **過**

| | | p | ph | m | t | th | n | l | ts | tsh | s | k | kh | ŋ | h | o |
|---|---|---|---|---|---|---|---|---|---|---|---|---|---|---|---|---|
| uo | ① | 晡 | 鋪 | 摸 | | | 娜 | | 朱 | 1 | 輸 | 鍋 | 科 | | | 窩 |
| | ② | 莆 | 扶 | 模 | 厨 | | | | | | | | 瘸 | 訛 | 和 | |
| | ③ | 補 | 普 | 母 | 躲 | | | 裸 | 主 | | | 果 | 顆 | | 火 | |
| | ⑤ | 布 | 鋪 | 墓 | | | | | 注 | 厝 | | 過 | 課 | | 貨 | |
| | ⑥ | 部 | 簿 | 幕 | 度 | | | | | | 2 | | | 誤 | 禍 | 芋 |
| uoʔ | ⑦ | 剝 | | | | | | | 燭 | 尺 | 削 | 郭 | 曲 | | | |
| | ⑧ | 縛 | 曝 | | 著 | | 箬 | 綠 | 嚼 | 蓆 | 石 | 局 | | 玉 | | |

1.旋轉。2.鋪襯。

13 **光**

| | | p | ph | m | t | th | n | l | ts | tsh | s | k | kh | ŋ | h | o |
|---|---|---|---|---|---|---|---|---|---|---|---|---|---|---|---|---|
| uoŋ | ① | 分 | | | | | | | 專 | 穿 | | 光 | 框 | | 荒 | 冤 |
| | ② | 盆 | | 門 | | 椽 | | | 全 | 蹲 | 旋 | 狂 | 圈 | 原 | 皇 | 王 |
| | ③ | 本 | | 晚 | 轉 | | 軟 | | | | | 廣 | 礦 | | 訪 | 往 |
| | ⑤ | | 1 | 問 | | | | | | 串 | | 卷 | 勸 | | 放 | 怨 |
| | ⑥ | 飯 | | | | | | 戀 | | | | 倦 | 眶 | 願 | 遠 | 望 |
| uok | ⑦ | 發 | | | 裰 | | | 劣 | 拙 | 啜 | 雪 | 國 | 缺 | | 忽 | |
| | ⑧ | 勃 | 浡 | 2 | | | | 捋 | | | | | 橛 | 月 | 獲 | 越 |

1.退潮。2.醫治。

## 14 之

| | | p | ph | m | t | th | n | l | ts | tsh | s | k | kh | ŋ | h | o |
|---|---|---|---|---|---|---|---|---|---|---|---|---|---|---|---|---|
| i | ① | 碑 | 悲 | 咪 | 知 | 蜘 | 5 | | 之 | 痴 | 詩 | 機 | 欺 | | 非 | 衣 |
| | ② | 脾 | 疲 | 迷 | 遲 | 持 | 呢 | 梨 | 6 | 8 | 時 | 棋 | 蜞 | 疑 | | 兒 |
| | ③ | 比 | 匪 | 米 | 抵 | | | 里 | 址 | 耻 | 死 | 麂 | 起 | 擬 | 喜 | 以 |
| ei | ⑤ | 斃 | 鼻 | | 置 | | 餌 | 利 | 至 | 試 | 四 | 記 | 氣 | | | 意 |
| | ⑥ | 弊 | | 媚 | 地 | | 二 | 莉 | 字 | 市 | 是 | 技 | 柿 | 耳 | | 未 |
| eiʔ | ⑦ | 1 | | 3 | | | | | 7 | 9 | | 11 | | | | |
| iʔ | ⑧ | 2 | | 汨 | 4 | | | | | 10 | | 12 | | | | |

1.、 2.水從小孔噴出。3.微笑。4.要。5.黏。6.淬火。7.堵塞滲漏。8.毛刺。9.、 10.噴射。11.、 12.刺。

## 15 賓

| | | p | ph | m | t | th | n | l | ts | tsh | s | k | kh | ŋ | h | o |
|---|---|---|---|---|---|---|---|---|---|---|---|---|---|---|---|---|
| iŋ | ① | 冰 | 拚 | 1 | 丁 | 汀 | | 鈴 | 真 | 親 | 新 | 今 | 輕 | 3 | 兄 | 英 |
| | ② | 平 | 平 | 民 | 陳 | 沉 | 寧 | 靈 | 情 | 塍 | 神 | 瓊 | 琴 | 迎 | 形 | 榮 |
| | ③ | 丙 | 品 | 敏 | 等 | 挺 | | 廩 | 整 | 寢 | 審 | 境 | 肯 | | | 引 |
| eiŋ | ⑤ | 并 | 聘 | 面 | 釘 | 趁 | | 另 | 浸 | 稱 | 信 | 敬 | 慶 | | 興 | 應 |
| | ⑥ | 病 | | 命 | 陣 | | 認 | 令 | 盡 | | 盛 | 妗 | | | 悻 | |
| eik | ⑦ | 筆 | 匹 | | 滴 | 踢 | 2 | 栗 | 質 | 七 | 式 | 急 | 泣 | 級 | 翕 | 一 |
| ik | ⑧ | 弼 | | 蜜 | 直 | 剔 | 日 | 力 | 集 | | 習 | 及 | 檄 | 逆 | | 入 |

1.假寐。2.～囝：一點兒。3.冷熱相貼。

## 16 燈

| | | p | ph | m | t | th | n | l | ts | tsh | s | k | kh | ŋ | h | o |
|---|---|---|---|---|---|---|---|---|---|---|---|---|---|---|---|---|
| eiŋ | ① | 崩 | 烹 | | 燈 | 蟶 | 朧 | | 針 | 呻 | 生 | 耕 | 牽 | 4 | 哼 | 鶯 |
| | ② | 朋 | | 盟 | 騰 | | 朧 | | 層 | 田 | 前 | 咸 | 牽 | | 衡 | 閑 |
| | ③ | 板 | | 猛 | 點 | 2 | 朧 | 冷 | 剪 | 筅 | 省 | 揀 | 犬 | 眼 | 狠 | 5 |

| | | | | | | | | | | | | | | | | |
|---|---|---|---|---|---|---|---|---|---|---|---|---|---|---|---|---|
| aiŋ | ⑤ | 1 | | | 店 | 腆 | 3 | | | 襯 | | 更 | 敊 | | 莧 | 6 |
| | ⑥ | 辦 | | 慢 | 殿 | | 念 | | 贈 | | | 縣 | | 硬 | 幸 | 限 |
| aik | ⑦ | 八 | | | 德 | 貼 | | | 汁 | 策 | 色 | 革 | 刻 | | 血 | 厄 |
| eik | ⑧ | 拔 | | 默 | 澤 | 宅 | | 肋 | 截 | 賊 | 十 | 夾 | | | 獲 | |

1.翻轉。2.很。3.踮。4.死。5.手輕按。6.悶熄。

## 17 孤

| | | p | ph | m | t | th | n | l | ts | tsh | s | k | kh | ŋ | h | o |
|---|---|---|---|---|---|---|---|---|---|---|---|---|---|---|---|---|
| u | ① | | | | 都 | | | | 租 | 粗 | 蘇 | 孤 | 箍 | 8 | 夫 | 烏 |
| | ② | 蒲 | 浮 | | 圖 | 塗 | 奴 | 爐 | 雛 | | | 糊 | 跍 | 牛 | 湖 | 無 |
| | ③ | | 甫 | 某 | 堵 | 土 | | 魯 | 祖 | 楚 | 所 | 古 | 苦 | 午 | 虎 | 武 |
| ou | ⑤ | 富 | 1 | | 蠹 | 吐 | | 露 | 咒 | 醋 | 素 | 故 | 庫 | | 副 | 塢 |
| | ⑥ | 腐 | | | 度 | | 怒 | 路 | 助 | | | 舊 | 臼 | 五 | 戶 | 務 |
| ouʔ | ⑦ | | | | | 5 | 7 | | | | | | | | | |
| uʔ | ⑧ | | 2 | 3 | 4 | 6 | | | | | | | | | | |

1.隆起。2.浮腫。3.揍。4.、5.、6.捅，戳。7.矮～～：矮貌。8.嘟喃。

## 18 春

| | | p | ph | m | t | th | n | l | ts | tsh | s | k | kh | ŋ | h | o |
|---|---|---|---|---|---|---|---|---|---|---|---|---|---|---|---|---|
| uŋ | ① | 崩 | 蜂 | 燜 | 東 | 通 | | 4 | 宗 | 春 | 嵩 | 公 | 空 | | 風 | 溫 |
| | ② | 房 | 篷 | 蒙 | 同 | | 農 | 輪 | 崇 | | 純 | 群 | 捆 | | 洪 | 文 |
| | ③ | | 捧 | | 董 | 統 | | 隴 | 總 | 蠢 | 筍 | 滾 | 孔 | | 粉 | 穩 |
| ouŋ | ⑤ | 放 | 噴 | 夢 | 噸 | 痛 | 潤 | | 俊 | | 宋 | 棍 | 困 | | 奮 | 搵 |
| | ⑥ | 笨 | | 悶 | 動 | 2 | 閏 | | | 5 | 順 | 郡 | | | 份 | 韻 |
| ouk | ⑦ | 腹 | 覆 | 1 | 篤 | 3 | | 碌 | 卒 | 出 | 速 | 穀 | 屈 | | 福 | 握 |
| uk | ⑧ | 瀑 | | 木 | 獨 | 禿 | | 律 | 族 | | 述 | 掘 | 6 | | 服 | 物 |

1.一種水蚤。2.矮胖。3.烏～～：黑。4.懸垂晃蕩。5.擰。6.殘禿。

19 釭

| | | p | ph | m | t | th | n | l | ts | tsh | s | k | kh | ŋ | h | o |
|---|---|---|---|---|---|---|---|---|---|---|---|---|---|---|---|---|
| ouŋ | ① | 幫 | | 懵 | 當 | 湯 | | 6 | 莊 | 村 | 孫 | 釭 | 康 | | 薰 | 秧 |
| | ② | 旁 | 滂 | 忙 | 唐 | 糖 | | 郎 | 存 | 床 | 床 | 杠 | 扛 | 昂 | 痕 | 行 |
| | ③ | 綁 | | 莽 | 黨 | 倘 | 暖 | 朗 | 鑽 | 忖 | 選 | 講 | 墾 | | 很 | 影 |
| auŋ | ⑤ | 謗 | | 2 | 頓 | 褪 | 5 | 亂 | 葬 | 寸 | 蒜 | 降 | 抗 | | 巷 | 9 |
| | ⑥ | 磅 | 碰 | 3 | 段 | 燙 | 嫩 | 浪 | 狀 | 闖 | | | | 歇 | 項 | 笐 |
| auk | ⑦ | 駁 | 撲 | 漠 | 啄 | 脫 | | 犖 | 作 | 錯 | 刷 | 骨 | 確 | 鄂 | 揔 | 惡 |
| ouk | ⑧ | 薄 | 1 | 沒 | 奪 | 4 | 諾 | 洛 | 濁 | 撮 | 7 | 滑 | 8 | 岳 | 核 | 10 |

1. 梆子。2. 面部浮腫。3. 琢磨。4. 下降。5. 腫脹。6. 拳頭擊。7. 按摩。8. 奴隸。9. 看守。10. 擦抹。

20 須

| | | p | ph | m | t | th | n | l | ts | tsh | s | k | kh | ŋ | h | o |
|---|---|---|---|---|---|---|---|---|---|---|---|---|---|---|---|---|
| y | ① | | | | 豬 | 株 | 1 | | 書 | 舒 | 思 | 居 | 區 | | 虛 | 淤 |
| | ② | | | | 除 | 鋤 | | 閭 | 磁 | 2 | 詞 | 渠 | 愚 | 魚 | | 餘 |
| | ③ | | | | | 儲 | 女 | 呂 | 子 | 取 | 史 | 舉 | | 語 | 許 | 雨 |
| øy | ⑤ | | | | 著 | | 膩 | 屢 | 漬 | 趣 | 賜 | 據 | 去 | 3 | 酗 | 5 |
| | ⑥ | | | | 箸 | | | 慮 | 聚 | | 士 | 俱 | | 遇 | | 預 |
| øyʔ | ⑦ | | | | | | | | | | | | | | 4 | |
| yʔ | ⑧ | | | | | | | | | | | | | | | |

1. 家具榫頭鬆動搖晃。2. 偷盜。3. 鋸。4. 吸氣。5. 滲漏。

21 銀

| | | p | ph | m | t | th | n | l | ts | tsh | s | k | kh | ŋ | h | o |
|---|---|---|---|---|---|---|---|---|---|---|---|---|---|---|---|---|
| yŋ | ① | | | | 中 | | | | 終 | 沖 | | 宮 | | | 凶 | 殷 |
| | ② | | | | 重 | 重 | 濃 | 龍 | 從 | | 松 | 窮 | 勤 | 銀 | 雄 | 容 |
| | ③ | | | | | | | | 腫 | | | 拱 | 恐 | | | 勇 |

| øyŋ | ⑤ | | | | 中 | | | | 眾 | 銃 | | 供 | 7 | 8 | 釁 | 湧 |
|---|---|---|---|---|---|---|---|---|---|---|---|---|---|---|---|---|
| | ⑥ | | | | 仲 | | 2 | | 從 | 4 | | 共 | 絳 | | | 用 |
| øyk | ⑦ | | | | 竹 | 1 | 3 | | 粥 | 觸 | 宿 | 菊 | 曲 | | 畜 | 旭 |
| yk | ⑧ | | | | 軸 | | 肉 | 陸 | | 5 | 俗 | 6 | | 玉 | | 育 |

1.縮短。2.鬆弛。3.皺。4.褪～：散架。5.踐踏。6.濃稠。7.拖腔。8.恐怖。

22 **東**

| | | p | ph | m | t | th | n | l | ts | tsh | s | k | kh | ŋ | h | o |
|---|---|---|---|---|---|---|---|---|---|---|---|---|---|---|---|---|
| øŋ | ① | | | 厖 | 東 | 通 | | 6 | 棕 | 葱 | 雙 | 工 | 空 | | 烘 | 11 |
| | ② | | | 芒 | 同 | 蟲 | 膿 | 籠 | 9 | | | | | | | 紅 |
| | ③ | | | 蠓 | | 桶 | | 攏 | 總 | | 搡 | 港 | | | | |
| aøŋ | ⑤ | | 1 | 夢 | 凍 | 3 | 軟 | 7 | 粽 | 沖 | 送 | 10 | 空 | | 巷 | 甕 |
| | ⑥ | | | 網 | 洞 | 4 | | 弄 | | | | 共 | | | 烘 | 哄 |
| aøk | ⑦ | 北 | 珀 | 抹 | 2 | 5 | | 8 | | 軸 | 捽 | 角 | 殼 | | 畜 | |
| øk | ⑧ | | 雹 | 墨 | 毒 | 讀 | | 六 | | 鑿 | 捽 | | | | 或 | |

1.膨脹。2.罩。3.順水漂流。4.使激怒。5.戳。6.空疏不密。7.間隔的時間。8.分離。9.用水沖。10.大聲叫喊。11.～蟻：螞蟻。

23 **初**

| | | p | ph | m | t | th | n | l | ts | tsh | s | k | kh | ŋ | h | o |
|---|---|---|---|---|---|---|---|---|---|---|---|---|---|---|---|---|
| ø | ① | 1 | | | | 4 | 6 | 9 | 糟 | 初 | 梳 | | | 14 | 15 | 17 |
| | ② | 2 | 3 | | 除 | | 7 | 驢 | 嘈 | 10 | 11 | | 13 | | 16 | 18 |
| | ③ | | | | | 5 | | 魯 | | | 所 | | | | | |
| aø | ⑤ | | | | | | 8 | | | | | | | | | |
| | ⑥ | | | | 苧 | | | | | | | | | | | |
| aøʔ | ⑦ | | | | | | | | | | | | | | | |
| øʔ | ⑧ | | | | | | | | | | | 12 | 咳 | | | |

1.失敗。2.迸發。3.沙啞。4.斜臥。5.鼎～；鍋鏟。6.～落：滑倒。7.潰～：唾沫。8.肥～～：肥胖貌。9.～倒：躺倒。10.叱罵。11.潑。12.拋擲。13.愚蠢。14.～～著：生氣的表情。15.呵氣。16.呵氣。17.逗嬰兒聲。18.呼人聲。

24 歌

| | | p | ph | m | t | th | n | l | ts | tsh | s | k | kh | ŋ | h | o |
|---|---|---|---|---|---|---|---|---|---|---|---|---|---|---|---|---|
| ɔ | ① | 褒 | 波 | 饃 | 多 | 滔 | | | 遭 | 搓 | 梭 | 歌 | 柯 | | | 阿 |
| | ② | 婆 | 婆 | 毛 | 濤 | 桃 | 儺 | 羅 | 曹 | | 槽 | 7 | 8 | 俄 | 何 | 河 |
| | ③ | 寶 | 頗 | 母 | 禱 | 討 | 腦 | 老 | 左 | 草 | 嫂 | 稿 | 可 | 我 | 好 | 襖 |
| | ⑤ | 報 | 破 | 2 | 到 | 套 | | 鑪 | 做 | 糙 | 燥 | 告 | 去 | 9 | 秏 | 澳 |
| | ⑥ | 抱 | | 磨 | 盜 | | 糯 | 澇 | 座 | | | | | 餓 | 浩 | |
| ɔʔ | ⑦ | 1 | 柏 | 摸 | 桌 | 托 | 乇 | 絡 | 5 | | 索 | 閣 | | | 10 | 11 |
| | ⑧ | 箔 | | 膜 | 3 | | 4 | 樂 | 6 | 戳 | 鐲 | | | | | 學 |

1.用髒話罵人。2.砸。3.扎。4.用手指揉。5.堵塞滲漏。6.急匆匆地走。7.紅～～：通紅。8.擱淺。9.昂首。10.烙。11.乖巧。

25 溝

| | | p | ph | m | t | th | n | l | ts | tsh | s | k | kh | ŋ | h | o |
|---|---|---|---|---|---|---|---|---|---|---|---|---|---|---|---|---|
| eu | ① | | | | 雕 | 餿 | 1 | 4 | 鄒 | | 搜 | 勾 | 摳 | | 哮 | 歐 |
| | ② | | 浮 | 謀 | 條 | 頭 | 2 | 樓 | | 愁 | 稠 | | | | 喉 | |
| | ③ | | 剖 | 某 | 抖 | | 鳥 | 簍 | 鳥 | | 叟 | 狗 | 口 | 偶 | | 嘔 |
| æu | ⑤ | | | | 吊 | 透 | | 漏 | 奏 | 凑 | 肖 | 購 | 扣 | | | |
| | ⑥ | | | 茂 | 豆 | | 3 | 料 | | | | | | | | |
| | ⑦ | | | | | | | | | | | | | | | |
| | ⑧ | | | | | | | | | | | | | | | |

1.起皺。2.皺眉。3.皺。4.吐舌尖。

## 26 郊

| | | p | ph | m | t | th | n | l | ts | tsh | s | k | kh | ŋ | h | o |
|---|---|---|---|---|---|---|---|---|---|---|---|---|---|---|---|---|
| au | ① | 包 | 抛 | 1 | 兜 | 偷 | 撓 | 撈 | 糟 | 抄 | 梢 | 交 | 摳 | 3 | 薅 | 凹 |
| | ② | 胞 | 跑 | 茅 | 投 | 頭 | 鐃 | 樓 | 巢 | | | 猴 | | 肴 | | |
| | ③ | 飽 | | 卯 | 斗 | 敨 | 繞 | 了 | 爪 | 草 | 稍 | 九 | 口 | 咬 | 吼 | 嘔 |
| | ⑤ | 豹 | 炮 | | 晝 | 透 | | 漏 | 灶 | 臭 | 哨 | 較 | 2 | 拗 | 孝 | |
| | ⑥ | 刨 | 泡 | 貌 | 豆 | | 鬧 | 老 | | | | 厚 | | 藕 | 校 | 候 |
| | ⑦ | | | | | | | | | | | | | | | |
| | ⑧ | | | | | | | | | | | | | | | |

1.閉嘴。2.責罵。3.～～叫。

## 27 催

| | | p | ph | m | t | th | n | l | ts | tsh | s | k | kh | ŋ | h | o |
|---|---|---|---|---|---|---|---|---|---|---|---|---|---|---|---|---|
| oi | ① | | | | 堆 | 推 | | 縲 | | 催 | 衰 | | | | | |
| | ② | | | | 台 | | | 雷 | 裁 | | | 懷 | | | 3 | 4 |
| | ③ | | | | 1 | 腿 | 餒 | 2 | | 髓 | | | | | | |
| ɔi | ⑤ | | | | 對 | 退 | | 銇 | 最 | 碎 | 帥 | | | | | 愛 |
| | ⑥ | | | | 代 | | 內 | 擂 | 罪 | | 坐 | | | | | |
| | ⑦ | | | | | | | | | | | | | | | |
| | ⑧ | | | | | | | | | | | | | | | |

1.短。2.掐。3.、4.呼人聲。

## 28 輝

| | | p | ph | m | t | th | n | l | ts | tsh | s | k | kh | ŋ | h | o |
|---|---|---|---|---|---|---|---|---|---|---|---|---|---|---|---|---|
| ui | ① | | | | 追 | 推 | | | 錐 | 雖 | | 龜 | 虧 | | 輝 | 威 |
| | ② | 肥 | 呸 | | 捶 | 錘 | | | | 箠 | 隨 | | 睽 | 危 | | 圍 |
| | ③ | | | | | | | 壘 | 水 | | | 鬼 | | | 毀 | 偉 |
| oi | ⑤ | 痱 | 屁 | 沬 | | 贅 | | | 醉 | 翠 | 睡 | 貴 | 愧 | | 諱 | 慰 |

| | | | | | | | | | | | | | | | | |
|---|---|---|---|---|---|---|---|---|---|---|---|---|---|---|---|---|
| | ⑥ | 吠 | | | 隊 | 墜 | | 泪 | 萃 | | 瑞 | 櫃 | | 魏 | | 為 |
| | ⑦ | | | | | | | | | | | | | | | |
| | ⑧ | | | | | | | | | | | | | | | |

## 29 杯

| | | p | ph | m | t | th | n | l | ts | tsh | s | k | kh | ŋ | h | o |
|---|---|---|---|---|---|---|---|---|---|---|---|---|---|---|---|---|
| uɪ | ① | 杯 | 胚 | | | | | | | 吹 | | | 魁 | | 灰 | 偎 |
| | ② | 陪 | 皮 | 梅 | | | 捼 | | 2 | | | | | | 回 | |
| | ③ | 1 | | 每 | | | | | | | | 改 | 跪 | | 火 | 賄 |
| uoɪ | ⑤ | 貝 | 配 | 妹 | | | | | 贅 | 脆 | 稅 | 儈 | | | | 穢 |
| | ⑥ | 倍 | 被 | 昧 | | | 枘 | | | | | | | 外 | 會 | 衛 |
| | ⑦ | | | | | | | | | | | | | | | |
| | ⑧ | | | | | | | | | | | | | | | |

1.翻揀。2.這。

## 30 秋

| | | p | ph | m | t | th | n | l | ts | tsh | s | k | kh | ŋ | h | o |
|---|---|---|---|---|---|---|---|---|---|---|---|---|---|---|---|---|
| iu | ① | 1 | | | 丟 | 抽 | | 3 | 周 | 秋 | 收 | 勼 | 丘 | | 休 | 優 |
| | ② | | | | 綢 | 籌 | | 瘤 | | 囚 | 仇 | 求 | 虬 | 蕘 | | 由 |
| | ③ | | | | 肘 | 丑 | 扭 | 柳 | 酒 | 手 | 首 | 久 | | | 朽 | 友 |
| eu | ⑤ | | | | 晝 | 抽 | 2 | 鎦 | 蛀 | 樹 | 秀 | 救 | 咎 | | 嗅 | 幼 |
| | ⑥ | | | 謬 | 宙 | 柱 | | 溜 | 就 | | 受 | 舅 | 臼 | | | 又 |
| | ⑦ | | | | | | | | | | | | | | | |
| | ⑧ | | | | | | | | | | | | | | | |

1.飛濺。2.掐。3.丟。

## 31 燒

| | | p | ph | m | t | th | n | l | ts | tsh | s | k | kh | ŋ | h | o |
|---|---|---|---|---|---|---|---|---|---|---|---|---|---|---|---|---|
| ieu | ① | 標 | 飄 | | 雕 | 挑 | | | 焦 | 超 | 燒 | 嬌 | 敲 | | 驍 | 妖 |
| | ② | | 嫖 | 苗 | 潮 | 佻 | 饒 | 遼 | 憔 | 瞧 | 韶 | 喬 | | 堯 | | 搖 |
| | ③ | 表 | 殍 | 秒 | | 窕 | 裊 | 了 | 少 | 悄 | 小 | 矯 | 巧 | | 曉 | 舀 |
| | ⑤ | | 票 | | 吊 | 跳 | | | 照 | 笑 | 嘯 | 叫 | 翹 | | | 要 |
| | ⑥ | | | 廟 | 趙 | | 尿 | 料 | | | 邵 | 轎 | | | | 耀 |
| | ⑦ | | | | | | | | | | | | | | | |
| | ⑧ | | | | | | | | | | | | | | | |

## 32 開

| | | p | ph | m | t | th | n | l | ts | tsh | s | k | kh | ŋ | h | o |
|---|---|---|---|---|---|---|---|---|---|---|---|---|---|---|---|---|
| ai | ① | | | | 獃 | 梯 | 3 | 5 | 栽 | 猜 | 獅 | 該 | 開 | 捱 | | 哀 |
| | ② | 排 | | 埋 | 台 | 刣 | | 來 | 才 | 豺 | 臍 | | | 崖 | 孩 | |
| | ③ | 擺 | 痞 | 1 | 歹 | | 乃 | | 宰 | 彩 | 駛 | 改 | 凱 | 牙 | 海 | 倚 |
| | ⑤ | 拜 | | 2 | 帶 | 太 | 4 | 籟 | 載 | 菜 | 婿 | 蓋 | 慨 | 艾 | | 愛 |
| | ⑥ | 敗 | | 邁 | 待 | | 耐 | 賴 | 在 | | 祀 | | | 礙 | 害 | |
| | ⑦ | | | | | | | | | | | | | | | |
| | ⑧ | | | | | | | | | | | | | | | |

1.植物不正常地停止生長。2.疲憊。3.肥～～：肥貌。4.蹭。5.髒。

## 33 歪

| | | p | ph | m | t | th | n | l | ts | tsh | s | k | kh | ŋ | h | o |
|---|---|---|---|---|---|---|---|---|---|---|---|---|---|---|---|---|
| uai | ① | | | | | 拖 | | | | | | 乖 | | | 4 | 歪 |
| | ② | | | 磨 | | | | | 1 | | | 2 | | | 懷 | |
| | ③ | | | | | | | | | | | 拐 | 蒯 | 我 | | |
| | ⑤ | 簸 | 破 | 霾 | | | | | | | | 怪 | 塊 | | | |
| | ⑥ | | | | 大 | | | | | | | 3 | | | 壞 | |

|  | ⑦ |  |  |  |  |  |  |  |  |  |  |  |  |  |  |  |
|---|---|---|---|---|---|---|---|---|---|---|---|---|---|---|---|---|
|  | ⑧ |  |  |  |  |  |  |  |  |  |  |  |  |  |  |  |

1.吃。2.棺木的橫板。3.蟲。4.從某中心情擺脫出來。

# 第三章
# 同音字彙

## 體例說明

一、這份同音字表的收字標準與前一章的「音節全表」相同，以列入「音節全表」的字作為每個同音字組的代表字，列在開頭第一字。「同音字彙」先分韻母，次分聲母，再分聲調。入聲韻與相應的陰聲韻、陽聲韻配伍，組成七調俱全的「韻系」，取「戚林八音」的「字母」作為代表字。韻母、聲母、聲調的順序都與「音節全表」相同。因此可以將「音節全表」用來作為「同音字表」的索引。

二、寫不出字的詞或語素用「□」表示，之前的鄰字是最可能有詞義聯繫的字。緊跟著的括號內是簡要釋義。這種簡要釋義的主要目的是提示「□」所代表的是哪個語素，可能不嚴密完整。釋義的方法不拘一格，只求簡明扼要。有些詞或語素不便單獨釋義的，先組成簡短詞組或多音詞和再合併釋義。多義語素只釋其基本常用義。

三、一部分多音字分別出現在不同的同音字組，如果可能引起誤會，也分別加括號提示，一般用組詞或構成詞組的方式提示所指的是該字的哪種用法。組詞用「～」代替該字。一字多音屬於文白異讀的，文讀音儘量放在書面語色彩濃重的詞語中體現。字的口語音詞義比較特殊的也像「有音無字」的口語詞一樣加以簡要釋義。

四、這個字彙的收字範圍一般限於中國社會科學院語言研究所編的《漢語方言調查字表》中收錄的現代常用字，如無必要保留繁體的一律改為簡體。補充了少數來源確切的福州方言本字和社會通用的方言俗字。《字典》中有八千三百一十一個漢字字頭，其中過半是只見於古代典籍的生僻字或異體字，在整理中予以剔除。

五、《字典》不區別「訓讀」和「白讀」，都以「in coll.」（在俗語中讀為）表示，這反映了當時民間對方言口語和漢字關係的一般認識。本字彙根據現在對福州方言音韻對應關係的研究水平，將訓讀字改為本字，本字不明的，一般用「□」代替。少數來源沒有依據的字加方框，這樣的字性質上仍然屬於「訓讀」，只是準備在本書的詞彙語法資料部分採用，以減少行文中的「□」符號。

六、福州話的歷史語音層次很複雜，遠非「文白異讀」所能概括，到目前為止還沒有透澈的研究成果。因此，本字彙不採用通常的文白標注方法。部分字下面加底線，表示該字在「字彙」中另有「讀字」的音，加底線的讀音通常是其口語音（白讀）。可能是若干個白讀音之一，也可能是音隨義轉的多音多義字。

### 同音字彙索引

# 一　西

| 調類 | ①②③⑤⑥ | ⑦⑧ |
| --- | --- | --- |
| 韻母 | ε | εʔ |

p　①□（掉轉方向）
②排牌誹
③擺
ph　②□（黃～：青蛙）
③痞（自高自大貌）髀（股川～：屁股。《廣韻》並彌切「股也」）頩（面～：腮幫子）
⑤稗
m　②埋（俯下）
③買
⑤咩
⑥賣𫙮（俗字，「無解」的合音）
⑦□（癟）
t　①低
②題蹄堤
③底抵
⑤帝
⑥第弟遞□（遮擋）
th　①拖（拖延）□（講～：說便宜話令別人不舒服）
②陀（彌～：彌勒佛）拖（拖延）
③體
⑤替涕屜

n　①□（遲緩貌）
　②尼泥涅（塗抹。《廣韻》奴低切「塗也」）泥（勉強）
　③奶（依～：母親）
　⑧□（愚蠢）
l　②黎犁
　③禮
　⑥麗隸勵犁厲
ts　①齋（書～：學校）齋（俗寫「纃」糯米製作的供鬼糕點）
　②齊□（砸）
　③擠□（歪斜）濟（人才～～）
　⑤濟（救～）
　⑥劑
tsh　①妻淒栖差（～役）
　⑤粞（俗寫「粸」，糯米粉。《集韻》思計切「米屑」）
s　①西犀樨□（變質糯米的異味）
　③洗徙璽
　⑤細婿
　⑥侕（俗字，多）
k　①街
　③解□（形容憋著嗓子發出的聲音）
　⑤解（～元）
　⑧□（懷恨在心）□（～船：拉縴）
kh　①溪繫（衣襟）啨
　⑤快□（介詞，給）
ŋ　①丫（樹～：樹枝）□（開門聲）
　②倪霓睨□（細～：胸懷狹隘）

h　①罅（關閉未攏）

③□（斜眼看）

⑥蟹□（搭拉下來）□（嬰兒哭聲）

o　①捱（～時間：拖延）

②鞋□（應答詞）

③矮

⑥解（能願動詞，會，能）

## 二　嘉

| 調類 | ①②③⑤⑥ | ⑦⑧ |
|---|---|---|
| 韻母 | a | aʔ |

p　①疤巴芭笆葩㶚（俗字，肉乾）

②爬扒耙杷琶

③把飽

⑤霸灞欛壩靶叭（喇～）□（～～：陰莖）

⑥罷爸（郎～：父親）耙

⑦百伯檗柏

⑧白

ph　①脬（卵～：陰囊）㚘（癲～：瘋子）拋（～魚：撒網捕魚）□（繞遠路）

⑤帕怕泡（水～）

⑦拍

m　①媽（兒呼母）攠（俗字，抓取）

②痲毛（～竹）猫蟆

③馬碼媽（祖母）螞瑪蕒（苦～：菜名）

⑤罵

⑧麥脈

t　①礁（白～：地名）焦（乾燥）

②茶

③打

⑤詐（～死）鮓（～糟：用糟醃）醡（榨取）

⑦踖（壓）□（～落：使蒙羞）

⑧擇（～日子）

th　①他

⑤蛇（海蜇）

⑦澈（乾淨）

⑧宅

n　③拿哪

⑦凹□（雨停）

l　①拉垃

③喇□（～鯉：穿山甲）

ts　①渣查喳楂

②炸（油～）嘈（聲音嘈雜）

③早

⑤榨炸（爆～）詐醡

⑥乍

tsh　①叉差杈

②柴

③炒吵

⑦冊策□（攙扶）

s　①紗砂沙莎裟鯊痧挲師（～傅）

②□（繩套）

③⿰少刂（交媾。《集韻》所嫁切「刺也」）
⑦霎

k　①家加佳嘉膠鉸（～刀）
③假（真～）絞賈
⑤架價駕稼假（放～）
⑥咬
⑦格隔骼□（檢測重量）軛（牛～）
⑧□（撬）□（船倉）□（悲痛）□（十字～：十字架）

kh　①鮫（馬～：魚名）骹（腳。《集韻》丘交切「脛也」）
⑤敲（《廣韻》苦教切「擊也」）
⑦客

ŋ　②牙（～行）蚜衙涯芽
③雅
⑥砑（～金：擦銅器）
⑦□（破裂聲）
⑧□（拗～：齟齬）

h　①哈
②蝦霞遐瑕
⑤孝（戴～）
⑥夏廈下暇□（運載）

o　①鴉丫
③啞亞拗（～斷）
⑤亞
⑥下（～底：下面）廈（～門）後（～門：後面）
⑦揖

## 三　山

| 調類 | ①②③⑤⑥ | ⑦⑧ |
|---|---|---|
| 韻母 | aŋ | ak |

p　①班邦濱斑瘢癍頒□（分離開）
②平坪棚
③版（～圖）板（古～）
⑤柄
⑥病
⑧拔跋

ph　①攀潘嘭
②評蟛膨澎彭磐□（～濫：湊錢聚餐）
⑤胖冇（方言俗字；不實）
⑧□（滿溢）

m　①懵（不開竅）□（膜）蒙（蒙上）
②盲蠻暝（夜）龐明（～年）虻蒙（蒙上）
③猛（火勢旺）滿
⑥漫饅謾曼慢（怠～）
⑧袜（～額）

t　①單耽擔（動詞，挑）丹眈鄲佇（俗字：現在）
②談彈（～跳）
③膽疸
⑤旦但擔（名詞，擔子）誕蛋□（屏氣用力）綻（涸開）
□（透過）
⑥淡彈（子～）鄭□（錯）
⑦答搭鎝褡（背～：背心）□（到頂，到底）

⑧達瘩踏

th ①攤貪癱坍灘

②壇痰譚潭檀

③坦毯袒

⑤探□（支撐）炭嘆碳

⑦塔塌榻撻鎝（套。《廣韻》他合切「器物～頭」）

⑧疊

n ①□（～潤：蠢）

②男難南喃楠

③揇（手用力推）赧

⑤□（勉強支撐）

⑧納捺囡（縴繩）

l ②蘭藍欄籃攔

③懶攬覽婪纜襤欖漤（涎水）

⑥爛兩濫□（濕）

⑦瘌□（滑動）

⑧蠟拉獵粒辣

ts ①爭簪

②殘慚讒饞潺蟾蠶

③斬嶄盞井

⑤贊

⑥站鏨暫棧

⑦窄仄匝砸眨扎札

⑧雜鍘閘柵（～欄）

tsh ①參青生（～熟）眚（～盲：瞎）

②殘（凶猛）

③慘醒（清～：醒）嶄（～～新）

⑤燦懺（拜～）璨粲

⑦插察

s ①三生（～養）牲（頭～：畜生）山刪珊衫杉舢跚

②晴

③傘產散省（節省）

⑤散（～開）性（～急）姓汕疝

⑥靜（哭止）

⑦殺煞

⑧渫（水煮）□（家～：蟑螂）

k ①甘柑杆尷竿幹間艱奸肝泔粳更（三～）監□（強迫）

②寒含銜

③敢感趕稈簡柬撖澉（擦洗）䈴（蓋。《集韻》古禫切「蓋也」）

⑤鑒監澗諫贛幹淦

⑥汗

⑦甲胛割蛤虼（～蚤）袷（～襖。《廣韻》古洽切「複衣」）佮（合夥。《廣韻》古沓切「幷合」）

⑧敆（俗字，在）

kh ①刊堪龕坑

③砍坎侃檻艦戻（～門：窗）

⑤看勘

⑦拾渴恰（～鹹：太鹹）

⑧□（文火熬煮）

ŋ ②岩顏癌

③眼

⑥岸雁

⑦□（嚙骨聲）

h　①酣蚶夯憨

②函涵含緘銜閑鹹晗頷寒韓鼾

③罕喊悍

⑤漢□（告訴）□（以為）

⑥憾撼翰瀚陷□（掩門）

⑦喝瞎嚇嗄（聲沙啞）

⑧合轄褐洽（接～）曷

o　①安氨鞍胺案鵪□（迫使）

②衡（均衡搭配）□（檁條）

③掩（～門）飲（米湯）□（腐敗）

⑤暗案按窨（地～：地窖）晏（～花：花季較晚的）

⑥餡旱焊□（行賄）

⑦鴨押壓狎

⑧盒匣阿□（臉浮腫）

## 四　奇

| 調類 | ①②③⑤⑥ | ⑦⑧ |
|---|---|---|
| 韻母 | ia | iaʔ |

p　⑦壁

ph　③跛

⑧澼（沙～：沙灘）

t　①爹（老～：老爺）

②□（萎靡不振）

⑦摘

⑧糴擲（擲色子）

n ③惹
⑤偌
⑦□（猛然一驚）
⑧搦（捉拿）

l ⑤□（衣裳漂亮）
⑦□（竹～：曬物用的竹盤）裂（失黏）靂（閃電）
⑧裂

ts ①遮嗟
③姐者鍺
⑤蔗鷓笊（～籬：漏勺）
⑥籍（憑藉）
⑦迹隻

tsh ①車奢硨（～螯）
③且
⑥笡（斜）
⑦赤
⑧鍤（鼎～：鍋鏟。《廣韻》楚洽切「鍬也」）

s ①賒佘佘
②斜邪
③寫捨
⑤瀉卸赦舍（宿～）
⑥謝射社麝榭（僻～：廂房）
⑧食

k ①迦（釋～牟尼）
②袈（～裟）枷伽（～藍）
⑤叫（尖叫）
⑥下

kh　①欺奇（～數：單數）
②騎（跨騎）
①奇（不整，不配對）
②訝（錯～：驚愕）
⑧額

h　①罅（～開。《集韻》虛訝切「裂也」）
③嬉（刁～：嬉鬧）
⑦嚇（說大話騙人）

ʊ　②耶揶椰□（蔓延擴大）
③也野冶□（咀嚼時食物從嘴角擠出）
⑥夜
⑦益
⑧役驛

## 五　聲

| 調類 | ①②③⑤⑥ | ⑦⑧ |
|---|---|---|
| 韻母 | iaŋ | iak |

p　②砰（擬聲，關門聲）
③餅
⑤幷摒（～水：倒水）
⑦□（用手掌拍打）□（擬聲，潑水）
⑧□（用手掌擊拍打）

ph　①艕（背）
③餅（量詞；用於扁平的團塊物）跰（跛。《廣韻》普丁切「行不正」）□（濺灑）

⑥幷（對～：比較）

⑦□（擬聲，用手掌拍打）□（擬聲，潑水）

⑧□（擬聲，赤足行走）

m　②名

⑥命

⑦□（黏貼）□（虛弱）

⑧□（竹鞭抽打）□（心跳）

t　②呈埕捏（摻入）□（重物砸落）

③偵鼎

⑤鎮（氣味刺鼻）

⑥錠定訂

⑧□（誑騙）□（氣味熏蒸）

th　①聽（～話）廳

②程

③町□捵（推。《集韻》他典切「手伸物也」）

⑤疼聽（七講八～：胡說）

⑦獺

n　②□（烤焦）

③染（混合）

⑤□（閃爍）

⑥□（強光一閃；火焰騰起）□（酒微醉）

⑦□（眨眼；閃）□（弄濕）□（弄混）

l　①凉（寒意）

②晾

③領嶺□（霞～：一會兒）

⑥令（酒～）

⑦狤（俗字，舔）□（拖鞋）□（鬆脫）

ts　①精（妖～）正（～月）□（驚走）
②濺
③嶜（味不鹹。《廣韻》子冉切「食薄味也」）
⑤正
⑥淨
⑦嘖（嘴裡咋巴聲）㳐（濺出）
⑧嘖（嘴裡咋巴聲）

tsh　①清（福～）□（扎入皮膚的小刺）
②成（完成）城（～門：地名）
③請癬鏟
⑤倩（雇傭）
⑥鱔
⑦□（理睬）□（搓洗）□（攙扶）□（痙攣）
⑧□（踩）

s　①聲
②城成墭（粟～：曬穀場）
⑤線聖（神明靈驗）
⑥賤（便宜）
⑦睫（目～）

k　①驚經（織布的經線）
②行（走）
③囝（兒子。《集韻》九件切「閩人呼兒曰～」）
⑤鏡
⑥健
⑦□（生氣走開）
⑧揭（挑起）

kh　①鏘（擬聲詞）

⑤□（～頭：點頭）

⑥□（合併；碰）

⑦㕎（擠壓）峽（山～）□（扣除）

⑧<u>屐</u>洽（摻和。《廣韻》侯夾切「和也合也沾也」）□（～～宗：劇烈顫抖）

ŋ　①□（毛髮翹起）

②<u>迎</u>（～神）

⑤□（前傾）

⑥岸

⑦□（剪）□（嚙齒聲）

⑧□（昂頭）□（蟻爬似的癢）

h　①<u>兄</u>□（臭～～）

⑤□□（危險）□（站立不穩，搖晃）

⑦<u>嚇</u>（亂～：唬人）□（傾倒）

⑧<u>頁</u>（帽～：帽檐）□（掀動）

o　②羸營□（蔓延）

③□（有～：有效果）□（重～：感冒未癒又再加重）

⑥<u>映</u>（錚亮）

⑦□（掀翻）

⑧□（搖扇）□（招手）

## 六　花

| 調類 | ①②③⑤⑥ | ⑦⑧ |
|---|---|---|
| 韻母 | ua | uaʔ |

th ①拖
②拖（～時間）
n ⑥挪（移位）
⑧□（扭傷）
ts ①抓
②□（粗魯地吃）
③爪
⑧□（走樣，扭曲）
tsh ⑤□（爭奪）
s ③捎灑耍
⑤□（突然痙攣、疼痛）
k ①瓜剮（劃破）
③寡剮
⑤掛褂卦
kh ①誇
⑤跨胯
ŋ ③瓦
⑥瓦（～片）
⑦□（骨頭發出的聲音）
h ①花
②華嘩驊鏵（鐵鏟）
⑤化
o ①蛙娃窪娃劃（以刀割物）
②划（～船）
③蹲（途中拐道）
⑤□（暢銷）
⑥畫話

⑦ □（豬叫聲）
⑧劃（用筆～）

## 七　歡

| 調類 | ①②③⑤⑥ | ⑦⑧ |
|---|---|---|
| 韻母 | uaŋ | uak |

p　①搬般班
②盤磐胖
③阪（戰～：地名）
⑤半扮釁
⑥拌絆叛
⑦撥鉢
⑧鈸跋□（測量）
ph　⑤判盼泮
⑥伴畔
⑦潑
⑧伐（邁步）□（搭掛）□（～桶：吊桶）
m　②瞞鰻饅曼
③滿
⑦抹沫秣
⑧末茉
t　①端
③短
⑤斷（決～）
⑥斷（～絕）

|  |  |
|---|---|
|  | ⑧奪 |
| th | ②團摶 |
|  | ⑤鍛 |
|  | ⑦脫 |
| n | ③暖 |
| l | ②鸞鑾欒巒 |
|  | ③卵 |
|  | ⑤孿孿孌 |
|  | ⑥亂 |
| ts | ①鑽（～研） |
|  | ③攢 |
|  | ⑤纂 |
|  | ⑥撰 |
|  | ⑧□（抓住） |
| tsh | ①餐銓詮痊悛 |
|  | ③喘舛 |
|  | ⑤竄篡 |
| k | ①官棺關冠觀鰥 |
|  | ③管館□（梗） |
|  | ⑤灌慣貫罐盥觀（道～） |
|  | ⑥摜（手提） |
|  | ⑦括刮豁 |
|  | ⑧□（擬聲，大口飲水） |
| kh | ①寬 |
|  | ②環鬟寰 |
|  | ③款 |
|  | ⑦闊 |

ŋ ②頑
⑥玩
h ①歡翻藩番蕃
②還環煩繁桓凡樊帆釩蘩煩横
③反返
⑤販豢喚瘓煥渙飯
⑥犯範緩患幻宦
⑦法髮發
⑧罰閥乏滑猾
o ①彎灣
②灣（台～）玩（閑逛）
③碗晚挽惋宛婉腕皖
⑥萬換
⑦挖（用手指掏）
⑧活曰襪

## 八　雞

| 調類 | ①②③⑤⑥ | ⑦⑧ |
|---|---|---|
| 韻母 | ie | ieʔ |

p ①裨（補綴）
⑤臂轡跡（跑。《廣韻》方味切「行疾」）
⑥閉避
ph ①批披砒□（刀削）
m ①□（削）
⑦乜

t　②池
　③裡
　⑤渧（《集韻》丁計切「泣貌，一曰滴水」）
　⑥弟蠣地（～兜：地面）底（～角：哪兒）

th　②啼（哭）
　③扯（撕）
　⑤剃替（跟進）

n　②皃（囝～：子女）
　⑥皃（～囝：孩子）

l　②籬籬（笊～：漏勺）縭
　⑤裂（～紙：裁紙）□（砌）
　⑥離例荔

ts　①支脂芝枝肢
　③紫者（這）
　⑤際祭制稷（小米）

tsh　①枝（荔～）伬（俗字：～唱：福州地方曲藝）
　②□（移動重物）
　③侈扯
　⑤翅刺幟熾砌栨（門～：門框）
　⑥笡（斜）

s　①施些
　②蛇匙移（艱難緩慢地移動腳步）
　③暆（日影移動）
　⑤勢世□（接續）
　⑥豉誓逝嗜噬

k　①雞羈（以繩繫）規圭矽閨
　②岐鮭（鹽漬小魚）

⑤桂計季繼剞（～刀：淺割）

⑥易（～會難精）

kh　①稽（滑～）窺嵇畸（不整）

②騎

③啟綺（～羅）企

⑤契企（陡）崎（高地）

⑥徛（站立。《廣韻》渠綺切「立也」）

ŋ　②鵝

⑤艾

⑥義議蟻誼藝

h　②携兮奚蹊

⑤費廢肺戲

⑥慧惠蕙系吠

o　②移爺

③椅

⑤翳

⑥㯫（撒）

## 九　天

| 調類 | ①②③⑤⑥ | ⑦⑧ |
| --- | --- | --- |
| 韻母 | ieŋ | iek |

p　①邊編鞭鯿

②駢便（習慣）騈胼

③扁貶匾蝙

⑤變

　　⑥辨辯辮便（方～）卞汴
　　⑦鱉別（～針）憋
　　⑧別（離～）
ph　①篇偏翩編
　　⑤騙片遍
　　⑦撇瞥劈
m　②棉綿眠刡（削）
　　③免勉娩緬冕
　　⑥面
　　⑧滅篾蔑
t　①顛甜癲巔燈（～芯）
　　②田纏滇
　　③點典碘展輾（～轉）
　　⑤玷
　　⑥電澱奠佃甸鈿澱（滿）
　　⑦哲謫
　　⑧蝶碟諜秩跌轍疊
th　①天添
　　②恬□（～嫩：魚名）□（～～大：大小相同）
　　③忝舔腆
　　⑤綻（縫紉）
　　⑦鐵澈撤徹
　　⑧□（羸弱）
n　①拈（拿）
　　②年黏（呈～：粥煮至發黏）
　　③染橪
　　⑥念廿

⑦捏聶躡鑷攝

⑧捏（～骨：正骨）□（不寬裕）

l　②連聯簾鐮蓮廉憐濂璉臁（骹～：足脛）奩

③臉輦磏

⑤輾（轉動）

⑥鏈練煉斂楝殮

⑧裂烈列

ts　①尖沾瞻濺詹氈煎□（柴～：楔子）殲（雷公～：雷擊）

②錢前潛

③踐僭（資歷淺）餞剪枕戩□（壁虎）

⑤占戰箭薦

⑥賤漸

⑦接節折浙楫

⑧捷睫

tsh　①千遷簽鮮箋殲纖

②尋（平伸兩臂的長度。《廣韻》徐林切「六尺曰～」）

③淺闡

⑤塹□（刺）□（～～：一點兒）□（竹釘）

⑦切竊砌妾

⑧蠘（梭子蟹）

s　①仙先鮮煽羶

②蟬禪嬋蟾檐鹽暹

③閃陝跣冼蘚鮮（朝～）

⑤扇煽鹽（醃製）

⑥善膳繕擅贍蟮鱔單（姓～）禪（～讓）羨

⑦設屑楔褻薛

⑧舌涉折

k　①堅兼肩
②乾墘（邊緣）虔
③檢碱繭襇
⑤見劍
⑥儉
⑦結潔揭鋏莢劫挾（用筷子夾）
⑧竭杰桀

kh　①謙愆慳
②擒黔鉗
③遣繾譴
⑤欠芡（～粉）
⑦缺怯

ŋ　①妍
②嚴閻妍
③研儼
⑤硯癮
⑥驗彥諺
⑦鑷
⑧業孽

h　①掀
②嫌弦賢舷弦玄懸炫眩
③顯險
⑤□（～～：危險）
⑥現
⑦血熠熁（熱氣逼人）□（～石：磁鐵）
⑧頁俠協挾峽狹穴

o　①煙淹閹咽（～喉）嫣胭醃

②炎圓□（聚集）
③演掩（～護）衍冉蚺髯
⑤厭燕宴堰□（占據）
⑥艷焰院
⑧葉燁熱□（撼動）

## 十　橋

| 調類 | ①②③⑤⑥ | ⑦⑧ |
|---|---|---|
| 韻母 | io | ioʔ |

t　②廚屠
③躲貯垛
⑥度（～時間：消磨時間）墿
⑧著
th　③朵妥
n　①娜（扭擺的步態）
⑧箬
l　③虜裸裹（包～）
⑧綠錄斛捋（拂掃）
ts　①朱珠茱侏（～儒）
③主
⑤注鑄
⑦燭借
⑧嚼
tsh　①□（旋轉）□（～紅：楊梅）
⑤厝

⑦尺粟灼
⑧蓆慴（心悸）□（～豉油：用醬油拌勻）

s　①輸（～贏）
⑥□（鋪陳）
⑦削（切）
⑧石蜀（數詞，一）□（射）□（跳躍）昨（～暝：昨天）

k　②橋茄
⑦腳（～色）

ŋ　①□（冷淡）
⑦□（仰起）
⑧□（仰起）

o　③萎
⑥閱裔悅銳曳
⑦約（大約估計）
⑧藥鑰□（老～：鷂鷹）

## 十一　香

| 調類 | ①②③⑤⑥ | ⑦⑧ |
|---|---|---|
| 韻母 | ioŋ | Iok |

t　①張
②場傳腸長（～處）
③轉囀長（生～）丈（～奶：丈母）
⑤脹帳脹漲
⑥丈（姑～）仗篆長（剩餘）

th　①張（紙～）<br>
　　②椽<br>
　　⑤暢傳（傳言）<br>
　　⑥仗伩傳（傳遞）

n　②娘<br>
　　③軟暖（～閣）<br>
　　⑥讓

l　②良量糧梁凉<br>
　　③兩（斤～）<br>
　　⑥量諒輛亮戀<br>
　　⑦劣<br>
　　⑧掠略

ts　①章漿將章樟彰幛漳專磚<br>
　　②全泉<br>
　　③掌獎蔣槳<br>
　　⑤醬將障瘴瞕<br>
　　⑦爵酌<br>
　　⑧絕著

tsh　①川槍穿昌娼菖鯧<br>
　　②牆薔嫱檣□（蹲）<br>
　　③搶廠敞<br>
　　⑤串倡唱匠□（粽子發餿）<br>
　　⑥像象橡緔（～鞋）上（～水：用吊桶打水）漛（～漾：波濤起伏）<br>
　　⑦雀鵲爍灼勺啜（喝）綽

s　①湘箱相商傷熵廂鑲襄<br>
　　②祥詳裳翔旋緣（攀緣）常償嘗癢（皮膚被輕搔的感覺）

③想晌賞饞鯗（乾魚）
⑤相（端詳）像
⑥尚上癢
⑦雪削說
⑧躍

k ①捐涓鵑娟薑韁僵繮羌
②強
③強（勉～）
⑤建毽絹
⑥健鍵件
⑦決訣腳

kh ①腔□（～意：存心）
⑦卻攫孑
⑧劇

ŋ ②言
③仰（信～）
⑧虐瘧謔

h ①香鄉軒喧萱
③響享
⑤向憲獻餉（工資）
⑦歇謁

o ①央秧鴦殃怏
②陽羊洋烊揚佯瘍徉鉛沿緣然燃
③養氧壤嚷鮝（蟹類排泄孔出口處的三角形的腹甲）
⑤映恙漾（輕微起伏搖晃）
⑥樣件釀攘讓（禪～）
⑦約閱□（疲勞）
⑧弱若躍

## 十二　過

| 調類 | ①②③⑤⑥ | ⑦⑧ |
| --- | --- | --- |
| 韻母 | uo | uoʔ |

p　①晡（暝～：晚上）
②莆蒲（菖～）菩（量詞；朵）葡匍
③補
⑤布怖播（～田：插秧）
⑥部步簿埠捕（巡～）
⑦剝□（將要）
⑧縛
ph　①鋪（床鋪）麩（麥～）菠
②扶（扶助）
③普埔浦譜圃脯斧頗溥補
⑤鋪（十華里）□（拍～：考場夾帶）
⑥簿（數～：帳本）
⑧曝
m　①摸（～索）
②模摹霧（霧）□（模糊）
③畝母（討～：娶妻）
⑤墓
⑥慕募暮霧戊
t　②廚屠
③躲貯垛
⑥度（～時間：消磨時間）墿

⑧著

th　③朵妥

n　①娜（扭擺的步態）

⑧箬

l　③膚裸裹（包～）

⑧綠錄捋（拂掃）

ts　①朱珠茱侏（～儒）

③主

⑤注鑄

⑦燭借

⑧嚼

tsh　①□（旋轉）□（～紅：楊梅）

⑤厝

⑦尺粟灼

⑧蓆惙（心悸）□（～豉油：用醬油拌勻）

s　①輸（～贏）

⑥□（鋪陳）

⑦削（切）

⑧石蜀（數詞，一）□（射）□（跳躍）昨（～暝：昨天）

k　①鍋

③果裹

⑤過句

⑦郭椁廓□（粗大）

⑧局

kh　①科戈靴

②瘸

③顆棵
⑤課
⑦曲
ŋ　②訛
⑥誤悟臥唔
⑧玉獄
h　②和禾
③火（肝～）夥（～計）
⑤貨
⑥禍和（～詩）雨（～流滴：屋檐滴落的雨水）
o　①窩蝸渦倭媧萵
⑥芋

## 十三　光

| 調類 | ①②③⑤⑥ | ⑦⑧ |
|---|---|---|
| 韻母 | uoŋ | uok |

p　①分奔
②盆
③本畚
⑥飯
⑦發（長出）
⑧勃
ph　⑤汐（水～：退潮）
⑧浡（泡沫）
m　②門們文（～書）

③晚（～冬：第二季水稻）罔（副詞；「無妨」的合音）
⑤問
⑧□（醫治）□（宰殺）

t　③轉囀
⑥傳（左～）
⑦裰

th　②椽

l　⑥戀
⑦劣
⑧掠略

n　③軟

ts　①專磚
②全泉
⑦拙茁
⑧絕著

tsh　①川穿
②□（蹲）
⑤串釧
⑦啜（飲）

s　②旋璇漩緣（攀緣）
⑦削

k　①光闗（動詞）
②狂權拳顴□（完整的）
③廣獷卷（動詞）管（管子）
⑤眷卷（考～）券棬（牛穿鼻。《廣韻》居倦切「牛拘」）
⑥倦逛
⑦國蕨□（粗大）

kh ①框匡筐誆圈（圍住）

②槵（糞～）□（負責料理）

③礦廣曠壙（墓穴）

⑤勸曠

⑥眶

⑦缺闕蹶橛蕨

⑧橛

ŋ ②原元源袁轅

⑥願

⑧月

h ①荒慌方芳坊婚昏

②皇簧凰惶煌蝗隍園防妨

③訪妨仿紡晃幌恍

⑤放楦況

⑥遠

⑦忽霍髮

⑧獲

o ①冤鴛汪昏（頭～）

②王完亡丸員圓黃簧璜袁

③往網遠枉惘裷（衣袖。《集韻》委遠切，《方言》郭注「江東呼衣褾曰～」）

⑤怨

⑥旺忘援媛望暈（日～）

⑧越粵兀

# 十四　之

| 調類 | ①②③ | ⑤⑥ | ⑦ | ⑧ |
|---|---|---|---|---|
| 韻母 | i | ei | eiʔ | iʔ |

p　①卑□（拔）
②脾（脾臟）琵枇□（量詞，掛）
③比彼妣
⑤斃蔽閉泌秘痹庇秘匕潷（～茶）箅（竹～）
⑥弊鼻（嗅）幣蓖敝婢裨陛被備篦
⑦潷（水從小孔中噴出）
⑧潷（水從小孔中噴出）
ph　①悲菲
②疲皮（調～）肥
③匪鄙痞丕疕（痂。《廣韻》匹婢切「瘡上甲」）否（臧～）
⑤鼻屁
m　①咪（～～：猫）
②迷彌眉靡麋獼微唯惟維遺帷
③米美
⑥媚謎昧寐味（有～：有趣）□（潛水）□（尋找）
⑦□（淺飲）□（很淺的微笑）（注：這兩字今讀⑥調）
⑧汨（水淹）
t　①知
②遲
③抵邸詆
⑤置蒂締智致□（低頭鑽）

⑥地治稚痔雉㓚

⑧挃（要）□（說話結巴）

th ①蜘黐（拔絲的粘液。《廣韻》丑知切「所以黏鳥」）□（剝菜莖皮）

②持提弛馳堤苔

n ①□（黏）呢（疑問語氣詞）

②呢（～羽）

⑤餌睨（瞇眼看）咡

⑥二膩

l ②梨來喱狸猁

③理裡鯉李履

⑤利（利益）

⑥利（鋒利）莉俐痢吏莅

ts ①之□（～～菜：一種春天生的野菜）屐（女陰）

②滋（淬火）

③止指只址旨趾籽芷姊

⑤至志質（～證）摯痣

⑥字自（～家）

⑦□（堵塞縫隙）

tsh ①痴鰓鰭蚩嗤媸撕（扯）雌

②□（毛刺）

③耻齒矢

⑤試飼佽（見～：向遺體告別）

⑥市嚏（哈～：噴嚏）字（～覆：擲銅錢卜卦）

⑦汜（水從小孔中噴出）

⑧汜（水從小孔中噴出）

s ①詩絲司尸

②時糍鰣
③死
⑤四弑試
⑥是寺示氏侍恃視
k　①機基期畸稽箕肌饑譏姬犄亂
②棋其奇旗祈崎祁岐騏琪琦耆祺蜞葵歧
③麂幾紀己杞
⑤記計（夥～）既冀
⑥技忌嫉伎妓
⑦棘（扎）
⑧棘（扎）
kh　①欺欹（歪）
②蜞（螞～：螞蝗）□（鍋）
③起豈齒
⑤氣汽弃器
⑥柿
ŋ　②疑儀宜
③擬耳餌佴洱
⑥耳
h　①非飛稀希妃熙烯熹嘻唏
③喜禧
o　①衣醫銥依伊
②姨兒夷胰沂彝頤
③以已倚
⑤意億憶臆
⑥未味易異肄

# 十五　賓

| 調類 | ①②③ | ⑤⑥ | ⑦ | ⑧ |
|---|---|---|---|---|
| 韻母 | iŋ | eiŋ | eik | ik |

p　①兵冰賓濱彬斌瀕檳繽
②平瓶評（～話：福州的說書）屏憑蘋坪萍
③丙秉稟炳餅
⑤拚殯儐柄（把～）鬢
⑥病
⑦筆必畢壁逼煏（～油：熬油）
⑧弼愎

ph　①拼
②平（使平）
③品
⑤聘娉騁
⑦匹脾（～氣）璧辟碧僻劈霹

m　①□（假寐）
②民閩鳴銘酩茗冥溟暝名眠
③敏憫皿
⑤面
⑥命□（一種海魚）
⑧蜜密冪閾域覓汨（～羅江）

t　①丁釘盯燈（燈籠）疔仃珍貞徵懲
②陳藤塵停庭亭廷霆澄
③頂等戥
⑤訂釘（動詞）碇鎮□（氣味強烈）

⑥陣定錠綻（破～）
⑦滴嫡嘀的窒□（緊逼）
⑧直值侄敵迪笛狄滌蟄
th ①汀琛
②沉□（整齊）
③挺艇挺鼎
⑤趁（賺取）聽（打～）
⑦踢剔（挑～）惕敕
⑧剔（～骨）
n ②寧擰檸獰濘嚀仁（桃～）
⑥認佞
⑦仂（～囝：一點兒）
⑧日曙溺入（～味）
l ①鈴（～～：鈴鐺）零（～～：餘數）
②靈零齡淩陵鈴玲羚菱林臨鱗鄰
③廩懍凜領（首～）
⑤另（小塊）
⑥令卵（陰囊）另（～外）
⑦栗慄溧仂（勉強夠）
⑧力立曆歷
ts ①真晶精睛津征蒸侵斟□（鐵鏽）
②情秦晴
③整震診振疹拯枕井
⑤浸證晉正政進症
⑥盡靜燼淨靖
⑦質積即績脊瘠鯽職執織
⑧集疾寂籍藉

tsh　①親深稱清青蜻

②䠞□（拗～：頑固）

③寢請□（煮不很熟）□（～～：剛剛）

⑤稱（磅～）清（冷。《廣韻》楚敬切「冷也」）

⑦七漆戚拭赤叱斥膝

s　①新心辛芯娠鋅腥猩惺薪星身申聲升伸紳鉎（鐵繡。《廣韻》桑經切「鐵～」）先（～生）

②神晨臣尋成城乘誠承辰繩乘蠅蟳（俗字，一種海蟹）

③審沈嬸醒省（反～）

⑤信性勝聖姓迅汛訊

⑥腎甚慎盛剩（過～）蜃椹

⑦式失惜析濕蝕釋飾識熄塞噻悉息虱室適識錫

⑧習襲值植實席石（姓～）夕食翼

k　①今金驚荊兢京均鈞經□（耐受）

②瓊擎

③境警景謹錦緊

⑤敬勁竟禁噤□（置水中泡涼）□（製燈籠的紗布）

⑥妗禁（～尿）胗（雞～）競勁（～敵）噤脛頸

⑦急擊亟吉激棘戟桔

⑧及極

kh　①輕氫氫欽衾傾卿

②琴禽鉗檠罄（㪁。《集韻》苦丁切「側器傾酒漿也」）

③肯頃

⑤慶磬

⑦泣隙喫

⑧檄□（枯瘦）□（耽誤）

ŋ　①□（以凉貼熱）

②迎吟凝垠
⑦級吸汲迄吃閱
⑧逆凝

h　①兄興（～旺）馨
②形型邢刑眩
⑤興（高～）
⑥悻（默不作聲）
⑦翕熻（燜煮。《廣韻》許及切「熱」）

o　①英因陰音茵仍應姻洇氤纓
②榮瑩螢盈贏蠅人仁淫寅
③引永影詠穎飲
⑤應映蔭印
⑦一乙益溢揖邑挹弋
⑧入譯亦易液疫翼役繹佚逸昱煜

## 十六　燈

| 調類 | ①②③ | ⑤⑥ | ⑦ | ⑧ |
|---|---|---|---|---|
| 韻母 | eiŋ | aiŋ | aik | eik |

p　①崩邊（兩～）癍斑
②朋棚硼鵬爿（半～）便（～宜）
③板反（翻轉）版扁（～擔）匾（～額）
⑤□（翻轉）
⑥辦瓣
⑦八百伯柏陌別（知道）
⑧拔別帛白

ph ①烹

m ②盟萌

③猛

⑥慢孟

⑧默密脈

t ①燈登磴（硌）

②騰滕謄澄橙填□（還）

③點典（～當）等頂（懸～：上面）

⑤店

⑥墊殿鄧靛橂（硬。《集韻》堂練切「木理堅密」）

⑦德得

⑧澤擇特值

th ①蟶

③□（很）

⑤腆（挺出）

⑦帖貼

⑧宅

n ①膪（俗字，乳）

②膪（俗字，乳）

③膪（俗字，男人的胸肌）

⑤跕

⑥念（～經）

l ③冷

⑧肋瀝勒

ts ①針增曾繒憎僧臻榛爭掙睜猙

②層曾（～經）

③剪

⑤苫（草～：稻草褥子）諍

⑥贈

⑦汁則責截（兩～）節摘謫

⑧截（動詞）

tsh　①呻（呻吟）撐（支～）

②田蠶（～繭：蠶）

③筅（鼎～：竹鍋帚）騁

⑤襯□（茬，輩）讖（夢～）

⑦策測側惻

⑧賊

s　①生甥森參（人～）笙先（頭～：剛才）

②前

③省瘠（～肉：瘦肉。《廣韻》所井切「瘦～」）

⑦色澀瑟嗇虱塞

⑧十

k　①耕羹更（～新）跟庚

②咸懸（高）

③揀減埂梗哽耿繭（蠶～）

⑤更慣

⑥縣

⑦革格隔膈結鍥（鐮刀。《廣韻》古屑切「鐮別名也」）

⑧夾

kh　①牽鏗吭坑（～害）

②牽

③肯（～定）啃犬

⑤歉（鼎～：鍋蓋。《集韻》口陷切「物相值合」）□（胸口下的部位）

⑦刻克客咳□（擠）瞌（閉眼）

ŋ ①硬（僵硬，死）

③眼（龍～）

⑥硬

h ①哼亨

②衡横恒行宏懸（懸垂）

③狠很

⑤莧横（蠻横）

⑥幸杏行（道～）

⑦血黑赫

⑧獲劃（筆～）

o ①鶯櫻嬰鷹纓陰（～烏天）安（放置）

②閑

③□（手輕按）

⑤□（將火燜熄）

⑥限

⑦厄扼

## 十七 孤

| 調類 | ①②③ | ⑤⑥ | ⑦ | ⑧ |
|---|---|---|---|---|
| 韻母 | u | ou | ouʔ | uʔ |

p ②蒲瓠匍炰（炙）菩（～薩）

⑤富

⑥腐復（又）婦（新～：媳婦）伏（孵）

ph ②浮□（油炸）

③甫醭（生～，發黴）
⑤□（隆起）□（～笔：蒸籠的蓋子）
⑧□(浮腫)
m　③某母畝姆（伯母）拇
⑧□（揍）
t　①都□（懸掛）
②圖屠途徒塗
③堵睹賭肚（手～：小臂肌肉）
⑤蠹□（聰明）□（～～：呼雞聲）
⑥度渡鍍肚（魚～）杜妒
⑧□（捅）
th　②塗（泥土）
③土□（伸出）
⑤吐兔
⑦□（捅，戳）
⑧□（捅，戳）
n　②奴
⑥怒
⑦□（矮～～：矮貌）
l　②爐奴蘆盧顱廬壚瀘臚鸕艫
③魯努擄虜
⑤露
⑥路賂鹵（鹽～）□（厭惡）
ts　①租
②雛殂（無生氣）
③祖組阻詛
⑤咒

⑥助

tsh　①粗初

③楚礎

⑤醋

s　①蘇穌酥蔬疏

③所

⑤素數塑訴

k　①孤姑菇咕菇鴣沽辜

②糊鯝（～鯊）

③古鼓臌（隆起）盬（茶～：茶壺）鈷股估牯詁久（仂～：一會兒）攪

⑤固故顧雇錮痼灸

⑥舊

kh　①箍蛄（蝦～：皮皮蝦）枯呼（～雞）丘（段，壟）

②跍（蹲。《廣韻》苦胡切「蹲貌」）

③苦

⑤褲庫

⑥臼（舂～）

ŋ　①□（嘟喃自語）

②生吳吾梧蜈

③午五伍（隊～）忤（～逆）

⑥五伍

h　①夫膚敷麩灰（《韻補》荒胡切「火餘也」）

②胡呼湖糊乎扶弧符壺瑚葫蝴狐猢和

③虎琥滸府俘俯斧腑甫

⑤副戽（～斗）赴富負傅賦付□（來得及）

⑥戶護互婦賦父輔（扶）腐傅怙附

o　①烏污巫嗚鎢誣
　②無蕪□（耳鳴）
　③武舞捂侮䳇
　⑤塢惡（可～）□（份額）
　⑥務有佑（保～）霧鶩

## 十八　春

| 調類 | ①②③ | ⑤⑥ | ⑦ | ⑧ |
|---|---|---|---|---|
| 韻母 | uŋ | ouŋ | ouk | uk |

p　①崩□（塵起貌）
　②房噴（吹氣。《集韻》步奔切「吐也」）
　⑤放糞畚
　⑥笨
　⑦腹不抔（雙手捧）
　⑧瀑僕曝卜（羅～）□（烟熏）

ph　①蜂潘（淘米水。《廣韻》普官切「淅米汁也」）
　②篷蓬帆捧
　③捧（一～）
　⑤噴縫（門～）
　⑦覆

m　①燜悶（悶熱）
　②蒙檬
　⑤夢（紅樓～）濛（雨～：細雨）
　⑥悶（苦～）燜（燜煮）
　⑦□（一種小水蚤）□（～衣：一種綢衣）

| | |
|---|---|
| | ⑧木目穆牧睦苜沐沒 |
| t | ①敦東□（彈跳）□（碰觸） |
| | ②同童彤瞳僮桐（梧～） |
| | ③董懂 |
| | ⑤噸棟鈍囤頓凍 |
| | ⑥動燉沌 |
| | ⑦篤督□（點） |
| | ⑧獨毒犢瀆櫝 |
| th | ①通 |
| | ③統捅寵 |
| | ⑤痛 |
| | ⑥□（矮胖貌） |
| | ⑦黜（烏～～） |
| | ⑧禿讀黷 |
| n | ②農濃儂 |
| | ⑤潤（潮濕）□（糊塗） |
| | ⑥閏韌 |
| l | ①□（懸垂晃蕩） |
| | ②輪侖掄倫淪綸 |
| | ③隴攏壟 |
| | ⑦碌□（脫落）□（動詞；溜走） |
| | ⑧律率麓轆 |
| ts | ①宗綜踪 |
| | ②崇叢（～林） |
| | ③總準 |
| | ⑤俊峻竣浚駿雋鐫 |
| | ⑦卒猝 |

| | |
|---|---|
| | ⑧族簇 |
| tsh | ①春椿聰 |
| | ③蠢睶（俗字：困，瞌睡） |
| | ⑥捸（俗字：擰） |
| | ⑦出 |
| s | ①嵩松 |
| | ②純唇醇循旬巡船詢 |
| | ③笋榫隼瞬 |
| | ⑤宋舜送 |
| | ⑥順 |
| | ⑦速束戌簌觫恤 |
| | ⑧述術秫 |
| k | ①公功攻軍君 |
| | ②群裙拳 |
| | ③滾滾 |
| | ⑤棍貢 |
| | ⑥郡 |
| | ⑦穀酷趉（俗字，由躺而起） |
| | ⑧掘倔 |
| kh | ①空 |
| | ②捆（動詞） |
| | ③捆孔菌 |
| | ⑤困控空 |
| | ⑦屈哭 |
| | ⑧屈（毛髮殘禿，《玉篇》「短尾也」） |
| h | ①風封豐峰鋒烽瘋楓分紛芬吩葷 |
| | ②洪紅虹鴻墳焚暈魂渾 |

③粉忿憤哄
⑤奮訓
⑥份奉俸混鳳
⑦福複輻腹幅拂蝠佛（仿～）
⑧服袱佛覆弗複伏

o ①溫瘟塕（～塵：灰塵）
②文聞紋雯蚊
③穩紊吻刎隕殞（駝背。《廣韻》雲粉切「病也」）
⑤搵（蘸。《集韻》烏圂切「沒也」）慍蓊（～菜）
⑥韻問醞運
⑦握屋熨鬱
⑧物勿□（揮動）

## 十九 釭

| 調類 | ①②③ | ⑤⑥ | ⑦ | ⑧ |
|---|---|---|---|---|
| 韻母 | ouŋ | auŋ | auk | ouk |

p ①幫梆
②旁
③綁榜膀
⑤謗
⑥鎊傍棒磅泵
⑦駁搏膊博爆剝卜（～卦）
⑧薄

ph ②滂
⑥碰蚌

⑦撲璞濮僕樸
⑧□（梆子聲）

m　①懵□（茅草）
②忙芒茫
③莽漭蟒
⑤□（面部浮腫）□（摸索）□（航標）
⑥□（琢磨）
⑦漠幕□（爛）
⑧沒冥莫膜漠（淡～）

t　①當鈍墩中□（設陷阱）馬敦（闍。《廣韻》都昆切「去獸勢」）
②唐堂塘鏜棠腸長膛屯臀趟（跺）
③黨擋檔盾斷（～布：買布）墻（石～）
⑤頓當（典～）
⑥蕩段斷（～根）丈緞撞盪（失落。《集韻》大浪切「失據倒也」）
⑦啄卓酌悼掇（端，抬）
⑧奪突鐸凸度（猜～）

th　①湯吞（吞咽）
②糖搪（～瓷）吞（侵吞）豚（半大的畜生）
③倘□（～～：胖貌）
⑤褪□（置開水中略煮）
⑥燙（重溫）
⑦脫托拓焯
⑧□（下降）

n　②郎（～罷：父親）
③暖（～酒）冗

⑤□（腫脹）亂（頭髮～）

⑥嫩（小）釀□（～症：疑難病症）

⑧諾訥

l　①□（拳頭擊）

②郎琅狼榔廊鄉□（縫合針法）

③朗襯（俗字，內衣）

⑤亂□（曬乾）□（練習）

⑥浪論卵（雞～）亂

⑦犖□（散步）

⑧洛絡落駱珞樂

ts　①莊裝樁妝尊遵蹲臧

②存藏

③鑽（～石）

⑤葬壯鑽（～頭）

⑥狀髒藏（西～）

⑦作撮（扯斷）

⑧濁昨擢濯鑿（確～）

tsh　①村窗瘡倉艙蒼滄□（發情）□（事情的結果很不如意）

②床嘗（吃）

③忖

⑤寸創闖閂（門～）

⑥闖

⑦錯撮（扯斷）

⑧撮（量詞）

s　①孫酸桑宣喪霜孀栓拴相

②床（蒸籠）□（創口受刺激的刺痛）

③選爽損嗓

⑤蒜算遜喪（～失）□（繩緊套）

⑦刷朔挒率蟀索縮

⑧□（按摩）□（刷抹）

k　①釭綱剛江肛豇扛（抬）根釭

②杠（門～：頂門的木棍）炡（俗字，燙）□（和湯煮）

③講

⑤降（～落）鋼崗杠（轎～：）□（投擲）

⑦骨刮各覺

⑧滑

kh　①康坤慷糠昆琨鯤

②扛（單肩負重）

③懇墾

⑤抗亢炕囥（藏。《集韻》口浪切「藏也」）困睏（睡）

⑦確磕恪瞌嗑榷（商～）涸窟

⑧□（奴隸）□（敲，碰）

ŋ　②昂□（～～前：人聲鼎沸）

⑥戇（俗字，傻）

⑦鄂顎愕噩諤萼鰐

⑧岳樂（音～）□（抬頭）

h　①薰（煙草）□（～金：包金箔）

②痕行航杭絎（把棉胎和被單縫在一起）降防

③很狠（威脅性的瞪眼）

⑤巷（支撐地板的橫梁）

⑥恨項

⑦搰（棒擊。《集韻》呼骨切「楚謂擊為～」）

⑧核學鶴

o　①秧恩

②行（銀～）晘（俗字，時間長）

③影（影子）

⑤□（看守）

⑥筕（竹竿。《集韻》下浪切「竹竿也」）□（用手摩擦）

⑦惡齷沃握

⑧□（擦抹）

## 二十　須

| 調類 | ①②③ | ⑤⑥ | ⑦ | ⑧ |
| --- | --- | --- | --- | --- |
| 韻母 | y | øy | øyʔ | yʔ |

t　①豬誅

②除躇

⑤著

⑥箸住（在）

th　①株蛛洙銖

②鋤躕

③儲（～藏）杵

n　①□（家具榫頭鬆動而搖晃）

③女汝

⑤膩□（假寐）

l　②閭

③呂鋁旅侶膂櫚

⑤屢縷

⑥濾慮

ts　①書姿諮諸滋孳淄緇錙

②磁慈瓷茲滋
③子煮渚楮褚梓主拄
⑤漬注恣（自足貌）廁（～所）
⑥聚住柱炷自（～我）

tsh ①舒趨紓
②□（偷盜）
③取鼠此處（～分）
⑤趣娶（繼～）覷（瞧）刺處

s ①思輸斯司私需須師
②詞辭殊薯徐鱮（～魚）
③史暑曙署始黍駛使（假～）
⑤賜絮恕肆弒思（意～）庶四飼
⑥士事樹仕墅序緒飼似嗣伺巳嶼敘

k ①居拘車
②渠瞿
③舉矩
⑤據距巨拒鋸踞
⑥俱懼具埧（水壩）炬□（點火）

kh ①區驅樞軀祛
②愚（笨）
⑤去

ŋ ②魚漁隅娛虞愚（～公）
③語
⑤鋸（拉二胡）
⑥遇寓御馭

h ①虛墟圩
③許

⑤酗煦
⑦□（吸氣聲）

o ①淤盂于迂□（安逸貌）
②余愉榆輿俞逾如儒孺蠕
③雨乳羽宇禹禺
⑤□（滲出）□（火蔓延）
⑥裕譽預豫與峪□（消蝕）

## 二十一 銀

| 調類 | ①②③ | ⑤⑥ | ⑦ | ⑧ |
|---|---|---|---|---|
| 韻母 | yŋ | øyŋ | øyk | yk |

t ①中忠衷
②重（～新）
⑤中（～彩）
⑥仲重（～要）
⑦竹竺築□（強塞進）
⑧軸逐妯

th ②重（～疊）
⑦□（縮短）

n ②濃
⑥□（鬆弛）
⑦□（皺）□（坍塌）
⑧肉

l ②龍隆
⑧陸律率錄麓祿鹿戮

ts　①終舂鐘□（親吻）
②從（服～）
③腫種（～籽）
⑤眾種（～菜）縱（～容）
⑥從（～嫁）
⑦粥叔足祝燭囑矚

tsh　①沖充從（～容）
②□（韌帶扭傷）
⑤銃𣪠（俗字，接續）
⑥□（褪～：散架）
⑦觸促蹙捉□（截斷）
⑧□（踐踏）

s　②松（～樹）榕（～樹）
⑥訟誦頌□（穿衣）
⑦宿肅粟傈夙叔淑菽
⑧俗續熟贖孰蜀屬

k　①宮弓根跟躬恭供（～給）斤巾筋龔
②窮
③拱鞏
⑤供
⑥共近僅覲
⑦菊鞠掬溷（水中憋氣）□（一種縫紉針法）
⑧□（濃稠）

kh　②勤芹
③恐
⑤□（戲曲拖腔）
⑥絳（條狀的紅腫）虹□（～樹：烏桕樹）

⑦曲蛐麯乞

ŋ ②銀齦

⑤□（恐怖）

⑥□（使發怒）

⑧玉鈺

h ①凶匈胸汹欣勛

②雄熊□（綳緊）

⑤釁

⑦蓄畜搐（抽咽）

o ①殷雍癰臃

②容溶榕絨庸茸蓉熔戎勻融

③勇隱忍尹允

⑤湧踴擁壅

⑥用潤

⑦郁旭

⑧育浴欲鬻辱褥聿

## 二十二　東

| 調類 | ①②③ | ⑤⑥ | ⑦ | ⑧ |
|---|---|---|---|---|
| 韻母 | øŋ | aøŋ | aøk | øk |

p ⑦北

ph ⑤□（膨脹）

⑦迫魄撲（～粉）

⑧雹

m ①<u>尨</u>（蓬鬆）

②芒（一種茅草）
③蠓瘟（俗字，痲疹）
⑤夢
⑥網
⑦抹
⑧墨目木（～虱：臭蟲）茉

**t**　①東冬
②同筒銅
⑤凍（觸覺凉）
⑥洞動（定～：活動）
⑦觕（俗字，對頂）□（罩）□（錢～：撲滿，儲蓄罐）
⑧毒

**th**　①通（～風）嗵（俗字，伓～：不要）
②蟲桐（～油）
③桶
⑤瀓（俗字，順水漂浮）□（過程完畢）
⑥□（使激怒）
⑦□（戳）□（頭～：一種農村婦女的頭飾）
⑧讀

**n**　②膿儂（人）
⑤軟（鬆軟）

**l**　①□（空疏不密）□（～籬：宅門前的柵欄）
②籠聾壟嚨礱
③攏籠（～罩）
⑤□（時間的間隔）
⑥弄（小巷）
⑦□（分離脫落）

⑧六鹿肭漉（涉水）□（從水中撈取）□（不停的咒罵）

ts ①棕鬃□（肝火～：發火）

②□（以水沖）

③總（蘿蔔纓子）鬃（假髮）

⑤粽

tsh ①葱

⑤沖（毛髮聳立）

⑦軸（書畫挂軸）

⑧鑿

s ①雙鬆（放～）

③搡

⑤送宋

⑦捽

⑧捽（劇烈的顛簸）

k ①工江蚣

③港□（雄性）

⑤□（大聲叫嚷）

⑥共（連詞；和）

⑦角□（雄性）

kh ①空

⑤空（地上的窟窿）

⑦殼

h ①烘

⑤巷□（腫脹）

⑥烘（熱氣逼人）

⑦畜（置備）

⑧或惑斛□（喘）礐（糞～：糞坑）

o　①□（～蟻：螞蟻）

　②紅

　⑤瓮

　⑥哄（做～：湊熱鬧）

## 二十三　初

| 調類 | ①②③ | ⑤⑥ | ⑦ | ⑧ |
|---|---|---|---|---|
| 韻母 | ø | aø | aøʔ | øʔ |

p　①□（～去：完全失敗）

　②□（迸發）

ph　②□（形容沙啞的聲音）

t　②除（～去：死）

　⑥苧

th　①□（斜面）□（半躺）

　③□（鼎～：鍋鏟）

n　①□（～落：滑倒）□（黏糊糊）

　②□（瀇～，唾沫）

　③□（酸疼）

　⑤□（肥～～：肥胖貌）

l　①□（～倒：躺倒）

　②驢□（伸頭）□（咒罵）

　③魯（土氣，蠢）□（酸疼）

　⑤鑢（銼。《廣韻》良倨切「錯也」）

ts　①糟（食物糟爛）□（糊塗）

　②□（嘈雜擁擠）□（腳扭傷，生意受挫）

tsh　①初
　　②□（叱罵）
s　①梳疏
　　②□（傾倒，潑）□（賣偽劣貨坑人）□（牙～：門牙齜出）
　　③所璽黍（稷～：高粱）
　　⑤□（揍）
k　⑧□（擲）
kh　②□（愚蠢；今讀上聲調）
　　⑧咳
ŋ　①□（～～著：悶悶不樂的樣子）
　　⑤□（拉二胡）
h　①□（呼氣）
　　②□（呵氣）□（蒸汽熏）□（說客套話）
o　①□（逗嬰兒聲）
　　②□（呼人聲）

## 二十四　歌

| 調類 | ①②③⑤⑥ | ⑦⑧ |
| --- | --- | --- |
| 韻母 | ɔ | ɔʔ |

p　①褒煲菠
　　②婆袍
　　③寶保堡葆
　　⑤報暴（發～：刮大風）播
　　⑥抱爆暴（強～）

⑦□（用髒話罵）

⑧箔泊舶薄樸（包租）

ph　①波坡菠

②婆（老～：妻子）

③頗叵跛

⑤破

⑦粕

m　①饃（～～：饅頭）□（凸起）

②毛無摩磨（折～）魔蘑麼

③母姆拇

⑤□（砸）

⑥磨（石～）帽冒

⑦摸（摸索）□（商業暗語：五）

⑧膜莫

t　①多刀

②濤掏逃陶淘馱駝萄

③禱倒島搗

⑤到倒（～水）

⑥盜道導悼稻蹈惰

⑦桌卓

⑧□（扎）

th　①滔叨拖弢饕

②桃啕

③討

⑤套唾

⑦托脫（透～：病癒）

n　②儺挪

③腦惱瑙

⑥糯懦

⑦毛（俗字，物之統稱）

⑧□（用手指揉）

l　②羅鑼籮騾蘿勞撈（～麵：撈麵條）牢嘮癆

③老佬栳（籮筐。《集韻》魯皓切「栲栳，柳器，或從竹」）

⑤□（迷～：懵懂）

⑥澇邏（巡行）□（～門：閂門）痨（瘍～：疥瘡。《集韻》魯皓切「瘍～：疥疾）

⑦絡（套子）

⑧樂（長～縣）落絡（套子）

ts　①遭

②曹槽嘈

③左早棗□（用指關節擊頭）

⑤做佐

⑥座坐皂造（～化）

⑦□（強迫接受）□（堵塞滲漏）□（預購未成熟的果樹）

⑧□（急匆匆地走）□（拋擲）

tsh　①搓臊（腥）磋嵯蹉

③草□（鹼）藻

⑤糙噪澡造錯措挫銼

⑧戳□（飛快地走）

s　①梭唆睃嗦娑挲騷□（鴨嘴吮）□（形容薄荷味兒）

②槽（瓦～）

③嫂鎖瑣嗩掃（～除）

⑤燥躁

⑦索嗍（吮吸）

⑧鐲昨（～日：前天）

k　①歌哥高膏羔糕皋

②□（紅其～：紅彤彤）

③稿鎬搞縞

⑤告個誥

⑦閣擱袼（衣服的腋下部位）烙（～餅）□（把菜夾在麵餅中）

kh　①柯苛坷珂炣（熬煮）

②□（擱淺）□（硌傷）

③可考拷

⑤去烤靠銬薧（魚～：晾乾的小魚。《廣韻》苦浩切，「乾魚」）

ŋ　②俄鵝娥蛾峨熬哦

③我

⑤□（昂起）嗷（～～叫）

⑥餓傲（驕～）遨鏊（～爐：烤爐）

h　②何荷毫豪壕嚎

③好

⑤耗好（～色）

⑥賀號浩皓昊

⑦□（餾，烘烤）

o　①阿（山～）污

②河

③襖

⑤澳奧懊沃□（副詞；不易）

⑦□（乖）
⑧學□（申告）

## 二十五　溝

| 調類 | ①②③ | ⑤⑥ |
|---|---|---|
| 韻母 | eu | æu |

ph　②浮（輕～）
　　③剖否
m　②謀牟侔眸
　　③某畝牡
　　⑥茂貿懋
t　①雕啁（俗字，味苦）兜篼（滑竿）
　　②調投條
　　③抖鬥（～膽）陡
　　⑤吊（上～）鬥
　　⑥豆竇讀（句～）逗□（～錢：賭博遊戲）
th　①餿偷□（虛弱）
　　②頭
　　⑤透
n　①□（起皺）□（討好人的可愛狀）
　　②□（皺眉）□（～～：不稀不稠）
　　③鳥裊
　　⑤□（皺）
　　⑥耨（筆耕舌～）
l　①□（伸出舌尖）

| | |
|---|---|
| | ②樓婁嘍 |
| | ③簍縷鏤髏絡 |
| | ⑤漏（遺漏） |
| | ⑥漏（～雨）陋料廖 |
| ts | ①鄒謅 |
| | ③鳥走沼 |
| | ⑤奏皺 |
| tsh | ②愁 |
| | ⑤湊 |
| s | ①搜艘嗖捜溲（和水攪拌） |
| | ②稠（經常，均勻） |
| | ③叟擻（鞭打）溲 |
| | ⑤瘦肖漱 |
| k | ①勾溝鈎篝 |
| | ③狗苟枸 |
| | ⑤遘媾構夠垢購 |
| kh | ①摳 |
| | ③口 |
| | ⑤叩扣寇 |
| ŋ | ③偶咬 |
| h | ①哮（哮喘症） |
| | ②侯（公～）喉猴篌姣（女性風騷。《廣韻》胡茅切「～淫」） |
| o | ①歐鷗謳甌□（腹饑） |
| | ③毆嘔慪 |

## 二十六　郊

| 調類 | ①②③⑤⑥ |
|---|---|
| 韻母 | au |

p　①包
②胞苞鮑刨
③飽
⑤豹□皰（眼球凸出）□（額外增加）
⑥刨（啄擊）□（洗馬）

ph　①抛枹（俗字，柚子）
②跑
⑤炮泡（～茶）
⑥泡（水～）鮑疱□（個兒大）

m　①□□（閉嘴）
②矛茅錨
③鉚卯□（閉嘴）
⑥貌□（估計）

t　①兜蔸（株）
②投骰
③抖斗（升～）陡□□（褲襠）
⑤罩晝斗
⑥豆痘脰

th　①偷
②頭
③敨（解開）
⑤透□（毒殺）□（誘拐）

n　①撓（抓取）
②鐃橈
③擾繞
⑥鬧

l　①撈□（皺眉）漏（走～）
②樓流劉留
③了
⑤漏（遺漏）鎦（氽煮）
⑥老漏（～洞）

ts　①糟熠（柴～：：未燒透的木炭。《廣韻》作曹切「火餘木也」）抓（以五指抓）
②巢勦
③走（逃跑）爪找（～錢）蚤
⑤灶罩（籠～）

tsh　①抄鈔操
③草吵
⑤臭

s　①梢捎
③稍
⑤哨艄掃嗽

k　①交郊蛟溝鉤勾
②猴
③垢九狡（～怪）
⑤較教遘校（～對）窖夠礐（酒～：舀酒的器具）
⑥厚

kh　①摳鬮□（摻合）
③口

　　⑤□（責罵）

ŋ　①□（～～叫：哇哇叫）

　　②肴爻淆□□（手足凍僵）

　　③咬（程～金）

　　⑤拗□（古怪）

　　⑥藕□（嗜食）

h　①薅（～草）哮（～喘）

　　③吼□（使役動詞，叫）

　　⑤孝黌□（彎腰）

　　⑥校效後

o　①凹

　　③嘔□（顏色不鮮艷）

　　⑥侯（～官：地名）後

## 二十七　催

| 調類 | ①②③ | ⑤⑥ |
| --- | --- | --- |
| 韻母 | oi | ɔi |

t　①堆

　　②台（南台：地名）

　　③短

　　⑤對塊兌（～租）

　　⑥代袋兌（～換）

th　①推胎（頭～：第一胎）

　　③腿

　　⑤褪退□（洞）

n　③餒
　⑥內
　①纍（疙瘩）□（擊打）□□（大口吃）
　②雷擂螺
　③ □□（掐；今福州話說陽平調）
　⑤銇（動詞，錐）
　⑥擂
ts　②裁才（秀～）
　⑤最晬（周歲）
　⑥罪
tsh　①催
　③髓揣踹
　⑤碎莝（砍伐。《廣韻》粗臥切「斬草」）
s　①衰蓑
　⑤帥率
　⑥坐
k　②懷
h　②嘿（呼人）
o　②嘿（呼人）
　⑤愛（助動詞）

## 二十八　輝

| 調類 | ①②③ | ⑤⑥ |
|---|---|---|
| 韻母 | ui | oi |

p　②肥
　⑤痱

| | |
|---|---|
| | ⑥吠 |
| ph | ②呸（吐痰） |
| | ⑤屁 |
| m | ⑤沬（雨～：濛濛雨） |
| t | ①追 |
| | ②捶槌 |
| | ⑥隊墜縋 |
| th | ①推 |
| | ②錘槌 |
| | ⑤贅（囉嗦） |
| | ⑥墜（沉甸甸） |
| l | ③壘蕊累（～計）儡磊 |
| | ⑥泪類累（拖～）彙 |
| ts | ①錐騅椎隹（鴡～：鷓鴡） |
| | ③水嘴 |
| | ⑤醉 |
| | ⑥萃瘁 |
| tsh | ①雖推（～辭）綏錐騅 |
| | ②箠（～批：竹鞭） |
| | ⑤翠嘴碎 |
| s | ②隨隋誰垂 |
| | ⑤睡穗祟 |
| | ⑥瑞遂隧穟（淫～）繸（線～） |
| k | ①龜巋歸饑皈 |
| | ③鬼詭幾軌 |
| | ⑤貴瑰癸鱖 |
| | ⑥櫃跪饋潰 |

kh ①虧開
②睽揆
⑤愧

ŋ ②危巍
⑥魏偽

h ①輝徽揮麾
③毀毀
⑤諱

o ①威崴□（掩埋）
②圍違為
③委偉葦萎
⑤慰尉蔚畏
⑥位為謂胃猬

## 二十九　杯

| 調類 | ①②③ | ⑤⑥ |
|---|---|---|
| 韻母 | uɪ | uoɪ |

p ①杯飛棓（告～：卜卦用的一對木板）
②陪賠培
③□（撥動翻揀）
⑤貝輩背（椅～）鋇褙焙
⑥倍背（～運）狽悖佩

ph ①胚坯
②皮
⑤配沛柿（柴～：刨花。《廣韻》方廢切「斫木札也」）

| | |
|---|---|
| | ⑥被（棉～）陪裴 |
| m | ②梅煤玫媒酶霉 |
| | ③每尾杪莓（～莳：荸薺） |
| | ⑤妹 |
| | ⑥昧未魅 |
| n | ②挼（揉。《廣韻》乃回切「手摩物也」） |
| | ⑥枘（榫頭） |
| ts | ②□（這） |
| | ⑤贅（入～） |
| tsh | ①吹炊催猜（～拳） |
| | ⑤脆 |
| s | ③□（～賣：成批出售） |
| | ⑤稅歲彗蛻賽 |
| k | ③改果（～子：水果）裹（～粽：包粽子）粿（米糕） |
| | ⑤儈檜劊髻會（～計）撅蹶□（背靠） |
| kh | ①魁恢恢盔 |
| | ③跪（～拜） |
| ŋ | ⑥外 |
| h | ①灰 |
| | ②回蛔□（那）茴洄 |
| | ③火夥夥 |
| | ⑤悔晦誨 |
| | ⑥匯會繪燴潰 |
| o | ①偎煨 |
| | ③賄 |
| | ⑤穢 |
| | ⑥衛 |

# 三十　秋

| 調類 | ①②③ | ⑤⑥ |
| --- | --- | --- |
| 韻母 | iu | eu |

p　①□（飛濺）

m　⑥謬繆

t　①丟

②綢櫥調

③肘□（頂著）□（～～好：正好）

⑤晝（～夜）

⑥住宙紂胄肇柚（稻子。《集韻》直祐切「稻實」）

th　①抽妯

②籌疇躊儔

③丑

⑤□（～換）

⑥柱

n　③扭鈕紐

⑤□（掐）

l　①□（扔）溜

②瘤瀏流留榴瀏餾琉鎏硫

③柳綹

⑤鎦

⑥溜（煸炒）遛□（發芽）□（動作敏捷）

ts　①周洲州舟珠（目～：眼睛）

③酒守（～寡）

⑤蛀咒

⑥就鷲

tsh　①秋揪須（觸鬚）鍬羞（畏～：害臊）

②囚

③手帚醜

⑤樹臭

s　①收簫修羞饈

②仇酬仇游（～水）囚稠售

③首守

⑤秀鏽繡獸宿（雞～：雞窩）鞘

⑥受壽授綬袖岫

k　①勼（收縮。《廣韻》居求切「聚也」）

②球求俅裘虯

③久九糾灸玖韭

⑤救究叫

⑥舅舊

kh　①丘丘鳩蚯

②虯（虯屈）□□（窮）

⑤咎厩

⑥臼柩

ŋ　②堯牛（姓～）

h　①休幽

③朽

⑤嗅

o　①優吆幺悠憂

②由尤游郵油柔揉蹂鞣魷（一種海魚）

③友有酉莠誘

⑤幼

⑥又右佑釉柚囿

## 三十一　燒

| 調類 | ①②③⑤⑥ |
| --- | --- |
| 韻母 | ieu |

p　①標膘驃鏢鑣飈彪

③表婊裱

ph　①飄漂（漂浮）

②嫖瓢薸（浮萍。《方言》「江東謂浮萍為薸」）

③殍

⑤票漂（～亮）

m　②苗描瞄猫錨

③秒渺緲眇杪（細長。《廣韻》亡沼切「梢也，木末也」）藐

⑥廟妙繆謬

t　①雕朝刁（嬉鬧）凋貂

②潮朝調

⑤吊釣

⑥趙兆肇

th　①挑

②□（客～：玩）苕

③窕

⑤跳糶

n　②饒

| | |
|---|---|
| | ③梟梟 |
| | ⑥尿 |
| l | ②療遼僚聊燎潦撩嘹鐐獠廖蟟（蜆子） |
| | ③了瞭 |
| | ⑥料撩蓼（～蕌：一種像蒜頭的鹹菜） |
| ts | ①蕉焦礁椒澆（～料：佐料）召招昭釗 |
| | ②憔樵 |
| | ③少 |
| | ⑤照詔醮 |
| tsh | ①超鍬騷（發情） |
| | ②瞧 |
| | ③悄俏 |
| | ⑤笑樹 |
| s | ①燒消蕭銷硝霄囂肖瀟逍簫 |
| | ②韶 |
| | ③小少（多～） |
| | ⑤嘯肖鞘少（年～）笑 |
| | ⑥邵□（雄魚的性腺） |
| k | ①嬌驕 |
| | ②喬僑橋 |
| | ③矯攪皎繳絞餃 |
| | ⑤叫較（計～食：吃得很講究） |
| | ⑥轎 |
| kh | ①敲蹺 |
| | ②□（尋～：尋釁） |
| | ③巧 |
| | ⑤翹竅 |

ŋ ②堯□（木料變形）

h ①驍澆（～漓：離奇古怪）

③曉朽

o ①妖邀腰要（～求）夭麼

②搖遙姚謠瑤窰

③舀擾

⑤要

⑥耀鷂

## 三十二 開

| 調類 | ①②③⑤⑥ |
|---|---|
| 韻母 | ai |

p ②排（～除）俳

③擺跛

⑤拜

⑥敗稗（～官）憊（手足力竭）

ph ③痞（下流）

m ②埋

③□（植物不正常地停止生長）□（夢魘）

⑤□（疲憊）

⑥邁□（背負）

t ①獃秮（稗穀粒）

②台抬□（米中蛀蟲）□（補綴）

③歹滓（渣滓）

⑤帶戴逮舵（老～：船老大）碓（水～：水力磨坊）

⑥貸怠代黛事待□（放置）

th ①梯篩拖胎颱（風～：颱風）

②刣（俗字：宰殺）

③呔（形容學官話學得很地道）

⑤太態泰汰

n ①□（肥～～：很肥）

③乃

⑤蹭

⑥耐奈鼐

l ①□（～獃：髒）

②來雷萊籮

⑤籟瀨（淺灘）□（性情溫和）□（摩擦而過）

⑥賴癩

ts ①栽灾哉

②才財材裁（身～）□（硬塞）

③宰滓（目～：眼泪）指紙趾

⑤再債載□（寧可）

⑥寨在□（倚靠）

tsh ①猜釵才（剛才）

②豺才

③彩采睬

⑤菜蔡

s ①獅師（～公：巫師）私（～家）砂鯊腮

②臍（腹～）□（塞；揍）

③駛使屎

⑤婿塞（邊～）使曬

⑥祀（～菩薩：安置並供奉神像）載儎（船運）

k　①該階皆胲（雞～：雞嗉囊）
③改解
⑤蓋鈣丐界介屆戒芥疥

kh　①開
③凱楷揩愷鎧鍇
⑤慨概溉

ŋ　①捱（苦熬）
②崖涯呆（壞）
③牙（「牙齒」的合音）□（坐在邊緣）
⑤艾
⑥礙

h　②孩骸頦（下～）硋（俗字，瓷）
③海
⑥害亥械懈蟹解（～數）

o　①哀埃挨唉哎
③倚靄
⑤愛噯藹璦隘

## 三十三　歪

| 調類 | ①②③⑤⑥ |
| --- | --- |
| 韻母 | uai |

p　⑤簸（～箕）
ph　⑤破派
m　②磨（～墨）痲（油～：芝痲）
⑤霾（～～雨：細雨）

| | |
|---|---|
| t | ⑥大舵 |
| th | ①拖 |
| ts | ②□（大量吃） |
| k | ①乖過（食物不嫩）拐（拐道） |
| | ②□（～頭：棺木的端頭） |
| | ③拐 |
| | ⑤怪 |
| | ⑥壞（使～：下蠱） |
| kh | ③蒯 |
| | ⑤塊快 |
| ŋ | ③我 |
| h | ①□（從某種心情擺脫出來） |
| | ②懷淮徊槐 |
| | ⑥壞 |
| o | ①歪 |

# 第四章
# 語法特點描寫

## 說明

本章不是對語法系統的全面描寫，只是根據觀察到的語法特點羅列相關的語料。在語料允許的條件下，使各個小節的內容相對完整。每一小節的主要描述之後，可能以按語的形式做一些簡單的評議，說明與今福州方言對比，有什麼不同之處。

使用的語料主要來自《撮要》，並以《二十課》作為補充。我們從這兩份教材中共提取了約八〇〇個短語和句子，再加上少數從《字典》中摘出的詞語和例句。在句法描寫中，我們將儘量避免使用土白《聖經》中的句子，理由已經在第一章討論過了，此處不贅。

《撮要》和《二十課》都是以拉丁化的拼音文字作為福州方言的基本書面形式，漢字形式是參考性的，附在後面，[1]並配上英文翻譯。為方便閱讀，本章引用資料都改以漢字形式書寫。一些詞語的用字作了調整，以與本書其他章節保持一致。為確保資料的原始性，原資料的拉丁化拼音文字全部轉換為國際音標，附在例句下方。每一個音節的聲韻調都可以參考第二章的對照表還原成原資料上的拉丁化拼音文字形式。數字代表調類：陰平1，陽平2，上聲3，陰去5，陽去6，陰入7，陽入8。

每個例句後面是其普通話對譯，只要大致能通順，普通話翻譯盡可能與原句對齊直譯。

---

1　《撮要》第三章的漢字部分實際上是用淺文言翻譯方言，漢字與拼音不能對應。《二十課》的課文部分有相配的漢字，但練習部分的句子沒有配出漢字。

每個例句的的末了標注該句在《撮要》中的頁碼。例句如果來自《二十課》或《字典》，則在頁碼前加上「〈課〉」或「〈典〉」的標注。引自土白《聖經》的例句則注明章節句序號。

來自課本的例句有些是簡短的一問一答的對話，盡可能予以保留。

# 第一節　人稱代詞

## 一　基本的三身代詞

第一人稱：我〔ŋuai³〕、儂家〔nøŋ² ka¹〕、奴〔nu²〕

第二人稱：汝〔ny³〕

第三人稱：伊〔i¹〕

我是照本賣。——我是照本賣。－119

ŋuai³ sei⁶ tseu⁶ puoŋ³ mɛ⁶.

我剁做楠木櫥一隻。——我要做一只楠木櫥子。－71

ŋuai³ puoʔ⁷ tsɔ⁵ naŋ² muk⁸ tiu² sioʔ⁸ tsiaʔ⁷.

我看者價無起無落。——我看這價格沒有升也沒有降。－122

ŋuai³ khaŋ⁵ tsia³ ka⁵ mɔ² khi³ mɔ² lɔʔ⁸.

汝掏一箱來做樣。——你拿一箱來作樣本。－121

ny³ tɔ² sioʔ⁸ sioŋ¹ li² tsɔ⁵ ioŋ⁶.

汝著照樣掏乞我。——你要照樣品給我（貨）。－122

ny³ tioʔ⁸ tsieu⁵ ioŋ⁶ tɔ² khøyk⁷ ŋuai³.

汝替我試賣看。——你替我試著賣賣看。－121

ny³ thɛ⁵ ŋuai³ tshei⁵ mɛ⁶ khaŋ⁵.

我剁直汝鳥番——我要你（用墨西哥）鷹洋（付款）。－119

ŋuai³ puoʔ⁷ tik⁸ ny³ tseu³ huaŋ¹

伊禮寫批。——他在寫信。－81

i$^{1}$ lɛ$^{3}$ sia$^{3}$ phie$^{1}$.

伊去無喏盷。——他去了沒多久。－53

i$^{1}$ khɔ$^{5}$ mɔ$^{2}$ niɔʔ$^{8}$ ouŋ$^{2}$.

共伊講了。——跟他說了。－77

kaøŋ$^{6}$ i$^{1}$ kouŋ$^{3}$ lau$^{3}$.

伊講話急舌。——他說話結巴。－76

i$^{1}$ kouŋ$^{3}$ ua$^{6}$ keik$^{7}$ siek$^{8}$

伊講野半。——他說得很地道。－76

i$^{1}$ kouŋ$^{3}$ ia$^{3}$ paŋ$^{2}$.

叫掌櫃算錢乞伊。——叫掌櫃算錢給他。－123

keu$^{5}$ tsioŋ$^{3}$ koi$^{6}$ sauŋ$^{5}$ tsieŋ$^{2}$ køyk$^{7}$ i$^{1}$.

## 二　謙稱

「儂家」〔nøŋ$^{2}$ ka$^{1}$〕和「奴」〔nu$^{2}$〕是第一人稱代詞「我」的語用交替形式。《撮要》中說明：「我」一般用於對地位低者講話，對同輩或地位相當者多用「儂家」，用「我」則顯得隨便甚至是失禮的。「奴」顯得更為謙恭，也可用於對地位相當者，更多用於對長輩或地位高者說話。例如：

儂家親眼看見。——我親眼看見。－〈課〉89

nøŋ$^{2}$ ka$^{1}$ tshiŋ$^{1}$ ŋaŋ$^{3}$ khaŋ$^{5}$ kieŋ$^{5}$.

儂家去見伊故好。——我去見他更好。－〈課〉71

nøŋ$^{2}$ ka$^{1}$ khɔ$^{5}$ kieŋ$^{5}$ i$^{1}$ kou$^{5}$ hɔ$^{3}$

儂家想伊會八字。——我想他識字。－〈課〉82

nøŋ$^{2}$ ka$^{1}$ sioŋ$^{3}$ i$^{1}$ ɛ$^{6}$ paik$^{7}$ tsei$^{6}$.

儂家無法。——我沒辦法。－〈課〉75

nøŋ² ka¹ mɔ² huak⁷.

儂家講casi盡。——我講不完。－〈課〉75

nøŋ² ka¹ kouŋ³ mɛ⁶ tseiŋ⁶.

儂家一聽見伊其聲音就曉的是底儂。——我一聽見他的聲音就知道是誰。－〈課〉80

nøŋ² ka¹ sioʔ⁸ thiaŋ¹ kieŋ⁵ i¹ ki² siaŋ¹ iŋ¹ tseu⁶ hieu³ teik⁷ sei⁶ tie³ nøŋ².

者扇野好，借奴一下。——這扇子很好，借我一下。－59

tsia³ sieŋ⁵ ia³ hɔ³，tsioʔ⁷ nu² sioʔ⁸ a⁶.

奴其實casi曉的，藉汝先生教奴。——我其實不會，靠先生您教我。－80

nu² ki² sik⁸ mɛ⁶ hieu³ teik⁷，tsia⁶ ny³ siŋ¹ saŋ³ ka⁵ nu².

伶請先生教奴講話連讀書。——現在請先生教我。－79

taŋ¹ tshiaŋ³ siŋ¹ saŋ¹ ka⁵ nu² kouŋ³ ua⁶ lieŋ² thøk⁸ tsy¹.

伊共奴禮鬧。——他在跟我鬧。－77

i¹ kaøŋ⁶ nu² lɛ³ nau⁶.

是伓是汝先生嫌奴貴？——是不是先生您嫌我（的價錢）貴。－72

sei⁶ ŋ⁶ sei⁶ ny³ siŋ¹ saŋ¹ hieŋ² nu² koi⁵？

汝先生聽奴那有鄭就著講。——先生您聽我如果（讀）錯了就要指出。－81

ny³ siŋ¹ saŋ¹ thiaŋ¹ nu² na⁶ ou⁶ taŋ⁶ tseu⁶ tioʔ⁸ kouŋ³.

說到自己時表示謙恭是一種習慣，說到「我」或「我的……」的時候，還有一系列表示謙卑的替換詞語，例如：

家父、內人、賤內、賤恙、舍侄、敝友、敝店、小人。

與此對應的，稱呼對方也常用適當的尊稱形式，如：先生、大儂（大人）、老爺。

提到「你的……」也有一系列表示尊敬的詞語，例如：

令正〔leiŋ$^{6}$ tseiŋ$^{5}$〕(您的夫人)、令尊、尊君、尊齒、高壽、高見、貴國、貴姓、貴東（您的老闆）

## 三　人稱代詞的所有格

人稱代詞的所有格是在代詞後加結構助詞「其」〔ki$^{2}$〕。例如：

嘰是奴其。——這是我的。－49

tsuɪ$^{2}$ sei$^{6}$ nu$^{2}$ ki$^{2}$.

只一本聖經是儂家其。——這本聖經是我的。－〈課〉17

tsi$^{3}$ sioʔ$^{8}$ puoŋ$^{3}$ seiŋ$^{5}$ kiŋ$^{1}$ sei$^{6}$ nøŋ$^{2}$ ka$^{1}$ ki$^{2}$.

嘰是儂家其聖經。——這是我的聖經。－〈課〉17

tsuɪ$^{2}$ sei$^{6}$ nøŋ$^{2}$ ka$^{1}$ ki$^{2}$ seiŋ$^{5}$ kiŋ$^{1}$.

儂家其記才平正，艙記的去。——我記性不好，忘了。－〈課〉82

nøŋ$^{2}$ ka$^{1}$ ki$^{2}$ kei$^{5}$ tsai$^{2}$ paŋ$^{2}$ tsiaŋ$^{5}$，mɛ$^{6}$ kei$^{5}$ teik$^{7}$ khɔ$^{5}$

伊其朋友都著只塊。——他的朋友都在這裡。－〈課〉49

i$^{1}$ ki$^{2}$ peiŋ$^{2}$ iu$^{3}$ tu$^{1}$ tioʔ$^{8}$ tsu$^{1}$ uai$^{5}$

儂家其茶婆有許滿大。——我的茶壺有那麼大。－〈課〉53

nøŋ$^{2}$ ka$^{1}$ ki$^{2}$ ta$^{2}$ pɔ$^{2}$ ou$^{6}$ hy$^{3}$ muaŋ$^{3}$ tuai$^{6}$.

汝其錢在內。——你的錢在內。－〈課〉74

ny$^{3}$ ki$^{2}$ tsieŋ$^{2}$ tsai$^{6}$ nɔi$^{6}$.

伊其錢用盡了。——他的錢用完了。－〈課〉75

i$^{1}$ ki$^{2}$ tsieŋ$^{2}$ øyŋ$^{6}$ tseiŋ$^{6}$ lau$^{3}$.

儂家其口音不如伊其口音。——我的口音不如他的口音。－〈課〉52

nøŋ$^{2}$ ka$^{1}$ ki$^{2}$ kheu$^{3}$ iŋ$^{1}$ pouk$^{7}$ y$^{2}$ i$^{1}$ ki$^{2}$ kheu$^{3}$ iŋ$^{1}$.

# 四　人稱代詞的複數形式

人稱代詞的複數形式是在代詞後加「各儂」〔kauk$^{7}$ nøŋ$^{2}$〕，或「儂」，例如：

汝各儂也有過失。——你們也有過失。－〈課〉74

ny$^{3}$ kauk$^{7}$ nøŋ$^{2}$ ia$^{6}$ ou$^{6}$ kuo$^{5}$ seik$^{7}$.

書讀完了，奴各儂就落去。——書讀完了，我們就下去。－〈課〉82

tsy$^{1}$ thøk$^{8}$ uoŋ$^{2}$ lau$^{3}$，nu$^{2}$ kauk$^{7}$ nøŋ$^{2}$ tseu$^{6}$ lɔʔ$^{8}$ khɔ$^{5}$.

奴各儂不止著悔改，也著信耶穌。——我們不僅要悔改，也要信耶穌。－〈課〉83

nu$^{2}$ kauk$^{7}$ nøŋ$^{2}$ pouk$^{7}$ tsi$^{3}$ tioʔ$^{8}$ huoɪ$^{6}$ kai$^{3}$，ia$^{6}$ tioʔ$^{8}$ seiŋ$^{5}$ ia$^{2}$ su$^{1}$.

耶穌死去使奴各儂得救。——耶穌死了使我們得救。－〈課〉48

ia$^{2}$ su$^{1}$ si$^{3}$ khɔ$^{5}$ sai$^{3}$ nu$^{2}$ kauk nøŋ$^{2}$ taik$^{7}$ keu$^{5}$.

禮拜做完了，伊各儂就轉去。——禮拜做完了，他們就回去。－〈課〉34

lɛ$^{3}$ pai$^{5}$ tsɔ$^{5}$ uoŋ$^{2}$ lau$^{3}$，i$^{1}$ kauk$^{7}$ nøŋ$^{2}$ tseu$^{6}$ tioŋ$^{3}$ khɔ$^{5}$.

伊各儂都伓肯來。——他們都不肯來。－〈課〉49

i$^{1}$ kauk$^{7}$ nøŋ$^{2}$ tu$^{1}$ ŋ$^{6}$ khiŋ$^{3}$ li$^{2}$.

伊日日共伊各儂一堆。——他天天跟他們在一起。－〈課〉86

i$^{1}$ nik$^{8}$ nik$^{8}$ kaøŋ$^{6}$ i$^{1}$ kauk$^{7}$ nøŋ$^{2}$ sioʔ$^{8}$ toi$^{1}$.

《撮要》說明：「我各儂」「汝各儂」「伊各儂」也可以說成「我儂」「汝儂」「伊儂」（頁24-26），但沒有具體用例。在White的《福州的中國話》中關於人稱代詞的複數形式只介紹後者：「『儂』，經常後附於人稱代詞，作為複數的標記；例如『我儂』、『汝儂』和『伊儂』」。但也沒有用例。

## 五　反身代詞的形式

反身代詞的形式是在代詞後加「自家」〔tsei⁶ ka¹〕或「本身」〔puoŋ³ siŋ¹〕。例如：我自家、汝自家、伊自家、我本身、伊本身。例如：

嚽是我自家做其。——這是我自己做的。－49

tsuɪ² sei⁶ ŋuai³ tsei⁶ ka¹ tsɔ⁵ ki².

伊本身來。——他自己來。－〈課〉90

i¹ puoŋ³ siŋ¹ li².

伓是別儂，是儂家本身有病。——不是別人，是我本人有病。－〈課〉89

ŋ⁶ sei⁶ peik nøŋ²，sei⁶ nøŋ² ka¹ puoŋ³ siŋ¹ ou⁶ paŋ⁶.

按：人稱代詞的歷史變化主要表現在語用上，今福州話第一人稱一般只用「我」，也有人自稱用「儂」，也是一種謙稱，未見傳教士資料提及。現在只有少數老年人還用表示謙恭的「奴」。

「儂家」在今福州話轉為表示複數包括式，和北京話的「咱們」相似。對話中的提到自己或對方的那一套禮貌用語只有「先生、高壽、貴姓、貴國」還繼續使用，其餘都已退出交際。這是時代風氣變化的結果。

# 第二節　指示代詞

指示代詞分近指、遠指兩個系列。

近指代詞的聲母都是ts⁻，用字有：只tsi³（tsu³）、嚽tsuɪ²、者tsia³。

遠指代詞的聲母都是x⁻，用字是「許」，並注xi³、xy³兩種讀音；還有「佪」xuɪ²和「遐」xia³。資料中見到的遠指代詞的用例比較少，這可能有兩方面的原因：從語用的角度說，遠指代詞的使用頻度不如近指代詞；二是由於缺乏適當的同音字可以假借使用，編書時有意無意地迴避使用遠指代詞。

儘管下面的引例中遠指系列的代詞較少，但完全可以認為它們與近指系列完全對應。

# 一　名詞性的指示代詞

陽平調的「嚌〔tsuɪ²〕、個〔huɪ²〕」是名詞性的指示代詞，單獨作為主語或賓語。例如：

嚌是世乇？嚌是筆。——這是什麼？這是筆。－49

tsuɪ² sei⁶ sie⁵ nɔʔ⁷ ? tsuɪ sei⁶ peik⁷.

嚌是世乇做其？嚌是柴做其。——這是什麼做的？這是木頭做的。－49

tsuɪ² sei⁶ sie⁵ nɔʔ⁷ tsɔ⁵ ki² ? tsuɪ² sei⁶ tsha² tsɔ⁵ ki².

嚌好個呆。——這個好那個不好。－28

tsuɪ² hɔ³ huɪ² ŋai².

個伓比嚌。——那個比不上這個。－28

huɪ² ŋ⁶ pi³ huɪ².

嚌是頭春其茶。——這是初春的茶。－121

tsuɪ² sei⁶ thau² tshuŋ¹ ki² ta².

嚌是好。——這是好。－28

tsuɪ² sei⁶ hɔ³.

嚌透底𣍐使的。——這（樣做）從來是不行的。－119

tsuɪ² thau⁵ tɛ³ mɛ⁶ sai³ teik⁷

嚌是我照本其價。——這是我照本的（與進貨價一樣的）價。－119

tsuɪ² sei⁶ ŋuai³ tsieu puoŋ³ ki² ka⁵.

先做嘴，後做佪。——先做這，後做那。－〈課〉35

seiŋ$^{1}$ tsɔ$^{5}$ tsuɪ$^{2}$，hæu$^{6}$ tsɔ$^{5}$ huɪ$^{2}$.

## 二　形容詞性的指示代詞

「者」〔tsia$^{3}$〕和「遐」〔hia$^{3}$〕（原資料中寫「那」字）是形容詞性的指示代詞，修飾名詞性成分。例如：

者墿行著了。——這路走過了。－73

tsia$^{3}$ tio$^{6}$ kiaŋ$^{2}$ tioʔ$^{8}$ lau$^{3}$.

者茶是茶客其茶。——這茶是茶客的。－121

tsia$^{3}$ ta$^{2}$ sei$^{6}$ ta$^{2}$ khaʔ$^{7}$ ki$^{2}$ ta$^{2}$.

者人野妥當。——這人很老實。－82

tsia$^{3}$ nøŋ$^{2}$ ia$^{3}$ thɔ$^{3}$ tauŋ$^{5}$.

者肉是灌水其。——這肉是灌水的。－62

tsia$^{3}$ nyk$^{8}$ sei$^{6}$ kuaŋ$^{5}$ tsui$^{3}$ ki$^{2}$.

者月是幾月？——這個月是幾月？－83

tsia$^{3}$ ŋuok$^{8}$ sei$^{6}$ kui$^{3}$ ŋuok$^{8}$？

者油平正𣍐光。——這油（質量）不好（色澤）不亮。－63

tsia$^{3}$ iu$^{2}$ paŋ$^{2}$ tsiaŋ$^{5}$ mɛ$^{6}$ kuoŋ$^{1}$.

者扇野好，借奴一下。——這扇子很好，借我一下。－59

tsia$^{3}$ sieŋ$^{5}$ ia$^{3}$ hɔ$^{3}$，tsioʔ$^{7}$ nu$^{2}$ sioʔ$^{8}$ a$^{6}$.

者話學𣍐盡。——這話學不完。（難以完全掌握）－76

tsia$^{3}$ ua$^{6}$ ɔʔ$^{8}$ mɛ$^{6}$ tseiŋ$^{6}$.

者衣裳今旦愛完，付𭥦伓付？——這衣服今天要（做）完，來得及來不及？－65

tsia$^{3}$ i$^{1}$ sioŋ$^{2}$ kiŋ$^{1}$ taŋ$^{5}$ ɔi$^{5}$ uoŋ$^{2}$，hou$^{5}$ a$^{3}$ ŋ$^{6}$ hou$^{5}$？

雞放鼎禮渫，山東粉就放者雞湯禮煮。——雞放在鍋裡煮，粉絲就放在雞湯裡煮。－61

kie$^{1}$ pouŋ$^{5}$ tiaŋ$^{3}$ lɛ$^{3}$ sak$^{8}$. saŋ$^{1}$ tøŋ$^{1}$ huŋ$^{3}$ tseu$^{6}$ pouŋ$^{5}$ tsia$^{3}$ kie$^{1}$ thouŋ$^{1}$ lɛ$^{3}$ tsy$^{3}$.

者話阿學，學𫝛像。——這話難學，學不像。－76

tsia$^{3}$ ua$^{6}$ ɔ$^{1}$ ɔʔ$^{8}$，ɔʔ$^{8}$ mɛ$^{6}$ tshioŋ$^{6}$.

生成者款，洗𫝛去。——本來就是這樣，洗不掉。－63

seiŋ$^{1}$ siaŋ$^{2}$ tsia$^{3}$ khuaŋ$^{3}$，sɛ$^{3}$ mɛ$^{6}$ khɔ$^{5}$.

學者「邊」字頭共「波」字頭……——如這「邊」字頭和「波」字頭……－80

ɔʔ$^{8}$ tsia$^{3}$ pieŋ$^{1}$ tsei$^{6}$ thau$^{2}$ kaøŋ$^{6}$ phɔ$^{1}$ tsei$^{6}$ thau$^{2}$……

者字掏去許邊。——這字條拿到那邊去。－81

tsia$^{3}$ tsei$^{6}$ tɔ$^{2}$ khɔ$^{5}$ hy$^{3}$ peiŋ$^{1}$.

昨暝來其者儂講……——昨天來的這人說……－27

sɔʔ$^{8}$ maŋ$^{2}$ li$^{2}$ ki$^{2}$ tsia$^{3}$ nøŋ$^{2}$ kouŋ$^{3}$……

汝著督者做工其人。——你要督促這些做工的人。－123

ny$^{3}$ tioʔ$^{8}$ touk$^{7}$ tsia$^{3}$ tsɔ$^{5}$ køŋ$^{1}$ ki$^{2}$ nøŋ$^{2}$.

一身疼，乍叫囉疼，遐疼二疼[2]。——渾身疼，非常疼，（那種疼）疼得特別。－67

sioʔ$^{8}$ siŋ$^{1}$ thiaŋ$^{5}$，tsiaʔ$^{7}$ kieu$^{5}$ lɔ$^{3}$ thiaŋ$^{5}$，hia$^{3}$ thiaŋ$^{5}$ ni$^{2}$ thiaŋ$^{5}$.

將遐椅桌都掇出去！——把那些桌椅都端出去！－〈課〉39

tsioŋ$^{1}$ hia$^{3}$ ie$^{3}$ tɔʔ$^{7}$ tu$^{1}$ tauk$^{7}$ tshouk$^{7}$ khɔ$^{5}$.

遐書是伊其。——那書是他的。－〈課〉18

hia$^{3}$ tsy$^{1}$ sei$^{6}$ i$^{1}$ ki$^{2}$.

---

2　原文如此。「二」是「伓是」的合音。

遐毛掏來！——那個東西拿來！－〈課〉33

hia$^{3}$ nɔʔ$^{7}$ tɔ$^{2}$ li$^{2}$!

遐儂好。——那個人好。－〈課〉19

hia$^{3}$ nøŋ$^{2}$ hɔ$^{3}$.

遐刀掏去！——那把刀拿去！－〈課〉33

hia$^{3}$ tɔ$^{1}$ tɔ$^{2}$ khɔ$^{5}$!

者錢是儂家其。——這錢是我的。－〈課〉18

tsia$^{3}$ tsieŋ$^{2}$ sei nøŋ$^{2}$ ka$^{1}$ ki$^{2}$.

遐毛伊揑伓揑？——那東西他要不要？－〈課〉25

hia$^{3}$ nɔʔ$^{7}$ i$^{1}$ tik$^{8}$ ŋ$^{6}$ tik$^{8}$？

「者、遐」也分別與「嚌、佪」配合，構成名詞性的「者嚌、遐佪」，其用法與「嚌、佪」相同。但沒有例句。

按：「者、遐」應該是「只、許」跟通用量詞「隻」的合音。這個「者」跟宋元白話的指示代詞「者」沒有直接的繼承關係。

## 三　複合的指示代詞

「只」〔tsi$^{3}$〕和「許」〔hy$^{3}$〕也是修飾性的成分，後者也可以說成〔hi$^{3}$〕。具體的用法有三種：

（一）用在量詞或數量結構前，例如：

只一本讀過了。——這一本讀過了。－81

tsi$^{3}$ sioʔ$^{8}$ puoŋ$^{3}$ thøk$^{8}$ kuo$^{5}$ lau$^{3}$.

只隻大去許隻。——這個比那個大。－29

tsi$^{3}$ tsiaʔ$^{7}$ tuai$^{6}$ khɔ$^{5}$ hy$^{3}$ tsiaʔ$^{7}$.

只一位先生是底儂？——這一位先生是誰？－〈課〉19

tsi$^{3}$ sioʔ$^{8}$ oi$^{6}$ siŋ$^{1}$ saŋ$^{1}$ sei$^{6}$ tie$^{3}$ nøŋ$^{2}$？

許一張椅是伊其。——那張椅子是他的。—〈課〉18

hy$^{3}$ sioʔ$^{8}$ thioŋ$^{1}$ ie$^{3}$ sei$^{6}$ i$^{1}$ ki$^{2}$.

起動汝拈許一本書來。——麻煩你拿那本書過來。—〈課〉39

khi$^{3}$ taøŋ$^{6}$ ny$^{3}$ nieŋ$^{1}$ hy$^{3}$ sioʔ$^{8}$ puoŋ$^{3}$ tsy$^{1}$ li$^{2}$.

只一本聖經是底儂其？——這一本聖經是誰的？—〈課〉18

tsi$^{3}$ sioʔ$^{8}$ puoŋ$^{3}$ seiŋ$^{5}$ kiŋ$^{1}$ sei$^{6}$ tie$^{3}$ nøŋ$^{2}$ ki$^{2}$？

伊破病許一日就時時刻刻祈禱。——他生病那一天就時時刻刻祈禱。—〈課〉86

i$^{1}$ phuai$^{5}$ paŋ$^{6}$ hy$^{3}$ sioʔ$^{8}$ nik$^{8}$ tseu$^{6}$ si$^{2}$ si$^{2}$ khaik$^{7}$ khaik$^{7}$ ki$^{2}$ tɔ$^{3}$.

許一頭犬囝會咬𣍐？——那條狗會咬（人）嗎？—〈課〉86

hy$^{3}$ sioʔ$^{8}$ thau$^{2}$ kheiŋ$^{3}$ kiaŋ$^{3}$ ɛ$^{6}$ ka$^{6}$ mɛ$^{6}$？

以上例句中數量結構的數詞都是「一」，但《撮要》中還有這樣的數量短語：

只兩條tsi$^{3}$ laŋ$^{6}$ teu$^{2}$（這兩條）　只幾樣tsi$^{3}$ kui$^{3}$ yoŋ$^{6}$（這幾樣）　許兩樣xi$^{3}$ laŋ$^{6}$ yoŋ$^{6}$（那兩樣）（頁27-28）

（二）用在形容詞之前，相當於普通話的「這麼、那麼」，例如：「只懸（這麼高）」。再例如：

風只透，著頌衣裳。——風這麼大，要（添）穿衣服。—88

huŋ$^{1}$ tsi$^{3}$ thau$^{5}$，tioʔ$^{8}$ søŋ$^{2}$ i$^{1}$ sioŋ$^{2}$.

今旦故無昨暝許熱。——今天還沒有昨天那麼熱。—87

kiŋ$^{1}$ taŋ$^{5}$ kou$^{5}$ mɔ$^{2}$ sioʔ$^{8}$ maŋ$^{2}$ hy$^{3}$ iek$^{8}$.

只大會使的。——這麼大可以。—〈課〉66

tsi$^{3}$ tuai$^{6}$ ɛ$^{6}$ sai$^{3}$ teik$^{7}$.

這種用法可能是從「只滿」省略而來的，而「只滿」則可能是「只般」（這般）弱讀變調後的寫法。《字典》中有：

只滿好—tsi$^{3}$ maŋ$^{3}$ hɔ$^{3}$（這麼好）　許滿大—hy$^{3}$ maŋ$^{3}$ tuai$^{6}$（那麼大）。

（三）與一些表示時間、方位的語素組合成詞彙性的單位，例如：

1. 指示時間的「只長」〔tsi$^{3}$ touŋ$^{2}$〕、「只古」〔tsi$^{3}$ ku$^{3}$〕、「只幫」〔tsi$^{3}$ pouŋ$^{1}$〕。「只長」應該是「只一昕」的合音。「只古」的「古」應是「久」的白讀音：

只長幾點？——現在幾點？－85

tsi$^{3}$ touŋ$^{2}$ kui$^{3}$ teiŋ$^{3}$？

只長起風。——此刻（開始）颳風。－88

tsi$^{3}$ touŋ$^{2}$ khi$^{3}$ huŋ$^{1}$.

只長乍退和，伶伓通引風。——現在熱度剛降下來，現在不要招風。－67

tsi$^{3}$ touŋ$^{2}$ tsiaʔ$^{7}$ tɔi$^{5}$ huo$^{2}$，taŋ$^{1}$ ŋ$^{6}$ thøŋ$^{1}$ iaŋ$^{3}$ huŋ$^{1}$.

只長火緩去囉叭？——現在火勢緩了嗎？－89

tsi$^{3}$ touŋ$^{2}$ huɪ$^{3}$ nøyŋ$^{6}$ khɔ$^{5}$ lɔ$^{2}$ pɛ$^{1}$？

只長乍出去。——（這一會兒）剛剛出去。－86

tsi$^{3}$ touŋ$^{2}$ tsiaʔ$^{7}$ tshouk$^{7}$ khɔ$^{5}$.

先生，只幫柴料都貴，伓比前倒。——先生近來木料都貴，不比前一段。－72

siŋ$^{1}$ saŋ$^{1}$，tsi$^{3}$ pouŋ$^{1}$ tsha$^{2}$ læu$^{6}$ tu$^{1}$ koi$^{5}$，ŋ$^{6}$ pi$^{3}$ seiŋ$^{2}$ tɔ$^{5}$.

只古乍乍來。——現在剛剛來。－86

tsi$^{3}$ ku$^{3}$ tsiaʔ$^{7}$ tsiaʔ$^{7}$ li$^{2}$.

許一昕𣍐曉的。——當時不覺得。－87

hy$^{3}$ sioʔ$^{8}$ ouŋ$^{2}$ mɛ$^{6}$ hieu$^{3}$ teik$^{7}$.

《字典》中還有如下指示時間的詞語：

者時候－tsia$^{3}$ si$^{2}$ hæu$^{6}$（這時候）　　許時－hy$^{3}$ si（那時）

許昕－hy$^{3}$ ouŋ$^{2}$（那時，那一刻）　　許前到－hy$^{3}$ seiŋ$^{2}$ tɔ$^{5}$（那時）

2. 指示方位的「只裡」〔tsi$^{3}$ tie$^{3}$〕、「只塊」〔tsu$^{1}$ uai$^{5}$〕、「許邊」〔hy$^{3}$ peiŋ$^{1}$〕等：

只裡盡熱著出去涼風。——這裡很熱要出去乘涼。－87

tsi$^{3}$ tie$^{3}$ tseiŋ$^{6}$ iek$^{8}$ tioʔ$^{8}$ tshouk$^{7}$ khɔ$^{5}$ lioŋ$^{2}$ huŋ$^{1}$.

汝那落只塊等，就轉去。——你只在這兒等著，（我們很快）就回去。－74

ny$^{3}$ na$^{6}$ lɔʔ$^{8}$ tsu$^{1}$ uai$^{5}$ tiŋ$^{3}$，tseu$^{6}$ tioŋ$^{3}$ khɔ$^{5}$.

𣍐曉的講只塊話。——不會說這兒的話。－79

mɛ$^{6}$ hieu$^{3}$ teik$^{7}$ kouŋ$^{3}$ tsu$^{3}$ uai$^{5}$ ua$^{6}$.

只塊去城裡墿有偌遠？——這裡去城裡路有多遠？－75

tsu$^{1}$ uai$^{5}$ khɔ$^{5}$ siaŋ$^{2}$ tie$^{3}$ tio$^{6}$ ou$^{6}$ nioʔ$^{8}$ huoŋ$^{6}$？

儂家許邊四年乍閏一日。——我那邊四年才閏一天。－83

nøŋ$^{2}$ ka$^{1}$ hy$^{3}$ peiŋ$^{1}$ sei$^{4}$ nieŋ$^{2}$ tsiaʔ$^{7}$ nouŋ$^{6}$ sioʔ$^{8}$ nik$^{8}$.

趁船禮去，轎拍去許邊道頭等。——乘船去，轎子派到那邊路口等。－74

theiŋ$^{5}$ suŋ$^{2}$ lɛ$^{3}$ khɔ$^{5}$，kieu$^{6}$ phaʔ$^{7}$ khɔ$^{5}$ hy$^{3}$ peiŋ$^{1}$ tio$^{6}$ thau$^{2}$ tiŋ$^{3}$.

許邊有儂𪚡無？——那邊有人嗎？－〈課〉25

hy$^{3}$ peiŋ$^{1}$ ou$^{6}$ nøŋ$^{2}$ a$^{3}$ mɔ$^{2}$？

《字典》中表示處所的指示代詞還有：

只邊tsi$^{3}$ peiŋ$^{1}$（這邊）　許□hy$^{3}$ uai$^{5}$（那裡）　許塊hy$^{3}$ tɔi$^{5}$（那裡）　許裡hy$^{3}$ tie$^{3}$（那裡，那裡邊）　許角hy$^{3}$ kaøk$^{7}$（那裡）　只頭勢tsi$^{3}$ thau$^{2}$ sie$^{5}$（這裡）

3.「只塊」〔tsu$^{1}$ uai$^{5}$〕還可以指示範圍：

盡只塊錢買。——盡這裡的錢買。－70

tseiŋ$^{6}$ tsu$^{1}$ uai$^{5}$ tsieŋ$^{2}$ mɛ$^{3}$.

者毛伓值只塊錢。——這東西不值這些錢。－70

tsia$^{3}$ nɔʔ$^{7}$ ŋ$^{6}$ teik$^{8}$ tsu$^{1}$ uai$^{5}$ tsieŋ$^{2}$.

「只塊」的寫法與讀音不符，顯然是合音變化的結果。「只」字作為單詞標上聲調，但在句子中多標陰平調，後者大約是連讀變調後的實際調值。

4. 指示方式的代詞有：

者款tsia$^{3}$ khuaŋ$^{3}$（這樣，這樣的）　蔣款tsioŋ$^{3}$ khuaŋ$^{3}$　將換tsioŋ$^{1}$ uaŋ$^{6}$（這樣）　將㞞tsioŋ$^{1}$ nie$^{2}$（怎樣）

5.《字典》中還收錄了幾個來自官話的指示代詞，但沒有見到放在句子中的用例，應該是讀官話的書面材料時的發音。字音的對應關係值得玩味：

那個na$^{3}$ kɔ$^{5}$　這個tsie$^{3}$ kɔ$^{5}$　這些tsie$^{3}$ sie$^{1}$　這裡tsie$^{3}$ li$^{3}$

（四）以上就《撮要》所見語料舉例，又以《字典》中收錄的指示代詞做了補充，相對於整個指代系統來說還是不完整的。無論如何，以「只、許」與其他語素相配構成的系列指示代詞都是近指、遠指相配的，或許使用頻度上有所區別。近指和遠指以聲母〔ts-〕和{h-}互相對立，複雜多樣的韻母形式是連讀音變與合音的結果。

## 第三節　疑問代詞

下面按疑問詞歸納舉例。

一、世毛〔sie$^{5}$ nɔʔ$^{7}$〕(什麼)：

嚽是世毛？——這是什麼？－49

tsuɪ$^{2}$ sei$^{6}$ sie$^{5}$ nɔʔ$^{7}$？

嚽是世毛做其？——這是什麼做的？－49

tsuɪ$^{2}$ sei$^{6}$ sie$^{5}$ nɔʔ$^{7}$ tsɔ$^{5}$ ki$^{2}$？

帶世毛去？——帶什麼去？－75

tai$^{5}$ sie$^{5}$ nɔʔ$^{7}$ khɔ$^{5}$？

「世毛」可以作定語，如「世毛儂」(什麼人)、「世毛乇」(什麼東西)、「世毛名」(名叫什麼)：

明旦世毛水市？——明天潮汐時間如何？－74

miŋ$^{2}$ taŋ$^{5}$ sie$^{5}$ nɔʔ$^{7}$ tsui$^{3}$ tshei$^{6}$？

伶先做世毛事計？——現在先做什麼事情？－50

taŋ$^{1}$ seiŋ$^{1}$ tsɔ$^{5}$ sie$^{5}$ nɔʔ$^{7}$ tai$^{6}$ kie$^{5}$？

二、乜〔mieʔ$^{7}$〕：也表示「什麼」，可以單用，也可以複合成「乜毛」〔mieʔ$^{7}$ nɔʔ$^{7}$〕。例如：

乜毛毛mieʔ$^{7}$ nɔʔ$^{7}$ nɔʔ$^{7}$（什麼東西）　　乜時候mieʔ$^{7}$ si$^{2}$ hau$^{6}$（什麼時候）

但似乎主要是作為「時候」的定語，問時間，例如：

乜毛時候？——什麼時候？－26

mieʔ$^{7}$ nɔʔ$^{7}$ si$^{2}$ hau$^{6}$？

乜毛時候燒起？——什麼時候燒起的？－89

mieʔ$^{7}$ nɔʔ$^{7}$ si$^{2}$ hau$^{6}$ sieu$^{1}$ khi$^{3}$？

「面候」應該是「乜毛時候」的合音形式：

伊講面候會來？——他說什麼時候能來？－64

i$^{1}$ kouŋ$^{3}$ mieŋ$^{6}$ hau$^{6}$ ɛ$^{6}$ li$^{2}$？

汝面侯來搬貨？——你什麼時候來搬貨？－120

ny$^{3}$ mieŋ$^{6}$ hau$^{6}$ li$^{2}$ puaŋ$^{1}$ huo$^{5}$？

汝拍算船面侯遘？——你估計船什麼時候到？－119

ny$^{3}$ phaʔ$^{7}$ sauŋ$^{5}$ suŋ$^{2}$ mieŋ$^{6}$ hau$^{6}$ kau$^{5}$？

三、底〔tie$^{6}$〕（哪）：是平行於指示代詞「只」、「許」的疑問代詞。總是用在量詞或數量結構前。這個疑問代詞在原資料中寫作「俤」，標為陽去調。這裡且按今福州方言資料的通常寫法用「底」字代表：

底隻？——哪個？－26

tie$^{6}$ tsiaʔ$^{7}$

底蜀隻？——哪一個？－26

tie$^{6}$ sioʔ$^{8}$ tsiaʔ$^{7}$

底一本聖經？——哪一本聖經？－〈課〉18

tie$^{6}$ sioʔ$^{8}$ puoŋ$^{3}$ seiŋ$^{5}$ kiŋ$^{1}$？

四、「底儂」〔tie$^{6}$ nøŋ$^{2}$〕：誰。例如：

底儂會赦罪呢？——誰能赦罪呢？－44

tie$^{6}$ nøŋ$^{2}$ ɛ$^{6}$ sia$^{5}$ tsɔi$^{6}$ ni$^{1}$？

嘻是底儂做其？——這是誰做的？－49

tsuɪ$^{2}$ sei$^{6}$ tie$^{6}$ nøŋ$^{2}$ tsɔ$^{5}$ ki$^{2}$？

嘻是底儂其？——這是誰的？－49

tsuɪ$^{2}$ sei$^{6}$ tie$^{6}$ nøŋ$^{2}$ ki$^{2}$？

底儂裡起火？——誰家裡起火（發生火災）？－89

tie$^{6}$ nøŋ$^{2}$ tiekhi$^{3}$ huɪ$^{3}$？

五、冬那〔tøŋ$^{1}$ nø$^{3}$〕：哪裡，問處所。例如：

嘻是冬那來？——這是從哪裡來（的）？－49

tsuɪ$^{2}$ sei$^{6}$ tøŋ$^{1}$ nø$^{3}$ li$^{2}$？

船泊冬那？——船泊在哪兒？－123

suŋ$^{2}$ pɔʔ$^{8}$ tøŋ$^{1}$ nø$^{3}$？

伊去冬那？伊去城裡。——他去哪兒？他去城裡。－53

i$^{1}$ khɔ$^{5}$ tøŋ$^{1}$ nø$^{3}$？i$^{1}$ khɔ$^{5}$ siaŋ$^{2}$ tie$^{3}$.

媠囝著冬那？——孩子在哪兒？－〈課〉18

nie$^{6}$ kiaŋ$^{3}$ tioʔ$^{8}$ tøŋ$^{1}$ nø$^{3}$？

六、喏夥〔nioʔ$^{8}$ uai$^{6}$〕（多少）：問數量。例如：

汝價錢填喏夥？——你還價多少？－70

ny$^{3}$ ka$^{5}$ tsieŋ$^{2}$ teiŋ$^{2}$ nioʔ$^{8}$ uai$^{6}$？

著買喏夥？——要買多少？－70

tioʔ$^{8}$ mɛ$^{3}$ nioʔ$^{8}$ uai$^{6}$？

著使喏夥呢？——要用多少呢？－68

tioʔ$^{8}$ sai$^{3}$ nioʔ$^{8}$ uai$^{6}$ ni$^{1}$？

剩喏夥呢？剩無喏夥。——剩多少呢？沒剩多少。－68

tioŋ$^{6}$ nioʔ$^{8}$ uai$^{6}$ ni$^{1}$？tioŋ$^{6}$ mɔnioʔ$^{8}$ uai$^{6}$.

長使喏夥錢？——超支多少錢？－71

touŋ$^{2}$ sai$^{3}$ nioʔ$^{8}$ uai$^{6}$ tsieŋ$^{2}$？

一日會趁的喏夥錢？——一天能掙多少錢？－71

sioʔ$^{8}$ nik$^{8}$ ɛ$^{6}$ theiŋ$^{5}$ teik$^{7}$ nioʔ$^{8}$ uai$^{6}$ tsieŋ$^{2}$？

都著喏夥錢？——攏共多少錢？－70

tu$^{1}$ tioʔ$^{8}$ nioʔ uai$^{6}$ tsieŋ$^{2}$？

嘈喏夥錢買其？——這多少錢買的？－70

tsuɪ$^{2}$ nioʔ$^{8}$ uai$^{6}$ tsieŋ$^{2}$ mɛ$^{3}$ ki$^{2}$？

七、幾〔kui$^{3}$〕：「幾」用於問較小的自然數。例如：

只長幾點？四點差一刻。——現在幾點？四點差一刻。－85

tsi$^{3}$ touŋ$^{2}$ kui$^{3}$ teiŋ$^{3}$？sei$^{5}$ teiŋ$^{3}$ tsha$^{1}$ sioʔ$^{8}$ khaik$^{7}$.

今旦拜幾？今旦拜六。——今天星期幾？今天星期六。－84

kiŋ$^{1}$ taŋ$^{5}$ pai$^{5}$ kui$^{3}$？kiŋ$^{1}$ taŋ$^{5}$ pai$^{5}$ løk$^{8}$.

轎夫叫幾隻？——轎夫叫幾個？－75

kieu$^{6}$ hu$^{1}$ kieu$^{5}$ kui$^{3}$ tsiaʔ$^{7}$？

者月是幾月？——這個月是幾月？－83

tsia$^{3}$ ŋuok sei$^{6}$ kui$^{3}$ ŋuok$^{8}$？

幾日會做便？——幾天能做好？－72

kui$^{3}$ nik$^{8}$ ɛ$^{6}$ tsɔ$^{5}$ pieŋ$^{6}$？

八、「將」相當於普通話的「怎」，由於是個黏附的成分，總是處在變調的位置上，可能就是「怎」的變調。

將其〔tsioŋ$^{1}$ ki$^{2}$〕（為什麼）：

伊將其去？——他為什麼去？－53

i[1] tsioŋ[1] ki[2] khɔ[5]？

伊講者話將其呢？——為什麼他說這些話呢？－44

i[1] kouŋ[3] tsia[3] ua[6] tsioŋ[1] ki[2] ni[1]？

將（樣）〔tsioŋ[1] ioŋ[6]〕（怎樣）：問方式。例如：

將樣講哩？——怎麼說呢？－44

tsioŋ[1] ioŋ[6] kouŋ[3] li[1]？

伶將做呢？——現在怎麼辦呢？－44

taŋ[1] tsioŋ[1] tsɔ[5] ni[1]？

《字典》還有如下幾個疑問代詞，但沒有相應的用例，疑為鄉村口語的形式：

柯鷩事khɔ[1] tie[6]tai[6]（為什麼）　□毛nɔ[2] noʔ[7]（怎麼）

幹乜事kaŋ[5] mieʔ[7] tai[6]（為什麼）　底位tie[6] oi[6]（什麼地方）

柯鷩khɔ[1] tie[6]（為什麼）

# 第四節　數量詞

## 一　數量詞的句法特點

（一）在談論對象明確的語境中，名詞不必在句子中出現，數量詞可以代位充當主語、賓語，例如：

只一本讀過了。——這一本讀過了。－81

tsi[3] sioʔ[8] puoŋ[3] thøk[8] kuo[5] lau[3].

一包我乞汝二十塊。——一包我給你二十塊（錢）。－120

sioʔ[8] pau[1] ŋuai[3] khøyk[7] ny[3] nei[6] seik[8] tɔi[5].

半箱我乞汝二十五兩。——半箱我給你二十五塊錢。－122

puaŋ[5] sioŋ[1] ŋuai[3] khøyk[7] ny[3] nei[6] seik[8] ŋou[6] lioŋ[3].

著交乞伊三百包，汝交貨著算籌。——要交給他三百包，你交貨要數籌。－123

tioʔ$^{8}$ kau$^{1}$ khøyk$^{7}$ i$^{1}$ saŋ$^{1}$ paʔ$^{7}$ pau$^{1}$，ny$^{3}$ kau$^{1}$ huo$^{5}$ tioʔ$^{8}$ sauŋ$^{5}$ thiu$^{2}$.

來回兩百錢，單倒百二。——來回兩百（文）錢，單程一百二。－73

lai$^{2}$ huɪ$^{2}$ laŋ$^{6}$ paʔ$^{7}$ tsieŋ$^{2}$，taŋ$^{1}$ tɔ$^{5}$ paʔ$^{7}$ nei$^{6}$.

使伓使叫擔担呢？莽去叫兩隻。——要不要僱挑擔子的呢？且僱上兩個。－75

sai$^{3}$ ŋ$^{6}$ sai$^{3}$ kieu$^{5}$ taŋ$^{1}$ taŋ$^{5}$ ni$^{1}$？muoŋ$^{3}$ khɔ$^{5}$ kieu$^{5}$ laŋ$^{6}$ tsiaʔ$^{7}$.

（二）祈使句中，往往把受事名詞提到句首充當話題，數量詞留在動詞後面代位充當賓語。例如：

肉去買兩斤！——去買兩斤肉！－21

nyk$^{8}$ khɔ$^{5}$ mɛ$^{3}$ laŋ$^{6}$ kyŋ$^{1}$!

鉸刀囝去買三把！——去買三把小剪刀！－23

ka$^{1}$ tɔ$^{1}$ kiaŋ$^{3}$ khɔ$^{5}$ mɛ$^{3}$ saŋ$^{1}$ pa$^{3}$!

柴掏兩塊土火爐禮！——拿兩塊木柴放進火爐裡！－51

tsha$^{2}$ tɔ$^{2}$ laŋ$^{6}$ tɔi$^{5}$ thu$^{3}$ huɪ$^{3}$ lu$^{2}$ lɛ$^{3}$！

柴掏一塊破！——劈一塊木柴！－51

tsha$^{2}$ tɔ$^{2}$ sioʔ$^{8}$ tɔi$^{5}$ phuai$^{5}$！

雞卵煞十其。——雞蛋煮十個。－61

kie$^{1}$ lauŋ$^{6}$ sak$^{8}$ seik$^{8}$ ki$^{2}$.

柴攢兩把來！——提兩捆劈柴來！－50

taha$^{2}$ kuaŋ$^{6}$ laŋ$^{6}$ pa$^{3}$ li$^{2}$！

火點一隻！——點個燈！－50

huɪ$^{3}$ tieŋ$^{3}$ sioʔ$^{8}$ tsiaʔ$^{7}$！

（三）數量詞在多項並列的列舉中似乎更傾向於放在所修飾的名詞後面，例如：

帶世毛去？鋪蓋、皮箱一隻、伙食籃一隻。——帶什麼去？鋪蓋、皮箱一隻，伙食籃一個。－75

tai⁵ sie⁵ nɔʔ⁷ khɔ⁵？phuo¹ kai⁵，phuɪ² sioŋ¹ sioʔ⁸ tsiaʔ⁷，huɪ³ sik⁸ laŋ² sioʔ⁸ tsiaʔ⁷.

兩頂轎都是三其擺，攏總叫六其。——兩個轎子都是三人抬的，攏共叫六個。－75

laŋ⁶ tiŋ³ kieu⁶ tu¹ sei⁶ saŋ¹ ki² pɛ³，luŋ³ tsuŋ³ kieu⁵ løk⁸ ki².

掏只一塊銀去看，銀聲啞啞。——拿這一塊銀去看看，銀聲啞啞。－122

tɔ² tsi³ sioʔ⁸ tɔi⁵ ŋyŋ² khɔ⁵ khaŋ⁵，ŋyŋ² siaŋ¹ a³ a³.

我剎做楠木櫥一隻，闊四尺懸六尺五，裡勢五層，大中層兩個屜。——我要做一隻楠木櫥子，寬四尺高六尺五，裡面五層，中間一層兩個抽屜。－71

ŋuai³ puoʔ⁷ tsɔ⁵ uaŋ² muk⁸ tiu² sioʔ⁸ tsiaʔ⁷，khuak⁷ sei⁵ tshioʔ⁷ keiŋ² løk⁸ tshioʔ⁷ ŋou⁶，tie³ sie⁵ ŋou⁶ tseiŋ²，tai⁶ touŋ¹ tseiŋ² laŋ⁶ a³ thɛ⁵.

（四）通用量詞「個」（注音〔a³〕或〔ka³〕）是一個例外，在所見的語料中，「個」總是出現在名詞前面，沒有例外。除了上面的引例，再補充如下：

中國一年應幾個月日？十二個月日。——中國一年是多少個月？十二個月。－84

tyŋ¹ kuok⁷ sioʔ⁸ nieŋ² eiŋ⁵ kui³ a³ ŋuok⁸ nik⁸？seik⁸ nei⁶ a³ ŋuok⁸ nik⁸.

一年約略五六個月日大。——一年大月有五六個大月。－84

sioʔ⁸ nieŋ² iok⁷ liok⁸ ŋou⁶ løk⁸ a³ ŋuok⁸ nik⁸ tuai⁶.

極少也著賒我一個月日。——至少也得賒給我一個月。－119

kik⁸ tsieu³ ia³ tioʔ⁸ sia¹ ŋuai sioʔ⁸ a³ ŋuok nik⁸

## 二　數詞與稱數法

（一）最小的自然數「1、2」有兩套來源不同的詞，表示數量用「蜀」〔sioʔ$^{8}$〕「兩」〔laŋ$^{6}$〕，表示序位用「一」〔eik$^{7}$〕「二」〔nei$^{6}$〕。（本小節以外，「蜀」也寫為「一」字）與量詞組合都用前者，例如：

蜀位著排蜀嚇盤，叉兩把、刀兩把、湯瓢蜀把、鹽碟蜀隻、手巾蜀條。——一個席位要擺放一個盤子、兩把叉子、兩把刀、一把湯匙、一個鹽碟、一條手巾。－60

sioʔ$^{8}$ oi$^{6}$ tioʔ$^{8}$ pɛ$^{2}$ sioʔ$^{8}$ a$^{3}$ puaŋ$^{2}$，tsha$^{1}$ laŋ$^{6}$ pa$^{3}$，tɔ$^{1}$ laŋ$^{6}$ pa$^{3}$，thouŋ$^{1}$ phieu$^{2}$ sioʔ$^{8}$ pa$^{3}$，sieŋ$^{2}$ tiek$^{8}$ sioʔ$^{8}$ tsiaʔ$^{7}$，tshiu$^{3}$ kyŋ$^{1}$ sioʔ$^{8}$ teu$^{2}$.

複合的多位自然數中，「蜀」〔siɔʔ$^{8}$〕不用於末位，「一」〔eik$^{7}$〕只用於末位。

複合的多位自然數中首位為「1」可以省略，例如：

百一一paʔ$^{7}$ eik$^{7}$ eik$^{7}$（111）　　千三tshieŋ$^{1}$ saŋ$^{1}$（1300）

三位數以上自然數「二」只用於末位或「十」的係數，「百、千、萬」的係數總是「兩」，不用「二」，例如：

兩百laŋ$^{6}$ paʔ$^{7}$（200）　　兩百一五laŋ$^{6}$ paʔ$^{7}$ eik$^{7}$ ŋou$^{6}$（215）

兩百廿一laŋ$^{6}$ paʔ$^{7}$ niek$^{7}$ eik$^{7}$（221）

多位數的最後兩個數字為「02」，可以說「零兩」。例如；

千二零兩tshieŋ$^{1}$ nei$^{6}$ liŋ$^{2}$ laŋ$^{6}$（1202）

（二）「二十」和「四十」在後面有個位數或後附量詞時，讀合音形式，分別為〔niek$^{7}$〕〔siek$^{7}$〕。例如：

二十一niek$^{7}$ eik$^{7}$　　二十二niek$^{7}$ nei$^{6}$

四十一siek$^{7}$ eik$^{7}$　　四十二siek$^{7}$ nei$^{6}$

（三）複合數的末尾是單位數時，這個單位數照例省去。例如：

二百一nei$^{6}$ paʔ$^{7}$ eik$^{7}$（210）　　千一tshieŋ$^{1}$ eik$^{7}$（1100）

萬四uaŋ$^{6}$ sei$^{5}$（14000）

（四）「一億」指「100,000」，「一兆」指「1,000,000」，與今天的用法不同。

（五）表示序數用前綴「第」，如：「第二、第三、第四……」。倒數再加前綴「尾」，例如：

尾第二muɪ$^{3}$ tɛ$^{6}$ nei$^{6}$（倒數第二）

後面加量詞的情況下，「第一」說「頭蜀」，例如：

頭蜀本thau$^{2}$ sioʔ$^{8}$ puoŋ$^{3}$　　頭蜀回thau$^{2}$ sioʔ$^{8}$ huɪ$^{2}$

前加「第」表示序數時，只能說「第一、第二」，不用「蜀」和「兩」。

## 三　量詞

以下是《字典》中收集的量詞列表，每個量詞的注音後寫出對應的普通話量詞，大體上相同的或寫不出的則不寫，括號內是其適用的事物類別。

**物量詞**

隻　tsiaʔ$^{7}$　個（人，東西）

粒　lak$^{8}$　顆（星星、大米、鈕扣、花生、水果、臉上的麻點）

頂　tiŋ$^{3}$　（帽子、轎子）

綹$_{1}$　liu$^{3}$　（假髮辮、假鬚）

條　teu$^{2}$　根、條（繩子、線、路、船、領子）

床　tshouŋ$^{2}$　（毯子、床單、席子、床帷）

座　tsɔ$^{5}$　（房子、城、教堂、山）

落　lɔʔ$^{8}$　棟（房子）

間　kaŋ$^{1}$　（房子、房間、商鋪）

墩　touŋ$^{1}$　個（村莊）

崙　lauŋ$^{5}$　座（山巒）

町　thiaŋ$^{3}$　畦

纍　loi$^{1}$　（皮膚上的疙瘩）

菩　puo$^{2}$　朵（花）

椏　ŋɛ$^{1}$　枝（樹枝）

箭 tshieŋ⁵ 枝（鮮花）
蔸 tau¹ 株，棵（樹、草、莊稼）
樁 tsouŋ¹ （生意、事情）
主 tsio³ 戶（人家、家庭、商鋪）
層 tseiŋ² （樓、塔、籃子、臺階、梯子）
塊 tɔi⁵ （餅、瓦片、布、疤）
餅 phiaŋ³ （餅狀的）團，片
灶 tsau⁵ 戶（人家）
盞 tsaŋ³ （燈籠）
行 houŋ² （字、痕跡、劃線）
頁 hiek⁸ （肝、肺）
張 thioŋ¹ （紙、牌、請帖、桌子、椅子）
杖 thioŋ⁶ （整根的甘蔗）
口 kheu³ （鍋、池塘、檳榔）（人口）
領 liaŋ³ （席子）
架 ka⁵ （床、櫥子、鐘、梯子）
把 pa³ （刀、叉、湯匙、扇、鋤頭、針、轎子）
其 ki² 個（人、銅錢、墨錠、茶壺）
身 siŋ¹ 尊（菩薩偶像）
橛 khuok⁸ 段（墨錠）
扇 sieŋ⁵ （門、窗戶、牆）
葉 iek⁸張 （金箔、銀箔）
隧 suoɪ⁶ 道，行（犁溝、莊稼）
堵 tu³ （房間、公寓、牆）
件 ioŋ⁶ （物品、事情）
頭 thau² （鳥、獸、蟲、魚）

**集體量詞**

注 tou⁶ 份（論堆出售的花生、豆子等）
□ kaʔ⁸ 量詞，疊（紙、書）
服 huk⁸ （藥）
結 kaik⁷ 束（索面：細麵條）
副 hou⁵ 套（如：十只碗，十雙筷子，五個衣扣，兩個耳環）
萆 pi¹（pi¹ li¹） 掛（葡萄，鑰匙）
班 puaŋ¹ （演員、警察、官吏）
困 khuŋ² 堆（衣服、稻草、石頭、木頭）
縛 puɔʔ⁸ 捆，扎（紙張、水果）

掛　kua$^{5}$　（鑰匙、珠子、鞭炮）

雙　søŋ$^{1}$　（鞋、襪、筷子）

卷　kuoŋ$^{3}$　（紗線）

拖　thua$^{1}$　（用繩子繫住的一挂）

串　tshioŋ$^{5}$　（念珠、銅錢）

捆　khuŋ$^{3}$　（木柴、稻草）

合　hak$^{8}$　對（櫃子、瓶子、燈籠、夫妻）

料　lieu$^{6}$　（包含多種成分的一組、如中藥、作料）

只　tsi$^{3}$　小束（鮮花、線香、絲線）

把　pa$^{3}$　捆（劈柴）

絡$_2$　leu$^{5}$　撮（毛髮）

框　khuoŋ$^{1}$　格子

刀　tɔ$^{1}$　（紙張）

檔　touŋ$^{3}$　沓（紙張、紙錢）

幅　houk$^{7}$　（布料）

板　peiŋ$^{3}$　（豆腐、可分割出許多「塊」）

帖　thaik$^{7}$　（中藥、膏藥）

**部分量詞**

劃　heik$^{8}$　（筆劃）

瓣　paiŋ$^{6}$　（西瓜或南瓜的切塊）

片　phieŋ$^{5}$　（薄片狀的具體物品）

泡　pha$^{5}$　（橘子、柚子的分片）

份　houŋ$^{6}$

節　tsaik$^{7}$　（手指、竹子、甘蔗）

重　thyŋ$^{2}$　層（油膜）

奇　khia$^{1}$（kha$^{1}$）　成對事物的單個（鞋，襪，耳環，手鐲）

骹　kha$^{1}$　（豬腿、羊腿）

另　leiŋ$^{5}$　（切分出來的小塊）

爿　peiŋ$^{2}$　（切分出來的約一半大小的塊）

箍　khu$^{1}$　（魚橫切的段）

披　pie$^{1}$（phie$^{1}$）　（蔬菜的葉片）

下　a$^{6}$　（份兒）

**動量詞**

歇　hiok$^{7}$　一陣子

過　kuo$^{5}$　遍，回

回　huɪ$^{2}$　次、回

匝　tsak$^{8}$　（陣雨）

抔　pouk⁷　捧
流　lau²　趟，次
下　a⁶　次，下

**特殊度量單位**

尋　tshieŋ²　（雙手側平伸、左右手指尖間的最大距離、約五六尺。）
臂手　pie⁵ tshiu³　（「尋」的一半長度）
鋪　phuɔ⁵　十華里

# 第五節　否定詞

## 一　伓

（一）「伓」〔ŋ⁶〕是一個俗字，是一個成音節的舌根鼻音。「伓」用在動作動詞前，表示主觀上不願意做某事。例如：

今旦儂行伓坐轎。——今天步行不乘轎子。－73
kiŋ¹ taŋ⁵ na⁶ kiaŋ² ŋ⁶ sɔi⁶ kieu⁶.
伊叫汝伓應。——他叫你（你）不答應。－77
i¹ kieu⁵ ny³ ŋ⁶ eiŋ⁵.
無喇借汝伓借奴。——不能借給你不借給我。－59
mɔ² la³ tsioʔ⁷ ny³ ŋ⁶ tsioʔ⁷ nu².
伊去伓去？伊伓去。——他去不去？他不去。－53
i¹ khɔ⁵ ŋ⁶ khɔ⁵？i¹ ŋ⁶ khɔ⁵.

（二）「伓」用在非動作動詞或形容詞前，表示單純的否定。

伓中意。——不中意。－82
ŋ⁶ tøyŋ⁵ ei⁵.
盡去伓歡喜。——非常不喜歡。－82
tseiŋ⁶ khɔ⁵ ŋ⁶ huaŋ¹ hi³.
伓好疼。——不可愛。－82
ŋ⁶ hɔ³ thiaŋ⁵.

伓夠本。——不夠本。－70

ŋ$^{6}$ kau$^{5}$ puoŋ$^{3}$.

身體伓敨脫。——身體不舒服。－67

siŋ$^{1}$ thɛ$^{3}$ ŋ$^{6}$ thau$^{3}$ thɔʔ$^{7}$.

驚伊伓肯借。——恐怕他不肯借。－59

kiaŋ$^{1}$ i$^{1}$ ŋ$^{6}$ khiŋ$^{3}$ tsioʔ$^{7}$.

事計做伓付。——事情做得來不及。－50

tai$^{6}$ kie$^{5}$ tsɔ$^{5}$ ŋ$^{6}$ hou$^{5}$.

先生只幫柴料都貴，伓比前倒。——先生近來木料都貴，不比以前。－72

siŋ$^{1}$ saŋ$^{1}$ tsi$^{3}$ pouŋ$^{1}$ tsha$^{2}$ lau$^{6}$ tu$^{1}$ koi$^{5}$，ŋ$^{6}$ pi$^{3}$ seiŋ$^{2}$ tɔ$^{5}$.

佪伓比嚽。——那個比不上這個。－28

huɪ$^{2}$ ŋ$^{6}$ pi$^{3}$ tsuɪ$^{2}$.

者毛伓值只塊錢。——這東西不值這麼多錢。－70

tsia$^{3}$ nɔʔ$^{7}$ ŋ$^{6}$ teik$^{8}$ tsu$^{1}$ uai$^{5}$ tsieŋ$^{2}$.

比喻先生那肯使雜冇就伓使只塊錢。——如果先生同意用雜木就不用這麼多錢。－72

pi$^{3}$ øy$^{6}$ siŋ$^{1}$ saŋ$^{1}$ na$^{6}$ khiŋ$^{3}$ sai$^{3}$ tsak$^{8}$ phaŋ$^{5}$ tseu$^{6}$ ŋ$^{6}$ sai$^{3}$ tsu$^{1}$ uai$^{5}$ tsieŋ$^{2}$.

伓八墿著借問。——不識路要問。－74

ŋ$^{6}$ paik$^{7}$ tio$^{6}$ tioʔ$^{8}$ tsioʔ$^{7}$ muoŋ$^{5}$.

伊伓使去。——他不必去。－52

i$^{1}$ ŋ$^{6}$ sai$^{3}$ khɔ$^{5}$.

伊伓成去。——他不會去。－53

i$^{1}$ ŋ$^{6}$ siaŋ$^{2}$ khɔ$^{5}$.

我跪禮替伊解鞋帶也伓中。——我跪著替他解鞋帶也不配。－〈馬可1-7〉

ŋuai$^{3}$ koi$^{6}$ lɛ$^{3}$ thɛ$^{5}$ i$^{1}$ kɛ$^{3}$ ɛ$^{2}$ tai$^{5}$ ia$^{3}$ ŋ$^{6}$ tøŋ$^{5}$.

按：這項用法中的否定詞現在已經基本上被「𫧂」取代。除了已經詞彙化的「伓肯、伓比、伓使」，今福州話一般說：「𫧂歡喜、𫧂好疼、𫧂好、𫧂附、𫧂值、𫧂成」等。

（三）「伓通」〔ŋ⁶ thøŋ¹〕，表示勸阻。「伓通」是「伓＋通」的詞彙化結果，「通」本來應該是個能願動詞，本字可能是「中」。例如：

包劑伓通安恰昕，驚伊會酸。——發酵麵團不要擱太久，怕它變酸。－62

pau¹ tsɛ⁶ ŋ⁶ tøŋ¹ eiŋ¹ khak⁷ ouŋ²，kiaŋ¹ i¹ ɛ⁶ souŋ¹.

洗衣裳著細膩，扣伓通洗破去。——洗衣服要小心，不要把扣子洗破了。－64

sɛ³ i¹ sioŋ² tioʔ⁸ sɛ⁵ nei⁶，khau⁵ ŋ⁶ thøŋ¹ sɛ³ phuai⁵ khɔ⁵.

茶伓通恰濃。——茶不要太濃。－61

ta² ŋ⁶ thøŋ¹ khak⁷ nyŋ².

水伓通汻一厝！——水不要濺得到處都是！－64

tsui³ ŋ⁶ thøŋ¹ tsiak⁷ sioʔ⁸ tshio⁵!

只長乍退和，伶伓通引風。——現在熱度剛降下來，現在不要招風。－67

tsi³ touŋ² tsiaʔ⁷ thɔi⁵ huo²，taŋ¹ ŋ⁶ thøŋ¹ iaŋ³ huŋ¹.

轎扛細膩伓通碰！——小心抬轎子不要碰撞！－73

kieu⁶ kouŋ¹ sɛ⁵ nei⁶ ŋ⁶ thøŋ¹ pauŋ⁶!

伊伓通去。——他（千萬）不要去。－53

i¹ ŋ⁶ thøŋ¹ khɔ⁵.

（四）「伓」配合兩極對立的性質形容詞構成「伓大伓細」式的固定結構，表示性質適中。例如：

伓大伓細——ŋ⁶ tuai⁶ ŋ⁶ sɛ⁵（不大不小）

伓鹹伓饗——ŋ⁶ keiŋ² ŋ⁶ tsiaŋ³（不鹹不淡）

伓長伓短——ŋ⁶ touŋ² ŋ⁶ toi³（不長不短）

伓懸伓矮——ŋ⁶ keiŋ² ŋ⁶ ɛ³（不高不矮）

伓熱伓清——ŋ⁶ iek⁸ ŋ⁶ tsheiŋ⁵（不熱不冷）

伓濃伓淡——ŋ⁶ nyŋ² ŋ⁶ taŋ⁶

伓窄伓闊——ŋ⁶ tsak⁷ ŋ⁶ khuak⁷

《撮要》（頁52）特別指出，上列這些形容詞如果單獨出現，就不能用「伓」來否定，而要換成「𣍐」。

## 二　無

（一）「無」〔mɔ²〕原資料寫為方言同音字「毛」。「無」否定事物或屬性的存在，大致相當於普通話的「沒有」。例如：

筆無去，有看見嚇無？——筆不見了，（你）看見了嗎？－57

peik⁷ mɔ² khɔ⁵，ou⁶ khaŋ⁵ kieŋ⁵ a¹ mɔ²？

一滴風都無。——一點兒風也沒有。－88

sioʔ⁸ teik⁷ huŋ¹ tu¹ mɔ².

嘴厚食無味。——舌苔厚，吃（東西）沒味道。－67

tshoi⁵ kau⁶ siaʔ⁸ mɔ² ei⁶.

無偌懸。——沒多高。－31

mɔ² nioʔ⁸ keiŋ².

無世乇好。——沒什麼好。－31

mɔ² sie⁵ nɔʔ⁷ hɔ³.

（二）用在形容詞、動詞之前可能要翻譯成普通話的「不」：

也無便宜也無多長。——既不便宜也不太貴。－70

ia⁶ mɔ² peiŋ² ŋie² ia⁶ mɔ² tɔ¹ touŋ².

無野遠。——不很遠。－31

mɔ² ia³ huoŋ⁶.

我無零碎賣。——我不零碎賣（要批量出售）。－121

ŋuai³ mɔ² liŋ² tshɔi⁵ mɛ⁶.

（三）以下是已經詞彙化的固定表達格式，相當於一個否定式的情態動詞：

1. 無的：（因客觀條件限制而）不能。

今旦有事計無的去。——今天有事情不能去。－73

kiŋ$^{1}$ taŋ$^{5}$ ou$^{6}$ tai$^{6}$ ie$^{5}$ mɔ$^{2}$ teik$^{7}$ khɔ$^{5}$.

伊無的去。——他沒辦法去。－53

i$^{1}$ mɔ$^{2}$ teik$^{7}$ khɔ$^{5}$.

2. 無擔當：（因主觀能力受限制而）不能。

伊無擔當去。——他不能夠去。－53

i$^{1}$ mɔ$^{2}$ taŋ$^{1}$ touŋ$^{1}$ khɔ$^{5}$.

一隻人毛擔當奉事兩隻主。——一個人不能信奉兩個上帝。－（《馬太》6-24）

sioʔ$^{8}$ tsiaʔ$^{7}$ nøŋ$^{2}$ mɔ$^{2}$ taŋ$^{1}$ touŋ$^{1}$ houŋ$^{6}$ søy$^{6}$ laŋ$^{6}$ tsiaʔ$^{7}$ tsio$^{3}$.

3. 無喇：表示不符合情理。

無喇借汝伓借奴。——不可能借給你卻不借給我。－59

mɔ$^{2}$ la$^{3}$ tsioʔ$^{7}$ ny$^{3}$ ŋ$^{6}$tsioʔ$^{7}$ nu$^{2}$.

## 三　未

「未」〔muoɪ$^{6}$〕，原資料寫為方言同音字「昧」。「未」時完成體的否定形式，用在動詞、形容詞前表示預期的動作行為或狀態變化「還沒有」發生。例如：

伊未來。——他還沒來。－35

i$^{1}$ muoɪ$^{6}$ li$^{2}$.

天未大光。——天還沒大亮。－86

thieŋ$^{1}$ muoɪ$^{6}$ tuai$^{6}$ kuoŋ$^{1}$.

者墿未行著。——這路沒走過。－73

tsia$^{3}$ tio$^{6}$ muoɪ$^{6}$ kiaŋ$^{2}$ tioʔ$^{8}$.

天光囉未？天故未光。——天亮了沒有？天還沒亮。－86

tieŋ¹ kuoŋ¹ lɔ² muoɪ⁶？thieŋ¹ kou⁵ muoɪ⁶ kuoŋ¹.

讀未熟𣍐背。——還沒讀熟不會背。－81

thøk⁸ muoɪ⁶ syk⁸ mɛ⁶ puoɪ⁶.

## 四　𣍐

（一）「𣍐」〔mɛ⁶〕是情態動詞「會」（本字「解」）的否定形式，應該是「未解」的合音字。「𣍐＋動詞」表示不具備事件發生的可能性。

伊𣍐去。——他不會去。－53

i¹ mɛ⁶ khɔ⁵.

恰貴𣍐成花。——太貴不能成交。－70

khak⁷ koi⁵ mɛ⁶ siaŋ² hua¹.

會呼熟熟著，自然講話𣍐走音。——能呼讀很熟，自然說話不會發錯音。－80

ɛ⁶ khu¹ syk⁸ syk⁸ tioʔ⁸，tsøy⁶ ioŋ² kouŋ³ ua⁶ mɛ⁶ tsau³ iŋ¹.

（二）「𣍐＋形容詞」否定作為話題的人或事物具備某種性質：

者油平正𣍐光。——這油（質量）不好不亮。－63

tsia³ iu² paŋ² tsiaŋ⁵ mɛ⁶ kuoŋ¹.

伊講話𣍐了離。——他說話（口齒）不清晰。－76

i¹ kouŋ³ ua⁶ mɛ⁶ lieu³ lie⁶.

𣍐見差。——（病情）沒有好轉。－68

mɛ⁶ kieŋ⁵ tsha¹.

（三）「𣍐＋動詞＋的＋結果／趨向補語」表示不能達成某種結果：

𣍐食的裡。——吃不下。－55

mɛ⁶ siaʔ⁸ teik⁷ tie³.

𣍐行的過位。——脫不開身。－56

mɛ⁶ kiaŋ² teik⁷ kuo⁵ oi⁶.

睏𩞠睏的著，也拍寒拍熱。——睡也睡不著，還發冷發熱。－67

khauŋ⁵ mɛ⁶ khauŋ⁵ teik⁷ tioʔ⁸，ia⁶ phaʔ⁷ kaŋ² phaʔ⁷ iek⁸.

𩞠奪的去。——奪不去。－43

mɛ⁶ touk⁸ teik⁷ khɔ⁵.

𩞠記的去。——忘記了。－54

mɛ⁶ kei⁵ teik⁷ khɔ⁵.

𩞠免的去。——不能免去。－54

mɛ⁶ kei⁵ teik⁷ khɔ⁵.

𩞠看的出。——看不出。－42

mɛ⁶ khaŋ⁵ teik⁷ tshouk⁷.

一身𩞠拖的起。——渾身沒力氣。－67

sioʔ⁸ siŋ¹ mɛ⁶ thua¹ teik⁷ khi³.

𩞠講的盡。——說不盡。－77

mɛ⁶ kouŋ³ teik⁷ tseiŋ⁶.

𩞠逐的著。——追不上。－90

mɛ⁶ tyk⁸ teik⁷ tioʔ⁸.

𩞠減的野價。——不能減很多。－118

mɛ⁶ keiŋ³ teik⁷ ia³ sɛ⁶.

按：這種結構中「𩞠」與「的」呼應，共同表達「不可能」的意思。以今福州話的語感來分析，「的」是可有可無的成分，但十九世紀的資料中，動詞與可能補語之間一般都有這個「的」，除非是下面這種語序：

（四）「動詞＋𩞠＋補語」也表示不能達成某種結果。例如：

明旦早水市討𩞠著。——明天早晨潮汐時間遇不上（啟航）。－74

miŋ² taŋ⁵ tsa³ tsui³ tshei⁶ thɔ³ mɛ⁶ tioʔ⁸.

生成者款，洗𩞠去。——本來就是這樣，洗不掉。－63

seiŋ¹ siaŋ² tsia³ khuaŋ³，sɛ³ mɛ⁶ khɔ⁵.

者話阿學，學獪像。——這話難學，學不像。－76

tsa$^{3}$ ua$^{6}$ ɔ$^{1}$ ɔʔ$^{8}$，ɔʔ$^{8}$ mɛ$^{6}$ tshioŋ$^{6}$.

按：這種格式與前項構成同義表達手段，相當於普通話的「可能補語」，二者間可能有語法化的序列關係。

（五）「獪＋動詞＋的＋賓語」，「的」也是輔助表達能性的助詞，例如：

一日會趁的喏夥錢？獪趁的喏夥。——一天能掙多少錢？掙不了多少－71

sioʔ$^{8}$ nik$^{8}$ ɛ$^{6}$ theiŋ$^{5}$ teik$^{7}$ nioʔ$^{8}$ uai$^{6}$ tsieŋ$^{2}$？mɛ$^{6}$ theiŋ$^{5}$ teik$^{7}$ nioʔ$^{8}$ uai$^{6}$.

獪主的意。——做不了主。－91

mɛ$^{6}$ tsio$^{3}$ teik$^{7}$ ei$^{5}$.

前一句「的」字後面是表示數量的代詞，「獪主的意」有慣用語的性質。

（六）「獪＋動詞＋的」是否定式的能性判斷：

伊獪去的。——他不能去。－53

i$^{1}$ mɛ$^{6}$ khɔ$^{5}$ teik$^{7}$.

獪食的。——吃不得。－55

mɛ$^{6}$ siaʔ$^{8}$ teik$^{7}$

（七）「獪＋動詞＋的」結構的詞彙化

1.「獪曉的」是一個固定結構，表示「不知道」，可以單獨作謂語：

伊獪曉的。——他不知道。－34

i$^{1}$ mɛ$^{6}$ hieu$^{3}$ teik$^{7}$.

許一旿獪曉的。——那時候（還）不知道。－87

hy$^{3}$ sioʔ$^{8}$ ouŋ$^{2}$ mɛ$^{6}$ hieu$^{3}$ teik$^{7}$.

我獪曉的，都未算。——我不曉得，都還沒算。－120

ŋuai$^{3}$ mɛ$^{6}$ hieu$^{3}$ teik$^{7}$，tu$^{1}$ muoi$^{6}$ sauŋ$^{5}$.

者時候獪曉的。——現在（還）不知道。－119

tsia$^{3}$ si$^{2}$ hau$^{6}$ mɛ$^{6}$ hieu$^{3}$ teik$^{7}$.

奴其實𣍐曉的，藉汝先生教奴。——我其實不會，靠先生您教我—80

nu2 ki2 sik8 mɛ6 hieu3 teik7，tsia6 ny3 siŋ1 saŋ3 ka5 nu2.

也可以帶謂詞性賓語：

𣍐曉的講世乇？——不知道說什麼？—27

mɛ6 hieu3 teik7 kouŋ3 sie5 nɔʔ7.

𣍐曉的生世乇，起先㑚一粒囝，伶變有甌大。——不知道長了什麼，起初只是小小的一粒，現在變得有茶盅那麼大。—67

mɛ6 hieu3 teik7 saŋ1 sie5 nɔʔ7，khi3 seiŋ1 na6 sioʔ8 lak8 kiaŋ3，taŋ1 pieŋ5 ou6 eu1 tuai6.

2.「𣍐曉的＋謂詞性賓語」表示主觀上不具有做某事的能力：

𣍐曉的講只塊話。——不會說這兒的話。—79

mɛ6 hieu3 teik7 kouŋ3 tsu1 uai5 ua6.

會曉的聽，𣍐曉的講。——能聽，不能說。—76

ɛ6 hieu3 teik7 tiaŋ1，mɛ6 hieu3 teik7 kouŋ3.

3.「𣍐使的」是固定表達格式，表示「不行」：

𣍐使的，我折本佮佡。——不行，我虧本太多。—120

mɛ6 sai3 teik7，ŋuai3 siaʔ8 puoŋ3 khak7 sɛ6.

嘬透底𣍐使的。——這（樣做）從來是不行的。—119

tsuɪ2 thau5 tɛ3 mɛ6 sai3 teik7.

## 五　莫

「莫」〔mɔʔ8〕是表示勸阻的副詞，《撮要》和《二十課》中沒有具體用例。可能口語中表示勸阻多用「伓通」〔ŋ6 thøŋ1〕，「莫」很少用。我們只在《字典》中找到兩條，都是俗諺：

救蛇救蟲莫救兩骹人。——救蛇救蟲不要救兩條腿的人。－〈典〉832

keu$^5$ sie$^2$ keu$^5$ thøŋ$^2$ mɔʔ$^8$ keu$^5$ laŋ$^6$ kha$^1$ nøŋ$^2$.

辛酸莫去墿頭啼。——辛酸也不要在路口哭（謂世人缺乏同情心）。－〈典〉788

siŋ$^1$ souŋ$^1$ mɔʔ$^8$ khɔ$^5$ tio$^6$ thau$^2$ thie$^2$.

## 第六節　介詞

### 一　乞

（一）「乞」〔khøyk$^7$〕引入施事，構成被動句。例如：

盪落地下，乞椅遞禮。——掉在地下，被椅子擋住了（看不見）。－58

tauŋ$^6$ lɔʔ$^8$ tei$^6$ a$^6$，khøyk$^7$ ie$^3$ tɛ$^6$ lɛ$^3$.

乞儂拾去。——被人拾去。－58

khøyk$^7$ nøŋ$^2$ khak$^7$ khɔ$^5$.

都乞伊食完去。——都被他吃完了。－55

tu$^1$ khøyk$^7$ i$^1$ siaʔ$^8$ uoŋ$^2$ khɔ$^5$.

乞雷公拍。——遭雷擊。－90

khøyk$^7$ lai$^2$ kuŋ$^1$ phaʔ$^7$.

嚌是乞伊破去。——這是被他弄破的。－〈課〉78

tsuɪ$^2$ sei$^6$ khøyk$^7$ i$^1$ phuai$^5$ khɔ$^5$.

伊乞儂拍。——他被人打。－〈課〉78

i$^1$ khøyk$^7$ nøŋ$^2$ phaʔ$^7$.

乞伊捵一下。——被他推了一下。－〈課〉79

khøyk$^7$ i$^1$ thiaŋ$^3$ sioʔ$^8$ a$^6$.

乞儂講。——被人議論。－36

khøyk$^{7}$ nøŋ$^{2}$ kouŋ$^{3}$.

乞汝笑。——被你笑話。－36

khøyk$^{7}$ ny$^{3}$ tshieu$^{5}$.

乞老爹拍。——被老爺打。－36

khøyk$^{7}$ lɔ$^{3}$ tia$^{1}$ phaʔ$^{7}$.

乞字句中的施事名詞必須出現。換一句話說，表被動的「乞」只是介詞，不作為助詞。謂語動詞的後面一般要有補語成分，末了三個例子屬熟語性質。

（二）引入接受者，例如：

遘時著開單乞我。——到時候要開單給我。－119

kau$^{5}$ si$^{2}$ tioʔ$^{8}$ khui$^{1}$ taŋ$^{1}$ khøyk$^{7}$ ŋuai$^{3}$.

汝著寫一張收單乞我。——你要寫一張收據給我。－120

ny$^{3}$ tioʔ$^{8}$ sia$^{3}$ sioʔ$^{8}$ thioŋ$^{1}$ siu$^{1}$ taŋ$^{1}$ khøyk$^{7}$ ŋuai$^{3}$.

叫掌櫃算錢乞伊！——叫掌櫃算錢給他！－123

kieu$^{5}$ tsioŋ$^{3}$ koi$^{6}$ sauŋ$^{5}$ tsieŋ$^{2}$ khøyk$^{7}$ i$^{1}$.

## 二　共

（一）「共」〔kaøŋ$^{6}$〕引入交際的對方：

共伊講了。——跟他說了。－77

kaøŋ$^{6}$ i$^{1}$ kouŋ$^{3}$ lau$^{3}$!

去共伊講！——去跟他說！－77

khɔ$^{5}$ kaøŋ$^{6}$ i$^{1}$ kouŋ$^{3}$!

伊共奴禮鬧。——他在跟我鬧。－77

i$^{1}$ kaøŋ$^{6}$ nu$^{2}$ lɛ$^{3}$ nau$^{6}$.

我攏總共汝買。——我成批向你買。－120

ŋuai$^{3}$ luŋ$^{3}$ tsuŋ$^{3}$ kaøŋ$^{6}$ ny$^{3}$ mɛ$^{3}$.

是共底人借其？——是跟誰借的？－59

sei$^{6}$ kaøŋ$^{6}$ tie$^{6}$ nøŋ$^{2}$ tsioʔ$^{7}$ ki$^{2}$？

（二）引入伴隨者：

共伊無干過。——跟他沒關係。－〈課〉61

kaøŋ$^{6}$ i$^{1}$ mɔ$^{2}$ kaŋ$^{1}$ kuo$^{5}$.

漢的伊共別隻𡚸囝齊去了。——以為他和別的小孩一起去了。－〈課〉82

haŋ$^{5}$ teik$^{7}$ i$^{1}$ kaøŋ$^{6}$ peik$^{8}$ tsiaʔ$^{7}$ nie$^{6}$ kiaŋ$^{3}$ tsɛ$^{2}$ khɔ$^{5}$ lau$^{3}$.

（三）引入受益者：

共奴寫兩字！——幫我寫兩個字！－〈課〉48

kaøŋ$^{6}$ nu$^{2}$ sia$^{3}$ laŋ$^{6}$ tsei$^{6}$!

（四）引入平比對象或喻體：

伊講話共中國儂一樣。——他說話跟中國人一樣。－〈課〉78

i$^{1}$ kouŋ$^{3}$ ua$^{6}$ kaøŋ$^{6}$ tyŋ$^{1}$ kuok$^{7}$ nøŋ$^{2}$ sioʔ$^{8}$ ioŋ$^{6}$.

共化紙一樣。——像焚化紙錢似的（喻大手大腳花錢）－〈典〉260

kaøŋ$^{6}$ hua$^{5}$ tsai$^{3}$ sioʔ$^{8}$ ioŋ$^{6}$.

共接疏記一樣。——像（道士）接過疏記一樣（形容收受別人饋贈毫無愧色）。－〈典〉732

kaøŋ$^{6}$ tsiek$^{7}$ saø$^{5}$ kei$^{5}$ sioʔ$^{8}$ ioŋ$^{6}$.

（五）「共」還可以作為並列連詞，附於此：

《八音》喏夥字頭共字母？——《八音》多少字頭和字母？－80

paik$^{7}$ iŋ$^{1}$ nioʔ$^{8}$ uai$^{6}$ tsei$^{6}$ thau$^{2}$ kaøŋ$^{6}$ tsei$^{6}$ mɔ$^{3}$？

學者邊字頭共波字頭……——如這「邊」字頭與「波」字頭……－80

ɔʔ$^{8}$ tsia$^{3}$ pieŋ$^{1}$ tsei$^{6}$ thau$^{2}$ kaøŋ$^{6}$ phɔ$^{1}$ tsei$^{6}$ thau$^{2}$...

## 三 替、幫

「替」〔thɛ$^{5}$〕和「幫」〔pouŋ$^{1}$〕引入受益者，例如：

汝替我試賣看。——你替我試著賣賣看。－121

ny$^{3}$ thɛ$^{5}$ ŋuai$^{3}$ tshei$^{5}$ mɛ$^{6}$ khaŋ$^{5}$.

行裡那有好其地方替奴尋一隻。——商行裡如有好的職位替我找一個。－58

ouŋ$^{2}$ lɛ$^{3}$ na$^{6}$ ou$^{6}$ hɔ$^{3}$ ki$^{2}$ tei$^{6}$ huoŋ$^{1}$ thɛ$^{5}$ nu$^{2}$ siŋ$^{2}$ sioʔ$^{8}$ tsiaʔ$^{7}$.

替奴寫兩字！——幫我寫兩個字！－〈課〉48

thɛ$^{5}$ nu$^{2}$ sia$^{3}$ laŋ$^{6}$ tsei$^{6}$!

事計著幫伊齊做。——事情要幫他一起做。－50

tai$^{6}$ kie$^{5}$ tioʔ$^{8}$ pouŋ$^{1}$ i$^{1}$ tsɛ$^{2}$ tsɔ$^{5}$.

## 四 將

「將」〔tsioŋ$^{1}$〕引入處置對象。例如：

將者書乞伊。——把這書給他。－〈課〉48

tsioŋ$^{1}$ tsia$^{3}$ tsy$^{1}$ khøyk$^{7}$ i$^{1}$.

伊將伊其囝帶去。——他將他的兒子帶去。－〈課〉40

i$^{1}$ tsioŋ$^{1}$ i$^{1}$ ki$^{2}$ kiaŋ$^{3}$ tai$^{5}$ khɔ$^{5}$.

將伊當做婨囝看待。——把他當作小孩看待。－〈課〉80

tsioŋ$^{1}$ i$^{1}$ tauŋ$^{5}$ nie$^{2}$ tsɔ$^{5}$ kiaŋ$^{3}$ khaŋ$^{5}$ tai$^{6}$.

將遐椅桌都掇出去！——把那些桌椅都端出去！－〈課〉39

tsioŋ$^{1}$ hia$^{3}$ ie$^{3}$ tɔʔ$^{7}$ tu$^{1}$ tauk$^{7}$ tshouk$^{7}$ khɔ$^{5}$!

以上兩個例句都是採自《二十課》。《撮要》中沒有提及「處置」，也沒有相關的例句。

# 五　快

「快」〔khɛ$^5$〕：這個介詞只在《字典》中發現用例，而且無字可寫，這裡就用同音字「快」替代。由於語義關係比較複雜，我們把以下例句的原資料英文對譯也抄出來對照：

（一）「快」引入處置對象，例如：

快伊舒禮揍！——把他按在地上揍！－〈典〉732

khɛ$^5$ i$^1$ tshy$^3$ lɛ$^3$ saø$^5$! — Strech him (on the floor) and beat him!

快伊粉白㖿！——把它粉刷白！－〈典〉255

khɛ$^5$ i$^1$ huŋ$^3$ paʔ$^8$ tsia$^2$! — Just whiten it over!

伊快我掏來做輦子。——他把我支使得團團轉。－〈典〉485

i$^1$ khɛ$^3$ ŋuai$^3$ tɔ$^2$ li$^2$ tsɔ$^5$ lieŋ$^5$ tsi$^3$. — He makes a roller of me.

受事名詞放在句首作主語，用第三人稱代詞「伊」複指主語，作處置介詞「快」的賓語，構成「受事＋快伊＋Vp」的句式，例如：

豬快伊呼裡來！——把豬喚進來！－〈典〉440

ty$^1$ khɛ$^5$ i$^1$ khu$^1$ tie$^3$ li$^2$! — Call in the pig!

脰骨快伊堪緊緊著！——把他脖子卡得緊緊的！－〈典〉410

tau$^6$ kauk$^7$ khɛ$^5$ i$^1$ khaŋ$^1$ kiŋ$^3$ kiŋ$^3$ tioʔ$^8$! — Cluch him tightly by the neck!

髆皮快伊摸摸！——摸摸他的背！（喻使其舒服然後騙錢）－〈典〉713

phiaŋ$^1$ phuɪ$^2$ khɛ$^5$ i$^1$ mɔ$^1$ mɔ$^1$! — Pat the skin of his back!（wheedle him to give money.）

頭快伊棗一下！——（用指關節）在他頭上敲一下！－〈典〉99

thau$^2$ khɛ$^5$ i$^1$ tsɔ$^3$ sioʔ$^8$ a$^6$. — Give him a rap on the head with your knuckles!

（二）「快」引進受益者，例如：

我快伊扛去！——我替他承擔了（責任）！－〈典〉440

ŋuai$^{3}$ khɛ$^{5}$ i$^{1}$ khouŋ$^{2}$ khɔ$^{5}$! — I bear it for him!

快我做。——替我做。－〈典〉404

khɛ$^{5}$ ŋuai$^{3}$ tsɔ$^{5}$. — Do it for me.

快汝想。——為你想。－〈典〉404

khɛ$^{5}$ ny$^{3}$ sioŋ$^{3}$. — Think for you.

罔快伊緩一下！——姑且讓他鬆一鬆！－〈典〉269

muoŋ$^{3}$ khɛ$^{5}$ i$^{1}$ huaŋ$^{6}$ sioʔ$^{8}$ a$^{6}$! — Just tie it loosely![1]

（三）引入交與對象：

快伊買來！——向他買來！（從他那兒買過來）－〈典〉404

khɛ$^{5}$ i$^{1}$ mɛ$^{3}$ li$^{2}$ — buy it of him!

這個例子中的代詞「伊」不是處置對象，而是交易的另一方。

（四）按：這個介詞其實還存在於今天部分福州人的口頭，由於無字可寫，相關論著多把它遺漏了。從其介詞功能來看，是一個與官話介詞「給」對應的成分。我們推測，它就是表示「給予」義的「乞」字。「乞」字在《廣韻》中有兩個音義，入聲迄韻的「去訖切」訓「求也」；去聲未韻的「去既切」，通作「氣」，訓「與人物也」。「乞之與乞，一字也，取則入聲，與則去聲也」。（《左傳》〈昭公十六年〉疏）

這麼看來，福州話中並存了入聲和去聲的兩個「乞」，入聲一讀兼併了「敢」和「與」兩種動詞義，語法化為表被動的介詞；去聲一讀也沒有消失，先虛化為受益介詞，再派生出處置介詞的語法意義。今福州話的處置介詞一般用「共」，則是發生在二十世紀初的介詞更迭，我們將在下一章詳細討論。

1 這一句的英語翻譯大約是意譯，不甚準確。

## 六　處所

「落」〔lɔʔ⁸〕和「著」〔tioʔ⁸〕：引入處所，例如：

汝倗落只塊等，就轉去。——你只在這兒等著，就回去。－74

ny³ na⁶ lɔʔ⁸ tsu¹ uai⁵ tiŋ³，tseu⁶ tioŋ³ khɔ⁵.

伓通落風頭坐。——不要坐在風口上。－88

ŋ⁶ thøŋ¹ lɔʔ⁸ huŋ¹ thau² sɔi⁶.

伊雖然伓是大聰明其儂，倗落讀書其代單倒故贏去許一隻。——它雖然不是很聰明的人，只是在讀書方面反而勝過那一個。－〈課〉67

i¹ tshoi¹ ioŋ² ŋ⁶ sei⁶ tuai⁶ tshuŋ¹ miŋ² ki² nøŋ²，na⁶ lɔʔ⁸ thøk⁸ tsy¹ ki² tai⁶ taŋ¹ tɔ³ kou⁵ iaŋ² khɔ⁵ hy³ sioʔ⁸ tsiaʔ⁷.

按：「在」義的介詞今福州話都用「著」，而《撮要》和《二十課》中都用「落」，沒有用「著」的例子。在土白《新約全書》中，多數用「落」，也有少量用「著」的例子。例如在《馬可福音》（例句末了的括號內是該句的章節序號）：

先知其書有記講，我差遣我使者落汝前門，預備汝其路。——先知的書上有記載說，我派遣我的使者在你前頭，預備你的道路。－〈馬可1-2〉

約翰來，落曠野施洗禮，傳悔罪改過的洗禮，使罪會得赦免。——約翰來了，在曠野施洗禮，傳悔罪改過的洗禮，使罪能得到赦免。－〈馬可1-4〉

當時耶穌自加利利其拿撒勒來，落約旦河受約翰洗禮。——當時耶穌從加利利其拿撒勒來，在約旦河受約翰洗禮。－〈馬可1-9〉

各人遘迦百農，落安息日，耶穌裡會堂教訓。——眾人到了迦百農，在安息日，耶穌入會堂教訓。－〈馬可1-21〉

早起頭天故未光時候，耶穌起來，出去曠野，落許塊祈禱。——

早晨天還沒亮的時候，耶穌起來，到曠野，在那兒祈禱。－〈馬可1-35〉

就落加利利裡各會堂傳道逐鬼。——就在迦利利入會堂傳道逐鬼。－〈馬可1-39〉

注意「1-21」句中的「落」用在時間詞前頭。以下是用「著」例子：

耶穌再行近一滴囝遠，看見西比太其囝雅各共伊弟約翰著船禮補網。——耶穌再走進一點兒，看見西比太的兒子雅各與他的兄弟約翰在船上補漁網。－〈馬可1-19〉

眾人環環圍坐禮，有人共耶穌講，汝娘奶共兄弟著外門禮討汝。——眾人圍坐著，有人跟耶穌說，你母親和兄弟在外頭找你。－〈馬可3-32〉

當時耶穌其娘奶共兄弟齊來，倚著外門，使人來叫耶穌。——當時耶穌的母親與他兄弟一起來，站在外頭，使人來叫耶穌。－〈馬可3-31〉

按：「落」和「著」的分布似乎存在區別，「落」一般用在句子（或分句）的開頭，「著」一般用在句中。不過這一點還需要進一步考察落實。簡單地從使用頻率來看，「落」顯然是十九世紀更常見的形式，而今福州話中沒人使用「落」，都用「著」，這是一項歷時變化。

## 七　起迄經由

趁〔theiŋ$^{5}$〕，由〔iu$^{2}$〕，遘〔kau$^{5}$〕：引入起迄經由的處所。

乞奴借問者，去城裡閩縣山著趁冬那行？——請問去城裡閩縣山要從哪裡走（怎麼走）？－74

khøyk$^{7}$ nu$^{2}$ tsioʔ$^{7}$ muoŋ$^{5}$ tsia$^{2}$，khɔ$^{5}$ siaŋ$^{2}$ tie$^{3}$ miŋ$^{2}$ kaiŋ$^{6}$ saŋ$^{1}$ tioʔ$^{8}$ theiŋ$^{5}$ tøŋ$^{1}$ nø$^{3}$ kiaŋ$^{2}$?

由福州去古田趁水口過。——從福州到古田從水口經過。－〈課〉67

iu$^{2}$ houk$^{7}$ tsiu$^{1}$ khɔ$^{5}$ khu$^{3}$ tsheiŋ$^{2}$ theiŋ$^{5}$ tsui$^{3}$ khau$^{3}$ kuo$^{5}$.

趁船禮去，轎拍去許邊道頭等。——從船上去（從水路去），轎子派到那邊路口等－74

theiŋ$^{5}$ suŋ$^{2}$ lɛ$^{3}$ khɔ$^{5}$，kieu$^{6}$ phaʔ$^{7}$ khɔ$^{5}$ hy$^{3}$ peiŋ$^{1}$ tɔ$^{6}$ thau$^{2}$ tiŋ$^{3}$.

第五章第十節起，遘二十七節止。——第五章第十節起，到二十七節止。－80

tɛ$^{6}$ ŋou$^{6}$ tsioŋ$^{1}$ tɛ$^{6}$ seik$^{8}$ tsiek$^{7}$ khi$^{3}$，kau$^{5}$ nei$^{6}$ seik$^{8}$ tsheik$^{7}$ tsiek$^{7}$ tsɪ$^{3}$.

## 八　依據

照〔tsieu$^{5}$〕、憑〔piŋ$^{2}$〕：引入依據。例如：

我是照本賣。——我是照本（錢）賣。－119

ŋuai$^{3}$ sei$^{6}$ tsieu$^{5}$ puoŋ$^{3}$ mɛ$^{6}$.

汝著照樣掏乞我。——你要照樣品給我（貨）。－122

ny$^{3}$ tioʔ$^{8}$ tsieu$^{5}$ ioŋ$^{6}$ tɔ$^{2}$ khøyk$^{7}$ ŋuai$^{3}$.

一定著憑者樣式做。——一定要照這樣做。－〈課〉62

eik$^{7}$ teiŋ$^{6}$ tioʔ$^{8}$ piŋ$^{2}$ tsia$^{3}$ ioŋ$^{6}$ seik$^{7}$ tsɔ$^{5}$.

## 九　材料工具

獲〔heik$^{8}$〕、使〔sai$^{3}$〕、用〔øyŋ$^{6}$〕、掏〔tɔ$^{2}$〕、拈〔nieŋ$^{1}$〕：引入材料、工具。例如：

獲夷皂洗。——用肥皂洗。－64

heik$^{8}$ i$^{2}$ tsɔ$^{6}$ sɛ$^{3}$.

洗衣裳使衣裳板鑢。——洗衣服用搓板搓。－64

sɛ$^{3}$ i$^{1}$ sioŋ$^{2}$ sai$^{3}$ i$^{1}$ sioŋ$^{2}$ peiŋ$^{3}$ laø$^{5}$.

衣裳鋪草菲禮曝，許昕許昕著使水戽戽者！——衣服鋪在草叢上曬，時不時地用水灑灑！－64

i$^{1}$ sioŋ$^{2}$ phuo$^{1}$ tshau$^{3}$ phi$^{3}$ lɛ$^{3}$ phuok$^{8}$，hy$^{3}$ ouŋ$^{2}$ hy$^{3}$ ouŋ$^{2}$ tioʔ$^{8}$ sai$^{3}$ tsui$^{3}$ hou$^{5}$ hou$^{5}$ tsia$^{2}$!

使粗厚銅其合蟾釘！——用粗厚的銅釘鍋來釘！－71

sai$^{3}$ tshu$^{1}$ kau$^{6}$ tøŋ$^{2}$ ki$^{2}$ hiak$^{8}$ sieŋ$^{2}$ teiŋ$^{5}$!

銀著用箱來裝，各箱四千塊。——銀子要用箱子裝，每箱四千塊。－122

ŋyŋ$^{2}$ tioʔ$^{8}$ øyŋ$^{6}$ sioŋ$^{1}$ li$^{2}$ tsouŋ$^{1}$，kauk$^{7}$ sioŋ$^{1}$ sei$^{5}$ tshieŋ$^{1}$ tɔi$^{5}$.

用本行其封條來封，面上寫本行其字號。——用本行的封條來封，面上寫本行的字號。－122

øyŋ$^{6}$ puoŋ$^{3}$ ouŋ$^{2}$ ki$^{2}$ huŋ$^{1}$ teu$^{2}$ li$^{2}$ huŋ$^{1}$，meiŋ$^{5}$ sioŋ$^{6}$ sia$^{3}$ puoŋ$^{3}$ ouŋ$^{2}$ ki$^{2}$ tsei$^{6}$ hɔ$^{6}$.

掏石頭砌。——拿石頭砌。－〈課〉58

tɔ$^{2}$ siok$^{8}$ thau$^{2}$ lie$^{5}$.

伊掏四塊板做成一隻箱。——他用四塊板做成一個箱子。－〈課〉83

i$^{1}$ tɔ$^{2}$ sei$^{5}$ tɔi$^{5}$ peiŋ$^{3}$ tsɔ$^{5}$ siaŋ$^{2}$ sioʔ$^{8}$ tsiaʔ$^{7}$ sioŋ$^{1}$.

拈中國其筆寫。——拿中國的筆寫。－〈課〉58

nieŋ$^{1}$ tyŋ$^{1}$ kuok$^{7}$ ki$^{2}$ peik$^{7}$ sia$^{3}$.

## 第七節　助詞

### 一　動態助詞——體標記

（一）「去」〔khɔ$^{5}$〕：謂詞性詞語後附「去」表示「實現」或「完成」，例如：

1. 自動詞或性質形容詞後附「去」，表示狀態變化的實現。例如：

自鳴鐘停去𣍐行。——自鳴鐘停了，不走了。－85

tsøy$^{6}$ miŋ$^{2}$ tsyŋ$^{1}$ tiŋ$^{2}$ khɔ$^{5}$ mɛ$^{6}$ kiaŋ$^{2}$.

筆無去，有看見嘛無？——筆不見了，(你) 看見了嗎？－57

peik$^{7}$ mɔ$^{2}$ khɔ$^{5}$，ou$^{6}$ khaŋ$^{5}$ kieŋ$^{5}$ a$^{3}$ mɔ$^{2}$？

只長火緩去囉叭？——現在火勢緩了嗎？－89

tsi$^{3}$ touŋ$^{2}$ huɪ$^{3}$ nøyŋ$^{6}$ khɔ$^{5}$ lɔ$^{2}$ pɛ$^{1}$？

目睭瞌去！——眼睛閉上！－〈課〉67

møyk$^{8}$ tsiu$^{1}$ khaik$^{7}$ khɔ$^{5}$!

病好去。——病好了。－43

paŋ$^{6}$ hɔ$^{3}$ khɔ$^{5}$.

天做旱無盪雨，田園都乾去。——天旱沒下雨，田園都乾了。－87

thieŋ$^{1}$ tsɔ$^{5}$ aŋ$^{6}$ mɔ$^{2}$ tauŋ$^{6}$ y$^{3}$，tsheiŋ$^{2}$ huoŋ$^{2}$ tu$^{1}$ ta$^{1}$ khɔ$^{5}$.

2. 動結式後附「去」表示動作已經達成結果。例如：

都乞伊食完去。——都被他吃完了。－55

tu$^{1}$ khøyk$^{7}$ i$^{1}$ siaʔ$^{8}$ uoŋ$^{2}$ khɔ$^{5}$.

洗衣裳著細膩，扣伓通洗破去。——洗衣服要小心，不要把扣子洗破了。－64

sɛ$^{3}$ i$^{1}$ sioŋ$^{2}$ tioʔ$^{8}$ sɛ$^{5}$ nei$^{6}$，khæu ŋ$^{6}$ thøŋ$^{1}$ sɛ$^{3}$ phuai$^{5}$ khɔ$^{5}$.

跋一倒跋撨去。——摔一跤摔得扭傷了。－68

puak$^{8}$ sioʔ$^{8}$ tɔ$^{3}$ puak$^{8}$ tshyŋ$^{2}$ khɔ$^{5}$.

3.「去」附在性質形容詞後，作為比較句的比較標記。這種句子在「形容詞＋去」之後一定有作為比較基準的賓語成分。例如：

只隻大去許隻。——這個比那個大。－29

tsi$^{3}$ tsiaʔ$^{7}$ tuai$^{6}$ khɔ$^{5}$ hy$^{3}$ tsiaʔ$^{7}$.

4.按：作為體標記，今福州話的「去」讀輕聲，傳教士文獻漢字都只標單字音，凡寫作「去」的都標為單字音khɔ$^{5}$，但這並不表明作為體標記「去」仍然與作為動詞的「去」同音。只是說明在當時的語感中，這個助詞與動詞「去」的語源聯繫還比較明確。在個別例句中，漢字寫為「阿」，注音〔ɔ$^{1}$〕，可能更接近事實。

那驚生分人裡來掏阿。——只怕陌生人進來拿了。－57

na$^{6}$ kiaŋ$^{1}$ saŋ$^{1}$ houŋ$^{6}$ nøŋ$^{2}$ tie$^{3}$ li$^{2}$ tɔ$^{2}$ ɔ$^{1}$.

牛膿一滾就著掏起，驚伊會臭燋阿。——牛奶已燒開就要拿起來，怕會燒焦了。－61

ŋu$^{2}$ neiŋ$^{2}$ sioʔ$^{8}$ kuŋ$^{3}$ tseu$^{6}$ tioʔ$^{8}$ tɔ$^{2}$ khi$^{3}$，kiaŋ$^{1}$ i$^{1}$ ɛ$^{6}$ tshau$^{5}$ niaŋ$^{2}$ ɔ$^{1}$.

（二）「禮」〔lɛ$^{3}$〕：動詞前附「禮」是進行體的標記，例如：

伊禮做。——他正在做。－34

i$^{1}$ lɛ$^{3}$ tsɔ$^{5}$.

伶禮灌膿，盡疼。——現在在化膿，很疼。－67

taŋ$^{1}$ lɛ$^{3}$ kuaŋ$^{5}$ løŋ$^{2}$，tseiŋ$^{6}$ thiaŋ$^{5}$.

伊伶禮做。——他現在正在做。－34

i$^{1}$ taŋ$^{1}$ lɛ$^{3}$ tsɔ$^{5}$.

禮行。——在走。－52

lɛ$^{3}$ kiaŋ$^{2}$.

伊禮寫批。——他在寫信。－81

i$^{1}$ lɛ$^{3}$ sia$^{3}$ phie$^{1}$.

有二更燒起，天光故禮燒。——約二更燒起，天亮還在燒。－89

ou$^{6}$ nei$^{6}$ kaŋ$^{1}$ sieu$^{1}$ khi$^{3}$，thieŋ$^{1}$ kuoŋ$^{1}$ kou$^{5}$ lɛ$^{3}$ sieu$^{1}$.

伊禮叫。——他在召喚。－77

i$^{1}$ lɛ$^{3}$ kieu$^{5}$.

（三）動詞後附「禮」〔lɛ$^{3}$〕表示靜態的「持續」，例如：

嘴卯禮！——嘴閉著！

tshoi$^{5}$ mau$^{3}$ lɛ$^{3}$!

逿落地下，乞椅遞禮。——掉在地下，被椅子擋住了（看不見）。—58

tauŋ$^{6}$ lɔʔ$^{8}$ tei$^{6}$ a$^{6}$，khøyk$^{7}$ ie$^{3}$ tɛ$^{6}$ lɛ$^{3}$.

漢的無著禮。——以為（他）不在。—90

haŋ$^{5}$ teik$^{7}$ mɔ$^{2}$ tioʔ$^{8}$ lɛ$^{3}$.

圍禮克。——圍著擠。—43

ui$^{2}$ lɛ$^{3}$ khaik$^{7}$.

記禮有講。——記得說過。—43

kei$^{5}$ lɛ$^{3}$ ou$^{6}$ kouŋ$^{3}$.

（四）「著」〔tiɔʔ$^{8}$〕、「過」〔kuo$^{5}$〕：動詞後附「著」或「過」表示「曾經」，例如：

者儂有會著未？會著了。——這人你見過沒有？見過了。—91

tsia$^{3}$ nøŋ$^{2}$ ou$^{6}$ huoɪ$^{6}$ tioʔ$^{8}$ muoɪ$^{6}$？huoɪ$^{6}$ tioʔ lau$^{3}$.

者墿未行著。——這路沒走過。—73

tsia$^{3}$ tio$^{6}$ muoɪ$^{6}$ kiaŋ$^{2}$ tioʔ$^{8}$.

者墿行著了。——這路走過了。—73

tsia$^{3}$ tio$^{6}$ kiaŋ$^{2}$ tioʔ$^{8}$ lau$^{3}$.

去著了。——去過了。—43

khɔ$^{5}$ tioʔ$^{8}$ lau$^{3}$.

伊未去著。——他沒去過。—53

i$^{1}$ muoɪ$^{6}$ khɔ$^{5}$ tioʔ$^{8}$.

汝有騎過驢未？儂家騎過了。——你騎過驢嗎？我騎過了。—〈課〉35

ny$^{3}$ ou$^{6}$ khie$^{2}$ kuo$^{5}$ lø$^{2}$ muoɪ$^{6}$？nøŋ$^{2}$ ka$^{1}$ khie$^{2}$ kuo$^{5}$ lau$^{3}$.

儂家見過了。——我見過了。—〈課〉34

nøŋ$^{2}$ ka$^{1}$ kieŋ$^{5}$ kuo$^{5}$ lau$^{3}$.

按：在《撮要》中表示「曾經」只用「著」不用「過」，「過」的兩個例句都出自《二十課》。今福州方言更常用的動詞經歷體標記是「過」。鑒於《撮要》與《二十課》的時間差，「過」很可能是在官話影響下在十九世紀後期進入福州話的。

（五）「了」〔$lau^3$〕：句末附「了」表示「已然」，例如：

我有看了。——我看了。－34

ŋuai³ ou⁶ khaŋ⁵ lau³.

伊去野昕了。——他去了很久了。－53

i¹ khɔ⁵ ia³ ouŋ² lau³.

事計定著了。——事情落實了。－50

tai⁶ kie⁵ tiaŋ⁶ tioʔ⁸ lau.

「了」可以疊加在其他體標記後面使用，例如：

寫禮了。——寫了（放在那兒）。－33

sia³ lɛ³ lau³.

去著了。——去過了。－43

khɔ⁵ tioʔ⁸ lau³.

只一本讀過了。——這一本讀過了。－81

tsi³ sioʔ⁸ puoŋ³ thøk⁸ kuo⁵ lau³.

只一雙鞋桶呆去了。——這雙鞋的鞋幫壞了。－〈課〉69

tsi³ sioʔ⁸ søŋ¹ ɛ² thøŋ³ŋai² khɔ⁵ lau³.

按：處於句末的「了」，從語音對應關係和語法功能特點兩方面來看，都是普通話「$了_2$」的對應成分。陳澤平（1998）認為：「『了』處於句末，有成句的作用，兼表陳述語氣。作為體標記，它可以與上述的各種體標記相容。換一種說法，已然體與其他六種體不處在同一表達層面上，它的語法意義在於肯定句子所描述的事件是個已然的事實。」

（六）「一下」〔$sio?^8$ $a^6$〕：這是從動量補語虛化形成的短時體標記，今福州話裡進一步融合為單音節的助詞「麗」〔$la^6$〕，土白資料中未見這樣的合音形式。

者扇野好，借奴一下！——這扇子很好，借我一下！－59

tsia³ sieŋ⁵ ia³ hɔ³，tsioʔ⁷ nu² sioʔ⁸ a⁶!

牛朧掏去滾一下。——牛奶煮開一下。－61

ŋu² neiŋ² tɔ² khɔ⁵ kuŋ³ sioʔ⁸ a⁶.

起動汝轉借一下，諒必令兄會肯。——麻煩你轉借一下，諒必你哥哥會肯的。－59

khi³ taøŋ⁶ ny³ tioŋ³ tsioʔ⁷ sioʔ⁸ a⁶，lioŋ⁶ peik⁷ leiŋ⁶ hiaŋ¹ ɛ⁶ khiŋ³.

（七）「看」〔khaŋ⁵〕:「看」附在動詞後表示嘗試。例如：

汝替我試賣看。——你替我試著賣賣看。－121

ny³ tɛ⁵ ŋuai³ tshei⁵ mɛ⁶ khaŋ⁵.

## 二 處所助詞

「禮」〔lɛ³〕（本字「裡」）作處所助詞。「裡」在普通話裡是一個方位詞，有明確的詞彙意義，和「外」相對而言。在福州話裡，這個「禮」的來源雖然也是「裡」，但意義已經完全虛化。任何一個名詞後附「禮」，就轉指處所，所以我們把這樣用法的「禮」稱為處所助詞。

由於這個助詞已經表示了「處所」的語法意義，因此名詞前面的處所介詞成了羨余成分，通常不用介詞。例如：

嘪掏去貼壁禮！——這拿去貼在牆上！－90

tsuɪ² tɔ² khɔ⁵ thaik⁷ piaʔ⁷ lɛ³！

嘪是外國禮來。——這是從外國來（的）。－49

tsuɪ² sei⁶ ŋuoɪ⁶ kuok⁷ lɛ³ li².

嘪是海禮來。——這是從海裡來（的）。－49

tsuɪ² sei⁶ hai³ lɛ³ li².

衣裳鋪草菲禮曝，許昕許昕著使水戽戽者！——衣服鋪在草地上曬，不時要用水灑灑！－64

i$^{1}$ sioŋ$^{2}$ phuo$^{1}$ tshau$^{3}$ phi$^{3}$ lɛ$^{3}$ phuoʔ$^{8}$，hy$^{3}$ ouŋ$^{2}$ hy$^{3}$ ouŋ$^{2}$ tioʔ$^{8}$ sai$^{3}$ tsui$^{3}$ hou$^{5}$ hou$^{5}$ tsia$^{2}$!

逿落溝禮去。——掉到溝裡去。－43

tauŋ$^{6}$ lɔʔ$^{8}$ kau$^{1}$ lɛ$^{3}$ khɔ$^{5}$.

雞放鼎禮渫，山東粉就放者雞湯禮煮。——雞放在鍋裡煮，粉絲就放在雞湯裡煮。－61

kie$^{1}$ pouŋ$^{5}$ tiaŋ$^{3}$ lɛ$^{3}$ sak$^{8}$，saŋ$^{1}$ tøŋ$^{1}$ huŋ$^{3}$ tseu$^{6}$ pouŋ$^{5}$ tsia$^{3}$ kie$^{1}$ thouŋ$^{1}$ lɛ$^{3}$ tsy$^{3}$.

柴掏兩塊土火禮燒。——木柴拿兩塊放入火裡燒。(往火裡添兩塊木柴)

tsha$^{2}$ tɔ$^{2}$ laŋ$^{6}$ tɔi$^{5}$ thu$^{3}$ huɪ$^{3}$ lɛ$^{3}$ sieu$^{1}$.

## 三　結構助詞

(一) 其〔ki$^{2}$〕:「其」是相當於普通話「的」的成分，可以做定語標記。

1. 人稱代詞或名詞做定語表示領屬：

汝其書著桌下。——你的書在桌下。－〈課〉26

ny$^{3}$ ki$^{2}$ tsy$^{1}$ tioʔ$^{8}$ tɔʔ$^{7}$ a$^{6}$.

伊將伊其囝帶去。——他將他的兒子帶去。－〈課〉40

i$^{1}$ tsioŋ$^{1}$ i$^{1}$ ki$^{2}$ kiaŋ$^{3}$ tai$^{5}$ khɔ$^{5}$.

我其乇著只塊。——我的東西在這裡。－〈課〉26

ŋuai$^{3}$ ki$^{2}$ nɔʔ$^{7}$ tioʔ$^{8}$ tsu$^{1}$ uai$^{5}$.

遐青盲其衣裳復拉渣復破。——那瞎子的衣裳又髒又破。－〈課〉75

hia$^{3}$ tshaŋ$^{1}$ maŋ$^{2}$ ki$^{2}$ i$^{1}$ sioŋ$^{2}$ pou$^{6}$ la$^{1}$ tsa$^{1}$ pou$^{6}$ phuai$^{5}$.

本地其藥無搦外國其藥。——本地的藥不如外國的藥。－〈課〉90

puoŋ$^{3}$ tei$^{6}$ ki$^{2}$ iok$^{8}$ mɔ$^{2}$ niaʔ$^{8}$ ŋuoɪ$^{6}$ kuok$^{7}$ki$^{2}$ iok$^{8}$.

2. 形容詞性的成分做定語表示屬性：

舊其掃帚掏來！——舊的掃帚拿來！－48

kou⁶ ki² sau⁵ tshiu³ tɔ² li².

外斗廣東堵其門直透，使粗厚銅其合蟾釘。——外面是廣東式的長門，釘粗厚的銅釘鍋。－71

ŋie⁶ tau³ kuoŋ³ tøŋ¹ tu³ ki² muoŋ² tik⁸ thau⁵，sai³ tshu¹ kau⁶ tøŋ² ki² hiak⁸ sieŋ² teiŋ⁵.

無敆涉其事。——無關緊要的事。－50

mɔ² kak⁸ siaʔ⁸ ki² tai⁶.

3. 動詞性短語做定語表示限定：

昨暝來其儂講。——昨天來的人說。－27

sioʔ⁸ maŋ² li² ki² nøŋ² kouŋ³.

凡愛來其儂。——凡想要來的人。－27

huaŋ² ɔi⁵ li² ki² nøŋ².

㑚拜上帝其儂乍會得真其好處。——只有信上帝的人才能得到真的好處。－〈課〉73

na⁶ pai⁵ sioŋ⁶ tɛ⁵ ki² nøŋ² tsiaʔ⁷ ɛ⁶ taik⁷ tsiŋ¹ ki² hɔ³ tshøy⁵.

伊是靠不住其儂。——他是靠不住的人。－〈課〉74

i¹ sei⁶ khɔ⁵ pouk⁷ tsøy⁶ ki² nøŋ².

4.「其」做轉指標記，語料中「X其」限於做表語，並只出現在句末。例如：

嘰是底儂做其？嘰是我自家做其。——這是誰做的？這是我自己做的。－49

tsuɪ² sei⁶ tie⁶ nøŋ² tsɔ⁵ ki²？tsuɪ² sei⁶ ŋuai³ tsei⁶ ka¹ tsɔ⁵ ki².

嘰是世乇做其？嘰是柴做其。——這是什麼做的？這是木頭做的。－49

tsuɪ² sei⁶ sie⁵ nɔʔ⁷ tsɔ⁵ ki²？tsuɪ² sei⁶ tsha² tsɔ⁵ ki².

嘵是底儂其？嘵是奴其。——這是誰的？這是我的。－49

tsuɪ$^{2}$ sei$^{6}$ tie$^{6}$ nøŋ$^{2}$ ki$^{2}$ ? tsuɪ$^{2}$ sei$^{6}$ nu$^{2}$ ki$^{2}$.

者肉是灌水其。——這（豬）肉是灌水的。－62

tsia$^{3}$ nyk$^{8}$ sei$^{6}$ kuaŋ$^{5}$ tsui$^{3}$ ki$^{2}$.

只一頭驢是喏夥錢買其？——這頭驢是多少錢買的？－〈課〉26

tsi$^{3}$ sioʔ$^{8}$ thau$^{2}$ lø$^{2}$ sei$^{6}$ nioʔ$^{8}$ uai$^{6}$ tsieŋ$^{2}$ mɛ$^{3}$ ki$^{2}$ ?

（二）「的」〔teik$^{7}$〕：結構助詞「的」是補語的標記。

1. 用在形容詞後，做程度補語的標記。例如：

懸的偛。——高得多。－30

keiŋ$^{2}$ teik$^{7}$ sɛ$^{6}$.

差的遠。——差得遠。－30

tsha$^{1}$ teik$^{7}$ huoŋ$^{6}$.

好的偛。——好得多。－30

hɔ$^{3}$ teik$^{7}$ sɛ$^{6}$.

2. 用在動詞後，做狀態補語的標記。例如：

做的巧。——做得巧。－43

tsɔ$^{5}$ teik$^{7}$ khieu$^{3}$.

驚是風寒受的深，伶著表！——怕是風寒受得深，現在要發汗！－67

kiaŋ$^{1}$ sei$^{6}$ huŋ$^{1}$ haŋ$^{2}$ seu$^{6}$ teik$^{7}$ tshiŋ$^{1}$，taŋ$^{1}$ tioʔ$^{8}$ pieu$^{3}$.

者字寫的平正。——這字寫得不好。－〈課〉30

tsia$^{3}$ tsei$^{6}$ sia$^{3}$ teik$^{7}$ paŋ$^{2}$ tsiaŋ$^{5}$.

者讚美詩攏總印的平正。——這讚美詩都印得很差。－〈課〉50

tsia$^{3}$ tsaŋ$^{5}$ mi$^{3}$ si$^{1}$ luŋ$^{3}$ tsuŋ$^{3}$ eiŋ$^{5}$ teik$^{7}$ paŋ$^{2}$ tsiaŋ$^{5}$.

3. 用在動詞後，做能性補語的標記。這樣的述補結構必須與表示肯定或否定的助動詞配合表達。例如：

𣍐行的過位。——脫不開身。－56

mɛ$^{6}$ kiaŋ$^{2}$ teik$^{7}$ kuo$^{5}$ oi$^{6}$.

會看的見。——看得見。－42

ε$^{6}$ khaŋ$^{5}$ teik$^{7}$ kieŋ$^{5}$.

獪看的出。——看不出。－42

mε$^{6}$ khaŋ$^{5}$ teik$^{7}$ tshou$^{7}$.

獪食的裡。——吃不下。－55

mε$^{6}$ siaʔ$^{8}$ teik$^{7}$ tie$^{3}$.

獪奪的去。——奪不去。－43

mε$^{6}$ touk$^{8}$ teik$^{7}$ khɔ$^{5}$.

獪免的去。——不能免去。－54

mε$^{6}$ mieŋ$^{3}$ teik$^{7}$ khɔ$^{5}$.

無的裡。——進不去。－43

mɔ$^{2}$ teik$^{7}$ tie$^{3}$.

中國話伊會講的來。——中國話他能說。－〈課〉30

tyŋ$^{1}$ kuok$^{7}$ ua$^{6}$ i$^{1}$ ε$^{6}$ kouŋ$^{3}$ teik li$^{2}$.

八十斤汝會擔的起獪？——八十斤你能挑得動嗎？－〈課〉62

paik$^{7}$ seik$^{8}$ kyŋ$^{1}$ ny$^{3}$ ε$^{6}$ taŋ$^{1}$ teik$^{7}$ khi$^{3}$ mε$^{6}$？

嘖會做的來獪？——這能做得了嗎？－〈課〉62

tsuɪ$^{2}$ ε$^{6}$ tsɔ$^{5}$ teik$^{7}$ li$^{2}$ mε$^{6}$？

只一條船會裝的粟喏夥擔？——這條船能裝下穀子多少擔？－〈課〉77

tsi$^{3}$ sioʔ$^{8}$ teu$^{2}$ suŋ$^{2}$ ε$^{6}$ tsouŋ$^{1}$ teik$^{7}$ tshiok$^{7}$ nioʔ$^{8}$ uai$^{6}$ taŋ$^{5}$？

4.按：上述的可能補語句可以概括為：「會／獪＋動詞＋的＋趨向動詞／唯補詞，我們稱之為「能性補語A式」。另有「能性補語B式」，結構為：「動詞＋會／獪＋趨向動詞／唯補詞」。例如：

逐獪著。——追不上。－90

tyk$^{8}$ mε$^{6}$ tiok$^{8}$.

明旦早水市討獪著。——明天早晨潮汐時間碰不上。－74

miŋ$^{2}$ taŋ$^{5}$ tsa$^{3}$ tsui$^{3}$ tshei$^{6}$ thɔ$^{3}$ mε$^{6}$ tiok$^{8}$.

生成者款，洗𣍐去。——本來就是這樣，洗不掉。－63

seiŋ¹ siaŋ² tsia³ khuaŋ³，sɛ³ mɛ⁶ khɔ⁵.

能性補語的兩種格式在功能和語義上沒有區別，十九世紀的土白資料中大多數是A式結構，而今福州話中似乎B式更為常用，二者應該有語法化的發展關係。

## 第八節　語氣詞

「語氣詞」指用在句末或句中停頓前的語氣助詞。儘管《撮要》和《字典》都為這樣的語氣助詞單獨標注了單字調類，但這只是統一標音體例的權宜之計。語氣助詞的標注調類只有提示其調值印象的價值，而這個調值更多體現的是語調而不是單字調。我們注意到給語氣助詞標注的調類只有陰平、陽平兩種，推測陰平（55）代表句末高挑，表示疑問；陽平（51）代表句末高降，表示強調。

### 一　嚇

「嚇」是一個俗字，記寫的語氣詞是零聲母的〔a²〕，表示強調語氣，

（一）用在簡短的應答句句末：

有嚇！——有啊！－68

ou⁶ a²!

無嚇！——沒有啊！－68

mɔ² a²!

是嚇！——是啊！－41

sei⁶ a²!

（二）用在祈使句句末：

汝來嚇！——你來啊！－32

ny$^{3}$ li$^{2}$ a$^{2}$!

（三）用在感嘆句句末：

嚽盡去凄慘嚇！——這非常慘哪！－89

tsuɪ$^{2}$ tseiŋ$^{6}$ khɔ$^{5}$ tshɛ$^{1}$ tshaŋ$^{3}$ a$^{2}$!

剩野俩嚇！——剩下很多啊！－68

tioŋ$^{6}$ ia$^{3}$ sɛ$^{6}$ a$^{2}$!

昨暝晡火燒厝，燒盡大嚇！——昨天夜裡失火，燒好大啊！－89

sioʔ$^{8}$ maŋ$^{2}$ puo$^{1}$ hur$^{3}$ sieu$^{1}$ tshio$^{5}$，sieu$^{1}$ tseiŋ$^{6}$ tuai$^{6}$ a$^{2}$！

（四）用在疑問句句末：

燒喏夥間嚇？——燒了多少間啊？－89

sieu$^{1}$ nioʔ$^{8}$ uai$^{6}$ kaŋ$^{1}$ a$^{2}$？

（五）用在句中提頓處，以引起受話者注意：

伊講嚇……——他說啊……－41

i$^{1}$ kouŋ$^{3}$ a$^{2}$...

按：「嚇」的另一個語音形式是〔a$^{3}$〕，是兼有語氣作用的連詞，用在選擇問句中連接兩個選擇項，從其連詞功能來看，「嚇」相當於英語的「or」，且附錄於此：

單倒嚇來回？——單程還是雙程？－73

taŋ$^{1}$ tɔ$^{5}$ a$^{3}$ lai$^{2}$ hur$^{2}$？

趁墿去嚇趁船去呢？——從陸路走還是乘船去？－74

theiŋ$^{5}$ tio$^{6}$ khɔ$^{5}$ a$^{3}$ theiŋ$^{5}$ suŋ$^{2}$ khɔ$^{5}$ ni$^{1}$？

用在正反問句中，連接「正」項和「反」項。我們把這種問句稱為「正反雙向選擇問」，並認為這是從「選擇問」發展出「正反問」的中間環節：

獪曉的有嚇無。——不知道有沒有。－68

mɛ$^{6}$ hieu$^{3}$ teik$^{7}$ ou$^{6}$ a$^{3}$ mɔ$^{2}$.

今旦有閑嚇無？——今天有空沒有？－86

kiŋ$^{1}$ taŋ$^{5}$ ou$^{6}$ eiŋ$^{2}$ a$^{3}$ mɔ$^{2}$？

者衣裳今旦愛完，付嚇伓付？——這衣服今天希望做完，來得及來不及？－65

tsia$^{3}$ i$^{1}$ sioŋ$^{2}$ kiŋ$^{1}$ taŋ$^{5}$ ɔi$^{5}$ uoŋ$^{2}$，hou$^{5}$ a$^{3}$ ŋ$^{6}$ hou$^{5}$？

有回批嚇無？——有回信沒有？－81

ou$^{5}$ huɪ$^{2}$ phie$^{1}$ a$^{3}$ mɔ$^{2}$？

## 二　者

「者」或寫作「啫」，注音〔tsia$^{2}$〕，用在祈使句句末，表示叮囑。例如：

批著封者！——信要封一下！－81

phie$^{1}$ tioʔ$^{8}$ huŋ$^{1}$ tsia$^{2}$!

衣裳鋪草菲禮曝，許昕許昕著使水㞘㞘者！——衣服鋪在草叢上曬，時不時地灑灑水－64

i$^{1}$ sioŋ$^{2}$ phuo$^{1}$ tshau$^{3}$ phi$^{3}$ lɛ$^{3}$ phuoʔ$^{8}$，hy$^{3}$ ouŋ$^{2}$ hy$^{3}$ ouŋ$^{2}$ tioʔ$^{8}$ sai$^{3}$ tsui$^{3}$ hou$^{5}$ hou$^{5}$ tsia$^{2}$!

乞奴借問沍，去城裡閩縣山著趁冬那行？——請問，去城裡閩縣山要從哪裡走？（怎麼走？）－74

khøyk$^{7}$ nu$^{2}$ tsioʔ$^{7}$ muoŋ$^{5}$ tsia$^{2}$，khɔ$^{5}$ siaŋ$^{2}$ tie$^{3}$ miŋ$^{2}$ kaiŋ$^{6}$ saŋ$^{1}$ tioʔ$^{8}$ theiŋ$^{5}$ tøŋ$^{1}$ nø$^{3}$ kiaŋ$^{2}$？

快伊粉白者！——把它粉刷白！－《字典》255

khɛ$^{3}$ i$^{1}$ huŋ$^{3}$ paʔ$^{8}$ tsia$^{2}$!

按：這個語氣詞常見於宋元白話語料，閩南話中仍存在，但今福州話已完全消失。十九世紀的土白資料中也僅見這幾個用例。

## 三　叭

「叭」的語音形式是〔pɛ¹〕，或〔pɛ²〕，實際用例中都是陰平調。關於其語法意義，《撮要》作者認為 “about equivalent to ‘or not’ or ‘or not yet’ in a full translation of the sentence.” 很明顯，這就是是非問句的句末語氣詞，是北京話「嗎」的對應成分。

伊去囉叭？——他去了嗎？－44

i¹ khɔ⁵ lɔ² pɛ¹？

伶去叭？——現在去嗎？－44

taŋ¹ khɔ⁵ pɛ¹？

會是叭？——可能嗎？－44

ɛ⁶ sei⁶ pɛ¹？

好叭？——好嗎？－44

hɔ³ pɛ¹？

汝甘願叭？——你情願嗎？－34

ny³ kaŋ¹ ŋuoŋ⁶ pɛ¹？

只長火[緩]去囉叭？——現在火勢緩了嗎？－89

tsi³ touŋ² huɪ³ nøyŋ⁶ lɔ² pɛ¹？

按：今福州話已經不見這個語氣詞的蹤影，也沒有這類是非疑問句。詳細討論見第五章。

## 四　囉

「囉」注音〔lɔ²〕，大致相當於北京話的「啦」，除了表示列舉的用法，都可以理解為「了＋呵」的合音形式，「了」表示「已然」，「呵」（見下）加強語氣。

（一）用於簡短的應答句句末，以保證對方能聽見應答：

好囉！——好啦！－42

hɔ$^{3}$ lɔ$^{2}$!

來囉！——來啦！－42

li$^{2}$ lɔ$^{2}$!

（二）用在陳述句句末，表示提醒：

伶剝暗囉。——現在天要黑啦。－86

taŋ$^{1}$ puoʔ$^{7}$ aŋ$^{5}$ lɔ$^{2}$.

（三）用在感嘆句句末，表示感嘆：

復老囉！——又老啦！－42

pou$^{6}$ lau$^{6}$ lɔ$^{2}$!

剝死囉！——要死啦！－42

puoʔ$^{7}$ si$^{3}$ lɔ$^{2}$!

（四）用在句中的某些慣用語後，表示強調：

一身疼，乍叫囉疼，許疼二疼。——渾身疼，那才叫作疼，疼得特別。－67

sioʔ$^{8}$ siŋ$^{1}$ thiaŋ$^{5}$，hia$^{3}$ thiaŋ$^{5}$ nei$^{6}$ thiaŋ$^{5}$.

嚽乍叫囉俊！——這才叫作漂亮！－90

tsuɪ$^{2}$ tsiaʔ$^{7}$ kieu$^{5}$ lɔ$^{3}$ tsouŋ$^{5}$!

等霞偵囉慢！——等一會兒以後！－86

tiŋ$^{3}$ ha$^{2}$ tiaŋ$^{3}$ lɔ$^{2}$ maiŋ$^{6}$!

（五）用在完成體的正反雙向選擇問句中，請參閱「疑問句」一節。

伊去囉未？伊未去。——他去了沒有？他還沒去。－52

i$^{1}$ khɔ$^{5}$ lɔ$^{2}$ muoɪ$^{6}$？i$^{1}$ muoɪ$^{6}$ khɔ$^{5}$.

食飯囉未？——吃飯了沒有？－43

siaʔ$^{8}$ puoŋ$^{6}$ lɔ$^{2}$ muoɪ$^{6}$？

鐘獪曉的響囉未？未聽見。——鐘不知道響過了沒有？沒聽見。－85

tsyŋ$^{1}$ mɛ$^{6}$ hieu$^{3}$ teik$^{7}$ hioŋ$^{3}$ lɔ$^{2}$ muoɪ$^{6}$？muoɪ$^{6}$ thiaŋ$^{1}$ kieŋ$^{5}$.

四點鐘響囉未？鐘響了。——四點鐘響了沒有？鐘響了。－85

sei$^{5}$ teiŋ$^{3}$ tsyŋ$^{1}$ hioŋ$^{3}$ lɔ$^{2}$ muoɪ$^{6}$？tsyŋ$^{1}$ hioŋ$^{3}$ lau$^{3}$.

天光囉未？天故未光。——天亮了沒有？天還沒亮。－86

thieŋ$^{1}$ kuoŋ$^{1}$ lɔ$^{2}$ muoɪ$^{6}$？thieŋ$^{1}$ kou$^{5}$ muoɪ$^{6}$ kuoŋ$^{1}$.

乇便囉未？——東西準備好了嗎？－91

nɔʔ$^{7}$ pieŋ$^{6}$ lɔ$^{2}$ muoɪ$^{6}$？

（六）用在句中停頓處，表示列舉：

椅囉桌囉書囉……——椅子啦、桌子啦、書啦……－41

ie$^{3}$ lɔ$^{2}$ tɔʔ$^{7}$ lɔ$^{2}$ tsy$^{1}$ lɔ$^{2}$...

茶盤禮安茶婆囉、湯罐囉、糖甕囉、牛朧罐囉……——茶盤裡擱茶壺、湯罐、糖罐、牛奶罐等等……－60

ta$^{2}$ puaŋ$^{2}$ lɛ$^{3}$ eiŋ$^{1}$ ta$^{2}$ pɔ$^{2}$ lɔ$^{2}$，thouŋ$^{1}$ kuaŋ$^{5}$ lɔ$^{2}$，thouŋ$^{2}$ aøŋ$^{5}$ lɔ$^{2}$，ŋu$^{2}$ neiŋ$^{2}$ kuaŋ$^{5}$ lɔ$^{2}$...

## 五　呢

「呢」注音〔ni$^{1}$〕，可以出現在各種疑問句後面，表示疑問語氣。例如：

（一）用在特殊問句句末：

伶將做呢？——現在怎麼辦呢？－44

taŋ$^{1}$ tsioŋ$^{1}$ tsɔ$^{5}$ ni$^{1}$？

伊講者話將其呢？——他為什麼說這話呢？－44

i$^{1}$ kouŋ$^{3}$ tsia$^{3}$ ua$^{6}$ tsioŋ$^{1}$ ki$^{2}$ ni$^{1}$？

著使喏夥呢？——要用多少呢？－68

tioʔ$^{8}$ sai$^{3}$ nioʔ$^{8}$ uai$^{6}$ ni$^{1}$？

剩喏夥呢？——剩多少呢？－68

tioŋ$^{6}$ nioʔ$^{8}$ uai$^{6}$ ni$^{1}$？

（二）用在選擇問句句末：

趁墿去嚇趁船去呢？——從陸路走還是乘船去？－74

theiŋ$^{5}$ tio$^{6}$ khɔ$^{5}$ a$^{3}$ theiŋ$^{5}$ suŋ$^{2}$ khɔ$^{5}$ ni$^{1}$？

（三）用在正反問句句末：

使伓使叫擔担呢？——要不要僱挑担子的呢？－75

sai$^{3}$ ŋ$^{6}$ sai$^{3}$ kieu$^{5}$ taŋ$^{1}$ taŋ$^{5}$ ni$^{1}$？

（四）與「呢」功能相似的另一個語氣助詞是「哩」，讀〔li$^{1}$〕，二者很可能是同一個語氣助詞的自由變讀形式。

將様講哩？——怎麼說呢？－44

tsioŋ$^{1}$ ioŋ$^{6}$ kouŋ$^{3}$ li$^{1}$？

## 六　其他

（一）呵

「呵」〔ɔ$^{2}$〕用在感嘆句末，表示強調的同時，帶有提醒的意味。例如：

伊有福呵！——他有福啊！－42

i$^{1}$ ou$^{6}$ houk$^{7}$ ɔ$^{2}$!

會救自家呵！——能救自己啊！－42

ε$^{6}$ keu$^{5}$ tsei$^{5}$ ka$^{1}$ ɔ$^{2}$!

伓是死是睏著呵！——不是死，是睡著了啊！－42

ŋ$^{6}$ sei$^{6}$ si$^{3}$ sei$^{6}$ khauŋ$^{5}$ tioʔ$^{8}$ ɔ$^{2}$!

（二）菩

「菩」注音〔pu$^{1}$〕，有時或發成〔mu$^{1}$〕，用在句末表示不滿。從其調值來觀察，可能是以質問的語氣表示不滿，相當於「這不是……嗎？」的否定式反問句：

恰少菩！——太少嘛！－68

khak$^{7}$ tsieu$^{3}$ pu$^{1}$!

都無一隻菩！——一個都沒有嘛！－42 / 68

$tu^1$ $mɔ^2$ $sioʔ^8$ $tsiaʔ^7$ $pu^1$!

（三）的

「的」用在簡短的謂語末了，與情態動詞「會 / 𣍐」配合，表示判斷語氣。例如：

伊𣍐去的。——他不能去。－53

$i^1$ $mɛ^6$ $khɔ^5$ $teik^7$.

𣍐食的。——不能吃的（東西）。－55

$mɛ^6$ $siaʔ^8$ $teik^7$.

伊𣍐曉的。——他不知道。－34

$i^1$ $mɛ^6$ $hieu^3$ $teik^7$.

問伊借一塊錢會使的𣍐？會使的。——向他借一塊錢可以嗎？可以。－〈課〉66

$muoŋ^5$ $i^1$ $tsioʔ^7$ $sioʔ^8$ $tɔi^5$ $tsieŋ^2$ $ɛ^6$ $sai^3$ $teik^7$ $mɛ^6$ ? $ɛ^6$ $sai^3$ $teik^7$.

（四）哩

「哩」注音〔$li^2$〕。僅見一例，用在祈使句後，表示命令：

絎裡面針著討幼哩！——絎棉衣針腳要密！－65

$houŋ^2$ $li^3$ $meiŋ^5$ $tseiŋ^1$ $tioʔ^8$ $thɔ^3$ $eu^5$ $li^2$!

這個「哩」的本字應該是「來」。

（五）鞋

「鞋」注音〔$ɛ^2$〕。只見一例，用在祈使句末了，表示催促：

來食飯鞋！——來吃飯欸！－41

$li^2$ $siaʔ^8$ $puoŋ^6$ $ɛ^6$!

（六）嚩

「嚩」注音〔$pɔ^2$〕，用在祈使句後，表示命令。只見一例：

書合去𦟛！——合上書！－57

$tsy^1$ $hak^8$ $khɔ^5$ $pɔ^2$!

# 第九節　疑問句

句中使用疑問代詞、疑問副詞表示疑問點的句子是特殊疑問句，例句參見本章第三節。以下介紹正反問句、選擇問句與是非問句。

## 一　正反問

（一）正反問句以謂詞的肯定與否定形式重疊構成，例如：

做伓做？——幹不幹？－44

tsɔ$^{5}$ ŋ$^{6}$ tsɔ$^{5}$？

伊去伓去？伊伓去。——他去不去？他不去。－53

i$^{1}$ khɔ$^{5}$ ŋ$^{6}$ khɔ$^{5}$？i$^{1}$ ŋ$^{6}$ khɔ$^{5}$.

好伓好？——好不好？－44

hɔ$^{3}$ ŋ$^{6}$ hɔ$^{3}$？

墿八伓八？——知道路嗎？－73

tio$^{6}$ paik$^{7}$ ŋ$^{6}$ paik$^{7}$？

字八伓八？偌八一兩字。——認識字嗎？只認得一兩個字。－81

tsei$^{6}$ paik$^{7}$ ŋ$^{6}$ paik$^{7}$？na$^{6}$ paik$^{7}$ sioʔ$^{8}$ laŋ$^{6}$ tsei$^{6}$.

是伓是汝先生嫌奴貴？——是不是先生您嫌我（價錢）貴？－72

sei$^{6}$ ŋ$^{6}$ sei$^{6}$ ny$^{3}$ siŋ$^{1}$ saŋ$^{1}$ hieŋ$^{2}$ nu$^{2}$ koi$^{5}$？

汝故揑伓揑？——你還要不要？－〈課〉26

ny$^{3}$ kou$^{5}$ tik$^{8}$ ŋ$^{6}$ tik$^{8}$？

遐乇伊揑伓揑？——那東西他要不要？－〈課〉25

hia$^{3}$ nɔʔ$^{7}$ i$^{1}$ tik$^{8}$ ŋ$^{6}$ tik$^{8}$？

伊做伓做？——他做不做？－〈課〉25

i$^{1}$ tsɔ$^{5}$ ŋ$^{6}$ tsɔ$^{5}$？

（二）以助動詞「會 / 𣍐」構成的正反問句有兩種格式：

1.「會𣍐＋VP」式：

會𣍐來？——來不來？－44

ε$^{6}$ mε$^{6}$ li$^{2}$？

會𣍐俊？——漂亮不漂亮（好不好）？－44

ε$^{6}$ mε$^{6}$ tsouŋ$^{5}$？

2.「會＋VP＋𣍐」式：

會寫字𣍐？𣍐曉的寫。——會寫字嗎？不會寫。－81

ε$^{6}$ sia$^{3}$ tsei$^{6}$ mε$^{6}$？mε$^{6}$ hieu$^{3}$ teik$^{7}$ sia$^{3}$.

會食薰𣍐？——會不會抽菸？－55

ε$^{6}$ siaʔ$^{8}$ houŋ$^{1}$ mε$^{6}$？

我其意思汝會會意𣍐？——我的意思你懂嗎？－〈課〉25

ŋuai$^{3}$ ki$^{2}$ ei$^{5}$ søy$^{5}$ ny$^{3}$ ε$^{6}$ huoɪ$^{6}$ ei$^{5}$ mε$^{6}$？

伊會做𣍐？伊會做 / 伊𣍐做。——他會做嗎？——他會做 / 他不會做。－〈課〉25

i$^{1}$ ε$^{6}$ tsɔ$^{5}$ mε$^{6}$？i$^{1}$ ε$^{6}$ tsɔ$^{5}$ / i$^{1}$ mε$^{6}$ tsɔ$^{5}$.

（三）以助動詞「有 / 無」構成的正反問句句式只有一種格式：「有＋VP＋無」

米有過量無？一袋兩百斤。——米要重稱嗎？一袋兩百斤。－123

mi$^{3}$ ou$^{6}$ kuo$^{5}$ lioŋ$^{2}$ mɔ$^{2}$？sioʔ$^{8}$ tɔi$^{6}$ laŋ$^{6}$ paʔ$^{7}$ kyŋ$^{1}$.

只一條墿有鄭無？無鄭直直行。——這一條路對嗎？沒錯，一直往前走。－〈課〉60

tsi$^{3}$ sioʔ$^{8}$ teu$^{2}$ tio$^{6}$ ou$^{6}$ taŋ$^{6}$ mɔ$^{2}$？mɔ$^{2}$ taŋ$^{6}$ tik$^{8}$ tik$^{8}$ kiaŋ$^{2}$.

有除㵽未？無連袋算。——是淨重嗎？袋子（的重量）不包括在內。－123

ou$^{6}$ ty$^{2}$ thaʔ$^{7}$ muoɪ$^{6}$？mɔ$^{2}$ lieŋ$^{2}$ tɔi$^{6}$ sauŋ$^{5}$.

末一句的「未」可以看作是「無」的完成體交替形式，附在此處。

按：注意：今福州話中常用的「有無＋Vp」式在資料中沒有發現用例。

（四）以助動詞「使」構成的正反問句：

使伓使叫擔担呢？——要不要僱挑擔子的？－75

sai$^{3}$ ŋ$^{6}$ sai$^{3}$ kieu$^{5}$ taŋ$^{1}$ taŋ$^{5}$ ni$^{1}$？

使伓使買？著買。——需要買嗎？要買。－69

sai$^{3}$ ŋ$^{6}$ sai$^{3}$ mɛ$^{3}$？tioʔ$^{8}$ mɛ$^{3}$.

使伓使等回批？——要不要等（著拿）回信？－81

sai$^{3}$ ŋ$^{6}$ sai$^{3}$ tiŋ$^{3}$ huɪ$^{2}$ phie$^{1}$？

按：注意：表示「必要」的助動詞「著」和「使」有分工。陳述句中表示「有必要」用「著」，不用「使」；表示「沒有必要」用「伓使」，而沒有「伓著」的說法。

## 二　選擇問

（一）選擇問的句式是「VP1＋嚇＋VP2」，句末語氣詞可有可無。純粹的選擇問句用例不多見，例如：

單倒嚇來回？——單程還是來回？－73

taŋ$^{1}$ tɔ$^{5}$ a$^{3}$ lai$^{2}$ huɪ$^{2}$？

趁墿去嚇趁船去呢？——從陸路走還是乘船去？－74

theiŋ$^{5}$ tio$^{6}$ khɔ$^{5}$ a$^{3}$ theiŋ$^{5}$ suŋ$^{2}$ khɔ$^{5}$ ni$^{1}$？

是汝講其嚇是伊講其呢？——使你說的呢還是他說的？－〈課〉66

sei$^{6}$ ny$^{3}$ kouŋ$^{3}$ ki$^{2}$ a$^{3}$ sei$^{6}$ i$^{1}$ kouŋ$^{3}$ ki$^{2}$ ni$^{1}$？

上面這兩個例句各包含兩個選擇項，用「嚇」連接。實際上兩個選擇項已經互補地覆蓋了整個選擇範圍。預定僱用轎子，只有單程和雙程兩種選項。指定旅行計畫，以當時的交通條件，或走陸路，或走水路。不走陸路就是走水路，反之亦然。兩個選項是非此即彼的。

（二）因此，下面一類疑問句也可以看作是選擇問句。

者衣裳今旦愛完，付嚇伓付？——這衣服今天要做完，來得及來不及？－65

tsia$^{3}$ i$^{1}$ sioŋ$^{2}$ kiŋ$^{1}$ taŋ$^{5}$ ɔi$^{5}$ uoŋ$^{2}$，hou$^{5}$ a$^{3}$ ŋ$^{6}$ hou$^{5}$？

「付」（來得及）與「伓付」（來不及）是兩個非此即彼的選擇項，與上面所說的「使伓使、八伓八、是伓是」對比，中間多了個選擇連詞「嚇」。因此我們稱之為「正反雙向選擇問」。

「正反雙向選擇問」很可能是福州方言疑問句式語法化的一個中間環節，現在一般已經不用了，在《撮要》中的例句主要集中為下列三種：

1.「有＋嚇＋無」：這種句式中「有 / 無」是動詞，後面可帶賓語或兼語：

有嚇無？——有還是沒有？－43 / 69

ou$^{6}$ a$^{3}$ mɔ$^{2}$？

今旦有閑嚇無？——今天有空嗎？－86

kiŋ$^{1}$ taŋ$^{5}$ ou$^{6}$ eiŋ$^{2}$ a$^{3}$ mɔ$^{2}$？

有回批嚇無？——有回信嗎？－81

ou$^{6}$ huɪ$^{2}$ phie$^{1}$ a$^{3}$ mɔ$^{2}$？

今旦倉前有其去嚇無？——今天有人去倉前嗎？－53

kiŋ$^{1}$ taŋ$^{5}$ tshouŋ$^{1}$ seiŋ$^{2}$ ou$^{6}$ ki$^{2}$ khɔ$^{5}$ a$^{3}$ mɔ$^{2}$？

有將萬嚇無？——是這樣的嗎？－43

ou$^{6}$ tsioŋ$^{1}$ uaŋ$^{6}$ a$^{3}$ mɔ$^{2}$？

許邊有儂嚇無？——那邊有人嗎？－〈課〉25

hy$^{3}$ peiŋ$^{1}$ ou$^{6}$ nøŋ$^{2}$ a$^{3}$ mɔ$^{2}$？

伊有錢嚇無？——他有錢嗎？－〈課〉25

i$^{1}$ ou$^{6}$ tsieŋ$^{2}$ a$^{3}$ mɔ$^{2}$？

故有嚇無？——還有嗎？－〈課〉26

kou$^{5}$ ou$^{6}$ a$^{3}$ mɔ$^{2}$？

伊故有紙嚇無？——你還有紙嗎？－〈課〉26

i[1] kou[5] ou[6] tsai[3] a[3] mɔ[2]？

2.「有＋VP＋嚇＋無」：這種句式中的「有 / 無」是助動詞，表示肯定或否定：

今旦有裡城嚇無？——今天要進城嗎？－72

kiŋ[1] taŋ[5] ou[6] tie[3] siaŋ[2] a[3] mɔ[2]？

筆無去，有看見嚇無？——筆不見了，（你）看見了嗎？－57

peik[7] mɔ[2] khɔ[5]，ou[6] khaŋ[5] kieŋ[5] a[3] mɔ[2]？

3.「會＋Vp＋獪」：

會講平話嚇獪？——會說方言不會？－76

ɛ[6] kouŋ[3] paŋ[2] ua[6] a[3] mɛ[6]？

去花旗國墿會遠嚇獪？——去美國路遠嗎？－75

khɔ[5] hua[1] ki[2] kuoktio[6] ɛ[6] huoŋ[6] a[3] mɛ[6]？

這裡不妨再強調一下，把這一類句子也看作是選擇問有兩個理由：其一，參照對選擇問的分析，「嚇」是一個表示選擇的連詞；其二，認為句末的否定詞是否定式小句的壓縮形式。例如「有回批嚇無？」是「有回批嚇無回批？」的壓縮形式。

4.下面這種「Vp＋囉＋未」句式在分類上是兩可的：

食飯囉未？——吃飯了沒有？－43

siaʔ[8] puoŋ[6] lɔ[2] muoɪ[6]？

食完囉未？——吃完了沒有？－54

siaʔ[8] uoŋ[2] lɔ[2] muoɪ[6]？

食囉未？——吃了沒有－54

siaʔ[8] lɔ[2] muoɪ[6]？

乇便囉未？——東西準備好了嗎？－91

nɔʔ[7] pieŋ[6] lɔ[2] muoɪ[6]？

從純共時的角度分析，可以認為「囉」是已然體標記，因而這是一個Vp＋neg的正反問句。但已然體標記通常是「了」，在陳述句中總是出現在句子最末了。（參見本章第七節）所以可以認為，這裡的「囉」其實是一個「了＋嚇」的合音形式，即：

食飯囉未？＝食飯了嚇未？

食完囉未？＝食完了嚇未？

食囉未？＝食了嚇未？

乇便囉未？＝乇便了嚇未？

這樣，就可以把它們看作是已然體的「正反雙向選擇問」句。

## 三　是非問

是非問句的句末語氣詞是「叭」〔$p\varepsilon^1$〕，例子請見本章第八節。

《撮要》中說明另一個句末的疑問語氣詞「麼」〔$m\text{ɔ}^1$〕是模仿書面語的說法，《撮要》沒有具體的用例。《二十課》中有兩個例句。

嘴伓是汝其麼？——這不是你的麼？－〈課〉25

tsuɪ² ŋ⁶ sei⁶ ny³ ki² mɔ¹？

嘴伓是伊其錢麼？——這不是他的錢嗎？－〈課〉25

tsuɪ² ŋ⁶ sei⁶ i¹ ki² tsieŋ² mɔ¹？

按：這種是非問句連同「叭」或「麼」完全不見於現在的福州話。正如讀者已經注意到的，福州話的正反問句和「正反雙向選擇問句」的最恰當翻譯往往是普通話的是非問句。我們將在下一章中詳細討論這些問題。

# 第十節　話題句

口語中的受事名詞放在句首的句子（不包括用介詞「乞」的被動句）一般都是祈使句，表示命令。因此可以認為以下的例句都省略去句子開頭的第二人稱代詞。主要有以下幾種結構：

（一）「受事名詞＋動詞＋趨向補語」，這一類的句子翻譯成普通話都可以加上「把」構成處置句：

書掏過來！——書拿過來！－48

tsy$^{1}$ tɔ$^{2}$ kuo$^{5}$ li$^{2}$！

𡚸囝抱過來！——孩子抱過來！－48

nie$^{6}$ kiaŋ$^{3}$ pɔ$^{5}$ kuo$^{5}$ li$^{2}$！

舊其掃帚掏來！——舊的掃帚拿來！－48

kou$^{6}$ ki$^{2}$ sau$^{5}$ tshiu$^{3}$ tɔ$^{2}$ li$^{2}$！

轎拍過來！——轎子抬過來！－49

kieu$^{6}$ phaʔ$^{7}$ kuo$^{5}$ li$^{2}$！

箱扛過來！——箱子抗過來！－49

sioŋ$^{1}$ khouŋ$^{2}$ kuo$^{5}$ li$^{2}$！

鹽下過來！——鹽運過來！－49

sieŋ$^{2}$ ha$^{6}$ kuo$^{5}$ li$^{2}$！

麵粉扛過來！——麵粉扛過來！－49

mieŋ$^{6}$ huŋ$^{3}$ khouŋ$^{2}$ kuo$^{5}$ li$^{2}$！

𡚸囝邁過來！——孩子背過來！－49

nie$^{6}$ kiaŋ$^{3}$ mai$^{6}$ kuo$^{5}$ li$^{2}$.

筞摜過來！——籃子提過來！－49

lai$^{2}$ kuaŋ$^{6}$ kuo$^{5}$ li$^{2}$！

茶捧過來！——茶端過來！－49

ta$^{2}$ phuŋ$^{2}$ kuo$^{5}$ li$^{2}$！

（二）「受事名詞＋掏來 / 去＋VP」，這種格式中的「掏來 / 去」的意義很虛，主要功能是輔助表達對前面的名詞的「處置」意義。例如：

自來火掏來劃！——火柴拿來劃！（劃火柴！）－50

tsøy$^{6}$ lai$^{2}$ huɪ$^{3}$ tɔ$^{2}$ li$^{2}$ uaʔ$^{8}$!

牛肉掏來燉！——牛肉拿來烤！－61

ŋu$^{2}$ nyk$^{8}$ tɔ$^{2}$ li$^{2}$ ŋɔ$^{6}$!

牛朧掏去滾一下！——牛奶煮開一下！－61

ŋu$^{2}$ neiŋ$^{2}$ tɔ$^{2}$ khɔ$^{5}$ kuŋ$^{3}$ sioʔ$^{8}$ a$^{6}$!

牛肉削一片一片掏來烘。——牛肉切成一片一片地烘烤。－61

ŋu$^{2}$ nyk$^{8}$ sioʔ$^{7}$ sioʔ$^{8}$ phieŋ$^{5}$ sioʔ$^{8}$ phieŋ$^{5}$ tɔ$^{2}$ li$^{2}$ høŋ$^{1}$.

雞掏去熬汁著許昕許昕沃沃者，伓通乞伊乾。——熬雞湯要不時不時地添水，不要熬乾了。－61

kie$^{1}$ tɔ$^{2}$ khɔ$^{5}$ ŋɔ$^{2}$ tsaik$^{7}$ tioʔ$^{8}$ hyouŋ$^{2}$ hy$^{3}$ ouŋ$^{2}$ uoʔ$^{7}$ uoʔ$^{7}$ tsia$^{2}$，ŋ$^{6}$ thøŋ$^{1}$ khøyk$^{7}$ i$^{1}$ ta$^{1}$.

（三）「受事名詞＋動詞＋數量詞」，例如：

雞卵煞十其。——雞蛋煮十個。－61

kie$^{1}$ lauŋ$^{6}$ sak$^{8}$ seik$^{8}$ ki$^{2}$.

這種句式中的數量詞也包括集體量詞、臨時量詞和虛擬的量詞，例如：

火點一隻。——點個燈。－50

huɪ$^{3}$ tieŋ$^{3}$ sioʔ$^{8}$ tsiaʔ$^{7}$.

火起一隻，粥煮一碗。——生個火，煮一碗粥。－50

huɪ$^{3}$ khi$^{3}$ sioʔ$^{8}$ tsiaʔ$^{7}$，tsøyk$^{7}$ tsy$^{3}$ sioʔ$^{8}$ uaŋ$^{3}$.

柴摜兩把來！——提兩捆劈柴來！－50

tsha$^{2}$ kuaŋ$^{6}$ laŋ$^{6}$ pa$^{3}$ li$^{2}$.

水伓通泎一厝！——水不要濺得到處都是！－64

tsui$^{3}$ ŋ$^{6}$ thøŋ$^{1}$ tsiak$^{7}$ sioʔ$^{8}$ tshio$^{5}$!

茶箬攡少一滴囝！——茶葉少抓一點！－61

ta$^{2}$ nioʔ$^{8}$ ma$^{1}$ tsieu$^{3}$ sioʔ$^{8}$ teik$^{7}$ kiaŋ$^{3}$.

更多的例句請參考「數量詞」一節。以下兩句可以看作是（二）、（三）兩類句式的結合：

柴掏一塊破！——劈一塊木柴！－51

tsha$^2$ tɔ$^2$ sioʔtɔi$^5$ phuai$^5$.

柴掏兩塊土火爐禮。——拿兩塊木柴放進火爐裡。－51

tsha$^2$ tɔ$^2$ laŋ$^6$ tɔi$^5$ thu$^3$ huɪ$^3$ lu$^2$ lɛ$^3$.

（四）「受事名詞＋他動詞＋去」的格式構成祈使句，要求對方實現某種狀態變化。例如：

目睭瞌去！——眼睛閉上！－〈課〉67

møyk$^8$ tsiu$^1$ khaik$^7$ khɔ$^5$!

書合去！——書合上！－〈課〉67

tsy$^1$ hak$^8$ khɔ$^5$!

（五）以上的例句一般都是祈使句，表示命令。由於施事隱含，也可以認為句子開頭的受事名詞就是句子的「受事主語」。但下面的幾個例句施事在VP前出現，句首名詞（甚至也不是受事）分析為「話題」更合適：

中國話伊會講的來獪？中國話伊會講的來。——中國話他能說得來麼？中國話他能說。－〈課〉30

tyŋ$^1$ kuok$^7$ ua$^6$ i$^1$ ɛ$^6$ kouŋ$^3$ teik$^7$ li$^2$ mɛ$^6$？tyŋ$^1$ kuok$^7$ ua$^6$ i$^1$ ɛ$^6$ kouŋ$^3$ teik$^7$ li$^2$.

八十斤汝會擔的起獪？——八十斤你能挑得動嗎？－〈課〉62

paik$^7$ seik$^8$ kyŋ$^1$ ny$^3$ ɛ$^6$ taŋ$^1$ teik$^7$ khi$^3$ mɛ$^6$？

一包我乞汝二十塊。——一包我給你二十塊錢。－120

sioʔ$^8$ pau$^1$ ŋuai$^3$ khøyk$^7$ ny$^3$ nei$^6$ seik$^8$ tɔi$^5$.

半箱我乞汝二十五兩。——半箱我給你二十五塊錢。－122

puaŋ$^5$ sioŋ$^1$ ŋuai$^3$ khøyk$^7$ ny$^3$ nei$^6$ seik$^8$ ŋou$^6$ lioŋ$^3$.

# 第十一節　比較句

以「今天比昨天熱」為例，比較句一般有四個構件：（1）比較主體（今天）；（2）比較標記（比）；（3）比較基準（昨天）；（4）比較項目，即表示屬性的形容詞（熱）。

以下羅列在福州土白資料中見到的幾種比較句，並用上述術語分析其構成：

（一）「比較主體＋有／無＋比較基準＋形容詞」。「有、無」表示判斷，是這種句式中的比較標記，判斷比較主體在某一屬性上是否達到比較基準的程度，例如：

今旦故無昨暝許熱。——今天還沒有昨天那麼熱。－87

kiŋ$^{1}$ taŋ$^{5}$ kou$^{5}$ mɔ$^{2}$ sioʔ$^{8}$ maŋ$^{2}$ hy$^{3}$ iek$^{8}$.

只一本筆無許一本長。——這一支筆沒有那支長。－〈課〉52

tsi$^{3}$ sioʔ$^{8}$ puoŋ$^{3}$ peik$^{7}$ mɔ$^{2}$ hy$^{3}$ sioʔ$^{8}$ puoŋ$^{3}$ touŋ$^{2}$.

只一扇門有許一扇大。——這扇門有那扇大。－〈課〉52

tsi$^{3}$ sioʔ$^{8}$ sieŋ$^{5}$ muoŋ$^{2}$ ou$^{6}$ hy$^{3}$ sioʔ$^{8}$ sieŋ$^{5}$ tuai$^{6}$.

勩曉的生世乇，起先倻一粒囝，伶變有甌大。——不知道長什麼，起初只是小小的一粒，現在有茶盅那麼大。－67

mɛ$^{6}$ hieu$^{3}$ teik$^{7}$ saŋ$^{1}$ sie$^{5}$ nɔʔ$^{7}$，khi$^{3}$ seiŋ$^{1}$ na$^{6}$ sioʔ$^{8}$ lak$^{8}$ kiaŋ$^{3}$， taŋ$^{1}$ pieŋ$^{5}$ ou$^{6}$ eu$^{1}$ tuai$^{6}$.

這種比較句的肯定式是「等比」，其否定式是「負差比」。「有、無」是謂語核心，也是比較標記。

（二）「比較主體＋故＋輸／贏＋去＋比較基準」。這種句式不指明比較項目，即不包含形容詞。有些句子的比較項目是籠統的、綜合性的，沒辦法具體點明；有些句子的比較項目在具體的語境中是不言自明的。例如：

嚽故贏去佪。——這比那還好。－30

tsuɪ$^{2}$ kou$^{5}$ iaŋ$^{2}$ khɔ$^{5}$ huɪ$^{2}$.

得信寫其字是故贏去丁華寫其字。——得信寫的字比丁華寫的字更好。－〈課〉53

taik$^{7}$ seiŋ$^{5}$ sia$^{3}$ ki$^{2}$ tsei$^{6}$ sei$^{6}$ kou$^{5}$ iaŋ$^{2}$ khɔ$^{5}$ tiŋ$^{1}$ hua$^{2}$ sia$^{3}$ ki$^{2}$ tsei$^{6}$.

只一隻贏去許一隻。——這個比那個好。－〈課〉54

tsi$^{3}$ sioʔ$^{8}$ tsiaʔ$^{7}$ iaŋ$^{2}$ khɔ$^{5}$ hy$^{3}$ sioʔ$^{8}$ tsiaʔ$^{7}$.

伊雖然伓是大聰明其儂，㑚落讀書其事單倒故贏去許一隻。——它雖然不是很聰明的人，但在讀書方面反而比那個強。－〈課〉67

i$^{1}$ tshoi$^{1}$ ioŋ$^{2}$ ŋ$^{6}$ sei$^{6}$ tuai$^{6}$ tshuŋ$^{1}$ miŋ$^{2}$ ki$^{2}$ nøŋ$^{2}$，na$^{6}$ lɔʔ$^{8}$ thøk$^{8}$ tsy$^{1}$ ki$^{2}$ tai$^{6}$ taŋ$^{1}$ tɔ$^{3}$ kou$^{5}$ iaŋ$^{2}$ khɔ$^{5}$ hy$^{3}$ sioʔ$^{8}$ tsiaʔ$^{7}$.

汝輸去伊。——你不如他。－30

ny$^{3}$ sio$^{1}$ khɔ$^{5}$ i$^{1}$.

只一頭馬故輸許一頭。——這頭馬還不如那頭。－〈課〉52

tsi$^{3}$ sioʔ$^{8}$ thau$^{2}$ ma$^{3}$ kou$^{5}$ sio$^{1}$ hy$^{3}$ sioʔ$^{8}$ thau$^{2}$.

這樣的比較可以稱為「一般比較」(general comparison)。謂語核心「贏、輸」本身就是表示比較的動詞，前加的副詞「故」與後附的趨向動詞「去」是比較標記。

(三)「比較主體＋伓比＋比較基準」。這是一種否定式的「一般比較」，從語義上說，也是一種「負差比」。句中也不出現具體的比較項目，除了否定式的謂語核心「伓比」之外，不需要其他的比較標記。例如：

佪伓比嚽。——那個比不上這個。－28

huɪ$^{2}$ ŋ$^{6}$ pi$^{3}$ tsuɪ$^{2}$.

先生只幫柴料都貴，伓比前倒。——先生近來木料都貴，不如從前(那麼便宜)。－72

siŋ$^{1}$ saŋ$^{1}$ tsi$^{3}$ pouŋ$^{1}$ tsha$^{2}$ læu$^{6}$ tu$^{1}$ koi$^{5}$，ŋ$^{6}$ pi$^{3}$ seiŋ$^{2}$ tɔ$^{5}$.

可以替換「伓比」的詞語還有「不如」和「無搦」：

儂家其口音不如伊其口音。——我的口音不如他的口音。－〈課〉52

nbŋ² ka¹ ki² kheu³ iŋ¹ pouk⁷ y² i¹ ki² kheu³ iŋ¹.

本地其藥無搦外國其藥。——本地的藥不如外國的藥。－〈課〉90

puoŋ³ tei⁶ ki² iok⁸ mɔ² niaʔ⁸ ŋuoɪ⁶ kuok ki² iok⁸.

「無搦」則是很土俗的說法，現在已經很少聽到了。「不如」應該是從書面語借進來的說法，取代了「無搦」。

（四）「比較主體＋故＋形容詞＋去 / 過＋比較基準」。例如：

只隻大去許隻。——這個比那個大。－29

tsi³ tsiaʔ⁷ tuai⁶ khɔ⁵ hy³ tsiaʔ⁷.

故懸過山。——比山還高。－29

kou⁵ keiŋ² kuo⁵ saŋ¹.

今旦故熱去昨暝。——今天比昨天更熱。－87

kiŋ¹ taŋ⁵ kou⁵ iek⁸ khɔ⁵ sioʔ⁸ maŋ².

這種句式的謂語核心是形容詞，即比較核心，也是前加副詞「故」與後附趨向動詞「去 / 過」作為比較標記。這種句式是把形容詞用作及物動詞的「動用法」。與前一類相比，它的比較項目具體明確。有人把「故……去 / 過」這樣的語法形式分析為框式比較標記。因為觀察到這一前一後的標記不一定都要出現，我們認為稱作「雙重比較標記」也許更合適。

（五）「比較主體＋比＋比較基準＋形容詞」。例如：

汝比伊故呆。——你比他更壞。－29

ny³ pi³ i¹ kou⁵ ŋai⁶.

這是現代漢語最常用的差比句式，介詞「比」是比較標記。但在兩本土白教材中，這是唯一的一個用例。

按：「差比句在語序類型學中占有重要地位，特別是其構成成分的語序，與動賓語序和介詞類型（前置詞 / 後置詞）密切相關，是重要的類型指標。」[2]從古漢語的「重於泰山」到現代普通話的「比泰山還重」，漢語標準語的差比句在兩種對立的語序類型中完成了一個引人矚目的轉換。今福州話已跟普通話一樣，將「比」字句作為差比的首選句式，但從十九世紀的土白資料來看，「比字句」在當時還較少用。

以下是幾個從福州土白《新約全書》找到的補充例子：

者窮其寡婦捐錢比眾儂所捐其故俩。——這個窮寡婦所投入奉獻箱的比其他的人都多。——〈馬可12-43〉[3]

駱駝穿過針鼻，比富儂裡上帝國故容易。——有錢人要成為上帝國的子民，比駱駝穿過針眼還要難。——〈馬可10-25〉

當審判其日所多馬其刑罰比汝更會受的去。——在審判的日子，所多瑪人所遭受的懲罰比那城所受的要輕呢。——〈路加11-24〉

但《福州土白新約全書》中更多的差比句是用「比較主體＋故＋形容詞＋去 / 過＋比較基準」的句式來表達。例如：

無別毛誡故大去只兩條。——沒有其他的誡命比這些更重要的了。——〈馬可12-31〉

諸娘儂所生其未有故大去約翰，佛上帝國禮第一細其，故大去伊。——在人間沒有比約翰更偉大的人，但是在上帝的國裡，最微小的一個都要比約翰偉大呢。——〈路加7-28〉

恐怕有請故尊貴去汝其。——恐怕有比你更受尊重的客人也在被邀請之列。——〈路加14-8〉

2 引自劉丹青：〈差比句的調查框架與研究思路〉，載戴慶廈主編：《中國民族語言文學論集4·語言專輯》（北京市：民族出版社，2004年），頁1-24。

3 用于對比的的普通話翻譯引自中國基督教協會一九九七年出版發行的中英文對照版《新約》，「——」後面注明章節句，以下同。

伓著只塊有喇故大去所羅門其儂。——在這裡有一人比所羅門更大。——〈路加11-31〉

奴才獪大去主人。——奴僕不比主人大。——〈約翰16-20〉

活命是故欽貴去糧草，身體是故欽貴去衣裳。——生命比食物貴重得多。身體也比衣服貴重得多。——〈路加12-23〉

根據我們的粗略統計，土白聖經中這種句式要比「比」字句多一倍左右。更重要的是，這些句子在今福州話中，十之八九會改成「比字句」來說。

一百多年的時間跨度可能不足以發生任何重大的結構規則變化，我們可以觀察到的語法演變多半表現為同樣合法的兩種格式的此消彼長。與施加影響的強勢方言相似的格式獲得助力，上升為主流；相對的另一方逐漸退出交際。類似的變化也反映在其他的句法結構上。

## 第十二節　複雜謂語句

### 一　雙賓句

欠儂錢。——欠別人錢。－71

khieŋ$^{5}$ nøŋ$^{2}$ tsieŋ$^{2}$.

著交乞伊三百包。——要交給他三百包。－123

tioʔ$^{8}$ kau$^{1}$ khøyk$^{7}$ i$^{1}$ saŋ$^{1}$ paʔ$^{7}$ pau$^{1}$.

我剝直汝鳥番。——我要你（付墨西哥）鷹洋。－119

ŋuai$^{3}$ puoʔ$^{7}$ tiʔ$^{8}$ ny$^{3}$ tseu$^{3}$ huaŋ$^{1}$.

極少也著賒我一個月日。——至少也得賒給我一個月。－119

kik$^{8}$ tsieu$^{3}$ ia$^{6}$ tioʔ$^{8}$ sia$^{1}$ ŋuai$^{3}$ sioʔ$^{8}$ ka$^{3}$ ŋuok$^{8}$ nik$^{8}$.

一包我乞汝二十塊。——一包我給你二十塊錢。－120

sioʔ$^{8}$ pau$^{1}$ ŋuai$^{3}$ khøyk$^{7}$ ny$^{3}$ nei$^{6}$ seik$^{8}$ tɔi$^{5}$.

半箱我乞汝二十五兩。——半箱我給你二十五塊錢。－122

puaŋ$^{5}$ sioŋ$^{1}$ ŋuai$^{3}$ khøyk$^{7}$ ny$^{3}$ nei$^{6}$ seik$^{8}$ ŋou$^{6}$ lioŋ$^{3}$.

## 二　連謂句

自鳴鐘停去獪行。——自鳴鐘停了，不走了。－85

tsøy$^{6}$ miŋ$^{2}$ tsyŋ$^{1}$ tiŋ$^{2}$ khɔ$^{5}$ mɛ$^{6}$ kiaŋ$^{2}$.

伊去買毛。——他去買東西－69

i$^{1}$ khɔ$^{5}$ mɛ$^{3}$ nɔʔ$^{7}$.

汝著寫一張收單乞我。——你要寫一張收據給我。－120

ny$^{3}$ tioʔ$^{8}$ sia$^{3}$ sioʔ$^{8}$ thioŋ$^{1}$ siu$^{1}$ taŋ$^{1}$ khøyk$^{7}$ ŋuai$^{3}$.

汝掏一箱來做樣。——你拿一箱來作樣本。－121

ny$^{3}$ tɔ$^{2}$ sioʔ$^{8}$ sioŋ$^{1}$ li$^{2}$ tsɔ$^{5}$ ioŋ$^{6}$.

批掏去倉前轉來蹭觀音井。——把信送到倉前回來拐到觀音井。－91

phie$^{1}$ tɔ$^{2}$ khɔ$^{5}$ tshouŋ$^{1}$ seiŋ$^{2}$ tioŋ$^{3}$ li$^{2}$ ua$^{3}$ kuaŋ$^{1}$ in$^{1}$ tsaŋ$^{3}$.

者油平正獪光。——這油（質量）不好不亮－63

tsia$^{3}$ iu$^{2}$ paŋ$^{2}$ tsiaŋ$^{5}$ mɛ$^{6}$ kuoŋ$^{1}$.

轎扛細膩伓通碰！——小心抬轎子不要碰撞！－73

kieu$^{6}$ kouŋ$^{1}$ sɛ$^{5}$ nei$^{6}$ ŋ$^{6}$ thøŋ$^{1}$ phauŋ$^{6}$!

天做旱無逷雨，田園都乾去。——天旱沒下雨，田園都乾了。－87

thieŋ$^{1}$ tsɔ$^{5}$ aŋ$^{6}$ mɔ$^{2}$ tauŋ$^{6}$ y$^{3}$，tsheiŋ$^{2}$ huoŋ$^{2}$ tu$^{1}$ ta$^{1}$ khɔ$^{5}$.

## 三　兼語句

叫伊去。——叫他去。－52

kieu$^{5}$ i$^{1}$ khɔ$^{5}$.

叫掌櫃算錢乞伊！——叫掌櫃算錢給他！－123

kieu$^{5}$ tsioŋ$^{3}$ koi$^{6}$ sauŋ$^{5}$ tsieŋ$^{2}$ khøyk$^{7}$ i$^{1}$!

叫二十儂來裝！——叫二十人來裝！－123

kieu$^{5}$ nei$^{6}$ seik$^{8}$ nøŋ$^{2}$ li$^{2}$ tsouŋ$^{1}$！

去叫衣裳師傅明旦來！——去叫裁縫師傅明天來！－64

khɔ$^{5}$ kieu$^{5}$ i$^{1}$ sioŋ$^{2}$ sa$^{1}$ hau$^{6}$ miŋ$^{2}$ taŋ$^{5}$ li$^{2}$!

伶請先生教奴講話連讀書。——現在請先生教我說話和讀書。－79

taŋ$^{1}$ tshiaŋ$^{3}$ siŋ$^{1}$ saŋ$^{1}$ ka$^{5}$ nu$^{2}$ kouŋ$^{3}$ ua$^{6}$ lieŋ$^{2}$ thøk$^{8}$ tsy$^{1}$.

## 四　主謂謂語句

伊講話急舌。——他說話結巴。－76

i$^{1}$ kouŋ$^{3}$ ua$^{6}$ keik$^{7}$ siek$^{8}$.

伊講話𣍐了離。——他說話（口齒）不清楚。－76

i$^{1}$ kouŋ$^{3}$ ua$^{6}$ mɛ$^{6}$ lieu$^{3}$ lie$^{6}$.

伊講話有腔。——他說話有口音。－76

i$^{1}$ kouŋ$^{3}$ ua$^{6}$ ou$^{6}$ khioŋ$^{1}$.

伊做儂野好。——他為人很好。－51

i$^{1}$ tsɔ$^{5}$ nøŋ$^{2}$ ia$^{3}$ hɔ$^{3}$.

## 五　緊縮複句

只裡盡熱著出去涼風。——這裡很熱要出去乘涼。－87

tsi$^{3}$ tie$^{3}$ tseiŋ$^{6}$ iek$^{8}$ tioʔ$^{8}$ tshouk$^{7}$ khɔ$^{5}$ lioŋ$^{2}$ huŋ$^{1}$.

恰貴𣍐成花。——太貴不能成交。－70

khak$^{7}$ koi$^{5}$ mɛ$^{6}$ siaŋ$^{2}$ hua$^{1}$.

讀未熟𣍐背。——還沒讀熟不會背。－81

thøk$^{8}$ muoɪ$^{6}$ syk$^{8}$ mɛ$^{6}$ puoɪ$^{6}$.

米一落鼎鹽就著下。——米一下鍋鹽就要下。－61

mi$^{3}$ sioʔ$^{8}$ lɔʔ$^{8}$ tiaŋ$^{3}$ sieŋ$^{2}$ tseu$^{6}$ tioʔ$^{8}$ ha$^{6}$.

儂家一聽見伊其聲音就曉的是底儂。——我一聽見他的聲音就知道是誰。－〈課〉80

nøŋ$^{2}$ ka$^{1}$ sioʔ$^{8}$ thiaŋ$^{1}$ kieŋ$^{5}$ i$^{1}$ ki$^{2}$ siaŋ$^{1}$ iŋ$^{1}$ tseu$^{6}$ hieu$^{3}$ teik$^{7}$ sei$^{6}$ tie$^{6}$ nøŋ$^{2}$.

儂家遘中國就請一隻先生。——我一到中國就請了一個先生。－〈課〉34

nøŋ$^{2}$ ka$^{1}$ kau$^{5}$ tyŋ$^{1}$ kuok$^{7}$ tseu$^{6}$ tshiaŋ$^{3}$ sioʔ$^{8}$ tsiaʔ$^{7}$ siŋ$^{1}$ saŋ$^{1}$.

剝使者柴著有只価。——要用這種木料要這麼多（錢）。－72

puoʔ$^{7}$ sai$^{3}$ tsia$^{3}$ tsha$^{2}$ tioʔ$^{8}$ ou$^{6}$ tsi$^{3}$ sɛ$^{6}$.

著信耶穌乍會得救。——要信耶穌才能得救。－〈課〉73

tioʔ$^{8}$ seiŋ$^{5}$ ia$^{2}$ su$^{1}$ tsiak$^{8}$ ɛ$^{6}$ taik$^{7}$ keu$^{5}$.

比喻先生那肯使雜冇就伓使只塊錢。——如果先生同意用雜木料就不用這麼多錢。－72－

pi$^{3}$ øy$^{6}$ siŋ$^{1}$ saŋ$^{1}$ na$^{6}$ khiŋ$^{3}$ sai$^{3}$ tsak$^{8}$ phaŋ$^{5}$ tseu$^{6}$ ŋ$^{6}$ sai$^{3}$ tsu$^{1}$ uai$^{5}$ tsieŋ$^{2}$.

伊那有來我就……——他如果來，我就……－32

i$^{1}$ na$^{6}$ ou$^{6}$ li$^{2}$ ŋuai$^{3}$ tseu$^{6}$…

汝若使愛去就罔去。——你如果要去就去吧。－〈課〉65

ny$^{3}$ iok$^{8}$ sy$^{3}$ ɔi$^{5}$ khɔ$^{5}$ tseu$^{6}$ muoŋ$^{3}$ khɔ$^{5}$.

也無便宜也無多長。——既不便宜也不太貴。－70

ia$^{6}$ mɔ$^{2}$ peiŋ$^{2}$ ŋie$^{2}$ ia$^{6}$ mɔ$^{2}$ tɔ$^{1}$ touŋ$^{2}$.

寧願乞儂罵伓通野講。——寧願被人罵也不能說謊。－〈課〉91

niŋ$^{2}$ ŋuoŋ$^{6}$ khøyk$^{7}$ nøŋ$^{2}$ ma$^{5}$ ŋ$^{6}$ thøŋ$^{1}$ ia$^{3}$ kouŋ$^{3}$.

伊也伓拜菩薩也伓拜上帝。——他不拜菩薩也不拜上帝。－〈課〉66

i$^{1}$ ia$^{6}$ ŋ$^{6}$ pai$^{5}$ pu$^{2}$ sak$^{7}$ ia$^{6}$ ŋ$^{6}$ pai$^{5}$ sioŋ$^{6}$ tɛ$^{5}$.

伊講是將萬其實伓是將萬。——他說是這樣其實不是這樣。—〈課〉65

i$^{1}$ kouŋ$^{3}$ sei$^{6}$ tsioŋ$^{1}$ uaŋ$^{6}$ ki$^{2}$ sik$^{8}$ ŋ$^{6}$ sei$^{6}$ tsioŋ$^{1}$ uaŋ$^{6}$.

# 第十三節　重疊與詞形變化

## 一　重疊式名詞

重疊式名詞具有「小稱」性質。例如：

叉叉（叉子）tsha$^{2}$ tsha$^{1}$　　角角（角落）køk$^{8}$ kaøk$^{7}$

摜摜（提手）kuaŋ$^{2}$ kuaŋ$^{6}$　　窟窟（窟窿）khouk$^{8}$ khauk$^{7}$

框框（框子）khuoŋ$^{2}$ khuoŋ$^{1}$　　紐紐（紐襻）niu$^{2}$ niu$^{3}$

杖杖（拐仗）thioŋ$^{2}$ thioŋ$^{6}$　　棍棍（棍子）kuŋ$^{2}$ kouŋ$^{5}$

辮辮（辮子）pieŋ$^{2}$ pieŋ$^{6}$　　痕痕（痕跡）houŋ$^{2}$ houŋ$^{2}$

暈暈（污漬）uoŋ$^{2}$ uoŋ$^{6}$　　膜膜（膜兒）mɔ$^{8}$ mɔʔ$^{8}$

蒂蒂（蒂兒）ti$^{2}$ tei$^{5}$　　退退（洞）thoi$^{2}$ thɔi$^{5}$

墘墘（邊緣）kieŋ$^{2}$ kieŋ$^{2}$　　泡泡（大人物，頭兒）phau$^{2}$ phau$^{6}$

重疊式名詞還包括某些親屬稱謂或社會稱謂，例如：

弟弟tie$^{2}$ tie$^{6}$　　妹妹muɪ$^{2}$ muoɪ$^{5}$

太太（官員的妻子）thai$^{2}$ thai$^{5}$　　奶奶（奶媽；太太）nɛ$^{2}$ nɛ$^{3}$

老老（家中的老人）lau$^{2}$ lau$^{6}$　　伯伯pa$^{2}$ paʔ$^{7}$

以上的例子顯示，重疊式名詞的後一個語素保持單音節的語音形式，前一音節發生變調和變韻。規律如下：

（一）單音節為陽平調、陽入調的，直接重疊，不發生音變。

（二）單音節為舒聲調的，第一音節變為陽平；單音節為入聲調的，第一音節變為陽入。

（三）單音節為變韻調（陰去、陽去、陰入）的，第一音節的韻母變為本韻音值。顯然變調和變韻是連帶發生的。

以下幾個例子的連讀變調是例外：

角角（角落）kø² kaøk⁷　　空空（窟窿）khaøŋ⁵ khaøŋ⁵

峡⁺峡⁺（狹縫）khiak⁷ khiak⁷　　媽媽（母親） ma¹ ma¹

按：名詞重疊式的變調規則與今福州話有所不同。

## 二　重疊式副詞

重疊式副詞不發生連讀音變，例如：

| | | |
|---|---|---|
| 又又 | eu⁶ eu⁶ | 一再。今義為「究竟」。 |
| 暫暫 | tshieŋ⁵ tshieŋ⁵ | 修飾數量，表示不多不少。 |
| 乍乍 | tsiaʔ⁷ tsiaʔ⁷ | 剛剛。 |
| 平平 | paŋ² paŋ² | 一樣（後加形容詞，用於等比，表示程度相同）。 |
| □□ | haŋ⁵ haŋ⁵ | 馬虎地，不太認真地。今說「haʔ⁷ haʔ⁷」。 |
| 真真 | tsiŋ¹ tsiŋ¹ | 真地。 |
| 約約 | ioʔ⁷ ioʔ⁷ | 大概，差不多（修飾數量）。 |
| 齊齊 | tsɛ² tsɛ² | 一同，一齊。 |
| 肘肘 | tiu³ tiu³ | 剛好，恰巧。 |
| 趕趕 | kaŋ³ kaŋ³ | 趕緊。 |
| 更更 | keiŋ⁵ kaiŋ⁵ | 更加。 |
| 淨淨 | tsiaŋ⁶ tsiaŋ⁶ | 純粹，純淨。 |
| 堪堪 | khaŋ¹ khaŋ¹ | 恰恰，恰巧。 |
| 屢屢 | li³ li³ | 總是，老是。 |

## 三　動詞重疊

單音節動詞的重疊不發生任何連讀音變。《撮要》（頁36）認為，這種形式似乎有強調的作用，或表示動作時間較長，但有時似乎只是韻律上的需要。

例如：

扼（按壓）aik$^{7}$ aik$^{7}$　看　khaŋ$^{5}$ khaŋ$^{5}$　念（念叨）naiŋ$^{6}$ naiŋ$^{6}$

行（走）kiaŋ$^{2}$ kiaŋ$^{2}$　沃（澆灌）uɔʔ$^{7}$ uɔʔ$^{7}$

按：《撮要》對動詞重疊式的語法意義的概括未必準確。陳澤平（1998）認為今福州話的單音節動詞的這種不變調的重疊式只有在成雙對舉時是自由的，其他情況下是粘附的，後面往往要附上「其、囉、咧」等助詞才能充當句法成分。後附助詞「其」則構成名詞性的單位，意義和作用相當於普通話的「所字結構」。可以參考。[4]

## 四　動詞衍音

單音節動詞衍生出前附的音節，其實也可以看成是另一種重疊形式。例如：

咒　tsei$^{5}$ tsou$^{5}$　畫　ei$^{6}$ ua$^{6}$　化（焚燒）hei$^{5}$ hua$^{5}$

舞（揮舞）i$^{3}$ u$^{3}$　安（放置）iŋ$^{1}$ eiŋ$^{1}$　刮　keik$^{7}$ kauk$^{7}$

擒（牽拉）khiŋ$^{2}$ khieŋ$^{2}$　開　khi$^{1}$ khui$^{1}$　犁　li$^{2}$ lɛ$^{2}$

賣　mei$^{6}$ mɛ$^{6}$　拈（拿）niŋ$^{1}$ nieŋ$^{1}$　迎（遊行）ŋiŋ$^{2}$ ŋiaŋ$^{2}$

簸　pei$^{5}$ puai$^{5}$　拍（拍打）pheiʔ$^{7}$ phaʔ$^{7}$　鑲　siŋ$^{1}$ sioŋ$^{1}$

糴　tiʔ$^{8}$ tiaʔ$^{8}$　吐　thei$^{5}$ thou$^{5}$　重（重疊）thiŋ$^{2}$ thyŋ$^{2}$

語音規律如下：

（一）第二音節與單音節形式相同。

（二）第一音節的聲母、聲調以及輔音韻尾與第二音節相同，韻母的元音部分一律轉換成「i」或「ei」（在陰去、陽去、陰入三個變韻調）。

---

4　陳澤平：《福州方言研究》（福州市：福建人民出版社，1998年），頁113。

按：這種動詞重疊式在《撮要》中處理為「前綴＋詞根」的雙音詞，《撮要》的作者認為這種動詞前綴所表示的語法意義，是「動作持續到完成」，但一些當地人認為這僅僅是為了發音方便或韻律上的需要。[5]在《字典》中收集了一百六十多個這樣的形式，根據前音節的聲韻結構，分散在《字典》各個相應的音序位次上。

我們認為，這一語言現象無論是看作動詞重叠、衍音，或是看作一個以「i / ei」為核心的動詞前綴，都是一種重要的語法形式，其語法意義的存在無可置疑，決不僅僅是語音現象。由於漢字系統不能够靈活地表音，這種附加性音節多半找不到同音字可寫，一般的福州話書面資料都有意無意地迴避了使用這種語法變形。傳教士文獻難能可貴地收集了這一部分詞語，但也沒有相應的例句供我們分析其語法意義。陳澤平（1998）描寫了今福州話的動詞屈折變化，與本節內容對應的是「簡捷貌衍音」，可以參考。「動詞的簡捷貌變形不能出現在句末，後面一般要有賓語、 動量補語、趨向補語或表示各種體或貌的助詞。簡捷貌的語義特徵也很難體現在普通話譯句中，它表示動作行為具有『乾脆』、『痛快』的色彩，是一種化繁為簡、不拖泥帶水的便捷行事方式。在普通話中，要表現這種情貌，往往要使用詞彙手段，在狀語位置上插入『乾脆』、『索性』等副詞。」[6]

值得注意的是，今福州話的語音規則略有不同。根據《字典》，衍生的前音節（前綴）與原單音節動詞完全同調，因此，如果原單字屬陰去、陽去、陰入三個「變韻調」，衍生音節的韻母也相應的變成「之、賓」韻的變韻形式，讀〔ei〕〔eiŋ〕〔eiʔ〕。今福州話的「簡捷貌衍音」形式基本上符合一般的兩字組連讀變調規律（只有單字為上

---

5 These prefixes often seem to convey the idea of a continuance of the action to completion—but some native teachers has described them as initial, auxiliary, or euphonic sounds, merely serving to effect an easy utterunce of the principal word. —P45

6 陳澤平：《福州方言研究》（福州市：福建人民出版社，1998年），頁118。

聲時例外)，前字變調後韻母一律讀「之、賓」的本調形式〔i〕〔iŋ〕〔iʔ〕。試比較：

《字典》　咒 tsei⁵ tsou⁵　賣 mei⁶ mɛ⁶　拍 pheiʔ⁷ phaʔ⁷

今　咒 tsi² tsou⁵　賣 mi² mɛ⁶　拍 phiʔ² phaʔ⁷

這個變化應該是普通雙音節詞語的連讀音變規則類推到這種特殊的動詞重疊式的結果。

## 五　形容詞重疊

單音形容詞重疊形式兩個音節都不發生音變，例如

明明 miŋ² miŋ²　懸懸 keiŋ² keiŋ²　細細 sɛ⁵ sɛ⁵

單音形容詞重疊作補語，通常要後附一個「著」，而主要動詞與補語之間不用結構助詞，例如以下是幾個用在句中的例子：

會呼熟熟著，自然講話𫧃走音。——能呼讀很熟，自然說話不會發錯音。－80

ɛ⁶ khu¹ syk⁸ syk⁸ tioʔ，tsøy⁶ ioŋ² kouŋ³ ua⁶ mɛ⁶ tsau³ iŋ¹.

搭直直著！——釘得直直的！－65

tak⁷ tik⁸ tik⁸ tioʔ⁸!

包劑著挼狠狠著！——麵團要多揉！－61

pau¹ tsɛ⁶ tioʔ⁸ nuɪ² heiŋ³ heiŋ³ tioʔ⁸!

默默著！——安靜！－76

meik⁸ meik⁸ tioʔ⁸!

桌罩舒正正！——桌罩鋪整齊！－59

tɔʔ⁷ tau⁵ tshy¹ tsiaŋ⁵ tsiaŋ⁵!

最末了的一個例子「正正」之後不加「著」大約是個例外。一些通常不做狀語，只做補語（或表語）的形容詞重疊式後附的「著」似乎已經凝固成詞綴了，「AA著」可以看作是一個詞彙單位，《字典》中有一些這樣的的詞條：

西$^{=}$西$^{=}$著　sɛ$^{1}$ sɛ$^{1}$ tioʔ$^{8}$　（喉嚨）受刺激的感覺

□□著　ŋø$^{1}$ ŋø$^{1}$ tioʔ$^{8}$　（ŋio$^{1}$ ŋio$^{1}$）冷淡、有敵意的態度

□□著　hɛ$^{6}$ hɛ$^{6}$ tioʔ$^{8}$　鬆弛下垂的樣子

扶扶著　phuo$^{2}$ phuo$^{2}$ tioʔ$^{8}$　手底稍稍用力扶著

詐詐著　ta$^{5}$ ta$^{5}$ tioʔ$^{8}$　假裝著

定定著　tiaŋ$^{6}$ tiaŋ$^{6}$ tioʔ$^{8}$　安分，安靜，老老實實地

瓮瓮著　aøŋ$^{5}$ aøŋ$^{5}$ tioʔ$^{8}$　（嘴）噘起的樣子

耍耍著　sua$^{3}$ sua$^{3}$ tioʔ$^{8}$　無拘無束的樣子

傲傲著　ŋɔ$^{5}$ ŋɔ$^{5}$ tioʔ$^{8}$　傲慢的樣子

窿窿著　løŋ$^{1}$ løŋ$^{1}$ tioʔ$^{8}$　（因空疏）感覺有些冷

按：據陳澤平（1998）描寫：今福州話單音節形容詞重疊式是黏附的單位，後面必須加上專用後綴「勢、若、式」才能充當句子成分。作為形容詞重疊式後綴的「勢、若、式」三個語素可以自由地互相替換，沒有任何區別。而且，在同樣的後綴位置上，這三個語素可以自由地互相重疊成「勢式、勢若、若勢、若式、式勢、式若」，甚至三疊如「勢若式、若式勢、若勢式、式若勢、勢式若、式勢若」，這些重疊形式在語法意義上沒有任何區別。由於是後附性成分，這三個語素沒有獨立的單字音，聲母總是以類化形式出現，所寫的方塊字可能不是本字。[7]

現在看來，「若」應該就是上例中的「著」，而「式」很可能是結構助詞「的」的誤認。我們在十九世紀的土白資料中沒有看到「AA的」這種形式，也許可以推斷是這一百多年間從官話傳入的後起語法形式。《字典》中也出現「猛猛勢」、「滾滾勢」二例，我們將在下一章討論。另外，在十九世紀的材料中也沒有見到這三個語素互相重疊的形式。

---

7　陳澤平：《福州方言研究》（福州市：福建人民出版社，1998年），頁119-120。

# 六　分音詞

分音詞又稱「切腳詞」，也有人稱作「嵌1詞」，與古漢語「『不率』謂之筆」的「緩言」是同類語言現象，在許多現代方言中都程度不等地存在。很多學者認為，這是上古漢語復輔音聲母的遺存形式。[8] 以上的各種名稱都體現這樣一種認識，即這類雙音節詞是單音節拆分的結果。這種認識與福州話的語感一致。陳澤平（1998）認為，分音的動詞兼有摹狀作用，稱為動詞的「生動貌」。以下是《字典》中收集到的例子：

□蕩　kɔ² tauŋ⁶　涮，晃動容器中的水使容器清潔

擺西　pɛ¹ sɛ¹　轉頭（看）

排冷　pɛ² leiŋ³　翻轉

加流　ka² lau²　滾動

夾□　kak⁷ la⁵　狡詐，無賴

□□　pɛ¹ laiŋ⁵　翻轉

分音式動詞還可以作為構詞成分，參與構成偏正式的三音節詞，例如：

□□翼　pø² lø² sik⁸　（禽類）抖擻羽翼，喻得到解脫

凹塌臼　naʔ⁷ thak⁷ khou⁶　凹陷的坑，凹陷

加蘭攲　ka¹ laŋ¹ khi¹　傾斜

加拉叉　ka² lak⁸ tsha¹　交叉

扒拉臍　pa² lak⁸ sai²　頭髮蓬亂

打□橫　ta³ laŋ¹ huaŋ²　横

波羅燥　pɔʔ¹ lɔ² tshɔ⁵　突然發火

直□瓏　tik⁸ kø² løŋ²　直通通的，直截了當的

8　參看李藍：〈方言比較、區域方言史與方言分區——以晉語分音詞和福州切腳詞為例〉，載《方言》2002年第1期。

排冷覆　pɛ² leiŋ³ phouk⁷　翻過來

滾滾輦　kuŋ³ luŋ³ lieŋ⁵　滾動

鼓隆皰□　ku³ luŋ³ pau⁵　眼球突出的嚇人樣子

□□睨　pɛ¹ lɛ³ ŋɛ³　冷眼斜視

咕隆蹲　ku² luŋ¹ tshioŋ²　下蹲

加流眩　ka² lau² hiŋ²　嚴重的昏眩

上例顯示，音節拆分的一般規律是：原單音節的從聲母到韻腹這一截作為第一音節，以「〔l-〕」拼原單音節的韻母為第二音節。(「kɔ² tauŋ⁶」和「pɛ¹ sɛ¹」等例應該是漢字形式影響而錯推了第二音節的聲母）

我們注意到，上述的分音詞未必都有音義相關的單音節詞並存。

## 七　形容詞生動形式

單音節形容詞加上疊音後綴或疊音前綴構成形容詞的「生動形式」。有些疊音的詞綴大多是與詞根意義相同、相近或相關的實詞虛化而成的，但多半疊音詞綴的理據很模糊。

（一）AXX式

冇糟糟　phaŋ⁵ tsau¹ tsau¹　非常不結實

白粞粞　paʔ⁸ tshɛ⁵ tshɛ⁵　很白

白□□　paʔ⁸ lia⁵ lia⁵　蒼白

光壇壇　kuoŋ¹ thaŋ² thaŋ²　很亮

紅□□　øŋ² tou⁵ tou⁵　紅豔豔

紅丹丹　øŋ² taŋ¹ taŋ¹　紅豔豔

凍冰冰　taøŋ⁵ piŋ¹ piŋ¹　冰涼

花碌碌　hua¹ louk⁷ louk⁷　很花，大紅大綠的

赤光光　tshiaʔ⁷ kuoŋ¹ kuoŋ¹　錚亮

空撈撈　khøŋ$^{1}$ lau$^{1}$ lau$^{1}$　空空如也

肥□□　pui$^{2}$ nai$^{1}$ nai$^{1}$　很肥

軟糍糍　nioŋ$^{3}$ si$^{2}$ si$^{2}$　很軟

金赤赤　kiŋ$^{1}$ tshiaʔ$^{7}$ tshiaʔ$^{7}$　金光燦爛

活跳跳　uak$^{8}$ thieu$^{5}$ thieu$^{5}$　鮮活的，活蹦亂跳

胡西西*　hu$^{2}$ sɛ$^{1}$ sɛ$^{1}$　形容滿口胡說

圓珠珠　ieŋ$^{2}$ tsio$^{1}$ tsio$^{1}$　很圓，圓溜溜

寬□□　khuaŋ$^{1}$ lauk$^{7}$ lauk$^{7}$　很寬大，太寬

煙蠻蠻　iŋ$^{1}$ maŋ$^{2}$ maŋ$^{2}$　煙氣瀰漫

皺巴巴　næu$^{5}$ pa$^{1}$ pa$^{1}$

濫漬漬　laŋ$^{6}$ tsɛk$^{8}$ tsɛk$^{8}$　濕漉漉

矮□□　ɛ$^{3}$ nouʔ$^{7}$ nouʔ$^{7}$　矮矮的

酸□□　souŋ$^{1}$ keu$^{5}$ leu$^{5}$　很酸

（二）XXA式

沉沉平　thiŋ$^{2}$ thiŋ$^{2}$ paŋ$^{2}$　很平整

簇簇新　tshaøk$^{7}$ tshaøk$^{7}$ siŋ$^{1}$　嶄新

定定乖　tiaŋ$^{6}$ tiaŋ$^{6}$ ɔʔ$^{7}$　不事張揚內心精明的性格

紛紛亂　huŋ$^{1}$ huŋ$^{1}$ nauŋ$^{5}$　很亂

和和熱　huo$^{2}$ huo$^{2}$ iek$^{8}$　微溫

釐釐平　lɛ$^{2}$ lɛ$^{2}$ paŋ$^{2}$　竹筒量米用一隻筷子齊沿刮過，使份量不過多

溜溜熟　lau$^{5}$ lau$^{5}$ syk$^{8}$　（背書）很熟練

碌碌烏　louk$^{7}$ louk$^{7}$ u$^{1}$　很黑

卵卵光　lauŋ$^{6}$ lauŋ$^{6}$ kuoŋ$^{1}$　很光潔

犖犖寬　lauk$^{7}$ lauk$^{7}$ khuaŋ$^{1}$　很寬鬆

膨膨脹　phaŋ$^{2}$ paŋ$^{2}$ tioŋ$^{5}$　（肚子）很脹

通通光　thøŋ$^{1}$ thøŋ$^{1}$ kuoŋ$^{1}$　瞭如指掌

通通直 thøŋ[1] thøŋ[1] tik[8] 直通通

雪雪白 siok[7] siok[7] paʔ[8] 雪白

映映光 iaŋ[6] iaŋ[6] kuoŋ[1] 很亮，雪亮

糟糟亂 tsau[1] tsau[1] lauŋ[5] 亂糟糟

詐詐蠻 ta[5] ta[5] maŋ[2] 假裝很凶的樣子

偵偵虛 tiaŋ[3] tiaŋ[3] hy[1] 防備的空隙

狂狂熱 kuoŋ[2] kuoŋ[2] iek[8] 發怒

懵懵眩 mouŋ[1] mouŋ[1] hiŋ[2] 慌亂，手忙腳亂

儘管我們沒有找到這些形容詞生動形式在課本中的具體用例，但僅憑《字典》中的豐富詞例，就可以斷定這是一種常用的語法形式。這些詞語多數還存在於今福州話口語中，通常充當謂語和補語，加上結構助詞「其」可以當定語。兩種形式在用法上看不出有什麼區別。

## 第十四節　小稱後綴

小稱後綴從表示「幼體」的名詞虛化而來。例如普通話的「兒」和「子」。福州土白中的此類後綴有「囝」、「兒」、「子」。

### 一　虛實並存的「囝」

「囝」:《集韻》九件切，「閩人呼子」。這是古代韻書中罕有的閩語俗字之一，但民間不知道有這個字，資料中都寫為「仔」。至十九世紀，已經派生出如下虛實不等的用法：

（一）作為實詞「囝」表示「兒子」或「兒女」。作為詞根，複合詞有：

囝孫 kiaŋ[3] souŋ[1]（子孫）　　囝娓 kiaø[3] nie[2]（兒女）

嬤囝 muo[3] kiaŋ[3]（妻兒）　　大囝 tuai[6] kiaŋ[3]（長子）

尾囝 muɪ$^{3}$ kiaŋ$^{3}$（最小的兒子）

郎罷囝 louŋ$^{2}$ pa$^{6}$ kiaŋ$^{3}$（父子）

乞養囝 khøyk$^{7}$ ioŋ$^{3}$ kiaŋ$^{3}$（養子）

壓桶囝 taʔ$^{7}$ thøŋ$^{3}$ kiaŋ$^{3}$（跟寡母出嫁的孩子）

討債囝 thɔ$^{3}$ tsai$^{5}$ kiaŋ$^{3}$（夭折的孩子）

騙儂囝 pieŋ$^{5}$ nøŋ$^{2}$ kiaŋ$^{3}$（夭折的孩子）

婊囝 pieu$^{3}$ kiaŋ$^{3}$（妓女的孩子）

（二）表示年幼者：

婼囝 nie$^{6}$ kiaŋ$^{3}$（孩子）　後生囝 hau$^{6}$ saŋ$^{1}$ kiaŋ$^{3}$（年輕人）

童男囝 tuŋ$^{2}$ naŋ$^{2}$ kiaŋ$^{3}$（童男子）　丈夫囝 touŋ$^{2}$ puo$^{1}$ kiaŋ$^{3}$（男孩）

諸娘囝 tsy$^{1}$ nioŋ$^{2}$ kiaŋ$^{3}$（女孩）　小儂囝 sieu$^{3}$ nøŋ$^{2}$ kiaŋ$^{3}$（處女）

苦囝 khu$^{3}$ kiaŋ$^{3}$（貧困家庭的孩子）　嬌囝 kieu$^{1}$ kiaŋ$^{3}$（嬌慣的孩子）

儂客囝 nøŋ$^{2}$ khaʔ$^{7}$ kiaŋ$^{3}$（小客人）　丫頭囝 a$^{1}$ thau$^{2}$ kiaŋ$^{3}$（小丫頭）

（三）表示動物的幼崽，如：

雞囝 kie$^{1}$ kiaŋ$^{3}$　牛囝 ŋu$^{2}$ kiaŋ$^{3}$

豬囝 ty$^{1}$ kiaŋ$^{3}$　羊囝 ioŋ$^{2}$ kiaŋ$^{3}$

鴨囝 akkiaŋ$^{3}$　鵝囝 ŋie$^{2}$ kiaŋ$^{3}$

（四）合成詞表示某些體型小的動物：

貓囝 ma$^{2}$ kiaŋ$^{3}$（貓）　犬囝 kheiŋ$^{3}$ kiaŋ$^{3}$（狗）

隻囝 tsiaʔ$^{7}$ kiaŋ$^{3}$（麻雀）　蠓囝 møŋ$^{3}$ kiaŋ$^{3}$（一種叮人的小飛蟲）

（五）表示某些較小的器官：

耳囝 ŋei$^{6}$ kiaŋ$^{3}$（耳朵）　舌囝 siek$^{8}$ kiaŋ$^{3}$（小舌）

（六）表示同類具體事物中較小者：

巷囝 haøŋ$^{5}$ kiaŋ$^{3}$（小巷）　厝囝 tshio$^{5}$ kiaŋ$^{3}$（小房子）

船囝 suŋ$^{2}$ kiaŋ$^{3}$（小船）　桌囝 tɔʔ$^{7}$ kiaŋ$^{3}$（小桌子）

刀囝 tɔ$^{1}$ kiaŋ$^{3}$（小刀兒）　枕頭囝 tsieŋ$^{3}$ thau$^{2}$ kiaŋ$^{3}$（小枕頭）

罐囝 kuaŋ$^{5}$ kiaŋ$^{3}$（小罐子）　刷刷囝 sauk$^{7}$ sauk$^{7}$ kiaŋ$^{3}$（小刷子）

硣囝 kau$^{5}$ kiaŋ$^{3}$（小舀子）　鉸刀囝 ka$^{1}$ tɔ$^{1}$ kiaŋ$^{3}$（小剪子）

碟囝 tiek$^{8}$ kiaŋ$^{3}$（小碟子）　監囝 ku$^{3}$ kiaŋ$^{3}$（小鐵罐）

戳囝 tshouk$^{8}$ kiaŋ$^{3}$（小圖章）　甲囝 kak$^{7}$ kiaŋ$^{3}$（背心）

鑿囝 tshøyk$^{8}$ kiaŋ$^{3}$（小鑿子）　薸囝 pieu$^{2}$ kiaŋ$^{3}$（小浮萍）

青囝 tshaŋ$^{1}$ kiaŋ$^{3}$（小青杏）　芽囝 ŋa$^{2}$ kiaŋ$^{3}$（芽尖）

錢囝 tsieŋ$^{2}$ kiaŋ$^{3}$（小錢）　番錢囝 huaŋ$^{1}$ tsieŋ$^{2}$ kiaŋ$^{3}$（硬幣）

（七）表示對某類人物的蔑稱，例如：

骹囝 kha$^{1}$ kiaŋ$^{3}$（團體中的小人物）　伕囝 hu$^{1}$ kiaŋ$^{3}$（轎夫）

磕囝 khouk$^{8}$ kiaŋ$^{3}$（乞丐）　曲蹄囝 khuok$^{7}$ tɛ$^{2}$ kiaŋ$^{3}$（疍民）

韃囝 tak$^{8}$ kiaŋ（蒙古人）　旗下囝 ki$^{2}$ a$^{6}$ kiaŋ$^{3}$（滿洲人）

廣東囝 kuoŋ$^{3}$ tøŋ$^{1}$ kiaŋ$^{3}$（廣東人）　番囝 huaŋ$^{1}$ kiaŋ$^{3}$（外國人）

野囝 ia$^{3}$ kiaŋ$^{3}$（流氓）　痞囝 phai$^{3}$ kiaŋ$^{3}$（流氓）

瞎囝 hak$^{7}$ kiaŋ$^{3}$（瞎子）　鬼囝 kui$^{3}$ kiaŋ$^{3}$ （小鬼）

卒囝 tsouk$^{7}$ kiaŋ$^{3}$（小兵）　賊囝 tsheik$^{8}$ kiaŋ$^{3}$（小偷）

（八）其他：

儂囝 nøŋ$^{2}$ kiaŋ$^{3}$（小人偶、人的小圖像）

桃桃囝 thɔ$^{2}$ thɔ$^{2}$ kiaŋ$^{3}$（小姑娘梳的一種髮辮）

破囝 phuai$^{5}$ kiaŋ$^{3}$（指八股文的開頭）

一滴囝 sioø$^{8}$ teik$^{7}$ kiaŋ$^{3}$（一點兒）

□□囝 nia$^{3}$ noi$^{5}$ kiaŋ$^{3}$（一點兒）

以上八類按照語素意義從實到虛排列，可以大體上反映出「囝」的虛化過程。第一類無疑是詞根，二、三類也許還應該分析為詞根。第四類以後都是虛化的小稱詞綴。

## 二　文白兩讀的「兒」

（一）「兒」文讀〔i$^{2}$〕，白讀〔nie$^{2}$〕。文白異讀是語音的不同層次，在詞彙中不能互換的文白異讀反映的是詞彙的歷史層次。「兒」的文讀音〔$i^2$〕也用於口語詞，例如觀音菩薩座前的善財童子福州話就叫「孩兒弟」〔$hai^2$ $i^2$ $tie^6$〕。

民間不知道白讀的本字，在資料中都寫為「伲」，如上列的「伲囝」、「囝伲」。資料中還有：伲婿$nie^2$ $sai^5$（女婿）

（二）以下詞語中的「伲」已經虛化為小稱名詞後綴：

厝囝厝伲　$tshio^5$ $kia\eta^3$ $tshio^5$ $nie^2$（小房子）

巷囝巷伲　$ha\o\eta^5$ $kia\eta^3$ $ha\o\eta^5$ $nie^2$（小巷子）

後生儂伲　$hau^6$ $sa\eta^1$ $n\o\eta^2$ $nie^2$（年輕人）

（三）作為指示代詞和副詞後綴：

將伲　$tsio\eta^1$ $nie^2$（怎樣）　　討嬤伲　$th\text{ɔ}^3$ $muo^3$ $nie^2$（大約）

約略伲　$iok^7$ $liok^8$ $nie^2$（差不多的）

「將伲」的前字是「怎樣」的合音。北方話口語中也有「怎樣兒」、「約略兒」之類的詞語可以映證。

（四）作為單音形容詞重疊式的後綴：

筍殼做帽彎彎伲　$su\eta^3$ $kha\o k^7$ $ts\text{ɔ}^5$ $m\text{ɔ}^6$ $ua\eta^1$ $ua\eta^1$ $nie^2$

這是《字典》中作為引例的一句熟語。「彎彎伲」即「彎彎兒」，全句意思是「筍殼彎彎兒的，做帽子正合適」，謂事物的特點正合需要。這種用法的「伲」，我們只找到這樣一個用例，但與前兩類的例子聯繫起來看，也是「兒」尾的表現之一無疑。

（五）以上列舉的使用「伲」的詞語數量不多，但也已經形成了一個語法化的序列：從表示「子女」義的實詞虛化為小稱名詞後綴，再進一步虛化為副詞和形容詞的後綴。作為疊音形容詞的後綴，至今還有很強的能產性。

按：陳澤平（1998）說：「單音形容詞重疊式是黏附的單位，後面必須加上專用後綴『勢、若、式』或助詞『其』才能充當句子成分。」[9]根據十九世紀的文獻，前文第四章「第十二節」已經提出，「若」應該是「著」，「式」應該是「的」。除了「彎彎伲」，《字典》中還有「猛猛勢」、「滾滾勢」二個詞語，「勢」很可能也是「伲」，也就是「兒」。聲母韻母都能對應，作為後綴，聲調上的參差是可以理解的。這麼看來，這三個語素的來歷並不那麼特殊。

## 三　變調的「子」

（一）「子」有文白兩讀。白讀〔$tsi^3$〕，仍有「顆粒」的詞彙意義，例如：

炮子 $phau^5$ $tsi^3$（炮彈）　　腿子 $thøy^3$ $tsi^3$（蹄膀）

棋子 $ki^2$ $tsi^3$　　鉛子 $ioŋ^2$ $tsi^3$（槍彈）

骰子 $tau^2$ $tsi^3$　　絞子 $ka^3$ $tsi^3$（織布機上的旋鈕）

但下列詞語中是虛化的後綴：

禁子 $keiŋ^5$ $tsi^3$（獄卒）　　日子 $nik^8$ $tsi^3$

果子 $kuɪ^3$ $tsi^3$（水果）　　童子 $tøŋ^2$ $tsi^3$（巫師）

冬子 $tøŋ^1$ $tsi^3$（凍瘡，應為「凍子」的變調）

（二）文讀〔$tsy^3$〕，構成的詞語都來自書面語，作為詞根，表示「兒子」：

晏子 $aŋ^5$ $tsy^3$（父親晚年生的兒子）

拗子 $ŋau^5$ $tsy^3$（忤逆的兒子）

半面子 $puaŋ^5$ $meiŋ^5$ $tsy^3$（女婿）

作為詞綴：

狗子 $keu^3$ $tsy^3$（戲劇中的丑角）

童子 $tuŋ^2$ $tsy^3$（「臨水夫人」廟中的小神）

---

9　陳澤平：《福州方言研究》（福州市：福建人民出版社，1998年），頁119。

（三）變讀陰平調〔$tsy^1$〕，例如：

韃子 $tak^8$ $tsy^1$（蒙古人）　　魯子 $lø^3$ $tsy^1$（鄉巴佬）

聾子 $løŋ^2$ $tsy^1$　　癲子 $tieŋ^1$ $tsy^1$（瘋子）

瘌子 $lak^7$ $tsy^1$（禿頭）　　跛子 $pai^3$ $tsy^1$

按：這幾個變讀為陰平調的「子」尾詞均不見於今福州話。從其韻母來看，應該也是來自書面語的文讀音，但為什麼變讀陰平調則不清楚，或許是模仿北方話「輕聲」的結果。這幾個詞都有明顯的貶義，這一點如果與聲調的變異有關，那就是一種類似「四聲別義」的音變構詞法。

# 第五章
# 語法演變專題研究

土白資料中多數句子跟今天的福州話結構一樣，這證實了一百多年的時間，語法系統不可能有非常大的變化，但這相同的部分不是我們的主要興趣所在。研究這些資料的主要目地是觀察從那時到現在福州話發生了哪些變化，在前一章，我們結合描寫，用按語形式提示了觀察到的一些與歷時變化有關的語法現象。本章擬分幾個專題討論比較突出的語法演變事實，從可靠的事實推論方言語法演變的路徑和過程。下文先討論一種今福州話中不存在的是非問句，也討論相關的正反問句的句式變化。

## 第一節　疑問句系統的調整與「叭」問句的來龍去脈

### 一　疑問語氣詞「叭」

《撮要》中有這樣一些是非疑問句的例子：

| | | | |
|---|---|---|---|
| 汝甘願叭？ | Are you willing? | 你願意嗎？ | 汝會甘願繪？ |
| 伶去叭？ | Now shall we go? | 現在去嗎？ | 今有去無？ |
| 會是叭？ | Is it perhaps so？ | 可能嗎？ | 有可能無？ |
| 好叭？ | Will it do (so)? | 好嗎？ | 會好觯？ |
| 伊去囉叭？ | Has he yet gone? | 他去了嗎？ | 伊去未？ |
| 只長火緩去囉叭？ | Has the fire diminished now? | 現在火勢緩了嗎？ | 只長火緩咯未？ |

例句後注明《撮要》的原作者配的英文翻譯，後兩項分別是筆者加上的普通話翻譯和今福州話的說法。請注意，這些問句翻譯成普通話都是「嗎」問句，今福州話一般都用正反問的形式。

根據注音，「叭」的語音形式是 pá〔pɛ〕，聲調在陰平陽平之間不確定。關於其語法意義，作者認為 “about equivalent to 'or not' or 'or not yet' in a full translation of the sentence.”（在整句的翻譯中大致與英語的 “or not” 或 “or not yet” 相當）很明顯，這就是「是非問句」的句末語氣詞，是今北京話「嗎」的對應成分。

《撮要》中出現的另一個是非問句語氣詞是「麼」：“often used in books and analogous to 叭”，（與「叭」同義，常用於書面）說明這是一個書面語成分，相當於「叭」。「麼」的語音形式是〔mɔ〕，顯然是從官話音折合而來的。《福州土白新約全書》中是非疑問句的語氣詞一般都寫作「麼」，但我們仍然找到幾個可能是由於失校而殘留下來的「叭」的用例：

故此汝挪乇伓是將樣想鄭叭？（因此你難道不是這樣想錯了嗎？）—〈馬可〉12-24

汝來滅我叭？（你來滅我的嗎？）〈路加〉—4-34

像搦大賊一樣叭？（像捉拿大賊一樣嗎？）〈路加〉—22-52

（括號內是該句的普通話直譯和聖經章句的編碼）

當代福州話裡沒有這樣一個疑問語氣詞。不僅沒有「叭」的踪影，「麼」也從來不出現在口語中。或者說，今福州話裡根本沒有這種是非問句。[1]

那麼，會不會是傳教士留下的土白資料不可靠？我們在利用洋人編寫的土白資料做研究，應該時時警惕這種可能性。畢竟外國傳教士不具備本地發音人（native speaker）的資格，他們學習、使用、研究

---

1　參看陳澤平：〈北京話和福州話疑問語氣詞的對比分析〉，《中國語文》2004年第5期，頁452-458。

漢語方言的目的和方法都和我們今天的學術活動不盡相同。例如我們就發現《福州土白新約全書》的語言有直譯英語的痕迹，也有從官話書面語中借用的成分，還有按照不完整的規則生硬「造句」的情況。但是，在「叭」問句這個具體問題上，不可能是英語的直譯；也不會是官話書面語的借用。因為如果借用官話，這個語氣詞可以直接寫作「麼」，不必另外臆造一個「叭」字。何況「叭」還有一個確切的語音形式。

根據我們的經驗，傳教士從不會自創方塊字。他們的方言用字雖不講究詞源正確，但一定有民間基礎，否則就違背了用方言編寫宗教宣傳資料的用意。果然，我們在一些民國初年印行的福州評話本[2]中也發現了「叭」問句的幾個例子。例如：

> 屋外開聲就問嚇，秀才，汝家中這樣大富的，有稀奇寶貝叭？（攝魂瓶 2）
> 汝還不招叭？——噯，爺爺嚇，果然是冤枉呵！（攝魂瓶 3）
> 相公，銀換好未？換了共奴齊去看西湖好叭？（康華瑞 6）
> （括號內是篇名和頁碼）

福州評話是最大眾化的民間曲藝形式，「叭」字句出現在最口語化的人物對白中，說明這種句子確實是當時的口語成分。

那麼，「叭」是從哪兒來的呢？著眼於「叭」的聲母形式，我們認為，「叭」有可能來自中古「VP＋Neg」句式的句末否定詞「不」，

2　福建師大圖書館藏有一函二十冊福州評話本。長十五厘米，寬九厘米，封面有簡單的花鳥山水圖畫，分別印有「上海書局石印」「益聞書局發行」、「集新堂總批發處」等字樣。每冊是一「本」評話，約四、五十頁。正文的字約今天的六號字大小，縱行。每頁約七百二十字。由於沒有版權頁，不知確切地出版日期，估計是民國初年的印刷品。但前此應該有手抄的傳本。

或「否」。正反疑問句的句末否定詞經過重新分析，演變成是非疑問句的語氣詞，這是漢語語法史的通例。關於「麼」（嗎）的來源，學者們有了相當一致的意見，認為來自唐代的句末否定詞「無」，五代以後虛化為疑問語氣詞，也寫作「摩、磨、麼」（王力1980；吳福祥1996；余光中、植田均1999）。福州話沒有鼻音聲母塞音化的歷史演變規律，按共時的的聲母類化規律，弱讀音節的聲母可以從塞音變為鼻音（如果跟在陽聲韻字後面），卻不會從鼻音變為塞音。由於有了土白資料的標音，我們知道了這個語氣詞的語音形式是〔pɛ〕。根據聲母，可以斷定它的來源與官話的「麼」（嗎）不同。

據劉子瑜（1994），敦煌變文中「VP＋Neg」的句子絕大多數是「不、否」字句，占總數的百分之八十八。吳福祥（1996）對敦煌變文的研究也得出類似的結論。吳先生還明確指出，在這種句式中，「不」、「否」可能是同一詞項的不同寫法。可見在敦煌變文的基礎方言中，出現在疑問句末的否定詞主要是「不 / 否」系列的。[3]

劉子瑜（1994）認為，敦煌變文的「VP＋Neg」句只有「無」字句在後代進一步演變成是非問句，而「否」、「不」的用法已被淘汰。「大概是由於『否』、『不』的否定意義太強，……使得它們無法超出正反選擇問句的範圍自由發展」。這個意見顯得有些主觀，對現代語言事實的觀察恐怕僅限於普通話，沒有照顧到吳語等現代方言以及十九世紀的福州土白。吳語的是非問語氣詞「哦」（上海話〔va〕）一般都認為來源於「否」。潘悟雲（2002）證明吳語的「否」其實就是「方久切」的「不」字。[4]如果是這樣，福州土白的「叭」就與吳語的「哦」有了密切的關係。這個聯繫有助於解釋「叭」的韻母形式。

---

3　劉子瑜：〈敦煌變文中的選擇疑問句式〉，《古漢語研究》1994年第4期，頁53-58。吳福祥：《敦煌變文語法研究》（長沙市：嶽麓書社。1996年），頁475-477。

4　潘悟雲：〈漢語否定詞考源〉，《中國語文》2002年第4期，頁302-381。

宋代以後，從「無」變來的官話語氣詞「麼」通過通俗小說、話本、唱本等書面載體傳播到福州，但一直沒有成為口語成分。「麼」字和「叭」之間形成了訓讀關係。

那麼，既然「叭」問句確實存在於十九世紀的福州方言口語中，進入二十世紀後，它怎麼又消失了呢？

## 二　正反雙項選擇問句以及選擇標記「吓」

這裡要插入討論疑問句的分類問題，我們認為：正反問句跟選擇問句關係密切，正反問句也是要求對方作出選擇。當問句中提供的選擇項只有兩個，並且正相對立時，就構成了正反問句。例如：

| | | |
|---|---|---|
| a | 乘船、乘火車還是乘飛機？ | 選擇問 |
| b | 乘火車還是乘飛機？ | 選擇問 |
| c | 乘飛機還是不乘飛機？ | 選擇問—正反問 |
| d | 乘飛機還是不乘？ | 選擇問—正反問 |
| e | 乘飛機不乘？ | 正反問 |
| f | 乘飛機不？ | 正反問 |

ab 是典型的選擇問，ef 是典型的正反問，cd 是兩類問句的中間形式，既有選擇問的標記「還是」，又只有正反兩種選擇，暫且稱為「正反雙項選擇問句」。

《撮要》中僅有的兩個典型的選擇問例子是：

單倒吓來回？（頁72）

Are we to go one way only, or to go and return?（單程還是雙程）

趁路去吓趁船去呢？（頁74）

Will you go by road or by boat?（從陸路去還是從水路去呢）

今福州話的選擇問句還是可以這麼說。兩個選擇項中間要加上一個「吓」，從結構上說，這個「吓」是連詞而不是語氣詞，因為語氣詞一般總是出現在停頓之前，而出現在這裡的「吓」後面不允許停頓。「吓」連接兩個選擇項，是選擇關係的標記。

今福州話以「有、無」構成的正反疑問句有兩種格式：[5]

| A式 | B式 |
| --- | --- |
| 有N無（有書無？） | 有無N（有無書？） |
| 有V無（有看見無？） | 有無V（有無看見？） |

《撮要》中沒有見到B式，A式也僅見兩例，都是「有V無」：

| | |
| --- | --- |
| 米有過量無？（頁123） | Have you weighed the rice? |
| 有除澈未？（頁123） | Is that net quantity? |

末一句的「未」可以看作是「無」的完成體交替形式。

《撮要》中更多地使用與A式相似的一種「正反雙項選擇問」句式。即在A式句末的「無」前面要插入一個表示選擇關係的「吓」，例如：

| | |
| --- | --- |
| 有將換吓無？（頁43） | Is it so or not?（將換：這樣，如此） |
| 有看見吓無？（頁57） | Have you seen it? |
| 有吓無？（頁68） | Is there any? |
| 今旦有裡城吓無？（頁72） | Are you going to the city today?（裡城：進城） |
| 有回批吓無？（頁81） | will (they) return an answer (by me)?（回批：回信） |
| 今旦有閑吓無？（頁86） | Have you leisure today?（今旦：今天） |

5 參閱陳澤平：〈福州的否定詞以及反覆疑問句〉，《方言》1998年第1期，頁63-70。

今旦倉前有其去吓無？（頁53） Is there any one going to Ch'ong seng today?（倉前：地名；有其：有人）

用今福州話來說，這些句子一概沒有插在否定詞前表示選擇關係的「吓」。

「會、獪」是福州話中另一對「肯定／否定」平行相對的助動詞。「會」的本字是「解」，「獪」是「無解」或「未解」的合音。使用「會、獪」的正反問句在土白中也夾一個「吓」，例如：

會講平話吓獪？（P76） Can you speak the colloquial？

去花旗國路會遠吓獪？（P75） Is it far from here to America？

《撮要》中也有在「獪」前不插入「吓」的例子，已經變成了正反問。例如：

會曉的獪？（頁44） Do (you) understand or not?

會寫字獪？（頁81） Can you write?

事計將換做會使的獪？（頁50） To do the work thus—will it answer or not?

者事計會成獪？（頁50） Can the matter be effected?（事計：事情）

此外，也有「會、獪」在狀語位置並列的例子，例如《撮要》第九十面在「會使的獪」（可以嗎）下面並列了同義形式「會獪使的？」。另外還有

會獪來？（頁44） Will (he) come or not？

會獪俊？（頁44） Is it excellent or not？

根據以上對土白資料的分析，我們推論：今福州話的正反問句的AB 兩式都是從早期的正反雙項選擇問句變化而來的。下面的示意圖中加框的句式在《撮要》中尚未出現：

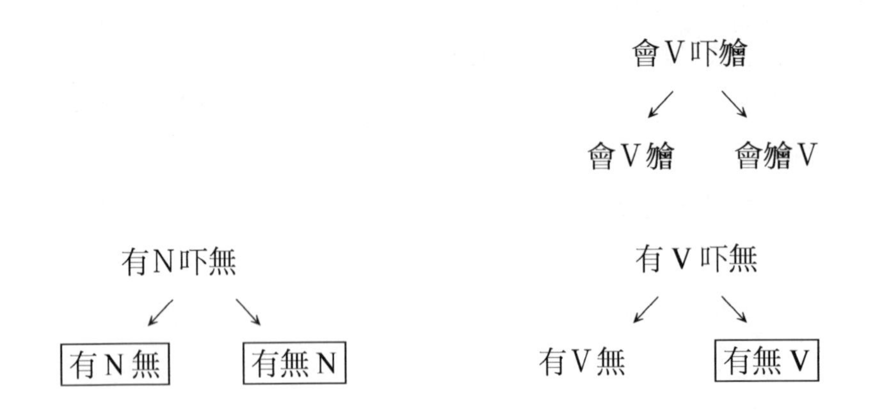


這個示意圖提示了演化的路徑和順序：助動詞「會、𫆀」構成的問句變化最早，壓縮掉「吓」就變成A式，再將否定詞提前變化出B式。這兩步變化先類推到助動詞「有、無」構成的問句，再擴散到動詞「有、無」構成的「有N吓無」。

## 三　從《祖堂集》到福州土白

劉勛寧（1998）對《祖堂集》裡的反覆疑問句作了窮盡式的統計分析，他發現，《祖堂集》中九種反覆疑問句（即「正反問句」）的出現頻率差別懸殊：「動不」型一百八十六次（如：還將得游山杖來不？），「動也無」型兩百七十六次（如：還將得此珠來也無？），其餘七種共出現三十八次。顯而易見，「那個時代的反覆問句的主要形式是『動不』型和『動也無』型」。[6]

通過對例句的具體分析，可以證明《祖堂集》的這兩種主要的問句形式在語法上是等價的。其中一項對比統計特別引起我們注意：「動不」型問句中，動詞為「有」的共三十八例（如：徑山和尚還有

6　劉勛寧：《現代漢語研究》（北京市：北京語言文化大學出版社，1998年），頁150-162。

妻不？）；「動也無」型問句中，動詞為「有」的共七十八例（如：維摩還有祖父也無？）。劉先生指出：「根據語言的經濟原則，我們無法認為它們是一個系統裡自然長出的兩個同義格式。唯一的可能就是語言混雜的結果。」他得出結論：《祖堂集》的作者是操「動也無」方言的，但它的材料相當大的部分是來自「動不」方言的。他還推論，「由於書中所記主要是福建、江西禪宗的歷史，『動也無』句型很可能與這一帶的方言有關」。

劉先生沒有用具體的方言語料證明這個推斷。其實，今天的閩語的反覆疑問句似乎也沒有真正的「動也無」句型，但劉先生的邏輯推論並沒有落空。從《撮要》記錄的十九世紀福州土白資料中可以看到，今天福州話的正反問句正是從昨天的「動也無（動吓無）」句型變化來的，只是二十世紀以來的新變化掩蓋了這一真相。《祖堂集》的「動也無」型反覆問句與本文所說的福州土白「正反雙項選擇問句」相當接近，「也無」相當於「吓無」。區別僅在於，《祖堂集》的「動也無」的動詞不限於「有」，《撮要》中的「有」已經分化出助動詞用法，所以句末的「無」總是與「有」同現。此外，還派生出與助動詞「會」合音的形式「𣍐」。

| **祖堂集** | **撮要** |
|---|---|
| 有N也無會 | 有N吓無 |
| V—也無會 | （有V）吓無（V代表「有」以外的動詞） |
| | （會V）吓𣍐 |

前文已經證明，《撮要》中同時還保存著從「動不」虛化而成的「叭」問句，也與《祖堂集》相似。福州方言並不以「不」為一般否定詞，所以這個只出現在疑問句末尾的「不」（叭）很有可能是早期從北方的優勢方言引入的。而這一優勢方言很可能就是敦煌變文的基礎方言。

## 四　句末否定詞的重新分析

福州話正反問句的構成方式有兩種：A、否定標記緊挨著肯定部分插在句中，B、否定標記放在句子的末了。處於句末的否定標記一定有句中的表肯定詞語與之呼應。句末的否定詞後面一般不能再重複所否定的謂詞性成分。

反覆疑問句中必有的成分是否定詞。福州話的基本否定詞有「唔」、「無」、「𣍐」、「未」四個。「伓」是黏附性副詞，不能單說，也不能放在句末，沒有 B 式。「未」是完成體的否定形式，與完成體標記的句法位置不對稱，沒有 A 式。

| **福州話 A 式** | **福州話 B 式** | **北京話** |
|---|---|---|
| 汝去伓去看電影？ | | 你去不去看電影？ |
| 汝有無字典？ | 汝有字典無？ | 你有字典嗎？ |
| 汝會𣍐去看電影？ | 汝會去看電影𣍐？ | 你會去看電影嗎 |
| 汝有無去看電影？ | 汝有去看電影無？ | 你去看電影嗎？ |
| 面有無紅？ | 面有紅無？ | 臉紅了嗎？ |
| 面會𣍐紅？ | 面會紅𣍐？ | 臉紅嗎？ |
| | 伊去上班未？ | 他去上班了嗎？ |

在疑問語氣的語調作用下，處於句末的「無」〔mo〕讀高平調，「𣍐」〔ma〕、「未」〔mui〕讀上升調，可以很方便地「重新分析」為句末語氣詞。句中與之呼應的肯定形式「有」「會」可以相應地重新分析為表示「事實 / 可能」範疇的助動詞。事實上，福州人說的普通話已經反映出這種「重新分析」的傾向，例如：

| **福州話** | **北京話** | **福州的普通話** |
|---|---|---|
| 汝有字典無？ | 你有字典嗎？ | 你有字典嗎？ |
| 汝會去看電影𣍐？ | 你會去看電影嗎？ | 你會去看電影嗎？ |
| 汝有去看電影無？ | 你去看電影嗎？ | 你有去看電影嗎？ |

| | | |
|---|---|---|
| 面有紅無？ | 臉紅了嗎？ | 臉有紅嗎？ |
| 面會紅獪？ | 臉紅嗎？ | 臉會紅嗎？ |
| 伊去上班未？ | 他去上班了嗎？ | 他去上班沒？ |

這裡當然不排除第一、二兩句拉動類推的作用。此外，在福州話共時系統中平行存在的「有字句」也有助於促成這樣的重新分析：

| **福州話** | **北京話** | **福州的普通話** |
|---|---|---|
| 伊有字典。 | 他有字典。 | 他有字典 |
| 我有去看電影。 | 我去看電影了。 | 我有去看電影。 |
| 面有紅。 | 臉紅了。 | 臉有紅。 |

句型也是一種語法聚合。福州話的正反問句有 AB 兩式，是語法形式資源的浪費。B 式的重新分析將分化這兩種同義句型，使福州話的疑問句系統與普通話以及其他方言建立起更協調的對應關係，符合語言發展的經濟原則。

現在我們可以解釋前文關於「叭」問句為什麼消失的疑問了。

語言的經濟原則終究是要起作用的，只是這個過程可以拉得很長。從禪宗和尚在福建泉州招提寺編《祖堂集》的五代時期起，到十九世紀後期洋教士編寫福州方言課本、翻譯《福州土白新約全書》的這七八百年間，兩種差不多同義的語法格式，儘管此消彼長，一直並存著。「叭」問句在進入二十世紀後才退出交際，《撮要》、《福州土白新約全書》以及評話本中為數不多的幾個用例是它的絕響。

本節引證一百多年前的福州方言口語資料來說明：十九世紀以來，福州方言的正反雙項選擇問句逐漸擺脫了選擇的標記「吓」，變成正反問句。其中否定詞留在句末的一類（「有 N/V 無」、「會 V 獪」）在語用功能上對應於中性的是非問句，並趨向於重新解釋為是非問句，終於在二十世紀前期淘汰了以「叭」為語氣詞的是非問句。

## 五　餘論

漢語方言歷史層次的分析是目前的學科前沿課題之一。語言是一個系統，不僅音韻上有歷史層次，詞彙語法也有歷史層次。劉勛寧（1998）考察的就是疊加在《祖堂集》中的兩個歷史層次的反覆問句。雖然他認為造成層次重疊的原因主要是南方的和尚引述來自北方的資料，但這不排除一部分南方和尚的口語中同時存在兩種反覆問句。畢竟一〇八位和尚中的三十三位，其語錄中都是既有「動不」，又有「動也無」的。上文提供的資料和分析也說明，十九世紀的福州土白中也同時並存這樣兩種不同歷史層次的問句形式。

本節的分析還提示，方言歷史層次的線索很可能會被近期的演變遮蓋了。如果有條件，應該盡可能剝掉近期演變的表層來觀察。傳教士留下的十九世紀土白資料應該很好地加以利用。

# 第二節　處置式的演變與處置介詞的語法化路徑

## 一　十九世紀土白資料中的處置式面貌

《撮要》語法部分有關於被動式的說明，卻沒有對處置式的描述，這也許跟英文中沒有與「把」字句相當的句式有關。但這部十九世紀的福州土白教材共五百多條句子或短語中都未見到處置句，至少能說明當時口語中很少用處置句。《撮要》出於實用目的，舉例中有較多指揮撲人做事情的短句子。現代漢語普通話中要求對方做某事的祈使句是使用處置式的高頻區，這一類句子翻譯成普通話通常會使用把字句，但在《撮要》例句中都是直接把受事放在句首的受事主語句。例如：

| | |
|---|---|
| 牛肉削一片一片掏來烘。 | cut the beef into slices and broil it. |
| 雞掏來烘。 | fricasse the fowl. |
| 牛朧掏去滚一下。 | boil the milk. |
| 叉刀掏去磨。 | scour the forks and knives. |

朱德熙先生曾指出，跟「把」字句最接近的句式就是這種受事主語句。

今福州方言的處置介詞是「共」和「將」。陳澤平（1997）說明後者是來自書面語的外來成分，有文言色彩。[7]一九〇四年的《二十課》中有幾個例句：

將伊當做伲囝看待。——把他當作小孩看待—〈課〉80
將者書乞伊。——把這書給他—〈課〉48
將遐椅桌都掇出去！——把那些桌椅都端出去！—〈課〉39
伊將伊其囝帶去。——他將他的兒子帶去—〈課〉40

同一時期的《福州土白新約全書》中也可以找到用「將」為介詞的處置句。例如：

厝瓦頂拆一空，將瘋軟其人，倒匠床禮吊落來。——拆了房頂，既拆通了，就把癱子連所躺臥的褥子都縋下來。—〈馬可〉2-4

莫將者禁食現乞儂看，㑚現乞默默其天父看。——不叫人看出你禁食來，只叫你暗中的父看見。—〈馬太〉6-18

7　陳澤平：〈福州方言的動詞謂語句〉，載李如龍、張雙慶主編：《動詞謂語句》（廣州市：暨南大學出版社，1997年）。

就汝其天父，伓更更將好乇賜乞求伊其儂麼？——何況你們在天上的父，豈不更把好東西給求他的人嗎？—〈馬太〉7-11

同幫其臣子看見伊所做其就頂苦，將只個事來告訴主儂。——眾同伴看見他所做的事，就甚憂愁，去把這事都告訴了主人。—〈馬太〉18-31[8]

根據我們的調查，《馬太福音》的普通話譯本中用了一百三十四個「把」字句，逐一對照福州土白譯本，同一句子也用處置式表達的只有二十六句，其中二十五句的介詞用「將」，一句用「乞」（給）。另外有八句是「准處置式」，即用工具格來表達，用「使」四句，用「掏」兩句，用「獲」兩句。其餘的對應句子主要用：連動式（二十六句）、動賓式（三十二句）、受事主語句（十六句）、利用上下文省去「介詞＋受事」部分（十九句）、其他，包括詞彙手段（九句）。

「將」字句大約只是模仿官話書面語的生硬說法，在自然口語中通常不作為首選的表達手段，因此沒有進入《撮要》作者觀察福州話語法的視野。

不過，我們在《字典》中找到一個〔khɛ[5]〕，與「快」字同音，單獨立條，但沒有漢字形式。解釋為：「口語詞，與『替』同義。for, in behalf of; of，from; about，concerning.『～我做』do it for me;『～伊買來』buy it of him;『～汝想』think for or about you or your matter.」這個籠統的釋義本身只能說明它的一個受益介詞。但從《字典》的其他條目中又收集到的幾個例句說明，它還有處置介詞的用法。《字典》中這些例句都只有羅馬字拼音形式，配以英語翻譯。從英語翻譯中可以確定它們的處置意義。為方便討論，筆者用漢字寫出這些句子，該介詞就用同音的「快」代替，並配上普通話翻譯，隨後

8 以上例句的普通話翻譯引自中國基督教協會一九九八年印行的《聖經》，後附章節號碼。

的括號內是該例句在《字典》中的頁碼和「字頭」。例子如下：

快伊舒禮[揍]——把他按在地上揍—〈典〉732
快伊粉白啫！——把它粉刷白！—〈典〉255
伊快我掏來做輦子。——他把我當輦子（支使得團團轉）。—〈典〉485

下面的這幾個句子則是受事名詞放在句首作主語，用第三人稱代詞「伊」作處置介詞「快」的賓語，復指主語，構成「受事＋快伊＋VP」的句式，例如：

豬快伊呼裡來！——把豬呼進來！—〈典〉440
脰骨快伊堪緊緊著！——把他脖子卡得緊緊的！—〈典〉410
髆皮快伊摸摸——摸摸他的背（喻使其舒服然後騙錢）—〈典〉713
頭快伊棗一下！——（用指關節）在他頭上敲一下！—〈典〉99

上列引例證明，「快」無疑是一個與受益介詞密切相關的處置介詞，儘管可能不很活躍。這個介詞其實還存在於今天部分福州人的口頭，由於無字可寫，相關論著多把它遺漏了。

## 二　十九世紀平面上的「共」字

《字典》「共」字條（頁336）相關的部分釋義為：with, and, together with, the same, alike。儘管缺乏例句，「共」作為伴隨介詞和並列連詞是可以斷定的；the same, alike 兩個釋語提示「共」也可以作為表示平比對象的介詞。

一八九一年的《英華福州方言詞典》[9]以英文單詞出條，各條以福州方言詞語對應，以下是幾個相關的條目：（筆者將方言音標轉寫為漢字）

and：共，連，復，兼

with：along ～，共：共我齊去 to go along with me.

for：buy it for me. 共我買。

由此可見，「共」是首選的伴隨介詞和並列連詞，還作為引進受益者的介詞。這裡再引具體用例幫助說明「共」的幾種用法：

（一）引入交際的對方：

伊共奴禮鬧。——他在跟我鬧。—《撮要》77

我攏總共汝買。——我成批向你買。—《撮要》120

是共底人借其？——是跟誰借的？—《撮要》59

（二）引入伴隨者：

伊日日共奴各儂一堆。——他天天跟你們在一起—《二十課》86

漢的伊共別隻伲囝齊去了。——以為他和別的小孩一起去了。—《二十課》82

（三）引入受益者：

共奴寫兩字——幫我寫兩個字—《二十課》48

（四）引入平比對象或喻體：

伊講話共中國儂一樣。——他說話跟中國人一樣。—《二十課》78

共化紙一樣——像焚化紙錢似的（喻大手大腳花錢）—《字典》260

9 T. B. Adam,*An English-Chinese Dictionary of the Foochow Dialect* (Methodist Episcopal Mission Press,1891).

共接疏記一樣——像（道士）接過疏記一樣（形容收受別人饋贈毫無愧色）—《字典》732

（五）作為並列連詞：

《八音》喏壞字頭共字母？——《八音》多少字頭和字母？—《撮要》80

學者邊字頭共波字頭，求字頭共氣字頭……——如這邊字頭與波字頭，求字頭與氣字頭—《撮要》-80

根據以上對十九世紀傳教士方言資料的調查，我們可以肯定，「共」沒有介引施事的用法。換一句話說，當時沒有用「共」為介詞的處置句。因此可以推斷，「共」表示處置是這個介詞在二十世紀上半葉發展出的新功能。

一般來說，能虛化為介詞的動詞都具有詞義籠統、使用頻率高、組合能力強的性質。「手執」義動詞具備這樣的性質。漢語方言中的處置介詞「把、將、拿（蘇州，劉丹青；安義，萬波）、揞（屯昌，錢奠香）」等[10]都是從「手執」義的動詞虛化而來的。福州話的「共」作為動詞，殘存的詞義範圍十分狹小，不具備發生語法化的基礎。因此，處置介詞不可能從動詞直接虛化而來，只能是從其他介詞用法轉化而來的。我們認為，處置介詞來自受益介詞的可能性最大。

## 三　處置介詞「共」的語法化路徑

劉丹青（2003）證明了北部吳語的「幫」是從幫助義動詞先虛化為受益介詞，再從受益介詞派生出陪同介詞和並列連詞。[11]根據平田

10 參見李如龍、張雙慶主編：《動詞謂語句》（廣州市：暨南大學出版社，1997年）。

11 劉丹青：〈語法化中的共性與個性，單向性與多向性——以北部吳語的同義多功能虛詞「搭」和「幫」為例〉，載吳福祥、洪波主編：《語法化與語法研究（一）》（北京市：商務印書館，2003年）。

昌司（1997）報告，與吳語關係密切的徽語休寧話用「幫」表示處置。[12]此外，西南官話，徽語（歙縣）、客家話（長汀）、吳語（舟山）和閩北一些地方的方言也用「幫」來提賓。將二者聯繫起來看，從受益介詞轉化出處置介詞也是一條具有普遍意義的語法化鏈。

福州話受益介詞的標準句式是：S1——N1＋共＋N2＋VP 例如：

（1a）依姐共伊洗衣裳。（姐姐替他洗衣裳）

（2a）老王共小鄭剃頭髮。（老王為小鄭剃頭髮）

（3a）我共外公換煤氣罐。（我幫外公換煤氣罐）

N1是 VP 的施事，N2是受益者，VP 必須是表示實際動作的動詞性成分。這個 VP 可以而且經常是一個動賓結構，如「洗衣裳」。因此，句式可以擴展為：

S2——N1＋共＋N2＋（V＋N3）。

其中的 N2作為受益者，可以而且經常與 N3具有領屬關係。

福州話動詞的完成體是後附體標記「咯」，相當於普通話的「了$_1$」，構成「V 咯」。「V 咯」的句法特點是不能再帶受事賓語，（參看陳澤平1992，1996）完成體的動詞謂語句必須將受事提到動詞前面去。例如：

| | | |
|---|---|---|
| 他洗了衣裳了 | 伊衣裳洗咯了 | ×伊洗咯衣裳了 |
| 小鄭剃了頭髮 | 小鄭頭髮剃咯了 | ×小鄭剃咯頭髮了 |
| 外公換了煤氣罐 | 外公煤氣罐換咯了 | ×外公換咯煤氣罐了 |

這個強制性的句法規則運用於 S2句式，就導致產生：

S3——N1＋共＋N2＋N3＋（VP）

例如：

（1b）依姐共伊衣裳洗咯了。（姐姐替他洗了衣裳）

（2b）老王共小鄭頭髮剃咯了。（老王為小鄭剃了頭髮）

12 平田昌司：〈休寧方言的動詞謂語句〉，載李如龍、張雙慶主編：《動詞謂語句》（廣州市：暨南大學出版社，1997年）。

（3b）我共外公煤氣罐換咯了。（我幫外公換了煤氣罐）

由於 N2和 N3之間具有領屬關係，可以很順利地重新分析為偏正結構。其中心語 N3本來就是後面動詞的受事，動詞對它的處置能力無可置疑。N3是被領屬的，自然是定指成分。動詞由於後附了體標記，是「非光杆」形式。處置句式的全部特徵都已具備，「共」重新分析為處置介詞順理成章。即：

S4——N1＋共$_{處置}$＋N2＋N3＋（VP）

在一個處置句中，N2＋N3是偏正結構的處置對象，N2作為修飾成分。例如：

（1c）依姐共$_{處置}$伊衣裳洗咯了。（姐姐把他的衣裳洗了）

（2c）老王共$_{處置}$小鄭頭髮剃咯了。（老王把小鄭的頭髮剃了）

（3c）我共$_{處置}$外公煤氣罐換咯了。（我把外公的煤氣罐換了）

至此，作為定語的 N2 已經不是句法上的必要成分了。可以將 S3 中的 N2＋N3 簡化為一個表受事的名詞性成分 N2，重新分析後的表達式可以改為：

S5——N1＋共$_{處置}$＋N2＋（VP）

除了介詞來源的不同，S5 與官話口語中的「把字句」結構完全對應。

這裡還應該補充說明，福州話的動詞短時體形式是動詞後附詞尾「囇」或「咧」，大致相當於普通話的動詞重疊式。動詞短時體的賓語一般也必須提到動詞前面。例如：

門開囇（開開門）｜飯食囇（吃吃飯）｜書讀囇（讀讀書）｜批寫囇（寫寫信）

福州話單音節動詞通過重疊或有規律的衍音構成的「反覆貌」、「隨意貌」、「簡捷貌」等形式通常也要把賓語提前。[13]（參閱陳澤

---

13 陳澤平：〈福州方言動詞的「體」和「貌」〉，載張雙慶主編：《動詞的體》（香港：香港中文大學出版社，1996年）。

平1996）這些句法規則都擴大了上述 S2 變成 S3 的分析的句法環境基礎。

劉丹青（2003）強調，有關語法化的發生必須有至關重要的句法條件，語法化途徑的語種個性決定於該語種的句法環境。福州話從受益介詞「共」派生出處置介詞，大面積的強制性的或傾向性的受事賓語前置規則是其句法環境。因此我們推測，前面提到的若干以「幫」為處置介詞的方言，也曾經或現在仍然存在這樣的句法環境。

前文介紹了，在十九世紀的傳教士文獻中就存在一個兼為受益介詞和處置介詞的「快」，其處置意義的引申，應該也是走過同樣的語法化路徑。只是起步更早，到十九世紀就已經完成，在二十世紀初，又被後來的「共」替換了。

## 第三節　通用量詞「隻」與「個」[14]

量詞是漢語重要的類型學特徵之一。量詞範疇也是一個典型範疇，適用對象包含「個體人」的通用量詞是這一範疇的典型成員。通用量詞的發生和發展與語言社團的認知心理有深刻的關係。漢語各主要方言的通用量詞只有「個」與「隻」兩種，應該是一個方言分類的重要指標。以往的資料都顯示，福州話裡既有「隻」又有「個」。

### 一　「隻」的功能及其地域分布

隻 tsieʔ（陰入調）：與「隻」搭配的名詞大致可以分成三類：

（一）表示「人」的名詞，又可細分為：

1. 以「儂、囝」為詞根的詞語，如：儂（人）、大儂（大人）、丈夫

14 本節的討論是與秋谷裕幸教授合作的成果.

儂（男人）、諸娘儂（女人）、鄉下儂（鄉下人）、生分儂（陌生人）、儂客（客人）、囝（兒子）、伲囝（孩子）、丈夫囝（男孩子）、諸儂囝（女孩子）、囝伲（兒女）、孫囝（孫子）；

2. 親屬稱謂，如：哥、弟、姐、妹、兄弟哥（兄弟）、姐妹、表兄、叔伯弟（堂弟）、姨姨、姑媽；
3. 表示職業、社會關係或社會身分的詞語，如：工人、花師（花匠）、和尚、兵、警察、學生、親戚、朋友、女界（女人）、男界（男人）。

（二）普通話論「個」的具體物品，如：

杯杯（杯子）、桶、瓢瓢（瓢子）、籮、蓋蓋（蓋子）、包包（提包）、書包、皮箱、酒瓶、塞塞（塞子）、架架（架子）。

（三）表示抽象概念的名詞，如：

國家、民族、辦法、主張、會議、團體、概念、問題。

「隻」的本義是「一隻鳥」。之石切，入聲昔韻。《說文》；「隻，鳥一枚也」。作為量詞，最早也僅用於禽類。據劉世儒（1965）的研究，「隻」的詞義引申分作兩個系列，一個由鳥及獸，南北朝時用來量鳥已經十分普遍，並開始擴展到量獸。另一個從「一隻」的「不成雙」義素引申，經「箸」的中介，逐漸泛化為一般無生物的量詞。[15] 所言極是。到唐代，量鳥獸或量無生物的用法都已經相當普遍。至於「隻」何時開始用於量人，還沒有見到語法史的研究報告，但從現代方言來看，湘語、贛語、客家、閩北量人也都用「隻」，估計不會晚於唐五代。[16]以「隻」量人大概不是從量鳥獸擴大用法發展來的。名量詞儘管是一個語法範疇，但其發生和應用都與認知規律有關。我們注意到漢語各方言用於人的量詞大都避免與用於獸（尤其是「犬」和

---

15 劉世儒：《魏晉南北朝量詞研究》（北京市：中華書局，1965年）。

16 參看北京大學中文系：《漢語方言詞彙（第二版）》（北京市：語文出版社，1995年）。

「豬」）的量詞混同。蟲魚鳥獸各類動物在福州話裡都以「頭」量，這也是一個歷史久遠的名量詞，在魏晉南北朝已經廣泛使用，例如：「牛二十萬頭」、「白兔一頭」、「大魚十二頭」、「白鳩一頭」、「赤白鸚鵡各一頭」、「大蜂數百頭」等。如果這就是福州話的早期狀況，那麼可以推斷福州話以「隻」量人是從無生物量詞擴大用法來的。

我們還注意到，以「隻」量人的方言分布在江南的中部一帶，從湘贛客經閩北至福州。這一帶的方言在音韻上有兩個值得關注的特點：

一個是全濁聲母今讀送氣。客贛自不待言，老湘語仍保留濁音，新湘語可能受江淮官話的滲透此處不論，湘南土話（包括粵東土話）的大多數古全濁聲母字今讀是送氣的[17]。閩北和福州都有部分古全濁字今讀送氣，找不到語音條件，但在閩語內部卻相當統一，一般都認為這是語音層次疊加的結果。張光宇（1996）認為古全濁聲母今讀送氣的分布區域是北方司豫移民南遷所走的內陸路線。[18]

第二是莊章兩組字在止遇流深臻宕曾通各攝呈現韻母洪細對立的現象。這一現象「從方言分布角度看，閩語表現最突出；其次是客贛……湘語吳語資料中值得注意的是老湘語較之新湘語，南部吳語較之北部吳語，都表現得更為充分。」陳澤平（1999）認為這是一個唐五代宋之間的語音層次。[19]

以「隻」為通用量詞並且用於量人，這個「詞彙－語法」範疇的現象在方言地理學上有指標的意義。其分布範圍又與上述的兩個全局性的音韻層次吻合，很可能同屬於一個漢語的語言集團。

---

17 參看張雙慶主編：《樂昌土話研究》（廈門市：廈門大學出版社，2000年）。羅昕如：《湘南土話詞彙研究》，（北京市：中國社會科學出版社，2004年）。

18 張光宇：《閩客方言史稿》（臺北市：南天書局，1996年）。

19 陳澤平：〈從現代方言釋《韻鏡》的假二等和內外轉〉，載《語言研究》1996年2期，頁160-168。

## 二　「個」的分布特徵及其來歷

「個」在十九世紀的傳教士資料中注音〔ka〕或〔a〕，上聲調。北京大學《漢語方言詞彙》寫作「個」，注音〔a; k-〕，陰去調。李如龍等《福州方言詞典》的附錄二「福州方言常用字讀音表」寫為「個」，注音〔ka〕，陰去調。馮愛珍《福州方言詞典》寫為「個」，注音也是〔ka〕，陰去調。這個量詞和「隻」對名詞的適用範圍大致相同，句法功能上的區別在於：

（一）今福州話的「數詞＋個」是黏附的，後面一定要有名詞。如說：「三個哥（三個哥哥）」、「兩個桶」。漢語的「數量＋名」結構通常可以變換為「名＋數量」，但「個」是例外。請比較：

七本書～書七本　　七隻儂～儂七隻　　七個儂～×儂七個

兩把蒲扇～蒲扇兩把　兩隻和尚～和尚兩隻　兩個和尚～×和尚兩個

數量詞在一定的語境中可以單獨回答問題，或做主語、賓語，但「數＋個」不行。

我買兩本　我買兩頭　我買兩隻　×我買兩個

由於「個」總是處在前有數詞、後有名詞的中間位置上，「數＋個＋名」總是形成一個包含變聲、變韻、變調的韻律單位，其單字音只能推測，必須與其本字考察同時斷定。

（二）今福州話的量詞普遍可以受形容詞「大、嫩（小）」的修飾，但「個」不能。例如：

大把鉸刀（大剪刀）大頭豬（大豬）大隻箱（大箱）　×大個箱

嫩粒扣（小扣子）　嫩蕾花（小花）嫩隻屜（小抽屜）×嫩個屜

（三）今福州話的量詞跟普通話一樣，可以重疊表示「逐一」，但「個」不能。例如：

主主都是總款（每家都是這樣）

隻隻都是呆其（個個都是壞的）

×個個都是呆其

以上概括的「個」的三個特點，既是相對于「隻」而言，也是相對于一般名量詞的功能特點而言的。由於這些特點，「個」在今福州話的量詞體系中顯得頗為特殊。

研究語法化的學者一致認為，南北朝時期才大量湧現的「數＋量＋名」結構是量詞範疇語法化成熟的表現。在此之前的「名＋數＋量」結構中，量詞還帶有很強的名詞性。太田辰夫（1958）甚至認為，「名＋數＋量」結構「僅在古代漢語中能見到，現代漢語中只限於記帳時使用」[20]，這種結構中的量詞仍保留名詞性。量詞重疊表「逐一」，以及在閩粵客方言中普遍存在的「大 / 小＋量詞」的結構也是部分保留名詞性的表現。

從以上羅列的「個」的幾個句法特點來看，福州話的「個」才是一個語法化（或虛化）充分、不再具有名詞性的純量詞。語法化是一個單向的、不可逆過程。那麼，結合漢語史家對量詞發展的一般看法，似乎可以排列出這樣一個量詞語法化程度的序列：

| | | |
|---|---|---|
| 名＋數 / 數＋名 | 鹿七十一 | 《殷契佚存》43 |
| | 一萬人 | 《殷墟卜辭續編》190 |
| →名＋數＋名 | 俘人十六人 | 《殷墟書契菁華》6 |
| →名＋數＋量 | 槍二十枚 | 《墨子・備城門》 |
| →數＋量＋名 | 五十本葱 | 《齊民要術》[21] |
| →數量名（中間為黏附性量詞） | | 「三個儂」　（福州話） |

但這個語法化程度的序列還存在一個讓人疑惑之處。如果認為「個」的虛化程度最高，句法位置最穩定，句法功能單一，因而代表了量詞語法化的最後階段，那麼，為什麼它是福州話中唯一的一個達

20 太田辰夫著，蔣紹愚、徐昌華譯：《中國語歷史文法》（北京市：北京大學出版社，2003年，第2版）。

21 以上例子轉引自孫錫信：《漢語歷史語法要略》（上海市：復旦大學出版社，1992年）。

到這個階段的量詞？其他漢語方言的量詞還調查研究的不夠充分，我們無法斷定是否存在類似的語言事實。但至少知道，普通話中的「個」也仍然可以用在名詞後面。

太過特殊的現象總是有些可疑的。

關於「個」的來歷，最容易聯想到的古漢語量詞是「个」。「个」字出現在《大學》、《左傳》等先秦兩漢文獻中。《通俗編》〈卷九〉：「按『个』屬古字，經典皆用之」。可見它作為量詞的資格跟「隻」同樣古老。這個字還有「箇、個」的寫法，應該是古今字或異體字的關係。《說文》：「箇，竹枚也」。最早專用於量竹子的枚數，漸次擴大到其他桿狀物再進一步泛化。「個」字最早見於《儀禮》〈士虞禮〉「俎釋三个」鄭玄注，「个，猶枚也，今俗或名枚曰個，音相近」，應該是這種使用範圍擴大後出現的後起字。這個量詞發展到南北朝開始用於量人，而且首先發展出「數＋量＋名」的格式。這是特別值得注意的。劉世儒（1965）指出：「只有發展到了『百個錢』『一箇河神』一類的用法，才算真正成了量詞。……現代語『個』字是最發達的量詞，尋源溯流，它是同南北朝的這種發展分不開的。」[22]

率先發展出「數＋量＋名」結構的「箇」進一步語法化為福州話中虛化最徹底、後面必須跟名詞的通用量詞，似乎順理成章。

推斷本字為「個 / 箇」的一個困難是語音與切韻音系的對應關係不符。「箇」《廣韻》古賀切，去聲個韻，首先是聲調不對。雖然總是處在「數＋量＋名」結構中的「個」沒有單字調，但用福州話的三字組連調規律來對照，「個」的單字調應該是上聲或陰入，不可能是陰去調。此外，韻母也有問題，按果攝開口一等在今福州話裡文讀〔-ɔ〕，白讀〔-uai〕，沒有〔-a〕的讀法。蟹攝的怪韻也不讀這個韻母。雖說語法虛詞的語音對應常常逸出常軌，但語音形式上不能對應

22 劉世儒：《魏晉南北朝量詞研究》（北京市：中華書局，1965年），頁85。

且缺乏具體解釋，這樣的虛詞「本字」總是無法定案。如果「個」的本字不是「個」，又是從哪兒來的呢？

## 三　十九世紀土白資料中的解題線索

我們查對了十九世紀美國傳教士留下的福州方言資料中對這兩個量詞的記錄。在《撮要》中，「隻」注音〔tsiaʔ〕（陰入調），「個」注音〔ka〕或〔a〕（上聲調），二者與名詞的搭配範圍都是 “person or thing”。關於數量詞的句法位置，《撮要》也有簡單的說明：「數詞和量詞有時放在名詞的前頭，如『二把轎』，有時放在名詞後頭，『轎二把』。謂語動詞是被動語態時，通常放在後頭，例如：『剪刀仔去買三把』。」[23]

《撮要》中有一些舉例性的短語和會話句子，翻檢《撮要》，我們發現「個」總是用在名詞之前，注音總是〔a〕，例如：

三個人（頁24）
大中層兩個屜（頁71）（中間一層兩個抽屜）
極少汝著賒我一個月日（頁119）（最少你要賒給我一個月）

而「隻」總是出現在名詞之後：

人二十六隻（頁24）
火點一隻（頁50）（點一盞燈）
鋪蓋皮箱一隻，伙食籃一隻（頁75）

23 傳教士資料中所寫的漢字常用訓讀字，這裡照引。括弧內的數字是原書的頁碼，以下同。

吼扛轎其兩隻（頁73）（叫轎夫兩名）
人燒死四五隻（頁89）

最典型的例子是《撮要》中一段指示僕人準備餐桌的話：

桌罩換澈其，一位著排一吓盤、叉兩把、刀兩把、湯瓢一把、鹽碟一隻、玻璃杯一隻、手巾一條。（頁60）（臺布換乾淨的，每位要擺放一個盤、叉兩把……）

這個例句中「一吓盤」就是「一個盤」，「吓」標音〔a〕，上聲調。在一長串的物品列舉中，「一吓盤」的詞序與隨後的各項形成對照。

儘管《撮要》描寫福州話的數量結構既可放在名詞之前，也可以放在名詞之後，但具體到「個」和「隻」的用例，卻呈現出互補分布的局面。因此我們恍然大悟，「個」的來歷原來近在眼前：這個「個」就是「隻」出現在名詞前位置的弱化形式，而不是來源於「個」。

再調查出版於一九〇八年《新約全書》，找到許多「隻」也可以用在名詞前的例子；但「個」總是用在名詞前面，後面必須跟著名詞，沒有反例。

## 四　「隻」斷裂分化出「個」的過程分析

如上所述，「隻」是一個很古老的通用量詞，最晚在唐五代時就進入了福州話的祖語，而且大概也是最早的既可以用在名詞後，又可以用在名詞前的量詞之一。「隻」在一百多年前讀作〔tsiaʔ〕，近期才變作〔tsieʔ〕，福州郊區以及鄰近的古田、羅源、連江等地至今還是讀〔tsiaʔ〕。這個量詞用在名詞前形成「數＋量＋名」或「指＋量＋

名」的緊密結構，從而失去韻律上的獨立性。處在連續的語流中間，聲韻母發生弱化音變，丟失聲母、介音和韻尾，變成〔a〕。

福州話連讀字組的後字聲母要發生類化音變，這是福州話的重要特徵之一。福州方言聲母類化的實質就是語音弱化。以往概括聲母類化規律都只是以「二字組」為限，實際上，口語中緊密組合的「三字組」中間一個字的語音弱化程度可以更進一步。一個詞語的碼長增加後自動壓縮語音羨餘信息，是語言符號經濟原則的體現。與「隻」的弱化相似的例子如：

油炸粿　ieu$^{51}$ tsaʔ$^{24}$ kui$^{33}$ → i$^{21}$ a$^{24}$kui$^{33}$（油條）

婊子囝　pieu$^{33}$ tsy$^{33}$ kiaŋ$^{33}$ → pieu$^{21}$ y$^{24}$ iaŋ$^{33}$（詈詞，婊子養的）

禁子媽　keiŋ$^{213}$ tsi$^{33}$ ma$^{33}$ → ki$^{21}$ i$^{24}$ ma$^{33}$（女牢頭，潑辣粗野的女人）

三叉街　saŋ$^{55}$ tsha$^{55}$ kɛ$^{55}$ → saŋ$^{21}$ ŋa$^{55}$ ɛ$^{55}$（福州地名）

（以上詞語記音「→」左邊為單字音，右邊是連讀音，即今福州口語中的實際讀音，以數字標調值。）

舌根音聲母和零聲母的類化規律相同。永遠處在連讀字組中間位置的通用量詞〔tsiaʔ〕極度弱化為〔a〕後，其單字聲母按「二字組」的聲母類化規律可以逆推為〔k- / kh- / x- / 0-〕中的任何一個。由於「個 / 個」在書面語中的常用性以及權威方言對其它方言的強大影響，這個語音弱化的量詞被錯認為來源於「個」，從而又附會出一個〔k-〕聲母來。這也是一個俗詞源干擾造成語音規律例外的例子。

由於它的塞音韻尾已經丟失，但仍服從陰入的變調規則，而陰入與上聲的變調規律相同。十九世紀的傳教士根據共時的連讀變調規律逆推為上聲調，應該說是「實事求是」的；而二十世紀中後期的幾種文獻則大約只是根據「個」字的音韻地位誤推斷為陰去調，而沒有用三字組的連讀變調規律加以驗證。

在《撮要》有限的用例中，「隻」總是出現名詞後的位置，沒有反例。由於用例總量不多，不敢下什麼確定的結論。但考慮到土白《新約全書》畢竟晚出三十多年，不妨做這樣的假設：一八七一年之前，分布在名詞之前的「隻」語音弱化為〔a〕，並被誤認成「個」之後，與分布在名詞後的「隻」斷裂成兩個量詞。從而造成「隻」分布上的不平衡，只能出現在名詞後的句法位置上。之後，「隻」又比照其他量詞的句法功能類推，再次回到名詞前的位置。於是又在一九〇八年的《新約全書》中見到下面的用法：

故務一隻人後我來。(〈馬太〉2-11)
僅看見二隻兄弟，是西比太其仔。(〈馬太〉4-21)
一隻人毛擔當奉事兩隻主。(〈馬太〉6-24)

以「隻」量人從未見於任何古代漢語或近代漢語的文本，是一個重要的方言分類指標。從北京大學中文系的《漢語方言詞彙》羅列的資料來觀察，「隻」類的方言有客家梅州話和閩北建甌話。廈門話的這一量詞本字還待考。南昌、長沙則是兼有「個、隻」而跨類。其餘的方言都屬「個」類。本文的分析如果符合事實，就證明福州話從來就沒有「個」，也是純粹的「隻」類方言。

# 第六章
# 分類語彙集

## 第一節　說明

### 一　收詞範圍

本語彙集共收詞語約六千九百二十條。資料來源主要是《福州話拼音字典》，然後再參考《撮要》、《英華》等相關資料加以個別性的補充。因此這裡還需要進一步說明《字典》的體例和我們的操作原則。

《字典》的「前言」中有這樣的體例說明：

> 短語分為三類：（1）緊跟著字義解說的是書面語詞語；（2）「通用」標記下的詞語在書面語和口語中通用，而且包括許多專門術語和書信套話；（3）哪些往往不能往往用漢字完整寫出來的稱為「俗語」。詞語的總數估計有三萬或三萬五千條，其中三分之二或四分之三屬後面兩類，這些詞語在日常生活中更為常用。
>
> 初學者在略微接觸這種語言之後就會相信，把詞語完整清晰地劃分為上述三類是不可能的事情。語體偏好，知識多寡，以及同一個教師在不同時候的觀念差異都會影響到各類的範圍界限，使得詞語歸類的結果與本書不同。但這樣的分類還是有其合理性的，我們希望它能大體上反映出哪些詞語是可說的，哪些不能說。
>
> 還有一點必須說明，許多俗語詞的含義是沒有確定的方法來檢

驗的。某些習慣的用法在不同的地方差異之大往往使當地教師以及其他人無法取得一致的意見。俗諺類尤其是這樣，有些是各處通用的，有些則是地域性的，還有一些在不同的地方有不同的含義和用法。

傳教士對中國語言和方言的視角與我們不同，這是應該注意到的。傳教士的觀念與十九世紀方言區的讀書人的觀念比較接近。這裡所說的「書面語」和「口語」都是以方言發音的。第一類純粹的書面語指《康熙字典》中用來說明字義的古代文言，第二類「通用」詞語實際上大致是明清白話小說中的語言，即當時的「通語」，但語音形式都是方言的。第三類「俗語」才是一般不見於「通語」的方言詞語，即所謂「狹義」的方言詞彙。由於當時的福州，方言是絕大多數市民唯一的口語形式，所以「通語」詞彙比現在更需要、也更容易進入方言口語。

鑒於當時並沒有權威的白話辭書，口語中使用的詞是「通語」還是「俗語」主要依靠協助傳教士工作的當地教師的個人語感來判斷，因而分類會有一定程度的模糊性。《字典》編者掌握的一條原則是對的，凡是包含沒有確切漢字可寫的成分的詞語一定是方言俗語。另外從《字典》正文中還可以概括出的另一條原則是，凡有文白兩讀的字，使用其白讀音的詞語都屬於「俗語」。

以《字典》的「小、大」兩個字頭為例：「小」字條中羅列的詞語分「通用」和「口語」兩組：

通用：小心、小水、小子、小兒、小工、小賊、小可、小種、小登科

俗語：小儂、小儂囝、小管

「大」字文白不同音，按字母音序分為兩個字頭，文讀字頭下的詞語都屬於「通用」，白讀字頭下的詞語都屬於「俗語」：

文讀：大綱、大千、大限、大家、大約、大凡、大局、大略、大體、大道、大黃、大吉、大學、大同小異

白讀：大只、大老塊、大格、大婆、大限、大好、大邊手、大細、易大、大來大去、大男小女、做大水、無大不細、大爺、大囝、大新婦

（以上加底線的詞語在《字典》中均沒有漢字形式出現。）

我們收集的範圍和一般的方言調查報告相似，一般只收與共同語有詞彙差異的所謂「狹義方言詞」，這部分詞語在《字典》中絕大多數屬於標為「俗語」的部分。當然也有極少數詞語收入本集是為了照應平衡或由於讀音上或用法上的方言特點。

本集所收的詞語不限於嚴格意義上的詞，語法上應該分析為短語的條目占了相當大的比例。這首先是因為作為資料來源的《字典》就是如此，原資料中就是羅列短語形式，就整個短語配上英語翻譯。如果加以拆分，我們的釋義依據不足，很可能會摻入太多筆者自己的理解。其次，我們也考慮到，詞的方言特殊義往往是在特定的詞語組合中表現出來的，離開特定的組合來說明抽象的含義往往更費周折且不得要領。把習用組合作為一個詞彙單位來處理，反而能收言簡意賅之效。例如：「做節」（過節）從語法性質上說，可以分析為動賓短語，「風透」（風大）和「露厚」（露水大）都是主謂短語，本集都作為一個詞彙單位收入。「裹粽」（包粽子）的「裹」字是一個重要的白讀音，而與賓語「粽」搭配是出現這個白讀音的條件，因此也作為一個詞彙單位處理。

為保證資料能真實反映一八七〇年前後的詞彙面貌，未在上述十九世紀傳教士資料中出現的詞語及其義項一概不收。有些現在福州話的常用詞，從各種角度觀察都應該是較穩固的方言口語成分，例如反映福州婚俗的方言詞「辦親」，指女方父母籌辦陪嫁；「添箱」，指新娘的親友饋贈；反映年節習俗的正月「排塔」和元宵節的外婆「送

燈」(「燈」諧音「丁」)。這些習俗以及反映這些習俗的詞語都應該是由來已久的，但我們沒有在十九世紀的資料中找到，就不予收錄。再如《字典》中有「鄉下儂」(鄉下人）一詞，但沒有出現相對的「城裡儂」(城裡人)；有「西照」(房間朝西）卻沒有「東照」；有「後堵」(屏風隔斷的正房後半部分）但沒有找到相對應的「前堵」。傳教士的原始資料沒有提供的詞語，本集照樣付諸闕如。因為雖說這個「語義場」的失衡很可能是由於遺漏，但也可能正是當時詞彙平面的現實，而且正顯示一個「語義場」正在形成或解體的中間過程。總而言之，《字典》等原始資料可能有遺漏的方言詞，我們的第二手的搜檢工作也會出現遺漏，本集還不能算是十九世紀福州方言詞語的完整全集，但本集中出現的所有詞語一定都有十九世紀文獻資料的依據。

## 二　排列方式

由於存在相當一部分無字可寫的詞語，還有數量更多的詞語用字並沒有「約定俗成」的社會基礎，而這些詞語又恰恰是本集作為一份方言資料集的核心部分，因此，任何借助漢字字形的排序方式都不適用。詞語的注音都已轉換為國際音標，依拉丁字母表排列順序的方式也失去了基礎。本書按照一般方言調查報告的做法，按詞語的語義範疇分類排列。

在這項工作中，我們遇到極大的困難。詞義反映的是紛繁複雜的客觀世界和主觀世界，根據詞義給詞語理出一個綱目清晰的系統是一項不可能完成的任務，無論是總體的分類框架還是具體的個別詞語的歸類，都有各種剪不斷理還亂的麻煩。更由於本集只收錄狹義的方言詞語，與共同語只有語音差別而沒有詞彙差別的通用詞語一般都捨棄了，所以並不是一個完整的與現實世界對應的詞彙～語義系統。我們只能從手頭的實際材料出發，從六千九百二十條已經收錄下來的詞語中整理出類別來，既要盡可能體現分類的理據，又要兼顧各類具體包含條目數的大致均勻，還要設法將所有已經決定收錄的詞語都安排進適當的位置。現成的按詞義分類框架都不能滿足這種多重要求，只能在反覆調整中之間接近目標。勉力而為，反覆思量，不斷地拆分重組。就像擺弄一個實際上根本無解的魔方，最後也只能做到各面顏色大體一致。

最終的分類結果中仍然包含對分類原則的種種折中和無奈的苟且。只有一條原則我們始終不肯放棄，那就是絕不削足適履，絕不因為分類系統表面上的整齊和諧刪去任何一條我們認為有收錄價值的詞語。

我們將六千九百二十條詞語分成二十二個大類，再根據各大類的具體情況分出共一百一十六個小類。在分類中我們著意淡化詞語的語法性質，模糊語法類之間的界限以及詞與非詞的界限。儘管語義範疇與詞語的語法屬性之間仍然會呈現出某種聯繫。前十九個大類有比較明確的意義範疇，各範疇內部以名物類詞語為主，連帶相關的專用謂詞和短語。通用性的謂詞難以歸入前面的某種具體範疇，都集中在最後面的二十、二十一、二十二，三個大類中。最後一類是「慣用語」，內部以詞語的音節數量及結構特徵為形式標準分小類。

這樣分出的語義類別，不論是大類還是小類，顯然都是以「家族相似性」為基礎的「典型範疇」。每個具體詞語在歸類上都可能存在兩可甚至「多可」的選擇，而由於篇幅和體例的限制，我們又不能允許同一個具體詞語在本集中重複出現。因此，讀者如果想要查找某個具體詞語，最好先通觀整個分類系統的目錄，找到意義範疇上相關性最大的具體小類。如果沒有尋獲目標，再漸次轉向其他相關小類（通常就在附近）做延伸搜索。

一般的方言詞彙表中還包括封閉類的虛詞。本書第四章已有相關的描寫，就不再重複羅列在這裡了。

## 三　標音原則

本集中所有詞語的注音，都嚴格按照資料中的羅馬字拼音形式轉換成國際音標。對應轉換的語音單位不是單個羅馬字母，而是本書第二章經過分析討論確定的聲母、韻母和聲調。

傳教士資料的羅馬字拼音都是以單字、單音節為單位，一般不反映連讀音變，本集也是如此。因此，讀者如果需要，可以根據本書第二章中的音標符號對照表，將任何一個詞語的注音轉換為原始材料上傳教士標注的的拉丁字母拼音形式。

## 四　用字選擇

至於詞語的用字，完全按照原資料來寫則不是很妥當的選擇，事實上也做不到。

對傳教士來說，拉丁化的拼音形式就是他們為這種東方土話設計的拼音文字。《字典》雖然以漢字為字頭，以字頭的福州話讀音為音序排列，但字頭以下就不再使用漢字。作為「字組」的詞語一律是羅馬字的形式羅列，一部分詞語的左上角加上腳注的數字編號，在該頁底下的漢字欄中寫出相應的漢字形式。每頁下面的漢字欄最多僅能容納 4×12 個漢字。如上文的舉例所示，寫出漢字的詞語以文言或書面語為主，只有少數是方言口語詞語。我們特別關注的「俗語」多半沒有附上漢字形式，即使寫了漢字的，用字也很混亂，明顯的張冠李戴現象很多。同一個語素分別認了不同的字頭，或同一個詞前後寫了不同的字的情況也很多。這與福州話一直沒有成熟的、社會比較一致認可的書面形式有關。

更重要的，本集的功能在於展示當時詞彙面貌，主要目的是觀察一百多年來詞彙系統的演變情況，也為進一步研究福州話詞彙、開展閩方言區內外的詞彙比較提供資料。為了這些目的，不必拘泥於原資料混亂的用字。本集的詞語用字儘量與今其他福州方言資料保持一致，少數詞語做了調整。

## 五 釋義方式

本集詞語的詞義說明以忠實於原資料為原則，但並不拘泥於把《字典》作者的英文釋語再回譯為現代普通話。表達中國文化概念的方言詞語有很多可以方便地普通話詞語對譯，而不需要像漢英詞典那樣加以繁瑣的描寫說明。原資料中有些詞語的英文釋語過於籠統、或不夠確切。遇到這種情況，如果這個詞語仍保存在今福州話裡，根據我們對英文釋語的理解，能確定其所指仍是同一對象事物，就直接對該事物加以說明，使詞義顯豁。同一詞語如果今方言的詞義與《字典》英文釋語明顯不同，且原釋語無法兼容今義，就認為是詞義轉移。處理方法是盡可能直譯出原釋語，句號之後說明今詞義。例如：「得疾」，英文原注「to take a disease」，本集注「患病；今用引申義，指人行為反常。」現代福州話已經不說的詞語，就照譯原英文釋語。

一詞有兩個相關義項的，用分號隔開。

## 六 歷時屬性標注

從《字典》中整理出這個語彙集的主要目的之一是觀察十九世紀以來福州話的詞彙變化。因此對每條詞語加注了一個「歷時屬性」類別。這個分類是印象式的，只能作為參考。「屬性」分「甲、乙、丙、丁」四種，含義如下：

甲類詞語今天仍是福州話通用詞，至少是多數中老年人都掌握的。儘管有些詞語的音類（聲韻調）已經「旁轉」，但仍相近。這一部分詞語從十九世紀一直沿用至今，或者換一個角度說，今福州話中的這部分詞語至少有一百多年的歷史了。例如：

肉桌－nyʔ$^{8}$ tɔʔ$^{7}$－賣肉的鋪子－※甲

鋪家－phuo$^{5}$ ka$^{1}$－老主顧；從大商鋪進貨的小店主－※甲

病瀉－paŋ$^{6}$ sia$^{5}$－拉肚子－※甲

煎煮－tsieŋ$^{1}$ tsy$^{3}$－烹調方法，先用油煎後加水煮熟－※甲

腰邊炮$^{=}$－ieu$^{1}$ pieŋ$^{1}$ phau$^{5}$－玉米，今作「油天炮」－※甲

晡時雨－puo$^{1}$ si$^{2}$ y$^{3}$－雷陣雨－※甲

乙類是一般詞彙學教科書中所謂的「歷史詞」和「舊詞」，現在只有少數中老年人還能懂，說的人就更少了。一部分乙類詞語所指稱的事物屬於至少是半個多世紀以前的歷史，只是偶爾在回憶往昔時涉及；還有一部分已經被後起的同義詞取代了。例如：

酒庫－tsiu$^{3}$ khou$^{5}$－釀酒兼賣酒的作坊－※乙

伬館－tshie$^{1}$ kuaŋ$^{3}$－表演曲藝的娛樂場所－※乙

妹哥－muoɪ$^{5}$ kɔ$^{1}$－有錢人家的女兒，小姐－※乙

旗下囝－ki$^{2}$ a$^{6}$ kiaŋ$^{3}$－旗人－※乙

粟墭－tshioʔ$^{7}$ siaŋ$^{6}$－盛穀子的大木櫃－※乙

湯禍$^{=}$－tauŋ$^{6}$ huo$^{6}$－夏天的熱陣雨（「禍」為「雨」的又音）－※乙

丙類詞語對絕大多數今天的福州人來說是完全陌生的，筆者也從未聽到過。這裡有一部分是由於社會生活內容的變化而徹底退出交際的，也有因詞彙系統調整而被替換掉的詞語。例如：

馬刨－ma$^{3}$ pau$^{6}$－刷洗馬的工具－※丙

米麥－mi$^{3}$ maʔ$^{8}$－一種短穗的大麥－※丙

影駕－ouŋ$^{3}$ ka$^{5}$－個人聲望，影響力－※丙

鬃店－tsøŋ$^{3}$ taiŋ$^{5}$－賣假髮的店鋪－※丙

倭搭－uo$^{1}$ tak$^{7}$－東南沿海的海盜－※丙

醫館－i$^{1}$ kuaŋ$^{3}$－診所－※丙

肝金症－kaŋ¹ kiŋ¹ tseiŋ⁵－肝病－※丙

病啞雨－paŋ⁶ a³ y³－無聲的小雨－※丙

丁類詞語的形式仍存在於今福州話中，但所指與《字典》中所注的不同。其中有些詞語的今義與舊義之間存在明顯的詞義引申轉移的聯繫，（如上例「得疾」）但也有的可能今義和《字典》中記載的詞語只是同音同形的關係。當然還存在一種可能性，是《字典》把詞義弄錯了，但如果沒有確鑿的證據，我們迴避做這樣的判斷。例如：

合掌街－hak⁸ tsioŋ³ kɛ¹－兩側都有商鋪的街道；今為一條街道的專名－※丁

粗紙－tshu¹ tsai³－質量低劣的草紙；現在指廁紙－※丁

會伯－huoɪ⁶ paʔ⁷－對社團中長輩男性的稱呼；今稱呼同輩朋友的父親－※丁

米廠－mi³ tshioŋ³－賑災賤賣糧食的棚子；今指碾米廠－※丁

蒲蠅虎－pu² siŋ² hu³－一種專吃蒼蠅的小蜘蛛；今指紅頭大蒼蠅－※丁

這樣的分類，只有丁類的邊界比較清晰。甲類與乙類之間，乙類和丙類之間，其實都是連續過渡的模糊空間。處在模糊空間裡具體詞語的判別加標難免有主觀因素存在，只能提供一個參考；但我們希望，在處理的詞語總量足夠大的前提下，對具體詞語的判別誤差會自動中和到可接受的程度，從而使統計數字呈現出一定程度的客觀性。

## 第二節　分類語彙

### 凡例

一、本集中的每一個條目都由四個部分組成：詞語的漢字形式、音標、釋語和歷史屬性類別，各部分用短橫線隔開。極少數條目因讀音特殊或其他原因入選，字面上與共同語相同，則省去釋語。釋語末了的標點符號一律省去。例如：

花師－hua$^{1}$ sa$^{1}$－花匠－※甲

鞋師－ε$^{2}$ sa$^{1}$－鞋匠－※丙

打頭－ta$^{3}$ thau$^{2}$－包工頭；乞丐頭－※丙

彗星－suoɪ$^{5}$ siŋ$^{1}$－（注意「慧」的讀音）－※丙

二、《字典》中有一些詞語可以增加或減少一個語素而意義和用法不變，本集給這樣可有可無的語素加上括號。例如：

後年（暝）－au$^{6}$ nieŋ$^{2}$ maŋ$^{2}$－後年－※甲

明年（暝）－maŋ$^{2}$ nieŋ$^{2}$ maŋ$^{2}$－明年－※甲

（境）社－kiŋ$^{3}$ sia$^{6}$－以一個廟為中心居民社區－※甲

親（家）母－tshiŋ$^{1}$ ka$^{1}$ mu$^{3}$－※甲

台家（奶）－tai$^{2}$ ka$^{1}$ nε$^{3}$－丈夫的母親，婆婆－※甲

三、詞語的漢字形式只要是今福州方言資料通用的或地方社會上習慣的寫法，不論學理上的依據如何，一般不再說明用字依據。有些漢字右上角加注標號，「＝」表示方言同音字，「＊」表示來源無關的同義字（訓讀），「＋」表示借用音或義相關的字形。都算是本書與讀者的特別約定。例如：

竟$^{=}$－keiŋ$^{5}$－燈籠的罩紗－※丙

清$^{=}$－tshiaŋ$^{1}$－扎入皮肉的木刺－※甲

剩$^{*}$底－tioŋ$^{6}$ tε$^{3}$－剩下的－※甲

砌$^{*}$牆－lie$^{5}$ tshioŋ$^{2}$－砌牆－※甲

摜$^{+}$摜$^{+}$－kuaŋ$^{2}$ kuaŋ$^{6}$－提手－※甲

燵$^{+}$湯－taʔ$^{8}$ thouŋ$^{1}$－燒熱水－※甲

無論如何，用方塊漢字寫福州方言在很多情況下只是為適應一般閱讀習慣的權宜之計，其合理性都是可以再討論的。方言詞語的可靠形式是用音標表達的語音。

四、詞語的注音直接從原資料的拉丁字母拼音轉換為國際音標，聲韻調的對應轉換關係依本書第二章的相關對照表。

五、《字典》中有些詞語注了「又音」。這種「又音」通常表現為與某個音節的某個音類有別。本集在詞語注音之後的括號內加注「又音」中不同的音節。例如

南台－$naŋ^{2}$ $toi^{2}$（$noi^{2}$）－福州地名（注意「台」字讀音）－※甲

琉球－$liu^{2}$ $kiu^{2}$（$khiu^{2}$）－※甲

退衣店－$thɔi^{5}$ $i^{1}$ $taiŋ^{5}$（$thɔ^{3}$）－買賣二手衣服的店鋪－※乙

## 分類語彙索引

## （一）自然地理

### 1 天象日期

【日頭】　nik$^{8}$ thau$^{2}$　太陽　※甲

【日光】　nik$^{8}$ kuoŋ$^{1}$　太陽光　※甲

【日火】　nik$^{8}$ huɪ$^{3}$　夏天強烈的日光　※甲

【日暈】　nik$^{8}$ uoŋ$^{6}$　※甲

【曬】　sie$^{3}$　日影移動　※丙

【曝】　phuoʔ$^{8}$　曬　※甲

【彈】　taŋ$^{2}$　曬，日光照射　※甲

【□】　lauŋ$^{5}$　曬乾（衣服等）　※丙

【熆$^{+}$】　hak$^{8}$　被強烈日光照射　※丙

【月】　ŋuok$^{8}$　月亮　※甲

【月暈】　ŋuok$^{8}$ uoŋ$^{6}$　※甲

【離窩星】　liɛ$^{3}$ uo$^{1}$ siŋ$^{1}$　流星　※丙

【筅帚星】　tsheiŋ$^{3}$ tshiu$^{3}$ siŋ$^{1}$　彗星　※甲

【彗星】　suoɪ$^{5}$ siŋ$^{1}$　（注意「慧」的讀音）　※丙

【今年暝】　kiŋ$^{1}$ nieŋ$^{2}$ maŋ$^{2}$　今年　※甲

【後年（暝）】　au$^{6}$ nieŋ$^{2}$ maŋ$^{2}$　後年　※甲

【明年（暝）】　maŋ$^{2}$ nieŋ$^{2}$ maŋ$^{2}$　明年　※甲

【去年暝】　khɔ$^{5}$ nieŋ$^{2}$ maŋ$^{2}$　去年　※甲

【昨年（暝）】　soʔ$^{8}$ nieŋ$^{2}$ maŋ$^{2}$　前年　※甲

【廿裡】　niek$^{7}$ tie$^{3}$　（農曆日期）二十以內　※丙

【廿幾】　nik$^{8}$ kui$^{3}$　二十幾（這個音只用於說農曆日期）　※甲

【年暝廿幾】　mieŋ$^{2}$ maŋ$^{2}$ nik$^{8}$ kui$^{3}$　臘月的最後幾天　※甲

【年暝】　nieŋ$^{2}$ maŋ$^{2}$　農曆年底　※甲

【年兜】　nieŋ$^{2}$ tau$^{1}$　農曆年底　※甲

【節兜】　tsaik$^{7}$ tau$^{1}$　臨近節日的日子　※甲

【年節下】　nieŋ$^{2}$ tsaik$^{7}$ ha$^{6}$　快到過年過節的時候　※乙

【初十裡】　tshø$^{1}$ seik$^{8}$ tie$^{3}$　從初一到初十　※乙

【正月初】　tsiaŋ$^{1}$ ŋuok$^{8}$ tshø$^{1}$　正月的頭幾天　※甲

【廿九當三十】　nik$^{8}$ kau$^{3}$ tauŋ$^{5}$ saŋ$^{1}$ seik$^{8}$　（有些年份的）除夕是臘月二十九　※甲

【出正】　tshouk$^{7}$ tsiaŋ$^{1}$　進入正月　※丙

【過正】　kuo$^{5}$ tsiaŋ$^{1}$　過了正月　※丙

【初頭】　tshø$^{1}$ thau$^{2}$　每月的頭幾天　※乙

【裡初】　tie$^{3}$ tshø$^{1}$　進入新月份　※乙

【（禮）拜一】　lɛ$^{3}$ pai$^{5}$ eik$^{7}$　星期一　※甲

【（禮）拜二】　lɛ$^{3}$ pai$^{5}$ nei$^{6}$　星期二　※甲

【（禮）拜三】　lɛ$^{3}$ pai$^{5}$ saŋ$^{1}$　星期三　※甲

【（禮）拜四】　lɛ$^{3}$ pai$^{5}$ sei$^{5}$　星期四　※甲

【（禮）拜五】　lɛ$^{3}$ pai$^{5}$ ŋou$^{6}$　星期五　※甲

【（禮）拜六】　lɛ$^{3}$ pai$^{5}$ løk$^{8}$　星期六　※甲

【禮拜（日）】　lɛ$^{3}$ pai$^{5}$ nik$^{8}$　星期天　※甲

【今旦】　kiŋ$^{1}$ taŋ$^{5}$　今天　※甲

【今晡】 kiŋ$^{1}$ puo$^{1}$ 今晚 ※甲

【昨暝】 sok$^{8}$ maŋ$^{2}$ 昨天 ※甲

【昨日】 sioʔ$^{8}$ nik$^{8}$ 前天 ※甲

【昨暝早】 sok$^{8}$ maŋ$^{2}$ tsa$^{3}$ 昨天早上 ※甲

【今旦早】 kiŋ$^{1}$ taŋ$^{5}$ tsa$^{3}$ 今早 ※甲

【明旦】 miŋ$^{2}$ taŋ$^{5}$ 明日 ※甲

【明旦早】 miŋ$^{2}$ taŋ$^{5}$ tsa$^{3}$ 明早 ※甲

【後日】 au$^{6}$ nik$^{8}$ 後天 ※甲

【乇後日】 nɔʔ$^{7}$ au$^{6}$ nik$^{8}$ 大後天（今一般認為是「老後日」） ※甲

## 2 早晚時間

【天光早】 thieŋ$^{1}$ kuoŋ$^{1}$ tsa$^{3}$ 清早 ※甲

【霿霿光】 muo$^{2}$ muo$^{2}$ kuoŋ$^{1}$ 濛濛亮，清晨 ※甲

【寢寢光】 tshiŋ$^{3}$ tshiŋ$^{3}$ kuoŋ$^{1}$ 濛濛亮，清晨 ※甲

【天大光】 thieŋ$^{1}$ tuai$^{6}$ kuoŋ$^{1}$ 大天亮，早晨 ※甲

【早起（頭）】 tsa$^{3}$ khi$^{3}$ thau$^{2}$ 早晨 ※甲

【日中】 nik$^{8}$ touŋ$^{1}$ 白天 ※甲

【上晝】 sioŋ$^{6}$ tau$^{5}$ 上午 ※甲

【破中晝】 phuai$^{5}$ touŋ$^{1}$ tau$^{5}$ 正當中午的時候 ※甲

【日頭晝】 nik$^{8}$ thau$^{2}$ tau$^{5}$ 中午 ※乙

【日晝】 nik$^{8}$ tau$^{5}$ 中午 ※甲

【中午】 touŋ$^{1}$ ŋu$^{3}$ ※甲

【下晝】 a$^{6}$ tau$^{5}$ 下午 ※甲

【過晝】 kuo$^{5}$ tau$^{5}$ 過了中午，下午 ※甲

【拍更】 phaʔ$^{7}$ kaŋ$^{1}$ 打更 ※乙

【定更】 tiaŋ$^{6}$ kaŋ$^{1}$ 初更，約晚上八點左右 ※乙

【拍更鼓】　phaʔ$^{7}$ kaŋ$^{1}$ ku$^{3}$　打更鼓　※乙

【上更】　sioŋ$^{6}$ kaŋ$^{1}$　上半夜　※乙

【下更】　a$^{6}$ kaŋ$^{1}$　下半夜　※乙

【含半晡】　haŋ$^{2}$ puaŋ$^{5}$ puo$^{1}$　黃昏　※丙

【含暗晡】　haŋ$^{2}$ aŋ$^{5}$ puo$^{1}$　傍晚　※丙

【暗半晡】　an$^{5}$ puaŋ$^{5}$ puo$^{1}$　黃昏　※丙

【晡時頭】　puo$^{1}$ si$^{2}$ thau$^{2}$　晚上　※丙

【半晡】　puaŋ$^{5}$ puo$^{1}$　傍晚，約下午四點；今所指時間約在晚飯前後　※甲

【暗暝】　aŋ$^{5}$ maŋ$^{2}$　黑夜　※丙

【暝晡】　maŋ$^{2}$ puo$^{1}$　晚上　※甲

【半暝】　puaŋ$^{5}$ maŋ$^{2}$　半夜　※甲

【日暝】　nik$^{8}$ maŋ$^{2}$　日夜　※甲

【過晡】　kuo$^{5}$ puo$^{1}$　隔夜　※甲

【隔頓】　kaʔ$^{7}$ tauŋ$^{5}$　隔了一頓（飯）　※甲

【隔暝】　kaʔ$^{7}$ maŋ$^{2}$　隔了一夜，過夜　※甲

【透日】　thau$^{5}$ nik$^{8}$　終日，一天到晚　※甲

【一日遘暗】　sioʔ$^{8}$ nik$^{8}$ kau$^{5}$ aŋ$^{5}$（uaŋ$^{5}$）　一天到晚，一整天　※甲

【兩頭光】　laŋ$^{6}$ thau$^{2}$ kuoŋ$^{1}$　指一夜的過程　※丙

【犗犗期】　taøk$^{7}$ taøk$^{7}$ ki$^{1}$　準確的日期　※丙

【緩*一日】　laøŋ$^{5}$ sioʔ$^{8}$ nik$^{8}$　緩一天　※甲

【一世儂】　sioʔ$^{8}$ sie$^{5}$ nøŋ$^{2}$　一輩子　※甲

【一世面】　sioʔ$^{8}$ sie$^{5}$ meiŋ$^{5}$　一直到死，終身　※甲

【一刻久】　sioʔ$^{8}$ khaik$^{7}$ ku$^{3}$　一會兒　※甲

【一晌】　sioʔ$^{8}$ ouŋ$^{2}$　一會兒，一陣子　※甲

【下二回】　a$^{6}$ nei$^{6}$ huoɪ$^{2}$　下次，以後　※甲

【車轉步】　tshia$^{1}$ tioŋ$^{3}$ puo$^{6}$　一轉身的工夫，片刻功夫　※乙

【半日】　buaŋ$^{5}$ nik　半天，老半天　※甲

【半俩日】　puaŋ$^{5}$ sɛ$^{6}$ nik$^{8}$　老半天　※甲

【古早】　ku$^{3}$ tsa$^{3}$　古時候　※甲

【今旦日】　kiŋ$^{1}$ taŋ$^{5}$ nik$^{8}$　如今　※甲

【只長】　tsi$^{3}$ touŋ$^{2}$　現在，此刻　※甲

【只古】　tsi$^{3}$ ku$^{3}$　現在，此刻　※甲

【前到】　seiŋ$^{2}$ nɔ$^{5}$　以前　※乙

【只前到】　tsi$^{3}$ seiŋ$^{2}$ nɔ$^{5}$　現在，眼下　※乙

【只到】　tsi$^{3}$ nɔ$^{5}$　現在，眼下（大約是「只前到」的合音）※丙

【許前到】　hy$^{3}$ seiŋ$^{2}$ tc$^{5}$　那時候　※乙

【頭前】　thau$^{2}$ seiŋ$^{2}$　剛才，早先　※甲

【舊底】　kou$^{6}$ tɛ$^{3}$　從前，過去　※甲

【充幾日】　tshyŋ$^{1}$ kui$^{3}$ nik$^{8}$　緩幾天，寬限幾天　※乙

【晢一步】　taʔ$^{7}$ sioʔ$^{8}$ puo$^{6}$　緩一緩　※甲

【後尾】　au$^{6}$ muɪ$^{3}$　後來，結果　※乙

【尖後】　tsieŋ$^{1}$ au$^{6}$　此時，「只前後」的合音　※甲

【盡尾】　tseiŋ$^{6}$ muɪ$^{3}$　最終　※丙

【早先】　tsa$^{3}$ seiŋ$^{1}$　剛才　※丁

【此刻】　tshy$^{3}$ khaik$^{7}$　現在，馬上　※甲

【過身】　kuo$^{5}$ siŋ$^{1}$　已成過去，過去了的　※甲

【過骹】　kuo$^{5}$ kha$^{1}$　過去的，發生過的　※乙

【墜尾】　toi$^{6}$ muɪ$^{3}$　最後　※乙

【尾手】　muɪ$^{3}$ tshiu$^{3}$　最後，後來　※甲

【閑時下】　eiŋ$^{2}$ si$^{2}$ ha$^{6}$　閑下來的時候　※乙

【前手】　seiŋ$^{2}$ tshiu$^{3}$　預先，事先；今指「剛才」　※丁

【前後】　seiŋ$^2$ au$^6$　時候　※甲

【前後手】　seiŋ$^2$ au$^6$ tshiu$^3$　事前準備事後收拾　※丙

【前幫】　seiŋ$^2$ pouŋ$^1$　上一回　※甲

【原早早】　ŋuoŋ$^2$ tsa$^3$ tsa$^3$　最初，最原來　※乙

【原底底】　ŋuoŋ$^2$ tɛ$^3$ tɛ$^3$　最初，最原來　※甲

【起頭起一】　khi$^3$ thau$^2$ khi$^3$ eik$^7$　剛開始　※丙

【斷昕】　tauŋ$^6$ ouŋ$^2$　隔了很長時間　※甲

【桶$^{=}$早】　thøŋ$^3$ tsa$^3$　剛才（鄉村口音，可能是「頭先早」的合音）　※乙

【領$^{=}$對$^{=}$昕】　liaŋ$^3$ lɔi$^5$ ouŋ$^2$　一會兒（「領對」是少量的意思）　※乙

【擱$^{+}$勞】　kɔ$^2$ lɔ$^2$　（時間）還差很久　※甲

【煞尾】　sak$^7$ muɪ$^3$　結尾　※甲

【煞局】　sak$^7$ kuok$^8$　結束，結局　※甲

【霞$^{=}$偵$^{=}$】　ha$^2$ tiaŋ$^3$　一會兒之後　※甲

## 3 寒暑氣候

【熱天】　iek$^8$ thieŋ$^1$　夏天　※甲

【清天】　tsheiŋ$^5$ thieŋ$^1$　冬天　※甲

【熱清】　iek$^8$ tsheiŋ$^5$　冷熱，冷暖　※甲

【天暖】　thieŋ$^1$ nouŋ$^3$　天氣暖和　※甲

【秋烘】　tshiu$^1$ haøŋ$^6$　初秋的暴熱　※甲

【拗九寒】　au$^3$ au$^3$ kaŋ$^2$　正月二十九前後發生的倒春寒　※甲

【做風】　tsɔ$^5$ huŋ$^1$　刮大風　※甲

【起風】　khi$^3$ huŋ$^1$　開始颳風　※甲

【起暴】　khi$^3$ pɔ$^5$　起風暴　※乙

【做風颱】　tsɔ$^5$ huŋ$^1$ thai$^1$　刮颱風　※甲

【窩$^{+}$風】　uo$^{1}$ huŋ$^{1}$　避風的，風吹不到的　※甲

【風囝溜溜】　huŋ$^{1}$ kiaŋ$^{3}$ liu$^{1}$ liu$^{1}$　一陣陣風帶來寒意　※乙

【風透】　huŋ$^{1}$ thau$^{5}$　風很大　※甲

【拍風做暴】　phaʔ$^{7}$ huŋ$^{1}$ tsɔ$^{5}$ pɔ$^{5}$　起風暴　※甲

【卷螺風】　kuoŋ$^{3}$ loi$^{2}$ huŋ$^{1}$　旋風　※甲

【落雹】　lɔʔ$^{8}$ phøk$^{8}$　※甲

【病啞雨】　paŋ$^{6}$ a$^{3}$ y$^{3}$　無聲的小雨　※丙

【晡時雨】　puo$^{1}$ si$^{2}$ y$^{3}$　雷陣雨　※甲

【盪禍$^{=}$】　tauŋ$^{6}$ huo$^{6}$　夏天的熱陣雨（「禍」為「雨」的又音）　※乙

【盪雨】　tauŋ$^{6}$ y$^{3}$　下雨　※甲

【回南】　huɪ$^{2}$ naŋ$^{2}$　颱風的後鋒來襲，風向相反，俗以為是颱風回南　※甲

【霾霾雨】　muai$^{5}$ muai$^{5}$ y$^{3}$　濛濛細雨　※丙

【沫沫雨】　moi$^{5}$ moi$^{5}$ y$^{3}$　濛濛細雨　※乙

【滂沱大雨】　phɔ$^{1}$ tɔ$^{2}$ tuai$^{6}$ y$^{3}$　傾盆大雨　※甲

【篩粿雨】　thai$^{1}$ tshɛ$^{5}$ y$^{3}$　濛濛細雨　※丙

【微微雨】　mi$^{2}$ mi$^{2}$ y$^{3}$　濛濛細雨　※丙

【雨□】　y$^{3}$ naʔ$^{7}$　雨停　※甲

【雨粉】　y$^{3}$ huŋ$^{3}$　毛毛雨　※乙

【雨囝】　y$^{3}$ kiaŋ$^{3}$　小雨　※甲

【雨沫】　y$^{3}$ moi$^{5}$　雨絲，細雨　※乙

【□□】　niak$^{7}$ niaŋ$^{5}$　（niaŋ$^{5}$ niaŋ$^{5}$）　閃電　※甲

【雷公】　lai$^{2}$ kuŋ$^{1}$　雷，雷神　※甲

【雷公殲】　lai$^{2}$ kuŋ$^{1}$ tsieŋ$^{1}$　遭雷擊　※甲

【絳】　khøyŋ$^{6}$　虹　※甲

【五色絳】　ŋu$^{3}$ saik$^{7}$ khøyŋ$^{6}$　彩虹　※乙

【絳帶】　khøyŋ$^{6}$ tai$^{5}$　彩虹　※丙

【霿】　muo$^{2}$　霧　※甲

【遏霿】　tauŋ$^{6}$ muo$^{2}$　下霧　※甲

【霿霧】　muo$^{2}$ ou$^{6}$　霧　※甲

【霿露】　muo$^{2}$ lou$^{5}$　晨霧　※乙

【落露】　lɔʔ$^{8}$ lou$^{5}$　晨霧　※甲

【潑露】　puak$^{7}$ lou$^{5}$　沾露水　※甲

【落霜】　lɔʔ$^{8}$ souŋ$^{1}$　下霜　※甲

【霿厚】　muo$^{2}$ kau$^{6}$　霧大　※甲

【露厚】　lou$^{5}$ kau$^{6}$　露水大　※甲

【沬濫】　moi$^{5}$ laŋ$^{6}$　被霧沾濕　※丙

【回潤】　huɪ$^{2}$ nouŋ$^{5}$　天氣返潮　※甲

【轉潤】　tioŋ$^{3}$ nouŋ$^{5}$　返潮，潮濕　※甲

【倒陰汗】　tɔ$^{5}$ iŋ$^{1}$ kaŋ$^{6}$　水汽凝結出水珠　※甲

【潤天】　nouŋ$^{5}$ thieŋ$^{1}$　潮濕的天氣　※甲

【呆天】　ŋai$^{2}$ thieŋ$^{1}$　壞天氣，下雨天　※甲

【齷齪天】　auk$^{7}$ tshauk$^{7}$ thieŋ$^{1}$　壞天氣　※丙

【遏雨天】　tauŋ$^{6}$ y$^{3}$ thieŋ$^{1}$　下雨天　※甲

【陰烏天】　eiŋ$^{1}$ u$^{1}$ thieŋ$^{1}$　陰天　※甲

【懸下日】　keiŋ$^{2}$ kia$^{6}$ nik$^{8}$　忽晴忽雨的天氣　※甲

【天晴】　thieŋ$^{1}$ saŋ$^{2}$　天晴，晴天　※甲

【高燥】　kɔ$^{1}$ sɔ$^{5}$　地勢高且乾燥　※甲

【陰霜】　eiŋ$^{1}$ souŋ$^{1}$　下霜後陰沉的冷天　※丙

【悶】　muŋ$^{1}$　悶熱，濕度高的天氣（注意聲調）　※甲

【烘】　haøŋ$^{6}$　輻射熱（注意聲調）　※甲

【烘烘熱】　haøŋ$^{6}$ haøŋ$^{6}$ iek$^{8}$　逼人的熱氣　※甲

## 4 山川地理

【山峽$^{+}$】　saŋ$^{1}$ khiak$^{7}$　峽谷　※甲

【山鼻】　saŋ$^{1}$ phei$^{5}$　山的邊緣突出部　※丙

【山窟】　saŋ$^{1}$ khauk$^{7}$　山洞　※甲

【山窿$^{+}$】　saŋ$^{1}$ løŋ$^{1}$　山洞　※丙

【嶺裡】　liaŋ$^{3}$ tie$^{3}$　山裡　※甲

【崎】　khie$^{5}$　小山坡，高地（本字可能是「企」）　※甲

【嶺頂】　liaŋ$^{3}$ tiŋ$^{3}$　山上　※甲

【礶$^{+}$曇$^{+}$空】　laŋ$^{2}$ taŋ$^{2}$ khøŋ$^{1}$　岩洞　※甲

【退$^{=}$退$^{=}$】　thoi$^{2}$ thɔi$^{5}$　洞　※甲

【坡阪】　phɔ$^{1}$ paŋ$^{3}$　堤壩的斜坡　※乙

【□□石】　thø$^{1}$ thø$^{1}$ sioʔ$^{8}$　斜面的石塊　※甲

【屐$^{=}$屐$^{=}$石】　khiak$^{8}$ khiak$^{8}$ sioʔ$^{8}$　不穩、能搖動的石頭　※丙

【通野通洋】　thøŋ$^{1}$ ia$^{3}$ thøŋ$^{1}$ ioŋ$^{2}$　曠野　※乙

【白善塗】　paʔ$^{8}$ sieŋ$^{6}$ thu$^{2}$　白堊，燒瓷器的原料　※乙

【礶$^{+}$曇$^{+}$】　laŋ$^{2}$ thaŋ$^{2}$　大塊的岩石　※甲

【粉曇$^{+}$】　huŋ$^{3}$ thaŋ$^{2}$　砂質岩，製作陶器的原料　※乙

【大馬】　tuai$^{6}$ ma$^{3}$　水中的大塊礁石　※丙

【小馬】　sieu$^{3}$ ma$^{3}$　較小的礁石　※丙

【港】　køŋ$^{3}$　小河汊。今指港口　※丁

【港浦】　køŋ$^{3}$ phuo$^{3}$　小河汊　※乙

【港頭】　køŋ$^{3}$ thau$^{2}$　河口。今作地名　※丁

【港門】　køŋ$^{3}$ muoŋ$^{2}$　河口　※丙

【水窟】　tsui$^{3}$ khauk$^{7}$　水窪　※甲

【上瀓】　sioŋ$^{6}$ thaøŋ$^{5}$　上層的水流　※丙

【塗塀$^{+}$】　thu$^{2}$ piaʔ$^{8}$　退潮後露出的灘塗　※甲

【沙壀$^{+}$】　sai$^{1}$ phiaʔ$^{8}$　沙灘　※甲

【沙痕】　sai$^{1}$ houŋ$^{2}$（ouŋ$^{2}$）　沙灘　※丙

【洲】　tsiu$^{1}$　河汊包圍的地塊，江中的小島　※甲

【洲邊】　tsiu$^{1}$ pieŋ$^{1}$　洲的邊緣　※甲

【濫注】　laŋ$^{6}$ tsøy$^{5}$　沼澤　※乙

【水墘】　tsui$^{3}$ kieŋ$^{2}$　水邊　※甲

【溪河】　khɛ$^{1}$ ɔ$^{2}$　上游河道　※丙

【兩邊岸】　lioŋ$^{3}$ peiŋ$^{1}$ ŋiaŋ$^{6}$　兩岸　※甲

【垾】　aŋ$^{6}$　堤壩　※丙

【瀨】　lai$^{5}$　淺水灘，沙面上的淺水　※丙

【海澄】　hai$^{3}$ thaøŋ$^{5}$　浪涌　※丙

【澳】　ɔ$^{5}$　海灣　※甲

【澳頭】　ɔ$^{5}$ thau$^{2}$　海邊的天然碼頭　※甲

【漺漾】　tshioŋ$^{6}$ ioŋ$^{6}$　波濤起伏　※丙

【岸頂】　ŋiaŋ$^{6}$ tiŋ$^{3}$　岸上　※甲

【水市】　tsui$^{3}$ tshei$^{6}$　潮汐的時間　※甲

【漲水】　touŋ$^{3}$ tsui$^{3}$　漲潮　※甲

【漲八】　touŋ$^{3}$ paik$^{7}$　潮水漲到八成滿　※丙

【漲澱$^{+}$】　touŋ$^{3}$ tieŋ$^{6}$　漲滿，滿潮　※甲

【水漲】　tsui$^{3}$ touŋ$^{3}$　漲潮　※甲

【水汐$^{*}$】　tsui$^{3}$ phuoŋ$^{5}$　退潮　※甲

【水汑】　trui$^{3}$ thauk$^{7}$（taʔ$^{8}$）　退潮，水落下　※乙

【天做旱】　thieŋ tsɔ$^{5}$ aŋ$^{6}$　旱災　※甲

【做大水】　tsɔ$^{5}$ tuai$^{6}$ tsui$^{3}$　發洪水　※甲

【地定動】　tei$^{6}$ teiŋ$^{6}$ taøŋ$^{6}$　地震　※乙

## 5 中外地名

【佛蘭】　houk$^{7}$ laŋ$^{2}$　法國　※丙

【花旗國】　hua$^{1}$ ki$^{2}$ kuok$^{7}$　美國　※丙

【大美】　tai$^{6}$ mi$^{3}$　美國　※丙

【大英】　tai$^{6}$ iŋ$^{1}$　英國　※丙

【英吉利】　iŋ$^{1}$ keik$^{7}$ lei$^{5}$　英國　※丙

【高麗國】　kɔ$^{1}$ lɛ$^{2}$ kuok$^{7}$　朝鮮國　※丙

【琉球】　liu$^{2}$ kiu$^{2}$（khiu$^{2}$）　※甲

【番國】　huaŋ$^{1}$ kuok$^{7}$　外國　※丙

【亞細亞】　a$^{3}$ sɛ$^{5}$ a$^{3}$　亞州　※乙

【猶太國】　iu$^{2}$ thai$^{5}$ kuok$^{7}$　以色列　※乙

【亞喇伯】　a$^{3}$ lak$^{8}$ paik$^{7}$　阿拉伯　※甲

【天竺國】　thieŋ$^{1}$ tøyk$^{7}$ kuok$^{7}$　印度　※丙

【安南】　aŋ$^{1}$ naŋ$^{2}$　越南　※乙

【廣南】　kuoŋ$^{3}$ naŋ$^{2}$　越南　※丙

【暹羅】　sieŋ$^{2}$ lɔ$^{2}$　泰國　※乙

【鼓浪嶼】　ku$^{3}$ lauŋ$^{6}$ søy$^{6}$　廈門鼓浪嶼　※甲

【普陀岩】　phuo$^{3}$ tɔ$^{2}$ ŋaŋ$^{2}$　浙江普陀山　※丙

【臺灣】　tai$^{2}$ uaŋ$^{2}$（uaŋ$^{1}$）　※甲

【打狗】　ta$^{3}$ keu$^{3}$　臺灣高雄港　※丙

【淡水】　taŋ$^{6}$ tsui$^{3}$　臺灣淡水港　※甲

【雞籠】　kie$^{1}$ løŋ$^{2}$　臺灣基隆港　※丙

【上府】　sioŋ$^{6}$ hu$^{3}$　泛指福州以北的各府　※乙

【下府】　a$^{6}$ hu$^{3}$　指泉州府等閩南地區　※乙

【上墿】　sioŋ$^{6}$ tio$^{6}$　福州市以北的地區　※甲

【下墿】　a$^{6}$ tio$^{6}$　福州市以南的地區　※甲

【下南】　a$^{6}$ naŋ$^{2}$　指泉州等閩南地區　※乙

【連江縣】　leiŋ$^{2}$ kouŋ$^{1}$ kaiŋ$^{6}$　（注意「連」字韻母）　※甲

【長樂】　tioŋ$^{2}$ lɔʔ$^{8}$　長樂縣　※甲

【古田】　khu$^{1}$ tsheiŋ$^{2}$　古田縣（注意「古」字讀音）　※甲

【榕城】　yŋ$^{2}$ siaŋ$^{2}$　福州的別稱　※甲

【南門兜】　naŋ$^{2}$ muoŋ$^{2}$ tau$^{1}$　福州地名，舊城南門周圍　※甲

【白塔】　paʔ$^{8}$ thak$^{7}$　福州名勝之一，在城內于山腳下　※甲

【湯門】　thouŋ$^{1}$ muoŋ$^{2}$　福州溫泉區域的地名　※甲

【坎爿崎】　khaŋ$^{3}$ peiŋ$^{2}$ khie$^{5}$　福州地名，雅稱「安民崎」　※甲

【羅星塔】　lɔ$^{2}$ siŋ$^{1}$ thak$^{7}$　福州名勝之一，在福州馬尾　※甲

【中洲訊】　touŋ$^{1}$ tsiu$^{1}$ seiŋ$^{5}$　閩江中的小島。今說「中洲」　※甲

【鴨母洲】　ak$^{7}$ mɔ$^{3}$ tsiu$^{1}$　福州地名，在閩江北岸　※甲

【五保七社】　ŋou$^{5}$ pɔ$^{3}$ tsheik$^{7}$ sia$^{6}$　福州大廟山南面的一片地區　※乙

【澤苗$^{=}$】　paʔ$^{8}$ mieu$^{2}$　福州地名，在閩江南岸，「五顯公」祖廟所在地（讀音與字不符）　※乙

【閩安訊】　miŋ$^{2}$ aŋ$^{1}$ seiŋ$^{5}$　福州地名，今一般說「閩安鎮」　※甲

【三十六宅】　saŋ$^{1}$ seik$^{8}$ løk$^{8}$ taʔ$^{8}$　閩江南岸三十六個村子　※甲

【澳門橋】　ɔ$^{5}$ muoŋ$^{2}$ kio$^{2}$　福州地名　※甲

【鋪前頂】　phuo$^{5}$ seiŋ$^{2}$ tiŋ$^{3}$　福州地名　※甲

【琉球館】　liu$^{2}$ khiu$^{2}$ kuaŋ$^{3}$　琉球會館，今為博物館　※甲

【北嶺】　paøk$^{7}$ liaŋ$^{3}$　福州市區北面的山嶺　※甲

【井門樓】　tsaŋ$^{3}$ muoŋ$^{2}$ leu$^{2}$　福州地名　※甲

【湧泉寺】　øyŋ$^{5}$ tsioŋ$^{2}$ sei$^{6}$　福州東郊鼓山上的名剎　※甲

【越山】　uok$^{8}$ saŋ$^{1}$　福州地名，在北門附近　※甲

【番船浦】　huŋ$^{1}$ suŋ$^{2}$ phuo$^{3}$　福州地名，在今倉山區　※甲

【桃爿李另】 thɔ$^{2}$ peiŋ$^{2}$ li$^{3}$ leiŋ$^{5}$ 福州烏石山的景觀岩石，像切塊的桃子李子 ※甲

【灣邊洲尾】 uaŋ$^{2}$ pieŋ$^{1}$ tsiu$^{1}$ muɪ$^{3}$ 閩江北岸的兩個村莊 ※甲

【南台】 naŋ$^{2}$ toi$^{2}$（noi$^{2}$） 福州地名（注意「台」字讀音）※甲

【城裡】 siaŋ$^{2}$ tie$^{3}$ 城內 ※甲

【瓮城】 aøŋ$^{5}$ siaŋ$^{2}$ 內外城門之間的空地 ※丙

【境】 kiŋ$^{3}$ 以一個廟為中心的居民社區 ※甲

【（境）社】 kiŋ$^{3}$ sia$^{6}$ 以一個廟為中心居民社區 ※乙

【鋪】 phuo$^{5}$ 鎮的下屬行政單位。里程單位，十里為一鋪 ※甲

【都】 tu$^{1}$ 鎮的下屬行政單位。今作地名 ※甲

## 6 方位處所

【天中】 thieŋ$^{1}$ touŋ$^{1}$ 露天的地方 ※乙

【地兜】 tei$^{6}$ tau$^{1}$ 地上 ※甲

【地場】 tei$^{6}$ tioŋ$^{2}$ 地方，場所 ※乙

【天心】 thieŋ$^{1}$ siŋ$^{1}$ 天頂最高處 ※甲

【頭頂中】 thau$^{2}$ tiŋ$^{3}$ touŋ$^{1}$ 頭頂上 ※甲

【懸頂（勢）】 kɛ$^{2}$ tiŋ$^{3}$ sie$^{5}$（teiŋ$^{3}$） 上面，上頭 ※甲

【下底】 a$^{6}$ tɛ$^{3}$ 下面 ※甲

【屈下底】 khouk$^{7}$ a$^{6}$ tɛ$^{3}$ 躲在下面，在下面 ※甲

【居中中】 ky$^{1}$ tyŋ$^{1}$ tyŋ$^{1}$ 放在正中間 ※乙

【待待中】 tai$^{6}$ tai$^{6}$ touŋ$^{1}$ 正中間 ※甲

【對天遠】 tɔi$^{5}$ thieŋ$^{1}$ huoŋ$^{6}$ 遙遠 ※丙

【半中腰】 puaŋ$^{5}$ touŋ$^{1}$ ieu$^{1}$ 攔腰，半中間 ※甲

【兩頭尾】 laŋ$^{6}$ thau$^{2}$ muɪ$^{3}$ 兩頭 ※乙

【環環墘】 khuaŋ$^{2}$ khuaŋ$^{2}$ kieŋ$^{2}$ 四周 ※甲

【底底】　tɛ³ tɛ³　底兒，最底下的　※甲

【裡外】　tie³ ŋie⁶　內外　※甲

【位處】　oi⁶ tshøy⁵　位置　※甲

【七處】　tsheik⁷ tshøy⁵　到處，四處　※甲

【別塊*】　peik⁸ tɔi⁵　別處，外地　※甲

【別位（處）】　peik⁸ oi⁶ tshøy⁵　別處，別的地方，外地　※甲

【滿塊*】　muaŋ³ tɔi⁵　到處　※甲

【滿世】　muaŋ³ sie⁵　到處　※甲

【無塊*】　mɔ² tɔi⁵　無處　※甲

【方圍】　huoŋ¹ ui²　範圍　※甲

【墘墘】　kieŋ² kieŋ²　邊緣　※甲

【角角】　kø² kaøk⁷　角落，角兒　※甲

【墘角】　kieŋ² kaøk⁷　邊邊角角，引申指細節　※甲

【口墘】　khau³ kieŋ²　通道口的邊上　※甲

【通野】　thøŋ¹ ia³　露天的地方　※甲

【空空】　khaøŋ⁵ khaøŋ⁵　地面上的小窟窿　※甲

【外斗（勢）】　ŋie⁶ tau³ sie⁵　外面　※甲

【待中】　tai⁶ touŋ¹　當中，中間　※甲

【面前】　meiŋ⁵ seiŋ²　※甲

【髆後】　phiaŋ¹ au⁶　背後　※甲

【後向】　au⁶ hioŋ⁵　後面　※甲

【北勢】　paøk⁷ sie⁵　北面　※甲

【朝出】　tieu² tshouk⁷　朝外　※甲

【峽⁺峽⁺】　khiak⁷ khiak⁷　狹縫　※甲

【圓環】　ieŋ² khuaŋ²　圓圈　※甲

## (二) 農業植物

### 1 生產勞動

【□】　tua$^{2}$　把穀物放在筐裡搖動，讓雜物浮到面上加以清除　※丙

【□米】　tshie$^{2}$ mi$^{3}$　振動米篩子　※丙

【□壩】　tsɔʔ$^{7}$ pa$^{5}$　堵塞堤壩的裂縫　※乙

【開退$^{=}$】　khui$^{1}$ thɔi$^{5}$　挖洞　※乙

【車池】　tshia$^{1}$ tie$^{2}$　把池塘裡的水抽乾　※甲

【討柴】　thɔ$^{3}$ tsha$^{2}$　打柴　※甲

【埸風】　tshioŋ$^{2}$ huŋ$^{1}$　利用自然風揚穀　※丙

【埸粟】　tshioŋ$^{2}$ tsioʔ$^{7}$　利用自然風揚穀　※丙

【巡水】　suŋ$^{2}$ tsui$^{3}$　巡察水田流水情況　※甲

【巡田】　suŋ$^{2}$ tsheiŋ$^{2}$　巡察水田流水情況　※甲

【沃菜】　uok$^{7}$ tshai$^{5}$　澆菜地　※甲

【擔担】　taŋ$^{1}$ taŋ$^{5}$　挑擔子　※甲

【挖藕】　uak$^{7}$ ŋau$^{6}$　從淤泥中將藕取出　※甲

【派水】　phuai$^{5}$ tsui$^{3}$　挖開渠道放水入田　※甲

【礱粟】　løŋ$^{2}$ tshiok$^{7}$　給稻穀脫殼　※甲

【耙田】　pa$^{6}$ tsheiŋ$^{2}$　※甲

【做山】　tsɔ$^{5}$ saŋ$^{1}$　在山上開荒或伐木　※甲

【做田】　tsɔ$^{5}$ tsheiŋ$^{2}$　種田　※甲

【宿糞】　søyk$^{7}$ pouŋ$^{5}$　讓糞肥發酵　※甲

【舂粞】　tsyŋ$^{1}$ tshɛ$^{5}$　將米舂成粉團　※甲

【舂米】　tsyŋ$^{1}$ mi$^{3}$　※甲

【割釉】　kak$^{7}$ teu$^{6}$　割稻　※甲

【替肩】　thɛ$^{5}$ kieŋ$^{1}$　接替挑擔　※乙

【築堤】　tøyk$^{7}$ køy$^{6}$　築堤　※丙

【鋤園】　thy$^{2}$ huoŋ$^{2}$　在菜地鋤草　※甲

【躲一肩】　tio$^{3}$ sioʔ$^{8}$ kieŋ$^{1}$　挑擔子換肩　※甲

【捽粙】　saøk$^{7}$ teu$^{6}$　打穀　※甲

【摘茶】　tiaʔ$^{7}$ ta$^{2}$　採茶　※甲

【播田】　puo$^{5}$ tsheiŋ$^{2}$　插秧　※甲

【播莌】　puo$^{5}$ tau$^{1}$　插秧　※甲

【踏車】　tak$^{8}$ tshia$^{1}$　踏水車　※甲

【椸種】　ie$^{6}$ tsyŋ$^{3}$　撒種籽　※甲

【薅草】　hau$^{1}$ tshau$^{3}$　為秧田除草　※甲

【掘番薯】　kuk$^{8}$ huaŋ$^{1}$ sy$^{2}$　將成熟的番薯從土裡掘出　※甲

【擦番薯】　tshiak huaŋ$^{1}$ sy$^{2}$　用專用刀具將番薯搓擦成片或絲　※甲

## 2 農具田園

【馬刨】　ma$^{3}$ pau$^{6}$　刷洗馬的工具　※丙

【水碓】　tsui$^{3}$ tai$^{5}$　用水力舂米的機械　※甲

【水磨】　tsui$^{3}$ mɔ$^{6}$　水力推動的石磨　※乙

【牛磨】　ŋu$^{2}$ mɔ$^{6}$　用牛拉的石磨　※乙

【風煽】　huŋ$^{1}$ sieŋ$^{1}$　木質的手搖揚穀機　※甲

【田園】　tsheiŋ$^{2}$ huoŋ$^{2}$　※甲

【田塍】　tsheiŋ$^{2}$ tshiŋ$^{2}$　田埂　※甲

【石碓臼】　sioʔ$^{8}$ tai$^{5}$ khou$^{6}$　※乙

【米栳】　mi$^{3}$ lɔ$^{3}$　裝米的筐子　※甲

【米篩】　mi$^{3}$ thai$^{1}$　※甲

【米箂】　mi$^{3}$ lai$^{2}$　有兩個提手的裝米籮筐　※甲

【臼槌】　khou$^{6}$ thui$^{2}$　臼杵　※乙

【戽斗】 hou$^{5}$ tau$^{3}$ 船工舀水的瓢 ※乙

【板擔】 peiŋ$^{3}$ taŋ$^{1}$ 扁擔 ※甲

【軟□】 nioŋ$^{3}$ tsiak$^{7}$（tshiak$^{7}$） 曬穀子用的竹席 ※丙

【洋】 ioŋ$^{2}$ 大片的田地 ※甲

【料】 læu$^{6}$ 肥料 ※甲

【柴刀】 tsha$^{2}$ tɔ$^{1}$ 砍柴刀 ※甲

【柴擔】 tsha$^{2}$ taŋ$^{5}$ 柴火挑子 ※甲

【柴鍥】 tsha$^{2}$ kaik$^{7}$ 割柴草用的鐮刀 ※丙

【礱臼】 løŋ$^{2}$ khou$^{6}$ 米礱的凹槽 ※乙

【礱臂】 løŋ$^{2}$ piɛ$^{5}$ 礱的手柄 ※丙

【犁頭】 lɛ$^{2}$ thau$^{2}$ ※甲

【犁頭鐵】 lɛ$^{2}$ thau$^{2}$ thiek$^{7}$ 鐵質的犁頭部 ※甲

【紬馬】 teu$^{6}$ ma$^{3}$ 打穀用的架子 ※甲

【紬楻】 teu$^{6}$ khuoŋ$^{2}$ 打穀用的大木桶 ※甲

【耞耙】 kia$^{2}$ pa$^{2}$（kie$^{1}$） 一種耙地的農具 ※乙

【舂臼】 tsyŋ$^{1}$ khou$^{6}$ ※甲

【舂臼槌】 tsyŋ$^{1}$ khou$^{6}$ thuɪ$^{2}$ ※乙

【鏟】 tshiaŋ$^{3}$ ※甲

【篩礱】 thai$^{1}$ løŋ$^{2}$ 篩子（？） ※丙

【粟囤】 tshioʔ$^{7}$ touŋ$^{5}$ 盛穀子的囤子，用竹席圍成 ※丙

【粟墭】 tshioʔ$^{7}$ siaŋ$^{6}$ 盛穀子的大木櫃 ※乙

【墭層】 siaŋ$^{6}$ tseiŋ$^{2}$ 穀物的分層貯藏箱，可根據需要增減層數 ※乙

【糞被】 pouŋ$^{5}$ phuoɪ$^{6}$ 糞池表面乾結的一層 ※乙

【糞桶】 pouŋ$^{5}$ thøŋ$^{3}$ 挑糞的桶 ※甲

【糞壑】 pouŋ$^{5}$ høk$^{8}$ 糞坑 ※甲

【畚箕】 puŋ$^{3}$ ki$^{1}$ ※甲

【簸箕】　puai$^{1}$ ki$^{1}$　※甲

【鋤頭】　thy$^{2}$ thau$^{2}$　※甲

【塗礱】　thu$^{2}$ løŋ$^{2}$　黏土製的碾米工具　※乙

【筙擔】　lai$^{2}$ taŋ$^{5}$　一對竹筐組成的擔子　※甲

【踏碓】　tak$^{8}$ tai$^{5}$　足踏的舂米器械　※乙

【骹碓】　kha$^{1}$ tai$^{5}$　腳踏舂米的工具　※乙

【糠篩】　khouŋ$^{1}$ thai$^{1}$　篩米糠的篩子　※甲

【鐮鍥】　lieŋ$^{2}$ kaik$^{7}$　鐮刀　※甲

【（曝）粟埕】　phuok$^{8}$ tshioʔ$^{7}$ tiaŋ$^{2}$　曬穀場　※甲

【棕胎$^{=}$】　tsøŋ$^{1}$ thai$^{1}$　蓑衣　※甲

【斗笠】　tau$^{3}$ lik$^{8}$　※甲

## 3 糧食蔬菜

【三角麥】　saŋ$^{1}$ kaøk$^{7}$ maʔ$^{8}$　一種麥子　※丙

【大麥】　tuai$^{6}$ maʔ$^{8}$　※甲

【冇粟】　phaŋ$^{5}$ tshiok$^{7}$　癟穀子　※甲

【冬秫】　tøŋ$^{1}$ suk$^{8}$　農曆十月收割的糯米　※丙

【早冬】　tsa$^{3}$ tøŋ$^{1}$　早稻　※乙

【早關】　tsa$^{3}$ kuaŋ$^{1}$　早稻　※乙

【早米】　tsa$^{3}$ mi$^{3}$　早稻的米　※甲

【早草】　tsa$^{3}$ tshau$^{3}$　早稻的稻草　※乙

【早晚冬】　tsa$^{3}$ muoŋ$^{3}$ tøŋ$^{1}$　早晚兩季稻穀收成的總稱　※乙

【早晚關】　tsa$^{3}$ muoŋ$^{3}$ kuaŋ$^{1}$　早晚兩季稻穀收成的總稱　※乙

【早粟】　tsa$^{3}$ tshioʔ$^{7}$　早稻的穀子　※甲

【米麥】　mi$^{3}$ maʔ$^{8}$　一種短穗的大麥　※丙

【豆枯】　tau$^{2}$ khu$^{1}$　黃豆榨油後的殘渣　※丙

【茶枯】　ta$^{2}$ khu$^{1}$　茶籽榨油後的殘渣，可做洗滌劑　※甲

【油枯】 iu$^{2}$ khu$^{1}$ 榨油後的殘渣 ※丙

【麥麩】 maʔ$^{8}$ phuo$^{1}$ ※甲

【麥稿】 maʔ$^{8}$ kɔ$^{3}$ 麥秸 ※甲

【紬稿】 teu$^{6}$ kɔ$^{3}$ 稻秆 ※甲

【菜栽】 tshai$^{5}$ tsai$^{1}$ 菜苗 ※甲

【單秫】 taŋ$^{1}$ suk$^{8}$ 單季成熟的糯米，在農曆六月收割 ※丙

【嶺米】 liaŋ$^{3}$ mi$^{3}$ 大麥 ※丙

【油麻】 iu$^{2}$ muai$^{2}$ 芝麻 ※甲

【鬼$^{=}$麥】 kui$^{3}$ maʔ$^{8}$ 燕麥 ※丙

【晏�】 aŋ$^{5}$ ie$^{6}$ 晚栽（的農作物） ※甲

【晏花】 aŋ$^{5}$ hua$^{1}$ 花期遲、晚熟的水果 ※丙

【晚冬】 muoŋ$^{3}$ tøŋ$^{1}$ 晚稻 ※乙

【晚關】 muoŋ$^{3}$ kuaŋ$^{1}$ 晚稻 ※乙

【晚紬】 muoŋ$^{3}$ teu$^{6}$ 晚稻 ※乙

【秧針】 ouŋ$^{1}$ tseiŋ$^{1}$ 稻芽 ※丙

【黃占米】 uoŋ$^{2}$ tsieŋ$^{1}$ mi$^{3}$ 晚稻米 ※甲

【黃占粟】 uoŋ$^{2}$ tsieŋ$^{1}$ tshioʔ$^{7}$ 晚稻的穀子 ※乙

【番薯】 huaŋ$^{1}$ sy$^{2}$ ※甲

【粟】 tshioʔ$^{7}$ 稻穀 ※甲

【粟種】 tshioʔ$^{7}$ tsyŋ$^{3}$ 稻種 ※甲

【黍】 sø$^{3}$ 小米 ※甲

【腰邊炮$^{=}$】 ieu$^{1}$ pieŋ$^{1}$ phau$^{5}$ 玉米，今寫作「油天炮」 ※甲

【稷米】 tsie$^{5}$ mi$^{3}$ 小米 ※乙

【薹$^{+}$】 tai$^{1}$ 高粱 ※甲

【犬尾薹$^{+}$】 kheiŋ$^{3}$ muɪ$^{3}$ tai$^{1}$ 一種高粱，穗如犬尾 ※丙

【鴨骹薹$^{+}$】 ak$^{7}$ kha$^{1}$ tai$^{1}$ 一種高粱，穗如鴨掌 ※丙

【葋】 tshø$^{5}$ 絲瓜 ※甲

【葯棚】　tshø$^{5}$ paŋ$^{2}$　絲瓜棚　※甲

【葯母】　tshø$^{5}$ mɔ$^{3}$　留種的老絲瓜　※甲

【葯瓤】　tshø$^{5}$ nouŋ$^{2}$　風乾的老絲瓜，可入藥　※甲

【蛇葯】　sie$^{2}$ tshø$^{5}$　一種細長的絲瓜　※甲

【菠蔆（菜）】　phuo$^{1}$ liŋ$^{2}$ tshai$^{5}$　菠菜　※甲

【芥菜】　kai$^{5}$ tshai$^{5}$　※甲

【紫菜】　tsie$^{3}$ tshai$^{5}$　茄子　※甲

【萵把菜】　uo$^{1}$ pa$^{3}$ tshai$^{5}$　萵苣的嫩葉　※丙

【芥藍菜】　kai$^{5}$ laŋ$^{2}$ tshai$^{5}$　※甲

【蕹菜】　ouŋ$^{5}$ tshai$^{5}$　空心菜　※甲

【艾菜】　ŋie$^{5}$ tshai$^{5}$　雞毛菜　※甲

【菜店$^{=}$】　tshai$^{5}$ taiŋ$^{5}$　蘿蔔的莖葉部分　※丙

【蘿蔔總】　lɔ$^{2}$ puk$^{8}$ tsøŋ$^{3}$　蘿蔔的莖葉　※甲

【芋】　uo$^{6}$　芋頭　※甲

【芋卵】　uo$^{6}$ lauŋ$^{6}$　小芋頭　※甲

【芋盤】　uo$^{6}$ puaŋ$^{2}$　芋頭的莖葉，可作飼料　※乙

【廣瓜】　kuoŋ$^{3}$ kua$^{1}$　冬瓜　※甲

【廣瓜瓤】　kuoŋ$^{3}$ kua$^{1}$ nouŋ$^{2}$　冬瓜瓤中帶籽的部分（通常丟棄）　※甲

【菜瓜】　tshai$^{5}$ kua$^{1}$　黄瓜　※甲

【金瓜】　kiŋ$^{1}$ kua$^{1}$　南瓜　※甲

【萵瓠】　uo$^{1}$ pu$^{2}$　一種長形的瓠瓜　※甲

【菜頭】　tshai$^{5}$ thau$^{2}$　蘿蔔　※甲

【青豆】　tshaŋ$^{1}$ tau$^{6}$　嫩綠的大豆　※甲

【豆莢】　tau$^{6}$ kiek$^{7}$　嫩豌豆莢　※甲

【金豆】　kiŋ$^{1}$ tau$^{6}$　豌豆　※甲

【蠶豆】　tsheiŋ$^{2}$ tau$^{6}$（tshieŋ$^{2}$）　※甲

【豇豆】　kouŋ$^{1}$ tau$^{6}$　※甲

【海菜】　hai$^{3}$ tshai$^{5}$　海帶　※甲

【苔菜】　thi$^{2}$ tshai$^{5}$　海苔　※甲

【扣椒】　khæu$^{1}$ tsieu$^{1}$　扣子狀的椒　※丙

【瓜椒】　kua$^{1}$ tsieu$^{1}$　甜瓜狀的椒　※丙

【白椒】　paʔ$^{8}$ tsieu$^{1}$　白胡椒　※丙

【番椒】　huaŋ$^{1}$ tsieu$^{1}$　紅辣椒　※甲

【下泊批】　a$^{6}$ pɔʔ$^{8}$ pie$^{1}$　蔬菜靠近根部葉柄　※甲

## 4 竹木花卉

【樹桿】　tsheu$^{5}$ kuaŋ$^{3}$　樹幹　※甲

【樹椏】　tsheu$^{5}$ ŋɛ$^{1}$　樹枝　※甲

【肥豬果】　pui$^{1}$ ty$^{1}$ kuo$^{3}$　一種樹的果子，可作肥皂用　※乙

【棕竹】　tsøŋ$^{1}$ tøyk$^{7}$　一種竹子　※乙

【棕樹】　tsøŋ$^{1}$ tsheu$^{5}$　棕櫚樹　※甲

【瓜蔞】　kua$^{1}$ leu$^{2}$　一種藥用的藤生植物　※甲

【痲竹】　ma$^{2}$ tøyk$^{7}$　毛竹，「痲」的本字為「毛」　※甲

【痲筍】　ma$^{2}$ suŋ$^{3}$　毛竹筍，「痲」的本字為「毛」　※甲

【筍出尖】　suŋ$^{3}$ tshouk$^{7}$ tsieŋ$^{1}$　喻剛剛開始　※甲

【榕樹】　syŋ$^{2}$ tsheu$^{5}$　（注意「榕」字聲母）　※甲

【松鬚】　syŋ$^{2}$ tshiu$^{1}$　松針　※丙

【松柏】　syŋ$^{2}$ pak$^{7}$　松樹　※甲

【松柏□】　syŋ$^{2}$ pak$^{7}$ lai$^{3}$　松樹花穗　※甲

【松毛鬚】　syŋ$^{2}$ mɔ$^{2}$ tshiu$^{1}$　松針　※乙

【松名瀝$^{+}$】　syŋ$^{2}$ miaŋ$^{2}$ leik$^{8}$　松明　※乙

【白膠】　paʔ$^{8}$ kau$^{1}$　松香　※甲

【發養$^{=}$】　puoʔ$^{7}$ ioŋ$^{3}$　抽芽　※甲

【新養$^{-}$】　siŋ$^{1}$ ioŋ$^{3}$　嫩芽　※乙

【拍蘽】　phaʔ$^{7}$ lui$^{3}$　枝頭長出芽苞　※甲

【發芽】　puoʔ$^{7}$ ŋa$^{2}$　※甲

【□】　leu$^{6}$　發芽　※丙

【結囝】　kiek$^{7}$ kiaŋ$^{3}$　果樹長出幼果　※甲

【□】　mai$^{3}$　植物不正常地停止生長　※甲

【落箬】　lɔʔ$^{8}$ lioʔ$^{8}$　落葉　※丙

【箬萎$^{*}$】　nioʔ$^{8}$ io$^{3}$　葉子蔫了　※甲

【箬豔】　nioʔ$^{8}$ ieŋ$^{6}$　葉子長得茂盛　※甲

【提箬】　thi$^{2}$ nioʔ$^{8}$　一種竹子的乾葉　※丙

【落箬】　loʔ$^{8}$ nioʔ$^{8}$　落葉　※丙

【旋藤】　sioŋ$^{2}$ tiŋ$^{2}$　爬藤　※甲

【旋棚】　sioŋ$^{2}$ paŋ$^{2}$　爬藤植物在棚架上生長　※甲

【椌$^{+}$樹】　khøyŋ$^{6}$ tsheu$^{5}$　一種樹，果實富含油脂，可用作蠟燭、肥皂的原料　※丙

【椌$^{+}$籽】　khøyŋ$^{6}$ tsi$^{3}$　椌$^{+}$樹的果實　※丙

【椌$^{+}$油】　khøyŋ$^{6}$ iu$^{2}$　從椌$^{+}$樹籽提煉的油脂　※丙

【郁蕉】　ouk$^{7}$ tsieu$^{1}$　一種蘭科植物，葉子可作扭傷的外敷藥　※甲

【佛桑】　huk$^{8}$ souŋ$^{1}$　扶桑，一種花名　※甲

【佛手柑】　huk$^{8}$ tshiu$^{3}$ kaŋ$^{1}$　香櫞　※甲

【水栀】　tsui$^{3}$ kie$^{1}$　栀子花　※甲

【日日有】　nik$^{8}$ nik$^{8}$ ou$^{6}$　一種花卉，天天開花　※丙

【午時蓮】　ŋu$^{3}$ si$^{2}$ leiŋ$^{2}$　一種中午開花的蓮花，花朵較小，白色　※丙

【水黨菊】　tsui$^{3}$ touŋ$^{3}$ køyk$^{7}$　一種菊花　※甲

【方竹】　huoŋ$^{1}$ tøyk$^{7}$　永福（今永泰）方廣岩的竹子　※丙

【月簪花】　ŋuok$^{8}$ tsaŋ$^{1}$ hua$^{1}$　白百合花　※丙

【盆梅】　puoŋ$^{2}$ muɪ$^{2}$　種在盆裡的梅花　※甲

【水黨橘】　tsui$^{3}$ touŋ$^{3}$ keik$^{7}$　觀賞用小橘子　※乙

【茉莉花】　møk$^{8}$ lei$^{6}$ hua$^{1}$　※甲

【紅花】　øŋ$^{2}$ hua$^{1}$　一種紅花，能做染料。今指一般的紅花　※甲

【芒】　møŋ$^{2}$　一種茅草，今陰平調　※甲

【只只菜】　tsi$^{3}$ tsi$^{3}$ tshai$^{3}$　一種春天的野菜　※甲

【刺草】　tshie$^{5}$ tshau$^{3}$　蒺藜　※乙

【列$^{+}$蔑$^{+}$草】　liek$^{7}$ miek$^{8}$ tshau$^{3}$　龍舌蘭，汁液可作婦女髮膠用　※丙

【靈香草】　liŋ$^{2}$ hioŋ$^{1}$ tshau$^{3}$　一種香草，製婦女髮油的香料　※丙

【彀$^{=}$（草）】　kouh$^{7}$ tshau$^{3}$　一種山上的雜草，可作燃料　※丙

【草庀】　tshau$^{3}$ phi$^{3}$　雜草　※甲

【艾母】　ŋie$^{5}$ mɔ$^{3}$　艾蒿　※乙

【蔢蔢草】　pɔ$^{2}$ pɔ$^{2}$ tshau$^{3}$　一種野菜，其綠色汁液可做「蔢蔢粿」的添加劑　※甲

【燈芯草】　tieŋ$^{1}$ siŋ$^{1}$ tshau$^{3}$　（注意「燈」字讀音）　※乙

【螺庀草】　loi$^{2}$ phi$^{3}$ tshau$^{3}$　一種草，小圓葉，可以治療疥瘡　※丙

【芒槁】　møŋ$^{2}$ kɔ$^{3}$　一種茅草的桿，可用作蠟燭芯　※乙

【薸】　phieu$^{2}$　浮萍　※甲

【薸母】　phieu$^{2}$ mɔ$^{3}$　大浮萍　※丙

【薸囝】　phieu$^{2}$ kiaŋ$^{3}$　小浮萍　※丙

【青苔】　tshaŋ$^{1}$ thi$^{2}$　※甲

## （三）動物

### 1 家禽家畜

【頭牲】　thau$^2$ saŋ$^1$　畜生　※甲

【角】　kaøk$^7$　雄性　※甲

【母角】　mɔ$^3$ kaøk$^7$　雌雄　※甲

【大格】　tuai$^6$ kak$^7$　體型較大的禽畜品種　※甲

【細格】　sɛ$^5$ kak$^7$　體型小的禽畜品種　※甲

【港$^{-}$】　køŋ$^3$　雄性（原注限於四足動物，其實未必）　※甲

【鐓】　touŋ$^1$　閹割（豬雞等）　※甲

【填肥肥】　thieŋ$^2$ pui$^2$ pui$^2$　填餵的肥肥的　※丙

【羊】　ioŋ$^2$　※甲

【羊港$^{=}$】　ioŋ$^2$ køŋ$^3$　公羊　※甲

【羊母】　ioŋ$^2$ mɔ$^3$　母羊　※甲

【羊囝】　ioŋ$^2$ kiaŋ$^3$　小羊　※甲

【哶】　mɛʔ$^7$　羊叫聲，羊　※甲

【捏膿】　niek$^7$ neiŋ$^2$　擠奶　※乙

【馬】　ma$^3$　※甲

【騮馬】　leu$^6$ ma$^3$　※丙

【馬褥】　ma$^3$ yk$^8$　馬廄裡鋪的草　※丙

【豬】　ty$^1$　※甲

【豬角】　ty$^1$ kaøk$^7$　公豬，種豬　※甲

【豬母】　ty$^1$ mɔ$^3$　母豬；粗大的　※甲

【豬豚】　ty$^1$ thouŋ$^2$　半大的豬　※甲

【豬囝】　ty$^1$ kiaŋ$^3$　小豬　※甲

【豬脬】　ty$^1$ pha$^1$　豬尿泡　※甲

【哇$^{+}$哇$^{+}$】　ua$^2$ uaʔ$^7$　豬的別稱　※甲

【豬欄】　ty$^{1}$ laŋ$^{2}$　※甲

【潘水】　phuŋ$^{1}$ tsui$^{3}$　淘米水，泔水　※甲

【潘桶】　phuŋ$^{1}$ tøŋ$^{3}$　泔水桶　※甲

【潘槽】　phuŋ$^{1}$ sɔ$^{2}$　飼豬槽　※甲

【米潘】　mi$^{3}$ phuŋ$^{1}$　泔水，豬食　※甲

【犬（囝）】　kheiŋ$^{3}$ kiaŋ$^{3}$　狗　※甲

【犬角】　kheiŋ$^{3}$ kaøk$^{7}$　雄狗　※甲

【犬母】　kheiŋ$^{3}$ mɔ$^{3}$　母狗　※甲

【犬豚囝】　kheiŋ$^{3}$ thouŋ$^{2}$ kiaŋ$^{3}$　半大的狗　※甲

【犬宿】　kheiŋ$^{3}$ seu$^{5}$　狗窩　※甲

【犬踏碓】　kheiŋ$^{3}$ tak$^{8}$ tai$^{5}$　狗踏水車，乞丐的一種表演把戲　※丙

【癲犬】　tieŋ$^{1}$ kheiŋ$^{3}$　瘋狗　※甲

【四骹爬】　sei$^{5}$ kha$^{1}$ pa$^{2}$　「狗」的避諱說法　※甲

【破另犬】　phuai$^{5}$ leiŋ$^{5}$ kheiŋ$^{3}$　額頭上有條形斑紋的狗　※丙

【貓（囝）】　ma$^{2}$ kiaŋ$^{3}$　貓，小貓　※甲

【虎斑貓】　hu$^{3}$ peiŋ$^{1}$ ma$^{2}$　花紋如虎的貓　※乙

【貓禮溜】　ma$^{2}$ lɛ$^{3}$ leu$^{6}$　像貓一樣敏捷的　※丙

【咪咪】　mi$^{1}$ mi$^{1}$　貓的別稱　※甲

【偷食貓】　thau$^{1}$ siaʔ$^{8}$ ma$^{2}$　※甲

【牛角】　ŋu$^{2}$ kaøk$^{7}$　公牛　※甲

【牛母】　ŋu$^{2}$ mɔ$^{3}$　母牛　※甲

【牛囝】　ŋu$^{2}$ kiaŋ$^{3}$　小牛　※甲

【豢鼻】　kuoŋ$^{5}$ phei$^{5}$　給牛上鼻環　※甲

【牛欄】　ŋu$^{2}$ laŋ$^{2}$　※甲

【牛軛（擔$^{=}$）】　ŋu$^{2}$ kaʔ$^{7}$taŋ$^{1}$　牛軛　※丙

【兔港$^{=}$】　thou$^{5}$ køŋ$^{3}$　雄兔　※甲

【兔母】　thou$^{5}$ mɔ$^{3}$　母兔　※甲

【鸕港$^{=}$】　lø$^{2}$ køŋ$^{3}$　公鸕　※甲

【番鴨】　huaŋ$^{1}$ ak$^{7}$　北京鴨，一種大型肉鴨　※甲

【鴨母】　ak$^{7}$ mɔ$^{3}$　母鴨　※甲

【鴨角】　ak$^{7}$kaøk$^{7}$　公鴨　※甲

【鴨囝】　ak$^{7}$ kiaŋ$^{3}$　小鴨子　※甲

【菜鴨】　tshai$^{5}$ ak$^{7}$　閹鴨　※甲

【鴨卵】　ak$^{7}$ lauŋ$^{6}$　鴨蛋　※甲

【懵$^{=}$鴨】　mouŋ$^{1}$ ak$^{7}$　大鴨子　※丙

【透關】　thau$^{5}$ kuaŋ$^{1}$　鴨子生長成熟　※甲

【唆】　sɔ$^{1}$　鴨子吃食的動作，吮吸　※甲

【鵝角】　ŋie$^{2}$ kaøk$^{7}$　公鵝　※甲

【鵝囝】　ŋie$^{2}$ kiaŋ$^{3}$　小鵝　※甲

【鵝毛管】　ŋie$^{2}$ mɔ$^{2}$ kuoŋ$^{3}$　※甲

【鵝尾珠】　ŋie$^{2}$ mɔ$^{2}$ tsio$^{1}$　鵝尾羽的絨毛　※丙

【白鴿*】　paʔ$^{8}$ tak$^{7}$　鴿子（注意「鴿」讀音）　※甲

【逐白鴿】　tyk$^{8}$ paʔ$^{8}$ tak$^{7}$　驅趕鴿子飛起來　※甲

【鳥媒】　tseu$^{3}$ muɪ$^{2}$　用來誘捕其他鴿子的馴鴿　※乙

【雞角】　kie$^{1}$ kaøk$^{7}$　公雞　※甲

【雞母】　kie$^{1}$ mɔ$^{3}$　母雞　※甲

【雞囝】　kie$^{1}$ kiaŋ$^{3}$　小雞　※甲

【雞豚囝】　kie$^{1}$ thouŋ$^{2}$ kiaŋ$^{3}$　半大的雞　※甲

【雞胲】　kie$^{1}$ kai$^{1}$　雞的嗉囊　※甲

【□癆雞】　thiek$^{8}$ lɔ$^{2}$ kie$^{1}$　瘦弱的雞　※甲

【雞髻】　kie$^{1}$ kuoɪ$^{5}$　雞冠　※甲

【□□】　tu$^{2}$ tou$^{5}$　雞的別稱，呼雞聲　※甲

【叫更】　kieu$^{5}$ kaŋ$^{1}$　公雞打鳴　※甲

【騷雞角】　tshieu$^{1}$ kie$^{1}$ kaøk$^{7}$　發情的公雞，喻好色者　※甲

【獗雞角】　khuo$^{2}$ kie$^{1}$ kaøk$^{7}$　發情的公雞　※甲

【糠飯】　khouŋ$^{1}$ puoŋ$^{6}$　把糠和米飯拌在一起（餵雞）　※甲

【呼雞】　khu$^{1}$ kie$^{1}$　召喚雞　※甲

【刨】　pau$^{6}$　刨；（雞）用力啄　※甲

【雞卵】　kie$^{1}$ lauŋ$^{6}$　雞蛋　※甲

【生卵】　saŋ$^{1}$ lauŋ$^{6}$　產卵，生蛋　※甲

【菢卵】　pou$^{6}$ lauŋ$^{6}$　孵蛋　※甲

【蛋脾】　lauŋ$^{6}$ pi$^{2}$　母雞腹內取出的蛋胚　※甲

【拆菢】　thiaʔ$^{7}$ pou$^{6}$　把母雞與所孵的小雞分離開　※丙

【出菢】　tshouk$^{7}$ pou$^{6}$　孵蛋期結束　※乙

【菢一菢】　pou$^{6}$ sioʔ$^{8}$ pou$^{8}$　孵一窩　※甲

【菢卵】　pou$^{6}$ lauŋ$^{6}$　孵蛋　※甲

【雞（籠）罩】　kie$^{1}$ løŋ$^{2}$ tau$^{5}$　無底的雞籠　※甲

【□□翼】　pø$^{2}$ lø$^{2}$ sik$^{8}$　（禽類）抖擻羽翼，喻得到解脫　※甲

## 2 鳥獸

【鳥隻】　tseu$^{3}$ tsiaʔ$^{7}$　鳥雀的總稱　※乙

【鳥母】　tseu$^{3}$ mɔ$^{3}$　雌鳥　※甲

【鳥港⁼】　tseu$^{3}$ køŋ$^{3}$　雄鳥　※甲

【烏鶒⁺】　u$^{1}$ khik$^{8}$　一種黑色的小鳥　※甲

【真鳥】　tsiŋ$^{1}$ tseu$^{3}$　一種有小斑點的小鳥　※甲

【貓魂⁼鳥】　ma$^{2}$ huŋ$^{2}$ tseu$^{3}$　貓頭鷹。今說「貓王鳥」　※甲

【天鵝】　thieŋ$^{1}$ ŋie$^{2}$　※乙

【倒掛】　tɔ$^{3}$ kua$^{5}$　一種綠色的小鸚鵡　※丙

【□□（鳥）】　pa$^{2}$ pa$^{5}$ tseu$^{3}$　鵝哥。今稱「化化」　※丙

【鷓鴣】　tsia$^{5}$ ku$^{1}$　※甲

【客鵲】　khaʔ$^{7}$ tshioʔ$^{7}$　喜鵲　※甲

【老鳶】　lau$^{6}$ ioʔ$^{8}$　一種體型較大的鷹　※甲

【老鴉】　lɔ$^{3}$ ua$^{1}$　烏鴉　※甲

【隻隻】　tsiaʔ$^{7}$ tsiaʔ$^{7}$　麻雀　※甲

【隻囝】　tsiaʔ$^{7}$ kiaŋ$^{3}$　麻雀　※乙

【隻隻母】　tsiaʔ$^{7}$ tsiaʔ$^{7}$ mɔ$^{3}$　大麻雀，喻有經驗的人　※甲

【隻隻囝】　tsiaʔ$^{7}$ tsiaʔ$^{7}$ kiaŋ$^{3}$　小麻雀　※甲

【魯鸊】　lu$^{3}$ peik$^{7}$　一種比麻雀還小的小鳥，羽毛灰綠相間　※甲

【鴣隹】　ku$^{1}$ tsui$^{1}$　斑鳩　※甲

【鴣隹目】　ku$^{1}$ tsui$^{1}$ møk$^{8}$　衣物上鑲邊的小圓孔　※丙

【屈尾】　khuk$^{8}$ muoɪ$^{3}$　尾巴短　※甲

【鳥宿】　tseu$^{3}$ seu$^{5}$　鳥巢　※甲

【拍鳥】　phaʔ$^{7}$ tseu$^{3}$　射鳥　※甲

【當鳥】　touŋ$^{1}$ tseu$^{3}$　設陷阱捕鳥　※甲

【老虎】　la$^{6}$ hu$^{3}$　※甲

【老虎母】　lau$^{6}$ hu$^{3}$ mɔ$^{3}$　母老虎，喻很凶的女人　※甲

【虎櫥】　hu$^{3}$ tiu$^{2}$　誘捕老虎的籠子　※丙

【虎掏豬】　hu$^{3}$ tɔ$^{2}$ ty$^{1}$　喻大人背著小孩的姿勢　※丙

【禽】　khiŋ$^{2}$　熊　※丙

【禽母】　khiŋ$^{2}$ mɔ$^{3}$　母熊　※乙

【狐狸貓】　hu$^{2}$ li$^{2}$ ma$^{2}$　狐狸，狐狸精　※甲

【錢鼠】　tsieŋ$^{2}$ tshy$^{3}$　一種黑色的小家鼠　※甲

【老鼠夾$^{+}$】　lɔ$^{3}$ tshy$^{3}$ khiak$^{7}$　※甲

【琵$^{=}$琶$^{=}$豆$^{=}$莢$^{=}$】　pi$^{2}$ pa$^{2}$ tau$^{5}$ kiek$^{7}$　蝙蝠　※乙

【猴拔鑽】　kau$^{2}$ peik$^{8}$ tsauŋ$^{5}$　喻做事不爽快　※乙

【度$^{=}$墊$^{=}$】　tou$^{6}$ taiŋ$^{6}$　一種小蜥蜴　※甲

【青蛤】　tshaŋ$^{1}$ kak$^{7}$　一種綠皮的蛙　※甲

【黄蜱】　uoŋ$^{2}$ phɛ$^{2}$　菜園裡的小青蛙　※甲

【蛤蟆】　ha$^{2}$ ma$^{2}$　青蛙　※甲

【水雞】　tsui$^{3}$ kie$^{1}$　一種水田裡活動的大蛙，田雞　※甲

【喇=鯉】　la$^{3}$ li$^{3}$　穿山甲　※甲

【老蛇】　lau$^{6}$ sie$^{2}$　蛇　※甲

【褪殼】　thauŋ$^{5}$ khaøk$^{7}$　（蛇等）蛻皮　※甲

【腸肚】　tioŋ$^{2}$ tou$^{6}$　動物肚腸，內臟　※甲

### 3 蟲豸

【蟲蟻】　thøŋ$^{2}$ ŋie$^{6}$　螞蟻等小蟲　※甲

【蟈蝀】　kauk$^{7}$ taøŋ$^{5}$　一種生活在山澗裡的石蛙　※甲

【螞蜞】　ma$^{3}$ khi$^{2}$　螞蟥　※甲

【嗍血螞蜞】　sɔʔ$^{7}$ haik$^{7}$ ma$^{3}$ khi$^{2}$　螞蟥，喻指剝削者　※甲

【虱糠】　saik$^{7}$ khouŋ$^{1}$　小虱子　※丙

【虱母】　saik$^{7}$ mɔ$^{3}$　虱子　※甲

【木虱】　møk$^{8}$ saik$^{7}$　臭蟲　※甲

【牛虱】　ŋu$^{2}$ saik$^{7}$　※丙

【豬虱】　ty$^{1}$ saik$^{7}$　※丙

【台=】　tai$^{2}$　米蛀蟲　※甲

【虼滾=】　ka$^{2}$ kuŋ$^{3}$　蚯蚓　※甲

【地龍】　tei$^{6}$ lyŋ$^{2}$　一種大蚯蚓　※甲

【蜘蛛顢=】　thi$^{1}$ thy$^{1}$ maŋ$^{1}$　蜘蛛網　※甲

【螞咍=爺=】　ma$^{3}$ tai$^{1}$ iɛ$^{2}$（lai$^{1}$）　一種不結網的大蜘蛛，北方稱「蟢子」　※甲

【虼蚤】　ka$^{3}$ tshau$^{3}$　跳蚤　※甲

【水螞】　tsui$^{3}$ ma$^{3}$　一種水中生物，形狀像蜘蛛　※丙

【螞蝴】　ma$^{3}$ hu$^{2}$　蜻蜓　※甲

【南尾星】　naŋ$^{2}$ muɪ$^{3}$ siŋ$^{1}$　螢火蟲　※甲

【蜂櫥】　phuŋ$^{1}$ tiu$^{2}$　蜂箱　※甲

【蜂宿】　phuŋ$^{1}$ seu$^{5}$　蜂窩　※甲

【草蜢】　tshau$^{3}$ maŋ$^{3}$　螞蚱　※甲

【旱蟲】　aŋ$^{6}$ thøŋ$^{2}$　旱災田裡出現的害蟲　※丙

【笋猴】　suŋ$^{3}$ kau$^{2}$　一種危害笋竹的甲蟲　※丙

【石櫃$^{=}$】　sioʔ$^{8}$ koi$^{6}$　一種很臭的甲蟲，梨椿蟓　※甲

【阿蟳】　a$^{1}$ tsi$^{2}$　蟬　※甲

【蕹$^{=}$蟻】　øŋ$^{1}$ ŋiɛ$^{6}$　螞蟻　※甲

【蕹$^{=}$蕹$^{=}$】　øŋ$^{1}$ øŋ$^{1}$　蜈蚣　※甲

【咬□】　ka$^{6}$ sak$^{8}$　蟑螂　※甲

【□母】　sak$^{8}$ mɔ$^{3}$　大蟑螂　※丙

【刺麻帶】　tshie$^{5}$ ma$^{2}$ tai$^{5}$　一種能螫人的毛毛蟲　※甲

【（水）蚞$^{+}$】　tsui$^{3}$ mouk$^{7}$　一種水中的小蚤，可作魚食　※甲

【流蜞】　lau$^{6}$ khi$^{2}$　一種軟體動物，五色，兩頭尖，多足　※甲

【水蜞】　tsui$^{3}$ khi$^{2}$　鼻涕蟲　※甲

【水□】　tsui$^{3}$ sak$^{8}$　一種水生甲蟲　※甲

【蠶繭】　tsheiŋ$^{2}$ keiŋ$^{3}$　蠶　※甲

【蠶繭屎】　tsheiŋ$^{2}$ keiŋ$^{3}$ sai$^{3}$　蠶屎，蠶沙　※甲

【蠶繭絲】　tsheiŋ$^{2}$ keiŋ$^{3}$ si$^{1}$　蠶絲　※甲

【牽絲】　kheiŋ$^{1}$ si$^{1}$　（蜘蛛等）吐絲　※甲

【風蚊】　huŋ$^{1}$ muoŋ$^{2}$　蚊子　※甲

【灼風蚊】　tshuok$^{7}$ huŋ$^{1}$ muoŋ$^{2}$　用蠟燭燎灼蚊子　※丙

【風蚊筒】　huŋ$^{1}$ muoŋ$^{2}$ tøŋ$^{2}$　薰蚊子的紙筒，內填艾草和鋸末　※乙

【風蚊枷】　huŋ$^{1}$ muoŋ$^{2}$ kia$^{2}$　（所指不詳，可能指室內的防蚊紗櫥）　※丙

【青蠓】 $tshaŋ^{1}$ $møŋ^{3}$ 一種叮人的小飛蟲，綠色，比蚊子略小 ※甲

【毒蠓】 $tøk^{8}$ $møŋ^{3}$ 有毒的叮人小飛蟲 ※甲

【蠓囝】 $møŋ^{3}$ $kiaŋ^{3}$ 一種叮人的小飛蟲，黑色，比蚊子略小 ※甲

【蒲蠅】 $pu^{2}$ $siŋ^{2}$ 蒼蠅 ※甲

【金蒲蠅】 $kiŋ^{1}$ $pu^{2}$ $siŋ^{2}$ 金色的大蒼蠅 ※甲

【蒲蠅虎】 $pu^{2}$ $siŋ^{2}$ $hu^{3}$ 一種專吃蒼蠅的小蜘蛛；今指紅頭大蒼蠅 ※丁

【蛀蟲】 $tseu^{5}$ $thøŋ^{2}$ ※甲

【蛀粉】 $tseu^{5}$ $huŋ^{3}$ 蛀蟲留下的粉屑 ※甲

【上蛀】 $sioŋ^{6}$ $tseu^{5}$ 遭蛀食 ※甲

【趉】 $kouk^{7}$ 蟲蠕動的樣子 ※甲

【鬚】 $tshiu^{1}$ 觸鬚 ※甲

## 4 魚蝦

【鱔】 $tshiaŋ^{6}$ 鱔魚 ※甲

【火鱔】 $huɪ^{3}$ $tshiaŋ^{6}$ 腹部呈紅色的鱔魚，不宜食用 ※乙

【獺鯊】 $thiak^{7}$ $sai^{1}$ 比目魚 ※甲

【蛇】 $tha^{5}$ 海蜇 ※甲

【□囝】 $kɔ^{2}$ $kiaŋ^{3}$ 一種胎生魚，似鯊，肉質細嫩 ※丙

【魚餌】 $ŋy^{2}$ $nei^{5}$ ※甲

【白鰳】 $paʔ^{8}$ $lik^{8}$ 一種海魚，多刺 ※甲

【銀魚】 $ŋyŋ^{2}$ $ŋy^{2}$ 一種銀白色的小魚 ※甲

【犁頭鯊】 $lɛ^{2}$ $thau^{2}$ $sai^{1}$ 一種鯊魚 ※丙

【跳跳魚】 $thieu^{5}$ $thieu^{5}$ $ŋy^{2}$ 一種能在灘塗上蹦跳的小魚 ※甲

【鯝鯊】 $ku^{2}$ $sai^{1}$ 一種體型較大的鯊魚 ※甲

【胡$^{*}$溜$^{*}$】　hu$^{2}$ liu$^{1}$　泥鰍　※甲

【鮎$^{=}$浪$^{=}$】　thieŋ$^{2}$ lauŋ$^{6}$　一種淡水魚　※甲

【虎頭鯊】　hu$^{3}$ thau$^{2}$ sai$^{1}$　一種鯊魚　※丙

【鱉】　piek$^{7}$　※甲

【火鱉】　huɪ$^{3}$ piek$^{7}$　一種腹部呈紅色的鱉　※甲

【馬鮫】　ma$^{3}$ kha$^{1}$　一種海魚　※甲

【鰆籽】　tshuŋ$^{1}$ tsi$^{3}$　一種海魚，像黃魚而色略白　※甲

【鰳】　meiŋ$^{6}$　一種海魚，形似黃魚，色黑　※甲

【淡水鰻】　taŋ$^{6}$ tsui$^{3}$ muaŋ$^{2}$　※甲

【鰻替滑】　muaŋ$^{2}$ thiɛ$^{5}$ kouk$^{8}$　「鰻」跟著「滑」，後者是一種鯰魚，喻一個接一個溜走　※丙

【大腹鮭】　tuai$^{6}$ pouk$^{7}$ kɛ$^{1}$　河豚魚，常喻指大腹便便的人　※甲

【鑽鰻】　tsouŋ$^{1}$ muaŋ$^{2}$　一種生活在淤泥裡的鰻魚　※丙

【墨魚】　møk$^{8}$ ŋy$^{2}$　烏賊　※甲

【墨魚飯】　møk$^{8}$ ŋy$^{2}$ puoŋ$^{6}$　烏賊的性腺　※甲

【鮋翅】　iu$^{2}$ tshie$^{5}$　一種淡水魚　※甲

【潭貼$^{=}$】　thaŋ$^{2}$ thaik$^{7}$　鯰魚　※甲

【盆魚】　puoŋ$^{2}$ ŋy$^{2}$　金魚　※甲

【鮋蟲】　iu$^{2}$ thøŋ$^{2}$　一種海魚，味腥，富含油脂　※甲

【蟛蜞】　phaŋ$^{2}$ ki$^{2}$　一種小螃蟹　※甲

【鱟】　hau$^{5}$　一種海裡的甲殼類動物，尾三脊，十二足可食　※甲

【鱟仰】　hau$^{5}$ ŋioŋ$^{3}$　鱟的性器官，喻指人的性器官　※丙

【蠘】　tshiek$^{8}$　梭子蟹　※甲

【鼟蠘】　phaŋ$^{2}$ tshiek$^{8}$　梭子蟹。今稱「蠘」　※丙

【鼟海】　phaŋ$^{2}$ hai$^{3}$　一種咸水小螃蟹，螯較長　※甲

【蟳】　siŋ$^{2}$　一種圓殼的海蟹，學名蝤蛑　※甲

【虎蟳】　hu$^{3}$ siŋ$^{2}$　一種海蟹，背殼紋樣如鬼臉　※甲

【蝦雜】　ha$^{2}$ tsak$^{8}$　未經分揀就出售的蝦　※甲

【蝦鬚】　ha$^{2}$ tshiu$^{1}$　※甲

【蝦蛄】　ha$^{2}$ khu$^{1}$　一種身子扁平的蝦　※甲

【蛤蜊】　kak$^{7}$ li$^{2}$　一種海貝，殼較厚　※甲

【蚶】　haŋ$^{1}$　一種可食的海貝　※甲

【蛤】　kak$^{7}$　一種薄殼的小海貝　※甲

【響螺】　hioŋ$^{3}$ loi$^{2}$　殼可作號角的大海螺　※甲

【蟟囝】　lieu$^{2}$ kiaŋ$^{3}$　淡水蜆子　※甲

【蟟埕】　lieu$^{2}$ tiaŋ$^{2}$　養殖蜆子的灘塗　※甲

【蟶】　theiŋ$^{1}$　一種長形的薄殼貝類　※甲

【蟶埕】　theiŋ$^{1}$ tiaŋ$^{2}$　養殖蟶的灘塗　※甲

【烏埝】　u$^{1}$ nieŋ$^{2}$　一種黑色的蛤蜊　※丙

【衰螺】　soi$^{1}$ loi$^{2}$　一種螺　※丙

【珠螺】　tsio$^{1}$ loi$^{2}$　一種小螺　※丙

【硨螯】　tshia$^{1}$ ŋɔ$^{2}$　一種海貝　※甲

【硨螯嘴】　tshia$^{1}$ ŋɔ$^{2}$ tshoi$^{5}$　喻張開的大口　※丙

【石蠣】　sioʔ$^{8}$ tie$^{6}$　一種類似牡蠣的海貝　※甲

【塗圭】　thu$^{2}$ kie$^{1}$　黑殼的河蜯　※甲

【塗螺】　thu$^{2}$ loi$^{2}$　一種小螺，可鹽漬成小菜　※甲

【花螺】　hua$^{1}$ loi$^{2}$　一種花殼海螺，可食　※甲

【黃螺】　uoŋ$^{2}$ loi$^{2}$　一種黃殼海螺，可食　※甲

【池螺】　tiɛ$^{2}$ loi$^{2}$　生長在池塘、稻田裡的螺　※甲

【蠣蒲】　tie$^{6}$ puo$^{2}$　帶殼的牡蠣　※甲

【放籽】　pouŋ$^{5}$ tsi$^{3}$　（魚）產卵　※甲

【拍粒】　phaʔ$^{7}$ lak$^{8}$　（鳥、蟲等）交尾　※甲

【魚種】　ŋy$^{2}$ tsyŋ$^{3}$　魚苗　※乙

【討魚】　thɔ³ ŋy²　（用網）捕魚　※甲
【曝鯧⁺】　phuoʔ⁸ sioŋ³　晾曬乾魚　※甲
【網】　maøŋ⁶　※甲
【漁網】　ŋy² maøŋ⁶　※甲
【織*網】　tshiaʔ⁷ maøŋ⁶　織漁網　※甲
【手拋】　tshiu³ pha¹　手執的小網　※丙
【拋網】　pha¹ maøŋ⁶　撒網　※甲

## （四）房屋建築

### 1 屋舍

【厝】　tshio⁵　房子，家　※甲
【祖厝】　tsu³ tshio⁵　祖輩留下的房子　※甲
【人家厝】　iŋ² ka¹ tshio⁵　民宅　※甲
【五柱厝】　ŋou⁶ theu⁶ tshio⁵　從前到後有五排柱子的房子　※丙
【三間排】　saŋ¹ kaŋ¹ pɛ²　中間為廳堂，兩側各有臥房的住宅建築　※甲
【住厝】　teu⁶ tshio⁵　住房子　※甲
【間壁】　kaŋ¹ piaʔ⁷　隔壁　※甲
【間壁厝】　kaŋ¹ piaʔ⁷ tshio⁵　隔壁人家，鄰居　※甲
【倉厝】　tshouŋ¹ tshio⁵　官方的米倉、鹽倉　※丙
【公所】　kuŋ¹ sø³　辦理公共事務的場所　※丙
【厝囝厝伲】　tshio⁵ kiaŋ³ tshio⁵ nie²　小房子，「伲」本字「兒」※丙
【舊厝】　kou⁶ tshio⁵　舊房子，舊居　※甲
【落】　lɔʔ⁸　宅院的單位，各「落」間有天井隔開　※甲
【厝肉】　tshio⁵ nyk⁸　房子內部可供居住的房間　※甲

【篷廠】 phuŋ$^{2}$ tshioŋ$^{3}$ 簡陋的棚子 ※丙

【乞食廠】 khøyk$^{7}$ siaʔ$^{8}$ tshioŋ$^{3}$ 乞丐的窩棚 ※丙

【戲棚】 hie$^{5}$ paŋ$^{2}$ 戲臺 ※丙

【走馬樓】 tsau$^{3}$ ma$^{3}$ lau$^{2}$ 底下懸空的樓，騎樓 ※甲

【灶前】 tsau$^{5}$ seiŋ$^{2}$ 廚房 ※甲

【灶廊】 tsau$^{5}$ louŋ$^{2}$ 灶台上面或前面 ※乙

【門樓屐⁼】 muoŋ$^{2}$ lau$^{2}$ khiak$^{8}$ 門廊 ※甲

【門樓房】 muoŋ$^{2}$ lau$^{2}$ puŋ$^{2}$ 門房，通常也是看門人住宿的房間 ※乙

【露臺】 lou$^{5}$ tai$^{2}$ 比較大的陽臺、涼臺 ※甲

【廳中】 thiaŋ$^{1}$ touŋ$^{1}$ 房子的主廳，廳堂 ※甲

【房裡】 puŋ$^{2}$ tie$^{3}$ 房間 ※甲

【踏斗】 tak$^{8}$ tau$^{3}$ 室內的木階梯 ※甲

【隔堵】 kaik$^{7}$ tu$^{3}$ 隔間；房子內部的隔牆 ※甲

【後堵】 au$^{6}$ tu$^{3}$ 正房一般用屏風分割成相通的前後兩間，即前堵和後堵 ※甲

【倒朝廳】 tɔ$^{5}$ tieu$^{2}$ thiaŋ$^{1}$ 隔著天井朝向正廳的房間 ※甲

【厝角】 tshio$^{5}$ kaøk$^{7}$ 房子的角落 ※甲

【西照】 sɛ$^{1}$ tsieu$^{5}$ 房子朝西的一面 ※甲

【樓頂】 lau$^{2}$ tiŋ$^{3}$ 樓上 ※甲

【樓下】 lau$^{2}$ a$^{6}$ ※甲

【檐墘】 sieŋ$^{2}$ kieŋ$^{2}$ 屋檐 ※甲

【檐墘下】 siŋ$^{2}$ kieŋ$^{2}$ a$^{6}$ 屋檐下 ※甲

【樓井】 lau$^{2}$ tsaŋ$^{3}$ 天窗 ※乙

【後廳】 au$^{6}$ thiaŋ$^{1}$ 廳堂屏風後面的部分 ※甲

【篷樓】 phuŋ$^{2}$ leu$^{2}$ 棚子 ※丙

【門嘴】 muoŋ$^{2}$ tshoi$^{5}$ 門口，門洞 ※甲

【廊⁺斗⁺】　louŋ$^{3}$ tau$^{3}$　正房前部的起坐空間　※乙

【火牆弄】　huɪ$^{3}$ tsioŋ$^{2}$ laøŋ$^{6}$　防火牆與房間牆之間的空隙　※甲

【床頭弄】　tshouŋ$^{2}$ thau$^{2}$ laøŋ$^{6}$　臥室內床兩頭的通道　※甲

【地窨】　tei$^{6}$ aŋ$^{5}$（kaŋ$^{5}$）　地窖　※乙

【廁所】　tsøy$^{5}$ su$^{3}$　簡陋的小室。今指廁所　※丁

【粗池】　tshu$^{1}$ tie$^{2}$　廁所的文雅說法　※丙

【糞坑厝】　pouŋ$^{5}$ khaŋ$^{1}$ tshio$^{5}$　廁所　※甲

【糞倒埕】　pouŋ$^{5}$ tɔ$^{5}$ tiaŋ$^{2}$　垃圾場　※甲

【坎爿地】　khaŋ$^{3}$ peiŋ$^{2}$ tei$^{6}$　用碎瓦混和黏土鋪的地面　※乙

【溝墿】　kau$^{1}$ tio$^{6}$　下水道，水溝　※甲

【樓梯】　lau$^{2}$ thai$^{1}$　梯子　※甲

【階座（層）　kie$^{1}$ tsɔ$^{6}$ tseiŋ$^{2}$　臺階　※甲

【門墿】　muoŋ$^{2}$ tio$^{6}$　門路　※甲

【埕】　tiaŋ$^{2}$　房前屋後的空地，場地　※甲

【空埕】　khøŋ$^{1}$ tiaŋ$^{2}$　空地　※甲

【塗埕】　thu$^{2}$ tiaŋ$^{2}$　泥土地的場子　※甲

【後埕】　au$^{6}$ tiaŋ$^{2}$　屋後的空地　※甲

【臭溝□】　tshau$^{5}$ kau$^{1}$ mɛʔ$^{8}$　淤泥溝　※甲

【臭溝窟】　tshau$^{5}$ kau$^{1}$ khauk$^{7}$　臭水溝　※甲

## 2 房屋構件

【欄逃】　laŋ$^{2}$ tɔ$^{2}$　欄杆（疑為「欄牢」之訛）　※甲

【檻檻】　khaŋ$^{3}$ khaŋ$^{3}$　柵欄　※甲

【板欄⁺】　peiŋ$^{3}$ lak$^{7}$　木板牆　※丙

【柱馬】　theu$^{6}$ ma$^{3}$　（房子的）柱子　※丙

【柱珠】　theu$^{6}$ tsio$^{1}$　墊在柱子底部的鼓狀石頭　※甲

【棟柱】　taøŋ$^{5}$ theu$^{6}$　頂梁柱　※甲

【斗框】　tau$^{3}$ khuoŋ$^{1}$　牆壁上方形的裝飾圖案　※丙

【橫腰】　huaŋ$^{2}$ ieu$^{1}$　室內牆壁上下兩部分的分隔木條　※乙

【埕$^{=}$】　tiaŋ$^{2}$　釘在牆上的掛鈎　※丙

【塗壁】　thu$^{2}$ piaʔ$^{7}$　未經粉刷的土牆　※甲

【塗貓】　thu$^{2}$ ma$^{2}$　置於屋頂上的泥塑貓；蠢人　※丙

【鏨花】　tsaŋ$^{6}$ hua$^{1}$　石刻雕花　※乙

【巷】　hauŋ$^{5}$　梁木　※甲

【板棚】　peiŋ$^{3}$ paŋ$^{2}$　地板　※甲

【地棚巷】　tei$^{6}$ paŋ$^{2}$ hauŋ$^{5}$　底層地板的梁　※甲

【厝脊】　tshio$^{5}$ tseik$^{7}$　屋脊　※甲

【厝瓦頂】　tshio$^{5}$ ŋua$^{6}$ tiŋ$^{3}$　瓦頂　※甲

【懸跨】　keiŋ$^{2}$ khua$^{5}$　（房子）高　※丙

【凹$^{*}$腰】　naʔ$^{7}$ ieu$^{1}$　（屋脊等）下凹的曲線　※丙

【沉槽】　theiŋ$^{2}$ sɔ$^{2}$　凹槽；凹面向上的瓦行　※乙

【翹槽】　khieu$^{5}$ sɔ$^{2}$　屋瓦凹面朝上的行，形成流水溝　※甲

【覆槽】　phouk$^{7}$ sɔ$^{2}$　向下覆蓋的瓦片　※甲

【吊背】　tæu$^{5}$ puoɪ$^{5}$　瓦房屋頂接縫處加蓋的上翹瓦片　※丙

【仰板】　ŋioŋ$^{3}$ peiŋ$^{3}$　天花板　※甲

【漏仰】　lau$^{5}$ ŋioŋ$^{3}$　稀疏的屋頂木板，可以看見瓦片　※丙

【倒仰】　tɔ$^{5}$ ŋioŋ$^{3}$　天花板　※乙

【照牆】　tsieu$^{5}$ tshioŋ$^{2}$　正對衙門的屏風牆　※乙

【火牆】　huɪ$^{3}$ tshioŋ$^{2}$　高過屋檐的圍牆，起防火作用　※甲

【假牆】　ka$^{3}$ tshioŋ$^{2}$　房子內部分隔房間的牆　※甲

【壁枋】　piaʔ$^{7}$ puŋ$^{1}$　房子內部的隔牆　※甲

【粉壁】　huŋ$^{3}$ piaʔ$^{7}$　粉刷過的牆壁　※乙

【灰壁】　huɪ$^{1}$ piaʔ$^{7}$　抹了灰的牆壁　※甲

【椽】　thioŋ$^{2}$　椽子　※甲

【子孫椽】　tsy$^{3}$ souŋ$^{1}$ thioŋ$^{2}$　房子中央的兩根椽子　※丙

【椽桁】　tioŋ$^{2}$ aŋ$^{2}$　檩條　※乙

【（瓦）桁】　ŋua$^{6}$ aŋ$^{2}$　檩條　※甲

【棟桁】　taøŋ$^{5}$ aŋ$^{2}$　棟梁　※乙

【樓（棚）巷】　lau$^{2}$ paŋ$^{2}$ hauŋ$^{5}$　樓層地板的梁　※甲

【杠梁】　kouŋ$^{1}$ lioŋ$^{2}$　門上方的橫梁　※乙

【匡門】　khuoŋ$^{1}$ muoŋ$^{2}$　牆上開的門　※甲

【匡門頰$^{+}$】　khuoŋ$^{1}$ muoŋ$^{2}$ kiek$^{7}$　門兩側的牆壁　※丙

【門臼】　muoŋ$^{2}$ khou$^{6}$　托門樞的凹槽　※甲

【門閂】　muoŋ$^{2}$ tshauŋ$^{5}$　門的插銷　※甲

【門鎝】　muoŋ$^{2}$ tak$^{7}$　門上的鎝扣；門環　※甲

【門杠】　muoŋ$^{2}$ kouŋ$^{2}$　粗大的門栓　※甲

【杠門】　kouŋ$^{2}$ muoŋ$^{2}$　插上粗大的門栓　※甲

【門扇】　muoŋ$^{2}$ sieŋ$^{5}$　門，門板　※甲

【門限】　muoŋ$^{2}$ aiŋ$^{6}$　門檻　※甲

【門墊】　muoŋ$^{2}$ taiŋ$^{6}$　門檻　※甲

【門栜】　muoŋ$^{2}$ tshie$^{5}$　門框　※甲

【直栜】　tik$^{8}$ tshie$^{5}$　門兩側的邊框　※甲

【橫栜】　huaŋ$^{2}$ tshie$^{5}$　門框的一部分，橫在門上　※甲

【籠$^{+}$籬】　løŋ$^{1}$ lie$^{2}$　迎門的屏風　※乙

【籠$^{+}$籬門】　løŋ$^{1}$ lie$^{2}$ muoŋ$^{2}$　大門外的柵欄門　※甲

【鬣頁門】　hau$^{5}$ hiaʔ$^{8}$ muoŋ$^{2}$　百葉窗　※乙

【桶扇】　thøŋ$^{3}$ sieŋ$^{5}$　開著的門窗（疑「桶」為「通」的變調）※丙

【檻門】　khaŋ$^{3}$ muoŋ$^{2}$　窗戶　※甲

【檻門戶】　khaŋ$^{3}$ muoŋ$^{2}$ hou$^{6}$　窗子的樞軸，「戶」可能是「臼」的訛變　※甲

【磚灶】　tsioŋ$^{1}$ tsau$^{5}$　磚砌的灶　※甲

【橫欄$^{+}$】　huaŋ$^{2}$ lak$^{8}$　室內牆壁上下兩部分的分隔木條　※丙

【金釭】　kiŋ$^{1}$ kouŋ$^{1}$　護牆板上裝飾性的圓圈　※丙

【烟筒】　ieŋ$^{1}$ tøŋ$^{2}$　烟囱　※甲

【合蟬】　hak$^{8}$ sieŋ$^{2}$　釕銱兒　※甲

【泊壁蟹】　pɔʔ$^{8}$ piaʔ$^{7}$ hɛ$^{6}$　牆上的放置蠟燭的小架子　※丙

【牌額】　pɛ$^{2}$ ŋiaʔ$^{8}$　鄉紳家門上方的牌匾　※丙

【匾額】　peiŋ$^{3}$ ŋiak$^{8}$　※乙

【花棚】　hua$^{1}$ paŋ$^{2}$　花架　※甲

## 3 建築工藝

【壁刀】　piaʔ$^{7}$ tɔ$^{1}$　抹灰泥的工具　※乙

【瓦刀】　ŋua$^{6}$ tɔ$^{1}$　砌磚鋪瓦的工具　※甲

【泥盤】　nɛ$^{2}$ puaŋ$^{2}$　抹灰泥用的托盤　※甲

【塗托】　thu$^{2}$ thɔʔ$^{7}$　泥水匠用的灰泥托板　※甲

【築杵】　tøyk$^{7}$ tshy$^{3}$　築土牆用的夯棒　※乙

【殼灰】　khaøk$^{7}$ huɪ$^{1}$　貝殼燒製的石灰　※乙

【雲南石】　huŋ$^{2}$ naŋ$^{2}$ sioʔ$^{8}$　大理石　※丙

【（桐）油灰】　thøŋ$^{2}$ iu$^{2}$ huɪ$^{1}$　桐油拌石灰，作為防滲水的建築材料　※甲

【灰水】　huɪ$^{1}$ tsui$^{3}$　石灰水，用以粉刷牆壁　※甲

【三佮料】　saŋ$^{1}$ kak$^{7}$ læu$^{6}$　黏土、沙子和灰拌在一起的建築材料　※乙

【玻璃】　pɔ$^{1}$ lɛ$^{2}$　※甲

【坎爿（儡）　khaŋ$^{3}$ peiŋ$^{2}$ loi$^{3}$　碎瓦　※甲

【塗漿】　thu$^{2}$ tsioŋ$^{1}$　作為黏合劑的黃泥漿　※甲

【油白】　iu$^{2}$ paʔ$^{8}$　質地上乘的白灰　※甲

【田螺紋】　tsheiŋ$^2$ loi$^2$ uŋ$^2$　木料上的紋理　※丙

【樹料】　tsheu$^5$ læu$^6$　原木　※乙

【促$^{=}$】　tshøyk$^7$　用刀鋸把木料截短　※丙

【斗底磚】　tau$^3$ tɛ$^3$ tsioŋ$^1$　一種方形地磚　※甲

【天車】　thieŋ$^1$ tshia$^1$　升降機　※丙

【承漏】　siŋ$^2$ lau$^6$　接屋漏的雨水　※甲

【縫】　phouŋ$^5$　縫隙　※甲

【□縫】　laøŋ$^5$ phouŋ$^5$　漏縫，空隙　※甲

【蛤蜊縫】　kak$^7$ li$^2$ phouŋ$^5$　地板拼接不密留下的狹縫　※丙

【□空】　laøŋ$^5$ khaøŋ$^5$　漏洞，空隙　※甲

【起厝】　khi$^3$ tsio$^5$　蓋房子　※甲

【企坊】　khie$^5$ huoŋ$^1$　豎起牌坊　※乙

【企扇】　khie$^5$ sieŋ$^5$　蓋房子立起梁柱　※甲

【築三佮塗】　tøyk$^7$ saŋ$^1$ kak$^7$ thu$^2$　將黏土、沙子、石灰拌勻夯實　※甲

【䃁瓦】　kaŋ$^3$ ŋua$^6$　鋪瓦片　※丙

【泥灰】　nɛ$^2$ huɪ$^1$　抹灰泥　※甲

【搭棚】　tak$^7$ paŋ$^2$　搭台　※甲

【摳$^{=}$搭】　khau$^1$ tak$^7$　鋪瓦片的方法，即把瓦片互相扣搭　※丙

【禍流滴】　huo$^6$ lau$^2$ teik$^7$　漏雨滴水，「禍」本字「雨」　※乙

【翻蓋】　huaŋ$^1$ kai$^5$　把瓦頂掀掉重新鋪　※甲

【搜塗漿】　seu$^1$ thu$^2$ tsioŋ$^1$　攪拌泥漿　※甲

【做塗】　tsɔ$^5$ thu$^2$　做泥水活　※甲

【砌$^{*}$】　lie$^3$　砌（牆）　※甲

【砌$^{*}$磚】　lie$^5$ tsioŋ$^1$　砌磚　※甲

【砌$^{*}$牆】　lie$^5$ tshioŋ$^2$　砌牆　※甲

【築牆】　tøyk$^7$ tshioŋ$^2$　夯黏土築牆　※甲

【疊枹花】　thak$^{8}$ phau$^{1}$ hua$^{1}$　砌牆時把磚瓦砌成通透的花樣，如柚子花　※丙

【拾漏】　khak$^{7}$ lau$^{6}$　簡單地整理瓦片來修屋漏　※甲

【刷灰水】　sauk$^{7}$ huɪ$^{1}$ tsui$^{3}$　粉刷牆壁　※甲

【刷壁】　sauk$^{7}$ piaʔ$^{7}$　粉刷牆壁　※甲

【結灶】　kiek$^{7}$ tsau$^{5}$　修建新灶　※甲

【築塗堂$^{=}$】　tøyk$^{7}$ thu$^{2}$ touŋ$^{2}$　製作黏土的磚坯（不經燒製直接用於建築）　※甲

【牛$^{=}$厝】　ŋu$^{2}$ tshio$^{5}$　用斜撐柱把房子扶正　※甲

【牮厝】　tsieŋ$^{5}$ tshio$^{5}$　用輔助的斜柱撐住房子　※乙

【牆倒壁崩】　tshioŋ$^{2}$ tɔ$^{3}$ piaʔ$^{7}$ puŋ$^{1}$　形容房屋毀損嚴重　※乙

【石壋】　sioʔ$^{8}$ touŋ$^{3}$　石頭台子，石墩　※甲

## （五）水陸交通

### 1 舟船水路

【火輪船】　huɪ$^{3}$ luŋ$^{2}$ suŋ$^{2}$　蒸汽船　※丙

【車船】　tshia$^{1}$ suŋ$^{2}$　蒸汽船　※乙

【舢板裼$^{=}$】　saŋ$^{1}$ peiŋ$^{3}$ thauŋ$^{5}$　舢板；謂人瘸著行走　※丙

【溪船】　khɛ$^{1}$ suŋ$^{2}$　行駛在閩江內河的船　※丙

【洋船】　ioŋ$^{2}$ suŋ$^{2}$　出海的船隻　※乙

【船囝】　suŋ$^{2}$ kiaŋ$^{3}$　小船　※甲

【麻纜船】　ma$^{2}$ laŋ$^{3}$ suŋ$^{2}$　一種平底船　※丙

【舵奶】　tuai$^{6}$ nɛ$^{3}$　女舵手　※丙

【舵公】　tuai$^{6}$ kuŋ$^{1}$　舵手　※乙

【尾舵】　muɪ$^{3}$ tuai$^{6}$　※甲

【徛舵】　khie$^{6}$ tuai$^{6}$　掌舵　※丙

【掏舵】　tɔ² tuai⁶　掌舵　※甲
【搬舵】　puaŋ¹ tuai⁶　右舷舵　※丙
【捱舵】　ɛ¹ tuai⁶　左舷舵　※丙
【櫓床】　lu³ tshouŋ²　船櫓的座子　※丙
【櫓隙】　lu³ kheik⁷　船櫓的樞軸　※丙
【舵牙】　tuai⁶ ŋa²　舵把　※丙
【扒涉】　pa² siek⁷　槳　※甲
【船堵】　suŋ² tu³　船艙　※乙
【艙堵】　tshouŋ¹ tu³　船艙的隔間　※丙
【艙板】　tshouŋ¹ peiŋ³　船艙頂上的鋪板　※乙
【碇索】　teiŋ⁵ sɔʔ⁷　錨繩　※甲
【解船】　kɛ⁶ suŋ²　（縴夫）拉船　※丙
【敆⁼】　kaʔ⁸　船艙　※乙
【敆⁼板】　kaʔ⁸ peiŋ³　船艙頂上的艙板　※乙
【笝】　nak⁸　竹篾編的繩索，縴繩　※乙
【篾笝】　miek⁸ nak⁸　竹篾編的縴繩　※丙
【溪笝】　khɛ¹ nak⁸　竹篾編的縴繩　※丙
【拔笝】　peik⁸ nak⁸　拉縴　※乙
【落船】　lɔʔ⁸ suŋ²　下船，上船　※甲
【沫⁼】　muak⁸　船在下錨後打轉　※丙
【沫⁼汐*】　muak⁸ phuoŋ⁵　退潮時船身隨之搖晃　※丙
【闔⁼向】　khau¹ hioŋ⁵　固定住帆的方向　※乙
【闔⁼帆】　khau¹ phuŋ²　固定住帆的方向　※乙
【撐渡】　thaŋ¹ suŋ²　撐渡船　※乙
【車帆】　tshia¹ phuŋ²　轉動帆的方向　※甲
【拔帆】　peik⁸ phuŋ²　拉繩張帆　※甲
【泊船】　pɔʔ⁸ suŋ²　※甲

【拋碇】　pha$^{1}$ teiŋ$^{5}$　下錨　※甲

【拍碇】　phaʔ$^{7}$ teiŋ$^{5}$　下錨　※甲

【企桅】　khie$^{5}$ ui$^{2}$　豎起桅杆　※丙

【他$^{=}$風出】　tha$^{1}$ huŋ$^{1}$ tshouk$^{7}$　頂風出航　※丙

【他$^{=}$漲】　tha$^{1}$ touŋ$^{3}$　逆潮行船　※丙

【擺大】　pai$^{3}$ tuai$^{6}$　（船）向右　※丙

【擺小】　pai$^{3}$ sieu$^{3}$　（船）向左　※丙

【開頭】　khui$^{1}$ thau$^{2}$　（船）啟航　※甲

【駛船】　sai$^{3}$ suŋ$^{2}$　駕船　※甲

【灘師】　thaŋ$^{1}$ sa$^{1}$　船過險灘時的專業領航人　※丙

【拍透】　phaʔ$^{7}$ thæu$^{5}$　架起跳板　※乙

【透板】　thæu$^{5}$ peiŋ$^{3}$　跳板；上下船走的長條木板。也說「板透」　※甲

【舒透】　tshy$^{1}$ thæu$^{5}$　架起跳板　※甲

【澄】　thaøŋ$^{5}$　浮標　※乙

【望$^{+}$】　mauŋ$^{5}$　設在礁石上的航標　※丙

【雜澳】　tsak$^{8}$ ɔ$^{5}$　公共碼頭　※丙

【橋墩*】　kio$^{2}$ touŋ$^{3}$　※甲

【浮澄】　phu$^{2}$ thaøŋ$^{5}$　浮標；救身圈　※甲

【渡船頭】　tou$^{6}$ suŋ$^{2}$ thau$^{2}$　渡口　※丙

【港墿】　køŋ$^{3}$ tio$^{6}$　通航的小河道　※丙

【倩駁載】　tshiaŋ$^{5}$ pauk$^{7}$ sai$^{6}$　雇駁船裝卸貨物　※丙

【櫓摜索】　lu$^{3}$ kuaŋ$^{6}$ sɔʔ$^{7}$　櫓的繫繩　※丙

【船牌】　suŋ$^{2}$ pɛ$^{2}$　船隻的營運許可牌照　※甲

【插燭】　tshak$^{7}$ tsioʔ$^{7}$　喻沉船，一頭栽下一頭翹起　※丙

【下船】　ha$^{6}$ suŋ$^{2}$　船運　※乙

【樸船】　pɔʔ$^{8}$ suŋ$^{2}$　包租船隻　※甲

【私船】　sy$^{1}$ suŋ$^{2}$　沿海走私船　※丙

【幫搭】　pouŋ$^{1}$ tak$^{7}$　乘坐別人租的船　※甲

【討船】　thɔ$^{3}$ suŋ$^{2}$　租用船隻　※乙

【渡債】　tou$^{6}$ tsai$^{5}$　渡船費　※乙

【船債】　suŋ$^{2}$ tsai$^{5}$　乘船費　※甲

【儎】　sai$^{6}$　船載，載滿一船的貨物量　※甲

【下儎】　ha$^{6}$ sai$^{6}$　（船）運載　※甲

【下一儎】　ha$^{6}$ sioʔ$^{8}$ sai$^{6}$　運載一整船的貨　※乙

【船犁淺】　suŋ$^{2}$ lɛ$^{2}$ tshieŋ$^{3}$　船底觸到水底，擱淺　※丙

【船車來往】　suŋ$^{2}$ tshia$^{1}$ lai$^{2}$ uoŋ$^{3}$　乘船旅行　※丙

## 2 車轎路途

【坐轎】　sɔi$^{6}$ kieu$^{6}$　乘轎子　※甲

【拍轎】　phaʔ$^{7}$ kieu$^{6}$　雇轎子　※乙

【扛轎】　kouŋ$^{1}$ kieu$^{6}$　抬轎子　※甲

【鋪頭轎】　phuo$^{5}$ thau$^{2}$ kieu$^{6}$　正規轎館的轎子　※丙

【野轎】　ia$^{3}$ kieu$^{6}$　沒有註冊、非正規經營的轎子　※丙

【四座轎】　sei$^{5}$ tsɔ$^{5}$ kieu$^{6}$　四人抬的轎子　※丙

【八座轎】　paik$^{7}$ tsɔ$^{6}$ kieu$^{6}$　八人抬的大轎子　※丙

【明轎】　miŋ$^{2}$ kieu$^{6}$　敞開式的轎子　※丙

【拖底轎】　thua$^{1}$ tɛ$^{3}$ kieu$^{6}$　一種特別高大沉重的轎子　※丙

【篼轎】　teu$^{1}$ keu$^{6}$　一種結構簡單的輕便轎子，滑竿　※乙

【過山轎】　kuo$^{5}$ saŋ$^{1}$ kieu$^{6}$　一種比較長的轎子，乘坐者可以躺著　※丙

【過山篼】　kuo$^{5}$ saŋ$^{1}$ teu$^{1}$　一種結構簡單的輕便轎子，乘者半躺著　※乙

【篼伕】　teu$^{1}$ hu$^{1}$　抬「篼轎」的轎伕　※乙

【轎班】　kieu$^{6}$ paŋ$^{1}$　一組轎伕　※乙

【轎館】　kieu$^{6}$ kuaŋ$^{3}$　租用轎子的鋪子　※乙

【轎塢】　kieu$^{6}$ ou$^{5}$　雇轎子的地方，轎館　※丙

【轎罩】　keu$^{6}$ tau$^{5}$　轎子的布罩　※丙

【轎槓】　kieu$^{6}$ kauŋ$^{5}$　轎子的抬竿　※乙

【踖轎】　taʔ$^{7}$ keu$^{6}$　在轎子上加重物（使其平穩）　※丙

【回手】　huɪ$^{2}$ tshiu$^{3}$　轎伕放下轎子　※丙

【槓】　kauŋ$^{5}$　兩人抬的擔子；抬重物的粗槓子　※甲

【扛槓】　kouŋ$^{1}$ kauŋ$^{5}$　抬重物，常指抬送禮的禮品　※甲

【前槓】　seiŋ$^{2}$ kauŋ$^{5}$　抬東西走在前面的人　※乙

【後槓】　au$^{6}$ kauŋ$^{5}$　抬東西走在後面的人　※乙

【火輪車】　huɪ$^{3}$ luŋ$^{2}$ tshia$^{1}$　火車　※丙

【拖車】　thai$^{1}$ tshia$^{1}$　拉車　※甲

【借問墿】　tsioʔ$^{7}$ muoŋ$^{5}$ tio$^{6}$　問路　※甲

【鄉下墿】　hioŋ$^{1}$ ha$^{6}$ tio$^{6}$　鄉村道路　※甲

【禿頭弄】　thuk$^{8}$ thau$^{2}$ laøŋ$^{6}$　另一端不通的巷子　※甲

【行禿墿】　kiaŋ$^{2}$ thuk$^{8}$ tio$^{6}$　走絕路，引申指沒有前途　※乙

【行鄭$^{=}$墿】　kiaŋ$^{2}$ taŋ$^{6}$ tio$^{6}$　走錯路　※甲

【相差墿】　souŋ$^{1}$ tsha$^{1}$ tio$^{6}$　交互而過沒有遇上　※甲

【生分墿】　saŋ$^{1}$ houŋ$^{6}$ tio$^{6}$　陌生的路　※甲

【過墿】　kuo$^{5}$ tio$^{6}$　過路　※甲

【邀墿】　ieu$^{1}$ tio$^{6}$　領路　※甲

【行墿】　kiaŋ$^{2}$ tio$^{6}$　走路　※甲

【八墿】　paik$^{7}$ tio$^{6}$　知道怎麼走，識路　※甲

【弄柄】　laøŋ$^{6}$ paŋ$^{5}$　短而直的巷子　※丙

【弄弄】　løŋ$^{2}$ laøŋ$^{6}$　巷子，通道　※甲

【巷巷】　haøŋ$^{5}$ haøŋ$^{5}$　巷子　※甲

【巷囝巷㞎】　haøŋ⁵ kiaŋ³ haøŋ⁵ nie²　小巷子；「㞎」本字「兒」　※丙

【□道】　tshua⁵ tɔ⁶　錯路，引申指道德上歧途　※丙

【墿弄】　tio⁶ laøŋ⁶　通道　※甲

【轉彎頭】　tioŋ³ uaŋ¹ thau²　拐角，拐彎處　※甲

【街中】　kɛ¹ touŋ¹　街上　※甲

【墿中】　tio⁶ touŋ¹　路上　※甲

【歇飯店】　hiok⁷ puoŋ⁶ taiŋ⁵　在兼營飲食的小旅館住宿　※甲

【站頭】　tsaŋ⁶ thau²　旅途停歇處，驛站。今指公共汽車停靠站　※丁

【歇骹】　hiok⁷ kha¹　歇腳　※甲

【歇店】　hiok⁷ taiŋ⁵　住旅店　※乙

【自煮店】　tsøy⁶ tsy³ taiŋ⁵　廉價旅店，旅客可以自己做飯　※丙

【盤錢】　puaŋ² tsieŋ²　路費　※甲

【盤費】　puaŋ² hie⁵　路費　※甲

【馬鞍褥】　ma³ aŋ¹ yk⁸　鋪在馬鞍上的墊子　※丙

## 3 往來行走

【躋去】　ua³ khɔ⁵　在中途順便拐去（某處所）　※甲

【躋邊】　ua³ pieŋ¹　靠邊去，讓道　※乙

【伐】　phuak⁸　邁步，跨　※甲

【行】　kiaŋ²　走　※甲

【行邊】　kiaŋ² pieŋ¹　躲到一邊，讓道　※甲

【行雄□□】　kiaŋ² hyŋ² nia¹ nɔi⁵　走得快一些　※甲

【過位】　kuo⁵ oi⁶　外出　※乙

【拋⁼】　pha¹　繞著走　※甲

【杖杖】　thioŋ² thioŋ⁶　拐仗，手杖　※甲

【椇杖】　køy$^{6}$ thioŋ$^{6}$　手杖　※乙

【老椇】　lau$^{6}$ køy$^{6}$　老人用的扶手杖　※丙

【引墿龍】　iŋ$^{3}$ tio$^{6}$ lyŋ$^{2}$　盲人的探道杖　※丙

【包袱】　pa$^{1}$ huk$^{8}$　※甲

【迎】　ŋiaŋ$^{2}$　巡游，展示　※甲

【拐】　kuai$^{1}$　中途拐到某地方稍作停留（注意聲調）　※丙

【拐轉厝】　kuai$^{1}$ tioŋ$^{3}$ tshio$^{5}$　中途拐回家稍作停留　※乙

【拐裡來】　kuai$^{1}$ tie$^{3}$ li$^{2}$　中途拐進來　※乙

【爬山挖嶺】　pa$^{2}$ saŋ$^{1}$ uak$^{7}$ liaŋ$^{3}$　翻越山嶺，走山路　※甲

【玩】　uaŋ$^{2}$　游逛　※甲

【轉去】　tioŋ$^{3}$ khɔ$^{5}$　回去　※甲

【轉晝】　tioŋ$^{3}$ tau$^{5}$　中午回家吃飯　※甲

【轉厝】　tioŋ$^{3}$ tshio$^{5}$　回家　※甲

【草鞋馬】　tshau$^{3}$ ɛ$^{2}$ ma$^{3}$　謔指步行　※丙

【晏行】　aŋ$^{5}$ kiaŋ$^{2}$　晚行，遲走　※乙

【晏來】　aŋ$^{5}$ li$^{2}$　遲來　※乙

【起身】　khi$^{3}$ siŋ$^{1}$　動身，啟程　※甲

【犁$^{=}$過】　lɛ$^{2}$ kuo$^{5}$　相擦而過　※甲

【邏街】　lɔ$^{6}$ kɛ$^{1}$　在街上逛　※甲

【落山】　lɔʔ$^{8}$ saŋ$^{1}$　下山　※甲

【裡出】　tie$^{3}$ tshouk$^{7}$　進出，出入　※甲

【裡去】　tie$^{3}$ khɔ$^{5}$　進去　※甲

【裡城】　tie$^{3}$ siaŋ$^{2}$　進城　※甲

【遘】　kau$^{5}$　到，至　※甲

【遘塊$^{*}$】　kau$^{3}$ tɔi$^{5}$　到達　※甲

【騮熟】　leu$^{6}$ syk$^{8}$　來回奔波　※丙

【濾水】　løy$^{6}$ tsui$^{3}$　涉水　※甲

【邋⁺水】　lak⁸ tsui³　涉水　※丙
【漉水】　løk⁸ tsui³　蹚水　※甲
【漉雨】　løk⁸ y³　在雨中行走　※甲
【褡袋】　tak⁷ tɔi⁶　搭在肩上一前一後的布袋　※丙
【骹伐】　kha¹ phuak⁸　步伐　※甲
【骹步】　kha¹ puo⁶　腳步　※甲
【邀手】　ieu¹ tshiu³　拉著手領著走　※甲

## （六）居家用品

### 1 家具

【家私】　ka¹ si¹　工具或生活用具。今包括家具　※丁
【眠床】　miŋ² tshouŋ²　床　※甲
【床闗】　tshouŋ² kuaŋ¹　床架上的横掌　※甲
【床櫥】　tshouŋ² tiu²　床架上附帶的櫥子　※乙
【匟床】　khauŋ⁵ tshouŋ²（khuoŋ¹）　可臥可坐的長靠椅　※乙
【彌尼床】　mi² nɛ² tshouŋ²　沒有踏板的床，通常有彎曲的床腿　※丙
【床裙】　tshouŋ² kuŋ²　床腳的圍屏　※乙
【藤床框】　tiŋ² tshouŋ² khuoŋ¹　藤編的床綳子　※甲
【挑樓床】　tieu¹ leu² tshouŋ²　附有踏板的床　※丙
【板鋪】　peiŋ³ phuo¹　床板架在板凳上搭成的簡易床　※甲
【鋪板】　phuo¹ peiŋ³　床板　※甲
【床遮風】　tshouŋ² tsia¹ huŋ¹　床架上的圍屏　※乙
【踏床】　tak⁸ tshouŋ²　置於床前的踏足板　※乙
【踏板】　tak⁸ peiŋ³　同「踏床」　※甲
【床壁裡】　tshouŋ² piaʔ⁷ tie³　床鋪靠內的一側　※甲

【輦櫃】 lieŋ³ koi⁶ 裝有輪子的可移動的長櫃 ※丙

【櫥頁】 tiu² hiak⁸ 櫥門的拉手 ※丙

【櫥頭頂】 tiu² thau² tiŋ³ 櫥子頂上 ※甲

【蚶⁼櫥】 haŋ¹ tiu² 碗櫥 ※甲

【博古櫥】 pauk⁷ ku³ tiu² 陳列古玩的櫥子 ※甲

【箱櫥】 sioŋ¹ tiu² 放置箱子的大櫥 ※丙

【床櫃】 tshouŋ² koi⁶ 設在床下的櫃子 ※乙

【桌囝】 tɔʔ⁷ kiaŋ³ 小桌子 ※甲

【合桌】 hak⁸ tɔʔ⁷ 兩個半圓的桌子，可拼合在一起使用 ※乙

【香幾桌】 hioŋ¹ ki³ tɔʔ⁷ 香案 ※乙

【妝臺桌】 tsouŋ¹ tai² tɔʔ⁷ 梳妝檯 ※乙

【茶几】 ta² ki³ ※甲

【文几】 uŋ² ki³ 寫字臺 ※乙

【滿州桌】 muaŋ³ tsiu¹ tɔʔ⁷ 炕桌 ※丙

【敤骹桌】 tshøyŋ⁵ kha¹ tɔʔ⁷ 桌腿跟桌面可以拆分的桌子 ※丙

【月桌】 ŋuok⁸ tɔ⁷ 圓桌 ※甲

【橫頭桌】 huaŋ² thau² tɔʔ⁷ 狹長的桌子，橫放在廳堂上，用來擺放陳列品 ※甲

【橫批桌】 huaŋ² phie¹ tɔʔ⁷ 同上 ※丙

【案桌】 aŋ⁵ tɔʔ⁷ 寫字臺 ※丙

【桌裙】 tɔʔ⁷ kuŋ² 圍在桌腿上的布飾 ※甲

【桌褥】 tɔʔ⁷ yk⁸ 鋪在桌上的厚墊子 ※丙

【公座椅】 huŋ¹ tsɔ⁶ ie³ 放在廳上的直背扶手椅 ※甲

【踏骹】 tak⁸ kha¹ 擱足的小凳 ※乙

【面架】 meiŋ⁵ ka⁵ 放臉盆的架子 ※乙

【鏡架】 kiaŋ⁵ ka⁵ 裝鏡子的架子 ※甲

【屜拔】 thɛ⁵ peik⁸ 抽屜的拉手 ※甲

【轎車】　kieu$^{6}$ tshia$^{1}$　嬰兒的椅子　※甲

【探沖】　thaŋ$^{5}$ tshyŋ$^{1}$　一種頂部有鉸鏈的帳篷　※丙

## 2 餐具廚具

【料器】　læu$^{6}$ khei$^{5}$　玻璃器皿　※丙

【瓢羹】　phieu$^{2}$ keiŋ$^{1}$（peiŋ$^{1}$）　湯匙　※甲

【碟囝】　tiek$^{8}$ kiaŋ$^{3}$　小碟子　※甲

【盤碗】　puaŋ$^{2}$ uaŋ$^{3}$　各種盤子、碗的總稱　※甲

【伙食籃】　huɪ$^{3}$ sik$^{8}$ laŋ$^{2}$　攜帶飯菜的籃子　※丙

【硋罐】　hai$^{2}$ kuaŋ$^{5}$　瓷罐　※甲

【罐囝】　kuaŋ$^{5}$ kiaŋ$^{3}$　小罐子　※甲

【罐罐】　kuaŋ$^{5}$ kuaŋ$^{5}$　罐子　※甲

【碗缸】　uaŋ$^{3}$ kouŋ$^{1}$　一種大碗　※乙

【缸盆】　kouŋ$^{1}$ puoŋ$^{2}$　大碗　※甲

【蓋$^{*}$碗】　khaiŋ$^{5}$ uaŋ$^{3}$　有蓋兒的碗　※甲

【桶盤】　thøŋ$^{3}$ puaŋ$^{2}$　大盤子　※甲

【碗碟】　uaŋ$^{3}$ tiek$^{8}$　泛指餐具　※甲

【柴碟】　tsha$^{2}$ tiek$^{8}$　漆盤　※乙

【箸】　tøy$^{6}$　筷子　※甲

【旗杆箸】　ki$^{2}$ kaŋ$^{1}$ tøy$^{6}$　一種有凹槽的筷子　※丙

【箸洞】　tøy$^{6}$ taøŋ$^{6}$　插筷子的筒　※甲

【米管】　mi$^{3}$ kuoŋ$^{3}$　家用的量米的竹筒，一筒約三五兩不等　※甲

【萵瓠推】　uo$^{1}$ pu$^{2}$ thoi$^{1}$　削瓜果皮的小刨子　※乙

【鼎筅】　tiaŋ$^{3}$ tsheiŋ$^{3}$　鍋帚　※甲

【鱟殼】　hau$^{5}$ khaøk$^{7}$　鱟的背甲，可製作水瓢　※甲

【鱟桸】　hau$^{5}$ hie$^{1}$（kie$^{1}$）　用鱟殼製的水瓢　※甲

【漉瓢】　løk$^{8}$ phieu$^{2}$　漏勺　※甲

【笊籬】　tsia$^{1}$ lie$^{2}$　大漏勺　※甲

【（笊籬）箅】　tsia$^{1}$ lie$^{2}$ pei$^{5}$　竹箅，墊在蒸鍋底　※甲

【砧板】　tiŋ$^{1}$ peiŋ$^{3}$　※甲

【磨心】　mɔ$^{6}$ siŋ$^{1}$　石磨的軸心　※甲

【磨層】　mɔ$^{6}$ tseiŋ$^{2}$　磨盤　※甲

【粿床】　kuɪ$^{3}$ souŋ$^{2}$　蒸糕的蒸籠　※甲

【錫盬】　seik$^{7}$ ku$^{3}$　錫合金的壺　※乙

【油筒】　iu$^{2}$ tøŋ$^{2}$　盛油的竹筒　※乙

【漿袋】　tsioŋ$^{1}$ tɔi$^{6}$　盛米漿的布袋，用以擠壓排除水分　※甲

【凸*笔】　phou$^{5}$ lɔ$^{3}$　竹製的蒸籠蓋子，中間隆起　※乙

【楻鼎】　khuoŋ$^{2}$ tiaŋ$^{3}$　鍋蓋如一個倒扣木桶的鐵鍋　※乙

【錫燉】　seik$^{7}$ touŋ$^{6}$　錫合金的燉鍋，鍋中間有圓筒通透出氣　※丙

【鏊鼎】　ŋɔ$^{6}$ tiaŋ$^{3}$　一種平底鐵鍋，鐵蓋上置炭火　※丙

【鏊爐】　ŋɔ$^{6}$ lu$^{2}$　烤爐　※丙

【火鏊】　hui$^{3}$ ŋɔ$^{6}$　烤爐　※丙

【暖鍋】　nouŋ$^{3}$ kuo$^{1}$　給食物保溫用的鍋　※乙

【鼎灶】　tiaŋ$^{3}$ tsau$^{5}$　鍋灶　※甲

【行灶】　kiaŋ$^{2}$ tsau$^{5}$　可以移動的灶　※乙

【鼎】　tiaŋ$^{3}$　鐵鍋　※甲

【鼎臍】　tiaŋ$^{3}$ sai$^{2}$　鐵鍋底部正中的凸起　※甲

【鼎翟】　tiaŋ$^{3}$ taøk$^{7}$　覆盆狀的鐵鍋蓋　※甲

【鼎敁】　tiaŋ$^{3}$ kaʔ$^{8}$　蒸食物時擱在鍋底竹木架子　※甲

【鼎片】　tiaŋ$^{3}$ phieŋ$^{5}$　平的木製鍋蓋　※甲

【鼎鍤】　tiaŋ$^{3}$ tshiaʔ$^{8}$　鍋鏟　※丙

【鼎抒】　tiaŋ$^{3}$ thø$^{3}$　鍋鏟　※甲

【床搭】　souŋ² tak⁷　一種炊具，如無底的木桶，套在鐵鍋上如蒸籠　※甲

【炊床】　tshui¹ souŋ²　蒸籠　※甲

【飯床】　puoŋ⁶ souŋ²　蒸飯用的蒸籠　※甲

【飯包】　puoŋ⁶ pau¹　一種煮飯用的草包　※乙

【加注包】　ka¹ tsøy⁵ pau¹　盛米煮飯的草編袋子　※乙

【罌】　iŋ¹　小口罐子　※甲

【銅鹽】　tøŋ² ku³　銅壺　※甲

【璃皮缸】　lɛ² phuɪ² kouŋ¹　上釉的缸　※乙

【大缸】　tuai⁶ kouŋ¹　大碗　※甲

【硋鍋】　hai² kuo¹　陶罐　※乙

【埕磻鉢甕】　tiŋ¹ phaŋ¹ poua⁷ aøŋ⁵　各種家用的陶罐　※丙

【斗甕】　tau³ aøŋ⁵　大口的甕　※丙

【硋器】　hai² khei⁵　瓷器　※甲

【潘缸】　phuŋ¹ kouŋ¹　泔水缸　※甲

【髶髶】　phaŋ¹ phaŋ¹　罈子　※甲

## 3 燈燭烟火

【燭盤】　tsioʔ⁷ puaŋ²　托蠟燭的木盤　※乙

【燭蒂】　tsioʔ⁷ tei⁵　蠟燭的殘蒂　※甲

【燭油】　tsioʔ⁷ iu²　蠟燭油　※甲

【燭鬥】　tsioʔ⁷ tau³　燭臺　※甲

【蠟燭】　lak⁸ tsioʔ⁷　※甲

【菜油燭】　tshai⁵ iu² tsioʔ⁷　用菜籽油製作的燭　※丙

【牛油燭】　ŋu² iu² tsioʔ⁷　用牛油製作的燭　※丙

【捲筒燭】　kuoŋ³ tøŋ² tsioʔ⁷　一種機製蠟燭　※丙

【纏芯燭】　tieŋ² siŋ¹ tsioʔ⁷　燭芯纏棉紗的燭　※丙

【硬油燭】　ŋaiŋ$^{6}$ iu$^{2}$ tsioʔ$^{7}$　用皂夾製作的蠟燭　※丙

【高照】　kɔ$^{1}$ tsieu$^{5}$　大燈籠　※乙

【燈籠攅】　tiŋ$^{1}$ løŋ$^{2}$ kuaŋ$^{6}$　燈籠的提手　※甲

【浮馬】　phu$^{2}$ ma$^{3}$　長明燈中牽住燈芯的漂浮物　※丙

【燈挑】　tiŋ$^{1}$ thieu$^{1}$　挑燈的桿子　※丙

【琉光】　liu$^{2}$ kuoŋ$^{1}$　杯子狀的油燈　※丙

【琉光宅】　liu$^{2}$ kuoŋ$^{1}$ theik$^{8}$　放置油燈的金屬框子　※丙

【玻璃燈】　pɔ$^{1}$ lɛ$^{2}$ tiŋ$^{1}$　※丙

【雙髻燈】　søŋ$^{1}$ koi$^{5}$ tiŋ$^{1}$　一種燈籠的款式　※丙

【芋頭燈】　uo$^{6}$ thau$^{2}$ tiŋ$^{1}$　圓燈籠　※丙

【燈馬】　tiŋ$^{1}$ ma$^{3}$　油燈　※甲

【燈馬撥】　tiŋ$^{1}$ ma$^{3}$ puak$^{7}$　撥燈芯的籤子　※丙

【燈籠骨】　tiŋ$^{1}$ løŋ$^{2}$ kauk$^{7}$　燈籠的竹架子　※甲

【竟$^{=}$】　keiŋ$^{5}$　燈籠的罩紗　※丙

【燈笎】　tiŋ$^{1}$ auŋ$^{6}$　懸掛燈籠的橫桿　※乙

【自來火】　tsøy$^{6}$ lai$^{2}$ huɪ$^{3}$　火柴　※甲

【火艾】　huɪ$^{3}$ ŋie$^{5}$　火絨，導火索　※丙

【火石】　huɪ$^{3}$ sioʔ$^{8}$　打火石　※甲

【紙媒】　tsai$^{3}$ muɪ$^{2}$　引火用的紙棒　※乙

【紙媒管】　tsai$^{3}$ muɪ$^{2}$ kuoŋ$^{3}$　引火用的細長紙卷　※乙

【紙捻】　tsai$^{3}$ nieŋ$^{3}$　引火用的細紙卷　※乙

【火媒】　huɪ$^{3}$ muɪ$^{2}$　引火的木屑　※丙

【柴把】　tsha$^{2}$ pa$^{3}$　成綑的劈柴　※甲

【冇炭】　phaŋ$^{5}$ thaŋ$^{5}$　木柴在空氣中燃燒後形成的炭，質地鬆脆　※甲

【焓廚】　haŋ$^{2}$ tio$^{2}$　節慶日所用煤爐火（平時不用煤？）　※丙

【熍炭】　aiŋ$^{5}$ thaŋ$^{5}$　熄滅炭火　※甲

【㷈炭甕】 aiŋ$^{5}$ thaŋ$^{5}$ aøŋ$^{5}$ 廚房用具，將未燃盡的炭放入其中，熄滅保存 ※甲

【火管】 huɪ$^{3}$ kuoŋ$^{3}$ 吹火筒 ※甲

【火耙】 huɪ$^{3}$ pa$^{2}$ ※乙

【火叉】 huɪ$^{3}$ tsha$^{1}$ ※丙

【嗙筒】 puŋ$^{2}$ tøŋ$^{2}$ 吹火筒 ※丙

【火鉗】 huɪ$^{3}$ khiŋ$^{2}$ ※甲

【火鏟】 huɪ$^{3}$ tshiaŋ$^{3}$ ※甲

【橂炭】 taiŋ$^{6}$ thaŋ$^{5}$ 在窯中隔絕空氣燒出的木炭 ※甲

【橂柴】 taiŋ$^{6}$ tsha$^{2}$ 硬木 ※甲

【冇柴】 phaŋ$^{5}$ tsha$^{2}$ 非硬木，如松木、杉木等 ※甲

【箍把（柴）】 khu$^{1}$ pa$^{3}$ tsha$^{2}$ 用竹篾箍成一捆的劈柴 ※乙

【柴橛】 tsha$^{2}$ khuok$^{8}$ 切成段的劈柴 ※甲

## 4 筅帚涮洗

【筅帚】 tsheiŋ$^{3}$ tshiu$^{3}$ 細竹枝編的掃帚 ※甲

【廊筅】 louŋ$^{2}$ tsheiŋ$^{3}$ 打掃房子高處的灰塵用的去柄竹掃帚 ※乙

【掃帚】 sau$^{5}$ tshiu$^{3}$ ※甲

【黍掃】 sø$^{3}$ sau$^{5}$ 用黍桿編的掃帚 ※丙

【掃帚芒】 sau$^{5}$ tshiu$^{3}$ møŋ$^{2}$ 撣掃集塵的掃帚 ※丙

【掃帚槌】 sau$^{5}$ tshiu$^{3}$ thui$^{2}$ 用禿的掃帚 ※乙

【雞毛拂】 kiɛ$^{1}$ mɔ$^{2}$ houk$^{7}$ 雞毛撣 ※甲

【芒掃】 møŋ$^{2}$ sau$^{5}$ 茅草扎成的掃帚 ※乙

【畚斗】 pouŋ$^{5}$ tau$^{3}$ ※甲

【頭髮亂】 thau$^{2}$ huok$^{7}$ nauŋ$^{5}$ 剪下的頭髮亂纏成一團，用作擦洗工具 ※甲

【棕刷】　tsøŋ$^{1}$ sauk$^{7}$　※甲

【刷刷囝】　sauk$^{7}$ sauk$^{7}$ kiaŋ$^{3}$　小刷子　※甲

【草$^{=}$】　tshɔ$^{3}$　燒碱　※甲

【草$^{=}$水】　tshɔ$^{3}$ tsui$^{3}$　碱水　※甲

【草$^{=}$湯】　tshɔ$^{3}$ thouŋ$^{1}$　摻碱的熱水　※甲

【滾湯】　kuŋ$^{3}$ thouŋ$^{1}$　開水　※甲

【楻】　khuoŋ$^{2}$　大木桶　※甲

【水楻】　tsui$^{3}$ khuoŋ$^{2}$　儲水的大桶　※甲

【伐桶】　phuak$^{8}$ thøŋ$^{3}$　吊桶　※甲

【骹桶】　kha$^{1}$ thøŋ$^{3}$　大木盆　※甲

【桶柿】　thøŋ$^{3}$ phuoɪ$^{5}$　組成桶壁的木片　※甲

【交桶】　kau$^{1}$ thøŋ$^{3}$　較小的提桶　※乙

【摜$^{+}$桶】　kuaŋ$^{6}$ tøŋ$^{3}$　一種有較長提手的桶　※乙

【楻桶】　khuoŋ$^{2}$ tøŋ$^{3}$　儲物的大桶　※乙

【桶箍】　thøŋ$^{3}$ khu$^{1}$　木桶上的竹篾箍　※甲

【孩兒盆】　hai$^{2}$ i$^{2}$ puoŋ$^{2}$　給嬰兒洗澡用的盆　※乙

【鑼盆】　lɔ$^{2}$ puoŋ$^{2}$　銅臉盆　※甲

【漿鑼盆】　tsioŋ$^{1}$ lɔ$^{2}$ puoŋ$^{2}$　大盆　※乙

【衣裳笐】　i$^{1}$ sioŋ$^{2}$ auŋ$^{6}$　曬衣竿　※甲

【（竹）笐】　tøyk$^{7}$ auŋ$^{6}$　竹竿　※甲

【笐叉】　auŋ$^{6}$ tsha$^{1}$　支曬衣竿的叉子　※甲

【叉杖】　tsha$^{1}$ thuoŋ$^{6}$　長柄的叉子，用於叉取高處的東西　※甲

【夷皂】　i$^{2}$ tsɔ$^{6}$　肥皂　※甲

【焙籠】　puoɪ$^{5}$ løŋ$^{2}$　烘乾衣服用竹籠子　※丙

【熨斗】　ouk$^{7}$ tau$^{3}$　※甲

【房桶】　puŋ$^{2}$ thøŋ$^{3}$　馬桶　※甲

【痰盆】　thaŋ$^{2}$ puoŋ$^{2}$　痰盂　※甲

【尿壺】　nia$^{6}$ hu$^{2}$　（注意讀音）　※甲

【尿壺箱】　nia$^{2}$ hu$^{2}$ sioŋ$^{1}$　放置尿壺的盒子　※乙

【屎布】　sai$^{3}$ puo$^{5}$　裹在嬰兒胯間接糞便的布塊　※甲

## 5 被褥箱籠

【棕苫】　tsøŋ$^{1}$ tsaiŋ$^{5}$　棕墊　※乙

【草苫】　tshau$^{3}$ tsaiŋ$^{5}$　稻草編的床墊　※乙

【床苫】　tshouŋ$^{2}$ tsaiŋ$^{5}$　床墊　※乙

【鋪蓋】　phuo$^{1}$ kai$^{5}$　※甲

【被鋪】　phuoɪ$^{6}$ phuo$^{1}$　床鋪　※甲

【氈毯】　tsieŋ$^{1}$ thaŋ$^{3}$　地毯　※丙

【氈】　tsieŋ$^{1}$　粗毛毯　※甲

【被甕】　phuoɪ$^{6}$ aøŋ$^{5}$　被窩　※乙

【裌被】　kak$^{7}$ phuoɪ$^{6}$　兩層布的被子，中間不填棉花　※甲

【蓆】　tshioʔ$^{8}$　席子　※甲

【交紋蓆】　ka$^{1}$ uŋ$^{2}$ tshiok$^{8}$　一種席子　※丙

【枕頭】　tsieŋ$^{3}$ thau$^{2}$　※甲

【枕頭席】　tsieŋ$^{3}$ thau$^{2}$ tshioʔ$^{8}$　枕席　※甲

【枕頭囝】　tsieŋ$^{3}$ thau$^{2}$ kiaŋ$^{3}$　小枕頭　※甲

【枕頭布】　tsieŋ$^{3}$ thau$^{2}$ puo$^{5}$　枕巾　※甲

【繬帳】　tsɛ$^{5}$ tioŋ$^{5}$　苧麻布的蚊帳　※乙

【帳笐】　tioŋ$^{5}$ auŋ$^{6}$　掛蚊帳的竹竿　※甲

【湯壺】　thouŋ$^{1}$ hu$^{2}$　取暖的水壺，湯婆子　※甲

【箂】　lai$^{2}$　竹筐（本字可能是「籮」）　※甲

【承層籃】　siŋ$^{2}$ tseiŋ$^{2}$ laŋ$^{2}$　多層的籃子　※丙

【箂層】　lai$^{2}$ tseiŋ$^{2}$　分層的大竹籃　※丙

【竹[illegible]】　tøyk$^{7}$ liaʔ$^{7}$　晾曬東西的大竹盤　※乙

【柳笸】 liu³ lɔ³ 柳條筐 ※丙

【笸蒲⁼】 lɔ³ puo² 大竹盤 ※丙

【笸笸】 lɔ³ lɔ³ 筐子 ※甲

【箱籠】 sioŋ¹ løŋ² 旅行用的竹編箱 ※丙

【棕箱】 tsøŋ¹ sioŋ¹ 棕做的箱子 ※丙

【鍤盒】 tshak⁷ ak⁸ 首飾盒 ※丙

【上頭盒】 tshioŋ⁶ thau² ak⁸ 首飾盒 ※丙

【枕頭箱】 tsieŋ³ thau² sioŋ¹ 兼作枕頭的小皮箱，藏細軟首飾等 ※乙

【扁箱】 pieŋ³ sioŋ¹ 婦女隨身的小旅行箱，喻很細心照顧妻子的男人 ※丙

【籠箱】 løŋ² sioŋ¹ 竹編的箱子 ※丙

【摜⁺盒】 kuaŋ⁶ ak⁸ 一種多層的禮盒 ※乙

【盒絡】 ak⁸ louk⁸ 裝禮品的網兜 ※丙

【筐毗⁼】 khuoŋ¹ phi³ 裝禮物的籃子 ※丙

【盒囝】 ak⁸ kiaŋ³ 小盒子 ※甲

【拈手】 nieŋ¹ tshiu³ 提手，把手 ※乙

【摜⁺摜⁺】 kuaŋ² kuaŋ⁶ 提手 ※甲

【袋綱】 tɔi⁶ kouŋ¹ 穿過麻袋底部的繩子 ※丙

## 6 其他用品

【東西】 tuŋ¹ si¹ （官話借詞） ※甲

【乇頭】 nɔʔ⁷ thau² 東西，貨物 ※丙

【乇】 nɔʔ⁷ 東西 ※甲

【諸乇】 tsy¹ nɔʔ⁷ 各種東西 ※丙

【鎖匙】 sɔ³ sie² 鑰匙 ※甲

【鎖鬚】 sɔ³ tshiu¹ 鎖內部的彈簧 ※丙

【巧鎖】　khiu$^{3}$ sɔ$^{3}$　比較複雜精密的鎖　※甲

【冇鎖】　phaŋ$^{5}$ sɔ$^{3}$　不用鑰匙也容易打開的鎖　※甲

【將軍不下馬】　tsioŋ$^{1}$ kuŋ$^{1}$ pouk$^{7}$ ha$^{6}$ ma$^{3}$　一種鎖，開鎖後鑰匙拔不下來　※乙

【鎖鬼】　sɔ$^{3}$ kui$^{3}$　一種外國產的門鎖　※丙

【挾鑷】　kiek$^{7}$ niek$^{7}$　鑷子　※甲

【耳扒消息】　ŋei$^{6}$ pa$^{2}$ sieu$^{1}$ seik$^{7}$　耳扒與耳孔刷　※丙

【豬母鏈】　ty$^{1}$ mɔ$^{3}$ lieŋ$^{6}$　粗大的鏈條　※甲

【風琴】　huŋ$^{1}$ khiŋ$^{2}$　風鈴；今指風琴　※丁

【鐵馬】　thiek$^{7}$ ma$^{3}$　風鈴　※丙

【熁石】　hiek$^{7}$ sioʔ$^{8}$　磁鐵，吸鐵石　※甲

【料珠】　læu$^{6}$ tsio$^{1}$　玻璃珠　※丙

【扇箬】　sieŋ$^{5}$ niɔʔ$^{8}$　紙扇的扇面　※丙

【鱟殼扇】　hau$^{5}$ khaøk$^{7}$ sieŋ$^{5}$　一種狀如鱟甲的紙扇　※乙

【鱟殼傘】　hau$^{5}$ khaøk$^{7}$ saŋ$^{3}$　洋傘　※丙

【傘絡$^{+}$】　saŋ$^{3}$ lɔʔ$^{7}$　傘套子　※乙

【傘鬼$^{=}$】　saŋ$^{3}$ kui$^{3}$　傘保持撐開的彈簧扣　※丙

【香串】　hioŋ$^{1}$ tshioŋ$^{5}$　有香味的念珠　※丙

【自鳴鐘】　tsøy$^{6}$ miŋ$^{2}$ tsyŋ$^{1}$　自動打鳴報點的鐘　※丙

【回鏡】　huɪ$^{2}$ kiaŋ$^{5}$　反射鏡　※丙

【千里鏡】　tshieŋ$^{1}$ li$^{3}$ kiaŋ$^{5}$　單筒望遠鏡　※乙

【眼鏡】　ŋaŋ$^{3}$ kiaŋ$^{5}$（ŋiaŋ$^{3}$）　※甲

【鏡屏】　kiaŋ$^{5}$ piŋ$^{2}$　帶有抽屜的梳妝匣　※丙

【照身鏡】　tsieu$^{5}$ siŋ$^{1}$ kiaŋ$^{5}$　穿衣鏡。今多說「全身鏡」　※乙

【銅鏡】　tøŋ$^{2}$ kiaŋ$^{5}$　※乙

【布篷】　puo$^{5}$ phuŋ$^{2}$　遮陽的布簾　※甲

【布梯】　puo$^{5}$ thai$^{1}$　繩梯　※丙

【刀石】 tɔ¹ sioʔ⁸ 磨刀石 ※甲

【盤果】 puaŋ² kuo³ 擺設用的水果模型 ※乙

【紙聯】 tsai³ lieŋ² 紙質卷軸 ※丙

【牙齒劃】 ŋa² khi³ thaøk⁷ 牙籤 ※丙劃

【摳扒】 khau¹ pa² 清理鴉片煙槍的小扒子 ※丙

【洋琴】 ioŋ² khiŋ² 八音盒 ※丙

【跪飾】 koi⁶ seik⁷ 下跪用的護膝 ※丙

【刀枕】 tɔ¹ tsiŋ³ 刀背 ※甲

【鋤頭枕】 thy² thau² tsiŋ³ 鋤頭插柄的一側 ※甲

【噗噗婆】 phauk⁷ phauk⁷ pɔ² 盲人行路敲的梆子；木料牆壁等內部鬆散 ※甲

【柴棍】 tsha² kouŋ⁵ 木棍 ※甲

【竹批】 tøyk⁷ phie¹ （打人的）竹棍 ※甲

【箠批】 tshui² phie¹ （打人的）小棍兒 ※甲

【絡絡】 lɔʔ⁷ lɔʔ⁷ 套子 ※甲

【管管】 kuoŋ³ kuoŋ³ 管子 ※甲

【棍棍】 kuŋ² kouŋ⁵ 棍子（連讀音變） ※甲

## 7 雜物垃圾

【屁毛】 phei⁵ nɔʔ⁷ 謂毫無價值的東西 ※甲

【蚶殼】 haŋ¹ khaøk⁷ 毛蚶的空殼 ※甲

【蠘胦】 tshiek⁸ ioŋ³ 梭子蟹腹甲上三角形的甲片，遮蓋泄殖孔 ※甲

【魚鰓】 ŋy² tshi¹ ※甲

【檳榔灰】 piŋ¹louŋ² huɪ¹ 醃製檳榔的石灰 ※丙

【渣粕】 tsa¹ phok⁷ 殘渣 ※甲

【塕塵】 uŋ¹ tiŋ² 灰塵 ※甲

【滓】　tai$^{3}$　渣子　※甲

【湯汽】　thouŋ$^{1}$ khei$^{5}$　蒸汽　※甲

【鹽硝】　sieŋ$^{2}$ sieu$^{1}$　鹽的蒸發結晶　※甲

【火灰】　huɪ$^{3}$ hu$^{1}$　灰燼　※甲

【火烟】　huɪ$^{3}$ iŋ$^{1}$　烟氣　※甲

【殕味】　phu$^{3}$ ei$^{6}$　霉味　※甲

【活□】　uak$^{8}$ sa$^{2}$　打活結的繩套　※甲

【死□】　si$^{3}$ sa$^{2}$　打死結的繩套　※甲

【柴燶】　tsha$^{2}$ tsau$^{1}$　表面燒焦內部未炭化的木頭　※甲

【痕痕】　houŋ$^{2}$ houŋ$^{2}$　痕跡　※甲

【暈暈】　uoŋ$^{2}$ uoŋ$^{6}$　淡淡的污漬，痕跡　※甲

【膜膜】　mɔʔ$^{8}$ mɔʔ$^{8}$　膜兒　※甲

【蒂蒂】　ti$^{2}$ tei$^{5}$　蒂兒　※甲

【影影】　iŋ$^{3}$ ouŋ$^{3}$　跡象，蹤跡（文白兩音合璧構詞）　※乙

【薰烟】　houŋ$^{1}$ iŋ$^{1}$　烟草的烟霧　※甲

【薰屎】　houŋ$^{1}$ sai$^{3}$　吸食過的鴉片的殘渣　※丙

【齪】　tshøyk$^{7}$　積垢　※甲

【敆垢】　kak$^{8}$ kau$^{3}$　皮膚上的積垢　※甲

【塗垢】　thu$^{2}$ kau$^{3}$　沾在物體表面的泥　※乙

【塗粉】　thu$^{2}$ huŋ$^{2}$　粉狀的泥土，灰塵　※甲

【塗油】　thu$^{2}$ iu$^{2}$　（少量的）泥漿　※甲

【滓粕】　tai$^{3}$ phɔʔ$^{7}$　渣滓　※甲

【柴縲】　tsha$^{2}$ loi$^{1}$　木疙瘩　※甲

【縲頭】　loi$^{1}$ thau$^{2}$　疙瘩　※甲

【水浡】　tsui$^{3}$ phuok$^{8}$　水的泡沫　※甲

【殕花】　phu$^{3}$ hua$^{1}$　霉斑　※甲

【鋸糠】　køy$^{5}$ khouŋ$^{1}$　鋸木屑，鋸末兒　※甲

【必隧】　peik⁷ suoɪ⁵　裂紋　※丙

【酒暈】　tsiu³ uoŋ⁶　沾酒形成的污漬　※甲

【黐】　thi¹　黏液拔出的絲　※甲

【碗柿】　uaŋ³ phuoɪ⁵　瓷器的碎片　※甲

【柴柿】　tsha² phuoɪ⁵　刨花　※甲

【破另】　phuai⁵ leiŋ⁵　不成整塊的　※甲

【對爿】　tɔi⁵ peiŋ²　（裂成）大致相等的兩半　※甲

【碗爿】　uaŋ³ peiŋ²　碗的破片　※甲

【琉璜】　liu² uoŋ²　※甲

【石卵】　sioʔ⁸ lauŋ⁶　鵝卵石　※乙

【空窿】　khø¹ løŋ¹　洞　※甲

【銅綠】　tøŋ² lioʔ⁸　銅銹　※甲

【火墨】　huɪ³ møk⁸　外表燒焦，內部還未燃燒過的木頭或煤炭　※丙

【刺刺】　tshie⁵ tshie⁵　毛刺，刺兒　※甲

【糞齪】　pouŋ⁵ tshøyk⁷　乾結的糞便積垢　※甲

【線蒂】　siaŋ⁵ tei⁵　短線頭　※甲

【箠囝】　tshuɪ² kiaŋ³　小竹棍或枝條　※甲

【箠樨】　tshuɪ² sɛ¹　小竹棍或枝條　※丙

【石頭母】　sioʔ⁸ thau² mɔ³　石頭　※甲

【菜婆披】　tshai⁵ pɔ² phie¹　老菜幫子　※甲

【糞倒堆】　pouŋ⁵ tɔ³ toi¹　垃圾堆　※甲

## （七）家庭生活

### 1　家庭成員

【郎罷】　nouŋ² ma⁶　父親（注意聲母與用字不符）　※甲

【依爺】　i$^{1}$ ie$^{2}$　父親　※乙

【依罷】　i$^{1}$ pa$^{6}$　父親　※丙

【依官】　i$^{1}$ kuaŋ$^{1}$　父親　※丙

【依爹】　i$^{1}$ tia$^{1}$　父親　※甲

【依奶】　i$^{1}$ nɛ$^{3}$　母親；奶媽　※甲

【娘奶$^{1}$】　nioŋ$^{2}$ nɛ$^{3}$（nouŋ$^{2}$）　母親　※甲

【依媽】　i$^{1}$ ma$^{1}$　母親　※甲

【媽媽】　ma$^{1}$ ma$^{1}$　母親　※甲

【囝】　kiaŋ$^{3}$　兒子，子女　※甲

【大囝】　tuai$^{6}$ kiaŋ$^{3}$　長子　※甲

【尾囝】　muɪ$^{3}$ kiaŋ$^{3}$　最小的兒子　※甲

【細囝】　sɛ$^{5}$ kiaŋ$^{3}$　幼子；年幼的兒女　※甲

【老大媽】　lɔ$^{3}$ tuai$^{6}$ ma$^{3}$　高曾祖母　※甲

【大媽】　tuai$^{6}$ ma$^{3}$　曾祖母　※甲

【裡媽】　tie$^{3}$ ma$^{3}$　祖母（背稱）　※甲

【外媽】　ŋie$^{6}$ ma$^{3}$　外祖母　※甲

【姐媽】　tsia$^{3}$ ma$^{3}$　祖父的妾　※丙

【老媽】　lau$^{6}$ ma$^{3}$　老婆，妻子　※甲

【厝裡】　tshio$^{5}$ tie$^{3}$　妻子　※甲

【嬤】　muo$^{3}$　〔俗字〕老婆，妻子。本字「母」　※乙

【老婆】　lau$^{6}$ pɔ$^{2}$（phɔ$^{2}$）　妻子（又音為官話借詞）　※甲

【老小】　lɔ$^{3}$ sieu$^{3}$　妻子　※丙

【丈夫】　touŋ$^{2}$ puo$^{1}$　（俗寫「唐哺」）　※甲

【老公】　lau$^{6}$ kuŋ$^{1}$　丈夫　※乙

【大婆】　tuai$^{6}$ pɔ$^{2}$　正妻（相對於「細婆」而言）　※乙

【細婆】　sɛ$^{5}$ pɔ$^{2}$　小老婆，妾　※甲

【細姐】　sɛ$^{5}$ tsia$^{3}$　妾　※乙

【姐奶】 tsia³ nɛ³ 父之妾 ※丙

【姨娘】 i² nioŋ² 父妾，姨太 ※乙

【兄嫂】 hiaŋ¹ sɔ³ 嫂子（背稱） ※甲

【新婦】 siŋ¹ mou⁶ 兒媳婦（注意「婦」字聲母） ※甲

【大新婦】 tuai⁶ siŋ¹ mou⁶ 長媳 ※甲

【老老】 lau² lau⁶ （家中的）老人（注意重疊變調） ※甲

【細弟】 sɛ⁵ tie⁶ 小弟弟；年幼的男孩 ※甲

【弟弟】 tie² tie⁶ （注意重疊變調） ※甲

【依弟】 i¹ tie⁶ 弟弟 ※甲

【妹妹】 muɪ² muoɪ⁵ （注意重疊變調） ※甲

【妹】 muɪ¹ （注意聲調）作為家庭內部的稱呼 ※丙

【依五】 i¹ ŋou⁶ 排行第五的兒子，老五 ※甲

## 2 三親六戚

【伯公】 paʔ⁷ kuŋ¹ 祖父的兄長 ※甲

【姆婆】 mu³ pɔ² 祖父的哥哥的配偶 ※甲

【叔公】 tsøyk⁷ kuŋ¹ 祖父的兄長 ※甲

【嬸婆】 siŋ³ pɔ² 叔公的配偶 ※甲

【依婆】 i¹ pɔ² 稱呼老年婦女 ※甲

【一伯】 eik⁷ paʔ⁷ 父親的大哥（疑為「依伯」之誤） ※甲

【伯伯】 pa² paʔ⁷ 伯父（注意重疊變調） ※甲

【依姆】 i¹ mu³ 伯母；母親 ※甲

【依家】 i¹ ka¹ 叔父；父親 ※甲

【依嬸】 i¹ siŋ³ 嬸嬸；母親；對比自己年輕的已婚婦女的稱呼 ※甲

【依嫂】 i¹ sɔ³ 嫂嫂；母親 ※甲

【娘姑】 nioŋ² ku¹ 姑母 ※乙

【娘舅】　nioŋ$^{2}$ keu$^{6}$　舅父　※甲

【娘妗】　nioŋ$^{2}$ keiŋ$^{6}$　舅母　※甲

【娘姨】　nioŋ$^{2}$ i$^{2}$　姨母　※乙

【侄婦】　tik$^{8}$ hou$^{6}$　侄媳婦　※甲

【孫婿】　souŋ$^{1}$ sai$^{5}$（sɛ$^{5}$）　孫女婿　※甲

【親（家）母】　tshiŋ$^{1}$ ka$^{1}$ mu$^{3}$　※甲

【台家（奶）】　tai$^{2}$ ka$^{1}$ nɛ$^{3}$　丈夫的母親，婆婆　※甲

【老官】　lau$^{6}$ kuaŋ$^{1}$　丈夫的父親，公公　※甲

【長奶】　tioŋ$^{3}$ nɛ$^{3}$　岳母　※甲

【丈儂】　tioŋ$^{2}$ nøŋ$^{2}$　丈人，岳父（注意「丈」聲調不合）　※甲

【外甥孫】　ŋiɛ$^{6}$ seiŋ$^{1}$ souŋ$^{1}$　外孫　※甲

【大舅】　tuai$^{6}$ keu$^{6}$　妻子的哥哥　※甲

【弟人】　tie$^{6}$ iŋ$^{2}$　弟弟的妻子　※甲

【大姑】　tuai$^{6}$ ku$^{1}$　丈夫的姐姐　※甲

【細姑】　sɛ$^{5}$ ku$^{1}$　丈夫的妹妹，小姑　※甲

【大伯】　tuai$^{6}$ paʔ$^{7}$　丈夫的兄長　※甲

【伯罕$^{+}$】　paʔ$^{7}$ aŋ$^{3}$　丈夫的長嫂　※乙

【親家舅】　tshiŋ$^{1}$ ka$^{1}$ keu$^{6}$　妻子的兄弟　※甲

【細舅】　sɛ$^{5}$ keu$^{6}$　妻子的弟弟　※甲

【細嬸】　sɛ$^{5}$ siŋ$^{3}$　小叔的妻子　※甲

【弟新婦】　tie$^{6}$ siŋ$^{1}$ mou$^{6}$　弟弟的妻子　※甲

【伲婿】　nie$^{2}$ sai$^{5}$　女婿；「伲」本字「兒」　※甲

【姐夫】　tsia$^{3}$ hu$^{1}$　※甲

## 3 宗法習俗

【一厝儂】　sioʔ$^{8}$ tshio$^{5}$ nøŋ$^{2}$　一家人　※甲

【祖代】　tsu$^{3}$ tɔi$^{6}$　祖輩　※甲

【大細】 tuai$^{6}$ sɛ$^{5}$ （一家）大小 ※甲

【姆嬸】 mu$^{3}$ siŋ$^{3}$ 妯娌 ※甲

【囝孫】 kiaŋ$^{3}$ souŋ$^{1}$ 兒孫 ※甲

【囝伲】 kiaŋ$^{3}$ nie$^{2}$ 子女，小孩子。「伲」本字「兒」 ※甲

【弟侄】 tɛ$^{6}$ tik$^{8}$ 弟弟和侄兒 ※甲

【郎罷囝】 nouŋ$^{2}$ ma$^{6}$ kiaŋ$^{3}$ 父子 ※甲

【公媽】 kuŋ$^{1}$ ma$^{3}$ 祖父祖母的合稱 ※甲

【罷奶】 pa$^{6}$ nɛ$^{3}$ 父母 ※甲

【老公媽】 lau$^{6}$ kuŋ$^{1}$ ma$^{3}$ 夫妻 ※甲

【嬷囝】 muo$^{3}$ kiaŋ$^{3}$ 妻子兒女 ※乙

【嬷婿】 muo$^{3}$ sai$^{5}$ 夫妻，兩口子 ※乙

【姐妹】 tsia$^{3}$ muoɪ$^{5}$ ※甲

【爹奶】 tia$^{1}$ nɛ$^{3}$ 父母 ※乙

【長子長孫】 tioŋ$^{3}$ tsy$^{3}$ tioŋ$^{3}$ souŋ$^{1}$ ※甲

【親戚大細】 tshiŋ$^{1}$ tsheik$^{7}$ tuai$^{6}$ sɛ$^{5}$ 泛指全體親戚 ※甲

【大男小女】 tuai$^{6}$ naŋ$^{2}$ sieu$^{3}$ ny$^{3}$ （一家）男女老幼 ※甲

【裡親外戚】 tie$^{3}$ tshiŋ$^{1}$ ŋie$^{6}$ tsheik$^{7}$ 泛指全體親戚 ※乙

【七子八婿】 tsheik$^{7}$ tsy$^{3}$ paik$^{7}$ sai$^{5}$ 誇指家族人丁興旺 ※甲

【親家叔伯】 tshiŋ$^{1}$ ka$^{1}$ tsøyk$^{7}$ paʔ$^{7}$ 姐夫或妹夫的兄弟 ※甲

【跋囝坑】 puak$^{8}$ kiaŋ$^{3}$ khaŋ$^{1}$ 謂受累於子女太多 ※丙

【親房】 tshiŋ$^{1}$ puŋ$^{2}$ 三代以內的親屬。今泛指關係親密 ※丁

【媽頭親】 ma$^{3}$ thau$^{2}$ tshiŋ$^{1}$ 祖母娘家的親戚 ※甲

【傢伙】 ka$^{1}$ huɪ$^{3}$ 家產 ※甲

【業產】 ŋiek$^{8}$ saŋ$^{3}$ 財產，家業 ※甲

【祭田】 tsie$^{5}$ tsheiŋ$^{2}$ 家族保留的共同田產，所得用於祭祀活動 ※乙

【書田】 tsy$^{1}$ tsheiŋ$^{2}$ 家族共有的田產，收益供子弟讀書 ※丙

【輪年田】　luŋ$^{2}$ nieŋ$^{2}$ tsheiŋ$^{2}$　家族公田，各門戶輪流種植，收益用於祭祀等宗族事務　※丙

【當日】　touŋ$^{1}$ nik$^{8}$　祭祀活動中各門戶輪流值日　※丙

【當年】　touŋ$^{1}$ nieŋ$^{2}$　輪值耕種宗族公田　※丙

【分傢伙】　puoŋ$^{1}$ ka$^{1}$ huɪ$^{3}$　（兄弟）分財產　※甲

【爭傢伙】　tsaŋ$^{1}$ ka$^{1}$ huɪ$^{3}$　爭奪家產　※甲

【鬮書】　khau$^{1}$ tsy$^{1}$　析產協議書　※乙

【□□】　phiŋ$^{1}$ phaŋ$^{1}$　平分（成幾份）　※丙

【分斷】　puoŋ$^{1}$ tauŋ$^{6}$　（兄弟）分割財產　※乙

【公項】　kuŋ$^{1}$ hauŋ$^{6}$　公攤費用的事項　※丙

【塢$^{=}$】　ou$^{5}$　（各人的）份額　※甲

【年歲】　nieŋ$^{2}$ huoɪ$^{5}$　年齡　※甲

【行第】　ouŋ$^{2}$ tɛ$^{6}$　家族的輩分，其代表字通常作為雙字名的前字　※甲

【雙生】　søŋ$^{1}$ saŋ$^{1}$　雙胞胎，孿生　※甲

【晏子】　aŋ$^{5}$ tsy$^{3}$　父親中年後期生的兒子　※乙

【私家】　sai$^{1}$ ka$^{1}$　自家私有，相對於「公家」「大家」而言　※甲

【扒私家】　pa$^{2}$ sai$^{1}$ ka$^{1}$　把大家庭共有財物據為己有　※甲

【重利車爆】　taøŋ$^{6}$ lei$^{5}$ tshia$^{1}$ pauk$^{7}$　謂寡婦獲得過度的利益（？）　※丙

【嫡全庶半】　teik$^{7}$ tsioŋ$^{2}$ søy$^{6}$ puaŋ$^{5}$　分家產時庶出的兒子只能得到半份　※丙

【嫁雞趁雞飛】　ka$^{5}$ kie$^{1}$ theiŋ$^{5}$ kie$^{1}$ pui$^{1}$　嫁雞隨雞，喻女人嫁夫隨夫　※乙

【借夫成囝】　tsioʔ$^{7}$ hu$^{1}$ tshiaŋ$^{2}$ kiaŋ$^{3}$　再嫁以撫養前夫的子女　※丙

【無罷無奶】　mɔ$^{2}$ pa$^{6}$ mɔ$^{2}$ nɛ$^{3}$　沒有父母，孤兒　※甲

【無男靠女】　mɔ$^{2}$ naŋ$^{2}$ khɔ$^{5}$ ny$^{3}$　父母晚年無子則靠女兒贍養　※甲

【抱囝抱孫】　pɔ$^{6}$ kiaŋ$^{3}$ pɔ$^{6}$ souŋ$^{1}$　有兒有孫，謂人有福氣　※甲

【為嬤為囝】　oi$^{6}$ muo$^{3}$ oi$^{6}$ kiaŋ$^{3}$　為了妻兒，為了家庭　※乙

【浸諸儂囝】　tseiŋ$^{5}$ tsy$^{1}$ nøŋ$^{2}$ kiaŋ$^{3}$　舊俗，將女嬰淹死　※乙

【晳花樹】　taʔ$^{7}$ hua$^{1}$ tsheu$^{5}$　謂領養養女　※乙

【攏頭髮】　løŋ$^{3}$ thau$^{2}$ huok$^{7}$　（女孩子十六歲時）梳起髮髻　※丙

【十八廿二】　seik$^{8}$ paik$^{7}$ nik$^{8}$ nei$^{6}$　從十八歲到二十二歲，是女子適嫁的年齡　※丙

【纏骹】　tieŋ$^{2}$ kha$^{1}$　纏足　※乙

【徛世】　khie$^{6}$ sie$^{5}$　立誓守寡　※丙

【守寡】　tsiu$^{3}$ kua$^{3}$　（注意「守」字聲母）　※甲

【孀居儂】　souŋ$^{1}$ ky$^{1}$ nøŋ$^{2}$　寡婦　※甲

【守生寡】　tsiu$^{3}$ saŋ$^{1}$ kua$^{3}$　守活寡　※丙

【成大】　tshiaŋ tuai$^{6}$　把孩子撫養成人　※甲

【繼娶】　kie$^{5}$ tshøy$^{5}$　髮妻死後再娶的妻子　※甲

【半擇嬤】　puaŋ$^{5}$ tio$^{6}$ muo$^{3}$　在外鄉短期同居的女人　※丙

【掇正】　tauk$^{7}$ tsiaŋ$^{5}$　扶正，妾扶正為妻；今指官員副職升為正職　※丁

【新婦囝】　siŋ$^{1}$ mou$^{6}$ kiaŋ$^{3}$　童養媳　※甲

【乞養囝】　khøyk$^{7}$ ioŋ$^{3}$ kiaŋ$^{3}$　抱養的兒子　※乙

【糴其囝】　tiaʔ$^{8}$ ki$^{2}$ kiaŋ$^{3}$　買來的養子　※丙

【敗尾囝】　pai$^{6}$ muɪ$^{3}$ kiaŋ$^{3}$　把家產敗光的子弟。今說「敗囝」　※丙

【晳桶囝】　taʔ$^{7}$ thøŋ$^{3}$ kiaŋ$^{3}$　再嫁婦女帶過門的孩子　※甲

【騙儂囝】　phieŋ$^{5}$ nøŋ$^{2}$ kiaŋ$^{3}$　早夭的孩子　※丙

【風水尾】　huŋ$^{1}$ tsui$^{3}$ muɪ$^{3}$　指家中沒出息的兒孫　※丙

【半面子】　puaŋ$^{5}$ meiŋ$^{5}$ tsy$^{3}$　半個兒子，即女婿　※丙

【拗子】　au$^{5}$ tsy$^{3}$　不順從的兒子　※乙

【後罷】　au$^{6}$ pa$^{6}$　繼父　※甲

【後奶】　au$^{6}$ nɛ$^{3}$　後媽，繼母　※甲

【後丈夫】　au$^{6}$ touŋ$^{1}$ puo$^{1}$　再嫁的丈夫　※甲

【誼妹】　ŋie$^{6}$ muoɪ$^{5}$　義妹，常指情婦　※甲

【誼郎罷】　ŋie$^{6}$ nouŋ$^{2}$ ma$^{6}$　義父　※甲

【誼兄弟】　ŋie$^{6}$ hiŋ$^{1}$ ta$^{6}$　結義兄弟　※甲

【誼姐妹】　ŋie$^{6}$ tsia$^{3}$ muoɪ$^{5}$　結拜的姐妹　※甲

【契奶】　khie$^{5}$ nɛ$^{3}$　乾娘，乾媽　※甲

【契伲婿】　khie$^{5}$ nie$^{2}$ sai$^{5}$　乾女婿　※甲

## 4 家務勞動

【事計】　tai$^{6}$ kie$^{5}$（ie$^{5}$）　事情　※甲

【飼】　tshei$^{5}$　餵食　※甲

【飼膸】　tshei$^{5}$ neiŋ$^{2}$　餵奶　※甲

【豢膸】　huaŋ$^{5}$ neiŋ$^{2}$　餵奶，哺乳　※乙

【飼伲囝】　tshei$^{5}$ nie$^{2}$ kiaŋ$^{3}$　餵小孩　※甲

【豢伲囝】　huaŋ$^{5}$ nie$^{2}$ kiaŋ$^{3}$　照料年幼孩子　※甲

【共囝】　kaøŋ$^{6}$ kiaŋ$^{3}$　照料嬰幼兒　※甲

【也¯出來】　ia$^{3}$ tshouk$^{7}$ li$^{2}$　（嬰兒）把食物從嘴裡推出　※丙

【煨鋪】　ui$^{1}$ phuo$^{1}$　躺在床上蓋著被子保暖　※甲

【拍鋪】　phaʔ$^{7}$ phuo$^{1}$　設置床鋪　※甲

【舒蓆】　tshy$^{1}$ tshioʔ$^{8}$　鋪席子　※甲

【舒眠床】　tshy$^{1}$ miŋ$^{2}$ tshouŋ$^{2}$　鋪設床鋪　※甲

【𪔃被】　kaŋ$^{3}$ phuoɪ$^{6}$　蓋被子　※甲

【入枕頭】 nik⁸ tsieŋ³ thau²　把枕頭塞入枕套　※丙
【入棉】 nik⁸ mieŋ²　把棉絮塞入被套　※丙
【拌風蚊】 puaŋ⁶ huŋ¹ muoŋ²　用拂塵驅趕蚊子　※甲
【頓木虱】 tauŋ⁵ meik⁸ saik⁷　把床板、席子等頓一頓，震落臭蟲　※乙
【透⁼老鼠】 thau⁵ lɔ³ tshy³　用毒餌誘殺老鼠　※甲
【點油】 tieŋ³ iu²　用油燈照明　※乙
【透薰筒】 thau⁵ houŋ¹ tøŋ²　用籤子穿在烟筒孔中清洗　※乙
【焓香】 haŋ² hioŋ¹　焚香　※丙
【焓火堆】 haŋ² huɪ³ toi¹　把垃圾堆在一起焚燒　※甲
【焓料】 haŋ² læu⁶　煮豬食　※丙
【掃厝】 sau⁵ tshio⁵　（在房子內外）掃地　※甲
【掃糞倒】 sau⁵ pouŋ⁵ tɔ⁵　掃垃圾　※甲
【當糞倒】 touŋ¹ pouŋ⁵ tɔ⁵　把垃圾掃進畚斗內　※甲
【拾柴柿】 khak⁷ tsha² phuoɪ⁵　拾燒火用的木屑　※甲
【砑金】 ŋa⁶ kiŋ¹　拭擦銀器　※丙
【砑光光】 ŋa⁶ kuoŋ¹ kuoŋ¹　摩擦的亮亮的　※甲
【鑢光】 laø⁵ kuoŋ¹　擦亮　※甲
【鑢銅】 laø⁵ tøŋ²　擦銅器，使之光亮　※甲
【匡一堆】 khuoŋ¹ sioʔ⁸ toi¹　（把零散東西）裝在一起　※甲
【等門】 tiŋ³ muoŋ²　夜裡等候給未歸者開門　※甲
【斅桌】 tshøyŋ⁵ tɔʔ⁷　拼裝、支起桌子　※甲
【起火】 khi³ huɪ³　生火　※甲
【搧*火】 iak⁸ huɪ³　※甲
【爛火】 aiŋ⁵ huɪ³　以隔絕空氣的方式將火熄滅；將熄的火　※乙
【討早飯】 thɔ³ tsa³ puoŋ⁶　做早飯　※丙
【燵⁺湯】 taʔ⁸ thouŋ¹　燒熱水　※甲

【燵+飯】　taʔ8 puoŋ6　將飯菜放在鍋裡微火保溫　※甲
【破柴】　phuai5 tsha2　劈柴　※甲
【疊柴】　thak8 tsha2　把劈柴作井字形搭起來　※甲
【刮鼎】　kauk7 tiaŋ3　刮除鍋底黑煙　※甲
【沖（滾）湯】　tshyŋ1 kuŋ3 thouŋ1　往容器裡灌開水　※乙
【沖茶】　tshyŋ1 ta2　泡茶　※甲
【排桌】　pɛ2 tɔʔ7　準備餐桌　※甲
【排盞箸】　pɛ2 tsaŋ3 tøy6　準備酒席餐桌　※乙
【捱磨】　ɛ1 mɔ6　推磨　※丙
【卡=喇=】　kha3 lak7　修理　※甲
【摜+水】　kuaŋ6 tsui3　提水　※甲
【上水】　tshioŋ6 tsui3　用吊桶打水　※甲
【洗蕩】　sɛ3 tauŋ6　洗涮　※甲
【挼】　nuɪ2　搓洗（衣服）　※甲
【擦衣裳】　tshiak i1 sioŋ2　搓洗衣服　※甲
【起油】　khi3 iu2　起除油污　※乙
【做獪澄】　tsɔ5 mɛ6 thaøŋ5　事情太多做不完　※乙
【搬火】　puaŋ1 huɪ3　火災發生時緊急轉移財物　※乙
【搬厝】　puaŋ1 tshio5　搬家　※甲

（八）人物

1　下層社會

【打頭】　ta3 thau2　包工頭；乞丐頭　※丙
【八股索趁食】　paik7 ku3 sɔʔ7 theiŋ5 siaʔ8　苦力，或肩挑小販　※丙
【甲頭】　kak7 thau2　搬運夫的頭領　※丙

【教師】 kau$^{5}$ sy$^{1}$ 拳師 ※丁

【婆奶】 pɔ$^{2}$ nɛ$^{3}$ 接生婆 ※甲

【跑街】 phau$^{2}$ kɛ$^{1}$ 跑腿的 ※乙

【伕頭】 hu$^{1}$ thau$^{2}$ 轎伕、船夫等的領頭人 ※丙

【伕囝】 hu$^{1}$ kiaŋ$^{3}$ 轎伕群中一般成員 ※丙

【樂生】 ŋouk$^{8}$ seiŋ$^{1}$ 職業樂手 ※丙

【衛生婆】 uoɪ$^{6}$ seiŋ$^{1}$ pɔ$^{2}$ 接生婦 ※丙

【水火夫】 tsui$^{3}$ huo$^{3}$ hu$^{1}$ 負責挑水、燒火的粗雜工 ※丙

【伙計哥】 huo$^{3}$ kei$^{5}$ kɔ$^{1}$ 伙計 ※乙

【朧奶】 neiŋ$^{2}$ nɛ$^{3}$ 奶媽 ※乙

【乾豢】 kaŋ$^{1}$ huaŋ$^{5}$ 不餵奶的嬰兒保姆 ※甲

【朧豢】 neiŋ$^{2}$ huaŋ$^{5}$ 奶媽 ※乙

【朧嬤】 neiŋ$^{2}$ ma$^{1}$ 奶媽 ※丙

【墓客】 muo$^{5}$ khaʔ$^{7}$ 負責照料墳墓的人。今稱「墓主」 ※丙

【摜豬屎籠】 kuaŋ$^{6}$ ty$^{1}$ sai$^{3}$ løŋ$^{2}$ 街道清掃工 ※丙

【扒糞倒】 pa$^{2}$ pouŋ$^{5}$ tɔ$^{5}$ 清理垃圾，在垃圾中翻揀 ※甲

【挑葱賣菜】 thieu$^{1}$ tshøŋ$^{1}$ mɛ$^{6}$ tshai$^{5}$ 賣菜的小販 ※丙

【徛身】 khie$^{6}$ siŋ$^{1}$ 貼身的僕從 ※丙

【頂馬】 tiŋ$^{3}$ ma$^{3}$ 馬伕 ※丙

【跟轎】 kyŋ$^{1}$ kieu$^{6}$ 跟在轎邊的聽差 ※丙

【寶官】 pɔ$^{3}$ kuaŋ$^{1}$ 賭場主 ※丙

【寶二】 pɔ$^{3}$ nei$^{6}$ 賭場主 ※丙

【骰家】 tau$^{2}$ ka$^{1}$ 賭博的主持人 ※甲

【骹囝】 kha$^{1}$ kiaŋ$^{3}$ 小嘍囉 ※甲

【做媒】 tsɔ$^{5}$ muɪ$^{2}$ 賭場的誘賭者 ※丙

【繳腳】 kieu$^{3}$ kioʔ$^{7}$ 苦力，搬運夫 ※丙

【拍把式】 phaʔ$^{7}$ pa$^{3}$ seik$^{7}$ 走江湖賣膏藥 ※丙

【插草賣身】　tshak$^{7}$ tshau$^{3}$ mɛ$^{6}$ siŋ$^{1}$　頭髮上插草，表示要賣身為奴　※乙

【丫頭（囝）】　a$^{1}$ thau$^{2}$ kiaŋ$^{3}$　當家奴的女孩　※甲

【褦$^{=}$褦$^{=}$】　nai$^{2}$ nai$^{6}$　乞丐（小兒語）　※丙

【破布仙】　phuai$^{5}$ puo$^{5}$ sieŋ$^{1}$　穿破爛衣服的流浪漢　※丙

【討食】　thɔ$^{3}$ siaʔ$^{8}$　要飯　※甲

【乞食】　khøyk$^{7}$ siaʔ$^{8}$　乞丐　※甲

【乞食頭】　khøyk$^{7}$ siaʔ$^{8}$ thau$^{2}$　丐幫的頭領　※甲

【扤$^{+}$街乞食】　ouk$^{8}$ kɛ$^{1}$ khøyk$^{7}$ siaʔ$^{8}$　爬著乞討的乞丐　※丙

【烏龜】　u$^{1}$ kui$^{1}$　謂臘月沾一身泥污上門乞討的乞丐　※丙

【討冬】　thɔ$^{3}$ tøŋ$^{1}$　農曆十一月乞討過冬錢糧　※丙

【花鼓婆】　hua$^{1}$ ku$^{3}$ pɔ$^{2}$　來自安徽的唱花鼓的女乞丐　※乙

【花鼓公】　hua$^{1}$ ku$^{3}$ kuŋ$^{1}$　來自安徽的唱花鼓的乞丐　※丙

【唱蓮花哨】　tshioŋ$^{5}$ leiŋ$^{2}$ hua$^{1}$ sau$^{5}$　（乞丐）唱曲乞討　※丙

【搕$^{+}$囝】　khouk$^{8}$ kiaŋ$^{3}$　奴婢　※丙

【做搕$^{+}$】　tsɔ$^{5}$ khouk$^{8}$　為奴，當奴婢　※丙

【白麵】　paʔ$^{8}$ meiŋ$^{5}$　妓女　※乙

【做娼】　tsɔ$^{5}$ tshioŋ$^{1}$　賣淫　※乙

【曲蹄婆】　khuoʔ$^{7}$ tɛ$^{2}$ pɔ$^{2}$　船民婦女　※甲

【曲蹄囝】　kuoʔ$^{7}$ tɛ$^{2}$ kiaŋ$^{3}$　船戶居民　※甲

## 2 中上階層

【大爺】　tuai$^{6}$ ie$^{2}$　官府的差役　※丙

【鄉老】　hioŋ$^{1}$ lɔ$^{3}$　鄉里受尊敬的長輩　※乙

【總頭】　tsuŋ$^{3}$ thau$^{2}$　鄉勇的頭領　※丙

【地頭神】　tei$^{6}$ thau$^{2}$ siŋ$^{2}$　地方上的首領人物　※丙

【老爹】　lɔ$^{3}$ tia$^{1}$　對官員的尊稱　※甲

【官官使使】　kuaŋ$^{2}$ kuaŋ$^{1}$ sai$^{2}$ sai$^{5}$　達官貴人（注意連調）　※丙

【泡泡】　phau$^{2}$ phau$^{6}$　大人物，頭兒（注意重疊變調）　※丙

【頭家】　thau$^{2}$ ka$^{1}$　首領　※乙

【頭腦哥】　thau$^{2}$ nɔ$^{3}$ kɔ$^{1}$　首領　※乙

【先生】　siŋ$^{1}$ saŋ$^{1}$　教師；醫生；讀書人　※甲

【先生娘】　siŋ$^{1}$ saŋ$^{1}$ nioŋ$^{2}$　「先生」的妻子　※乙

【先生母】　siŋ$^{1}$ saŋ$^{1}$ mu$^{3}$　同上　※甲

【學生哥】　houk$^{8}$ seiŋ$^{1}$ kɔ$^{1}$　青年學生　※甲

【太太】　thai$^{2}$ thai$^{5}$　尊稱官員的妻子（注意重疊變調）　※甲

【妹哥】　muoɪ$^{5}$ kɔ$^{1}$　有錢人家的女兒，小姐　※乙

【相公】　sioŋ$^{1}$ køŋ$^{1}$　對有身分的男人的尊稱，類似「老爺」（注意「公」讀音）　※丙

【姑太】　ku$^{1}$ tai$^{5}$　對軍官的姐妹的尊稱　※丙

【少奶奶】　sieu$^{6}$ nɛ$^{2}$ nɛ$^{3}$　※甲

【奶奶】　nɛ$^{2}$ nɛ$^{3}$　奶媽；太太　※甲

【太奶】　thai$^{5}$ nɛ$^{3}$　對官員的母親的尊稱　※丙

【儂王】　nøŋ$^{2}$ uoŋ$^{2}$　一家之長　※丙

【要緊儂】　ieu$^{6}$ kiŋ$^{3}$ nøŋ$^{2}$　（家中的）重要人物　※乙

【縛紅帶】　puok$^{8}$ øŋ$^{2}$ tai$^{5}$　受到家族首領特別青睞的人　※丙

【影駕】　ouŋ$^{3}$ ka$^{5}$　影響力　※丙

【排場】　pɛ$^{2}$ tioŋ$^{2}$　※甲

【名色】　miaŋ$^{2}$ saik$^{7}$　名氣　※乙

【後壁山】　au$^{6}$ piaʔ$^{7}$ saŋ$^{1}$　靠山　※甲

### 3 社團族群

【會頭】　huoɪ$^{6}$ thau$^{2}$　社團的領導人；今專指「花會」的組織者　※丁

【會骹】　huoɪ$^{6}$ kha$^{1}$　社團的一般成員；今專指「花會」的參加者　※丁

【會伯】　huoɪ$^{6}$ paʔ$^{7}$　對社團中長輩男性的稱呼；今稱呼同輩朋友的父親　※丁

【會嫂】　huoɪ$^{6}$ sɔ$^{3}$　對社團成員的妻子的稱呼　※丙

【鄉里】　hioŋ$^{1}$ li$^{3}$　鄉親；今指住在附近的人　※丁

【同居】　tuŋ$^{2}$ ky$^{1}$　住在同一座房子裡的鄰居　※甲

【薰友】　houŋ$^{1}$ iu$^{3}$　一起吸鴉片的人　※丙

【主儂】　tsio$^{3}$ nøŋ$^{2}$　主人　※甲

【儂客】　nøŋ$^{2}$ khaʔ$^{7}$　客人　※甲

【儂客囝】　nøŋ$^{2}$ khaʔ$^{7}$ kiaŋ$^{3}$　年幼的客人　※甲

【白身】　paʔ$^{8}$ siŋ$^{1}$　謂沒有功名；今指非黨員幹部的一般群眾　※丁

【八字伯】　paik$^{7}$ tsei$^{6}$ paʔ$^{7}$　識字的人，有文化的人；今有嘲弄意味　※丁

【倭儂】　uo$^{1}$ nøŋ$^{2}$　日本人　※丙

【倭搭】　uo$^{1}$ tak$^{7}$　東南沿海的海盜　※丙

【韃囝】　tak$^{8}$ kiaŋ$^{3}$　蒙古人　※丙

【韃子】　tak$^{8}$ tsy$^{1}$　蒙古人（注意「子」的聲調）　※丙

【滿州】　muaŋ$^{3}$ tsiu$^{1}$　滿洲旗人　※丙

【旗下拐】　ki$^{2}$ a$^{6}$ kuai$^{3}$　旗人　※丙

【旗下囝】　ki$^{2}$ a$^{6}$ kiaŋ$^{3}$　旗人　※乙

【奴才】　nu$^{2}$ tshai$^{2}$　滿人對皇帝的自稱（注意讀音）　※甲

【廣東囝】　kuoŋ$^{3}$ tøŋ$^{1}$ kiaŋ$^{3}$　廣東人　※甲

【興化兄】　hiŋ$^{1}$ hua$^{5}$ hiaŋ$^{1}$　說莆仙話的人　※甲

【番囝】　huaŋ$^{1}$ kiaŋ$^{3}$　外國人　※甲

【唐儂】　touŋ$^{2}$ nøŋ$^{2}$　漢族人　※丙

【鄉下儂】　hioŋ$^{1}$ ha$^{6}$ nøŋ$^{2}$　鄉下人　※甲

【伲囝（哥）】　nie$^{6}$ kiaŋ$^{3}$ kɔ$^{1}$　小孩　※甲

【伲囝豚】　nie$^{6}$ kiaŋ$^{3}$ thouŋ$^{2}$　半大的孩子，十來歲的孩子　※甲

【後生】　hau$^{6}$ saŋ$^{1}$　年輕，年輕人　※甲

【後生弟】　hau$^{6}$ saŋ$^{1}$ tie$^{6}$　小夥子　※甲

【後生儂】　hau$^{6}$ saŋ$^{1}$ nøŋ$^{2}$　年輕人　※甲

【後生囝】　hau$^{6}$ saŋ$^{1}$ kiaŋ$^{3}$　年輕人　※甲

【後生儂伲】　hau$^{6}$ saŋ$^{1}$ nøŋ$^{2}$ nie$^{2}$　年輕人　※甲

【單身哥】　taŋ$^{1}$ siŋ$^{1}$ kɔ$^{1}$　單身漢　※甲

【童男囝】　tuŋ$^{2}$ naŋ$^{2}$ kiaŋ$^{3}$　過了婚齡而未婚的男子　※甲

【丈夫囝】　touŋ$^{2}$ puo$^{1}$ kiaŋ$^{3}$　男孩　※甲

【丈夫儂】　touŋ$^{2}$ puo$^{1}$ nøŋ$^{2}$　男人　※甲

【諸儂囝】　tsy$^{1}$ nøŋ$^{2}$ kiaŋ$^{3}$　女孩子　※甲

【諸娘（儂）】　tsy$^{1}$ nioŋ$^{2}$ nøŋ$^{2}$　婦女　※甲

【半老宿】　puaŋ$^{5}$ lɔ$^{3}$ søyk$^{7}$　四十歲左右的年齡　※甲

【婦女儂】　hou$^{6}$ ny$^{3}$ nøŋ$^{2}$　婦女　※丙

【小儂囝】　sieu$^{3}$ nøŋ$^{2}$ kiaŋ$^{3}$　女孩子，處女　※乙

### 4 外貌個性

【大漢】　tuai$^{6}$ haŋ$^{5}$　大個子　※甲

【懸漢】　keiŋ$^{2}$ haŋ$^{5}$　高個子　※乙

【天面漢】　thieŋ$^{1}$ meiŋ$^{5}$ haŋ$^{5}$　高個子　※丙

【稍長大漢】　sau$^{1}$ tioŋ$^{2}$ tuai$^{6}$ haŋ$^{5}$　個子又高又大　※丙

【長骹鹿】　touŋ$^{2}$ kha$^{1}$ løk$^{8}$　腿長，走路步子邁得很大的人　※甲

【大食王】　tuai$^{6}$ siaʔ$^{8}$ uoŋ$^{2}$　食量極大地人　※乙

【大蒲蛇】　tuai$^{6}$ puo$^{2}$ tha$^{5}$　大海蟄；笨蛋，蠢貨　※丙

【三角肩】　saŋ$^{1}$ kaøk$^{7}$ kieŋ$^{1}$　側肩行走的不雅姿勢　※甲

【矮囝】　ε$^{3}$ kiaŋ$^{3}$　矮子　※甲

【矮格】　ε$^{3}$ kaʔ$^{7}$　矮個子　※乙

【矮八腯】　ε$^{3}$ paik$^{7}$ thouŋ$^{6}$　又矮又胖　※甲

【腯】　thouŋ$^{6}$　身材矮胖　※甲

【烏碌鬼】　u$^{1}$ louk$^{7}$ kui$^{3}$　指皮膚很黑的人　※甲

【鐵觀音】　thiek$^{7}$ kuaŋ$^{1}$ iŋ$^{1}$　謔指皮膚黑的女人，黑美人　※丙

【平骹】　paŋ$^{2}$ kha$^{1}$　大腳（女人），天足　※丙

【粗妝】　tshu$^{1}$ tsouŋ$^{1}$　身材粗大的女人　※丙

【馬面】　ma$^{3}$ meiŋ$^{5}$　謂狹長的臉型　※甲

【瓜籽面】　kua$^{1}$ tsi$^{3}$ meiŋ$^{5}$　臉型像瓜子　※甲

【國字面】　kuok$^{7}$ tsei$^{6}$ meiŋ$^{5}$　方臉　※甲

【痲面】　ma$^{2}$ meiŋ$^{5}$　痲臉　※甲

【獅頭八卦面】　sai$^{1}$ thau$^{2}$ paik$^{7}$ kua$^{5}$ meiŋ$^{5}$　謂很醜陋的容貌　※丙

【齙】　phau$^{5}$　眼突出　※甲

【牙□□】　ŋai$^{3}$ sø$^{2}$ sø$^{2}$　門牙向外豁出　※甲

【計較食】　kei$^{5}$ kieu$^{5}$ siaʔ$^{8}$　吃得很特別，口味特殊　※丙

【闊嘴】　khuak$^{7}$ tshoi$^{5}$　大嘴　※甲

【覆格】　phouk$^{7}$ kak$^{7}$　背微駝　※甲

【翹鼻】　khieu$^{5}$ phei$^{5}$　翹鼻子；一種鞋尖上翹的鞋　※乙

【高眶】　kɔ$^{1}$ khuoŋ$^{1}$　深陷的眼窩　※丙

【鸚哥鼻】　eiŋ$^{1}$ kɔ$^{1}$ phei$^{5}$　高鼻梁　※乙

【柳箬眉】　liu$^{3}$ nioʔ$^{8}$ mi$^{2}$　柳葉眉　※乙

【雙螺】　søŋ$^{1}$ loi$^{2}$　頭上有兩個髮旋　※甲

【扒$^{=}$拉$^{=}$臍$^{=}$】　pa$^{2}$ lak$^{8}$ sai$^{2}$　頭髮蓬亂　※丙

【無貌】　mɔ$^{2}$ mau$^{6}$　長得難看　※甲

【母相】　mɔ$^{3}$ sioŋ$^{5}$　男人的樣子像女人　※甲

【魯子】 lø$^{3}$ tsy$^{1}$ 土氣的人，沒見識的人（注意「子」的聲調）※丙

【生的好】 saŋ$^{1}$ teik$^{7}$ hɔ$^{3}$ 長得漂亮 ※甲

【生的宿】 saŋ$^{1}$ teik$^{7}$ søyk$^{7}$ 顯老，老相 ※甲

【生真虬】 saŋ$^{1}$ tsiŋ$^{1}$ khiu$^{2}$ 長得很難看 ※丙

【儂模】 nøŋ$^{2}$ muo$^{2}$ 消瘦憔悴的身影 ※丙

【懸大】 keiŋ$^{2}$ tuai$^{6}$ （身材）高大 ※甲

【矮細】 ɛ$^{3}$ sɛ$^{5}$ 年幼個兒矮 ※丙

【幼少】 eu$^{5}$ sieu$^{5}$ 細嫩，雅致 ※乙

【八字骹】 paik$^{7}$ tsei$^{6}$ kha$^{1}$ 八字腳 ※甲

【妥當儂】 thɔ$^{3}$ tauŋ$^{5}$ nøŋ$^{2}$ 老實、可靠的人 ※甲

【直儂】 tik$^{8}$ nøŋ$^{2}$ 直率的人 ※甲

【脆儂】 tshuoɪ$^{5}$ nøŋ$^{2}$ 有權勢的人 ※丙

【吵儂王】 tshau$^{3}$ nøŋ$^{2}$ uoŋ$^{2}$ 很會吵鬧的人 ※乙

【呆儂】 ŋai$^{2}$ nøŋ$^{2}$ 壞人 ※甲

【怀成儂】 ŋ$^{6}$ siaŋ$^{2}$ nøŋ$^{2}$ 不正派的人 ※甲

【小禮儂】 sieu$^{3}$ lɛ$^{3}$ nøŋ$^{2}$ 可恥之人 ※丙

【見事媽】 kieŋ$^{5}$ tai$^{6}$ ma$^{3}$ 凡事都好奇的女人 ※甲

【苦囝出身】 khu$^{3}$ kiaŋ$^{3}$ tshouk$^{7}$ siŋ$^{1}$ 貧家子弟 ※甲

【聰明囝】 tsuŋ$^{1}$ miŋ$^{2}$ kiaŋ$^{3}$ 有小聰明的人 ※甲

【嬌囝】 kieu$^{1}$ kiaŋ$^{3}$ 嬌生慣養的孩子 ※甲

### 5 殘疾

【病啞】 paŋ$^{6}$ a$^{3}$ 啞巴 ※甲

【瘟（駝）髆】 uŋ$^{3}$ tɔ$^{2}$ phiaŋ$^{1}$ 駝背 ※甲

【陰陽面】 iŋ$^{1}$ ioŋ$^{2}$ meiŋ$^{5}$ 陰陽臉，臉上有大片色塊 ※甲

【白儂】 paʔ$^{8}$ nøŋ$^{2}$ 白化病人 ※乙

【瘌子】　lak$^{7}$ tsy$^{1}$　禿子（注意「子」字聲調）　※乙

【缺嘴】　khiek$^{7}$ tshoi$^{5}$　豁唇，兔唇　※甲

【瘌頭】　lak$^{7}$ thau$^{2}$　禿子　※甲

【瘌哥】　lak$^{7}$ kɔ$^{1}$　禿子　※甲

【笡眼】　tshia$^{6}$ ŋaŋ$^{3}$　斜眼，對眼　※甲

【目睭愚*】　møk$^{8}$ tsiu$^{1}$ khy$^{2}$　視力不好　※乙

【青盲】　tshaŋ$^{1}$ maŋ$^{2}$　瞎眼，瞎子　※甲

【瞎囝】　hak$^{7}$ kiaŋ$^{3}$　瞎子　※丙

【光瞎】　kuoŋ$^{1}$ hak$^{7}$　睜眼瞎　※丙

【近覷】　køyŋ$^{6}$ tshøy$^{5}$　近視　※丙

【近睨】　køyŋ$^{6}$ nei$^{5}$　近視　※甲

【睨睨目】　nei$^{5}$ nei$^{5}$ møk$^{8}$　近視眼　※甲

【聾子】　løŋ$^{2}$ tsy$^{1}$　（注意「子」的聲調）　※丙

【耳聾】　ŋei$^{6}$ løŋ$^{2}$　聾；聾子　※甲

【天聾地啞】　thieŋ$^{1}$ løŋ$^{2}$ tei$^{6}$ a$^{3}$　形容非常聾　※丙

【跰骹】　phiaŋ$^{3}$ kha$^{1}$　瘸腳　※甲

【跛子】　pai$^{3}$ tsy$^{1}$　（注意「子」字聲調）　※丙

【跛$^{+}$歪】　phia$^{3}$ uai$^{1}$　步態不正，腳板歪向一邊　※丙

【跛$^{+}$骹】　phia$^{3}$ kha$^{1}$　走路腳板歪向一邊　※丙

【癲子】　tieŋ$^{1}$ tsy$^{1}$　瘋子（注意「子」的聲調）　※丙

【癲脬】　tieŋ$^{1}$ pha$^{1}$　瘋子　※甲

【癲氣】　tieŋ$^{1}$ khei$^{5}$　程度輕微的精神病　※丙

【急舌】　keik$^{7}$ siek$^{8}$　口吃　※甲

【大舌】　tuai$^{6}$ siek$^{8}$　大舌頭，發音不清晰　※甲

【敆舌】　kak$^{8}$ siek$^{8}$　結舌　※甲

【痲瘌瞎】　ma$^{2}$ lak$^{7}$ hak$^{7}$　痲臉、禿子和瞎子　※丙

## 6 詈詞貶稱

【□□母】　tshie$^{1}$ tshie$^{1}$ mɔ$^{3}$　（詈）罵人不停的女人　※乙

【□母】　nɛʔ$^{8}$ mɔ$^{3}$　（詈）蠢女人　※丙

【無財鬼】　mɔ$^{2}$ tsai$^{2}$ kui$^{3}$　（詈）窮鬼　※丙

【阿邦（夫）】　a$^{1}$ paŋ$^{1}$ hu$^{1}$　斤斤計較者，吝嗇鬼　※丙

【中$^{=}$八$^{=}$黑$^{=}$】　touŋ$^{1}$ paik$^{7}$ haik$^{7}$　（詈）流氓　※丙

【中八索】　touŋ$^{1}$ paik$^{7}$ sɔʔ$^{7}$　（詈）懶漢，游手好閑者　※丙

【仙家八索】　sieŋ$^{1}$ ka$^{1}$ paik$^{7}$ sɔʔ$^{7}$　（詈）流浪漢；流氓打手　※丙

【伓夠斤】　ŋ$^{6}$ kau$^{5}$ kyŋ$^{1}$　謂不成器的男孩　※丙

【半男女】　puaŋ$^{5}$ naŋ$^{2}$ ny$^{3}$　兩性人　※甲

【光棍】　kuoŋ$^{1}$ kouŋ$^{5}$　（詈）流氓　※甲

【踅厝脊】　taʔ$^{7}$ tshio$^{5}$ tseik$^{7}$　謂老處女　※甲

【地棍】　tei$^{6}$ kouŋ$^{5}$　（詈）地頭蛇，當地的流氓　※乙

【搶錢虎】　tshioŋ$^{3}$ tsieŋ$^{2}$ hu$^{3}$　貪婪的盤剝者　※丙

【村驢】　tshioŋ$^{1}$ lø$^{2}$　（詈）愚蠢的鄉下人　※丙

【村驢婆】　tshioŋ$^{1}$ lø$^{2}$ pɔ$^{2}$　（詈）愚蠢的鄉下女人　※丙

【雞形】　kie$^{1}$ hiŋ$^{2}$　（詈）娘娘腔的男人　※丙

【龜糖】　kui$^{1}$ thouŋ$^{2}$　（詈）奸婦的丈夫　※丙

【易嘴諸娘】　ie$^{6}$ tshoi$^{5}$ tsy$^{1}$ nioŋ$^{2}$　愛吃零食的女人　※丙

【狗子】　keu$^{3}$ tsy$^{3}$　（詈）流氓無賴　※甲

【擠擠母】　tsɛ$^{3}$ tsɛ$^{3}$ mɔ$^{3}$　（詈）饒舌婦　※甲

【賤胚】　tsieŋ$^{6}$ phuɪ$^{1}$　（詈）　※甲

【犬心肝】　kheiŋ$^{3}$ siŋ$^{1}$ kaŋ$^{1}$　狠心，壞心腸　※乙

【鴉片鬼】　a$^{1}$ phieŋ$^{5}$ kui$^{3}$　（詈）鴉片上癮者　※甲

【桃花癲】　thɔ$^{2}$ hua$^{1}$ tieŋ$^{1}$　花痴；色鬼　※甲

【破賴秀才】　phuai$^{5}$ lai$^{6}$ seu$^{5}$ tsoi$^{2}$　（詈）無賴的讀書人　※丙

【臭聾】　tshau$^{5}$ løŋ$^{2}$　（詈）蠢貨　※丙

【賊胚】　tsheik$^{8}$ phuɪ$^{1}$　（詈）多用於罵做壞事的小孩　※甲

【鴨姐】　ak$^{7}$ tsia$^{3}$　（詈）蠢人　※丙

【婊囝】　pieu$^{3}$ kiaŋ$^{3}$　（詈）妓女的兒子。今說「婊子囝」　※丙

【野囝】　ia$^{3}$ kiaŋ$^{3}$　（詈）流氓　※甲

【野貨】　ia$^{3}$ huo$^{5}$　（詈）不正派的壞女人　※甲

【搥墊】　thui$^{2}$ taiŋ$^{6}$　謂總是無辜受罪的人　※甲

【痞$^{+}$囝】　phai$^{3}$ kiaŋ$^{3}$　（詈）流浪漢。今指流氓　※丁

【賭錢鬼】　tu$^{3}$ tsieŋ$^{2}$ kui$^{3}$　賭徒　※甲

【糖母】　thouŋ$^{2}$ mɔ$^{3}$　不生育的女人　※丙

【癲犬母】　tieŋ$^{1}$ kheiŋ$^{3}$ mɔ$^{3}$　（詈）瘋母狗，撒潑的女人　※乙

## （九）身體

### 1 頭部五官

【頭腦漿】　thau$^{2}$ nɔ$^{3}$ tsioŋ$^{1}$　腦漿　※甲

【坎囟】　khaŋ$^{3}$ seiŋ$^{5}$（theiŋ$^{5}$）　小兒顱骨未合縫的地方　※甲

【頭碗骨】　thau$^{2}$ uaŋ$^{3}$ kauk$^{7}$　顱骨　※丙

【飯洞】　puoŋ$^{6}$ taøŋ$^{6}$　太陽穴　※甲

【喉嚨】　hɔ$^{2}$ løŋ$^{2}$（hø$^{2}$）　※甲

【喉嚨蒂】　hɔ$^{2}$ løŋ$^{2}$ tei$^{5}$　喉頭　※乙

【喉嚨頭】　hɔ$^{2}$ løŋ$^{2}$ thau$^{2}$　喉頭，嗓子眼　※甲

【頭髮】　thau$^{2}$ huok$^{7}$　※甲

【螺】　loi$^{2}$　發旋；圓形的指紋　※甲

【耳台】　ŋei$^{6}$ tai$^{2}$　耳垂　※丙

【耳囝】　ŋei$^{6}$ kiaŋ$^{3}$　耳朵　※甲

【耳空】 ŋei$^{6}$ khøŋ$^{1}$ 耳孔 ※甲

【耳門】 ŋei$^{6}$ muoŋ$^{2}$ 耳孔 ※乙

【嘴墘】 tshoi$^{5}$ kieŋ$^{2}$ 嘴邊 ※甲

【嘴皮】 tshoi$^{5}$ phuɪ$^{2}$ 嘴唇 ※甲

【牙】 ŋai$^{3}$ 牙齒（應為「牙齒」二字的合音） ※甲

【牙座】 ŋai$^{3}$ tsɔ$^{2}$ 牙床 ※甲

【牙齦】 ŋai$^{3}$ ŋyŋ$^{2}$ ※甲

【發牙】 puoʔ$^{7}$ ŋai$^{3}$ 長牙齒 ※甲

【齒座】 khi$^{3}$ tsɔ$^{6}$ 齒齦。今說「牙座」 ※丙

【嘴舌囝】 tshoi$^{5}$ siek$^{8}$ kiaŋ$^{3}$ 小舌 ※甲

【舌囝】 siek$^{8}$ kiaŋ$^{3}$ 小舌 ※甲

【嘴舌】 tshoi$^{5}$ siek$^{8}$ 舌頭 ※甲

【撇鬚】 phiek$^{7}$ sy$^{1}$ 小鬍子，上髭 ※乙

【鬍鬚】 hu$^{2}$ sy$^{1}$ 絡腮鬍子 ※甲

【嘴鬚】 tshoi$^{5}$ tshiu$^{1}$ 鬍鬚 ※甲

【嘴鬚鬍】 tshoi$^{5}$ tshiu$^{1}$ hu$^{2}$ 絡腮鬍子 ※丙

【面勢】 meiŋ$^{5}$ sie$^{5}$ 臉型，容貌 ※甲

【下頦】 a$^{6}$ hai$^{2}$ 下巴 ※甲

【下巴】 a$^{6}$ pa$^{2}$ ※甲

【面孔】 meiŋ$^{5}$ køŋ$^{3}$ ※丙

【面顊】 meiŋ$^{5}$ phɛ$^{3}$ 臉頰 ※甲

【嘴顊】 tshoi$^{5}$ phɛ$^{3}$ 臉頰 ※甲

【目睭】 meik$^{8}$ tsiu$^{1}$（møk$^{8}$） 眼睛；「睭」本字「珠」 ※甲

【目睭仁】 møk$^{8}$ tsiu$^{1}$ niŋ$^{2}$ 瞳仁 ※甲

【羊目】 ioŋ$^{2}$ møk$^{8}$ 睡著後仍半睜著眼 ※甲

【目桃】 møk$^{8}$ thɔ$^{2}$ 隆起的上眼瞼 ※甲

【烏仁】 u$^{1}$ niŋ$^{2}$ 瞳仁 ※甲

【白仁】 $paʔ^8$ $niŋ^2$ 眼白 ※甲

【目睫】 $møk^8$ $thiak^7$ 睫毛 ※甲

【鼻空】 $phei^5$ $khøŋ^1$ 鼻孔 ※甲

【鼻空骹】 $phei^5$ $khøŋ^1$ $kha^1$ 鼻翼 ※甲

【面色】 $meiŋ^5$ $saik^7$ 臉色 ※甲

## 2 手足四肢

【手管】 $tshiu^3$ $kuaŋ^3$ 小臂 ※丙

【手掌】 $tshiu^3$ $tsioŋ^3$ ※甲

【手臂】 $tshiu^3$ $pie^5$ ※甲

【手耽】 $tshiu^3$ $taŋ^1$ 手肘 ※甲

【大邊手】 $tuai^6$ $peiŋ^1$ $tshiu^3$ 右手 ※甲

【拳頭母】 $kuŋ^2$ $thau^2$ $mɔ^3$ 拳頭 ※甲

【手節】 $tshiu^3$ $tsaik^7$ 手關節或指關節 ※乙

【肩臂】 $kieŋ^1$ $pie^5$ 胳膊的上端 ※甲

【手脈】 $tshiu^3$ $mak^8$ 手腕上的脈博 ※甲

【手肘】 $tshiu^3$ $tiu^3$ ※甲

【掏箸手】 $tɔ^2$ $tøy^6$ $tshiu^3$ 右手 ※甲

【掏碗手】 $tɔ^2$ $uaŋ^3$ $tshiu^3$ 左手 ※甲

【拃*】 $na^2$ 張開的拇指和食指間的最大距離，作為一種粗略的長度單位 ※甲

【手指】 $tshiu^3$ $tsai^3$ 手指 ※甲

【大拇指】 $tuai^6$ $mɔ^3$ $tsai^3$ 大拇指 ※甲

【雞角指】 $kie^1$ $kaøk^7$ $tsai^3$ 食指 ※甲

【台中指】 $tai^2$ $touŋ^1$ $tsai^3$ 中指 ※甲

【無名指】 $mɔ^2$ $miaŋ^2$ $tsai^3$ 無名指 ※甲

【尾指】 $muɪ^3$ $tsai^3$ 小指 ※甲

【十一指】　seik⁸ eik⁷ tsai³　一隻手上多個指頭的人　※甲
【搥馬】　thui² ma³　捶打、拳擊的力度　※乙
【骹頒下】　kha¹ paŋ¹ a⁶（paŋ⁵）　胯下　※甲
【骹甲】　kha¹ kak⁷　腳趾甲　※甲
【骹掌】　kha¹ tshioŋ³　腳掌　※甲
【骹尺⁼底】　kha¹ tshioʔ⁷ tɛ³　腳底，也說「骹掌底」　※甲
【骹掌底】　kha¹ tsioŋ³ tɛ³　腳底　※甲
【骹迹】　kha¹ tsiaʔ⁷　足跡　※甲
【骹趾】　kha¹ tsai³　腳趾　※甲
【骹趾㖞】　kha¹ tsai³ keik⁸　腳趾縫　※甲
【骹腰】　kha¹ ieu¹　足弓部　※甲
【骹臁】　kha¹ lieŋ²（tieŋ²）　腳腕子　※甲
【骹勢】　kha¹ sie⁵　行走的步態　※甲
【骹腿】　kha¹ thoi³　腿，大腿　※甲
【骹腹頭】　kha¹ pouk⁷ thau²　膝蓋　※甲
【骹板】　kha¹ peiŋ³　腳板　※甲
【骹關】　kha¹ kuaŋ¹　小腿的下半部分　※甲
【骹牛目】　kha¹ ŋu² møk⁸　腳踝的突起部　※甲
【骹（後）䟓】　kha¹ au⁶ taŋ¹　後跟　※甲

## 3　身體軀幹

【身胚】　siŋ¹ phuɪ¹　體型　※甲
【漢碼】　haŋ⁵ ma³　個頭，身材　※甲
【身題】　siŋ¹ tɛ²　身體（主要指外形或外觀）　※甲
【□□】　neiŋ¹ neiŋ¹　嬌小的（身材）　※丙
【□細】　neiŋ¹ sɛ⁵　嬌小的（身材）　※丙
【黴黴】　hau⁵ hau⁵　含胸俯背的姿勢　※甲

【筋身】　kyŋ$^{1}$ siŋ$^{1}$　強健的身體。今指食物有嚼頭　※丁

【筋勁】　kyŋ$^{1}$ keiŋ$^{5}$　肌肉力量　※乙

【脰骨】　tau$^{6}$ kauk$^{7}$　脖子　※甲

【髈】　phiaŋ$^{1}$　背　※甲

【髈皮厚】　phiaŋ$^{1}$ phuɪ$^{2}$ kau$^{6}$　背部肉厚，喻家底厚　※甲

【膸頭】　neiŋ$^{2}$ thau$^{2}$　乳頭；因哺乳鼓脹起來的乳房　※甲

【膸模】　neiŋ$^{2}$ muo$^{2}$　男人的乳房　※乙

【膸膸】　neiŋ$^{1}$ neiŋ$^{1}$　乳房；乳汁　※甲

【膸汁】　neiŋ$^{2}$ tsaik$^{7}$　※甲

【膸】　neiŋ$^{3}$　胸肋部的肌肉（注意聲調）　※甲

【膸角】　neiŋ$^{3}$ kaøk$^{7}$　肋骨底部（凸出的地方）　※乙

【胳落下】　kɔʔ$^{7}$ lɔʔ$^{7}$ a$^{6}$　胳肢窩　※甲

【懷】　koi$^{2}$　胸口，胸懷；懷著（注意讀音）※丁

【腹臍】　pouk$^{7}$ sai$^{2}$　肚臍　※甲

【腹肚】　pouk$^{7}$ tou$^{6}$　內臟　※甲

【腹佬】　pouk$^{7}$ lɔ$^{3}$　肚子　※甲

【妛頳】　tsi$^{1}$ phɛ$^{3}$　女陰　※甲

【股川（頳）】　ku$^{3}$ tshioŋ$^{1}$ phɛ$^{3}$　屁股　※甲

【糞門口】　pouŋ$^{5}$ muoŋ$^{2}$ khau$^{3}$　肛門　※丙

【膈$^{-}$鳥$^{-}$】　noi$^{2}$ ieu$^{3}$（tsieu$^{3}$）　男陰（粗俗）　※甲

【欛$^{+}$欛$^{+}$】　pa$^{2}$ pa$^{5}$　男陰（重疊變調）　※甲

【肣核（子）】　leiŋ$^{6}$ khouk$^{8}$ tsi$^{3}$　睪丸　※甲

【肣脬】　leiŋ$^{6}$ pha$^{1}$　陰囊　※甲

【髈脊骨】　phiaŋ$^{1}$ tseik$^{7}$ kauk$^{7}$　脊椎骨　※甲

【飯匙骨】　puoŋ$^{6}$ sie$^{2}$ kauk$^{7}$　肩胛骨　※甲

【骨泡】　kauk$^{7}$ pha$^{5}$　骨胳（粗細）　※甲

【肋條骨】　løk$^{8}$ teu$^{2}$ kauk$^{7}$　肋骨　※甲

【尾包蒂】　muɪ³ pau¹ tei⁵　尾椎，腰椎的最後一個　※甲

【腹佬裡】　pouk⁷ lɔ³ tie³　肚子裡，心裡　※甲

【心肝】　siŋ¹ kaŋ¹　心，良心　※甲

【髒頭】　tsauŋ⁶ thau²　直腸及肛門　※丙

【大臟】　tuai⁶ tsauŋ⁶　大腸。今僅指豬大腸　※丁

【膀⁺】　maŋ¹　腹腔內包裹內臟的網膜　※甲

【尿脬】　nieu⁶ pha¹　膀胱　※甲

## 4 分泌排泄

【目滓】　møk⁸ tsai³　眼淚　※甲

【目油】　møk⁸ iu²　眼角噙著的淚水　※甲

【目淚】　møk⁸ loi⁶　眼眵　※甲

【汗氣】　kaŋ⁶ khei⁵　汗水蒸發出來的氣味　※甲

【溻汗】　tak⁷ kaŋ⁶　衣服被汗濕透　※甲

【燥汗】　sɔ⁵ kaŋ⁶　吸汗　※甲

【汗流汗諦】　kaŋ⁶ lau² kaŋ⁶ thie⁵　大汗淋漓　※乙

【鼻屎】　phei⁵ sai³　※甲

【鼻水】　phei⁵ tsui³　清鼻涕　※甲

【鼻腦】　phei⁵ nɔ³　濃鼻涕　※甲

【漤⁼】　laŋ³　口水，唾液　※甲

【流漤⁼】　lau² laŋ³　流口水　※甲

【漤□】　laŋ³ nø²　濃稠的唾沫　※乙

【漤⁼花】　laŋ³ hua¹　唾沫星兒　※甲

【漤⁼浡】　laŋ³ phuok⁸　唾沫　※甲

【痰浡】　thaŋ² phuoʔ⁸　吐出來的痰　※乙

【痰哽】　thaŋ² kaŋ³　痰堵在嗓子眼　※甲

【腸風】　tioŋ² huŋ¹　屁　※甲

【脹風】　tioŋ⁵ huŋ¹　腹內脹氣　※甲
【大便】　tuai⁶ pieŋ²　（注意聲調）　※甲
【小便】　sieu³ pieŋ²　（注意聲調）　※甲
【逝尿】　sie⁶ nieu⁶　尿失禁　※甲
【逝屎】　sie⁶ sai³　大便失禁　※甲
【野拉】　ia³ na²　頻繁的，不規則的大便　※甲
【出恭】　tshouk⁷ kyŋ¹　上廁所　※甲
【拉屎】　na² sai³　※甲
【誕¯屎】　taŋ⁵ sai³　用力解大便　※甲
【耳屎】　ŋei⁶ sai³　※甲
【頭垢】　thau² kau³　※甲

## （十）疾病

### 1 皮膚病

【孤老】　ku¹ lɔ³　痲瘋病，痲瘋病人　※甲
【孤老院】　ku¹ lɔ³ ieŋ⁶　痲瘋病收容所　※甲
【裡院】　tie³ ieŋ⁶　入痲瘋病院。今指住進醫院　※丁
【病腿】　paŋ⁶ thoi³　患痲瘋　※乙
【病癩】　paŋ⁶ lai⁶　患痲風病　※乙
【上癩】　sioŋ⁶ lai⁶　患痲風病　※乙
【過癩】　kuo⁵ lai⁶　傳染痲瘋病，喻受牽連遭遇痲煩　※乙
【乾癩】　kaŋ¹ lai⁶　痲風病症狀的一種　※丙
【火癩】　huɪ³ lai⁶　病情特別凶險的痲瘋病　※丙
【癩蟲】　lai⁶ tøŋ²　認為是引起痲瘋病的一種蟲　※丙
【水疱】　tsui³ pha⁵　※甲
【痘漿】　tau⁶ tsioŋ¹　水痘的膿汁　※丙

【瘊】　huoŋ$^{5}$　瘊子　※甲

【生背】　saŋ$^{1}$ puoɪ$^{5}$　長背疽　※丙

【爛骹臁】　laŋ$^{6}$ kha$^{1}$ lieŋ$^{2}$　腳脖子潰爛，一種皮膚病　※甲

【發風饃】　puoʔ$^{7}$ huŋ$^{1}$ mɔ$^{1}$　長風疹　※甲

【出痘】　tshouk$^{7}$ tau$^{6}$　患水痘　※甲

【火疔】　huɪ$^{3}$ tiŋ$^{1}$　一種疔瘡　※丙

【肩疔】　kieŋ$^{1}$ tiŋ$^{1}$　肩膀上長的膿瘡　※丙

【纏腰蛇】　tieŋ$^{2}$ ieu$^{1}$ sie$^{2}$　帶狀孢疹　※甲

【痳】　muai$^{2}$　一種丘疹，類似痲疹　※甲

【暗針】　aŋ$^{5}$ tseiŋ$^{1}$　暗傷，內傷　※丙

【生蛇頭】　saŋ$^{1}$ sie$^{2}$ thau$^{2}$　指頭發炎膿腫，瘭疽　※甲

【瘌皮】　lak$^{7}$ phuɪ$^{2}$　表皮剝落　※甲

【灌膿】　kuaŋ$^{5}$ nøŋ$^{2}$　化膿　※甲

【水珠】　tsui$^{3}$ tsio$^{1}$　水痘　※甲

【出珠】　tshouk$^{7}$ tsio$^{1}$　出水痘　※甲

【生痱】　saŋ$^{1}$ puoɪ$^{5}$　長痱子　※甲

【蒲蠅屎】　pu$^{2}$ siŋ$^{2}$ sai$^{3}$　雀斑　※甲

【沙疥】　sa$^{1}$ kai$^{5}$　乾燥性皮膚騷癢　※丙

【爭⁼注】　tsaŋ$^{1}$ tsøy$^{5}$　傷口發炎　※乙

【生疥】　saŋ$^{1}$ kai$^{5}$　長疥瘡　※乙

【漆咬】　tsheik$^{7}$ ka$^{6}$　接觸生漆引起皮膚過敏　※甲

【槁痨】　kɔ$^{2}$ lɔ$^{6}$　疥瘡　※甲

【生癬】　saŋ$^{1}$ tshiaŋ$^{3}$　※甲

【火癬】　huɪ$^{3}$ tshiaŋ$^{3}$　患處呈鮮紅色的癬　※乙

【冬籽】　tøŋ$^{1}$ tsi$^{3}$　凍瘡，疑為「凍籽」的音訛　※甲

【瘋毒瘤注】　huŋ$^{1}$ tuk$^{8}$ liu$^{2}$ tsøy$^{5}$　嚴重的肌膚潰瘍　※丙

【虱瘡】　saik$^{7}$ tshouŋ$^{1}$　頭皮太髒而發炎　※丙

【麥疸】　mak$^{8}$ tsy$^{1}$　一種季節性的風疹，發作於初夏收麥季節　※丙

【鵝掌瘋】　ŋie$^{2}$ tsioŋ$^{3}$ huŋ$^{1}$　一種皮膚病，手掌受真菌感染脫皮　※甲

## 2 內科病

【痢症】　lei$^{6}$ tseiŋ$^{5}$　痢疾　※丙

【禁口痢】　keiŋ$^{6}$ kheu$^{3}$ lei$^{6}$　食欲不振並腹瀉的病　※丙

【紅白痢】　øŋ$^{2}$ paʔ$^{8}$ lei$^{6}$　間或便血的腹瀉　※丙

【休息痢】　hiu$^{1}$ seik$^{7}$ lei$^{6}$　慢性痢疾，間歇性發作　※丙

【薰痢】　houŋ$^{1}$ lei$^{6}$　因吸食鴉片引起的腹瀉　※丙

【拉痢】　na$^{2}$ lei$^{6}$　嚴重腹瀉，痢疾　※甲

【血痢】　haik$^{7}$ lei$^{6}$　便血的痢疾　※乙

【腹寒病】　pouk$^{7}$ kaŋ$^{2}$ paŋ$^{6}$　瘧疾　※甲

【拍腹寒】　phaʔ$^{7}$ pouk$^{7}$ kaŋ$^{2}$　打擺子，患瘧疾　※甲

【餮$^{+}$癆】　thiek$^{8}$ lɔ$^{2}$　癆病，肺結核　※乙

【暴瘴】　pauk$^{7}$ tsioŋ$^{5}$（pouk$^{7}$）　禽畜的瘟疫　※甲

【發瘴】　puoʔ$^{7}$ tsioŋ$^{5}$　染瘟疫　※甲

【瘟】　møŋ$^{3}$　麻疹　※甲

【出瘟】　tshouk$^{7}$ møŋ$^{3}$　出麻疹　※甲

【瘟後】　møŋ$^{3}$ au$^{6}$　麻疹病後，認為這是一段重要的調養期　※乙

【痘前瘟後】　tau$^{6}$ seiŋ$^{2}$ møŋ$^{3}$ hæu$^{6}$　出水痘之前和麻疹消退之後是危險的時期　※乙

【痘瘟】　tau$^{6}$ møŋ$^{3}$　水痘和麻疹的合稱　※乙

【吐食蟲】　thou$^{5}$ sik$^{8}$ thøŋ$^{2}$　從口中吐出蛔蟲　※丙

【病疳】　paŋ$^{6}$ kaŋ$^{1}$　小孩發育不良，瘦小羸弱　※甲

【肝氣】　kaŋ$^1$ khei$^5$　肝臟的功能狀況　※乙
【肝金症】　kaŋ$^1$ kiŋ$^1$ tseiŋ$^5$　肝病　※丙
【滾肚痧】　kuŋ$^3$ tou$^6$ sa$^1$　腸絞痛　※丙
【呸血】　phuoɪ$^5$ haik$^7$　吐血　※甲
【痘前風】　tau$^6$ seiŋ$^2$ huŋ$^1$　出水痘前的發寒熱，喻指大發脾氣　※丙
【宿肚】　søyk$^7$ tou$^6$　睡前吃得太飽引起消化不良　※甲
【宿胲】　søyk$^7$ kai$^1$　消化不良　※乙
【病吐瀉】　paŋ$^6$ thou$^5$ sia$^5$　霍亂　※甲
【病瀉】　paŋ$^6$ sia$^5$　拉肚子　※甲
【著痧】　tioʔ$^8$ sa$^1$　患急腹痛　※甲
【清積】　tsheiŋ$^5$ tseik$^7$　中醫術語，一種因受冷引起的疾病　※乙
【風寒】　huŋ$^1$ haŋ$^2$　感冒　※甲
【風寒痧】　huŋ$^1$ haŋ$^2$ sa$^1$　染風寒引起的急腹痛　※乙
【疳蟲】　kaŋ$^1$ tøŋ$^2$　認為是導致小孩發育不良的寄生蟲　※乙
【頭疼】　thau$^2$ thiaŋ$^5$　※甲
【急淋】　keik liŋ$^2$　淋病　※乙
【胎毒】　thoi$^1$ tuk$^8$　※乙
【老嗽】　lau$^6$ sau$^5$　老年儂的習慣性咳嗽　※丙
【攪腸嗽】　kæu$^5$ tioŋ$^2$ sau$^5$　劇烈的咳嗽　※甲
【勼腸嗽】　kiu$^1$ touŋ$^2$ sau$^5$　劇烈的咳嗽，如腸子在抽搐　※甲
【痰嗽】　thaŋ$^2$ sau$^5$　嗆痰引起的咳嗽　※甲
【空$^+$嗽】　khaøŋ$^6$ sau$^5$　咳嗽　※甲
【鼻頭痧】　phei$^5$ thau$^2$ sa$^1$　鼻炎　※甲
【痰蛾】　thaŋ$^2$ ŋɔ$^2$　扁桃腺發炎　※丙
【喉蛾】　heu$^2$ ŋɔ$^2$　扁桃腺發炎　※乙
【單蛾】　taŋ$^1$ ŋɔ$^2$　一側扁桃腺發炎　※丙
【雙蛾】　søŋ$^1$ ŋɔ$^2$　兩側扁桃腺都發炎　※丙

## 3 外科傷病

【煩⁼力】 huaŋ² lik⁸ 用力過度傷了身子（可能是「乏力」的訛變） ※甲

【□】 tsø² 腳扭傷 ※丙

【擠】 tsɛ³ 腳扭傷；歪 ※甲

【沰⁺肛】 thouk⁸ kouŋ¹ 脫肛 ※甲

【沰⁺臟】 thouk⁸ tsauŋ⁶ 脫肛 ※甲

【沰⁺頦】 thouk⁸ hɑi² 頜關節脫臼 ※甲

【灑⁼尾⁼】 sua³ muɪ³ 風邪 ※丙

【□】 sua⁵ 中了風邪，使人突然痙攣、疼痛、肢體癱瘓等 ※丙

【過傷】 kuo¹ sioŋ¹ 用力過度而受傷 ※丙

【朧掰】 neiŋ³ paʔ⁷ 俗字，胸肋部的肌肉拉傷 ※甲

【硌⁺】 khɔ² 身子撞在硬物上；船觸礁 ※甲

【硌⁺傷】 khɔ² sioŋ¹ 撞成內傷 ※甲

【搁血】 køyk⁷ haik⁷ 皮下淤血 ※甲

【刮□皮】 kauk⁷ lø³ phuɪ² 蹭破皮 ※丙

【爆膿】 pauk⁷ nøŋ² 膿包破潰 ※甲

【清⁼】 tshiaŋ¹ 扎入皮肉的木刺 ※甲

【回頭殺】 huɪ² thau² sak⁷ 用力過度傷了自身 ※丙

【□】 tshyŋ² 韌帶扭傷 ※甲

【瘸】 khuo² ※甲

【瘸骹折骨】 khuo² kha¹ siek⁸ kauk⁷ 肢體殘疾 ※乙

【瘸骹折手】 khuo² kha¹ siek⁸ tshiu³ 肢體殘疾 ※甲

【疤紐】 pa¹ niu³ 凸起的疤痕 ※甲

【□歪】 tshua⁵ uai¹ （中風引起的）肢體或口角扭歪 ※丙

【□㿰】　tshua$^{5}$ phiaŋ$^{3}$　（中風引起的）腳跛　※丙

【痹】　pei$^{5}$　痲木　※甲

【柴痹】　tsha$^{2}$ pei$^{5}$　全身關節僵硬　※丙

【瘋軟】　huŋ$^{1}$ nioŋ$^{3}$　風濕造成的癱瘓　※甲

【瘋氣】　huŋ$^{1}$ khei$^{5}$　風濕病　※甲

【骨□】　kauk$^{7}$ tsuaʔ$^{8}$　骨頭錯位　※甲

【手朧】　tshiu$^{3}$ neiŋ$^{1}$　掌上的老繭　※甲

【骹朧】　kha$^{1}$ neiŋ$^{1}$　足趼；雞眼　※甲

【老鼠朧】　lɔ$^{3}$ tshy$^{3}$ neiŋ$^{1}$　瘊子，疣　※甲

【風瘤】　huŋ$^{1}$ liu$^{2}$　一種瘤，中醫認為因風邪引起　※乙

【氣瘤】　khei$^{5}$ liu$^{2}$　一種瘤病，據說生氣會加劇　※丙

【渣瘤】　tsa$^{1}$ liu$^{2}$　一種皮膚囊腫　※丙

【血瘤】　haik$^{7}$ liu$^{2}$　一種瘤病　※丙

【齒包】　khi$^{3}$ pau$^{1}$　牙齦膿腫　※丙

【大胲】　tuai$^{6}$ kai$^{1}$　大脖子病，甲狀腺腫大　※乙

【豬頭瘴】　ty$^{1}$ thau$^{2}$ tsioŋ$^{5}$　腮腺炎　※甲

【骨哽】　kauk$^{7}$ kaŋ$^{3}$　※甲

【生癧】　saŋ$^{1}$ leik$^{8}$　淋巴結結核病　※甲

【刺嘴】　tshie$^{5}$ tshoi$^{5}$　刀傷的傷口　※丙

【絳（絳）】　khøyŋ$^{6}$ khøyŋ$^{6}$　皮膚上紅色的抓痕　※甲

【箠痕】　tshuɪ$^{2}$ houŋ$^{2}$　鞭打留下的傷痕　※丙

【瞕翳】　tsioŋ$^{1}$ ie$^{5}$　白內障　※丙

【上翳】　sioŋ$^{6}$ ie$^{5}$　患上白內障　※乙

【目賙霧】　meik$^{8}$ tshiu$^{1}$ muo$^{2}$　視力模糊　※甲

【爛目墘】　laŋ$^{6}$ meik$^{8}$ kieŋ$^{2}$　爛眼皮　※甲

## 4 各種症狀

【弱$^{+}$汗】　iok$^{7}$ kaŋ$^{6}$　虛汗　※甲

【礐核】　haøŋ$^{6}$ houk$^{8}$　腫大的淋巴結　※甲

【唷】　aøʔ$^{7}$　嗝　※甲

【拍唷】　phaʔ aøʔ$^{7}$　打嗝　※甲

【拍屎唷】　phaʔ sai$^{3}$ aøʔ$^{7}$　打逆嗝　※甲

【嘴饗】　tsoi$^{5}$ tsiaŋ$^{3}$　食無味　※甲

【嘴澀】　tshoi$^{5}$ saik$^{7}$　沒胃口　※甲

【伓爽快】　ŋ$^{6}$ souŋ$^{3}$ khuai$^{5}$　不舒服，小病　※甲

【苦瀾】　khu$^{3}$ laŋ$^{3}$　唾沫發苦　※乙

【乾$^{*}$焦】　ta$^{1}$ tsieu$^{1}$　形容皮膚乾燥　※丙

【礐】　haøŋ$^{6}$　腫脹，發炎　※甲

【□】　ak$^{8}$　浮腫　※甲

【黃腫冇噗】　uoŋ$^{2}$ tsyŋ$^{3}$ phaŋ$^{5}$ phuk$^{8}$　膚色發黃且浮腫　※甲

【骹手□】　kha$^{1}$ tshiu$^{3}$ nauŋ$^{5}$　四肢浮腫　※丙

【□】　mauŋ$^{5}$　（面部）浮腫　※甲

【面□】　meiŋ$^{5}$ nauŋ$^{5}$　面部浮腫　※丙

【筋浮】　kyŋ$^{1}$ phu$^{2}$　青筋凸出　※甲

【筋虬】　kyŋ$^{1}$ khiu$^{2}$　青筋扭曲成團　※甲

【酸□】　souŋ$^{1}$ nø$^{3}$　筋骨酸痛的感覺　※甲

【骹手落$^{+}$落$^{+}$酸】　kha$^{1}$ tshiu$^{3}$ laøk$^{7}$ laøk$^{7}$ souŋ$^{1}$　四肢很酸痛 ※甲

【懦弱】　nɔ$^{6}$ iok$^{8}$　身體虛弱　※甲

【伋$^{+}$】　tshiak$^{7}$　抽搐　※甲

【清漤$^{-}$】　tshiŋ$^{1}$ laŋ$^{3}$　因噁心而湧出的口水　※甲

【獪收漤$^{-}$】　mɛ$^{6}$ siu$^{1}$ laŋ$^{3}$　噁心欲嘔　※甲

【扳腸扳肚】　peiŋ³ touŋ² peiŋ³ tou⁶　翻轉肚腸，謂劇烈的嘔吐　※乙

【絞腸絞肚】　kieu³ touŋ² kieu³ tou⁶　劇烈的腹痛　※乙

【頭懦】　thau² nɔ⁶　頭感覺不適，輕微的頭疼　※甲

【膩】　nøy⁵　飽足以後慊膩的感覺　※甲

【喝嚏】　hak⁷ tshei⁶　噴嚏　※甲

【嘈⁼□】　tsɔ² tshaøk⁷　胃裡空空的不舒服感覺，常發生在吃筍後　※丙

【耳蕪⁼】　ŋei⁶ u²　耳鳴，聽不清　※甲

【心肝跳】　siŋ¹ kaŋ¹ thieu⁵　心跳　※甲

【啪其啪】　phiak⁸ ki² phiak⁸　脈搏劇烈跳動　※甲

【敨鼻】　thau³ phei⁵　擤鼻涕　※甲

【流鼻水】　lau² phei⁵ tsui³　流清鼻涕　※甲

【居急】　ky¹ keik⁷　尿急卻排不出　※乙

【狂眠】　kuoŋ² miŋ²　說夢話　※甲

【憔】　tshiu²　（頭髮）乾枯，無光澤　※乙

【變憔】　pieŋ⁵ tshiu²　※變得憔悴　※乙

【沰⁺形】　thouk⁸ hiŋ²　※變得憔悴不堪　※甲

【□】　thiek⁸　羸弱，瘦弱　※甲

【膩⁺緊睏】　nøy⁵ kiŋ³ khauŋ⁵　昏迷　※丙

【□】　tia²　無精打采，萎靡不振　※甲

【□】　mai⁵　累壞了　※丙

【弱⁺】　iok⁷　疲憊　※甲

【□】　miak⁸　劇烈的心跳　※甲

【西⁼西⁼著】　sɛ¹ sɛ¹ tioʔ⁸　（喉嚨）受刺激的感覺　※甲

【譻譻熱】　haøŋ⁶ haøŋ⁶ iek⁸　紅腫發熱　※甲

【呻咳咳】　tsheiŋ¹ hai² hai²　不停地呻吟　※甲

【呻呻聲】　tseiŋ$^{1}$ tsheiŋ$^{1}$ siaŋ$^{1}$　呻吟聲，嘮叨的聲音　※丙

【火迫】　huo$^{3}$ phaøk$^{7}$　身體上火導致的（表面症狀）　※甲

【聲喝$^{=}$】　siaŋ$^{1}$ hak$^{7}$　嗓音沙啞　※甲

【起宗$^{=}$】　khi$^{3}$ tsuŋ$^{1}$　開始哆嗦，引申指天氣轉冷　※丙

【磕磕宗$^{=}$】　khauk$^{7}$ khauk$^{7}$ tsuŋ$^{1}$　哆嗦　※甲

【□□宗$^{=}$】　kiak$^{8}$ kiak$^{8}$ tsuŋ$^{1}$　哆嗦　※丙

【鏘鏘宗$^{=}$】　khiaŋ$^{1}$ khiaŋ$^{1}$ tsuŋ$^{1}$　打顫　※乙

【抖抖戰】　teu$^{3}$ teu$^{3}$ tsieŋ$^{5}$　不停地顫抖　※甲

【彭$^{=}$彭$^{=}$戰】　phaŋ$^{2}$ phaŋ$^{2}$ tsieŋ$^{5}$　顫抖　※甲

【虛□】　hy$^{1}$ nia$^{1}$　顫抖　※丙

【哺$^{+}$悚$^{+}$凍】　pu$^{1}$ suŋ$^{1}$ touŋ$^{5}$　寒戰，冷噤　※甲

【眩船】　hiŋ$^{2}$ suŋ$^{2}$　暈船　※甲

【頭眩】　thau$^{2}$ hiŋ$^{2}$　頭暈　※甲

【飽懦】　pa$^{3}$ nɔ$^{6}$　吃飽後昏昏的感覺　※乙

【加$^{=}$流$^{=}$眩】　ka$^{2}$ lau$^{2}$ hiŋ$^{2}$　嚴重的昏眩　※丙

【金雞囝滿天飛】　kiŋ$^{1}$ kie$^{1}$ kiaŋ$^{3}$ muaŋ$^{3}$ thieŋ$^{1}$ puɪ$^{1}$　頭昏，眼冒金星　※丙

【頭捽$^{+}$暈眩】　thau$^{2}$ søk$^{8}$ uoŋ$^{1}$ hiŋ$^{2}$　顛簸得頭暈　※甲

【暈暈轉】　uoŋ$^{1}$ uoŋ$^{1}$ tioŋ$^{3}$　暈頭轉向　※甲

【眩眩轉】　hiŋ$^{2}$ hiŋ$^{2}$ tioŋ$^{3}$　暈頭轉向　※甲

【眩轎】　hiŋ$^{2}$ kieu$^{6}$　因乘轎子而頭暈　※乙

【暈眩】　uoŋ$^{1}$ hiŋ$^{2}$　頭暈　※甲

【暈頭□腦】　uoŋ$^{1}$ thau$^{2}$ laøk$^{7}$ nɔ$^{3}$　暈頭轉向　※甲

【會疼】　ɛ$^{6}$ thiaŋ$^{5}$　疼　※甲

【悶悶疼】　muŋ$^{1}$ muŋ$^{1}$ thiaŋ$^{5}$　隱隱作痛　※甲

【□疼】　khaiŋ$^{5}$ thiaŋ$^{5}$　胸口稍下的部位疼　※丙

【癢$^{1}$】　sioŋ$^{2}$　如被撓腳的感覺　※甲

【驚癢】　kiaŋ$^{1}$ sioŋ$^{2}$　怕癢癢　※甲

【癢蛀】　sioŋ$^{2}$ søy$^{3}$　蟻爬的癢感　※丙

【癢$^{2}$】　sioŋ$^{6}$　搔癢　※甲

【□□癢】　ŋiak$^{8}$ ŋiak$^{8}$ sioŋ$^{6}$　很癢　※甲

【□】　nø$^{3}$　酸倒牙的感覺　※甲

【□】　souŋ$^{2}$　如傷口上塗碘酒的刺痛感覺　※甲

【空空嗽】　khaøŋ$^{5}$ khaøŋ$^{5}$ sau$^{5}$，（khøŋ$^{2}$ khøŋ$^{2}$）　連續的大聲咳嗽　※甲

【哦哦鼾】　ŋɔ$^{2}$ ŋɔ$^{2}$ haŋ$^{2}$　大聲打鼾　※乙

## 5 醫療保健

【得疾】　taik$^{7}$ tsik$^{8}$　患病；今用引申義，指人行為反常　※丁

【病疼】　paŋ$^{6}$ thiaŋ$^{5}$　疾病　※甲

【破病】　phuai$^{5}$ paŋ$^{6}$　疾病　※甲

【拖拖病】　thua$^{1}$ thua$^{1}$ paŋ$^{6}$　病程緩慢拖的時間很長的病　※甲

【弛$^{+}$弛$^{+}$病】　thɛ$^{2}$ thɛ$^{2}$ paŋ$^{6}$　不見好轉也不惡化的病症　※甲

【牧】　muok$^{8}$　治療　※甲

【牧症】　muok$^{8}$ tseiŋ$^{5}$　治病　※乙

【看脈】　khaŋ$^{5}$ maʔ$^{8}$　診脈　※甲

【看症】　khaŋ$^{5}$ tseiŋ$^{5}$　看病，診療　※乙

【順症】　souŋ$^{6}$ tseiŋ$^{5}$　好轉中的病　※乙

【反症】　huaŋ$^{3}$ tseiŋ$^{5}$　惡化中的病　※丙

【亂症】　nauŋ$^{5}$ tseiŋ$^{5}$　複雜難治的病　※丙

【時症】　si$^{2}$ tseiŋ$^{5}$　流行病　※乙

【起倒症】　khi$^{3}$ tɔ$^{3}$ tseiŋ$^{5}$　病情重新惡化　※丙

【惡症】　auk$^{7}$ tseiŋ$^{5}$　凶險的病　※甲

【呆症】　ŋai$^{2}$ tseiŋ$^{5}$　凶險的病　※甲

【轉症】　tioŋ$^{3}$ tseiŋ$^{5}$　病情度過了危險期　※乙

【症重】　tseiŋ$^{5}$ taøŋ$^{6}$　病重　※甲

【症變】　tseiŋ$^{5}$ pieŋ$^{5}$　病情發生（壞的）變化　※甲

【症凝】　tseiŋ$^{5}$ ŋik$^{8}$　病情危急　※乙

【拾囝】　khak$^{7}$ kiaŋ$^{3}$　接生　※乙

【刡$^{+}$骹臆】　mieŋ$^{2}$ kha$^{1}$ neiŋ$^{1}$　削去腳底的硬皮　※甲

【刮痧】　kauk$^{7}$ sa$^{1}$　※甲

【撮痧】　tshauk$^{7}$ sa$^{1}$　抓痧，民間一種治療感冒的方法　※甲

【種（洋）痘】　tsøyŋ$^{5}$ ioŋ$^{2}$ tau$^{6}$　接種預防　※甲

【取牙】　tshy$^{3}$ ŋai$^{3}$　拔牙　※甲

【拽牙】　iek$^{8}$ ŋai$^{3}$　拔牙　※丙

【搦痧】　niaʔ$^{8}$ sa$^{1}$　抓痧　※甲

【催生】　tshui$^{1}$ saŋ$^{1}$　用藥物催產　※丙

【吊傷】　tieu$^{5}$ sioŋ$^{1}$　治療內傷的一種方法　※甲

【長新肉】　touŋ$^{3}$ siŋ$^{1}$ nyk$^{8}$　傷口長出新肉，癒合　※甲

【結庀】　kiek$^{7}$ phi$^{3}$　結痂　※甲

【褪庀】　thauŋ$^{5}$ phi$^{3}$　痂脫落　※甲

【落$^{+}$庀】　laøk$^{7}$ phi$^{3}$　脫痂　※甲

【起床】　khi$^{3}$ tshouŋ$^{2}$　指病人離開病床，病稍好　※甲

【大瘥】　tuai$^{6}$ tsha$^{1}$　病情大為好轉　※甲

【見瘥】　kieŋ$^{5}$ tsha$^{1}$　病情好轉　※甲

【稍瘥】　sau$^{3}$ tsha$^{1}$　病情略有好轉　※甲

【脫體】　thauk$^{7}$ thɛ$^{3}$　（病）癒　※丙

【敨脫】　thau$^{3}$ thɔʔ$^{7}$　（病）癒　※乙

【伓敨脫】　ŋ$^{6}$ thau$^{3}$ thɔʔ$^{7}$　不舒服，小病　※乙

【汗透骹】　kaŋ$^{6}$ thau$^{5}$ kha$^{1}$　發透汗（治病）　※甲

【焓癩】　haŋ$^{2}$ lai$^{6}$　謔謂在暖和的時候烤火或穿厚衣服　※丙

【寒】　kaŋ$^{2}$　受寒，受凍　※甲

【經寒】　kiŋ$^{1}$ kaŋ$^{2}$　耐寒，不怕冷　※甲

【引$^{+}$風】　iaŋ$^{3}$ huŋ$^{1}$　暴露在冷風中（而著涼）　※甲

【健】　kiaŋ$^{6}$　（老人）身體好　※乙

【輕健】　khiŋ$^{1}$ kiaŋ$^{6}$　（老人）身體好　※丙

【康健】　khouŋ$^{1}$ kioŋ$^{6}$　（老人）健康　※甲

【長精神】　touŋ$^{3}$ tsiŋ$^{1}$ siŋ$^{2}$　※甲

【禁嘴】　keiŋ$^{6}$ tshoi$^{5}$　忌口　※甲

【刻嘴頭】　khaik$^{8}$ tshoi$^{5}$ thau$^{2}$　忌口　※丙

## 6 藥物

【撮藥】　tshauk$^{7}$ ioʔ$^{8}$　買藥　※甲

【敨一帖】　thau$^{3}$ sioʔ$^{8}$ thaik$^{7}$　吃一服中藥　※甲

【佮藥丸】　kak$^{7}$ iok$^{8}$ uoŋ$^{2}$　製作藥丸　※丙

【撚藥丸】　nouŋ$^{2}$ iok$^{8}$ uoŋ$^{2}$　搓藥丸　※丙

【紫金錠】　tsie$^{3}$ kiŋ$^{1}$ tiaŋ$^{6}$　治療疼痛的備用藥物（？）　※丙

【呼膿膏藥】　khu$^{1}$ nøŋ$^{2}$ kɔ$^{1}$ ioʔ$^{8}$　有吸膿功效的膏藥　※乙

【槍刀藥】　tshioŋ$^{1}$ tɔ$^{1}$ ioʔ$^{8}$　治療外傷的藥　※丙

【毒藥】　tøk$^{8}$ iok$^{8}$　※甲

【催生散】　tshui$^{1}$ seiŋ$^{1}$ saŋ$^{3}$　用於催產的中成藥　※丙

【洋痘】　ioŋ$^{2}$ tau$^{6}$　接種的牛痘疫苗　※乙

【神麴】　siŋ$^{2}$ khøyk　一種治感冒的中成藥　※甲

【信$^{=}$】　seiŋ$^{5}$　砒霜　※甲

【吊膏】　tieu$^{5}$ kɔ$^{1}$　治療內傷的膏藥　※甲

【艾丸】　ŋie$^{5}$ uoŋ$^{2}$　用於灸療的材料　※丙

【蔥頭茶】　tshøŋ$^{1}$ thau$^{2}$ ta$^{2}$　用蔥頭泡茶，治療感冒等疾病　※丙

【羚羊尖】　liŋ$^{2}$ ioŋ$^{2}$ tsieŋ$^{1}$　羚羊角的尖頭，入藥用　※乙

【紫紙膏】　tsie$^{3}$ tsai$^{3}$ kɔ$^{1}$　用途不詳，疑為一種藥膏　※丙

【紫米】　tsie$^{3}$ mi$^{3}$　一種消毒用的化學藥品，即高錳酸鉀　※甲

【風膏】　huŋ$^{1}$ kɔ$^{1}$　治療風濕的藥膏　※甲

【通關散】　thuŋ$^{1}$ kuaŋ$^{1}$ saŋ$^{3}$　一種鼻嗅的藥粉，治療疼痛　※丙

【藥鍘】　ioʔ$^{8}$ tsak$^{8}$　切草藥的鍘刀　※甲

【藥料】　ioʔ$^{8}$ læu$^{6}$　藥材中的有效成分　※甲

【出料】　tshouk$^{7}$ læu$^{6}$　通過燒煮、浸泡使有效成分析出　※甲

【有□】　ou$^{6}$ iaŋ$^{3}$　（用藥）有效果　※甲

【無□】　mɔ$^{2}$ iaŋ$^{3}$　（用藥）沒有效果　※甲

【過藥】　kuo$^{5}$ ioʔ$^{8}$　喝完藥吃點甜食去除口中的苦味　※甲

【藥氣行】　ioʔ$^{8}$ khei$^{5}$ kiaŋ$^{2}$　藥力發揮作用　※丙

【臍印】　sai$^{2}$ eiŋ$^{5}$　貼在新生兒臍部的紗布　※丙

【利水】　lei$^{5}$ tsui$^{3}$　利尿　※乙

（十一）服飾

## 1 各類服裝

【銀甲】　ŋyŋ$^{2}$ kak$^{7}$　有一個口袋的馬甲　※丙

【甲囝】　kak$^{7}$ kiaŋ$^{3}$　背心，馬甲　※甲

【袍輪】　pɔ$^{2}$ luŋ$^{2}$　長袍的罩衫　※乙

【褂衫】　kua$^{5}$ saŋ$^{1}$　一種寬大的罩衣　※丙

【袚褐】　puak$^{7}$ heik$^{7}$　雨衣　※丙

【袍褂】　pɔ$^{2}$ kua$^{5}$　長袍馬褂　※丙

【太平褂】　thai$^{5}$ piŋ$^{2}$ kua$^{5}$　士兵的制服　※丙

【號褂】　hɔ$^{6}$ kua$^{5}$　士兵的制服　※丙

【軍機褂】　kuŋ$^{1}$ ki$^{1}$ kua$^{5}$　一種短袖的士兵服　※丙

【得勝褂】　taik$^{7}$ seiŋ$^{5}$ kua$^{5}$　士兵的制服　※丙

【襯袍】　tshaiŋ$^{5}$ pɔ$^{2}$　道士穿的長袍，道袍　※丙

【襯衣】　tshaiŋ$^{5}$ i$^{1}$　道士穿的長袍，道袍　※丙

【藍衫】　laŋ$^{2}$ saŋ$^{1}$　藍布長衫，秀才的服裝　※丙

【襯衫】　tshaiŋ$^{5}$ saŋ$^{1}$　滿族婦女穿的長衫，旗袍。今指襯衫　※丁

【軍機襖】　kuŋ$^{1}$ ki$^{1}$ ɔ$^{3}$　一種短袖的外套，扣子在側面　※丙

【裌衫】　kak$^{7}$ saŋ$^{1}$　夾衣　※丙

【襖輪】　ɔ$^{3}$ luŋ$^{2}$　襖的罩衫　※乙

【譜褂】　phuo$^{3}$ kua$^{5}$　前襟後背各貼一塊方形綉花的大褂　※丙

【襁】　louŋ$^{3}$　內上衣　※甲

【縗襁】　tsɛ$^{5}$ louŋ$^{3}$　苧麻布的內上衣　※乙

【短襁】　toi$^{3}$ louŋ$^{3}$　內上衣，襯衫　※丙

【線襁】　siaŋ$^{5}$ louŋ$^{3}$　紗線編織的內衣　※甲

【小袖襁】　sieu$^{3}$ seu$^{5}$ louŋ$^{3}$　一種女內衣　※丙

【竹襁】　tøyk$^{7}$ louŋ$^{3}$　竹纖維布料制的內衣　※丙

【褲腿】　khou$^{5}$ thoi$^{3}$　半長的內褲　※丙

【褲鎝】　khou$^{5}$ thak$^{7}$　女褲　※丙

【褲長蒂】　khou$^{5}$ touŋ$^{2}$ tei$^{5}$　褲衩　※甲

【開鬥褲】　kui$^{1}$ tau$^{3}$ khou$^{5}$　開襠褲　※甲

【裌褲】　kak$^{7}$ khou$^{5}$　有襯裡的褲子　※甲

【套褲】　thɔ$^{5}$ khou$^{5}$　男人的外褲　※乙

【攏褲】　løŋ$^{3}$ khou$^{5}$　船夫穿的褲子　※乙

【縗褲】　tsɛ$^{5}$ khou$^{5}$　苧麻布的褲子　※乙

【綁腿褲】　pouŋ$^{3}$ thoi$^{3}$ khou$^{5}$　長內褲，或說「綁腿靠」　※丙

【綁腿靠】　pouŋ$^{3}$ thoi$^{3}$ kɔ$^{5}$　長內褲　※丙

【圍身裙】　ui$^{2}$ siŋ$^{1}$ kuŋ$^{2}$　圍裙　※甲

【抱裙】　pɔ$^{6}$ kuŋ$^{2}$　襁褓　※甲

【裌裙】　kak⁷ kuŋ²　有襯裡的裙子　※丙
【長地拖】　touŋ² tei⁶ thua¹　太長的裙裾，拖拖拉拉的很長　※甲
【肚爿】　tu³ peiŋ²　貼身的圍兜　※甲
【肚爿袋】　tu³ peiŋ² tɔi⁶　肚兜底部正中的口袋　※甲
【套衫】　thɔ⁵ saŋ¹　內衣　※乙
【背褡】　puoɪ⁵ tak⁷　背心　※甲
【漤⁼遮】　laŋ³ tsia¹　嬰兒的圍兜　※甲
【漤⁼扶袋】　laŋ³ hu² tɔi⁶　嬰兒的長圍兜，下方有個口袋　※丙
【領套】　liaŋ³ thɔ⁵　襯領，襯衣領子連接一個小背心　※丙
【領甲】　liaŋ³ kak⁷　襯領，同「領套」　※丙
【半接衫】　puaŋ⁵ tsiek⁷ saŋ¹　上下身用不同布料的長衫　※丙
【換套】　uaŋ⁶ thɔ⁵　背換洗的衣服　※乙
【便身】　pieŋ⁶ siŋ¹　穿著家常服裝　※丙
【頌睏衣裳】　søyŋ⁶ khauŋ⁵ i¹ sioŋ²　睡覺穿的衣服　※甲
【縛帶】　puoʔ⁸ tai⁵　綁帶子；一種繫帶的女內衣　※甲

## 2 剪裁縫紉

【衣裳縘】　i¹ sioŋ² khɛ¹　衣裙的下襬　※甲
【面前縘】　meiŋ⁵ seiŋ² khɛ¹　衣服胸前的部位　※甲
【衣裳帕】　i¹ sioŋ² pha⁵　把長衫的下襬拉起來兜東西　※乙
【拾襇】　khak⁷ kieŋ³　（製衣時）縫出褶子　※甲
【領窩】　liaŋ³ uo¹　衣服在脖子處的開口，連接領子　※甲
【徛領】　khie⁶ liaŋ³　立領　※甲
【脰領】　tau⁶ liaŋ³　高領　※丙
【盤肩】　puaŋ² kieŋ¹　女裝領口的花邊　※丙
【褪環扣】　thauŋ⁵ khuaŋ² khæu⁵　一種環狀衣扣　※丙
【袼】　kɔʔ⁷　衣服的肩口與袖子的連接處　※甲

【袼絡彎】　kɔʔ$^{7}$ lɔʔ$^{7}$ uaŋ$^{1}$　外套腋下的弧線　※乙

【佮袼】　kak$^{7}$ kɔʔ$^{7}$　縫接衣袖　※甲

【裡面】　li$^{3}$ meiŋ$^{5}$　內外兩面，裡子和面子　※甲

【絎裡】　houŋ$^{2}$ li$^{3}$　用針線把棉衣的裡子和棉花縫在一起　※甲

【扣門】　khæu$^{5}$ muoŋ$^{2}$　扣眼　※甲

【肚袋】　tu$^{3}$ tɔi$^{6}$　口袋　※甲

【手䘼】　tshiu$^{3}$ uoŋ$^{3}$　袖子　※甲

【馬蹄䘼】　ma$^{3}$ tɛ$^{2}$ uoŋ$^{3}$　滿族人的衣袖款式，緊口袖　※丙

【䘼頭】　uoŋ$^{3}$ thau$^{2}$　袖口　※甲

【手䘼尾】　tshiu$^{3}$ uoŋ$^{3}$ muɪ$^{3}$　袖口　※甲

【手䘼錔】　tshiu$^{3}$ uoŋ$^{3}$ thak$^{7}$　袖套　※甲

【手䘼絡】　tshiu$^{3}$ uoŋ$^{3}$ lɔʔ$^{7}$　袖套　※甲

【譜】　phuo$^{3}$　（官服）大褂前襟後背各貼一塊的方形綉花　※丙

【線隧】　siaŋ$^{5}$ suoɪ$^{6}$　縫線，縫接處　※甲

【線釘】　siaŋ$^{5}$ tiŋ$^{1}$　衣服上未剪淨的短線頭　※甲

【扣線】　khæu$^{5}$ siaŋ$^{5}$　一種中等粗細的縫線　※乙

【青衣線】　tshaŋ$^{1}$ i$^{1}$ siaŋ$^{5}$　黑棉線　※乙

【扳轉裡】　paiŋ$^{5}$ tioŋ$^{3}$ li$^{3}$　內外翻轉　※甲

【針黹】　tseiŋ$^{1}$ tsi$^{3}$　針線活　※甲

【繰】　tshieu$^{1}$　一種縫紉針法　※甲

【掬】　køyk$^{7}$　用別針別在一起；一種縫合針法　※甲

【綻】　thieŋ$^{5}$　縫，縫紉　※甲

【梭】　sɔ$^{1}$　織補；今指鎖邊　※丁

【繗$^{+}$】　louŋ$^{2}$　一種交叉往復的縫紉針法　※甲

【拉鎖】　la$^{1}$ sɔ$^{3}$　一種編織針法　※丙

【包墘】　pau$^{1}$ kieŋ$^{2}$　卷邊，鑲邊（衣物）　※甲

【起線】　khi$^{3}$ siaŋ$^{5}$　衣物上凸起的裝飾線　※甲

【裨$^{+}$闊】　pie$^{1}$ khuak$^{7}$　加綴一塊布加寬（衣服）　※甲

【裨$^{+}$手碗】　pie$^{1}$ tshiu$^{3}$ uoŋ$^{3}$　加寬或加長衣袖　※甲

【彈粉線】　taŋ$^{2}$ huŋ$^{3}$ siaŋ$^{5}$　裁縫用沾白粉的線在布料上拉直線　※乙

【熨服勢】　ouk$^{7}$ huk$^{8}$ sie$^{5}$　熨服貼　※甲

【花剪】　hua$^{1}$ tseiŋ$^{3}$　綉花等用的小剪刀　※乙

【鉸刀（剪）】　ka$^{1}$ tɔ$^{1}$ tseiŋ$^{3}$　剪刀　※甲

【鉸刀囝】　ka$^{1}$ tɔ$^{1}$ kiaŋ$^{3}$　小剪刀　※甲

【二剪】　nei$^{6}$ tseiŋ$^{3}$　中號的剪刀　※丙

【刀囝】　tɔ$^{1}$ kiaŋ$^{3}$　小刀　※甲

【刀嘴】　tɔ$^{1}$ tshoi$^{5}$　刀口　※甲

【針鼻】　tseiŋ$^{1}$ phei$^{5}$　針眼　※甲

【針管】　tseiŋ$^{1}$ kuoŋ$^{3}$　裝針的匣子。今指注射針筒　※丁

【大布】　tuai$^{6}$ puo$^{5}$　大號衣針　※丙

【花針】　hua$^{1}$ tseiŋ$^{1}$　綉花針　※乙

【豬母針】　ty$^{1}$ mɔ$^{3}$ tseiŋ$^{1}$　粗大的針　※甲

【線鑽】　siaŋ$^{5}$ tsauŋ$^{5}$　引線錐　※乙

【鞋鑽】　ɛ$^{2}$ tsauŋ$^{5}$　鞋匠用的錐子　※乙

【針鑽】　tseiŋ$^{1}$ tsauŋ$^{5}$　細錐子　※乙

【頂針】　thiŋ$^{3}$ tseiŋ$^{1}$　※甲

【布囝】　puo$^{5}$ kiaŋ$^{3}$　布頭　※甲

【綹布】　leu$^{3}$ puo$^{5}$　用於補綴的小布塊　※乙

【捆條】　khuŋ$^{3}$ teu$^{2}$　絪邊用的布條　※甲

【笡縷】　tshia$^{6}$ leu$^{3}$　斜裁的布條　※乙

【世頭】　sie$^{5}$ thau$^{2}$　接頭　※甲

【單重】　taŋ$^{1}$ thyŋ$^{2}$　單層　※甲

## 3 鞋襪帽

【眠鞋】　miŋ$^{2}$ ɛ$^{2}$　婦女睡覺穿的鞋　※丙

【柴鞋】　tsha$^{2}$ ɛ$^{2}$　木底拖鞋　※丙

【平頭靴】　paŋ$^{2}$ thau$^{2}$ khuo$^{1}$　方頭的靴子　※乙

【方頭靴】　huoŋ$^{1}$ thau$^{2}$ khuo$^{1}$　同上　※丙

【骹帶】　kha$^{1}$ tai$^{5}$　纏足婦女的裹腳布　※丙

【貓鞋】　ma$^{2}$ ɛ$^{2}$　有貓頭圖樣的鞋　※丙

【尖鼻靴】　tsieŋ$^{1}$ phei$^{5}$ khuo$^{1}$　尖頭的靴子　※丙

【踏轎鞋】　tak$^{8}$ keu$^{6}$ ɛ$^{2}$　新娘過門穿的鞋子　※丙

【繭綢鞋】　kieŋ$^{3}$ tiu$^{2}$ ɛ$^{2}$　繆紗綢做面料的鞋子　※丙

【蝙蝠頭】　pieŋ$^{3}$ houk$^{7}$ thau$^{2}$　一種鞋的款式　※丙

【鞋䟕線】　ɛ$^{2}$ taŋ$^{1}$ siaŋ$^{5}$　女鞋的後跟　※丙

【躐$^{+}$】　liak$^{7}$　穿著（拖鞋）　※甲

【鞋躐$^{+}$】　ɛ$^{2}$ liak$^{7}$　拖鞋　※甲

【草履躐$^{+}$】　tshau$^{3}$ li$^{3}$ liak$^{7}$　稻草編的拖鞋　※乙

【犬舌鞋】　kheiŋ$^{3}$ siek$^{8}$ ɛ$^{2}$　一種鞋的樣式　※丙

【高底】　kɔ$^{1}$ tɛ$^{3}$　一種女鞋，鞋底是木製的　※丙

【躐$^{+}$倒䟕$^{=}$】　liak$^{7}$ tɔ$^{3}$ taŋ$^{1}$　把布鞋當作拖鞋穿，導致後鞋幫提不起來　※乙

【鞋䟕】　ɛ$^{2}$ taŋ$^{1}$　鞋後跟　※甲

【木屐】　muk$^{8}$ khiak$^{8}$　木底拖鞋　※乙

【躐$^{+}$骹】　liak$^{7}$ kha$^{1}$　拖鞋　※丙

【鞋套】　ɛ$^{2}$ thɔ$^{5}$　木底鞋。今指橡膠雨鞋　※丁

【輪鞋】　luŋ$^{2}$ ɛ$^{2}$　套在婦女綉花鞋外起保護鞋子作用的鞋　※丙

【鞋掌】　ɛ$^{2}$ tsioŋ$^{3}$　鞋底；用鞋底打人　※乙

【鞋鼻】　ɛ$^{2}$ phei$^{5}$　鞋尖　※乙

【鞋楦】　ε$^{2}$ huoŋ$^{5}$　※甲

【靴項$^{+}$】　khuo$^{1}$ houŋ$^{5}$　靴筒　※丙

【靴桶】　khuo$^{1}$ thøŋ$^{3}$　靴筒的裡子　※丙

【昭君套】　tsieu$^{1}$ kuŋ$^{1}$ thɔ$^{5}$　編織的女帽，也叫「花帽」　※丙

【襪帶】　uak$^{8}$ tai$^{5}$　縛在襪筒上端使之不下滑的帶子　※甲

【裌襪】　kak$^{7}$ uak$^{8}$　雙層的布襪　※丙

【襪綱】　uak$^{8}$ kouŋ$^{1}$　布襪襪筒上端穿帶子扎緊　※丙

【襪頰】　uak$^{8}$ kiek$^{7}$　布襪足部的側面　※丙

【襪項$^{+}$】　uak$^{8}$ houŋ$^{5}$　襪筒　※甲

【塞褲】　seik$^{7}$ khou$^{5}$　（女用）編織的護踝　※丙

【手絡$^{+}$】　tshiu$^{3}$ lɔʔ$^{7}$　手套　※乙

【手錔】　tshiu$^{3}$ thak$^{7}$　手套　※丙

【帽頂】　mɔ$^{6}$ tiŋ$^{3}$　瓜皮帽頂上的凸起　※丙

【碗帽】　uaŋ$^{3}$ mɔ$^{6}$　瓜皮帽　※乙

【帽頭】　mɔ$^{6}$ thau$^{2}$　沒有紅纓的製帽　※丙

【珠$^{+}$紅$^{+}$頂】　tshio$^{1}$ uŋ$^{2}$ tiŋ$^{3}$　一種帽子，頂上綴一個楊梅狀的裝飾性的小球　※丙

【康帽】　khouŋ$^{1}$ mɔ$^{6}$　一種厚軟帽　※丙

【紅帽】　øŋ$^{2}$ mɔ$^{6}$　頂上有紅纓的官員帽子　※乙

【獅帽】　sai$^{1}$ mɔ$^{6}$　一種童帽　※丙

【環環帽】　khuaŋ$^{2}$ khuaŋ$^{2}$ mɔ$^{6}$　滿族儂的一種無頂的帽子　※丙

## 4 梳妝首飾

【看巾】　khaŋ$^{5}$ kyŋ$^{1}$　婦女繫在腰間的裝飾性的手絹　※丙

【髻巾】　kuoɪ$^{5}$ kyŋ$^{1}$　婦女扎在髮髻上的帕　※丙

【網巾】　uoŋ$^{3}$ kyŋ$^{1}$　婦女用的網狀頭髮套　※丙

【汗巾】　kaŋ$^{6}$ kyŋ$^{1}$　手絹　※甲

【扣帶】　khæu$^{5}$ tai$^{5}$　用搭扣的腰帶　※丙

【簪仔】　tsaŋ$^{1}$ kiaŋ$^{3}$　小簪　※乙

【頭劃】　thau$^{2}$ thaøk$^{7}$　農村婦女的一種頭飾，雙股釵　※丙

【髻頭簪】　kuɪ$^{5}$ thau$^{2}$ tsaŋ$^{1}$　一種婦女的髮式　※丙

【髻尾簪】　kuɪ$^{5}$ muɪ$^{3}$ tsaŋ$^{1}$　一種婦女的髮式　※丙

【三條簪】　saŋ$^{3}$ teu$^{2}$ tsaŋ$^{1}$　一種婦女的髮式，插三根簪　※乙

【鬃】　tsøŋ$^{3}$　高髻的婦女髮型；假髮　※丙

【女鬃】　ny$^{3}$ tsøŋ$^{3}$　女用的假髮　※丙

【男鬃】　naŋ$^{2}$ tsøŋ$^{3}$　男用的假髮　※丙

【剔鬃$^{+}$】　thik$^{8}$ tsøŋ$^{3}$　梳理假髮　※丙

【田螺髻】　tsheiŋ$^{2}$ loi$^{2}$ kuoɪ$^{5}$　像田螺形狀的一種髮髻　※丙

【覆覆髻】　phouk$^{7}$ phouk$^{7}$ kuoɪ$^{5}$　一種扁平的髮髻　※丙

【蒲$^{=}$同$^{=}$獅】　pu$^{2}$ tuŋ$^{2}$ sai$^{1}$　頭髮蓬亂豎起像獅子，「蒲同」應該是「蓬」的分音　※甲

【妝□□】　tsouŋ$^{1}$ lia$^{5}$ lia$^{5}$　打扮得很漂亮　※乙

【瓠蒂】　pu$^{2}$ tei$^{5}$　小辮子　※甲

【桃桃囝】　thɔ$^{2}$ thɔ$^{2}$ kiaŋ$^{3}$　小孩梳的一種小辮兒　※甲

【頭髮辮】　thau$^{2}$ huok$^{7}$ pieŋ$^{6}$　辮子　※甲

【辮辮】　pieŋ$^{2}$ pieŋ$^{6}$　辮子（注意重疊變調）　※甲

【辮頭髮】　pieŋ$^{6}$ thau$^{2}$ huok$^{7}$　打辮子　※甲

【拍水辮】　phaʔ$^{7}$ tsui$^{3}$ pieŋ$^{6}$　梳很鬆的辮子　※丙

【觀音髻】　kuaŋ$^{1}$ iŋ$^{1}$ kuoɪ$^{5}$　一種髮髻的樣式　※丙

【髻心冠】　kuoɪ$^{5}$ siŋ$^{1}$ kuaŋ$^{1}$　扣在髮髻上的飾物　※丙

【元寶髻】　ŋuoŋ$^{2}$ pɔ$^{3}$ kuoɪ$^{5}$　一種髮髻的樣式　※丙

【欹欹髻】　khi$^{1}$ khi$^{1}$ kuoɪ$^{5}$　女孩子梳的一種髮髻　※丙

【簡妝】　kaŋ$^{3}$ tsouŋ$^{1}$　婦女隨身帶的化妝盒　※丙

【髻圍】　kuoɪ$^{5}$ ui$^{2}$　梳髻的一種銀飾　※丙

【油蠟花粉】　iu$^{2}$ lak$^{8}$ hua$^{1}$ huŋ$^{3}$　泛指婦女化妝品　※丙

【圓管鈿】　ieŋ$^{2}$ kuoŋ$^{3}$ tieŋ$^{6}$　圓管狀的手鐲　※丙

【鴛鴦辮】　uoŋ$^{1}$ ioŋ$^{1}$ pieŋ$^{6}$　兩種顏色的絲帶編織在一起　※丙

【髻索】　kuoɪ$^{5}$ sɔʔ$^{7}$　梳髻用的頭繩　※乙

【耳墜】　ŋei$^{6}$ tuoɪ$^{6}$　耳環　※甲

【扁扒】　pieŋ$^{3}$ pa$^{2}$　一種頭飾　※丙

【扁批】　pieŋ$^{3}$ phie$^{1}$　扁平光面的手鐲　※甲

【銀指甲】　ŋyŋ$^{2}$ tsai$^{3}$ kak$^{7}$　銀指甲套，新娘的飾物之一　※丙

【赤金】　tshiaʔ$^{7}$ kiŋ$^{1}$　鍍金（首飾）　※丙

【韭菜批】　kiu$^{3}$ tshai$^{5}$ phie$^{1}$　韭菜葉，指一種髮卡。今指一種扁平的金戒指　※丁

【頒$^{=}$指】　paŋ$^{1}$ tsai$^{3}$　戴在拇指上的戒指　※丙

【銀鎖攢】　ŋyŋ$^{2}$ sɔ$^{3}$ kuaŋ$^{6}$　銀項圈　※丙

【掠頭髮】　lioʔ$^{8}$ thau$^{2}$ huok$^{7}$　用手指梳理頭髮　※甲

【迫粉】　phaøk$^{7}$ huŋ$^{3}$　撲粉　※甲

【妝打】　tsouŋ$^{1}$ ta$^{3}$　梳妝打扮　※乙

【頌衣裳】　søyŋ$^{6}$ i$^{1}$ sioŋ$^{2}$　穿衣服　※甲

【頌戴】　søyŋ$^{6}$ tai$^{5}$　穿戴　※甲

【遍身軟】　phieŋ$^{6}$ siŋ$^{1}$ nioŋ$^{3}$　全身衣著華貴　※丙

【全透】　tsioŋ$^{2}$ thau$^{5}$　全套（服裝）　※丙

【衶衶重甲甲】　louŋ$^{3}$ louŋ$^{3}$ thyŋ$^{2}$ kak$^{7}$ kak$^{7}$　內衣直接套上馬甲，謂貧窮者的裝束　※乙

【□】　miak$^{7}$　（衣服）破舊　※丙

【時式】　si$^{2}$ seik$^{7}$　流行　※甲

【時樣】　si$^{2}$ ioŋ$^{6}$　流行　※丙

【京式】　kiŋ$^{1}$ seik$^{7}$　北京的款式　※丙

【嫩頌】　nauŋ$^{6}$ søŋ$^{6}$　精美的服裝　※丙

【鄉下妝】　hioŋ$^{1}$ a$^{6}$ tsouŋ$^{1}$　鄉村打扮的樣子　※甲

【韃婆妝】　tak$^{1}$ pɔ$^{2}$ tsouŋ$^{1}$　滿族婦女的服飾　※丙

【褪跣骹】　thauŋ$^{5}$ tshieŋ$^{3}$ kha$^{1}$　赤足　※甲

## 5 顏色

【五色】　ŋou$^{6}$ saik$^{7}$　彩色　※乙

【色氣】　saik$^{7}$ khei$^{5}$　物品呈現出來的顏色　※甲

【色水】　saik$^{7}$ tsui$^{3}$　同「色氣」　※乙

【色俏】　saik$^{7}$ tshieu$^{5}$　顏色鮮豔　※乙

【嘔嘔色】　au$^{3}$ au$^{3}$ saik$^{7}$　不新鮮的、難看的顏色　※甲

【怀像色】　ŋ$^{1}$ tshioŋ$^{2}$ saik$^{7}$　很難看的顏色　※丙

【殕殕色】　phu$^{3}$ phu$^{3}$ saik$^{7}$　不新鮮的顏色　※甲

【塗塗色】　thu$^{2}$ thu$^{2}$ saik$^{7}$　不鮮豔的顏色　※甲

【有紅頭】　ou$^{6}$ øŋ$^{2}$ thau$^{2}$　其他顏色中透出一點紅　※丙

【紅紫】　øŋ$^{2}$ tsie$^{3}$　紫紅色　※丙

【高粱紅】　kɔʔ lioŋ$^{2}$ øŋ$^{2}$　如成熟高粱的暗紅色　※丙

【梅紅】　muɪ$^{2}$ øŋ$^{2}$　紅梅般的顏色　※丙

【銀紅】　ŋyŋ$^{2}$ øŋ$^{2}$　帶有光澤的紅色　※丙

【水紅】　tsui$^{3}$ øŋ$^{2}$　淡紅色　※甲

【糟紅】　tsau$^{1}$ øŋ$^{2}$　如紅麯酒糟般的紅色　※丙

【洋綠】　ioŋ$^{2}$ lioʔ$^{8}$　一種綠色，法國綠　※丙

【抨光綠】　paŋ$^{2}$ kuoŋ$^{1}$ lioʔ$^{8}$　一種經磨光的綠色（衣料）　※丙

【二藍】　nei$^{6}$ laŋ$^{2}$　海軍藍（「二」音譯 naval）　※丙

【洋藍】　ioŋ$^{2}$ laŋ$^{2}$　藍色的一種，普魯士藍　※丙

【嬌藍】　kieu$^{1}$ laŋ$^{2}$　靛藍　※丙

【鎮$^{=}$藍】　teiŋ$^{5}$ laŋ$^{2}$　深藍色　※甲

【烏】　u$^{1}$　黑　※甲

【大青】 tuai$^{6}$ tshaŋ$^{1}$ 純黑色 ※乙

【天青】 thieŋ$^{1}$ tshaŋ$^{1}$ 黑裡透紅的顏色 ※丙

【鐵青】 thiek$^{7}$ tshaŋ$^{1}$ 生鐵的顏色 ※丙

【青藍】 tshaŋ$^{1}$ laŋ$^{2}$ 深藍色 ※丙

【青黃】 tshaŋ$^{1}$ uoŋ$^{2}$ 暗黃色 ※乙

【洋青】 ioŋ$^{2}$ tshaŋ$^{1}$ 普魯士藍 ※乙

【月白】 ŋuok$^{8}$ paʔ$^{8}$ 白中帶有淡淡的藍色 ※甲

【粉粉白】 huŋ$^{3}$ huŋ$^{3}$ paʔ$^{8}$ 粉白 ※甲

【青蓮紫】 tshaŋ$^{1}$ leiŋ$^{2}$ tsie$^{3}$ 偏藍的紫色 ※丙

【醬紫】 tsioŋ$^{5}$ tsie$^{3}$ ※甲

【墨灰】 møk$^{8}$ huɪ$^{1}$ 深灰 ※丙

【銀灰】 ŋyŋ$^{2}$ huɪ$^{1}$ ※甲

【糙灰】 tshɔ$^{5}$ huɪ$^{1}$ 暗灰色 ※丙

【珠灰】 tsio$^{1}$ huɪ$^{1}$ 珍珠般的淡灰色 ※丙

## （十二）飲食

### 1 進食

【食飯】 siaʔ$^{8}$ puoŋ$^{6}$ 吃飯 ※甲

【嚐飯】 tshouŋ$^{2}$ puoŋ$^{6}$ 吃飯 ※甲

【擂飯】 loi$^{1}$ puoŋ$^{6}$ （大量）吃米飯 ※丙

【食晝】 siaʔ$^{8}$ tau$^{5}$ 吃午飯 ※甲

【食暝】 siaʔ$^{8}$ maŋ$^{2}$ 吃晚飯 ※甲

【□】 tsua$^{2}$ 吃 ※甲

【軟飽】 nioŋ$^{3}$ pa$^{3}$ 茶點 ※丙

【食清飯】 siaʔ$^{8}$ tsheiŋ$^{5}$ puoŋ$^{6}$ 吃隔夜的剩飯；常指大清早出門，來不及做早飯 ※甲

【食補】　siaʔ$^{8}$ puo$^{3}$　進食補品　※甲

【食有補】　siaʔ$^{8}$ ou$^{6}$ puo$^{3}$　吃了對身體有益　※甲

【食飽橂】　siaʔ$^{8}$ pa$^{3}$ taiŋ$^{6}$　吃飽（而且可以耐久），喻生意好　※甲

【食脤髈】　siaʔ$^{8}$ tioŋ$^{5}$ phiaŋ$^{1}$　吃得太飽　※丙

【挾去配】　kiek$^{7}$ khɔ$^{5}$ phuoɪ$^{5}$　向客人勸菜用語　※甲

【挾去食】　kiek$^{7}$ khɔ$^{5}$ siaʔ$^{8}$　同上　※甲

【坐禮食】　sɔi$^{6}$ lɛ$^{3}$ siaʔ$^{8}$　坐著吃，喻不勞而獲　※甲

【碎食】　tshɔi$^{5}$ siaʔ$^{8}$　零食　※甲

【愛食】　ɔi$^{5}$ siaʔ$^{8}$　愛吃　※甲

【好食】　hɔ$^{3}$ siaʔ$^{8}$　好吃　※甲

【試食】　tshei$^{5}$ siaʔ$^{8}$　嘗試食物的滋味　※甲

【生食】　tshaŋ$^{1}$ siaʔ$^{8}$　吃未煮的食物　※甲

【白食】　paʔ$^{8}$ siaʔ$^{8}$　吃白食；僅吃飯不吃菜，或僅吃菜不吃飯　※甲

【快活食】　khɛ$^{5}$ uak$^{8}$ siaʔ$^{8}$　舒舒服服地享受　※甲

【沃飯】　uok$^{7}$ puoŋ$^{6}$　（湯汁）澆飯　※甲

【沃豉油】　uok$^{7}$ sie$^{6}$ iu$^{2}$　淋上醬油　※甲

【搵醋】　ouŋ$^{5}$ tshou$^{5}$　蘸醋　※甲

【腹佬枵】　pouk$^{7}$ lɔ$^{3}$ eu$^{1}$　肚子餓　※甲

【腹佬饑】　pouk lɔ$^{3}$ kui$^{1}$　肚子餓　※丙

【啃*碗墘】　khɛ$^{1}$ uaŋ$^{3}$ kieŋ$^{2}$　啃碗，形容生活艱難，不夠餬口　※丙

【啃*骨】　khɛ$^{1}$ kauk$^{7}$　啃骨頭　※甲

【噌】　tshouŋ$^{2}$　大量地吃。今有貶義　※丁

【噌祭】　tshouŋ$^{2}$ tsie$^{5}$　（罵人）吃飽不幹活　※丙

【會擂】　ɛ$^{6}$ loi$^{1}$　很能吃，飯量大　※丙

【吵食】 tshau$^{3}$ siaʔ$^{8}$ （小孩）吵著要吃東西 ※甲

【嚐飽】 tshouŋ$^{2}$ pa$^{3}$ 吃飽 ※甲

【酒食□□】 tsiu$^{3}$ siaʔ$^{8}$ nia$^{1}$ nia$^{1}$（niaŋ$^{5}$ niaŋ$^{5}$） 喝酒喝得微醉 ※甲

【當茶】 tauŋ$^{5}$ ta$^{2}$ 作為飲料 ※甲

【當頓】 tauŋ$^{5}$ tauŋ$^{5}$ 當作一頓飯來吃 ※甲

【啜】 tshiok$^{7}$ 喝，飲 ※甲

【□】 meiʔ$^{7}$ 飲，啜。今說陽去調 ※甲

【過腸過肚】 kuo$^{5}$ tioŋ$^{2}$ kuo$^{5}$ tou$^{6}$ 吃進肚子的東西，食物 ※乙

【有食有剩$^{*}$】 ou$^{6}$ siaʔ$^{8}$ ou$^{6}$ tioŋ$^{6}$ 食物足夠而且有餘（吉利話） ※甲

【塞牙縫】 saik$^{7}$ ŋai$^{3}$ phouŋ$^{5}$ 形容食物太少 ※甲

【嘴闌】 tshoi$^{5}$ laŋ$^{2}$ 別人吃剩的食物 ※甲

【播$^{+}$】 laø$^{6}$ 用筷子撥米飯入口 ※甲

【餓頓】 ŋɔ$^{6}$ tauŋ$^{5}$ 餓飯 ※甲

【咋】 tsiak$^{7}$ 出聲的嚼食 ※甲

【□】 kheu$^{2}$ （原注「黑話」）吃 ※丙

【清鼎清灶】 tsheiŋ$^{5}$ tiaŋ$^{3}$ tsheiŋ$^{5}$ tsau$^{5}$ 冷鍋冷灶，喻指家中窮困，或冷清 ※丙

【騙嘴】 phieŋ$^{5}$ tshoi$^{5}$ 謂吃粗劣的食品 ※甲

【溜湯】 lau$^{5}$ thouŋ$^{1}$ 大量喝湯，灌湯 ※甲

【篤鹽咬薑】 touk$^{7}$ sieŋ$^{2}$ ka$^{6}$ kioŋ$^{1}$ 謂生活貧困，沒有菜吃 ※丙

【野嚐野祭】 ia$^{3}$ tshouŋ$^{2}$ ia$^{3}$ tsie$^{5}$ （罵人）胡亂吃喝 ※乙

【三扒兩播$^{+}$】 saŋ$^{1}$ pa$^{2}$ laŋ$^{6}$ laø$^{6}$ 形容吃飯很快 ※甲

【闌桌底】 laŋ$^{2}$ tɔʔ$^{7}$ tɛ$^{3}$ 宴會後的殘席 ※丙

## 2 烹調

【炊飯】　tshui¹ puoŋ⁶　蒸飯　※甲

【燙⁺飯】　thauŋ⁶ puoŋ⁶　重溫冷飯　※甲

【燜飯】　muŋ¹ puoŋ⁶　重蒸冷飯　※甲

【漉飯】　løk⁸ puoŋ⁶　用漏勺從鍋裡撈出飯粒　※甲

【過鼎】　kuo⁵ tiaŋ³　放在鍋裡加熱　※甲

【煖酒】　nouŋ³ tsiu³　溫酒　※甲

【暖熱】　nouŋ³ ick⁸　（酒）隔水燙熱　※甲

【炰】　pu²　燒烤　※甲

【□】　hɔʔ⁷　烤、烙、薰蒸　※甲

【炷】　kouŋ²　長時間的水煮；燙　※甲

【燙】　thauŋ⁶　重溫　※甲

【溜⁺】　lieu⁶　煸炒　※甲

【焅】　khak⁸　文火煮　※甲

【煎】　tsieŋ¹　（用少量的油）炸　※甲

【燙】　thauŋ⁵　燙煮（貝類）　※甲

【滑湯】　huak⁸ thouŋ¹　魚肉等沾上澱粉入沸水中做成湯　※甲

【餾】　leu⁶　重蒸　※丙

【炒糟】　tsha³ tsau¹　加入紅酒糟炒食　※甲

【渫】　sak⁸　清水煮　※甲

【炸】　tsa²　油炸　※甲

【炒焙】　tsha³ puoɪ⁶　翻炒焙乾　※丙

【炷醬】　kouŋ² tsioŋ⁵　醬煮　※甲

【鹽】　sieŋ⁵　用鹽醃漬　※甲

【焵⁺】　khɔ¹　熬煮　※甲

【芡】　khieŋ⁵　在湯中加澱粉（使之濃稠）　※甲

【芡黏牢】　khieŋ$^{5}$ nieŋ$^{2}$ nɔ$^{2}$　（在湯中）加澱粉使之濃稠　※甲

【篤草$^{=}$】　touk$^{7}$ tshɔ$^{3}$　用碱水濫柿子　※乙

【煏油】　peik$^{7}$ iu$^{2}$　熬油　※甲

【煮食】　tsy$^{3}$ siaʔ$^{8}$　做飯菜　※甲

【片肉】　phieŋ$^{5}$ nyk$^{8}$　把肉切成片　※甲

【煎巴巴】　tsieŋ$^{1}$ pa$^{1}$ pa$^{1}$　煎至表皮酥脆　※乙

【爆嘴】　pauk$^{7}$ tshoi$^{5}$　貝類煮熟後咧開　※甲

【煎煮】　tsieŋ$^{1}$ tsy$^{3}$　烹調方法，先用油煎後加水煮熟　※甲

【黃燜】　uoŋ$^{2}$ mouŋ$^{6}$　紅燒　※甲

【烰炸】　phu$^{2}$ tsak$^{7}$　油炸，油炸類食物　※甲

【生煮白炡】　tshaŋ$^{1}$ tsy$^{3}$ paʔ$^{8}$ kouŋ$^{2}$　煮菜時不加任何作料　※甲

【炣幕$^{=}$】　khɔ$^{1}$ mauk$^{7}$　熬爛　※甲

【炡幕$^{=}$】　kouŋ$^{2}$ mauk$^{7}$　煮爛　※甲

【燜肉】　mouŋ$^{6}$ nyk$^{8}$　紅燒肉　※甲

【撈麵】　lɔ$^{2}$ mieŋ$^{6}$　麵條放在開水中燙煮　※甲

【撈一滾】　lau$^{1}$ sioʔ$^{8}$ kuŋ$^{3}$　把食物放入沸水中，再沸即撈起　※甲

【泡滾湯】　phau$^{5}$ kuŋ$^{3}$ thouŋ$^{1}$　燒開水　※乙

【幹拌】　kaŋ$^{1}$ puaŋ$^{6}$　麵條等煮熟後撈起，加蔥蒜油鹽等作料拌匀　※甲

【宿一晡】　søyk$^{7}$ sioʔ$^{8}$ puo$^{1}$　醃一個晚上　※甲

【鎮】　teiŋ$^{6}$　泡在水中使涼　※甲

【裹粽】　ku癸$^{3}$ tsauŋ$^{5}$　包粽子　※甲

【褪骨】　thauŋ$^{5}$ kauk$^{7}$　脫骨（如燒雞）　※甲

【擱$^{+}$】　kɔʔ$^{7}$　把肉、菜夾在麵餅中　※甲

【削鱗】　siaʔ$^{7}$ liŋ$^{2}$　把魚去鱗　※甲

【搜粞】　seu$^{1}$ tshɛ$^{5}$　加水攪拌米粉搓揉成團　※甲

【篩粞】　thai$^{1}$ tshɛ$^{5}$　篩乾米粉　※甲

【挼粞】　nuɪ$^{2}$ tshɛ$^{5}$　揉麵團　※甲

【挼菜】　nuɪ$^{2}$ tshai$^{5}$　製作醃菜前把菜揉出汁　※甲

【牧豬】　muok$^{8}$ ty$^{1}$　殺豬　※丙

【牧雞】　muok$^{8}$ kie$^{1}$　殺雞並褪毛等　※丙

【刺雞】　tshie$^{5}$ kie$^{1}$　用割脖子放血的方法宰雞　※甲

【撈雞】　lɔ$^{2}$ kie$^{1}$　把雞燙一燙（褪毛）　※丙

【撮毛】　tshauk$^{7}$ mɔ$^{2}$　拔毛　※甲

【飯巴】　puoŋ$^{6}$ pa$^{1}$　煮米飯的鍋巴　※甲

【焦巴】　tsieu$^{1}$ pa$^{1}$　燒焦的鍋巴　※甲

【鼎巴】　tiaŋ$^{3}$ pa$^{1}$　鍋巴　※甲

【箅】　pei$^{5}$　攔住渣滓倒出湯汁　※甲

【猛猛火】　maŋ$^{3}$ maŋ$^{3}$ huɪ$^{3}$　很旺的火　※甲

【微微火】　mi$^{2}$ mi$^{2}$ huɪ$^{3}$　很弱的爐火　※甲

【滾車爛熱】　kuŋ$^{3}$ tshia$^{1}$ laŋ$^{6}$ iek$^{8}$　滾燙　※丙

【滾滾勢】　kuŋ$^{3}$ kuŋ$^{3}$ sie$^{5}$　正在沸騰的　※甲

【熱滾爛】　iek$^{8}$ kuŋ$^{3}$ laŋ$^{6}$　煮得透　※丙

【拋拋滾】　pha$^{1}$ pha$^{1}$ kuŋ$^{3}$　沸騰　※甲

【肥$^{1}$】　pui$^{2}$　酵母　※甲

【包肥】　pau$^{1}$ pui$^{2}$　做饅頭的酵母　※甲

【包劑】　pau$^{1}$ tsɛ$^{6}$　做饅頭的麵團　※甲

【做劑】　tsɔ$^{5}$ tsa$^{6}$　調和生麵團　※甲

【麹丸】　khøyk$^{7}$ uoŋ$^{2}$　作為酵母的麵團　※丙

【發肥】　huak$^{7}$ pui$^{2}$　（麵團）發酵　※甲

【劑】　tsɛ$^{6}$　生麵團　※甲

【炊包】　tshui$^{1}$ pau$^{1}$　蒸饅頭　※甲

【幫廚】　pouŋ$^{1}$ tio$^{2}$　給廚師打下手　※甲

【釀酒】　nauŋ$^{6}$ tsiu$^{3}$　※甲

【榨袋】　ta$^{5}$ tɔi$^{6}$　榨汁用的布袋，把漿汁裝在布袋中擠壓，分離出渣滓　※乙

## 3 油鹽醬醋

【澆料】　tsieu$^{1}$ læu$^{6}$　烹調的作料　※甲

【紅麴】　øŋ$^{2}$ khøyk$^{7}$　釀黃酒的酒麴，亦可做紅色染料　※甲

【醋母】　tshou$^{5}$ mɔ$^{3}$　濃縮的醋　※乙

【豉油】　sie$^{6}$ iu$^{2}$　醬油　※甲

【蓼蕎】　lieu$^{6}$ khieu$^{6}$　樣子像蒜頭，醃製成小菜　※甲

【牛朧】　ŋu$^{2}$ neiŋ$^{2}$　※甲

【牛朧油】　ŋu$^{2}$ neiŋ$^{2}$ iu$^{2}$　牛油　※丙

【豆主$^{=}$】　tau$^{6}$ tsio$^{3}$　豆腐乳　※甲

【紹興主$^{=}$】　sieu$^{6}$ hiŋ$^{1}$ tsio$^{3}$　一種紅色的豆腐乳，原產自紹興　※甲

【鹽鹵】　sieŋ$^{2}$ lou$^{6}$　※甲

【胡椒】　hu$^{2}$ tsieu$^{1}$　※甲

【芡粉】　khieŋ$^{5}$ huŋ$^{3}$　※甲

【花椒】　hua$^{1}$ tsieu$^{1}$　※甲

【辣薑】　lak$^{8}$ kioŋ$^{1}$　薑。今指嗆水　※丁

【油豉】　iu$^{2}$ sie$^{6}$　榨油後還含有部分殘油的豆豉　※丙

【蒜泡】　sauŋ$^{5}$ phɛ$^{5}$　蒜瓣　※甲

【筍絲】　suŋ$^{3}$ si$^{1}$　切絲並醃製的筍　※甲

【豆豉薑】　tau$^{6}$ sie$^{6}$ kioŋ$^{1}$　一種辣醬　※丙

【茴香】　phuɪ$^{2}$ hioŋ$^{1}$　（注意「茴」字讀音）　※甲

【薑母】　kioŋ$^{1}$ mɔ$^{3}$　生薑　※甲

【味素】　ei$^{6}$ sou$^{5}$　味道。今指味精　※丁

【鹹鹵】 $kei\eta^{2}$ $lou^{6}$ ※甲

【蝦鹵】 $ha^{2}$ $lou^{6}$ 用小蝦釀製的調味品 ※甲

【鹹臊】 $kei\eta^{2}$ $tsh\text{ɔ}^{1}$ 鹹魚的腥味 ※甲

【鹽】 $sie\eta^{2}$ ※甲

【芥辣】 $kai^{5}$ $lak^{8}$ 芥末 ※甲

【篩糖】 $thai^{1}$ $thou\eta^{2}$ 粉狀的紅糖 ※丙

【糖板】 $thou\eta^{2}$ $pei\eta^{3}$ 板狀的紅糖 ※甲

【糙白糖】 $tsh\text{ɔ}^{5}$ $pa\text{ʔ}^{8}$ $thou\eta^{2}$ 質量較差的白糖 ※丙

【盆結糖】 $puo\eta^{2}$ $kiek^{7}$ $thou\eta^{2}$ 一種圓錐體形狀的透明糖塊 ※丙

【磚冰】 $tsio\eta^{1}$ $pi\eta^{1}$ 冰糖 ※甲

【蔥珠】 $tsh\text{ø}\eta^{1}$ $tsio^{1}$ 蔥花兒，切碎的蔥 ※甲

【蔥管】 $tsh\text{ø}\eta^{1}$ $kuo\eta^{3}$ ※甲

【菜総】 $tshai^{5}$ $ts\text{ø}\eta^{3}$ 醃蘿蔔的莖葉部分 ※甲

【菜膕】 $tshai^{5}$ $kuok^{7}$ 蔬菜的莖 ※甲

【菜披】 $tshai^{5}$ $phie^{1}$（$pie^{1}$） 菜幫子 ※甲

【瓜瓣】 $kua^{1}$ $pai\eta^{6}$ 西瓜切片 ※丙

【豆青】 $tau^{6}$ $tsha\eta^{1}$ 嫩綠的大豆 ※甲

【豆爿豆另】 $tau^{6}$ $pei\eta^{2}$ $tau^{6}$ $lei\eta^{5}$ 碎豆子 ※丙

【豆腐板】 $tau^{6}$ $hou^{6}$ $pei\eta^{3}$ 豆製品的一種，板狀的豆腐乾 ※丙

【腐乾】 $hou^{6}$ $ka\eta^{1}$ 豆腐乾 ※丙

【腐片】 $hou^{6}$ $phie\eta^{5}$ 薄的豆腐 ※丙

【豆腐】 $tau^{6}$ $hou^{6}$ （注意讀音） ※甲

【豆乾】 $tau^{6}$ $kua\eta^{1}$ 豆腐乾（注意讀音） ※甲

【豆腐箸】 $tau^{6}$ $hou^{6}$ $t\text{ø}y^{6}$ 腐竹 ※甲

【糟菜】 $tsau^{1}$ $tshai^{5}$ 醃菜 ※甲

【筍茸】 $su\eta^{3}$ $y\eta^{2}$ 嫩筍皮 ※甲

【筍卵】　sun$^{3}$ laun$^{6}$　粗短的嫩筍　※丙
【菜乾】　tshai$^{5}$ kaŋ$^{1}$　晾乾的蔬菜　※甲
【醬越】　tsioŋ$^{5}$ uok$^{8}$　醬醃的越瓜　※甲

## 4 乾鮮果品

【果子】　kuɪ$^{3}$ tsi$^{3}$　水果　※甲
【果子料】　kuɪ$^{3}$ tsi$^{3}$ læu$^{6}$　乾果　※丙
【珠$^{+}$紅$^{+}$】　tshio$^{1}$ yŋ$^{2}$（uŋ$^{2}$）　楊梅　※甲
【荔枝】　lie$^{6}$ tsie$^{1}$　※甲
【大核荔枝】　tuai$^{6}$ houk$^{8}$ lie$^{6}$ tsie$^{1}$　荔枝的一種，核大　※甲
【蛀核荔枝】　tseu$^{5}$ houk$^{8}$ lie$^{6}$ tsie$^{1}$　荔枝的一種，核小而癟　※甲
【元紅（乾）】　ŋuoŋ$^{2}$ øŋ$^{2}$ kaŋ$^{1}$　晾乾的荔枝　※丙
【蘭棗】　naŋ$^{2}$ tsɔ$^{3}$　蘭州產的小棗（注意「蘭」字讀音）　※甲
【龍眼】　leiŋ$^{3}$ keiŋ$^{3}$　（注意「眼」字讀音）　※甲
【寶丸】　pɔ$^{3}$ uoŋ$^{2}$　優質的大桂圓　※甲
【李】　li$^{3}$　李子　※甲
【李龜】　li$^{3}$ kuɪ$^{1}$　對剖的李子製成蜜餞　※丙
【李柿】　li$^{3}$ phuoɪ$^{5}$　對剖的李子製成蜜餞　※甲
【李鹹】　li$^{3}$ keiŋ$^{2}$　鹽漬晾乾的李子　※甲
【胭脂李】　ieŋ$^{1}$ tsie$^{1}$ li$^{3}$　一種紅皮的李子　※甲
【夫人李】　hu$^{1}$ iŋ$^{2}$ li$^{3}$　一種青皮的李子，今作「芙蓉李」　※甲
【芭蕉果】　pa$^{1}$ tsieu$^{1}$ kuo$^{3}$　香蕉　※甲
【青囝】　tshaŋ$^{1}$ kiaŋ$^{3}$　青杏　※丙
【枹】　phau$^{1}$　柚子　※甲
【枹碗】　phau$^{1}$ uaŋ$^{3}$　柚子對半剖開，皮呈碗狀　※甲
【柿】　khei$^{6}$　柿子　※甲
【柿丸】　khei$^{6}$ uoŋ$^{2}$　晾乾的小柿子　※甲

【柿棗】　khei$^{6}$ tsɔ$^{3}$　晾乾的無核小柿子　※丙

【柿餅】　khei$^{6}$ piaŋ$^{3}$　壓扁晾乾的柿子　※甲

【梨】　li$^{2}$　梨子　※甲

【犬頭梨】　kheiŋ$^{3}$ thau$^{2}$ li$^{2}$　一種梨子，果肉粗硬　※甲

【清飯梨】　tsheiŋ$^{5}$ puoŋ$^{6}$ li$^{2}$　一種乾癟而甘甜的梨　※丙

【桑萊籽】　souŋ$^{1}$ lai$^{2}$ tsi$^{3}$（tai$^{2}$）　桑葚　※甲

【莓蒔】　muɪ$^{3}$ si$^{2}$　荸薺　※甲

【黃梨】　uoŋ$^{2}$ li$^{2}$　菠蘿　※甲

【猴柿】　kau$^{2}$ khei$^{6}$　野柿子，個小核大味酸　※丙

【番薯參】　huaŋ$^{1}$ sy$^{2}$ seiŋ$^{1}$　小番薯乾　※丙

【葡萄】　puo$^{2}$ tɔ$^{2}$　※甲

【蔗】　tsia$^{5}$　甘蔗　※丙

【糖蔗】　thouŋ$^{2}$ tsia$^{5}$　適合製糖的甘蔗品種，質硬　※甲

【蔗合】　tsia$^{5}$ hak$^{8}$　甘蔗的梢頭　※丙

【蔗尾】　tsia$^{5}$ muɪ$^{3}$　甘蔗的梢尾　※甲

【蔗粕】　tsia$^{5}$ phɔk$^{7}$　甘蔗渣　※甲

【蔗橛】　tsia$^{5}$ khuok$^{8}$　切成段的甘蔗　※甲

【林檎】　liŋ$^{2}$ khiŋ$^{2}$　一種李子，紅花紅果　※乙

【蜜林檎】　mik$^{8}$ liŋ$^{2}$ khiŋ$^{2}$（kiŋ$^{2}$）　一種蜜餞，「林檎」狀似小蘋果　※甲

【橄欖】　ka$^{3}$ laŋ$^{3}$　※甲

【豬母橄欖】　ty$^{1}$ mɔ$^{3}$ ka$^{3}$ laŋ$^{3}$　一種比較大的橄欖品種　※甲

【橄欖餅】　ka$^{3}$ laŋ$^{3}$ piaŋ$^{3}$　橄欖壓扁醃製的蜜餞　※丙

【蜜果橄欖】　mik$^{8}$ kuo$^{3}$ ka$^{3}$ laŋ$^{3}$　蜜餞橄欖　※乙

【橘】　keik$^{7}$　橘子　※甲

【橘泡】　keik$^{7}$ pha$^{5}$　橘子的瓤片　※甲

【橘縲】　keik$^{7}$ loi$^{1}$　一種厚皮的小橘子　※丙

【橘餅】　keik$^{7}$ piaŋ$^{3}$　橘子壓扁製成的蜜餞　※甲

【糖果】　thouŋ$^{2}$ kuo$^{3}$　水果蜜餞。今義與普通話同　※丁

## 5 肉蛋海鮮

【瘤肉】　seiŋ$^{3}$ nyk$^{8}$　瘦肉　※甲

【蹄窩】　tɛ$^{2}$ uo$^{1}$　豬蹄的大腿部分　※甲

【骹柄】　kha$^{1}$ paŋ$^{5}$　豬腿，蹄膀　※甲

【肥座】　pui$^{2}$ tsɔ$^{6}$　豬肉的脂肪層　※甲

【直條】　tik$^{8}$ teu$^{2}$　豬的肋條肉，五花肉　※甲

【肥瘤】　pui$^{2}$ seiŋ$^{3}$　（豬肉）肥瘦　※甲

【腿籽】　thoi$^{3}$ tsi$^{3}$　豬腿上的精肉　※甲

【豬肚】　ty$^{1}$ tou$^{6}$　※甲

【蹄骹柄】　tɛ$^{2}$ kha$^{1}$ paŋ$^{5}$　豬蹄小腿以下部分，今說「骹柄」　※乙

【雞翼】　kie$^{1}$ sik$^{8}$　雞翅膀　※甲

【肣】　keiŋ$^{6}$　雞鴨的胃，胗　※甲

【肉絨】　nyk$^{8}$ yŋ$^{2}$　肉鬆　※甲

【牛肉巴】　ŋu$^{2}$ nyk$^{8}$ pa$^{1}$　片狀的牛肉乾，中秋節祭「斗母」的供品　※甲

【卵】　lauŋ$^{6}$　雞蛋　※甲

【卵白】　lauŋ$^{6}$ paʔ$^{8}$　蛋清　※甲

【卵精】　lauŋ$^{6}$ tsiŋ$^{1}$　蛋清　※甲

【卵黃】　lauŋ$^{6}$ uoŋ$^{2}$　蛋黃　※甲

【魚臊】　ŋy$^{2}$ tshɔ$^{1}$　魚腥，魚（作為食物）　※甲

【臊鮀$^{+}$】　tshɔ$^{1}$ tɔ$^{2}$　魚蝦類食物　※甲

【蝦鮮】　ha$^{2}$ tshieŋ$^{1}$　蝦皮　※甲

【鹽蠣】　sieŋ$^{5}$ tie$^{6}$　醃牡蠣　※丙

【蝦米】　ha$^{2}$ kaŋ$^{1}$　蝦皮　※甲

【蠣乾】　tie$^{6}$ kaŋ$^{1}$　曬乾的牡蠣　※甲

【鮮乾】　tshieŋ$^{1}$ kaŋ$^{1}$　蝦乾　※甲

【鯉乾】　theiŋ$^{1}$ kaŋ$^{1}$　曬乾的鯉肉　※甲

【⿱艹豪】　khɔ$^{5}$　小魚乾　※甲

【剝皮⿱艹豪】　puok$^{7}$ phuɪ$^{2}$ khɔ$^{5}$　一種小魚乾　※乙

【黃韌⿱艹豪】　uoŋ$^{2}$ nouŋ$^{6}$ khɔ$^{5}$　一種小魚乾　※丙

【丁香⿱艹豪】　tiŋ$^{1}$ hioŋ$^{1}$ khɔ$^{5}$　一種火柴梗般大小的小魚乾　※甲

【甲子⿱艹豪】　kak$^{7}$ tsy$^{3}$ khɔ$^{5}$　一種小魚乾　※丙

【⿰魚奇】　kie$^{2}$　鹽漬的小魚　※甲

【花鯷⿰魚奇】　hua$^{1}$ thi$^{2}$ kie$^{2}$　花鯷魚醃製的「⿰魚奇」　※丙

【鰛鯷⿰魚奇】　uŋ$^{1}$ thi$^{2}$ kie$^{2}$　鰛、鯷兩種小魚醃製的「⿰魚奇」　※丙

【魚鮝】　ŋy$^{2}$ sioŋ$^{3}$　醃漬晾乾的魚　※甲

【瓜鮝】　kua$^{12}$ sioŋ$^{3}$　晾乾的黃花魚　※甲

【鰻（魚）鮝】　muaŋ$^{2}$ ŋy$^{2}$ sioŋ$^{3}$　經過醃製晾乾的海鰻魚　※甲

【網帶】　maøŋ$^{6}$ tai$^{5}$　網捕的帶魚，與「釣帶」不同　※乙

【鯉紐】　theiŋ$^{1}$ niu$^{3}$　鯉頭部的肌肉　※甲

【鯉骹】　theiŋ$^{1}$ kha$^{1}$　鯉的尾部　※甲

【殼石】　khaøk$^{7}$ sioʔ$^{8}$　貝類食物　※甲

【⿰糸甹丘鰻】　tsak$^{8}$ khu$^{1}$ muaŋ$^{2}$　切成段出售的鰻魚　※乙

【丘】　khu$^{1}$　（魚切成）段　※甲

【魚鮹$^{+}$】　ŋy$^{2}$ sieu$^{6}$　雄魚的生殖腺　※甲

【蠘膏】　tshiek$^{8}$ kɔ$^{1}$　梭子蟹的蟹黃　※甲

【蛇囊】　tha$^{5}$ nouŋ$^{2}$　海蜇的胃　※甲

【蛇皮】　tha$^{5}$ phuɪ$^{2}$　海蜇皮　※甲

【蛇骹】　tha$^{5}$ kha$^{1}$　海蜇的觸角　※甲

【蛤紐】　kak$^{7}$ niu$^{3}$　蛤肉　※丙

## 6 米麵粥飯

【暝粥】　maŋ$^{2}$ tsøyk$^{7}$　晚上吃的粥，夜宵　※甲

【飯湯】　puoŋ$^{6}$ thouŋ$^{1}$　將冷飯加水煮成泡飯　※甲

【飯母】　puoŋ$^{6}$ mɔ$^{3}$　飯團　※乙

【清粥】　tsheiŋ$^{5}$ tsøyk$^{7}$　隔頓的涼粥　※甲

【秫米粥】　suk$^{8}$ mi$^{3}$ tsøyk$^{7}$　糯米粥　※甲

【粥粒】　tsøyk$^{7}$ lak$^{8}$　粥中的米粒　※甲

【飲汁】　aŋ$^{3}$ tsaik$^{7}$　米湯　※甲

【飲湯】　aŋ$^{3}$ thoŋ$^{1}$　米湯　※甲

【洶$^{+}$洶$^{+}$飲】　kyk$^{8}$ kyk$^{8}$ aŋ$^{3}$　很稠的米湯　※甲

【飯蕾】　puoŋ$^{6}$ lui$^{3}$　煮得半熟的飯粒　※甲

【秫米】　suk$^{8}$ mi$^{3}$　糯米　※甲

【米糧】　mi$^{3}$ lioŋ$^{2}$　大米　※乙

【飯浡】　puoŋ$^{6}$ phuok$^{8}$　煮粥、飯冒起的泡沫　※甲

【米漿】　mi$^{3}$ tsioŋ$^{1}$　大米加水磨出的漿　※甲

【糙米】　tshɔ$^{5}$ mi$^{3}$　※乙

【番薯米】　huaŋ$^{1}$ sy$^{2}$ mi$^{3}$　番薯切絲晾乾，作為糧食　※甲

【麥飯】　maʔ$^{8}$ puoŋ$^{6}$　用麥子蒸的飯　※丙

【泥泥飯】　nɛ$^{2}$ nɛ$^{2}$ puoŋ$^{6}$　煮得爛糊糊的飯　※乙

【粳米】　kaŋ$^{1}$ mi$^{3}$　※甲

【棋子麵】　ki$^{2}$ tsi$^{3}$ mieŋ$^{6}$　一種麵條，捲成棋子狀，中元節的祭品之一　※甲

【千麵】　tsieŋ$^{1}$ mieŋ$^{6}$　「切麵」的音訛　※甲

【切麵】　tshiek$^{7}$ mieŋ$^{6}$　加礆黃色掛麵　※甲

【水粉】　tsui$^{3}$ huŋ$^{3}$　未經晾乾的米粉麵條　※乙

【米粉】　mi$^{3}$ huŋ$^{3}$　米粉；米粉製的麵條　※甲

【粉乾】 huŋ$^{3}$ kaŋ$^{1}$ 晾乾的米粉製的麵條 ※甲

【索麵】 sɔʔ$^{7}$ mieŋ$^{6}$ 一種特別細的拉麵 ※甲

【線麵】 siaŋ$^{5}$ mieŋ$^{6}$ 很細的掛麵 ※丙

【粞】 tshɛ$^{5}$ 糯米粉團 ※甲

【粿粞】 kuɪ$^{3}$ tshɛ$^{5}$ 準備蒸糕用的糯米粉團 ※甲

【粞珠】 tshɛ$^{5}$ tsio$^{1}$ 結成顆粒的乾米粉 ※丙

## 7 紅案菜餚

【盤菜】 puaŋ$^{2}$ tshai$^{5}$ 菜餚 ※甲

【碗菜】 uaŋ$^{3}$ tshai$^{5}$ 菜餚 ※甲

【飯菜】 puoŋ$^{6}$ tshai$^{5}$ 家常飯菜，簡單的招待 ※甲

【配】 phuoɪ$^{5}$ 下飯或下酒的小菜 ※甲

【鹹配】 keiŋ$^{2}$ phuoɪ$^{5}$ 很鹹的小菜 ※甲

【烰魚】 phu$^{2}$ ŋy$^{2}$ 油炸魚 ※甲

【鹵鴨】 lu$^{3}$ ak$^{7}$ 醬鴨 ※甲

【鹵汁】 lu$^{3}$ tsaik$^{7}$ 醬肉的湯汁 ※甲

【凝凍】 ŋik$^{8}$ taøŋ$^{5}$ 肉汁冷卻後凝結 ※甲

【鰶生】 tsak$^{8}$ tshaŋ$^{1}$ 菜餚名，活蟹剁碎供生食 ※丙

【蠘生】 tshiek$^{8}$ tshaŋ$^{1}$ 一種菜餚，梭子蟹剁碎加作料生食 ※甲

【包蠣】 pau$^{1}$ tie$^{6}$ 一種油炸的食品，以牡蠣作餡料 ※丙

【蚶爿】 haŋ$^{1}$ peiŋ$^{2}$ 菜餚名，蚶燙熟後剝去一半的殼待食 ※甲

【蟶爿】 theiŋ$^{1}$ peiŋ$^{2}$ 菜餚名 ※丙

【蟶調$^{=}$】 theiŋ$^{1}$ tieu$^{6}$（lieu$^{6}$） 蟶肉、蛋、洋葱等炒的菜餚 ※丙

【糟菜鴨】 tsau$^{1}$ tshai$^{5}$ ak$^{7}$ 菜餚名 ※丙

【雞卷】 kie$^{1}$ kuoŋ$^{3}$ 一種菜餚 ※甲

【白渫雞】 paʔ$^{8}$ sak$^{8}$ kie$^{1}$ 白切雞 ※甲

【烝肉】　tsiŋ$^{1}$ nyk$^{8}$　濃汁紅燒肉　※甲

【封鰻】　huŋ$^{1}$ muaŋ$^{2}$　一種醃製鰻魚　※乙

【炰蠣菩$^{+}$】　pu$^{2}$ tie$^{6}$ puo$^{2}$　烤帶殼牡蠣　※甲

【炣豆腐】　khɔ$^{1}$ tau$^{2}$ hou$^{6}$　熬豆腐　※甲

【芋泥】　uo$^{6}$ nɛ$^{2}$　一種芋頭為原料的甜食　※甲

【卷煎】　kuoŋ$^{3}$ tsieŋ$^{1}$　一種風味菜餚，豬腸子填餡料後切片油煎　※甲

【春餅】　tshuŋ$^{1}$ piaŋ$^{3}$　一種煎餅。今指春捲　※丁

【卵包】　lauŋ$^{6}$ pau$^{1}$　荷包蛋　※甲

【銀卵】　ŋyŋ$^{2}$ lauŋ$^{6}$　鹹鴨蛋　※丙

【辣菜】　lak$^{8}$ tshai$^{5}$　芥菜芯炒至半熟悶成辣味　※甲

【假流蜞】　ka$^{3}$ lau$^{2}$ ki$^{2}$　鯉肉、蛋、洋葱等炒的菜餚　※丙

【十二碟】　seik$^{8}$ nei$^{6}$ tiek$^{8}$　酒席最初上桌的開胃小吃　※乙

【莧菜麵】　hainŋ$^{6}$ tshai$^{5}$ mieŋ$^{6}$　莧菜和切麵合煮的菜餚　※甲

【扁食】　pieŋ$^{3}$ sik$^{8}$　餛飩。今多說「扁肉」　※甲

【泡扁食】　phau$^{5}$ pieŋ$^{3}$ sik$^{8}$　泡在湯汁裡的餛飩；今指從攤販買回煮好的餛飩　※丁

【包丸】　pau$^{1}$ uoŋ$^{2}$　元宵，湯圓　※丙

【湯丸】　thouŋ$^{1}$ uoŋ$^{2}$　湯圓　※甲

【元宵丸】　ŋuoŋ$^{2}$ sieu$^{1}$ uoŋ$^{2}$　鮮肉湯圓，為元宵節的傳統食品　※甲

【燕丸】　ieŋ$^{5}$ uoŋ$^{2}$　一種肉丸子　※甲

【鼎邊糊】　tiaŋ$^{3}$ pieŋ$^{1}$ ku$^{2}$　一種風味小吃。把稠米漿潑在燒熱的鍋邊，待凝成薄片再鏟入鍋內的湯中　※甲

【肉粥】　nyk$^{8}$ tsøyk$^{7}$　加肉丁煮的米粥　※丙

【糖粥】　thouŋ$^{2}$ tsøyk$^{7}$　加糖的甜米粥　※甲

【（飯）粥】　puoŋ$^{6}$ tsøyk$^{7}$　大米粥　※甲

【拗九粥】　au³ au³ tsøyk⁷　正月二十九的風俗，用紅糖、紅棗、花生等煮糯米粥　※甲

## 8 白案糕餅

【烝韌餅】　tsiŋ¹ nouŋ⁶ piaŋ³　一種餅，可能就是今所謂「征東餅」　※甲

【光餅】　kuoŋ¹ piaŋ³　一種烤麵餅　※甲

【鹹炸】　keiŋ² tsak⁷　鹹餡的油餅　※丙

【甜炸】　tieŋ¹ tsak⁷　甜餡的油餅　※丙

【莓蒔糕】　muɪ³ si² kɔ¹　用荸薺製作的一種甜點　※甲

【油炸粿】　iu² tsak⁷ kuɪ³　油條　※甲

【炒米】　tsha³ mi³　一種甜糕餅　※甲

【馬卵】　ma³ lauŋ⁶　一種油炸的糕點　※甲

【荷葉包】　hɔ² iek⁸ pau¹　一種扁平對折的饅頭，傳統的端午節食品　※甲

【饃饃】　mɔ¹ mɔ¹　饅頭；凸起的包兒　※甲

【嫩餅】　nauŋ⁶ piaŋ³　一種精緻的小糕點　※丙

【馬酥糕】　ma³ su¹ kɔ¹　奶油，黃油　※丙

【盞糕】　tsaŋ³ kɔ¹　以酒盞為模具的小鬆糕　※甲

【餅餌】　piaŋ³ nei³　餡餅　※丙

【糍】　si²　糍粑　※甲

【齋】　tsɛ¹　糯米製的甜餡糕點，用以供鬼　※甲

【碗糕】　uaŋ⁴ kɔ¹　一種用碗做模子的蒸米糕　※甲

【桃包】　thɔ² pau¹　做成桃子形狀的饅頭，壽宴的食品之一　※甲

【麵前餅】　meiŋ⁵ seiŋ² piaŋ³　招待女客的糕點　※丙

【雪片】　siok⁷ phieŋ⁵　雪片糕，一種薄片狀的米糕　※甲

【麻芝】　muai$^{2}$ tsie$^{1}$　一種滾上芝麻的甜點　※甲

【庬$^{+}$糕】　møŋ$^{1}$ kɔ$^{1}$　一種非常鬆軟的米糕，風糕　※甲

【炒米花】　tsha$^{3}$ mi$^{3}$ hua$^{1}$　爆米花　※甲

【烝酥糕】　tsiŋ$^{1}$ su$^{1}$ kɔ$^{1}$　一種甜餅　※甲

【烰餅】　phu$^{2}$ piaŋ$^{3}$　油炸餅　※甲

【烰餃】　phu$^{2}$ kieu$^{3}$　油炸餃子　※甲

【粿】　kuɪ$^{3}$　不發酵的蒸米糕　※甲

【九重粿】　kau$^{3}$ thyŋ$^{2}$ kuɪ$^{3}$　一種多層的米糕　※甲

【番薯粿】　huaŋ$^{1}$ sy$^{2}$ kuɪ$^{3}$　用番薯和麵粉蒸的糕　※甲

【豇豆粿】　kouŋ$^{1}$ tau$^{6}$ kuɪ$^{3}$　一種甜豆糕　※丙

【糖粿】　thouŋ$^{2}$ kuɪ$^{3}$　用紅糖和糯米粉蒸的糕，即福州的年糕　※甲

【菠菠粿】　pɔ$^{2}$ pɔ$^{2}$ kui$^{3}$　一種米糕，清明節的供品之一　※甲

【芋粿】　uo$^{6}$ kuɪ$^{3}$　一種炸糕，用芋頭和米漿為原料　※甲

【粿膩】　kuɪ$^{3}$ nøy$^{5}$　各種甜米糕的總稱　※甲

【牛頭粽】　ŋu$^{2}$ thau$^{2}$ tsaøŋ$^{5}$　形狀像牛頭的粽子　※乙

【雞卵糕】　kie$^{1}$ lauŋ$^{6}$ kɔ$^{1}$　蛋糕　※甲

【茶食】　ta$^{2}$ sik$^{8}$　油炸的筷子狀麵食，泡入湯中食用　※甲

【軟糕】　nioŋ$^{3}$ kɔ$^{1}$　一種甜味米糕　※甲

【蠣餅】　tie$^{6}$ piaŋ$^{3}$　一種油炸的食品，以牡蠣作餡料　※甲

【雲林片】　huŋ$^{2}$ liŋ$^{2}$ phieŋ$^{5}$　米粉製的片狀糕點（雪片糕？）※丙

【燒邁$^{=}$】　sieu$^{1}$ mai$^{6}$　燒麥，燒賣（官話借詞）　※甲

【鼎邊烙】　tiaŋ$^{3}$ pieŋ$^{1}$ kɔʔ$^{7}$　一種在鍋邊烙熟的麵餅　※丙

【粉片糕】　huŋ$^{3}$ phieŋ$^{5}$ kɔ$^{1}$　一種米粉製的糕點　※丙

【水晶餅】　tsu$^{3}$ tsiŋ$^{1}$ piaŋ$^{3}$　肥豬肉做餡的糕點　※甲

## 9 茶煙酒

【食茶】　siaʔ$^{8}$ ta$^{2}$　喝茶　※甲

【茶箬】　ta$^{2}$ niɔʔ$^{8}$　茶葉　※甲

【茶餅】　ta$^{2}$ piaŋ$^{3}$　把茶葉擠壓成塊狀，磚茶　※丙

【枹囝茶】　phau$^{1}$ kiaŋ$^{3}$ ta$^{2}$　茶葉塞在柚子皮內，使之具有柚子的清香　※丙

【燙$^{+}$茶】　thauŋ$^{6}$ ta$^{2}$　重溫冷茶　※丙

【焯茶】　thauk$^{7}$ ta$^{2}$　泡茶　※甲

【泡茶】　phau$^{5}$ ta$^{2}$　※甲

【茶婆】　ta$^{2}$ pɔ$^{2}$　茶壺　※甲

【茶船】　ta$^{2}$ suŋ$^{2}$　船型的茶盤　※丙

【茶𥂁】　ta$^{2}$ ku$^{3}$　茶壺　※甲

【𥂁囝】　ku$^{3}$ kiaŋ$^{3}$　小茶壺　※甲

【滿天飛】　muaŋ$^{3}$ thieŋ$^{1}$ puɪ$^{1}$　粗大的茶壺　※丙

【粗茶婆】　tshu$^{1}$ ta$^{2}$ pɔ$^{2}$　粗大的茶壺　※丙

【茶甌】　ta$^{2}$ eu$^{1}$　茶杯　※甲

【沖甌】　tshyŋ$^{1}$ eu$^{1}$　有蓋子的茶杯　※丙

【茶箬罌】　ta$^{2}$ niɔʔ$^{8}$ iŋ$^{1}$　茶葉罐　※甲

【嚼檳榔】　tsiok$^{8}$ piŋ$^{1}$ louŋ$^{2}$　※乙

【檳榔盤】　piŋ$^{1}$ louŋ$^{2}$ puaŋ$^{2}$　店鋪裡盛檳榔的盤子　※丙

【食薰】　siaʔ$^{8}$ houŋ$^{1}$　抽煙，或吸鴉片　※甲

【鼻薰】　phei$^{5}$ houŋ$^{1}$　※乙

【厚薰】　kau$^{6}$ houŋ$^{1}$　一種氣味濃烈的煙絲　※甲

【炒薰】　tsha$^{3}$ houŋ$^{1}$　炒製的煙絲　※丙

【生薰】　tshaŋ$^{1}$ houŋ$^{1}$　未經加工的煙葉　※乙

【熟煙$^{*}$】　syk$^{8}$ houŋ$^{1}$　經過炒制的煙葉　※乙

【水薰】　tsui$^{3}$ houŋ$^{1}$　用水煙筒吸的煙絲　※甲

【金絲薰】　kiŋ$^{1}$ si$^{1}$ houŋ$^{1}$　一種質量好的煙絲　※丙

【煙包】　houŋ$^{1}$ pau$^{1}$　裝煙絲的袋子　※乙

【薰包納$^{-}$】　houŋ$^{1}$ pau$^{1}$ nak$^{8}$　煙袋上的一對扣子　※丙

【煮薰】　tsy$^{3}$ houŋ$^{1}$　製作鴉片煙膏　※丙

【裝薰】　tsouŋ$^{1}$ houŋ$^{1}$　往煙斗裡填煙絲　※甲

【烏薰】　u$^{1}$ houŋ$^{1}$　鴉片　※丙

【洋薰】　ioŋ$^{2}$ houŋ$^{1}$　鴉片，今指進口香烟　※丁

【鴉片薰】　a$^{1}$ phieŋ$^{5}$ houŋ$^{1}$　※甲

【薰塗】　houŋ$^{1}$ thu$^{2}$　鴉片　※丙

【薰膏】　houŋ$^{1}$ kɔ$^{1}$　鴉片　※丙

【鴉片塗】　a$^{1}$ phieŋ$^{5}$ thu$^{2}$　鴉片煙膏　※甲

【鴉片屎】　a$^{1}$ pieŋ$^{5}$ sai$^{3}$　燃過的鴉片渣滓　※乙

【薰醉】　houŋ$^{1}$ tsoi$^{5}$　吸煙導致的輕微中毒症狀　※甲

【薰筒】　houŋ$^{1}$ tøŋ$^{2}$　※甲

【革鴉片】　kaik$^{7}$ a$^{1}$ phieŋ$^{5}$　戒鴉片　※甲

【革斷根】　kaik$^{7}$ tauŋ$^{6}$ kyŋ$^{1}$　徹底戒除　※甲

【高粱燒】　kɔ$^{1}$ lioŋ$^{2}$ sieu$^{1}$　一種山東產的酒　※丙

【番薯燒】　huaŋ$^{1}$ sy$^{2}$ sieu$^{1}$　番薯燒酒　※甲

【綠豆燒】　lioʔ$^{8}$ tau$^{6}$ sieu$^{1}$　一種燒酒　※丙

【橘燒】　keik$^{7}$ sieu$^{1}$　用橘子釀的燒酒　※丙

【饗酒】　tsiaŋ$^{3}$ tsiu$^{3}$　薄酒　※乙

【酒䃜】　tsiu$^{3}$ kau$^{5}$　從罈子裡舀酒的器皿，容量約半品脫　※乙

【硋䃜】　hai$^{2}$ kau$^{5}$　有提手的陶壺　※乙

【銅䃜】　tøŋ$^{2}$ kau$^{5}$　有豎柄的銅罐，用於從罈中取酒　※乙

【䃜囝】　kau$^{5}$ kiaŋ$^{3}$　小陶壺　※乙

【酒筒】　tsiu$^{3}$ tøŋ$^{2}$　溫酒用的金屬筒　※乙

【酒罌】 tsiu$^{3}$ iŋ$^{1}$ 裝酒的小罈子 ※丙

【食酒醉】 siaʔ$^{8}$ tsiu$^{3}$ tsoi$^{5}$ 醉酒 ※甲

## 10 甜酸苦辣

【䜴】 tsiaŋ$^{3}$ 味淡，不鹹 ※甲

【䜴心】 tsiaŋ$^{3}$ siŋ$^{1}$ 食物外面鹹，裡面淡 ※甲

【鹹䜴】 keiŋ$^{2}$ tsiaŋ$^{3}$ 鹹淡，鹹的程度 ※甲

【白水䜴】 paʔ$^{8}$ tsui$^{3}$ tsiaŋ$^{3}$ 味淡如白水 ※甲

【飲䜴】 aŋ$^{3}$ tsiaŋ$^{3}$ 淡而無味的感覺 ※乙

【䜴□】 tsiaŋ$^{3}$ laŋ$^{5}$ 淡而無味 ※丙

【鹹酸苦辣䜴】 keiŋ$^{2}$ souŋ$^{1}$ khu$^{3}$ lak$^{8}$ tsiaŋ$^{3}$ 各種滋味 ※甲

【乖$^{=}$】 kuai$^{1}$ （蔬菜、肉食等太）老，纖維粗硬 ※甲

【煮恰寢$^{=}$】 tsy$^{3}$ khak$^{7}$ tshiŋ$^{3}$ （食物）煮得不夠熟 ※甲

【苦鹵鹹】 khu$^{3}$ lou$^{6}$ keiŋ$^{2}$ 鹹得像鹽鹵 ※丙

【攪褪清】 ku$^{3}$ thauŋ$^{5}$ tshiŋ$^{1}$ 粥被攪動後呈水分析出狀態 ※甲

【褪清褪嗝】 thauŋ$^{5}$ tshiŋ$^{1}$ thauŋ$^{5}$ kɔʔ$^{7}$ 米粥變質後水分和澱粉分離的狀態 ※甲

【滂清】 pouŋ$^{5}$ tshiŋ$^{1}$ （粥）很稀 ※甲

【水汁】 tsui$^{3}$ tsaik$^{7}$ 食物中的水分 ※甲

【半生熟】 puaŋ$^{5}$ tshaŋ$^{1}$ syk$^{8}$ 半生半熟 ※甲

【甜順】 tieŋ$^{1}$ souŋ$^{6}$ （酒）微甜順口 ※乙

【甜尾】 tieŋ$^{1}$ muɪ$^{3}$ 甘甜的餘味 ※甲

【兜$^{=}$】 teu$^{1}$ 苦味 ※甲

【兜$^{=}$尾】 teu$^{1}$ muɪ$^{1}$ 食物苦的餘味 ※甲

【苦兜$^{=}$兜$^{=}$】 khu$^{3}$ teu$^{1}$ teu$^{1}$ （味道）很苦 ※甲

【噗】 phuʔ$^{8}$ 食物腐敗 ※甲

【臭膻】 tshau$^{5}$ sieŋ$^{1}$ 膻臭味（如羊肉） ※甲

【臭朧膻】　tshau$^5$ neiŋ$^2$ sieŋ$^1$　奶腥氣　※甲
【耶$^{=}$夷$^{=}$甜】　ia$^2$ i$^2$ tieŋ$^1$　甜得有些怪異　※甲
【煮恰過】　tsy$^3$ khak$^7$ kuo$^1$　煮過頭了　※丙
【臭西$^{=}$】　tshau$^5$ sɛ$^1$　油脂變質後的異味　※甲
【辣乍辣】　lak$^8$ tsiaʔ$^7$ lak$^8$　非常辣　※丙
【□】　tsø$^1$　（食物）受潮而發軟　※甲
【過氣】　kuo$^5$ khei$^5$　（食物）存放太久而失去原有的品質和風味　※甲

## （十三）婚喪節慶

### 1 男婚女嫁

【做親】　tsɔ$^5$ tshiŋ$^1$　結親，結婚　※甲
【討親】　thɔ$^3$ tsh$^1$ŋ$^1$　娶妻　※甲
【討過門】　thɔ$^3$ kuo$^5$ muoŋ$^2$　娶過門　※甲
【討老媽】　thɔ$^3$ lau$^6$ ma$^3$　娶妻　※甲
【嫁婿】　ka$^5$ sai$^5$　嫁夫，嫁男人　※乙
【招伲婿】　tsieu$^1$ nie$^2$ sai$^5$　招上門女婿　※甲
【招上門】　tsieu$^1$ sioŋ$^6$ muoŋ$^2$　招上門女婿，入贅　※甲
【查親】　tsa$^1$ tshiŋ$^1$　打聽擬議中的婚嫁對象的情況　※甲
【逐親】　tyk$^8$ tshiŋ$^1$　催促成婚　※丙
【奪親】　touk$^8$ tshiŋ$^1$　搶新娘　※丙
【填$^{=}$親】　teiŋ$^2$ tshiŋ$^1$　嫁出女兒　※丙
【討二婚】　thɔ$^3$ nei$^6$ huoŋ$^1$　娶寡婦　※甲
【二婚親】　nei$^6$ huoŋ$^1$ tshiŋ$^1$　寡婦再嫁的親事　※丙
【討石$^{=}$出】　thɔ$^3$ sioʔ$^8$ tshouk$^7$　娶寡婦　※丙
【坤書】　khouŋ$^1$ tsy$^1$　由女方保存的婚約　※丙

【乾書】　kieŋ$^{2}$ tsy$^{1}$　由男方保存的婚約　※丙

【帖頭】　thaik$^{7}$ thau$^{2}$　求婚的帖子　※丙

【開剪】　khui$^{1}$ tseiŋ$^{3}$　開始剪裁婚禮服裝　※丙

【擇日子】　taʔ$^{8}$ nik$^{8}$ tsi$^{3}$　選擇吉利的日子　※甲

【晢定】　taʔ$^{7}$ tiaŋ$^{6}$　議定婚約　※乙

【佽】　tshei$^{5}$　新娘的嫁妝　※丙

【佽單】　tshei$^{5}$ taŋ$^{1}$　嫁妝的清單　※丙

【迎佽】　ŋiaŋ$^{2}$ tshei$^{5}$　婚禮前女家送嫁妝的遊行　※丙

【接佽】　tsiek$^{7}$ tshei$^{5}$　婚禮前男家迎接送嫁妝隊伍的儀式　※丙

【龍鳳彩餅】　lyŋ$^{2}$ houŋ$^{6}$ tshai$^{3}$ piaŋ$^{3}$　婚禮用的大禮餅　※丙

【花轎】　hua$^{1}$ kieu$^{6}$　接新娘的轎子　※乙

【三層綵轎】　saŋ$^{1}$ tseiŋ$^{2}$ tshai$^{3}$ kieu$^{6}$　三層的大紅花轎　※丙

【新人】　siŋ$^{1}$ iŋ$^{2}$　新娘子　※甲

【伴房】　phuaŋ$^{6}$ puŋ$^{2}$　職業的伴娘，在婚禮上照顧新娘　※甲

【媽媽】　ma$^{3}$ ma$^{3}$　對職業性伴娘的面稱　※乙

【媒儂】　muɪ$^{2}$ nøŋ$^{2}$　媒人　※甲

【成媒】　tshiaŋ$^{2}$ muɪ$^{2}$　完成一項做媒的事　※丙

【試妝】　tshei$^{5}$ tsouŋ$^{1}$　新娘出嫁前夕試穿婚禮服裝的儀式　※乙

【上頭】　tshioŋ$^{6}$ thau$^{2}$　給新娘梳妝打扮　※丙

【上頭鍤】　tshioŋ$^{6}$ thau$^{2}$ tshak$^{7}$　為新娘插上簪釵　※丙

【縛骹腿】　puoʔ$^{8}$ kha$^{1}$ thoi$^{3}$　綁在腿上，寡婦再嫁出門前偷偷將細軟財物綁在腿上帶走　※丙

【蓋頭帕】　kai$^{5}$ thau$^{2}$ pha$^{5}$　新娘的蓋頭　※丙

【送親】　saøŋ$^{5}$ tshiŋ$^{1}$　送新娘過門　※甲

【迎親】　ŋiaŋ$^{2}$ tshiŋ$^{1}$　接送新娘的遊行　※乙

【穓五子】　ie$^{6}$ ŋou$^{5}$ tsy$^{3}$　把豆子等灑在新房裡，企盼新人多子　※丙

【辦酒】　paiŋ$^{6}$ tsiu$^{3}$　置辦酒席　※甲

【放帖】　pouŋ$^{5}$ thaik$^{7}$　送請帖　※甲

【剔人情】　thik$^{8}$ iŋ$^{2}$ tsiŋ$^{2}$　送賀喜的禮金　※甲

【替食】　thɛ$^{5}$ siaʔ$^{8}$　替人赴宴　※甲

【坐桌】　sɔi$^{6}$ tɔʔ$^{7}$　在酒席上就座　※甲

【大位】　tuai$^{6}$ oi$^{6}$　酒席上尊者的席位　※甲

【賞碟】　sioŋ$^{3}$ tiek$^{8}$　給廚師的小費　※丙

【賞廚】　sioŋ$^{3}$ tio$^{2}$　給廚師紅包　※乙

【小彩】　sieu$^{3}$ tshai$^{3}$　給飯店侍者等的小費　※乙

【試鼎】　tshei$^{5}$ tiaŋ$^{3}$　新娘下廚展示廚藝的儀式　※甲

【（請）回門】　tshiaŋ$^{3}$ huɪ$^{2}$ muoŋ$^{2}$　出嫁後第一次攜夫婿回娘家，這是婚俗的一部分　※甲

【房前腹疼】　puŋ$^{2}$ seiŋ$^{2}$ pouk$^{7}$ thiaŋ$^{5}$　行婚禮後新郎送給新娘父母的錢物　※丙

【賠朧腹疼】　puɪ$^{2}$ neiŋ$^{2}$ pouk$^{7}$ thiaŋ$^{5}$　同上　※丙

【光光身】　kuoŋ$^{1}$ kuoŋ$^{1}$ siŋ$^{1}$　謂出嫁沒有陪嫁。今指出門沒有行李　※丁

【送十粒】　saøŋ$^{5}$ seik$^{8}$ lak$^{8}$　新婚十日給新娘送禮　※丙

## 2 喪葬祭祀

【報亡帖】　pɔ$^{5}$ uoŋ$^{2}$ thaik$^{7}$　向親友報告死訊的帖子　※丙

【歡喜喪】　huaŋ$^{1}$ hi$^{3}$ souŋ$^{1}$　有了兒孫後去世的人的喪事。今指高壽者的喪事　※甲

【百歲】　paʔ$^{7}$ huoɪ$^{5}$　（老人）死的避諱說法　※甲

【討債囝】　thɔ$^{3}$ tsai$^{5}$ kiaŋ$^{3}$　夭折的孩子　※甲

【硬$^{+}$】　ŋeiŋ$^{1}$　死（貶義）　※甲

【殂】　tsu$^{2}$　病篤，死；今指精神萎靡　※丁

【去媽食齋】　khɔ$^{5}$ ma$^{3}$ siaʔ$^{8}$ tsɛ$^{1}$　（罵人）去死吧　※乙

【覷墿】　tshøy$^{5}$ tuo$^{6}$　看路，俗指死者彌留時眼光朝下的現象　※乙

【送粞】　saøŋ$^{5}$ tshɛ$^{5}$　傳統禮俗，向喪家饋贈糯米粉　※丙

【回粞】　hui$^{2}$ tshɛ$^{5}$　傳統禮俗，喪家對饋贈糯米粉者的回禮　※丙

【見佽】　kieŋ$^{5}$ tshei$^{5}$　到喪家瞻仰死者遺容　※甲

【貼白】　thaik$^{7}$ paʔ$^{8}$　辦喪事家裡貼白紙　※甲

【扎龍骨】　tsak$^{7}$ lyŋ$^{2}$ kauk$^{7}$　用紅布裹屍　※丙

【幫葬】　pouŋ$^{1}$ tsauŋ$^{5}$　親友送禮金給喪家　※丙

【藥$^{=}$梯】　ioʔ$^{8}$ thai$^{1}$　為亡靈照亮引路的民俗宗教活動；「藥梯」是一個樹形燈架；一說為「橋梯」　※乙

【搬藥$^{=}$梯】　puaŋ$^{1}$ ioʔ$^{8}$ thai$^{1}$　死者的長子或已嫁女兒按儀式要求轉動「藥梯」　※乙

【唱飯】　tshioŋ$^{5}$ puoŋ$^{6}$　家屬為未出殯的死者供奉飯食　※乙

【辭飯】　sy$^{2}$ puoŋ$^{6}$　葬禮的最後一天舉行的供飯儀式　※丙

【漢$^{=}$睏】　haŋ$^{5}$ khauŋ$^{5}$　家屬向未出殯的死者辭夜　※丙

【飼麵】　tshei$^{5}$ mieŋ$^{6}$　給未入殮的死者餵麵條的模擬動作，喪禮儀式之一　※丙

【香塔】　hioŋ$^{1}$ thak$^{7}$　懸掛起來像塔的盤香　※乙

【更香】　kaŋ$^{1}$ hioŋ$^{1}$　夜間在靈柩邊燒的香　※丙

【入木】　nik møk$^{8}$　把屍體放入棺材　※丙

【買墿】　mɛ$^{3}$ tio$^{6}$　買路，出殯時在靈柩前灑紙錢　※乙

【孝杖】　ha$^{5}$ thioŋ$^{6}$　出殯時孝男手執的哭喪棒　※乙

【進葬】　tseiŋ$^{5}$ tsauŋ$^{5}$　將棺木放入墓穴　※甲

【進壙】　tseiŋ$^{5}$ khuoŋ$^{3}$　將棺木放入墓穴　※甲

【封壙】　huŋ$^{1}$ khuoŋ$^{3}$　封閉墓穴　※乙

【回主】　huɪ$^{2}$ tsy$^{3}$　下葬後引導亡靈回家　※甲

【起葬】　khi$^{3}$ tsauŋ$^{5}$　掘出棺材　※乙

【血葬】　haik$^{7}$ tsauŋ$^{5}$　死後隨即下葬　※丙

【身尸】　siŋ$^{1}$ si$^{1}$　屍體　※甲

【骸骨】　hai$^{2}$ kauk$^{7}$　屍骨　※甲

【開祭】　khui$^{1}$ tsie$^{5}$　入葬後第一次祭墳　※乙

【上馬祭】　sioŋ$^{6}$ ma$^{3}$ tsie$^{5}$　屍體入殮的祭禮。今指送葬後的喪宴　※丁

【壙前祭】　khuoŋ$^{3}$ seiŋ$^{2}$ tsie$^{5}$　在墳頭燒祭　※乙

【帶孝】　tai$^{5}$ ha$^{5}$　家屬為死者佩帶喪事標誌　※甲

【供】　køyŋ$^{5}$　上供　家屬為死者佩帶喪事標誌　※甲

【丁厝】　tiŋ$^{1}$ tshio$^{5}$　停靈柩的草房　※甲

【亡儂身】　uoŋ$^{2}$ nøŋ$^{2}$ siŋ$^{1}$　（放置在「拜懺」場所的）遺像　※丙

【做場】　tsɔ$^{5}$ tioŋ$^{2}$　做道場　※乙

【棺材】　kuaŋ$^{1}$ tshai$^{2}$　※甲

【棺材罩】　kuaŋ$^{1}$ tshai$^{2}$ tau$^{5}$　※乙

【孝簾】　ha$^{5}$ lieŋ$^{2}$　圍在棺木四周的白布　※乙

【八佮】　paik$^{7}$ kak$^{7}$　「棺木」的隱語，棺木由八塊板組成　※丙

【地板】　tei$^{6}$ peiŋ$^{3}$　棺木的底板；今指木地板　※丁

【天板】　thieŋ$^{1}$ peiŋ$^{3}$　棺木的蓋板　※丙

【懷$^{+}$頭】　kuai$^{2}$ thau$^{2}$　棺木前後的橫板　※丙

【扛連埋】　kouŋ$^{1}$ lieŋ$^{2}$ mai$^{2}$　抬棺連同埋葬　※丙

【拍漆桶】　phaʔ$^{7}$ tsheik$^{7}$ tøŋ$^{3}$　上漆蓋住棺木上的縫隙　※丙

【絳繞】　luk$^{8}$ nau$^{3}$　吊放棺木的繩子　※丙

【虎臂】　hu$^{3}$ pie$^{5}$　墓的右側　※丙

【覆鼎】　phouk$^{7}$ tiaŋ$^{3}$　墳包　※甲

【墓牌】　muo$^{5}$ pɛ$^{2}$　墓碑　※甲

【坐向】　sɔi$^{6}$ hioŋ$^{5}$　墳墓的朝向　※甲

【擺手】　pai$^{3}$ tshiu$^{3}$　墓拱　※乙

【卷壙】　kuoŋ$^{3}$ khuoŋ$^{3}$　墓室　※乙

【墓壙】　muo$^{5}$ khuoŋ$^{3}$　墓穴　※甲

【灰料】　hu$^{1}$ læu$^{6}$　含有金屬箔的冥錢燒化後的灰，有回收價值。今謂「元寶灰」　※丙

【子孫釘】　tsy$^{3}$ souŋ$^{1}$ tiŋ$^{1}$　祭墳時插在飯碗中的筷子　※丙

【棋盤箔】　ki$^{2}$ puaŋ$^{2}$ pɔʔ$^{8}$　一種冥錢，方形如棋盤　※甲

【寄箱】　kie$^{5}$ sioŋ$^{1}$　葬禮儀式之一，焚化紙糊的箱子等，象徵托付新亡故者捎帶給先去世的其他親人　※甲

【冥衣錢紙】　miŋ$^{2}$ i$^{1}$ tsieŋ$^{2}$ tsai$^{3}$　燒化給孤魂野鬼的紙錢　※甲

【燒生忌】　sieu$^{1}$ saŋ$^{1}$ kei$^{6}$　在去世親屬的生日燒供紀念　※甲

【糊紙塔】　ku$^{2}$ tsai$^{3}$ thak$^{7}$　用紙糊各種船、房子、車等模型　※乙

【燒忌】　sieu$^{1}$ kei$^{6}$　亡故親屬忌日的燒供活動　※甲

【做祭】　tsɔ$^{5}$ tsie$^{5}$　舉行祭祀活動　※甲

【糊金銀】　ku$^{2}$ kiŋ$^{1}$ ŋyŋ$^{2}$　在紙上貼金銀箔，製成冥錢　※乙

【七七】　tsheik$^{7}$ tsheik$^{7}$　喪家在四十九天內的祭奠　※甲

【斷七】　tauŋ$^{6}$ tsheik$^{7}$　七七四十九日的喪禮結束　※甲

【百日】　paʔ$^{7}$ nik$^{8}$　人死後百日的喪服期　※甲

【燒死忌】　sieu$^{1}$ si$^{3}$ kei$^{6}$　在去世親屬的忌日燒供紀念　※甲

【祭墓】　tsie$^{5}$ muo$^{5}$　在墓前燒祭　※甲

【上墓】　sioŋ$^{6}$ muo$^{5}$　去祭墳　※甲

【公婆龕】　kuŋ$^{1}$ pɔ$^{2}$ khaŋ$^{1}$　供奉祖宗神位的神龕　※甲

【牌套】　pɛ$^{2}$ thɔ$^{5}$　祖宗的牌位，神主牌　※甲

【紙塔】　tsai$^{3}$ thak$^{7}$　祭祀用品　※丙

【紙衣】　tsai$^{3}$ i$^{1}$　燒化給去世親人象徵衣物的紙包　※甲

【錢紙】　tsieŋ tsai$^{3}$　冥錢　※甲

【化】　hua$^{5}$　焚燒（紙錢等），燒化　※甲

【化錢爐】　hua$^{5}$ tsieŋ$^{2}$ lu$^{2}$　焚化紙錢的專用爐子，喻大手大腳花錢　※乙

【香線】　hioŋ$^{1}$ siaŋ$^{5}$　線香　※甲

【香線卷】　hioŋ$^{1}$ siaŋ$^{5}$ kuoŋ$^{3}$　插線香用的竹筒　※丙

【竹香】　tøyk$^{7}$ hioŋ$^{1}$　以竹簽為芯的線香　※丙

## 3 生育壽誕

【養囝】　ioŋ$^{3}$ kiaŋ$^{3}$　生孩子　※甲

【生囝】　saŋ$^{1}$ kiaŋ$^{3}$　生孩子；產仔；果樹結果　※甲

【罕囝】　haŋ$^{3}$ kiaŋ$^{3}$　大齡父母所生的兒子，或獨生子　※甲

【添養】　thieŋ$^{1}$ ioŋ$^{3}$　生孩子　※甲

【帶娠】　tai$^{5}$ siŋ$^{1}$　懷孕　※甲

【娠喜】　siŋ$^{1}$ hi$^{3}$　懷孕　※乙

【有娠喜】　ou$^{6}$ siŋ$^{1}$ hi$^{3}$　懷孕　※乙

【落娠】　lɔʔ$^{8}$ siŋ$^{1}$　流產　※甲

【拍落娠】　phaʔ$^{7}$ lɔʔ$^{8}$ siŋ$^{1}$　打胎，人工流產　※甲

【斷臍】　touŋ$^{3}$ sai$^{2}$　剪斷臍帶，分娩　※甲

【輔桶】　hou$^{6}$ thøŋ$^{3}$　扶著產婦身下的桶，指助產　※丙

【長頭胎】　tioŋ$^{3}$ thau$^{2}$ thoi$^{1}$　初產，第一胎　※甲

【做月利$^{=}$】　tsɔ$^{5}$ ŋuok$^{8}$ lei$^{6}$　做月子　※甲

【剃穢髮】　thiɛ$^{5}$ uoɪ$^{5}$ huok$^{7}$　嬰兒剃去胎髮　※丙

【禁生肖】　keiŋ$^{6}$ saŋ$^{1}$ sau$^{5}$　產婦或病人忌見某些肖屬的人　※乙

【禁生份儂】　keiŋ$^{6}$ saŋ$^{1}$ houŋ$^{6}$ nøŋ$^{2}$　產婦或病人忌見陌生人　※乙

【號名】 hɔ$^{6}$ miaŋ$^{2}$ 起名字 ※甲

【肖】 sau$^{5}$ 肖屬 ※甲

【洗三旦】 sɛ$^{3}$ saŋ$^{1}$ taŋ$^{5}$ 嬰兒出生第三日的慶祝活動 ※乙

【花卵】 hua$^{1}$ lauŋ$^{6}$ 彩繪的蛋，外祖母送外孫的滿月的禮物之一。今說「紅卵」 ※乙

【送晬】 saøŋ$^{5}$ tsaø$^{5}$ 給新生兒滿周歲送賀禮 ※甲

【攊晬】 ma$^{1}$ tsɔi$^{5}$ 抓周，兒童周歲生日的一項活動，從其選擇抓取的物品來推測其前途 ※丙

【成晬】 siaŋ$^{2}$ tsɔi$^{5}$ 將近一歲 ※甲

【晬二】 tsɔi$^{5}$ nei$^{6}$ 一周歲零兩個月 ※甲

【晬幾】 tsɔi$^{5}$ kui$^{3}$ 一歲多 ※甲

【晬把】 tsɔi$^{5}$ pa$^{3}$ 一歲多 ※甲

【一晬一生日】 sioʔ$^{8}$ tsɔi$^{5}$ sioʔ$^{8}$ saŋ$^{1}$ nik$^{8}$ 滿一周歲，按傳統方法計算是虛歲三歲 ※甲

【歲細】 huoɪ$^{5}$ sɛ$^{5}$ 年齡小 ※甲

【細一歲】 sɛ$^{5}$ sioʔ$^{8}$ huoɪ$^{5}$ 小一歲 ※甲

【食朧】 siaʔ$^{8}$ neiŋ$^{2}$ 吃奶（注意讀音） ※甲

【哵朧】 sɔʔ$^{7}$ neiŋ$^{2}$ 吸奶，吃奶 ※甲

【斷朧】 tauŋ$^{6}$ neiŋ$^{2}$ ※甲

【通菜】 thøŋ$^{1}$ tshai$^{5}$ 開始給嬰兒餵菜 ※丙

【通葷】 thøŋ$^{1}$ huŋ$^{1}$ 開始給嬰兒餵葷食；開葷 ※丙

【拔節】 peik$^{8}$ tsaik$^{7}$ 小孩發育快速長高 ※甲

【轉聲】 tioŋ$^{3}$ siaŋ$^{1}$ 發育階段的變聲 ※乙

【做十】 tsɔ seik$^{8}$ 逢十的整壽慶典 ※甲

【上壽】 sioŋ$^{6}$ seu$^{6}$ （女四十歲、男五十歲起）生日可稱「做壽」 ※乙

【暖壽】　nouŋ$^{3}$ seu$^{6}$　近親屬範圍內的壽宴。今通常在生日的前一天舉行　※甲

【龜桃】　kui$^{1}$ thɔ$^{2}$　做成龜或桃形狀的糕餅，壽筵食品　※乙

## 4 四時節慶

【分年】　puoŋ$^{1}$ nieŋ$^{2}$　歲末祭神的儀式　※丙

【迎春】　ŋiaŋ$^{2}$ tshuŋ$^{1}$　官方舉辦的迎春踩街活動　※丙

【做節】　tsɔ$^{5}$ tsaik$^{7}$　過節　※甲

【送節】　saøŋ$^{5}$ tsaik$^{7}$　過節時的饋送　※甲

【筅堂】　tsheiŋ$^{3}$ touŋ$^{2}$　打掃房子，每年臘月的例行風俗活動　※甲

【祭灶】　tsie$^{5}$ tsau$^{5}$　※甲

【灶料】　tsau$^{5}$ læu$^{6}$　祭灶的供品　※丙

【新正】　siŋ$^{1}$ tsiaŋ$^{1}$　正月　※乙

【正月】　tsiaŋ$^{1}$ ŋuok$^{8}$　※甲

【供公婆】　køyŋ$^{5}$ kuŋ$^{1}$ pɔ$^{2}$　向祖宗牌位上供　※甲

【燒火炮】　sieu$^{1}$ huɪ$^{3}$ phau$^{5}$　除夕夜燃篝火　※丙

【歲飯】　huoɪ$^{5}$ puoŋ$^{6}$　年三十蒸的米飯，留到正月初吃　※乙

【做歲】　tsɔ$^{5}$ huoɪ$^{5}$　過除夕　※甲

【鬥隻生】　tau$^{5}$ tsiaʔ$^{7}$ seiŋ$^{1}$　正月初一夜提早就寢　※甲

【鬥隻暝】　tau$^{5}$ tsiaʔ$^{7}$ maŋ$^{2}$　同「鬥隻生」　※丙

【賽燈】　suoɪ$^{5}$ tiŋ$^{1}$　元宵節風俗，花燈爭奇鬥豔　※乙

【拗九節】　au$^{3}$ au$^{3}$ tsaik$^{7}$　正月二十九的節日　※甲

【清明節】　tshiŋ$^{1}$ miŋ$^{2}$ tsaik$^{7}$　※甲

【五月節】　ŋou$^{6}$ ŋuok$^{8}$ tsaik$^{7}$　端午節　※甲

【龍船】　lioŋ$^{2}$ suŋ$^{2}$　（端午節的）龍舟（「龍」字讀音似有誤）※甲

【龍船鼓】　lioŋ$^{2}$ suŋ$^{2}$ ku$^{3}$　划龍舟時的鼓點（「龍」字讀音似有誤）　※甲

【香包】　hioŋ$^{1}$ pau$^{1}$　端午節風俗，隨身佩帶的香囊　※乙

【香袋】　hioŋ$^{1}$ tɔi$^{6}$　同「香包」　※乙

【竹醉日】　tøyk$^{7}$ tsoi$^{5}$ nik$^{8}$　農曆五月十三（？）　※丙

【冬節】　tøŋ$^{1}$ tsaik$^{7}$　冬至節　※甲

【搓丸】　tshɔ$^{1}$ uoŋ$^{2}$　搓製糯米粉團（糍粑），是冬至節的習俗　※甲

【搓糍】　tshɔ$^{1}$ si$^{2}$　同「搓丸」　※甲

【拍獅把】　phaʔ$^{7}$ sai$^{1}$ pa$^{3}$　舞獅　※丙

【彩結】　tshai$^{3}$ kaik$^{7}$　兩頭懸掛，中間垂下的紅色布飾　※丙

【舞龍燈】　u$^{3}$ lyŋ$^{2}$ tiŋ$^{1}$　※甲

【迎會】　ŋiaŋ$^{2}$ huoɪ$^{6}$　社團的遊行活動　※丙

【迎霜降】　ŋiaŋ$^{2}$ souŋ$^{1}$ kauŋ$^{5}$　霜降日軍隊的閱兵遊行　※丙

【彩布】　tshai$^{3}$ puo$^{5}$　紅布　※乙

【彩旗】　tshai$^{3}$ ki$^{2}$　慶典的紅旗。今指各種顏色的旗　※丁

【門楣彩】　muoŋ$^{2}$ mi$^{2}$ tshai$^{3}$　在門楣上結彩　※乙

【伐彩】　phuak$^{8}$ tshai$^{3}$　披紅掛彩　※甲

【掌扇】　tsioŋ$^{3}$ sieŋ$^{5}$　遊行時走在神像、官員轎子前頭的扇形屏風　※丙

【禮伯】　lɛ$^{3}$ paʔ$^{7}$　各種民俗儀式上的司儀（中老年男性）　※乙

【禮生】　lɛ$^{3}$ seiŋ$^{1}$　各種官方或民俗儀式上的司儀（青年男性）　※乙

【傳世事】　thioŋ$^{6}$ sie$^{5}$ søy$^{6}$　延續風俗傳統的事，如婚嫁喜慶祭祀等　※乙

## 5 禮尚往來

【拜帖】　pai$^{5}$ thaik$^{7}$　登門拜見時遞交的名帖　※丙

【拜貼盒】　pai$^{5}$ thaik$^{7}$ ak$^{8}$　扁平的盒子，裝拜帖用　※丙

【全帖】　tsioŋ$^{2}$ thaik$^{7}$　正式完整的拜帖，往往是多摺的　※丙

【帖肉】　thaik$^{7}$ nyk$^{8}$　封套內的請柬　※丙

【辦四盒】　paiŋ$^{6}$ sei$^{5}$ ak$^{8}$　準備禮品，慣例為四樣　※丙

【鰱草對】　leiŋ$^{2}$ tshɔ$^{3}$ tɔi$^{5}$　鰱魚和草魚各一條，喻指雜湊起來的禮物　※丙

【外江禮】　ŋiɛ$^{6}$ køŋ$^{1}$ lɛ$^{3}$　外省的禮儀風俗，也說「外江套」※丙

【外江套】　ŋiɛ$^{6}$ køŋ$^{1}$ thɔ$^{5}$　同「外江禮」　※丙

【賠拜】　puɪ$^{2}$ puai$^{5}$　對方拜禮時的回拜　※乙

【拍千】　phaʔ$^{7}$ tshieŋ$^{1}$　打千，單膝下跪禮　※乙

【跅$^{+}$腿】　tshie$^{5}$ thoi$^{3}$　單膝下跪　※丙

【□□】　nouʔ$^{7}$ nouʔ$^{7}$（nu$^{1}$ nouʔ$^{7}$）　婦女行禮時雙手搭在一起緊貼腹部上下移動　※乙

【私禮】　sy$^{1}$ lɛ$^{3}$　私下饋贈，賄賂　※丙

【門包】　muoŋ$^{2}$ pau$^{1}$　訪客給看門人的紅包　※丙

【門禮】　muoŋ$^{2}$ lɛ$^{3}$　訪客給看門人的紅包　※丙

【酒令】　tsiu$^{3}$ liaŋ$^{6}$　※乙

【花彩】　hua$^{1}$ tshai$^{3}$　小費；賄賂　※甲

【干過】　kaŋ$^{1}$ kuo$^{5}$　牽涉，關涉　※甲

【回批】　huɪ$^{2}$ phie$^{1}$　回信　※甲

【會簿】　huoɪ$^{6}$ phuo$^{6}$　社團的記錄本　※丙

【幫侶】　pouŋ$^{1}$ ly$^{3}$　夥伴　※甲

【雍$^{=}$蚣骹】　øŋ$^{1}$ øŋ$^{1}$ kha$^{1}$　一群朋友湊錢餐飲的抓鬮方式　※丙

【涼風會】　lioŋ$^{2}$ huŋ$^{1}$ huoɪ$^{6}$　夏天的消閑聚會　※丙

【冇講局】　phaŋ$^{5}$ kouŋ$^{3}$ kuok$^{8}$　僅僅聊天的聚會　※乙

【园阻】　khauŋ$^{5}$ tsu$^{3}$　藏起酒量以對付勸酒　※丙

【送彩】　saøŋ$^{5}$ tshai$^{3}$　嫖客送絲綢布料等給妓女　※丙

【請酒】　tshiaŋ$^{3}$ tsiu$^{3}$　置辦酒席請客　※甲

【覷病】　tshøy$^{5}$ paŋ$^{6}$　探望病人　※甲

【抹名】　maøk$^{7}$ miaŋ$^{2}$　名義上參與某事　※甲

【安灶骹】　aŋ$^{1}$ tsau$^{5}$ kha$^{1}$　送禮賀他人喬遷；今指喬遷者在新居宴客　※丁

【交好】　ka$^{1}$ hɔ$^{3}$　交際關係良好　※丙

【交家】　kau$^{1}$ ka$^{1}$　交往　※甲

【薦缺】　tsieŋ$^{5}$ khuok$^{7}$　為別人介紹工作職位　※丙

【撮食】　tshouk$^{8}$ siaʔ$^{8}$　逼別人出錢請客　※乙

【評$^{=}$爛$^{=}$】　phaŋ$^{2}$ laŋ$^{6}$　各人出份子錢聚餐　※乙

【有局】　ou$^{6}$ kuoʔ$^{8}$　有應酬交際娛樂活動　※甲

【拱喜】　kyŋ$^{3}$ hi$^{3}$　賀喜用語　※甲

【起動】　khi$^{3}$ taøŋ$^{6}$　道謝用語，勞駕　※甲

【便箸】　pieŋ$^{6}$ tøy$^{6}$　餐桌客套話，請客人自便　※丙

【謝步】　sia$^{6}$ puo$^{6}$　主人向賓客道謝用語　※乙

【謝借】　sia$^{6}$ tsioʔ$^{7}$　歸還所借時道謝用語　※甲

## （十四）鬼神信仰

### 1 迎神做醮

【初一十五】　tshø$^{1}$ eik$^{7}$ seik$^{8}$ ŋou$^{6}$　初一、十五是給菩薩燒香的日子　※甲

【迎菩薩】　ŋiaŋ$^{2}$ pu$^{2}$ sak$^{7}$　抬著神像遊行　※甲

【迎毛】　ŋiaŋ$^{2}$ nɔʔ$^{7}$　迎神，遊神像　※乙

【福桶】 houk$^{7}$ thøŋ$^{3}$ 民俗活動將象徵裝著瘟疫的木桶（福桶）放入江中送「出海」 ※乙

【軟身】 nioŋ$^{3}$ siŋ$^{1}$ 迎神遊行用的一種神偶，有活動關節 ※乙

【八蠻旦】 paik$^{7}$ maŋ$^{2}$ taŋ$^{5}$ 迎神遊行隊伍中八個騎馬的彩妝演員 ※丙

【普渡】 phuo$^{3}$ tou$^{6}$ 救助亡魂脫離地獄的公益性宗教活動 ※甲

【午供】 ŋu$^{3}$ køŋ$^{5}$ 「普渡」儀式在中午祭供 ※丙

【丁火盆】 tiŋ$^{1}$ huɪ$^{3}$ puoŋ$^{2}$ 民俗宗教活動中的午餐 ※丙

【菜湯飯】 tshai$^{5}$ thouŋ$^{1}$ puoŋ$^{6}$ 菜葉湯和米飯，供奉「下界」野鬼的粗陋供品 ※甲

【下界】 a$^{6}$ kai$^{5}$ 陰間 ※乙

【做醮】 tsɔ$^{5}$ tsieu$^{5}$ 舉行獻祭活動 ※乙

【做大醮】 tsɔ$^{5}$ tuai$^{6}$ tsieu$^{5}$ 為所有亡靈祈福的大型獻祭活動 ※丙

【做火醮】 tsɔ$^{5}$ huɪ$^{3}$ tsieu$^{5}$ 焚燒祭品的獻祭活動 ※丙

【拜昆侖鬥】 pai$^{5}$ khouŋ$^{1}$ louŋ$^{2}$ tau$^{3}$ 在生日前一天舉行的一個崇拜儀式 ※丙

【過關】 kuo$^{5}$ kuaŋ$^{1}$ 祈求神保佑孩子的儀式 ※乙

【淨厝】 tsiaŋ$^{6}$ tshio$^{5}$ 驅趕住宅裡的鬼魅的一種巫術 ※乙

【病符】 paŋ$^{6}$ hu$^{2}$ 巫師所畫的驅病符 ※丙

【拗□】 au$^{5}$ tshua$^{5}$ 袚除（鬼魅） ※丙

【點塔】 tieŋ$^{3}$ thak$^{7}$ 民俗活動，在每年農曆八月塔上點起燈燭 ※乙

【奪魂轉竹】 touk$^{8}$ huŋ$^{2}$ tioŋ$^{3}$ tøyk$^{7}$ 巫師的招魂法術之一 ※丙

【補庫】 puo$^{3}$ khou$^{5}$ 給廟裡的神祇燒紙錢 ※乙

【討亡魂】 thɔ$^{3}$ uoŋ$^{2}$ huŋ$^{2}$ 巫師的通靈法術之一 ※乙

【上刀梯】 sioŋ$^{6}$ tɔ$^{1}$ thai$^{1}$ 巫師表演的一種功夫 ※甲

【暗殿】 $aŋ^5$ $taiŋ^6$ 境社廟中供奉「五帝」的房間，通常是無窗的，增加恐怖神秘感 ※甲

【請口】 $tshiaŋ^3$ $khau^3$ 向神祈求對仇家降災 ※丙

【下口】 $ha^6$ $khau^3$ 向神祈求對仇家降災 ※丙

【使蠱*】 $sai^3$ $kuai^6$ 用迷信的手段暗地裡害人 ※乙

【使暗針】 $sai^3$ $aŋ^5$ $tseiŋ^1$ 用迷信的方法暗暗加害於仇家 ※乙

【疏記】 $saø^5$ $kei^5$ 書寫下來的向神祝禱的辭句 ※丙

【呼請】 $khu^1$ $tsiaŋ^3$ 低聲祝禱 ※丙

【破碗咒嘴】 $phuai^5$ $uaŋ^3$ $tsou^5$ $tshoi^5$ 在神像前發誓並摔碗明志 ※乙

【犬頭願】 $kheiŋ^3$ $thau^2$ $ŋuoŋ^6$ 在一個犬頭神像前發願祈求降災於仇家 ※丙

【口頭願】 $kheu^3$ $thau^2$ $ŋuoŋ^6$ 一時衝動發的願 ※乙

【口願】 $khau^3$ $ŋuoŋ^6$ 對神許願 ※丙

【謝願】 $sia^6$ $ŋuoŋ^6$ 向神靈還願 ※乙

【祈花會】 $ki^2$ $hua^1$ $huoɪ^6$ 到廟裡祈求在花會中彩 ※丙

【祈夢】 $ki^2$ $maøŋ^5$ 祈求神通過夢境給予啟示 ※甲

【祈晴】 $ki^2$ $saŋ^2$ 祈祝天晴 ※丙

【分齋】 $puoŋ^1$ $tsɛ^1$ 將供鬼神後的「齋」（米糕）分送親友，祈共享平安 ※甲

【請香火】 $tshiaŋ^3$ $hioŋ^1$ $huɪ^3$ 從廟裡取回少量香灰，據說可以辟邪或治病 ※乙

【請相】 $tshiaŋ^3$ $sioŋ^5$ 從廟裡「請」回神鬼的畫像在家中供奉 ※乙

【祀】 $sai^6$ 安置並供奉（神像） ※甲

【祀聖】 $sai^6$ $siaŋ^5$ 神像供奉一段時間後開始靈驗 ※乙

【符袋】 $hu^2$ $tɔi^6$ 裝著「符」的紙袋 ※丙

【符水】　hu$^{2}$ tsui$^{3}$　巫師賦予「神力」的水　※丙

【唪$^{=}$唪$^{=}$鑔$^{+}$】　pøŋ$^{3}$ pøŋ$^{3}$ tshia$^{6}$　道士做法事用的一種鈸　※丙

【錢劍】　tsieŋ$^{2}$ kieŋ$^{5}$　用銅錢串成劍狀，作為避邪物　※丙

【拜墊】　pai$^{5}$ taiŋ$^{6}$　跪拜的軟墊　※甲

【柴魚】　tsha$^{2}$ ŋy$^{2}$　撞鐘的木魚，喻人頑固不化　※甲

【犯鬼】　huaŋ$^{6}$ kui$^{3}$　被鬼附身　※甲

【變精】　pieŋ$^{5}$ tsiaŋ$^{1}$　成精，喻變得很有經驗　※甲

【鬼火】　kui$^{3}$ huɪ$^{3}$　※乙

【鬼弄儂】　kuɪ$^{3}$ naøŋ$^{6}$ nøŋ$^{2}$　鬼迷惑人　※丙

【乞鬼揑】　khøyk$^{7}$ kui$^{3}$ niek$^{7}$　被鬼揑（死）　※甲

【魅$^{+}$哲】　mai$^{3}$ taʔ$^{7}$　夢魘，鬼壓身　※甲

【鬼搦鬼】　kui$^{3}$ niaʔ$^{8}$ kui$^{3}$　喻壞人制壞人　※丙

【題錢】　tɛ$^{2}$ tsieŋ$^{2}$　認捐，在捐款簿上題寫姓名及認捐額　※甲

【題緣】　tɛ$^{2}$ ioŋ$^{2}$　為「普渡」等活動認捐　※甲

## 2 卜算風水

【看命】　khaŋ$^{5}$ miaŋ$^{6}$　算命　※甲

【看命兼相】　khaŋ$^{5}$ sioŋ$^{5}$ kieŋ$^{1}$ miaŋ$^{6}$　算命兼相面　※甲

【青盲算】　tshaŋ$^{1}$ maŋ$^{2}$ sauŋ$^{5}$　算命的瞎子　※甲

【抓籤】　tsua$^{1}$ tshieŋ$^{1}$　抽籤　※甲

【卜卦】　pauk$^{7}$ kua$^{5}$　※甲

【碰嘴卦】　phauŋ$^{6}$ tshoi$^{5}$ kua$^{5}$　以在路邊碰巧聽到的話來卜卦 ※丙

【錢卦】　tsieŋ$^{2}$ kua$^{5}$　用銅錢卜卦　※乙

【馬前卦】　ma$^{3}$ tsieŋ$^{2}$ kua$^{5}$　在騎馬造型的某神像前卜卦　※丙

【啄鳥卦】　tauk$^{7}$ tseu$^{3}$ kua$^{5}$（hua$^{5}$）　用雀鳥抽籤算命　※乙

【捽$^{+}$籤】　søk$^{8}$ tshieŋ$^{1}$　（抽籤前）捧著籤筒搖晃，洗籤　※甲

【抽籤】 thiu$^{1}$ tshieŋ$^{1}$ 抽籤占卜 ※甲

【簽面】 tshieŋ$^{1}$ meiŋ$^{5}$ 卜簽上寫的文字 ※乙

【字覆】 tsei$^{6}$ phouk$^{7}$（tshei$^{6}$） 擲銅錢卜卦，正面朝上為「字」，反面為「覆」 ※甲

【撚覆翹】 nouŋ$^{2}$ phouk$^{7}$ tshieu$^{5}$ 轉動硬幣看停在正面或反面，一種占卜方法 ※丙

【雙字】 søŋ$^{1}$ tshei$^{6}$ 擲銅錢卜卦，兩次都是正面朝上，大吉 ※乙

【彩頭】 tshai$^{3}$ thau$^{2}$ 好兆頭 ※甲

【拍彩頭】 phaʔ$^{7}$ tshai$^{3}$ thau$^{2}$ 說不吉利的話而破壞了好兆頭 ※甲

【字運】 tsei$^{6}$ ouŋ$^{6}$ 運氣 ※甲

【過運】 kuo$^{5}$ ouŋ$^{6}$ 結束不好的運氣 ※甲

【出運】 tshouk$^{7}$ ouŋ$^{6}$ 好運氣開始 ※甲

【好命】 hɔ$^{3}$ miaŋ$^{6}$ 命運好，運氣好 ※甲

【好景】 hɔ$^{3}$ kiŋ$^{3}$ 境況好，前景好 ※乙

【呆命】 ŋai$^{2}$ miaŋ$^{6}$ 命不好 ※甲

【湊富】 tshæu$^{5}$ pou$^{5}$ 越來越富 ※丙

【早發】 tsa$^{3}$ huak$^{7}$ 年輕就獲得功名 ※丙

【好底】 hɔ$^{3}$ tɛ$^{3}$ 家道殷實 ※乙

【有底】 ou$^{6}$ tɛ$^{3}$ 有家底，有錢 ※甲

【無底】 mɔ$^{2}$ tɛ$^{3}$ 沒有家底，貧窮；今指沒把握 ※丁

【讖呆】 tshaiŋ$^{5}$ ŋai$^{2}$ 讖語很不吉利 ※丙

【擺$^{=}$背】 pai$^{3}$ puoɪ$^{6}$ 倒霉，運氣不好。可能是「八背」的音訛 ※甲

【倒運】 tɔ$^{3}$ ouŋ$^{6}$ 倒霉，運氣變壞 ※甲

【度生】 tou$^{6}$ seiŋ$^{1}$ 勉強活命 ※丙

【度命】　tou$^{6}$ miaŋ$^{6}$　勉強活命　※甲

【絕嗣】　tsiok$^{8}$ søy$^{6}$　※甲

【苦債未完】　khu$^{3}$ tsai$^{5}$ muoɪ$^{6}$ uoŋ$^{2}$　謂苦難還沒結束　※乙

【耳台薄】　ŋei$^{6}$ tai$^{2}$ pɔʔ$^{8}$　耳垂肉薄，相術認為沒有財運　※丙

【紅掌】　øŋ$^{2}$ tsioŋ$^{3}$　手掌紅潤，是一種好手相　※丙

【犯官符】　huaŋ$^{6}$ kuaŋ$^{1}$ hu$^{2}$　算命術語，謂牢獄之災　※甲

【命帶驛馬】　miaŋ$^{6}$ tai$^{5}$ iaʔ$^{7}$ ma$^{3}$　算命術語，指注定要奔波勞累　※丙

【命帶貴人】　miaŋ$^{6}$ tai$^{5}$ koi$^{5}$ iŋ$^{2}$　算命術語，富貴命　※丙

【命格】　miaŋ$^{6}$ kak$^{7}$　算命術語，一生命運的格局　※乙

【命運】　miaŋ$^{6}$ ouŋ$^{6}$　算命術語，命和運，人生五年為一運　※乙

【煞神】　sak$^{7}$ siŋ$^{2}$　凶神；凶狠的神情　※甲

【時道】　si$^{2}$ tɔ$^{6}$　時運，運氣　※甲

【關絆】　kuaŋ$^{1}$ puaŋ$^{6}$　妨礙事情進展的隱秘因素　※乙

【花樹】　hua$^{1}$ tsheu$^{5}$　算命術語，指婦女一生中的生育情況　※甲

【鐵筆無褒】　thiek$^{7}$ peik$^{7}$ mɔ$^{2}$ pɔ$^{1}$　算命先生自詡的話　※丙

【月建】　ŋuok$^{8}$ kioŋ$^{5}$　算命者預測的一月內的運氣　※丙

【後世】　au$^{6}$ sie$^{5}$　下一輩子，來生　※甲

【降乩】　kauŋ$^{5}$ ki$^{1}$　扶乩，一種迷信活動　※乙

【乩筆】　ki$^{1}$ peik$^{7}$　※乙

【乩盤】　ki$^{1}$ puaŋ$^{2}$　※乙

【乩堂】　ki$^{1}$ touŋ$^{2}$　進行「扶乩」活動的場所　※乙

【駕棓】　ka$^{5}$ puɪ$^{1}$　占卜用品，一對小竹板，手執之祝禱後摔落地看結果。參看「聖駕」　※乙

【聖】　siaŋ$^{5}$　（求神）靈驗　※甲

【聖駕】　siaŋ$^{5}$ ka$^{5}$　擲「駕棓」問卜，「棓」一個朝上一個朝下，表示神靈已經認可　※乙

【三聖驚】　saŋ$^{1}$ siaŋ$^{5}$ ka$^{5}$　用「驚棓」占卜反覆三次結果都是「聖驚」。參看「聖驚」　※丙

【子午針】　tsy$^{3}$ ŋu$^{3}$ tseiŋ$^{1}$　羅盤　※丙

【羅經（針）】　lɔ$^{2}$ kiŋ$^{1}$ tseiŋ$^{1}$　羅盤　※丙

【煞角】　sak$^{7}$ kaøk$^{7}$　風水術語，受邪惡力量影響的方位　※丙

【禁忌】　keiŋ$^{5}$ kei$^{6}$　※甲

【嘍$^{+}$】　leu$^{1}$　犯忌諱說讚揚小孩子健康、漂亮的話（俗以為會給被讚揚者帶來災禍）　※丙

【夢讖】　maøŋ$^{5}$ tshaiŋ$^{5}$　夢境預示禍福　※丙

【騎悖】　khia$^{2}$ puoɪ$^{6}$　俗以為從晾曬的女人內衣下鑽過將有壞運氣　※乙

【騎獪懸】　khia$^{2}$ mɛ$^{6}$ keiŋ$^{2}$　俗以為小孩從晾曬的女人內衣下鑽過將長不高　※乙

【騎骹柄下】　khia$^{2}$ kha$^{1}$ paŋ$^{5}$ a$^{6}$　被夾在他人胯下，這是一種嚴重的侮辱　※甲

【鬱儡$^{=}$】　ouk$^{7}$ lui$^{3}$　寫在門上有驅邪作用的字樣　※丙

【鬱碌$^{=}$】　ouk$^{7}$ luk$^{8}$　同「鬱儡$^{=}$」　※丙

【插青】　tshak$^{7}$ tshaŋ$^{1}$　在門上插綠色枝條驅疫瘴　※乙

【錢牌】　tsieŋ$^{2}$ pɛ$^{2}$　用銅錢串的墜子，兒童掛在脖子上作為辟邪物　※丙

## 3 鬼神菩薩

【□公】　nau$^{2}$ kuŋ（na$^{2}$）　民俗崇拜的海上英雄　※乙

【矮八鬼】　ɛ$^{3}$ paik$^{7}$ kui$^{3}$　「五帝」廟裡的一個矮個子鬼，尊稱「八爺」　※甲

【腹寒鬼】　pouk$^{7}$ kaŋ$^{2}$ kui$^{3}$　散布瘧疾的惡鬼　※甲

【簸箕神】　puai$^{1}$ ki$^{1}$ siŋ$^{2}$　（所指不詳）　※丙

【長柄鬼】　touŋ$^{2}$ paŋ$^{5}$ kui$^{3}$　「五帝」廟裡的一個高個子鬼，尊稱「七爺」　※甲

【赤囝鬼】　tshiaʔ$^{7}$ kiaŋ$^{3}$ kui$^{3}$　傳說專門殘害幼兒的鬼　※丙

【催命鬼】　tshui$^{1}$ miaŋ$^{6}$ kui$^{3}$　※甲

【吊鬼】　tæu$^{5}$ kui$^{3}$　吊死鬼　※甲

【斗母】　teu$^{3}$ mu$^{3}$　庇護嬰幼兒的女神　※乙

【痘媽】　tau$^{6}$ ma$^{3}$　保佑出水痘兒童的女神　※乙

【糞坑姑】　pouŋ$^{5}$ khaŋ$^{1}$ ku$^{1}$　廁神　※丙

【符使】　hu$^{2}$ søy$^{5}$　向神靈傳達信息的紙人　※甲

【公婆】　kuŋ$^{1}$ pɔ$^{2}$　祖宗的亡靈　※甲

【公爺】　kuŋ$^{1}$ ie$^{2}$　對城隍的尊稱　※乙

【關煞】　kuaŋ$^{1}$ sak$^{7}$　威脅孩子的邪鬼　※乙

【鬼囝】　kui$^{3}$ kiaŋ$^{3}$　小鬼，鬼卒　※甲

【狐狸貓精】　hu$^{2}$ li$^{2}$ ma$^{2}$ tsiaŋ$^{1}$　狐狸精　※甲

【華光大帝】　hua$^{2}$ kuoŋ$^{1}$ tai$^{6}$ tɛ$^{5}$　「五顯」的尊號，小偷的保護神　※乙

【華佗仙】　hua$^{2}$ tɔ$^{2}$ sieŋ$^{1}$　作為醫神的華佗　※乙

【雞頭鴨將】　kie$^{1}$ thau$^{2}$ ak$^{7}$ tsioŋ$^{5}$　「五帝」廟裡的一對配神，各為雞頭人身和鴨頭人身　※乙

【枷鎖二將】　kia$^{2}$ sɔ$^{3}$ nei$^{6}$ tsioŋ$^{5}$　「泰山」廟裡的一對配神，一個持枷，一個持鐵鏈　※乙

【精怪】　tsiaŋ$^{1}$ kuai$^{5}$　妖精鬼怪　※甲

【九使】　kau$^{3}$ sai$^{5}$　娼妓供奉的保護神　※乙

【餮癆鬼】　thiek$^{8}$ lɔ$^{2}$ kui$^{3}$　民間傳說中一種形象瘦高的鬼　※甲

【臨水奶】　liŋ$^{2}$ tsui$^{3}$ nɛ$^{3}$　民俗信仰的重要神祇，婦女兒童的保護神　※甲

【靈狗大將軍】　liŋ$^{2}$ keu$^{3}$ tai$^{6}$ tsioŋ$^{1}$ kuŋ$^{1}$　「元帥」廟裡的配神，狗頭人身　※乙

【六將】　løk$^{8}$ tsioŋ$^{5}$　泰山廟裡的配神，即「長柄、矮八、枷、鎖、牛頭、馬面」的合稱　※乙

【媽祖婆】　ma$^{3}$ tsu$^{3}$ pɔ$^{2}$　民俗信仰的重要神祇，庇護海上安全的女神　※甲

【魅$^{+}$鬼】　mai$^{3}$ kui$^{1}$　夢裡壓身的惡鬼　※甲

【瘟媽】　møŋ$^{3}$ ma$^{3}$　庇護出麻疹兒童的女神　※乙

【彌尼佛】　mi$^{2}$ nɛ$^{2}$ huk$^{8}$　過去佛　※甲

【男觀音】　naŋ$^{2}$ kuaŋ$^{1}$ iŋ$^{1}$　男相的觀音菩薩像（在福州於山寺廟中）　※甲

【娘奶$^{2}$】　nioŋ$^{2}$ nɛ$^{3}$（nouŋ$^{2}$）　女神「臨水夫人」的別稱　※甲

【婆官】　pɔ$^{2}$ kuaŋ$^{1}$　民俗信仰中「臨水夫人」的三十六位女官　※乙

【婆姐】　pɔ$^{2}$ tsia$^{3}$　民俗信仰中「臨水夫人」的三十六位女官　※乙

【七星媽】　tsheik$^{7}$ siŋ$^{1}$ ma$^{3}$　民俗信仰的女神之一，兒童的保護神　※乙

【七爺八爺】　tsheik$^{7}$ iɛ$^{2}$ pauik$^{7}$ iɛ$^{2}$　「五帝」廟裡的兩個鬼役，一高一矮　※乙

【尚書公】　sioŋ$^{6}$ tsy$^{1}$ kuŋ$^{1}$　民間信仰的神祇，即南宋忠臣陳文龍　※乙

【舍人（哥）】　sia$^{5}$ iŋ$^{2}$ kɔ$^{1}$　地方神祇，傳說中「臨水夫人」的兒子　※乙

【童子】　tuŋ$^{2}$ tsy$^{3}$　「娘奶」廟裡的兒童偶人　※甲

【五帝】　ŋu$^{3}$ tɛ$^{5}$　民間信仰的重要神祇，瘟疫之神　※甲

【五顯公】　ŋu$^{3}$ hieŋ$^{3}$ kuŋ$^{1}$　小偷的行業神　※乙

【蝦精鱉怪】　ha$^{2}$ tsiaŋ$^{1}$ piek$^{7}$ kuai$^{5}$　喻不重要的角色　※甲

【霞娘產婦】　ha$^{5}$ nioŋ$^{2}$ saŋ$^{3}$ hou$^{6}$　庇佑產婦的兩尊女神，供奉在「血池廟」　※乙

【下界爺】　a$^{6}$ kai$^{5}$ ie$^{2}$　游魂野鬼　※甲

【檐前奶母】　sieŋ$^{2}$ tsieŋ$^{2}$ nɛ$^{3}$ mu$^{3}$　民間信仰的屋檐女神　※丙

【灶君】　tsau$^{5}$ kuŋ$^{1}$　※甲

【灶媽】　tsau$^{5}$ ma$^{3}$　灶君的配偶　※甲

【珠媽】　tsio$^{1}$ ma$^{3}$　專門保佑出水痘的兒童的女神　※乙

【石峽奶】　sioʔ$^{8}$ khiak$^{7}$ nɛ$^{3}$　民間信仰的女神，兒童保護神　※丙

【送子婆奶】　saøŋ$^{5}$ tsy$^{3}$ pɔ$^{2}$ nɛ$^{3}$　民俗信仰「臨水夫人」的三十六女官之一　※乙

【塔亭奶】　thak$^{7}$ tiŋ$^{2}$ nɛ$^{3}$　女神「臨水夫人」的別稱　※乙

【天后（聖母）】　thieŋ$^{1}$ hæu$^{6}$ seiŋ$^{5}$ mu$^{3}$　媽祖，保佑海上平安的女神　※甲

【天后娘娘】　thieŋ$^{1}$ hau$^{6}$ nioŋ$^{2}$ nioŋ$^{2}$　媽祖女神的尊號　※甲

【天上聖母】　thieŋ$^{1}$ sioŋ$^{6}$ seiŋ$^{5}$ mu$^{3}$　媽祖女神的稱號　※乙

## 4 僧道巫祝

【暗看】　aŋ$^{5}$ khaŋ$^{5}$　能驅鬼的巫師　※乙

【道公】　tɔ$^{6}$ kuŋ$^{1}$　道士　※乙

【佛子】　hu$^{8}$ tsy$^{3}$　年幼佛教徒的美稱　※丙

【福首】　houk$^{7}$ siu$^{3}$　民間宗教活動的主持人　※丙

【腹佬姑】　pouk$^{7}$ lɔ$^{3}$ ku$^{1}$　降神的女巫，據說能以腹語與人對答　※乙

【和尚】　hu$^{2}$ sioŋ$^{6}$　佛教男性出家人※甲

【看廟】　khaŋ$^{5}$ mieu$^{6}$　廟祝　※乙

【老排】　lɔ$^{3}$ pɛ$^{2}$　在廟裡主持、張羅各種活動的人　※丙

【齋公】　tsɛ$^{1}$ kuŋ$^{1}$　廟祝　※乙

【齋媽】　tsɛ$^{1}$ ma$^{3}$　女廟祝　※乙

【值日符使】　tik$^{8}$ nik$^{8}$ hu$^{2}$ søy$^{5}$　廟裡的當日輪值的神職人員　※丙

【神公】　siŋ$^{2}$ kuŋ$^{1}$　巫師　※丙

【神媽】　siŋ$^{2}$ ma$^{3}$　女巫　※甲

【師公】　sai$^{1}$ kuŋ$^{1}$　道士，能表演「上刀山」、「下火海」等功夫　※甲

【僮身】　tøŋ$^{2}$ siŋ$^{1}$　表演降神巫術者　※乙

【僮頭】　tøŋ$^{2}$ thau$^{2}$　為首的巫師　※乙

【僮子】　tøŋ$^{2}$ tsi$^{3}$　表演降神巫術者　※甲

【護僮】　hou$^{6}$ tøŋ$^{2}$　輔助巫師表演巫術者　※乙

【卜僮】　pauk$^{7}$ tøŋ$^{2}$　神靈附體；喻人激動起來　※丙

【拍落僮】　phaʔ$^{7}$ lɔʔ$^{8}$ tøŋ$^{2}$　巫師降神　※乙

【退僮】　thɔi$^{5}$ tøŋ$^{2}$　巫師附身的神靈離去　※乙

【僮頭乩尾】　tøŋ$^{2}$ thau$^{2}$ ki$^{1}$ muɪ$^{3}$　遇重大事項，先施行降神，然後扶乩請神諭　※丙

【和南】　huo$^{2}$ naŋ$^{2}$　合掌（拜佛）　※丙

【和尚寺】　hu$^{2}$ sioŋ$^{6}$ sei$^{6}$　佛教寺院　※甲

【佛擔】　huk$^{8}$ taŋ$^{5}$　和尚外出做佛事時裝載法器的擔子　※乙

【食菜】　siaʔ$^{8}$ tshai$^{5}$　食素，素食者　※甲

【食齋】　siaʔ$^{8}$ tsɛ$^{1}$　吃素　※甲

【面齋】　mieŋ$^{6}$ tsɛ$^{1}$　麵粉製的供鬼糕點　※丙

【饅頭】　miŋ$^{2}$ thau$^{2}$　饅頭作為祭鬼供品，三十六個一排（注意「饅」字讀音）　※丁

【齋菜】　tsɛ$^{1}$ tshai$^{5}$　素席　※乙

【齋筵】　tsɛ$^{1}$ ioŋ$^{2}$　以「齋」（糯米糕）為主食的供鬼筵席　※丙

【食長齋】　siaʔ$^{8}$ touŋ$^{2}$ tsɛ$^{1}$　長期吃素　※甲

【食花齋】　siaʔ$^{8}$ hua$^{1}$ tsɛ$^{1}$　有規律地間隔吃素　※甲

【食早齋】　siaʔ$^{8}$ tsa$^{3}$ tsɛ$^{1}$　早餐吃素　※甲

【菜佛】　tshai$^{5}$ huk$^{8}$　素食者　※丙

【跪$^{+}$】　khuɪ$^{3}$　跪拜　※乙

【跪$^{+}$菩薩】　khuɪ$^{3}$ pu$^{2}$ sak$^{7}$　跪拜菩薩　※乙

【菩薩龕】　pu$^{2}$ sak$^{7}$ khaŋ$^{1}$　供菩薩的木盒　※甲

【果子筐】　kuɪ$^{3}$ tsi$^{3}$ khuoŋ$^{1}$　供佛的乾果盤子　※丙

【槐花】　huai$^{2}$ hua$^{1}$　紙錢等焚化品上的貼金裝飾　※丙

【化齋$_{1}$　hua$^{5}$ tsɛ$^{1}$　以「齋」上供　※丙

【化齋$_{2}$　hua$^{5}$ tsɛ$^{1}$　化緣　※甲

【念經食菜】　naiŋ$^{6}$ kiŋ$^{1}$ siaʔ$^{8}$ tshai$^{5}$　念經吃素　※甲

【攝飯氣】　siek$^{7}$ puoŋ$^{6}$ khei$^{5}$　傳說神靈攝食上供食品的熱氣　乙

【復活】　pou$^{6}$ uak$^{8}$　指耶穌復活（注意讀音）　※甲

【喇叭僧】　lak$^{8}$ pa$^{1}$ tseiŋ$^{1}$　喇嘛　※丙

【驢馬教】　lø$^{2}$ ma$^{3}$ kau$^{5}$　回教　※丙

【回回教】　huɪ$^{2}$ huɪ$^{2}$ kau$^{5}$　回教　※乙

## （十五）官府獄刑

### 1 官府衙門

【官派】　kuaŋ$^{1}$ phuai$^{5}$　官府的攤派款，通常與修橋修路有關　※丙

【鄉派】　hioŋ$^{1}$ phuai$^{5}$　鄉里的攤派款，通常與民俗信仰活動有關　※丙

【留城】　laŋ$^{2}$ siaŋ$^{2}$　城門不關閉，等待出城的官員或遊神隊伍返回　※丙

【糧錢】　lioŋ$^{2}$ tsieŋ$^{2}$　耕地稅　※丙

【催錢糧】　tshui$^{1}$ tsieŋ$^{2}$ lioŋ$^{2}$　催交賦稅　※丙

【告字】　kɔ$^{5}$ tsei$^{6}$　告示　※乙

【文書】　muoŋ$^{2}$ tsy$^{1}$　政府公文（注意「文」字讀音）　※丙

【文書殼】　muoŋ$^{2}$ tsy$^{1}$ khaøk$^{7}$　裝公文的信封　※丙

【賞榜】　sioŋ$^{3}$ pouŋ$^{3}$　懸賞的通告　※丙

【辦差】　paiŋ$^{6}$ tshɛ$^{1}$　接待過往的官員　※丙

【開印】　kui$^{1}$ eiŋ$^{5}$　正月二十官府年假結束，開始工作　※丙

【滿吏】　muaŋ$^{3}$ lei$^{6}$　「吏」任職期滿　※丙

【接印】　tsiek$^{7}$ eiŋ$^{5}$　官員接任　※丙

【封印】　huŋ$^{1}$ eiŋ$^{5}$　臘月二十官府開始放年假　※丙

【缺】　khuok$^{7}$　官員職位　※甲

【出缺】　tshouk$^{7}$ khuok$^{7}$　候補官員得到職位　※乙

【缺出】　khuok$^{7}$ tshouk$^{7}$　職位出現空缺　※丙

【裁缺】　tsɔi$^{2}$ khuok$^{7}$　裁減工作職位　※乙

【削職】　siok$^{7}$ tseik$^{7}$　免去官職　※丙

【革條】　kaik$^{7}$ teu$^{2}$　官員的革職公告　※丙

【革錢糧】　kaik$^{7}$ tsieŋ$^{2}$ lioŋ$^{2}$　官員被停俸　※丙

【名革】　miaŋ$^{2}$ kaik$^{7}$　官員被除名　※丙

【排道】　pɛ$^{2}$ tɔ$^{6}$　官員出行的隨從人員　※丙

【道長】　tɔ$^{6}$ tioŋ$^{3}$　衙門裡負責一個部門的官吏　※丙

【值堂】　tik$^{8}$ touŋ$^{2}$　在公堂上執勤　※丙

【書辦】　tsy$^{1}$ paiŋ$^{6}$　衙門裡秘書一類的人員　※丙

【傳話】　tioŋ$^{2}$ ua$^{6}$　官府的翻譯人員　※丁

【門頭】　muoŋ$^{2}$ thau$^{2}$　官邸的看門人；今指大門口　※丁

【門上】　muoŋ$^{2}$ sioŋ$^{6}$　同「門頭」　※丙

【長班】　touŋ$^{2}$ paŋ$^{1}$　官員的隨從差役　※丙

【快班】　khuai$^{5}$ paŋ$^{1}$　官府的捕盜差役　※丙

【紅黑帽】　øŋ$^{2}$ haik$^{7}$ mɔ$^{6}$　官員的隨從差役　※丙

【聽儂題召】　theiŋ$^{5}$ nøŋ$^{2}$ tɛ$^{2}$ tieu$^{6}$　聽人差遣，當聽差　※丙

【跟班大爺】　kyŋ$^{1}$ paŋ$^{1}$ tuai$^{6}$ ie$^{2}$　對官員身邊聽差的尊稱　※乙

【清道旗】　tshiŋ$^{1}$ tɔ$^{6}$ ki$^{2}$　官員出行時轎子前方的儀仗旗幟，讓路人避開　※丙

【吏房】　lei$^{6}$ puŋ$^{2}$　衙門裡的文員辦公的地方　※丙

【錢局】　tsieŋ$^{2}$ kuoʔ$^{8}$　鑄幣局　※丙

【官廳】　kuaŋ$^{1}$ thiaŋ$^{1}$　衙門裡的公事堂　※乙

【軍裝局】　kuŋ$^{1}$ tsouŋ$^{1}$ kuoh$^{8}$　軍火庫或軍械庫　※丙

【官堆】　kuaŋ$^{1}$ toi$^{1}$　衙門的警衛房　※丙

【稅館】　suoɪ$^{5}$ kuaŋ$^{3}$　徵稅的辦公室　※丙

【官堂廳】　kuaŋ$^{1}$ touŋ$^{2}$ thiaŋ$^{1}$　衙門公堂　※丙

【京控】　kiŋ$^{1}$ khouŋ$^{5}$　直接向北京的朝廷控告　※丙

【宮苑裡】　kyŋ$^{1}$ uoŋ$^{3}$ tie$^{3}$　宮庭；皇宮　※甲

【請封條】　tshiaŋ$^{3}$ huŋ$^{1}$ teu$^{2}$　請求官府加封保護　※丙

【繳官】　kieu$^{3}$ kuaŋ$^{1}$　上繳官府　※丙

【簽薄】　tshieŋ$^{1}$ phuo$^{6}$　刑名案卷　※丙

【通事】　thuŋ$^{1}$ søy$^{6}$　辦理外交事務的官員，翻譯官　※丙

【跑文書】　phau$^{2}$ muoŋ$^{2}$ tsy$^{1}$　衙門的信差　※丙

【稿公】　kɔ$^{3}$ kuŋ$^{1}$　軍隊中的文書長　※丙

【吏員】　lei$^{6}$ uoŋ$^{2}$　從「吏」中提拔的官員　※丙

【額外】　ŋiaʔ$^{8}$ ŋuoɪ$^{6}$　沒有正式軍銜的低級軍官　※丁

【倉總】　tshouŋ$^{1}$ tsuŋ$^{3}$　官倉的總管　※乙

【斗乙】　tau$^{3}$ eik$^{7}$　官倉的量斗人　※丙

【日報】　nik$^{8}$ pɔ$^{5}$　為官員和鄉紳編輯的每日情況簡報　※丁

【晴雨報】　tsiŋ$^{2}$ y$^{3}$ pɔ$^{5}$　呈交上級官員的當地天氣情況報告　※丙

【掏例】　tɔ$^{2}$ lie$^{6}$　按慣例收取的賄賂　※丙

【收例】　siu$^{1}$ lie$^{6}$　按慣例收費　※丙

【掐丁口】　khak$^{7}$ tiŋ$^{1}$ kheu$^{3}$　人口普查　※丙

【抽丁】　thiu$^{1}$ tiŋ$^{1}$　抽壯丁（當兵）　※丙

【火牌】　huɪ$^{3}$ pɛ$^{2}$　緊急公文　※丙

【投保長】　tau$^{2}$ pɔ$^{3}$ tioŋ$^{3}$　向保長投訴　※丙

## 2 軍警差役

【食錢糧】 siaʔ$^{8}$ tsieŋ$^{2}$ lioŋ$^{2}$ 謂當兵 ※丙

【卒囝】 tsouk$^{7}$ kiaŋ$^{3}$ 小兵 ※甲

【徛坡】 kie$^{6}$ phɔ$^{1}$ 站崗放哨 ※丙

【換台】 uaŋ$^{6}$ tai$^{2}$ 駐守臺灣的軍隊換防；今指變換電視頻道 ※丁

【槍手】 tshioŋ$^{1}$ tshiu$^{3}$ 軍隊中的長矛手；代人作文章者 ※丙

【校場】 ka$^{5}$ tioŋ$^{2}$ 軍隊的操場 ※乙

【看操】 khaŋ$^{5}$ tshau$^{1}$ 觀看軍隊操練 ※丙

【水操】 tsui$^{3}$ tshau$^{1}$ 海軍的操演 ※丙

【拍射】 phaʔ$^{7}$ sia$^{6}$ 練習射箭 ※丙

【賞銀牌】 sioŋ$^{3}$ ŋyŋ$^{2}$ pɛ$^{2}$ 士兵的獎章 ※丙

【操兵】 tshau$^{1}$ piŋ$^{1}$ 軍隊操練 ※丙

【眷米】 kuoŋ$^{5}$ mi$^{3}$ 發給士兵養家的餉米 ※丙

【銃】 tshøyŋ$^{5}$ 火槍，或炮 ※甲

【拍銃】 phaʔ$^{7}$ tshøŋ$^{5}$ 打槍，打炮 ※乙

【銃手】 tshøyŋ$^{5}$ tsiu$^{3}$ 火槍手 ※丙

【銃架】 tshøyŋ$^{5}$ ka$^{5}$ 炮架，炮車 ※丙

【銃索】 tshøyŋ$^{5}$ sɔʔ$^{7}$ 槍炮上的導火繩 ※丙

【放銃】 pouŋ$^{5}$ tshøyŋ$^{5}$ 開槍，放炮 ※甲

【手銃】 tshiu$^{3}$ tshøyŋ$^{5}$ 手槍 ※乙

【鉛籽】 ioŋ$^{2}$ tsi$^{3}$ 子彈，彈丸 ※乙

【炮籽】 phau$^{5}$ tsi$^{3}$ 炮彈 ※丙

【郎機銃】 louŋ$^{2}$ ki$^{1}$ tshøyŋ$^{5}$ 大炮 ※乙

【洗郎機】 sɛ$^{3}$ louŋ$^{2}$ ki$^{2}$ 擦炮 ※丙

【刺刺槌】 tshie$^{5}$ tsie$^{5}$ thui$^{2}$ 狼牙棒 ※乙

【鐵尺】　thiek$^{7}$ tshioʔ$^{7}$　尺狀的鐵棒，一種武器　※乙

【石割】　sioʔ$^{8}$ kak$^{7}$　邊緣鋒利的石塊，打仗時從城頭擲向敵人　※丙

【行禮】　kiaŋ$^{2}$ lɛ$^{3}$　※乙

【吊城】　tæu$^{5}$ siaŋ$^{2}$　在城牆上用吊籃傳遞東西　※丙

【菱角鬼】　leiŋ$^{2}$ kaøk$^{7}$ kui$^{3}$　鐵蒺藜，三角釘　※丙

【柵櫪】　tsak$^{8}$ lak$^{8}$　柵欄　※甲

【巡更】　suŋ$^{2}$ kaŋ$^{1}$　夜間的保安巡邏　※乙

【草鞋禮】　tshau$^{3}$ ɛ$^{2}$ lɛ$^{3}$　付給警察的車馬費　※丙

【邏$^{+}$鎞】　lɔ$^{6}$ pie$^{1}$　檢驗砒霜的銀探針　※丙

【腰牌】　ieu$^{1}$ pɛ$^{2}$　警察的身分證件　※丙

【差查】　tshɛ$^{1}$ tsa$^{1}$　警察搜索　※丙

【巡邏】　suŋ$^{2}$ lɔ$^{6}$　來回走動，偵看情況　※甲

【撥差】　puak$^{7}$ tshɛ$^{1}$　派遣警察　※丙

【差人】　tshɛ$^{1}$ iŋ$^{2}$　警察　※丙

【差役】　tshɛ$^{1}$ iaʔ$^{7}$　警察　※丙

【當差】　touŋ$^{1}$ tshɛ$^{1}$　當警察　※丙

【差禮】　tshɛ$^{1}$ lɛ$^{3}$　警察收取的保護費　※丙

【鄉看】　hioŋ$^{1}$ khaŋ$^{5}$　鄉里的保安人員　※丙

【捕衙差】　puo$^{6}$ ŋa$^{2}$ tshɛ$^{1}$　捕快，警察　※丙

【幫差】　pouŋ$^{1}$ tshɛ$^{1}$　協警　※丙

【賊總甲】　tsheik$^{8}$ tsuŋ$^{3}$ kak$^{7}$　負責捉賊的官員　※丙

【偵賊】　tiaŋ$^{3}$ tsheik$^{8}$　守候偵察小偷　※甲

【府伯】　hu$^{3}$ paʔ$^{7}$　對府屬警察的尊稱　※丙

【巡捕】　suŋ$^{2}$ puo$^{6}$　治安警　※乙

【火票】　huɪ$^{3}$ phieu$^{5}$　緊急抓捕的命令　※丙

【搦賊】　niaʔ$^{8}$ tsheik$^{8}$　捉賊　※甲

【線索】 siaŋ$^{5}$ sɔʔ$^{7}$ 線人，通風報信者 ※丙
【買線】 mɛ$^{3}$ siaŋ$^{5}$ 收買能提供情報的人 ※丙
【火兵】 huɪ$^{3}$ piŋ$^{1}$ 消防隊 ※丙
【水龍】 tsui$^{3}$ lyŋ$^{2}$ 消防的水槍 ※甲
【簽押】 tshieŋ$^{1}$ ak$^{7}$ 衙門裡的刑名文書 ※丙

## 3 獄訟酷刑

【爆檢】 pauk$^{7}$ kieŋ$^{3}$ 開棺驗屍 ※丙
【官休】 kuaŋ$^{1}$ hiu$^{1}$ 通過官府來解決糾紛 ※丙
【私休】 sy$^{1}$ hiu$^{1}$ 私了 ※丙
【凶主】 hyŋ$^{1}$ tsio$^{3}$ 凶手 ※乙
【灌水案】 kuaŋ$^{5}$ tsui$^{3}$ aŋ$^{5}$ 以榨錢為目的的訟案 ※丙
【發案】 huak$^{7}$ aŋ$^{5}$ 公布判決；今指發生案件 ※丁
【苦主】 khu$^{3}$ tsio$^{3}$ 凶案中的被害人一方 ※乙
【干證】 kaŋ$^{1}$ tseiŋ$^{5}$ 證人 ※甲
【拘差厝】 ky$^{1}$ tshɛ$^{1}$ tshio$^{5}$ 被拘留在警署 ※丙
【班館】 paŋ$^{1}$ kuaŋ$^{3}$ 拘押犯人的地方，班房 ※丙
【禁子】 keiŋ$^{5}$ tsi$^{3}$ 獄卒 ※乙
【禁子伯】 keiŋ$^{5}$ tsi$^{3}$ paʔ$^{7}$ 獄卒 ※丙
【禁子媽】 keiŋ$^{5}$ tsi$^{3}$ ma$^{3}$ 女獄卒；今用引申義，指女性潑辣粗野 ※丁
【劈級】 phiek$^{7}$ ŋeik$^{7}$ 殺頭（諱語） ※丙
【大板】 tuai$^{6}$ peiŋ$^{3}$ 刑具，寬竹板 ※丙
【小板】 sieu$^{3}$ peiŋ$^{3}$ 刑具，窄竹板 ※丙
【率$^{=}$】 saø$^{5}$ 重重地打（屁股） ※甲
【掌嘴顊】 tsioŋ$^{3}$ tshoi$^{5}$ pɛ$^{3}$ 打耳光 ※甲
【關監】 kuoŋ$^{1}$ kaŋ$^{1}$ 關監獄 ※甲

【掏枷】　tɔ² kia²　一種刑罰，被枷，被上枷　※乙

【枷拍】　kia² phaʔ⁷　一種刑罰，上枷並責打　※丙

【絞死】　ka³ si³　套上繩子勒死　※丙

【吊索】　tæu⁵ sɔʔ⁷　絞索，上吊的繩子　※甲

【細割】　sɛ⁵ kak⁷　一種酷刑，淩遲處死　※丙

【檻車】　khaŋ³ tshia¹　押送囚犯的籠車　※丙

【拍背花】　phaʔ⁷ puoɪ⁵ hua¹　法庭上責打女犯臀部　※丙

【骹銬】　kha¹ khɔ⁵　腳銬　※甲

【陷櫃】　haŋ⁶ koi⁶　囚籠　※丙

【火簽】　huɪ³ tshieŋ¹　在重罪犯人的臉上烙字樣　※丙

【徛籠】　khie⁶ løŋ²　刑具，受刑者只能直立站在籠內直至餓死　※乙

【刣頭】　thai² thai²　殺頭　※甲

【跪鏈】　koi⁶ lieŋ⁶　一種酷刑，跪在鐵煉上，通常還要鞭打　※丙

【跪香】　koi⁶ hioŋ¹　罰跪，燃香計算時間　※丙

【點燭】　tieŋ³ tsioʔ⁷　一種酷刑，在受刑人身上纏上棉花，再澆油點燃燒死　※丙

【上湯蛇】　sioŋ⁶ thouŋ¹ sie²　一種酷刑，將金屬管繞在受刑人胳膊上，再灌入開水　※丙

【魁星吊】　khui¹ siŋ¹ tæu⁵　一種酷刑，受刑人被縛住一隻手和一隻腳吊起來　※丙

【猴抱桃】　kau² pɔ⁶ thɔ²　一種酷刑，受刑人雙手繞過杆子和一條腿綁在一起　※丙

【頌鐵線襯】　søyŋ⁶ thiek⁷ siaŋ⁵ louŋ³　一種酷刑，把鐵線繞在受刑人身上再逐漸絞緊　※丙

【上畫眉架】　sioŋ⁶ ua⁶ mi² ka⁵　一種酷刑，呈「大」字形縛在木架上　※丙

【落灰袋】　lɔʔ$^{8}$ huɪ$^{1}$ taø$^{6}$　一種酷刑，將受刑人塞入裝滿石灰的袋子處死　※丙

【堆口】　toi$^{1}$ khau$^{3}$　監獄後牆的小門洞，供送出囚犯屍體　※丙

【拔羅$^{=}$退】　peik$^{8}$ lɔ$^{2}$ thoi$^{5}$　從監獄圍牆的牆洞中拉出屍體　※丙

【褪鏈】　thauŋ$^{5}$ lieŋ$^{6}$　解除（犯人的）鎖鏈　※乙

## 4 犯罪惡行

【幹孽】　kaŋ$^{1}$ ŋiek$^{8}$　使人為難，侵害　※丙

【勾骹】　kau$^{1}$ kha$^{1}$　使人上當，下絆子　※丙

【比差】　pi$^{3}$ tshɛ$^{1}$　矇騙差人（警察）　※丙

【火鷂】　huɪ$^{3}$ ieu$^{6}$　乘火打劫者　※甲

【白撞賊】　paʔ$^{8}$ tauŋ$^{6}$ tsheik$^{8}$　假裝找人伺機偷竊的賊　※甲

【尋□】　siŋ$^{2}$ khieu$^{2}$　找岔子，吹毛求疵　※丙

【吵場】　tsha$^{3}$ tioŋ$^{2}$　（流氓）在公共娛樂場所尋釁滋事　※甲

【搶火】　tshioŋ$^{3}$ huɪ$^{3}$　趁火打劫　※丙

【拍劫】　phaʔ$^{7}$ kiek$^{7}$　打劫　※甲

【養豬角】　ioŋ$^{3}$ ty$^{1}$ kaøk$^{7}$　謂婦女與人通姦　※甲

【拐一注】　kuai$^{3}$ sioʔ$^{8}$ tou$^{6}$　拐騙了一筆錢　※甲

【拐儂老媽】　kuai$^{3}$ nøŋ$^{2}$ lau$^{6}$ ma$^{3}$　誘拐良家婦女　※甲

【拔線】　peik$^{8}$ siaŋ$^{5}$　欺騙，詐騙　※丙

【歪】　uai$^{1}$　騙取（錢財）　※甲

【歪一注】　uai$^{1}$ sioʔ$^{8}$ tou$^{6}$　用不正當手法弄到一筆錢　※甲

【□】　thaøŋ$^{6}$　慫恿，挑唆　※丙

【□】　tiak$^{8}$　哄騙　※甲

【□過手】　tiak$^{8}$ kuo$^{5}$ tshiu$^{3}$　哄騙得手　※甲

【（偷）捏挾】　thau$^{1}$ niek$^{7}$ keik$^{8}$　小偷小摸　※丙

【捧錢】　tshouŋ$^{6}$ tsieŋ$^{2}$　敲詐盤剝　※丙

【下痲⁼待】　$a^6$ $ma^2$ $tai^6$　欺詐　※丙

【看水】　$khaŋ^5$ $tsui^3$　小偷作案前的窺探，踩點　※丙

【覷水】　$tshøy^5$ $tsui^3$　同「看水」　※丙

【冤作⁺】　$uoŋ^1$ $tsɔʔ^7$　誣賴陷害　※甲

【尅砑】　$khaik^7$ $ŋɛ^6$　壓迫，壓榨；今指挑剔、刁難　※丁

【海賊】　$hai^3$ $tsheik^8$　海盜　※甲

【賊頭】　$tsheik^8$ $thau^2$　賊的首領　※甲

【賊囝】　$tsheik^8$ $kiaŋ^3$　小偷　※甲

【賊宿】　$tsheik^8$ $seu^5$　賊窩　※乙

【㪲馬】　$pak^7$ $ma^3$（$puak^7$）　扒手　※甲

【撮歪】　$tshouk^8$ $uai^1$　威脅告發壞事以勒索錢財　※丙

【賄賂】　$uɪ^3$ $lou^6$　（注意讀音）　※甲

【透⁼】　$thau^5$　誘拐（兒童）　※甲

【透⁼佬】　$thau^5$ $lau^6$　拐賣兒童者　※甲

【透⁼死】　$thau^5$ $si^3$　毒殺　※甲

【局】　$huok^8$　設局詐騙　※甲

【局過扇】　$huok^8$ $kuo^5$ $sieŋ^5$　詐騙得手　※甲

【惹】　$nia^3$　招惹，挑逗　※甲

【惹過手】　$nia^3$ $kuo^5$ $tshiu^3$　勾引（婦女）到手　※乙

## （十六）商業經濟

### 1 店鋪攤販

【（茶）館店】　$ta^2$ $kuaŋ^3$ $taiŋ^5$　餐館　※丙

【印書局】　$eiŋ^5$ $tsy^1$ $kuoʔ^8$　出版社　※甲

【薰館】　$houŋ^1$ $kuaŋ^3$　鴉片館　※丙

【合掌街】　$hak^8$ $tsioŋ^3$ $kɛ^1$　兩側都有商鋪的街道。今為一條街道的專名　※丁

【醫館】　i$^{1}$ kuaŋ$^{3}$　診所　※丙

【肉桌】　nyʔ$^{8}$ tɔʔ$^{7}$　賣肉的鋪子　※甲

【果子牙】　ku癸$^{3}$ tsi$^{3}$ ŋa$^{2}$　經營水果的牙行　※乙

【油燭店】　iu$^{2}$ tsioʔ$^{7}$ taiŋ$^{5}$　賣燈油蠟燭等的店鋪　※乙

【染店】　nieŋ$^{3}$ taiŋ$^{5}$　染坊　※甲

【水火爐】　tsui$^{3}$ huo$^{3}$ lu$^{2}$　飯店茶館等用的燒水大爐子　※丙

【退衣店】　thɔi$^{5}$ i$^{1}$ taiŋ$^{5}$（thɔ$^{3}$）　買賣二手衣服的店鋪　※乙

【藥局】　ioʔ$^{8}$ kuoʔ$^{8}$　藥店　※丙

【布莊】　puo$^{5}$ tsouŋ$^{1}$　賣布的商鋪　※乙

【苧店】　taø$^{6}$ taiŋ$^{5}$　賣苧麻製品的商店　※丙

【酒庫】　tsiu$^{3}$ khou$^{5}$　釀酒賣酒的作坊　※乙

【蝴蝶店】　hu$^{2}$ tiek$^{8}$ taiŋ$^{5}$　開在通道兩側的商鋪　※丙

【柴牙】　tsha$^{2}$ ŋa$^{2}$　經營木材生意的牙行　※乙

【柴客】　tsha$^{2}$ khaʔ$^{7}$　做木柴生意的商人　※丙

【紙房】　tsai$^{3}$ puŋ$^{2}$　造紙作坊或儲紙倉庫　※丙

【果子攤】　kuɪ$^{3}$ tsi$^{3}$ thaŋ$^{1}$　水果攤　※甲

【伬館】　tshie$^{1}$ kuaŋ$^{3}$　表演曲藝的娛樂場所　※乙

【細木店】　sɛ$^{5}$ muk$^{8}$ taiŋ$^{5}$　家具店　※丙

【鬃店】　tsøŋ$^{3}$ taiŋ$^{5}$　賣假髮的店鋪　※丙

【車店】　tshia$^{1}$ taiŋ$^{5}$　用旋轉機械切削製作刀柄等木器的店　※乙

【藥棧】　iok$^{8}$ tsaŋ$^{6}$　※丙

【鳥店】　tseu$^{3}$ taiŋ$^{5}$　賣觀賞鳥的店鋪　※甲

【米廠】　mi$^{3}$ tshioŋ$^{3}$　賑災賤賣糧食的棚子；今指碾米廠　※丁

【雜排攤】　tsak pɛ$^{2}$ thaŋ$^{1}$　賣雜貨的小攤　※甲

【鹽館】　sieŋ$^{2}$ kuaŋ$^{3}$　經營鹽的商鋪　※丙

【銅店】　tøŋ$^{2}$ taiŋ$^{5}$　銅匠鋪　※乙

【茶棧】　ta$^{2}$ tsaŋ$^{6}$　※丙

【承行】　siŋ$^{2}$ heiŋ$^{2}$　中間商，掮客　※乙

【廚店】　tio$^{2}$ taiŋ$^{5}$　提供廚師服務的店　※丙

【標場】　pieu$^{1}$ tioŋ$^{2}$　鬥雞場　※丙

【京果店】　kiŋ$^{1}$ kuo$^{3}$ taiŋ$^{5}$　賣乾果的店　※甲

【湯池】　thouŋ$^{1}$ tie$^{2}$　浴池　※甲

【湯頭】　thouŋ$^{1}$ thau$^{2}$　溫泉浴池的熱水出口　※甲

【鴉片館】　a$^{1}$ pieŋ$^{5}$ kuaŋ$^{3}$　※乙

【婊子場】　pieu$^{3}$ tsy$^{3}$ tioŋ$^{2}$　妓院　※丙

【行棧】　ouŋ$^{2}$ tsaŋ$^{6}$　做批發生意的商行　※丙

【花莊】　hua$^{1}$ tsouŋ$^{1}$　花店　※丙

【剃頭擔】　thie$^{5}$ thau$^{2}$ taŋ$^{5}$　剃頭挑子，挑著擔子流動營業的理髮匠　※甲

【蜞$^{+}$碗擔】　khi$^{2}$ uaŋ$^{3}$ taŋ$^{5}$　鋦碗匠的挑子　※甲

【箍桶擔】　khu$^{1}$ tøy$^{3}$ taŋ$^{5}$　箍桶匠的挑子　※甲

【伬擔】　tshie$^{1}$ taŋ$^{5}$　流動賣藝的唱曲藝人　※丙

【把$^{=}$攬$^{=}$鼓】　pa$^{3}$ laŋ$^{3}$ ku$^{3}$　撥浪鼓；用小商品換破爛的小販　※甲

【綉補起油】　seu$^{5}$ puo$^{3}$ khi$^{3}$ iu$^{2}$　修整舊衣服的服務業　※丙

## 2 斤兩尺寸

【秤花】　tsheiŋ$^{5}$ hua$^{1}$　秤桿上標記斤兩的刻度　※甲

【虛斤】　hy$^{1}$ kyŋ$^{1}$　實際只有十二兩重　※丙

【足斤】　tsøyk$^{7}$ kyŋ$^{1}$　標準的一斤，等於十六兩　※丙

【稱斤】　tshiŋ$^{1}$ kyŋ$^{1}$　稱重量　※甲

【庫平】　khou$^{5}$ paŋ$^{2}$　「布司庫」（省財政）稱銀兩的天平，其一百兩相當於的一百〇二點四兩　※丙

【大秤】　tuai$^{6}$ tsheiŋ$^{5}$　一斤實重十八兩或二十兩的秤　※丙

【油秤】 iu$^{2}$ tsheiŋ$^{5}$ 一斤為十七點三兩重的秤 ※丙

【平秤】 paŋ$^{2}$ tsheiŋ$^{5}$ 一斤為十六兩重的秤 ※丙

【一八秤】 eik$^{7}$ paik$^{7}$ tsheiŋ$^{5}$ 一斤為二十兩或二十一兩重的秤 ※丙

【丁盤秤】 tiŋ$^{1}$ puaŋ$^{2}$ tsheiŋ$^{5}$ 帶有秤盤的桿秤 ※丙

【釐戥】 lie$^{2}$ tiŋ$^{3}$ 精密的小秤 ※甲

【針秤】 tseiŋ$^{1}$ tsheiŋ$^{5}$ 磅秤 ※丙

【天平針】 thieŋ$^{1}$ paŋ$^{2}$ tseiŋ$^{1}$ 天平上的指針 ※丙

【大秤裡，小秤出】 tuai$^{6}$ tsheiŋ$^{5}$ tie$^{3}$，sieu$^{3}$ tsheiŋ$^{5}$ tshouk$^{7}$ 大秤進，小秤出 ※乙

【秤管】 tsheiŋ$^{5}$ kuoŋ$^{3}$ 秤桿兒 ※甲

【秤錘】 tsheiŋ$^{5}$ thui$^{2}$ ※甲

【秤鉤】 tsheiŋ$^{5}$ kau$^{1}$ ※甲

【秤鬧$^{=}$】 tsheiŋ$^{5}$ nau$^{6}$ 秤桿上的提手紐襻 ※乙

【鞔筶】 uoŋ$^{3}$ lɔ$^{3}$ 市場上用的筐子（貨物裝在裡面過秤） ※丙

【秤斤撇】 tsiŋ$^{1}$ kyŋ$^{1}$ phiek$^{7}$ 秤籃 ※丙

【磍秤頭】 taʔ$^{7}$ tsheiŋ$^{5}$ thau$^{2}$ 添秤 ※丙

【過秤】 kuo$^{5}$ tsheiŋ$^{5}$ 重新再秤以驗重量 ※甲

【格秤】 kaʔ$^{7}$ tsheiŋ$^{5}$ 檢測秤的重量是否準確 ※乙

【夠秤】 kau$^{5}$ tsheiŋ$^{5}$ 沒有短斤少兩 ※甲

【米升】 mi$^{3}$ tsiŋ$^{1}$ 量米的器具 ※乙

【升斗】 tsiŋ$^{1}$ tau$^{3}$ 升和斗的合稱 ※乙

【豆升】 tau$^{6}$ tsiŋ$^{1}$ 量豆子的器具 ※丙

【米斗】 mi$^{3}$ tau$^{3}$ 量米的斗 ※甲

【倉斗】 tshouŋ$^{1}$ tau$^{3}$ 官倉用的斗，一斗約六斤半 ※丙

【官斗】 kuaŋ$^{1}$ tau$^{3}$ 官方核定的斗 ※丙

【裁尺】 tsɔi$^{2}$ tshioʔ$^{7}$ 裁縫用的尺子 ※丙

【敲*尺】　kha$^5$ tshioʔ$^7$　戒尺　※丙

【平尺】　paŋ$^2$ tshioʔ$^7$　標準長度的尺子　※丙

【鞋箞尺】　ɛ$^2$ lɔ$^3$ tshioʔ$^7$　家中做針線活用的尺子，未必規範　※丙

【裁縫尺】　tsoi$^2$ phuŋ$^2$ tshioʔ$^7$　裁縫用的尺子，比標準尺長二點六英寸　※丙

【家尺】　ka$^1$ tshioʔ$^7$　家裡使用的尺子，長度未必準確　※丙

【合尺】　hak$^8$ tshioʔ$^7$　折尺　※乙

【公教尺】　kuŋ$^1$ kau$^5$ tshioʔ$^7$　標準的尺子　※丙

【京尺】　kiŋ$^1$ tshioʔ$^7$　一種尺子，比標準尺長約一英寸　※丙

【曲尺】　khuoʔ$^7$ tshioʔ$^7$　木工用的直角尺　※甲

## 3 各類貨物

【堅】　kieŋ$^1$　（商品）結實耐用　※丙

【堅莊】　kieŋ$^1$ tsouŋ$^1$　質地優良的貨物　※丙

【退時貨】　thɔi$^5$ si$^2$ huo$^5$　過時的陳貨　※甲

【死貨】　si$^3$ huo$^5$　賣不出去的貨　※甲

【家和做】　ka$^1$ huo$^2$ tsɔ$^5$　專門定製的手工製品，質地上乘　※乙

【下貨】　kia$^6$ huo$^5$　下等貨　※乙

【下莊】　kia$^6$ tsouŋ$^1$　下等貨　※丙

【打場貨】　ta$^3$ tioŋ$^2$ huo$^5$　大路貨，非定製的商品　※丙

【外水】　ŋuoɪ$^6$ tsui$^3$　外來的貨物　※丙

【□□貨】　khiaŋ$^3$ khiaŋ$^3$ huo$^5$　質量低劣的商品　※甲

【呆貨】　ŋai$^2$ huo$^5$　低劣的商品　※甲

【□□貨】　phia$^2$ phia$^2$ huo$^5$　質量低劣的商品　※丙

【客貨】　khaʔ$^7$ huo$^5$　外國運來的貨物　※丙

【原幫】　ŋuoŋ$^2$ pouŋ$^1$　正宗（貨）　※乙

【蘇廣幫】　su$^{1}$ kuoŋ$^{3}$ pouŋ$^{1}$　來自江蘇、廣東的貨物　※丙

【蘇合油】　su$^{1}$ hak$^{8}$ iu$^{2}$　安息香　※丙

【廣東鍍】　kuoŋ$^{3}$ tøŋ$^{1}$ tou$^{6}$　廣東的鍍金製品　※丙

【仿金】　houŋ$^{1}$ kiŋ$^{1}$　用其他金屬製作的像黃金的首飾等　※甲

【洋鐵】　ioŋ$^{2}$ thiek$^{7}$　鍍鋅板　※甲

【土染】　thu$^{3}$ nieŋ$^{3}$　當地染的（布匹）　※丙

【土絲】　thu$^{3}$ si$^{1}$　當地產的蠶絲　※乙

【桂花洋】　kie$^{5}$ hua$^{1}$ ioŋ$^{2}$　印花棉布　※丙

【川紡】　tshioŋ$^{1}$ huoŋ$^{3}$　四川產的絲綢　※丙

【呢羽】　ni$^{2}$ y$^{3}$　毛呢和羽紗，都是高檔布料　※甲

【芙蓉布】　hu$^{2}$ yŋ$^{2}$ puo$^{5}$　一種臺灣產的優質木棉布　※丙

【篩籠紗】　thai$^{1}$ løŋ$^{2}$ sa$^{1}$　過濾網　※丙

【川繭】　tshioŋ$^{1}$ kieŋ$^{3}$　四川產的蠶繭　※丙

【蝴蝶頭】　hu$^{2}$ tiek$^{8}$ thau$^{2}$　一種綉花紋樣　※丙

【青布】　tshaŋ$^{1}$ puo$^{5}$　黑布　※甲

【羅底紗】　lɔ$^{2}$ tɛ$^{3}$ sa$^{1}$　一種紗布　※丙

【緕布】　tsɛ$^{5}$ puo$^{5}$　苧麻布　※甲

【江西緕】　kouŋ$^{1}$ sɛ$^{1}$ tsɛ$^{5}$　江西產的苧麻布　※丙

【扣布】　khæu$^{5}$ puo$^{5}$　一種窄幅棉布　※丙

【京青布】　kiŋ$^{1}$ tshaŋ$^{1}$ puo$^{5}$　一種略顯紅的黑棉布　※丙

【機白緕】　ki$^{1}$ paʔ$^{8}$ tsɛ$^{5}$　一種優質的苧麻布　※丙

【桑皮棉】　souŋ$^{1}$ phuɪ$^{2}$ mieŋ$^{2}$　一種暗色的硬紙　※丙

【桑皮紙】　souŋ$^{1}$ phuɪ$^{2}$ tsai$^{3}$　一種暗色的硬紙　※丙

【月格紙】　ŋuok$^{8}$ kak$^{7}$ tsai$^{3}$　包裝紙　※丙

【泡羔】　phau$^{6}$ kɔ$^{1}$　捲毛的羔羊皮　※丙

【繭綢】　kieŋ$^{3}$ tiu$^{2}$　皺紗綢　※乙

【沉香繭】　thiŋ$^{2}$ hioŋ$^{1}$ kieŋ$^{3}$　一種較大、黃色的繭（乍蠶繭？）
※丙

【臺米】　tai$^{2}$ mi$^{3}$　臺灣產的大米　※丙

【米蒲】　mi$^{3}$ puo$^{2}$　進口的大米　※丙

【海蒲】　hai$^{3}$ puo$^{2}$　進口的大米　※丙

【蒲米】　puo$^{2}$ mi$^{3}$　未經加工處理的大米（來自臺灣）　※丙

【簍米】　leu$^{3}$ mi$^{3}$　閩北產的大米（裝在竹簍裡）　※丙

【原干*原橫】　ŋuoŋ$^{2}$ ta$^{1}$ ŋuoŋ$^{2}$ taiŋ$^{6}$　乾燥堅實的（大米），沒有浸水以增加分量　※丙

【完⁺粒】　kuoŋ$^{2}$ lak$^{8}$　完整的米粒，不包含碎米　※甲

【杭針】　houŋ$^{2}$ tseiŋ$^{1}$　杭州產的編織針　※丙

【杭扇】　houŋ$^{2}$ sieŋ$^{5}$　杭州產的扇子　※丙

【杭菊】　houŋ$^{2}$ køyk$^{7}$　杭州產的乾菊花，可以入藥　※甲

【苧線】　taø$^{6}$ siaŋ$^{5}$　苧麻線　※丙

【花線】　hua$^{1}$ tsieŋ$^{2}$　綉花線　※甲

【頭拜】　thau$^{2}$ pai$^{5}$　一種小蠟燭　※丙

【頭水】　thau$^{2}$ tsui$^{3}$　頭一批採摘的（茉莉花）　※乙

【鹽晶】　sieŋ$^{2}$ tsiŋ$^{1}$　結成塊的鹽　※丙

【芽囝】　ŋa$^{2}$ kiaŋ$^{3}$　一種茶葉　※丙

【揀頭】　keiŋ$^{3}$ thau$^{2}$　一種茶，品質不佳　※丙

【厚赤】　kau$^{6}$ tshiaʔ$^{7}$　鍍得厚、品質好的鍍金　※丙

【棕索】　tsøy$^{1}$ sɔʔ$^{7}$　棕繩　※甲

【紙絡】　tsai$^{3}$ leu$^{3}$　紙條，小紙片　※甲

【粗紙】　tshu$^{1}$ tsai$^{3}$　質量低劣的草紙；現在指廁紙　※丁

【糙紙】　tshɔ$^{5}$ tsai$^{3}$　草紙　※丙

【箔青】　pɔʔ$^{8}$ tshaŋ$^{1}$　錫箔　※丙

【箔金】　pɔʔ$^{8}$ kiŋ$^{1}$　錫箔　※丙

【戰手】　tsieŋ$^{5}$ tshiu$^{3}$　細銅絲　※丙

【水膠】　tsui$^{3}$ ka$^{1}$　膠水　※甲

【魚膠】　ŋy$^{2}$ ka$^{1}$　魚鰾；魚鰾煮的膠　※甲

【草索】　tshau$^{3}$ sɔʔ$^{7}$　草繩　※甲

【紙胚】　tsai$^{3}$ phuɪ$^{1}$　馬糞紙，紙板　※甲

## 4 買賣行情

【主盤】　tsio$^{3}$ puaŋ$^{2}$　經營，經理　※丙

【掌盤】　tsioŋ$^{3}$ puaŋ$^{2}$　掌櫃的，經理　※乙

【交盤】　kau$^{1}$ puaŋ$^{2}$　把生意轉交給他人　※乙

【舊主客】　kou$^{6}$ tsio$^{3}$ kaʔ$^{7}$　老主顧　※丙

【老主客】　lɔ$^{3}$ tsio$^{3}$ khaʔ$^{7}$　老主顧　※丙

【老交官】　lɔ$^{3}$ kau$^{1}$ kuaŋ$^{1}$　老主顧　※丙

【鋪家】　phuo$^{5}$ ka$^{1}$　老主顧；從大商鋪進貨的小店主　※甲

【門頭主】　muoŋ$^{2}$ thau$^{2}$ tsio$^{3}$　老主顧，常客　※丙

【客商】　khaʔ$^{7}$ sioŋ$^{1}$　外國來的商人　※丁

【莊家】　tsouŋ$^{1}$ ka$^{1}$　商業上的客戶；今義同普通話　※丁

【開店家】　khui$^{1}$ taiŋ$^{5}$ka$^{1}$　店家，店主　※丙

【攱店】　kak$^{8}$ taiŋ$^{5}$　常年住在店裡的店員　※丙

【牙儂】　ŋa$^{2}$ nøŋ$^{2}$　牙人，掮客　※丙

【包主】　pau$^{1}$ tsio$^{3}$　承包商　※乙

【上市】　sioŋ$^{6}$ tshei$^{6}$　市場開始營業；今義同普通話　※丁

【退市】　thɔi$^{5}$ tshei$^{6}$　市面上營業活動結束　※甲

【開彩】　khui$^{1}$ tshai$^{3}$　商店開張慶典；今指彩票開獎　※丁

【□店】　lauŋ$^{5}$ taiŋ$^{5}$　新開的店鋪試營業，前字可能「暖」的音訛　※丙

【收店】　siu$^{1}$ taiŋ$^{5}$　商店結束一天的營業　※甲

【倒店】　tɔ$^{3}$ taiŋ$^{5}$　商店倒閉　※甲

【通街】　thuŋ$^{1}$ kɛ$^{1}$　滿街　※甲

【市疲】　tshei$^{6}$ phi$^{2}$　生意不好　※甲

【市旺】　tshei$^{6}$ uoŋ$^{6}$　生意好　※甲

【市頭】　tshei$^{6}$ thau$^{2}$　市場上　※丙

【生理】　seiŋ$^{1}$ li$^{3}$　生意，商業活動　※丙

【徛骹】　khie$^{6}$ kha$^{1}$　立足　※甲

【開假】　khui$^{1}$ ka$^{5}$　正月初五商鋪年假結束，重新開門　※乙

【闥板】　thak$^{7}$ peiŋ$^{3}$　商鋪門面的活動牆板，白天取下營業　※甲

【開闥板】　khui$^{1}$ thak$^{7}$ peiŋ$^{3}$　商鋪開門　※甲

【敠闥板】　tshøyŋ$^{5}$ thak$^{7}$ peiŋ$^{3}$　裝上闥板，商鋪關門　※甲

【上闥板】　tshioŋ$^{6}$ thak$^{7}$ peiŋ$^{3}$　同上　※甲

【灰印】　huɪ$^{1}$ eiŋ$^{5}$　打在貨物上的印記　※丙

【兜領】　tau$^{1}$ liaŋ$^{3}$　承包，取得壟斷經營權　※乙

【踏櫃】　taʔ$^{7}$ koi$^{6}$　專賣行業的牌照費　※丙

【踏墿】　tak$^{8}$ tio$^{6}$　在生意上闖路子　※丙

【頭幫】　thau$^{2}$ pouŋ$^{1}$　第一批貨　※甲

【缺幫】　khuok$^{7}$ pouŋ$^{1}$　供應短缺　※丙

【搭貨】　tak$^{7}$ huo$^{5}$　托運貨物　※丙

【排街】　pɛ$^{2}$ kɛ$^{1}$　商品展示，喻婦女閑坐在臨街的門口　※丙

【排攤】　pɛ$^{2}$ thaŋ$^{1}$　擺攤　※甲

【在汝揀】　tsai$^{6}$ ny$^{3}$ keiŋ$^{3}$　任憑挑選　※甲

【倉米票】　tshouŋ$^{1}$ mi$^{3}$ pieu$^{5}$　官倉發付大米的憑證　※乙

【有主字】　ou$^{6}$ tsio$^{3}$ tsei$^{6}$　有了買家　※甲

【無主字】　mɔ$^{2}$ tsio$^{3}$ tsei$^{6}$　沒有買家，賣不出去　※甲

【標條】　pieu$^{1}$ teu$^{2}$　價格標簽　※丙

【插標】　tshak$^{7}$ pieu$^{1}$　插上價格標簽　※丙

【價聲】　ka$^{5}$ siaŋ$^{1}$　要價　※甲

【起價】　khi$^{3}$ ka$^{5}$　價錢上升　※甲

【待價】　tai$^{6}$ ka$^{5}$　降價甩賣　※丙

【落價】　lɔʔ$^{8}$ ka$^{5}$　價鉻下降　※甲

【沰價】　thouk$^{8}$ ka$^{5}$　降價　※甲

【真不二價】　tsiŋ$^{1}$ pouk$^{7}$ nei$^{6}$ ka$^{5}$　商店的標語，表示貨真價實　※乙

【填$^{=}$價】　teiŋ$^{2}$ ka$^{5}$　還價　※甲

【蓋$^{*}$價】　khaiŋ$^{5}$ ka$^{5}$　不容商量的價鉻　※丙

【替$^{+}$價】　thie$^{5}$ ka$^{5}$　按前一位顧客的價格購買　※丙

【退價】　thɔi$^{5}$ ka$^{5}$　讓價　※丙

【驢價馬價】　lø$^{2}$ ka$^{5}$ ma$^{3}$ ka$^{5}$　虛高的價鉻，漫天要價　※丙

【喝堆】　hak$^{7}$ toi$^{1}$　論堆兒講價錢　※丙

【九扣】　kau$^{3}$ kæu$^{5}$　價錢打九折　※丙

【隻錢把】　tsiaʔ$^{7}$ tsieŋ$^{2}$ pa$^{3}$　一個銅錢買一把的（蔬菜）　※丙

【隻錢兩】　tsiaʔ$^{7}$ tsieŋ$^{2}$ lioŋ$^{3}$　一個銅錢買一兩的（東西）　※丙

【賤】　ia$^{3}$ siaŋ$^{6}$　價低　※乙

【價賤】　ka$^{5}$ siaŋ$^{6}$　價格便宜　※乙

【極賤】　kik$^{8}$ siaŋ$^{6}$　非常便宜　※丙

【嘍$^{=}$賤】　leu$^{2}$ siaŋ$^{6}$　（價鉻）便宜　※丙

【便宜公道賤】　peiŋ$^{2}$ ŋie$^{2}$ kuŋ$^{1}$ tɔ$^{6}$ siaŋ$^{6}$　價錢便宜且公道　※丙

【嘍乍嘍】　leu$^{2}$ tsiaʔ$^{7}$ leu$^{2}$　真便宜　※丙

【合適】　hak$^{8}$ seik$^{7}$　合算，划得來　※甲

【賤來賤去】　siaŋ$^{6}$ li$^{2}$ siaŋ$^{6}$ khɔ$^{5}$　便宜買進也便宜賣出　※丙

【貨賤】　huo$^{5}$ siaŋ$^{6}$　商品價廉　※乙

【宜便】　ŋie$^{2}$ peiŋ$^{2}$　（價鉻）便宜　※丙

【貴賤】　koi$^{5}$ siaŋ$^{6}$　貴的和便宜的　※乙

【裁挪】　tsoi$^{2}$ nɔ$^{2}$　談判，議價　※丙

【土眼】　thu$^{3}$ ŋaŋ$^{3}$　很差的商業眼光　※丙

【行情通通光】　ouŋ$^{2}$ tsiŋ$^{2}$ thøŋ$^{1}$ thøŋ$^{1}$ kuoŋ$^{1}$　精通行情　※乙

【糶米】　thieu$^{5}$ mi$^{3}$　賣米　※丙

【糴豆】　tiaʔ$^{8}$ tau$^{6}$　買豆子　※乙

【糴米】　tiaʔ$^{8}$ mi$^{3}$　買米　※甲

【斷布】　touŋ$^{3}$ puo$^{5}$　買布　※甲

【發客】　huak$^{7}$ khaʔ$^{7}$　賣給外國客商的貨物　※丙

【干打】　kaŋ$^{1}$ ta$^{3}$　用現鈔購貨　※丙

【錢便】　tsieŋ$^{2}$ pieŋ$^{6}$　錢隨時可以給付　※甲

【盤擷】　puaŋ$^{2}$ kiek$^{7}$　從別的商鋪進貨　※甲

【擷貨】　kiek$^{7}$ huo$^{5}$　（零售商）購進貨物　※甲

【貴底】　koi$^{5}$ tɛ$^{3}$　珍貴的存貨，不輕易出售的　※丙

【坐山】　sɔi$^{6}$ saŋ$^{1}$　大宗地收購山貨、竹木等　※丙

【□去】　suɪ$^{3}$ khɔ$^{5}$　全部買下來　※丙

【□賣】　suɪ$^{3}$ mɛ$^{6}$　全部貨物整批賣　※丙

【鬥買】　tau$^{5}$ mɛ$^{3}$　競價購買　※丙

【便宜買】　peiŋ$^{2}$ ŋie$^{2}$ mɛ$^{3}$　用低價買　※甲

【無塊*買】　mɔ$^{2}$ taø$^{5}$ mɛ$^{3}$　沒有地方買，買不到的　※甲

【泥買】　nɛ$^{2}$ mɛ$^{3}$　纏著要買　※甲

【泥賣】　nɛ$^{2}$ mɛ$^{6}$　纏著要人買　※甲

【一店買】　sioʔ$^{8}$ taiŋ$^{5}$ mɛ$^{3}$　謂物品很相似　※丙

【濫漉】　laŋ$^{6}$ løk$^{8}$　不加挑選地買入　※丙

【坐】　tsɔ$^{6}$　購買囤積　※甲

【開艙】　khui$^{1}$ tshouŋ$^{1}$　把整批的貨拆散了賣　※丙

【做賣】　tsɔ$^{5}$ mɛ$^{6}$　為出售而製作　※甲

【碎賣】　tshɔi$^{5}$ mɛ$^{6}$　零賣　※甲

【賣徹徹】　mɛ$^{6}$ thaʔ$^{7}$ thaʔ$^{7}$　賣得精光　※甲

【□】　ua$^{5}$　暢銷，生意興隆　※甲

【併店】　piaŋ$^{3}$ taiŋ$^{5}$　全部收購店中存貨　※乙

【貨𣍐通】　huo$^{5}$ mɛ$^{6}$ thøŋ$^{1}$　貨賣不掉　※甲

【洋稅】　ioŋ$^{2}$ suoɪ$^{5}$　進口關稅　※丙

## 5 商戰欺詐

【奪食】　touk$^{8}$ siaʔ$^{8}$　爭食，爭奪商業利益　※甲

【背後手】　puoɪ$^{5}$ au$^{6}$ tshiu$^{3}$　暗地裡的交易　※丙

【對探】　tɔi$^{5}$ thaŋ$^{5}$　互相壓價競爭　※丙

【探儂生意】　thaŋ$^{5}$ nøŋ$^{2}$ seiŋ$^{1}$ ei$^{5}$　用壓價甩賣的方法奪對手的生意　※丙

【爬牆】　pa$^{2}$ tshioŋ$^{2}$　買賣雙方越過經紀人直接交易　※丙

【食過耳】　siaʔ$^{8}$ kuo$^{5}$ ŋei$^{6}$　撈過界，超出應得的分額　※丙

【□】　tshua$^{5}$　搶生意　※丙

【□過爿】　tshua$^{5}$ kuo$^{5}$ peiŋ$^{2}$　搶了別人的生意，撈過界　※丙

【□來□去】　tshua$^{5}$ li$^{2}$ tshua$^{5}$ khɔ$^{5}$　互相爭奪生意　※丙

【□地方】　tshua$^{5}$ tei$^{6}$ huoŋ$^{1}$　搶做生意的地盤　※丙

【當面摻水】　touŋ$^{1}$ meiŋ$^{5}$ tshaŋ$^{1}$ tsui$^{3}$　謂奸商肆無忌憚地欺詐顧客　※乙

【做局】　tsɔ$^{5}$ kuok$^{8}$　設圈套坑人　※甲

【灌水肉】　kuaŋ$^{5}$ tsui$^{3}$ nyk$^{8}$　注水豬肉　※甲

【築胲】　tøyk$^{7}$ kai$^{1}$　奸商往雞鴨的嗉囊裡填沙土以增加斤兩　※甲

【做水】　tsɔ$^{5}$ tsui$^{3}$　把貨物泡水以增加重量　※甲

【浸水】　tseiŋ$^{5}$ tsui$^{3}$　同「做水」　※甲

【□】　sø$^{2}$　把劣貨賣給不知情者　※甲

【乞儂□】　khøyk$^{7}$ nøŋ$^{2}$ sø$^{2}$　被矇騙買了劣貨　※甲

【調$^{+}$假】　theu$^{5}$ ka$^{3}$　以假貨替換真貨　※丙

【調⁺包】　theu$^{5}$ pau$^{1}$　抽換，調換　※甲
【喝□】　hak$^{7}$ tiak$^{8}$　誑語矇騙顧客　※丙
【刣沰】　thai$^{2}$ thouk$^{8}$　殺跌，在價格看跌時買家故意拖延購買　※丙
【車剝】　tshia$^{1}$ pauk$^{7}$　嚴苛的盤剝　※丙
【戳⁼】　tshɔ$^{8}$　鑽營獲利；今指敲詐勒索　※丁
【騙過爿】　phieŋ$^{5}$ kuo$^{5}$ peiŋ$^{2}$　騙過手，騙成功　※乙
【糴冇粟】　tiaʔ$^{8}$ phaŋ$^{5}$ tshioʔ$^{7}$　買秕穀（做飼料）；喻不法錢莊買進偽劣銅錢摻雜使用　※丙

## （十七）資產財務

### 1 金融貨幣

【錢莊】　tsieŋ$^{2}$ tsouŋ$^{1}$　傳統的銀行　※乙
【錢店】　tsieŋ$^{2}$ taiŋ$^{5}$　小錢莊　※乙
【錢廠】　tsieŋ$^{2}$ tshioŋ$^{3}$　鑄幣廠　※丙
【錢樣】　tsieŋ$^{2}$ ioŋ$^{6}$　錢的模型，作為錢莊的標誌　※丙
【銀水】　ŋyŋ$^{2}$ tsui$^{3}$　不同質量的銀子之間的兌換率　※丙
【銀鞘】　ŋyŋ$^{2}$ sieu$^{5}$　裝銀子的木箱　※丙
【估成色】　ku$^{3}$ siaŋ$^{2}$ saik$^{7}$　估計貴金屬的成色　※乙
【傾⁺銀】　khiŋ$^{2}$ ŋyŋ$^{2}$　檢驗銀子的成色　※丙
【傾⁺燒】　khiŋ$^{2}$ sieu$^{1}$　用實驗方法檢驗銀子的成色　※丙
【足成金】　tsøyk$^{7}$ siaŋ$^{2}$ kiŋ$^{1}$　純金　※甲
【下銀】　a$^{6}$ ŋyŋ$^{2}$　成色不好的銀子　※丙
【鏡面銀】　kiaŋ$^{5}$ meiŋ$^{5}$ ŋyŋ$^{2}$　銀錠的一種　※丙
【元寶錠】　ŋuoŋ$^{2}$ pɔ$^{3}$ tiaŋ$^{6}$　（金銀）元寶　※甲
【十兩錠】　seik$^{8}$ lioŋ$^{3}$ tiaŋ$^{6}$　重十兩的元寶　※丙

【康熙板】 khouŋ$^{1}$ hi$^{1}$ peiŋ$^{3}$ 一種康熙年間出品的銅錢，也叫「康熙母」 ※丙

【康熙母】 khouŋ$^{1}$ hi$^{1}$ mɔ$^{3}$ 一同「康熙板」 ※丙

【時錢】 si$^{2}$ tsieŋ$^{2}$ 當時流通的貨幣 ※丙

【錢囝】 tsieŋ$^{2}$ kiaŋ$^{3}$ 小錢 ※甲

【完$^{+}$票】 kuoŋ$^{2}$ phieu$^{5}$ 大面額的整鈔 ※甲

【完$^{+}$錢】 kuoŋ$^{2}$ tsieŋ$^{2}$ 整錢，大票面的錢 ※甲

【平頭錢】 paŋ$^{2}$ thau$^{2}$ tsieŋ$^{2}$ 整數的錢，沒有零頭 ※丙

【碎銀】 tshoi$^{5}$ ŋyŋ$^{2}$ 不成錠的碎銀子 ※乙

【碎錢】 tshɔi$^{5}$ tsieŋ$^{2}$ 零錢 ※甲

【金戈戈】 kiŋ$^{1}$ khuo$^{1}$ khuo$^{1}$ 「錢」的別稱，拆說「錢」的三個偏旁 ※丙

【撇銀油】 phiek$^{7}$ ŋyŋ$^{2}$ iu$^{2}$ 謂沒有利潤的行當 ※丙

【錢鈔】 tsieŋ$^{2}$ tsha$^{5}$ 紙幣 ※丙

【錢票】 tsieŋ$^{2}$ phieu$^{5}$ 錢莊發行的票據 ※丙

【布貨】 puo$^{5}$ huo$^{5}$ 古錢幣 ※丙

【錢串】 tsieŋ$^{2}$ tshioŋ$^{5}$ 成串的銅錢 ※乙

【光番】 kuoŋ$^{1}$ huaŋ$^{1}$ 銀圓 ※乙

【番錢囝】 huaŋ$^{1}$ tsieŋ$^{2}$ kiaŋ$^{3}$ 輔幣硬幣 ※甲

【清番】 tshiŋ$^{1}$ huaŋ$^{1}$ 銀圓 ※丙

【鳥番】 tseu$^{3}$ huaŋ$^{1}$ 墨西哥銀圓，上有鷹的圖案 ※乙

【角番】 kaøk$^{7}$ huaŋ$^{1}$ 二十五美分的硬幣 ※丙

【銅番】 tøŋ$^{2}$ huaŋ$^{1}$ 銅合金的硬幣（外幣） ※丙

【番錢】 huaŋ$^{1}$ tsieŋ$^{2}$ 銀元 ※乙

【博番】 pauk$^{7}$ huaŋ$^{1}$ 換銀元 ※丙

【換番】 uaŋ$^{6}$ huaŋ$^{1}$ 換銀元 ※丙

【捧$^{=}$掏$^{=}$番】 phuŋ$^{2}$ tɔ$^{2}$ huaŋ$^{1}$ 有刻痕或被切割的銀元 ※丙

【殘番】　tsaŋ$^{2}$ huaŋ$^{1}$　份量不足的銀元　※丙

【夾$^{+}$呆錢】　khiak$^{8}$ ŋai$^{2}$ tsieŋ$^{2}$　將劣幣摻入使用　※丙

【溜鉛】　lau$^{5}$ ioŋ$^{2}$　（銀幣）灌鉛，製成假幣　※丙

【補銀】　puo$^{3}$ ŋyŋ$^{2}$　為殘缺的銀元打補丁　※丙

【補鉛】　puo$^{3}$ ioŋ$^{2}$　用鉛補綴缺損的銀元　※丙

【紙錢】　tsai$^{3}$ tsieŋ$^{2}$　鈔票　※甲

【呆錢】　ŋai$^{2}$ tsieŋ$^{2}$　假幣　※丙

【奇$^{+}$幾毫】　khie$^{1}$ kui$^{3}$ hɔ$^{2}$　整數之外還零幾毫（錢）　※丙

【季兌】　kic$^{5}$ tɔi$^{5}$　每季付　期的債款　※丙

【向票】　hioŋ$^{5}$ phieu$^{5}$　銀行、錢莊間的轉帳支票　※丙

【叮失票】　tiŋ$^{1}$ seik$^{7}$ phieu$^{5}$　向銀行、錢莊掛失銀票　※丙

【倒票】　tɔ$^{3}$ phieu$^{5}$　錢莊拒付的錢票　※丙

【錢穿】　tsieŋ$^{2}$ tshioŋ$^{1}$　銅錢的眼兒　※丙

【錢貫索】　tsieŋ$^{2}$ kuoŋ$^{5}$ sɔʔ$^{7}$　錢串子，穿銅錢的細繩　※丙

【補串】　puo$^{3}$ tshioŋ$^{5}$　補足銅錢串子的數量　※丙

【錢針】　tsieŋ$^{2}$ tseiŋ$^{1}$　串銅錢用的針　※丙

【錢褡】　tsieŋ$^{2}$ tak$^{7}$　錢袋子　※丙

【票摺】　phieu$^{5}$ tsiek$^{7}$　錢包，票夾　※甲

【錢罐】　tsieŋ$^{2}$ taøk$^{7}$　儲錢罐　※甲

【夾幔$^{=}$】　kak$^{7}$ maŋ$^{6}$　保險箱，粵語寫作「夾萬」　※丙

【錢斗】　tsieŋ$^{2}$ tau$^{3}$　商家使用的盛錢盒子　※甲

【待筒】　tai$^{6}$ tøŋ$^{2}$　盛銅錢的竹筒　※丙

【錢筒】　tsieŋ$^{2}$ tøŋ$^{2}$　盛銅錢的竹筒　※丙

【扣底】　khæu$^{5}$ tɛ$^{3}$　支取一吊錢照例扣兩文手續費　※丙

【錢尾】　tsieŋ$^{2}$ muɪ$^{3}$　找零的錢　※甲

【合錢尾】　hak$^{8}$ tsieŋ$^{2}$ muɪ$^{3}$　找回零錢　※甲

【找錢尾】　tsau$^{3}$ tsieŋ$^{2}$ mui$^{3}$　找零錢　※甲

【合錢】　hak$^{8}$ tsieŋ$^{2}$　把整錢換成零錢　※乙

## 2 租賃典當

【田主】 tsheiŋ$^{2}$ tsio$^{3}$ 田產的所有人，地主 ※乙

【厝主】 tshio$^{5}$ tsio$^{3}$ 房子的主人，房東 ※甲

【厝主媽】 tshio$^{5}$ tsy$^{3}$ ma$^{3}$ 房東太太，女房東 ※甲

【典主】 teiŋ$^{3}$ tsio$^{3}$ 受典土地或房屋的一方當事人 ※乙

【典過主】 teiŋ$^{3}$ kuo$^{5}$ tsio$^{3}$ 出典給他人 ※乙

【厝屋出租】 tshio$^{5}$ ouk$^{7}$ tshouk$^{7}$ tsu$^{1}$ 房屋出租 ※乙

【租榜】 tsu$^{1}$ pouŋ$^{3}$ 招租的告示 ※丙

【租被】 tsu$^{1}$ phuoɪ$^{6}$ 租棉被 ※乙

【租厝】 tsu$^{1}$ tshio$^{5}$ 租房子 ※甲

【厝租】 tshio$^{5}$ tsu$^{1}$ 房租 ※甲

【田租】 tsheiŋ$^{2}$ tsu$^{1}$ 房租 ※甲

【討租】 thɔ$^{3}$ tsu$^{1}$ 催要租金 ※甲

【抽租】 thiu$^{1}$ tsu$^{1}$ 租賃稅 ※丙

【樸租】 pɔʔ$^{8}$ tsu$^{1}$ 包租 ※甲

【兌租】 tɔi$^{5}$ tsu$^{1}$ 交租金 ※丙

【收租】 siu$^{1}$ tsu$^{1}$ 收取地租或房租 ※甲

【保租】 pɔ$^{3}$ tsu$^{1}$ 租賃的擔保 ※丙

【完$^{+}$厝】 kuoŋ$^{2}$ tshio$^{5}$ 整棟完整的房子 ※丙

【快$^{=}$儂認】 khɛ$^{3}$ nøŋ$^{2}$ neiŋ$^{6}$ 為他人作擔保 ※丙

【田供】 tsheiŋ$^{2}$ kyŋ$^{1}$ 承租田地，再分租出去的田產管理人 ※丙

【田面】 tsheiŋ$^{2}$ meiŋ$^{5}$ 田產的法定主人，也是賦稅的責任人 ※丙

【樸魚池】 pɔʔ$^{8}$ ŋy$^{2}$ tie$^{2}$ 承包經營魚塘 ※甲

【樸果子】 pɔʔ$^{8}$ kuɪ$^{3}$ tsi$^{3}$ 在水果未成熟時就議價包買下來 ※甲

【□】 tsɔʔ$^{7}$ 包買整樹還未採摘的水果 ※丙

【私當店】 sy$^{1}$ tauŋ$^{5}$ taiŋ$^{5}$ 沒有正式注冊的當鋪 ※丙

【稅當】 suoɪ$^{5}$ tauŋ$^{5}$ 正式注冊納稅的當鋪 ※丙

【小押】 sieu$^{3}$ ak$^{7}$ 小額質押借貸店 ※丙

【蓋$^{*}$贖】 khaiŋ$^{5}$ syk$^{8}$ 當鋪阻止回贖典當物 ※丙

【調$^{+}$當】 theu$^{5}$ tauŋ$^{5}$ 置換典當物 ※丙

【卷莊】 kuoŋ$^{3}$ tsouŋ$^{1}$ 當鋪收藏典當物的庫房 ※丙

【抄當】 tshau$^{1}$ tauŋ$^{5}$ 買進他人典當質押的物品，也說「抄莊」 ※丙

【抄莊】 tshau$^{1}$ tsouŋ$^{1}$ 同「抄當」 ※丙

【當頭】 tauŋ$^{5}$ thau$^{2}$ 典當物 ※丙

【軟髓】 nioŋ$^{3}$ tshoi$^{3}$ 細軟財物 ※丙

【討當】 thɔ$^{3}$ tauŋ$^{5}$ 贖回典當物品 ※丙

【湊斷】 tshæu$^{5}$ tauŋ$^{6}$ 再添加一些錢把典當物買斷 ※丙

【斷點惡】 tauŋ$^{6}$ teiŋ$^{3}$ ou$^{5}$ （典當的）衣服上沒有任何污漬 ※丙

【押搬】 ak$^{7}$ puaŋ$^{1}$ 強制搬遷 ※乙

【紅契】 øŋ$^{2}$ khie$^{5}$ 經政府登記的契約 ※丙

【白契】 paʔ$^{8}$ khie$^{5}$ 未經政府登記的契約 ※丙

【斷契】 tauŋ$^{6}$ khie$^{5}$ 賣斷的文書 ※丙

【畫號】 ua$^{6}$ hɔ$^{6}$ 畫花押（作為簽名） ※丙

【做字】 tsɔ$^{5}$ tsei$^{6}$ 寫下字據 ※甲

【記認】 kei$^{5}$ neiŋ$^{6}$ 記號 ※甲

【願字】 ŋuoŋ$^{6}$ tsei$^{6}$ 書面協議 ※丙

【押日子】 ak$^{7}$ nik$^{8}$ tsi$^{3}$ 簽署日期 ※丙

【過厝】 kuo$^{5}$ tshio$^{5}$ 換了主，交易完成 ※乙

## 3 債務帳目

【變賬】　pieŋ$^5$ tioŋ$^5$　抵押財物獲得流通資金　※乙

【掏盤】　tɔ$^2$ puaŋ$^2$　商業借貸　※丙

【錢利】　tsieŋ$^2$ lei$^5$　利息　※乙

【母利】　mɔ$^3$ lei$^5$　本錢和利潤　※乙

【年不計閏】　nieŋ$^2$ pouk$^7$ kie$^5$ nouŋ$^6$　借債按年計算利息，不算閏月　※丙

【入納】　nik$^8$ nak$^8$　繳納（房租等）　※丙

【晡納】　puo$^1$ nak$^8$　逐日繳納部分本息的貸款　※丙

【賬數】　tioŋ$^5$ sou$^5$　債額加計利息　※丙

【合錢起加一】　hak$^8$ tsieŋ$^2$ khi$^3$ ka$^1$ eik$^7$　翻本還要再加一成的利潤　※丙

【半年兌】　puaŋ$^5$ nieŋ$^2$ tɔi$^5$　半年付一期的債款　※丙

【加一抽】　ka$^1$ eik$^7$ thiu$^1$　抽一成（傭金）　※甲

【加三】　ka$^1$ saŋ$^1$　三成利　※乙

【年全節半】　nieŋ$^2$ tsioŋ$^2$ tsaik$^7$ puaŋ$^5$　欠債遇端午、中秋要先還一半，到年關要全部還清　※丙

【興三敗兩】　hiŋ$^1$ saŋ$^1$ pai$^6$ laŋ$^6$　房產交易的中介佣金慣例為百分之五，買方出三點，賣方出兩點　※甲

【呆債】　ŋai$^2$ tsai$^5$　原指無法收回的債款，引申指結果不好的事情　※丙

【邁$^{=}$債】　mai$^6$ tsai$^5$　負債　※甲

【坐債】　tsɔ$^6$ tsai$^5$　欠錢債　※丙

【填債】　teiŋ$^2$ tsai$^5$　還債　※甲

【債尾】　tsai$^5$ muɪ$^3$　餘欠　※乙

【古老債】　ku$^3$ lɔ$^3$ tsai$^5$　拖欠很久的債　※乙

【答口】　tak$^{7}$ kheu$^{3}$　稍喫一些以療饑，比喻收回很小一部分的債款　※丙

【兑價】　tɔi$^{5}$ ka$^{5}$　償債　※丙

【幫一股】　pouŋ$^{1}$ sioʔ$^{8}$ ku$^{3}$　搭一股（投資）　※甲

【徛股】　khie$^{6}$ ku$^{3}$　參股（做生意）　※丙

【兑會】　tɔi$^{5}$ huoɪ$^{6}$　債務轉移　※丙

【抵數】　ti$^{3}$ sou$^{5}$　抵帳，抵債　※甲

【抹數】　muak$^{7}$ sou$^{5}$　銷帳，從帳面上抹去　※丙

【撥數】　puak$^{7}$ sou$^{5}$　轉移債權　※甲

【還數】　heiŋ$^{2}$ sou$^{5}$　還欠帳　※乙

【平$^{+}$數】　phaŋ$^{1}$ sou$^{5}$　平帳　※丙

【噼$^{+}$數】　phiak$^{7}$ sou$^{5}$　平衡帳目　※丙

【收數】　siu$^{1}$ sou$^{5}$　收欠帳　※甲

【街數】　kɛ$^{1}$ sou$^{5}$　商鋪的門市賒欠帳目　※丙

【碎數】　tshɔi$^{5}$ sou$^{5}$　零碎的帳目　※乙

【漏數】　lau$^{5}$ sou$^{5}$　遺漏了（某筆）帳目　※乙

【抖數】　tau$^{3}$ sou$^{5}$　核對清點帳目　※甲

【記數】　kei$^{5}$ sou$^{5}$　記帳　※甲

【併數】　piaŋ$^{5}$ sou$^{5}$　合併帳目　※甲

【應（款）】　eiŋ$^{5}$ khuaŋ$^{3}$　（計算結果）應該是　※甲

【拔本】　peik$^{8}$ puoŋ$^{3}$　投資，出資（做生意）　※甲

【划】　hua$^{2}$　計算，核算　※丙

【賠補】　puɪ$^{2}$ puo$^{3}$　賠償，補償　※甲

【平匹】　paŋ$^{2}$ pheik$^{7}$　扯平，互不欠帳　※甲

【平$^{+}$發】　phaŋ$^{1}$ huak$^{7}$　支付，償付　※丙

【漏鬮】　lau$^{5}$ khau$^{1}$　遺漏了（某人的）份額　※丙

【留尾】　lau$^{2}$ muɪ$^{3}$　帳目不結清，留個尾數　※乙

【合清】　hak$^{8}$ tshiŋ$^{1}$　給付結清　※乙

## 4 搏彩融資

【賽色】 suoɪ$^{5}$ saik$^{7}$ 擲色子賭博 ※丙

【骰攤】 tau$^{2}$ thaŋ$^{1}$ 擲骰賭博的檯子 ※丙

【骰子】 tau$^{2}$ tsi$^{1}$ 擲骰賭博用品，也稱「色子」 ※甲

【骰盆】 tau$^{2}$ puoŋ$^{2}$ 搖骰子的盆 ※丙

【跌$^{+}$】 tiaʔ$^{8}$ 擲（骰子） ※丙

【寶場】 pɔ$^{3}$ tioŋ$^{2}$ 賭場 ※丙

【踅寶】 taʔ$^{7}$ pɔ$^{3}$ 一種賭博活動，押寶 ※乙

【花會】 hua$^{1}$ huoɪ$^{6}$ 一種大型私彩賭博活動 ※甲

【搖會】 ieu$^{2}$ huoɪ$^{6}$ 以搖骰子方式開彩 ※丙

【踅花會】 taʔ$^{7}$ hua$^{1}$ huoɪ$^{6}$ 在「花會」搏彩活動中下注 ※丙

【花會場】 hua$^{1}$ huoɪ$^{6}$ tioŋ$^{2}$ 花會搏彩的場所 ※丙

【浮場】 phu$^{2}$ tioŋ$^{2}$ 聚賭抽頭以幫助經濟有困難的朋友 ※丙

【平賭平骰】 paŋ$^{2}$ tu$^{3}$ paŋ$^{2}$ tau$^{2}$ 公平地賭博 ※丙

【替$^{+}$幫】 thie$^{5}$ pouŋ$^{1}$ （賭場上）隨著他人下注 ※丙

【巴場】 pa$^{1}$ tioŋ$^{2}$ 搏彩的場所 ※丙

【巴囝桌】 pa$^{1}$ kiaŋ$^{3}$ tɔʔ$^{7}$ 小額搏彩的攤子 ※丙

【錢攤】 tsieŋ$^{2}$ thaŋ$^{1}$ 賭台 ※丙

【砸錢】 tsak$^{8}$ tsieŋ$^{2}$ 用銅錢賭博的遊戲 ※乙

【逗錢】 tæu$^{6}$ tsieŋ$^{2}$ 一種賭博遊戲，用錢幣互相撞擊 ※甲

【佮骹】 kak$^{7}$ kha$^{1}$ 兩人合賭 ※乙

【佮骹刣】 kak$^{7}$ kha$^{1}$ thai$^{2}$ 賭博中合謀作弊贏第三方的錢 ※甲

【剝皮賭】 puoʔ$^{7}$ phuɪ$^{2}$ tu$^{3}$ 賭得連身上衣服都押上了 ※丙

【夢簿】 maøŋ$^{5}$ puo$^{6}$ 彩票手冊 ※丙

【抽頭】 thiu$^{1}$ thau$^{2}$ 賭博組織者從贏家抽成 ※甲

【衰旺】 soi$^{1}$ uoŋ$^{6}$ 賭博的手氣 ※甲

【擒本】　khieŋ$^{2}$ puoŋ$^{3}$　撈夠本，拚命攫取　※甲

【搏打】　pauk$^{7}$ ta$^{3}$　贏錢的好機會　※丙

【圓錢】　ieŋ$^{2}$ tsieŋ$^{2}$　眾人湊錢　※甲

【佮本】　kak$^{7}$ puoŋ$^{3}$　合夥投資　※甲

【鬮錢】　khau$^{1}$ tsieŋ$^{2}$　湊集錢　※丙

【拔鬮】　peik$^{8}$ khau$^{1}$　抓鬮　※甲

【鬮集】　khau$^{1}$ tsik$^{8}$　湊集　※丙

【拾份】　khak$^{7}$ houŋ$^{6}$　湊份子錢　※乙

【拾會】　khak$^{7}$ huoɪ$^{6}$　召集融資的互助會　※甲

【拾義會】　khak$^{7}$ ŋie$^{6}$ huoɪ$^{6}$　為慈善目的融資的互助會　※丙

## 5 盈虧花銷

【蝕趁】　siek$^{8}$ theiŋ$^{5}$　虧本或贏利　※甲

【明趁暗蝕】　miŋ$^{2}$ theiŋ$^{5}$ aŋ$^{5}$ siek$^{8}$　表面上賺了錢而實際上虧本　※乙

【劃本算利】　hua$^{2}$ puoŋ$^{3}$ sauŋ$^{5}$ lei$^{5}$　商業上的核算　※乙

【乾$^{*}$到$^{-}$】　ta$^{1}$ tɔ$^{5}$　純利　※丙

【合錢趁】　hak$^{8}$ tsieŋ$^{2}$ theiŋ$^{5}$　翻本利　※丙

【蝕本】　siek$^{8}$ puoŋ$^{3}$　虧本　※甲

【科本】　khuo$^{1}$ puoŋ$^{3}$　估計成本　※乙

【沰空】　thouk$^{8}$ khouŋ$^{5}$　生意虧損　※丙

【貪賒貴買】　thaŋ$^{1}$ sia$^{1}$ koi$^{5}$ mɛ$^{3}$　貪圖是賒購，結果買貴了　※丙

【便宜窮】　peiŋ$^{2}$ ŋie$^{2}$ kyŋ$^{2}$　受低價誘惑買進無用的東西　※丙

【食大餌】　siaʔ$^{8}$ tuai$^{6}$ nei$^{5}$　掙大錢（的生意）　※丙

【趁大錢】　theiŋ$^{5}$ tuai$^{6}$ tsieŋ$^{2}$　掙大錢　※甲

【博換】　pauk$^{7}$ uaŋ$^{6}$　交換　※甲

【扒寶】　pa$^{2}$ pɔ$^{3}$　從垃圾中尋找有價值的東西　※甲

【使伐】　sai$^{3}$ huak$^{8}$　花錢，錢的消耗　※甲

【煨$^{=}$挼$^{=}$】　ui$^{1}$ nuɪ$^{2}$　花錢浪費　※丙

【鋪平$^{+}$】　phuo$^{1}$ phaŋ$^{1}$　分配（東西），分成幾份　※乙

【食使用】　siaʔ$^{8}$ sai$^{3}$ øyŋ$^{6}$　包括飲食等各種開銷　※甲

【手頭短】　tshiu$^{3}$ thau$^{2}$ toi$^{3}$　指經濟窘迫　※乙

【補獪直】　puo$^{3}$ mɛ$^{6}$ tik$^{8}$　無力承擔經濟責任　※丙

【剋嘴頭】　khaik$^{7}$ tshoi$^{5}$ thau$^{2}$　從飲食方面儘量節省　※乙

【剔家計】　thik$^{8}$ ka$^{1}$ kie$^{5}$　安排家庭的開支　※丙

【使錢】　sai$^{3}$ tsieŋ$^{2}$　花錢　※甲

【撮錢】　tshauk$^{7}$ tsieŋ$^{2}$　借錢　※丙

【拔錢】　peik$^{8}$ tsieŋ$^{2}$　掏錢，出錢　※甲

【□錢】　pi$^{1}$ tsieŋ$^{2}$　同「拔錢」　※甲

【脫】　thɔʔ$^{7}$　轉讓，轉賣　※甲

【過脫】　kuo$^{5}$ thɔʔ$^{7}$　把丫頭轉賣給他人。今有償轉讓都說「脫」　※丁

## （十八）手藝勞務

### 1 工藝操作

【步數】　puo$^{6}$ sou$^{5}$　步驟，手法　※甲

【譜墿】　phuo$^{3}$ tio$^{6}$　一定的方法、程式　※甲

【無譜墿】　mɔ$^{2}$ phuo$^{3}$ tio$^{6}$　外行，做法不得要領　※甲

【撇油】　phiek$^{7}$ iu$^{2}$　佔便宜，謂偷師學藝　※甲

【矾皮】　huaŋ$^{2}$ phuɪ$^{2}$　鞣製皮革　※甲

【吊皮】　tieu$^{5}$ phuɪ$^{2}$　把皮料撐開，製作皮衣的一道工序　※丙

【皮囊】　phuɪ$^{2}$ nouŋ$^{2}$　削去表皮之後的二層革　※甲

【研光】　ŋieŋ$^{3}$ kuoŋ$^{1}$　研磨至光亮　※丙

【拍鐵】　phaʔ$^{7}$ thiek$^{7}$　打鐵　※甲

【拍索】　phaʔ$^{7}$ sɔʔ$^{7}$　搓繩子　※甲

【打索】　ta$^{3}$ sɔʔ$^{7}$　把幾股細繩擰成粗繩　※甲

【破麻片】　phuai$^{5}$ muai$^{2}$ phieŋ$^{5}$　劈麻，把麻分解成纖維狀　※丙

【褙壁】　puoɪ$^{5}$ piaʔ$^{7}$　裱褙牆壁　※甲

【褙紙】　puoɪ$^{5}$ tsai$^{3}$　※甲

【褙軸】　puoɪ$^{5}$ tyk$^{8}$　裱褙掛軸　※甲

【蒙鼓】　maŋ$^{2}$ ku$^{3}$　蒙鼓皮　※甲

【縛$^{+}$紙鷂】　paʔ$^{7}$ tsai$^{3}$ ieu$^{6}$　扎風箏　※丙

【縛$^{+}$骨】　paʔ$^{7}$ kauk$^{7}$　扎燈籠骨架　※丙

【併金】　piaŋ$^{5}$ kiŋ$^{1}$　熔鑄金器　※乙

【擺銀油】　pɛ$^{3}$ ŋyŋ$^{2}$ iu$^{2}$　把物品放在熔化的銀中蘸一下（？）※丙

【鐓磨】　touŋ$^{1}$ mɔ$^{6}$　用鑿子把磨損的磨盤翻新　※甲

【削刀】　siaʔ$^{7}$ tɔ$^{1}$　把刀口削薄磨快　※甲

【剃頭】　thie$^{5}$ thau$^{2}$　理髮　※甲

【拍箔青】　phaʔ$^{7}$ pɔʔ$^{8}$ tshaŋ$^{1}$　槌打製作錫箔　※丙

【拍糞齪】　phaʔ$^{7}$ pouŋ$^{5}$ tshøyk$^{7}$　把溺器中的尿垢刮下來，這也是一種行業　※乙

【掌鞋】　tsioŋ$^{3}$ ɛ$^{2}$　修補鞋子　※甲

【緔鞋】　tsioŋ$^{6}$ ɛ$^{2}$　縫合鞋底和鞋面　※甲

【綑鞋口】　khuŋ$^{3}$ ɛ$^{2}$ khau$^{3}$　給鞋口捆上邊　※乙

【溜鞋】　lau$^{5}$ ɛ$^{2}$　為女鞋安上鞋跟　※丙

【削高底】　siaʔ$^{7}$ kɔ$^{1}$ tɛ$^{3}$　切削女鞋的木底後跟　※丙

【對底】　tɔi$^{5}$ tɛ$^{3}$　（鞋）換底　※甲

【割桶】　kak$^{7}$ thøŋ$^{3}$　製作木桶　※乙

【車玉】　tshia$^{1}$ ŋuoʔ$^{8}$　用旋轉機械切削打磨玉器　※乙

【枘】　nuoɪ$^{6}$　榫眼　※甲

【落枘】　lɔʔ$^{8}$ nuoɪ$^{6}$　嵌入榫眼　※甲

【推光漆】　thoi$^{1}$ kuoŋ$^{1}$ tsheik$^{7}$　清漆　※乙

【豛柄】　tshøyŋ$^{5}$ paŋ$^{5}$　給鋤頭等裝上柄　※甲

【燒料】　sieu$^{1}$ læu$^{6}$　燒製玻璃　※丙

【看火色】　khaŋ$^{5}$ huɪ$^{3}$ saik$^{7}$　觀察熔化金屬的情形　※甲

【泥糊】　nɛ$^{2}$ ku$^{2}$　抹漿糊　※甲

【拍地】　phaʔ$^{7}$ tei$^{6}$　打底色　※甲

【蒙甕嘴】　maŋ$^{2}$ aøŋ$^{5}$ tshoi$^{5}$　封上罈子口　※甲

【績$^{+}$縩】　tsak$^{7}$ tsɛ$^{5}$　把苧麻剝成細絲　※丙

【燒硋】　sieu$^{1}$ hai$^{2}$　燒瓷　※甲

【配挪】　puoɪ$^{5}$ nɔ$^{2}$　安排籌劃　※丙

【撚線】　nouŋ$^{2}$ siaŋ$^{5}$　搓線　※甲

【鑽空】　tsauŋ$^{5}$ khaøŋ$^{5}$　鑽洞　※甲

【鏨】　tsaŋ$^{6}$　鑿　※甲

【翻做】　huaŋ$^{1}$ tsɔ$^{5}$　不按常規做　※甲

【拽鐵釘】　iek$^{8}$ thiek$^{7}$ tiŋ$^{1}$　拔鐵釘　※甲

【拍死縲】　phaʔ$^{7}$ si$^{3}$ loi$^{1}$　打死結　※甲

【結縲】　kaik$^{7}$ loi$^{1}$　繩結，打結　※甲

【解縲】　kɛ$^{3}$ loi$^{1}$　解開繩結　※甲

【卷溜】　kuoŋ$^{3}$ leu$^{5}$　剃　※丙

【鑢鋸】　laø$^{5}$ køy$^{5}$　用銼刀使鋸齒更鋒利　※甲

【掰□】　paʔ$^{7}$ naŋ$^{5}$　做苦工　※丙

【績$^{+}$線】　tsak$^{7}$ siaŋ$^{5}$　劈線，把線分剝成數股　※丙

【經】　kiaŋ$^{1}$　紡織的經線　※乙

【牽經】　kheiŋ$^{1}$ kiaŋ$^{1}$　（在織機上）拉經線　※丙

【抽□】　thiu$^{1}$ sie$^{6}$　紡織中的斷紗　※丙

【線尾】　siaŋ$^{5}$ muɪ$^{3}$　線頭　※甲

【彈棉】　taŋ$^{2}$ mieŋ$^{2}$　彈棉花　※甲

【閃爿】　sieŋ$^{3}$ peiŋ$^{2}$　切割時偏向一側　※甲

【彈】　taŋ$^{6}$　敲擊桶箍使之箍得更緊　※乙

【破竹】　phuai$^{5}$ tøyk$^{7}$　劈開竹子　※甲

【串籐】　tshioŋ$^{5}$ tiŋ$^{2}$　編織藤器　※甲

【配比】　phuoɪ$^{5}$ pi$^{3}$　考慮安排　※甲

## 2 工具材料

【幫母】　pouŋ$^{1}$ mɔ$^{3}$　工作指南　※丙

【總母】　tsuŋ$^{3}$ mɔ$^{3}$　最標準的模型　※丙

【□】　mauŋ$^{5}$　範例，設立範例　※丙

【樣式】　ioŋ$^{6}$ seik$^{7}$　樣子，式樣　※甲

【形模】　hiŋ$^{2}$ muo$^{2}$　模型　※丙

【模樣】　muo$^{2}$ ioŋ$^{6}$　模型　※乙

【規模】　kiɛ$^{1}$ muo$^{2}$　模型，範本。今義同普通話　※乙

【粗幼】　tshu$^{1}$ eu$^{5}$　粗細　※甲

【長短*】　touŋ$^{2}$ toi$^{3}$　長短，誤差　※甲

【懸下】　keiŋ$^{2}$ kia$^{6}$　高低不平，誤差　※甲

【花簿】　hua$^{1}$ phuo$^{6}$　（綉花）圖案冊子　※丙

【抨$^{=}$石】　phaŋ$^{2}$ sioʔ$^{8}$　石製工具，上下兩塊光滑的石塊，可將布料、衣服壓平整　※丙

【風櫃】　huŋ$^{1}$ koi$^{6}$　風箱　※乙

【鐵墥】　thiek$^{7}$ touŋ$^{3}$　鐵砧　※甲

【紙研】　tsai$^{3}$ ŋieŋ$^{3}$　碾平紙張的工具　※丙

【研石】　ŋieŋ$^{3}$ sioʔ$^{8}$　用來平整布料的石塊　※丙

【研棍】　ŋieŋ$^{3}$ kouŋ$^{5}$　研磨的工具　※乙

【研槌】　ŋieŋ$^{3}$ thui$^{2}$　研磨用的槌子※乙

【研槽】　ŋieŋ$^{3}$ sɔ$^{2}$　研藥材的鐵罐　※丙

【蔗車】　tsia$^{5}$ tshia$^{1}$　榨甘蔗汁的機械，榨甘蔗的作坊　※乙

【酒榨】　tsiu$^{3}$ ta$^{5}$　從酒糟中把酒擠壓出來的工具　※甲

【鎝鈎】　tak$^{7}$ kau$^{1}$　掛鈎　※甲

【篾箍】　miek$^{8}$ khu$^{1}$　竹篾做的桶箍　※甲

【銀鍋】　ŋyŋ$^{2}$ kuo$^{1}$　坩堝　※丙

【繂】　luk$^{8}$　粗大結實的繩子　※丙

【繂索】　luk$^{8}$ sɔʔ$^{7}$　滑輪上的繩索　※乙

【繂餅】　luk$^{8}$ piaŋ$^{3}$　滑輪　※甲

【鋸齒】　køy$^{5}$ khi$^{3}$　鐵鋸上的齒※甲

【斧頭枕】　phuo$^{3}$ thau$^{2}$ tsiŋ$^{3}$　斧背　※甲

【葱管鏨】　tshøŋ$^{1}$ kuoŋ$^{3}$ tsaŋ$^{6}$　中空的圓鑿　※丙

【天平銇】　thieŋ$^{1}$ paŋ$^{2}$ lɔi$^{5}$　木工用的旋錐，錐架像天平狀　※丙

【扒$^{=}$拉$^{=}$銇】　pa$^{2}$ lak$^{8}$ lɔi$^{5}$　木工用的旋錐　※乙

【不$^{=}$律$^{=}$銇】　pu$^{2}$ luk$^{8}$ lɔi$^{5}$　同上　※乙

【扒$^{=}$拉$^{=}$鑽】　pak$^{8}$ lak$^{8}$ tsauŋ$^{5}$　同上　※乙

【銇鑽】　lɔi$^{5}$ tsauŋ$^{5}$　錐子　※甲

【墨斗線】　møk$^{8}$ tau$^{3}$ siaŋ$^{5}$　木匠用墨斗畫出的直線　※甲

【鑿囝】　tshøk$^{8}$ kiaŋ$^{3}$　小鑿子　※甲

【釘鉗】　tiŋ$^{1}$ khieŋ$^{2}$　撬釘子的工具　※丙

【柴料】　tsha$^{2}$ læu$^{6}$　木料　※甲

【推刀】　thoi$^{1}$ tɔ$^{1}$　刨子　※甲

【絞子】　ka$^{3}$ tsi$^{3}$　搓繩用的旋軸　※乙

【輦子】　lieŋ$^{5}$ tsi$^{3}$　小輪子　※乙

【籐瓤】　tiŋ$^{2}$ nouŋ$^{2}$　剝去皮的藤條　※甲

【篾瓤】　miek$^{8}$ nouŋ$^{2}$　削去表皮的第二層竹篾　※甲

【竹瓤】 tøyk$^{7}$ nouŋ$^{2}$ 竹子削去皮後剩下的部分 ※甲
【染靛】 nieŋ$^{3}$ taiŋ$^{6}$ 染料 ※甲
【靛楻】 taiŋ$^{6}$ khuoŋ$^{2}$ 染坊裝染料的大桶 ※乙
【靛花】 taiŋ$^{6}$ hua$^{1}$ 染料桶裡的浮渣 ※丙

## 3 雇傭勞務

【挨保】 ɛ$^{1}$ pɔ$^{3}$ 學徒的擔保人 ※丙
【薦主】 tsieŋ$^{5}$ tsio$^{3}$ 推薦介紹的人 ※丙
【鞋師】 ɛ$^{2}$ sa$^{1}$ 鞋匠 ※乙
【花師】 hua$^{1}$ sa$^{1}$ 花匠 ※甲
【伙頭】 huɪ$^{3}$ thau$^{2}$ 廚師 ※乙
【徛鼎】 khie$^{6}$ tiaŋ$^{3}$ 廚師，掌勺 ※甲
【漆師父】 tsheik$^{7}$ sa$^{1}$ hou$^{6}$ 油漆匠 ※甲
【塗師父】 thu$^{2}$ sa$^{1}$ hou$^{6}$ 泥水匠 ※甲
【木師父】 møk sa$^{1}$ hou$^{6}$（møk$^{8}$） 木匠 ※甲
【木匠】 muk$^{8}$ tshioŋ$^{5}$ 木工匠人 ※甲
【塗匠】 thu$^{2}$ tshioŋ$^{5}$ 泥水匠 ※乙
【匠頭】 tshioŋ$^{5}$ thau$^{2}$ 工匠的頭領，包工頭 ※丙
【伙計】 huɪ$^{3}$ kei$^{5}$（ei$^{5}$） 商家的雇員 ※甲
【徛店】 khie$^{6}$ taiŋ$^{5}$ 店員 ※乙
【師父】 sa$^{1}$ hou$^{6}$ 傳授技藝者 ※甲
【師兄弟】 sai$^{1}$ hiŋ$^{1}$ tɛ$^{6}$ 在同一個師父門下學藝的人 ※甲
【成藝】 tshiaŋ$^{2}$ ŋie$^{6}$ 學徒滿師 ※丙
【出藝】 tshouk$^{7}$ ŋie$^{6}$ 學徒滿師 ※甲
【好手段】 hɔ$^{3}$ tshiu$^{3}$ tauŋ$^{6}$ 好手藝 ※甲
【工夫】 køŋ$^{1}$ hu$^{1}$ 手藝 ※甲
【腳色】 kioʔ$^{7}$ saik$^{7}$ 勞動力，人手 ※甲

【腳色好】 kioʔ⁷ saik⁷ hɔ³ （雇工）能力強 ※甲

【腳色下】 kioʔ⁷ saik⁷ kia⁶ 能力弱 ※甲

【挑筋身】 thieu² kyŋ¹ siŋ¹ 挑選雇傭身體強壯的人手 ※丙

【挑工夫】 thieu² køŋ¹ hu¹ 挑選雇傭技術好的人手 ※甲

【撮工】 tshauk⁷ køŋ¹ 臨時增加雇工 ※丙

【倩腳】 tshiaŋ⁵ kioʔ⁷ 雇傭人工 ※甲

【倩工】 tshiaŋ⁵ køŋ¹ 雇傭人工 ※甲

【倩做】 tshiaŋ⁵ tsɔ⁵ 雇工 ※丙

【倩事⁼】 tshiaŋ⁵ tai⁶ 雇人幹活 ※丙

【蓄儂（工）】 haøk⁷ nøŋ² køŋ¹ 雇人 ※甲

【蓄禮食飯】 haøk⁷ lɛ³ siaʔ⁸ puoŋ⁶ 指無用之人 ※甲

【使手】 sai³ tshiu³ 雇傭人手 ※丙

【分發】 huŋ¹ huak⁷ 分派工作 ※甲

【重事⁼】 taøŋ⁶ tai⁶ 重活，重體力勞動 ※甲

【碎做】 tshɔi⁵ tsɔ⁵ 幹零活 ※甲

【碎工】 tshɔi⁵ køŋ¹ 零工 ※甲

【工料】 køŋ¹ læu⁶ 工錢和材料費 ※甲

【錢水】 tsieŋ² tsui³ 賞錢 ※丙

【薪水】 siŋ¹ tsui³ 額外的獎金；今指工資 ※丁

【佽票】 tshei⁵ phieu⁵ 給挑夫的條子，憑條付工錢 ※丙

【伙食劑】 huɪ³ sik⁸ tsɛ⁶ 用於伙食的開支 ※甲

【工錢劑】 køŋ¹ tsieŋ² tsɛ⁶ （很少的）工錢 ※甲

【點心劑】 tieŋ³ siŋ¹ tsɛ⁶ 只夠買點心的一點兒錢，謂報酬低 ※乙

【白白做】 paʔ⁸ paʔ⁸ tsɔ⁵ 白幹，沒有報酬 ※甲

【食自家】 siaʔ⁸ tsei⁶ ka¹ 雇工自己負責飲食 ※甲

【食伊】 siaʔ⁸ i¹ 吃他的，雇工飲食由雇主負責 ※甲

【打食】　ta$^{3}$ siaʔ$^{8}$　雇主以發放伙食費代替提供膳食　※乙

【換食】　uaŋ$^{6}$ siaʔ$^{8}$　沒有工錢只得到免費伙食的工作　※甲

【趁食】　theiŋ$^{5}$ siaʔ$^{8}$　掙吃的　※甲

【節敬】　tsaik$^{7}$ keiŋ$^{5}$　給雇員的節日紅包　※丙

【告病假】　kɔ$^{5}$ paŋ$^{6}$ ka$^{5}$　因病請假　※乙

【告假】　kɔ$^{5}$ ka$^{5}$　請假　※乙

【擔工】　taŋ$^{1}$ køŋ$^{1}$　挑夫的工錢　※甲

【盤運】　puaŋ$^{2}$ ouŋ$^{6}$　運輸，搬運　※甲

【尅*】　khiak$^{7}$　克扣（工錢）　※丙

【開發】　khai$^{1}$ huak$^{7}$　分發（錢）；今義同普通話　※丁

【伙計工】　huɪ$^{3}$ kei$^{5}$ køŋ$^{1}$　商家雇員的工資　※丙

【貼寫】　thaik$^{7}$ sia$^{3}$　抄寫的副本　※丙

【倩貼寫】　tshiaŋ$^{5}$ thaik$^{7}$ sia$^{3}$　僱人抄寫　※丙

【嫩工】　nauŋ$^{6}$ køŋ$^{1}$　細緻的手工　※丙

【熟手】　syk$^{8}$ tshiu$^{3}$　對某項工作有經驗者　※甲

## （十九）教育文化

### 1 學校教育

【書窗】　tsy$^{1}$ tshouŋ$^{1}$　教室　※丙

【規窗】　kie$^{1}$ tshouŋ$^{1}$　教室　※丙

【文格】　uŋ$^{2}$ kaʔ$^{7}$　學習寫作的範文　※丙

【篤書】　touk$^{7}$ tsy$^{1}$　給書上的文句加句讀符號　※丙

【粉板】　huŋ$^{3}$ peiŋ$^{3}$　用粉筆寫字的寫字板，也說「粉牌」　※丙

【粉牌】　huŋ$^{3}$ pɛ$^{2}$　同「粉板」　※丙

【齋所】　tsɛ$^{1}$ su$^{3}$　書房　※丙

【齋規】　tsɛ$^{1}$ kie$^{1}$　學生守則　※丙

【坐齋】　saø$^{6}$ tsɛ$^{1}$　當教師　※丙

【教齋】　ka$^{5}$ tsɛ$^{1}$　教書，當教師　※乙

【同齋】　tøŋ$^{2}$ tsɛ$^{2}$　同學　※丙

【（書）齋】　tsy$^{1}$ tsɛ】　學校　※乙

【訓蒙齋】　houŋ$^{5}$ muŋ$^{2}$ tsɛ$^{1}$　教初學孩子的學堂　※乙

【桑棉局】　souŋ$^{1}$ mieŋ$^{2}$ kuoʔ$^{8}$　培養絲綢紡織方面人才的學校　※丙

【關門齋】　kuoŋ$^{1}$ muoŋ$^{2}$ tsɛ$^{1}$　私塾　※丙

【男齋】　naŋ$^{2}$ tsɛ$^{1}$　男校　※乙

【女齋】　ny$^{3}$ tsɛ$^{1}$　女校　※乙

【題館】　te$^{2}$ kuaŋ$^{3}$　（私塾先生）應聘簽約　※丙

【關書】　kuaŋ$^{1}$ tsy$^{1}$　（教師、文書等的）聘書　※丙

【踏關】　taʔ$^{7}$ kuaŋ$^{1}$　隨聘書附送的禮金　※丙

【供膳】　kyŋ$^{1}$ sieŋ$^{6}$　東家為私塾先生提供餐飲　※丙

【雙膳】　søŋ$^{1}$ sieŋ$^{6}$　如果私塾先生隨帶著自己的孩子，約定東家要提供雙份的伙食　※丙

【齋□】　tsɛ$^{1}$ khø$^{3}$　搗蛋的壞學生　※丙

【齋友】　tsɛ$^{1}$ iu$^{3}$　同學　※乙

【窗友】　tshouŋ$^{1}$ iu$^{3}$　同學　※丙

【走堂】　tsau$^{3}$ touŋ$^{2}$　學生逃課　※丙

【偷躲齋】　thau$^{1}$ tɔ$^{3}$ tsɛ$^{1}$　逃學　※甲

【讀翻生】　thøk$^{8}$ huaŋ$^{1}$ tshaŋ$^{1}$　讀得結結巴巴　※乙

【讀夜書】　thøk$^{8}$ ia$^{6}$ tsy$^{1}$　深夜讀書　※乙

【早堂】　tsa$^{3}$ touŋ$^{2}$　學校的早晨訓話　※丙

【回說】　huɪ$^{2}$ siok$^{7}$　學生複述老師的話　※丙

【講書】　kouŋ$^{3}$ tsy$^{1}$　講課；今指藝人說書　※丁

【默書】　meik$^{8}$ tsy$^{1}$　默寫課文　※甲

【盤書】　puaŋ$^{2}$ tsy$^{1}$　抄書　※甲

【上齋】　sioŋ$^{6}$ tsɛ$^{1}$　入學，進學校　※甲

【散齋】　saŋ$^{5}$ tsɛ$^{1}$　學校解散　※丙

【放晝】　pouŋ$^{5}$ tau$^{5}$　中午放學　※甲

【開齋】　khui$^{1}$ tsɛ$^{1}$　學校開辦　※乙

【去齋】　khɔ$^{5}$ tsɛ$^{1}$　去學校，上學　※甲

【扛齋】　kouŋ$^{1}$ tsɛ$^{1}$　學校在農曆四月的祭孔慶典　※乙

【薦地方】　tsieŋ$^{5}$ tei$^{6}$ huoŋ$^{1}$　為別人介紹工作　※丙

【薦館地】　tsieŋ$^{5}$ kuaŋ$^{3}$ tei$^{6}$　為別人介紹教師或文書工作　※丙

## 2 科舉考試

【牌花】　pɛ$^{2}$ hua$^{1}$　科舉考生的花名單　※丙

【場籃】　tioŋ$^{2}$ laŋ$^{2}$　科舉考生進考場携帶的裝文具等的籃子　※丙

【供給所】　kyŋ$^{1}$ keik$^{7}$ sø$^{3}$　設在考場的膳食供應點　※丙

【裡場】　tie$^{3}$ tioŋ$^{2}$　進入考場入圍　※甲

【卷票】　kuoŋ$^{5}$ phieu$^{5}$　科舉考試領考卷的票　※丙

【鋪廠】　phuo$^{5}$ tshioŋ$^{3}$　監察科舉考生的機構，考試期間設在考場附近　※丙

【上簿】　sioŋ$^{6}$ phuo$^{6}$　登記在冊　※丙

【染$^{+}$考】　niaŋ$^{3}$ khɔ$^{3}$　（科舉考試）不同縣籍的考生混在一起考　※丙

【觀光】　kuaŋ$^{1}$ kuoŋ$^{1}$　進入科舉考場；今指旅遊　※丁

【送潤筆】　saøŋ$^{5}$ øyŋ$^{6}$ peik$^{7}$　科舉考試前親友給考生送錢物　※丙

【繳卷】　kieu$^{3}$ kuoŋ$^{5}$　交上考卷　※甲

【迎街】　ŋiaŋ$^{2}$ kɛ$^{1}$　科舉上榜者披紅掛彩遊行慶賀　※丙

【搏第】　pauk$^{7}$ tɛ$^{6}$　參加科舉考試　※丙

【科場碗】　khuo$^{1}$ tioŋ$^{2}$ uaŋ$^{3}$　一種科舉考生用的小飯碗　※丙

【院考】　ieŋ$^{6}$ khɔ$^{3}$　秀才資格考試　※丙

【謄錄官】　teiŋ$^{2}$ liok$^{8}$ kuaŋ$^{1}$　負責謄寫科舉考試的答卷的官員　※丙

【謄錄手】　teiŋ$^{2}$ liok$^{8}$ tshiu$^{3}$　專門謄寫科舉考試的答卷的人　※丙

【榜眼】　pɔ$^{3}$ ŋaŋ$^{3}$　（注意「榜」字音變）　※甲

【筅卷】　tsheiŋ$^{3}$ kuoŋ$^{5}$　科舉考卷都要經他人抄寫，潦草快速的抄卷叫～　※丙

【拍鋪】　phaʔ$^{7}$ phuo$^{5}$　科舉考試夾帶作弊；今指鋪設床鋪　※丁

【懷携字】　huai$^{2}$ hiek$^{8}$ tsei$^{6}$　一種微型書，供科舉考生夾帶作弊用　※丙

【場弊】　tioŋ$^{2}$ pei$^{6}$　科舉考場的各種作弊　※丙

【學（老）師】　ɔʔ$^{8}$ lɔ$^{3}$ sy$^{1}$　督學，負責指導秀才學習的官員　※丙

【學官】　ɔʔ$^{8}$ kuaŋ$^{1}$　督學，負責指導秀才學習的官員　※丙

【學斗】　ɔʔ$^{8}$ teu$^{3}$　學官的伺從　※丙

【學生】　ɔʔ$^{8}$ seiŋ$^{1}$　秀才自稱（注意「學」字讀音）　※丙

### 3 語言文字

【活字】　uak$^{8}$ tsei$^{6}$　（舊語法術語）動詞　※丙

【粗字】　tshu$^{1}$ tsei$^{6}$　最簡單的一些日常用字　※乙

【白字】　paʔ$^{8}$ tsei$^{6}$　錯寫的同音字　※甲

【寫的虬】　sia$^{3}$ teik$^{7}$ khiu$^{2}$　（字）寫得難看　※丙

【筆骨】　peik$^{7}$ kauk$^{7}$　毛筆字寫得遒勁有力叫「有～」　※甲

【環破】　khuaŋ$^{2}$ phuai$^{5}$　（音韻）讀破；表示破讀的調號　※甲

【八刀】　paik$^{7}$ tɔ$^{1}$　拆字隱語「分」　※丙

【順字】　souŋ$^{6}$ tsei$^{6}$　在字貼上描字，描紅　※甲

【魁爿】　khuɪ$^{1}$ peiŋ$^{2}$　「魁」的偏旁，這是「鬼」的避諱說法　※丙

【挑土爿】　thieu$^{1}$ thu$^{3}$ peiŋ$^{2}$　漢字偏旁，「土」字旁　※甲

【軟耳】　nioŋ$^{3}$ ŋei$^{6}$　漢字偏旁，「阝」　※甲

【穿心爿】　tshioŋ$^{1}$ siŋ$^{1}$ peiŋ$^{2}$　漢字偏旁，「忄」　※甲

【牽絲爿】　kheiŋ$^{1}$ si$^{1}$ peiŋ$^{2}$　漢字偏旁，「糸」　※甲

【猴耳爿】　kau$^{2}$ ŋei$^{6}$ peiŋ$^{2}$　漢字偏旁，「阝」　※甲

【破囝】　phuai$^{5}$ kiaŋ$^{3}$　八股文的開頭兩股　※丙

【白文】　paʔ$^{8}$ uŋ$^{2}$　白話文　※丙

【白字詩】　paʔ$^{8}$ tsei$^{6}$ si$^{1}$　打油詩　※丙

【字母】　tsei$^{6}$ mɔ$^{3}$　韻母；今指拉丁字母　※丁

【字頭】　tsei$^{6}$ thau$^{2}$　聲母　※乙

【八音】　paik$^{7}$ iŋ$^{1}$　福州話的八個調（實際上只有七個）；福州話韻書《八音》　※甲

【呼八音】　khu$^{1}$ paik$^{7}$ in$^{1}$　按順序呼讀福州話的聲調　※甲

【京批】　kiŋ$^{1}$ phie$^{1}$　北京腔的官話　※乙

【榕腔】　yŋ$^{2}$ khioŋ$^{1}$　福州音，福州話　※乙

【腔】　khioŋ$^{1}$　口音，方言　※甲

【呔】　thai$^{3}$　（說官話）流利、地道　※丙

【聲尾】　siaŋ$^{1}$ muɪ$^{3}$　說話的尾音　※甲

【土音】　thu$^{3}$ iŋ$^{1}$　（官話和方言的）口語音，與讀書的「正音」相對　※甲

【平話】　paŋ$^{2}$ ua$^{6}$　方言口語　※甲

【俗語話】　syk$^{8}$ ŋy$^{3}$ ua$^{6}$　方言熟語　※甲

【嘴頭話】　tshoi$^{5}$ thau$^{2}$ ua$^{6}$　口頭語，口頭禪　※甲

【倉前哨】 tshouŋ$^{1}$ seiŋ$^{2}$ sau$^{5}$ 一種秘密語，以有規則的聲母韻母變換使外人難以聽懂 ※乙

【哨語】 sau$^{5}$ ŋy$^{3}$ 黑話，秘密語 ※乙

【講酒令】 kouŋ$^{3}$ tsiu$^{3}$ liaŋ$^{6}$ ※乙

【離祖不離腔】 lie$^{6}$ tsu$^{3}$ pouk$^{7}$ lie$^{6}$ khioŋ$^{1}$ 遠離家鄉而鄉音難改 ※甲

## 4 文化用品

【筆注】 peik$^{7}$ tsøy$^{5}$ 浸毛筆的水罐 ※丙

【字澹$^{+}$】 tsei$^{6}$ taŋ$^{5}$ 字帖墊在透明的紙下面（練習寫字） ※乙

【框澹$^{+}$】 khuoŋ$^{1}$ taŋ$^{5}$ 寫字的九宮格，墊在半透明的紙下（練習寫字） ※丙

【卷格】 kuoŋ$^{5}$ kaʔ$^{7}$ 科考答卷用紙上的格線 ※丙

【白艾】 paʔ$^{8}$ ŋie$^{5}$ 用來吸乾多餘的印泥的文具 ※丙

【砑螺】 ŋa$^{6}$ loi$^{2}$ 用來磨光紙面的螺殼 ※丙

【鯉魚甲】 li$^{3}$ ŋy$^{2}$ kak$^{7}$ 魚鱗狀的裝飾圖案 ※丙

【紙捻釘】 tsai$^{3}$ nieŋ$^{3}$ tiŋ$^{1}$ 用來釘書的紙繩 ※丙

【印色】 eiŋ$^{5}$ saik$^{7}$ 印泥 ※甲

【書踅】 tsy$^{1}$ taʔ$^{7}$ 鎮紙 ※丙

【卷踅】 kuoŋ$^{5}$ taʔ$^{7}$ 鎮紙 ※丙

【筆鐠】 peik$^{7}$ thak$^{7}$ 筆帽 ※甲

【卷書】 kuoŋ$^{3}$ tsy$^{1}$ 卷軸 ※丙

【軸頭】 tshaøk$^{7}$ thau$^{2}$ 掛軸下端的卷軸 ※甲

【五色箋】 ŋou$^{6}$ saik$^{7}$ tshieŋ$^{1}$ 彩色的信箋 ※丙

【橄欖紙】 ka$^{3}$ laŋ$^{3}$ tsai$^{3}$ 印有方格紋的紙張，大約是「格眼紙」的音訛 ※丙

【格眼紙】 kak$^{7}$ ŋaŋ$^{3}$ tsai$^{3}$ 印有方格紋的紙張 ※丙

【土箋】　thu$^{3}$ tshieŋ$^{1}$　本地產的信箋，質地較差　※丙

【蠟箋】　lak$^{8}$ tshieŋ$^{1}$　打蠟上光的箋紙（怎麼寫字？）　※丙

【蘇箋】　su$^{1}$ tshieŋ$^{1}$　蘇州出產的信箋，質地優良　※丙

【箋紙】　tshieŋ$^{1}$ tsai$^{3}$　加水印條紋的書信用紙　※丙

【光扣紙】　kuoŋ$^{1}$ khæu$^{5}$ tsai$^{3}$　高質量的紙張　※丙

【京紙】　kiŋ$^{1}$ tsai$^{3}$　一般寫字的紙張　※丙

【玻璃紙】　pɔ$^{1}$ lɛ$^{2}$ tsai$^{3}$　透明的包裝紙　※甲

【字紙】　tsei$^{6}$ tsai$^{3}$　有字的廢紙；今泛指廢紙　※甲

【批（信）】　phie$^{1}$ seiŋ$^{5}$　書信　※甲

【批袋】　phie$^{1}$ tɔi$^{6}$　信封　※甲

【批皮】　phie$^{1}$ puɪ$^{2}$　信封　※丙

【批札】　phie$^{1}$ tsak$^{7}$　書信　※丙

【批紙】　phie$^{1}$ tsai$^{3}$　寫信用紙　※甲

【戳囝】　tshouk$^{8}$ kiaŋ$^{3}$　小圖章　※乙

【圖圖石】　tu$^{2}$ tu$^{2}$ sioʔ$^{8}$　（「圖書石」的音訛）印章石　※甲

【田石】　tsheiŋ$^{2}$ sioʔ$^{8}$　田黃石　※甲

【壽山石】　seu$^{6}$ saŋ$^{1}$ sioʔ$^{8}$　產於福州郊外壽山的石料　※甲

## 5 戲曲音樂

【賽台】　suoɪ$^{5}$ tai$^{2}$　不同的戲班在附近搭台，各自拿出本領爭取觀眾　※甲

【鬧台】　nau$^{6}$ tai$^{2}$　演戲開場前的鑼鼓　※甲

【傀儡】　khuo$^{1}$ loi$^{3}$　木偶　※甲

【抽傀儡】　thiu$^{1}$ khuo$^{1}$ loi$^{3}$　玩提線木偶；喻指上吊　※丙

【平講戲】　paŋ$^{2}$ kouŋ$^{3}$ hie$^{5}$　使用方言口語的戲劇　※丙

【影戲】　ouŋ$^{3}$ hie$^{5}$　皮影戲　※丙

【儒家戲】　y$^{2}$ ka$^{1}$ hie$^{5}$　票友演的戲　※乙

【串頭戲】 tshioŋ$^{5}$ thau$^{2}$ hie$^{5}$ 木偶戲，木偶的頭部可以拆卸替換 ※丙

【丑二】 thiu$^{3}$ nei$^{6}$ 戲曲中的二丑 ※丙

【數牌】 sou$^{6}$ pɛ$^{2}$ 押韻的長段道白 ※甲

【行解】 kiaŋ$^{2}$ hai$^{6}$ 演習舞臺動作 ※乙

【踏解】 tak$^{8}$ hai$^{6}$ 演員排練舞臺動作 ※丙

【踏蹺】 tak$^{8}$ khieu$^{1}$ 踩蹺，戲曲中男演員扮小腳女人的表演 ※乙

【唱曲】 tshioŋ$^{5}$ khuoʔ$^{7}$ 演唱歌曲 ※甲

【掌鼓】 tsioŋ$^{3}$ ku$^{3}$ 戲班的鼓手 ※甲

【短$^{*}$截】 toi$^{3}$ tseik$^{8}$ 戲曲的短片段，折子戲 ※乙

【跋打】 puak$^{8}$ ta$^{3}$ 摔打，舞臺上的武打動作 ※丙

【聲口】 siaŋ$^{1}$ kheu$^{3}$ （唱的）嗓音 ※甲

【誇】 khøyŋ$^{5}$ 唱曲的嗓音；唱腔 ※乙

【好誇】 hɔ$^{3}$ khøyŋ$^{5}$ 好嗓音 ※丙

【長誇】 touŋ$^{2}$ khøyŋ$^{5}$ 戲曲的拖腔 ※丙

【伬譜】 tshie$^{1}$ phuo$^{3}$ 工尺曲譜 ※乙

【弛$^{+}$弛$^{+}$調】 thɛ$^{2}$ thɛ$^{2}$ tieu$^{6}$ 不高不低的平板調子 ※甲

【拍十歡】 phaʔ$^{7}$ seik$^{8}$ huaŋ$^{1}$ 演奏民間「十番」音樂 ※甲

【鑔$^{+}$鑔$^{+}$】 tshia$^{6}$ tshia$^{6}$ 鈸 ※甲

【□□】 ŋei$^{5}$ ŋøy$^{5}$ 二胡 ※甲

【二鈸】 nei$^{6}$ puak$^{8}$ 中等大小的鈸 ※乙

【小管】 sieu$^{3}$ kuoŋ$^{3}$ 小嗓（唱曲） ※乙

【横哨】 huaŋ$^{2}$ sau$^{5}$ 笛子 ※甲

【急板】 keik$^{7}$ peiŋ$^{3}$ （戲曲）急促的鼓點 ※甲

【炸$^{+}$鑼】 tsa$^{2}$ lɔ$^{2}$ 一種小鑼 ※丙

【叫鑼】 kieu$^{5}$ lɔ$^{2}$ 一種小鑼 ※丙

【幼⁺鑼】　$eu^3$ $lɔ^2$　一種小鑼　※丙
【寬板】　$khuaŋ^1$ $peiŋ^3$　（戲曲）慢板，慢節奏　※甲
【梆梆鼓】　$pouŋ^1$ $pouŋ^1$ $ku^3$　一種細腰的鼓，流浪藝人用的樂器　※丙
【砰砰鼓】　$pøŋ^2$ $pøŋ^2$ $ku^3$　乞丐敲的一種鼓，只蒙一面鼓皮　※丙
【懷鼓】　$huai^2$ $ku^3$　一種扁平的鼓　※丙
【京鼓】　$kiŋ^1$ $ku^3$　嗩吶等民間吹打樂器　※甲
【噠噠（鼓）】　$tak^8$ $tak^8$ $ku^3$　清鼓　※甲
【噗噗管】　$phouk^8$ $phouk^8$ $kuoŋ^3$　梆子　※甲
【鏫⁺板】　$tshiak^7$ $peiŋ^3$　（打擊樂）鼓板　※丙
【搕⁺搕⁺】　$khouk^8$ $khouk^8$　木鐸，木魚　※甲
【鈸囝】　$puak^8$ $kiaŋ^3$　小鈸　※甲
【鈴⁺鈴⁺】　$liŋ^1$ $liŋ^1$　鈴鐺　※甲
【鑼⁺叭】　$lɔ^2$ $pa^5$　嗩吶　※甲
【鑼鼓板】　$lɔ^2$ $ku^3$ $peiŋ^3$　鑼鼓等一組打擊樂器　※甲
【鼓板】　$ku^3$ $peiŋ^3$　樂器；今指戲曲的鼓點　※丁
【鼓班】　$ku^3$ $paŋ^1$　樂隊　※乙
【簫膜】　$sieu^1$ $mɔʔ^8$　貼在簫笛孔上的竹膜　※甲

## 6 遊戲武術

【托毽】　$thɔʔ^7$ $kioŋ^5$　用板子擊打毽子的一種遊戲　※丙
【踢毽】　$theik^7$ $kioŋ^5$　※甲
【燈棚】　$tiŋ^1$ $paŋ^2$　喜慶日展示花燈的檯子　※丙
【百子炮】　$paʔ^7$ $tsy^3$ $phau^5$　鞭炮　※乙
【紙鷂】　$tsai^3$ $ieu^6$　風箏　※甲
【舞獅皮】　$u^3$ $sai^1$ $phuɪ^2$　舞獅子；喻人手舞足蹈進入忘我境界　※丙

【面殼】　meiŋ$^{5}$ khaøk$^{7}$　面具　※甲

【花面殼】　hua$^{1}$ meiŋ$^{5}$ khaøk$^{7}$　假面具　※甲

【走走搦，走走屈】　tsau$^{3}$ tsau$^{3}$ niaʔ$^{8}$ tsau$^{3}$ tsau$^{3}$ khouk$^{7}$　捉迷藏　※甲

【儂囝】　nøŋ$^{2}$ kiaŋ$^{3}$　小人兒，玩偶　※甲

【儂囝簿】　nøŋ$^{2}$ kiaŋ$^{3}$ phuo$^{6}$　連環畫；今說「儂囝書」　※丙

【拍燈謎】　phaʔ$^{7}$ tiŋ$^{1}$ mei$^{6}$　打燈謎，創作燈謎　※乙

【拍花鏡】　phaʔ$^{7}$ hua$^{1}$ kiaŋ$^{5}$　萬花筒　※丙

【剪花樣】　tseiŋ$^{3}$ hua$^{1}$ ioŋ$^{6}$　剪紙，剪出圖案　※乙

【拍牌】　phaʔ$^{7}$ pɛ$^{2}$　打牌　※甲

【抓牌】　tsua$^{1}$ pɛ$^{2}$　（按牌戲規則）補牌　※甲

【缺骹】　khuok$^{7}$ kha$^{1}$　玩牌缺人　※甲

【搕⁺胡】　khouk$^{8}$ hu$^{2}$　一種紙牌遊戲　※丙

【啄鳥】　tauk$^{7}$ tseu$^{3}$　一種牌戲　※丙

【狀元籌】　tsauŋ$^{6}$ ŋuoŋ$^{2}$ thiu$^{2}$　紙牌遊戲，紙牌上分別寫狀元、榜眼、舉人、秀才等　※乙

【六紅】　løk$^{8}$ øŋ$^{2}$　一種骰子遊戲　※丙

【變馬法】　pieŋ$^{5}$ ma$^{3}$ huak$^{7}$　※丁戲法　※甲

【刣囝種瓜】　thai$^{2}$ kiaŋ$^{3}$ tsøyŋ$^{3}$ kua$^{1}$　街頭表演的魔術節目　※丙

【嗶嗶響】　pi$^{1}$ pi$^{1}$ hioŋ$^{3}$　哨子　※甲

【準謎】　tsuŋ$^{3}$ mei$^{6}$　猜謎　※甲

【謎母】　mei$^{6}$ mɔ$^{3}$　謎面　※丙

【起坎爿塔】　khi$^{3}$ kaŋ$^{3}$ peiŋ$^{2}$ thak$^{7}$　小孩疊碎瓦的遊戲，喻做岌岌可危的事　※丙

【掩公掩大目】　ieŋ$^{3}$ kuŋ$^{1}$ ieŋ$^{3}$ tai$^{6}$ møk$^{8}$　一種兒童遊戲，有的地方叫「摸魚摸蝦」　※甲

【滋滋花】　tsi$^{2}$ tsi$^{2}$ hua$^{1}$　一種簡單的煙花　※甲

【猴轆柱】　kau² luk⁸ teu⁶　兒童玩具，紙片做的小猴在木棍一端上翻滾　※丙

【跌⁺儂囝】　tiaʔ⁸ nøŋ² kiaŋ³　擲骰子，以小玩偶為彩頭　※丙

【滿天氿】　muaŋ³ thieŋ¹ tsheiʔ⁷　一種煙花　※甲

【滴滴金】　teik⁷ teik⁷ kiŋ¹　一種小煙花　※乙

【噗⁺花樣】　puk⁸ hua¹ ioŋ⁶　用煙薰的辦法在紙上畫圖案　※丙

【唪金金泡泡】　puŋ² kiŋ¹ kiŋ¹ phau⁶ phau⁶　吹肥皂泡　※甲

【糊紙儺】　ku² tsai³ nɔ²　用紙糊玩具　※丙

【拳頭】　kuŋ² thau²　武術　※甲

【拳頭步】　kuŋ² thau² puo⁶　武術的招式　※甲

【弓刀石】　kyŋ¹ tɔ¹ sioʔ⁸　拉弓、舞刀、舉石是考武舉的三項技能考試像目　※丙

【拗手】　a³ tshiu³　掰腕子　※甲

【疊骨】　thak⁸ kauk⁷　一種武術功夫，能把身體收縮得很小　※甲

【火管□】　huɪ³ kuoŋ³ sa²　繩套穿在吹火管中，用來捕鳥等　※丙

【鳥罐】　tseu³ kuaŋ⁵　置於籠中餵鳥的小罐子　※甲

【石⁼鳥】　sioʔ⁸ tseu³　用弓箭射鳥　※丙

【石⁼地球】　sioʔ⁸ tei⁶ kiu²　從馬背上射放在地上的球（這種球有三個角）　※丙

【好榜架】　hɔ³ pouŋ³ ka⁵　矯健的射箭姿勢　※丙

## （二十）動作行為

### 1 交際行為

【□】　haø⁶　用食指刮臉的動作，表示對方可羞　※丙

【□】　lɛ¹　向說話者伸出中指的侮辱性動作　※丙

【□亂】　ŋuaʔ$^{8}$ lauŋ$^{5}$　開玩笑　※丙

【干】　aŋ$^{1}$（kaŋ$^{1}$）　強迫　※甲

【反面】　huaŋ$^{3}$ meiŋ$^{5}$　※丁臉，翻臉　※甲

【比霸】　pi$^{3}$ pa$^{5}$　吹牛爭強　※甲

【對手】　tɔi$^{5}$ tshiu$^{3}$　幫忙　※甲

【對悻】　tɔi$^{5}$ heiŋ$^{6}$　相對沉默，雙方都不開口　※甲

【對覷】　tɔi$^{5}$ tshøy$^{5}$　相向，對面相看　※甲

【犯沖】　huaŋ$^{6}$ tshyŋ$^{1}$　兩人難以相容　※甲

【犯儂嘴】　huaŋ$^{6}$ nøŋ$^{2}$ tshoi$^{5}$　招罵　※甲

【討勢】　thɔ$^{3}$ sie$^{5}$　根據情形約束自己的行為　※甲

【讓嘴】　nioŋ$^{6}$ tshoi$^{5}$　把食物讓給別人　※丙

【交乞】　ka$^{1}$ khøyk$^{7}$　交給　※甲

【會】　huoɪ$^{6}$　見面　※甲

【當蔥】　tauŋ$^{5}$ tshøŋ$^{1}$　小看（某人），不當回事　※甲

【行硬】　kiaŋ$^{2}$ ŋaiŋ$^{6}$　使用強硬手段　※丙

【助力】　tsøy$^{6}$ lik$^{8}$　出力幫助　※甲

【鹵戽】　lou$^{6}$ hou$^{5}$　謂醜聞傳播　※丙

【聽$^{=}$通$^{=}$探】　theiŋ$^{5}$ thuŋ$^{1}$ thaŋ$^{5}$　（對尊長）頂嘴　※甲

【吵擾】　tshau$^{3}$ ieu$^{3}$　打擾　※甲

【投】　tau$^{2}$　投靠　※甲

【投到】　tau$^{2}$ tɔ$^{5}$　報到　※丙

【投泊】　tau$^{2}$ pɔʔ$^{8}$　投靠　※甲

【摳$^{=}$向】　khau$^{1}$ hioŋ$^{5}$　爭執；矛盾　※丙

【補報】　puo$^{3}$ pɔ$^{5}$　報答　※乙

【佮】　kak$^{7}$　合併，合夥　※甲

【佮手】　kak$^{7}$ tshiu$^{3}$　在勞動中配合協作　※甲

【佮色】　kak$^{7}$ saik$^{7}$　嫖娼　※丙

【佮的好】　kak⁷ teik⁷ hɔ³　相互關係良好　※甲

【佮的落】　kak⁷ teik⁷ lɔʔ⁸　能相處下去　※甲

【並鄉】　piaŋ⁵ hioŋ¹　村子之間的大規模械鬥　※甲

【使悻】　sai³ heiŋ⁶　板著臉不說話以使對方難受　※甲

【哮⁺少禮】　haø⁶ sieu³ lɛ³　用食指刮臉，表示對方可羞可恥　※乙

【學樣】　ɔʔ⁸ ioŋ⁶　模仿　※甲

【抬舉】　thai¹ ky³　（注意前字聲調）　※甲

【抷撥】　puɪ³ puak⁷　點撥，指導　※丙

【拍合】　phaʔ⁷ hak⁸　合謀　※丙

【拍洗】　phaʔ⁷ sɛ³　撩撥，挑逗　※丙

【拍扇】　phaʔ⁷ sieŋ⁵　（為別人）打扇子　※甲

【攏】　løŋ³　談判說服　※丙

【撥醒】　puak⁷ tshaŋ³　點撥，指點　※丙

【沾早】　tsieŋ¹ tsa³（tsha³）　施捨，無代價的給予　※甲

【泥】　nɛ²　軟纏　※甲

【變面】　pieŋ⁵ meiŋ⁵　※丁臉，翻臉　※甲

【幫貼】　pouŋ¹ thaik⁷　經濟上的援助　※甲

【幫扇】　pouŋ¹ sieŋ⁵　坐在搖扇子的人旁邊得一點涼風　※乙

【按⁺哲】　aŋ² tak⁷　平息（爭吵）　※甲

【□頭】　khiaŋ⁵ thau²　點頭　※甲

【相左】　souŋ¹ tsø³　（注意讀音）　※甲

【相拍】　souŋ¹ phaʔ⁷　打架　※甲

【喚】　huaŋ⁵　邀、鼓動、引誘　※甲

【圓攏】　ieŋ² løŋ³　湊攏　※甲

【敆面】　kaʔ⁸ meiŋ⁵　兩人關係產生矛盾，互不理睬　※甲

【烝⁼嘴】　tsiŋ¹ tshoi⁵　親吻。今音略不同　※甲

【鬥快】 tau$^{5}$ khɛ$^{5}$ 比速度 ※甲

【鬥硬】 tau$^{5}$ ŋaiŋ$^{6}$ 互不讓步 ※甲

【做嬌】 tsɔ$^{5}$ kieu$^{1}$ 撒嬌 ※甲

【做眼】 tsɔ$^{5}$ ŋaŋ$^{3}$ 監視，當監視者 ※乙

【寄批】 kie$^{5}$ phie$^{1}$ 寄信 ※甲

【掏$^{=}$澤$^{=}$】 tɔ$^{2}$ teik$^{8}$ 捉弄；折騰 ※甲

【推摱】 thoi$^{1}$ thiaŋ$^{3}$ 推脫，拒絕 ※甲

【斷墿】 tauŋ$^{6}$ tio$^{6}$ 斷交，斷了來往 ※甲

【焊$^{=}$】 aŋ$^{6}$ 送錢財行賄 ※甲

【硌$^{+}$】 khɔ$^{2}$ 刁難，訛詐 ※甲

【釁】 puaŋ$^{5}$ 挑釁，招惹 ※乙

【攪吵】 kø$^{3}$ tshau$^{3}$ 打擾，搗亂 ※乙

【做□】 tsɔ aøŋ$^{6}$ 凑熱鬧，跟著起哄 ※甲

【搓圓】 tshɔ$^{1}$ ieŋ$^{2}$ 調解糾紛，搓合 ※丙

【搓揉】 tshɔ$^{1}$ nɔ$^{2}$ 搓合，調解 ※丙

【棲泊】 tshɛ$^{1}$ pɔʔ$^{8}$ 投靠，依靠 ※丙

【欺】 khia$^{1}$ 欺壓 ※甲

【欺倒】 khia$^{1}$ tɔ$^{3}$ 壓倒，淩駕 ※丙

【蠻笑】 maŋ$^{2}$ tshieu$^{5}$ 玩笑 ※甲

【搦蛇】 niaʔ$^{8}$ sie$^{2}$ 求人情 ※丙

【睨$^{+}$儂】 hɛ$^{3}$ nøŋ$^{2}$ 表示不屑的斜視 ※甲

【睨$^{+}$磨$^{=}$】 hɛ$^{3}$ mɔ$^{6}$ 惡狠狠地盯人 ※丙

【群陣】 kuŋ$^{2}$ teiŋ$^{6}$ 聚集成群 ※乙

【噓$^{+}$媚】 hø$^{2}$ mei$^{6}$ 獻媚，逢迎 ※丙

【敲打】 khieu$^{1}$ ta$^{3}$ 故意刁難 ※甲

【賽贏】 suoɪ$^{5}$ iaŋ$^{2}$ 比賽輸贏 ※乙

【噍儂】 tsieu$^{5}$ nøŋ$^{2}$ 擾人 ※甲

【撩】　lieu$^{2}$　挑逗，挑釁　※甲

【播世】　pɔ$^{5}$ sie$^{5}$　施捨（疑為「布施」音訛）　※甲

【爆湯】　pauk$^{7}$ thouŋ$^{1}$　爭吵　※丙

【籍】　tsia$^{6}$　倚仗　※甲

【籍勢】　tsia$^{6}$ sie$^{5}$　依仗權勢　※甲

## 2 言語行為

【□】　hɛ$^{1}$　表示同意的的應答聲　※丙

【□】　hoi$^{7}$　呼人聲　※甲

【□】　khiak$^{8}$　閑聊，說閑話　※甲

【□】　tshy$^{2}$　驅趕動物的吆喝聲　※甲

【喂】　oi$^{2}$　呼人聲　※甲

【喫$^{+}$】　ø$^{2}$　呼人聲　※甲

【喫$^{+}$哠$^{+}$】　ø$^{1}$ haø$^{5}$　跑在轎子前頭的僕從發出的聲音，叫路人迴避　※丙

【喫$^{+}$渠$^{=}$】　ø$^{1}$ ky$^{2}$　逗嬰兒聲　※甲

【計較講】　kei$^{5}$ kieu$^{5}$ kouŋ$^{3}$　說話方式很特別　※丙

【冇講】　phaŋ$^{5}$ kouŋ$^{3}$　談話，聊天　※甲

【開聲】　khui$^{1}$ siaŋ$^{1}$　開口說話　※甲

【比論】　pi$^{3}$ lauŋ$^{6}$　比喻或舉例說明　※甲

【犬吠】　kheiŋ$^{3}$ puoɪ$^{6}$　喻人亂說話　※甲

【認鄭$^{=}$】　neiŋ$^{6}$ taŋ$^{6}$　認錯　※甲

【去學】　khɔ$^{5}$ ɔʔ$^{8}$　向師長報告（別人的過錯），舉報　※甲

【叩$^{=}$】　khau$^{5}$　罵　※丙

【吼】　hau$^{3}$　叫，使　※甲

【吼救】　hau$^{3}$ keu$^{5}$　喊救命　※丙

【告】　kaø$^{5}$　叫嚷　※甲

【告救】　kaø$^{5}$ keu$^{5}$　呼救　※甲

【告反天】　kaø$^{5}$ huaŋ$^{3}$ thieŋ$^{1}$　叫嚷聲很大　※甲

【叫反天】　kieu$^{5}$ huaŋ$^{3}$ thieŋ$^{1}$　同「告反天」　※甲

【叫救】　kieu$^{5}$ keu$^{5}$　喊救命　※乙

【漢$^{=}$】　haŋ$^{5}$　告訴，說　※甲

【漢$^{=}$不是】　haŋ$^{5}$ pouk$^{7}$ sei$^{6}$　說對不起，道歉　※乙

【漢$^{=}$且喜】　haŋ$^{5}$ tshia$^{3}$ hi$^{3}$　（女人或鄉下人）打招呼說「且喜」　※丙

【漢$^{=}$得罪】　haŋ$^{5}$ taik$^{7}$ tsɔi$^{6}$　說對不起，道歉　※甲

【漢$^{=}$謝】　haŋ$^{5}$ sia$^{6}$　道謝　※甲

【台$^{=}$一句】　tai$^{2}$ sioʔ$^{8}$ kuo$^{5}$　補充一句話，以確認原先的安排　※甲

【叱$^{*}$】　tshø$^{2}$　斥退，叱罵　※甲

【對啐】　tɔi$^{5}$ tshaø$^{5}$　相罵　※丙

【對嘴】　tɔi$^{5}$ tshoi$^{5}$　當面交談，討論　※丙

【對嘴講】　tɔi$^{5}$ tshoi$^{5}$ kouŋ$^{3}$　當面說　※乙

【討信】　thɔ$^{3}$ seiŋ$^{5}$　詢問消息，問詢　※乙

【伓應】　ŋ$^{6}$ eiŋ$^{5}$　不答應　※甲

【會慘】　ɛ$^{6}$ siaŋ$^{3}$　表示驚嘆；注意「慘」字聲母　※甲

【雜$^{=}$咒】　tsak$^{8}$ tsou$^{5}$　咒罵　※丙

【講打】　kouŋ$^{3}$ ta$^{3}$　口才，言語的說服力　※乙

【問】　muoŋ$^{5}$　※甲

【助嘴】　tsøy$^{6}$ tshoi$^{5}$　幫腔　※乙

【吩咐】　huŋ$^{1}$ hou$^{5}$（nou$^{5}$）　命令　※甲

【聲孔$^{+}$】　siaŋ$^{1}$ khøŋ$^{3}$　腔調；嗓門　※甲

【聲開】　siaŋ$^{1}$ khui$^{1}$　嗓音清朗　※甲

【扶一句】　phuo$^{2}$ sioʔ$^{8}$ kuo$^{5}$　美言一句，幫助說句好話　※甲

【折嘴】　siek$^{8}$ tshoi$^{5}$　口誤　※丙

【肘倒】　tiu$^{3}$ tɔ$^{3}$　頂倒，駁倒　※甲

【肘築】　tiu$^{3}$ tøyk$^{7}$　用言語刺激，激將　※甲

【驢$^{=}$曝$^{+}$】　lø$^{2}$ pɔʔ$^{7}$　用髒話辱罵　※丙

【咢$^{+}$】　hɔ$^{5}$　應答聲　※甲

【呻】　tsheiŋ$^{1}$　呻吟；嘮叨　※甲

【咒】　tsou$^{5}$　惡毒的罵　※甲

【咒嘴】　tsou$^{5}$ tshoi$^{5}$　發毒誓　※甲

【拍雜】　phaʔ$^{7}$ tsak$^{8}$　胡說八道；今指打雜　※丁

【的的犆犆】　teik$^{7}$ teik$^{7}$ taøk$^{7}$ taøk$^{7}$　交頭接耳地說話　※丙

【罔講】　muoŋ$^{3}$ kouŋ$^{3}$　隨便講，亂講，謊言　※甲

【話尾】　ua$^{6}$ muɪ$^{3}$　沒說完的話　※甲

【話縫】　ua$^{6}$ phouŋ$^{5}$　話語中不經意透露的信息　※乙

【話骹】　ua$^{6}$ kha$^{1}$　話語中不經意透露的信息　※丙

【帶嘴】　tai$^{5}$ tshoi$^{5}$　順便地附帶說說　※乙

【挑劀】　thieu$^{1}$ thaøk$^{7}$　挑唆，煽動　※乙

【查問】　tsa$^{1}$ muoŋ$^{5}$　詢問，打聽　※甲

【歪$^{=}$啊】　uai$^{1}$ a$^{6}$　唉喲　※甲

【相罵】　souŋ$^{1}$ ma$^{5}$　吵架，互相罵　※甲

【迸$^{+}$一句】　pøŋ$^{2}$ sioʔ$^{8}$ kuo$^{5}$　突然說出的一句話　※丙

【重話】　taøŋ$^{6}$ ua$^{6}$　帶威脅性的言語　※甲

【冤家】　uoŋ$^{1}$ ka$^{1}$　吵架　※甲

【哼喝】　heiŋ$^{1}$ hak$^{7}$　大聲斥責　※甲

【捏$^{+}$聲】　tiaŋ$^{2}$ siaŋ$^{1}$　用言語暗示　※丙

【揑話】　niek$^{8}$ ua$^{6}$　歪曲轉述別人的話　※甲

【莫發$^{*}$】　mɔʔ$^{8}$ huaʔ$^{7}$　別開玩笑　※丙

【做話】　tsɔ$^{5}$ ua$^{6}$　編造謊言　※甲

【啐】　tshaø$^{5}$　詈罵　※丙

【寄信】　kie$^{5}$ seiŋ$^{5}$　寄口訊　※甲

【教訓】　ka$^{5}$ houŋ$^{5}$　教導訓斥　※甲

【盤嘴】　puaŋ$^{2}$ tshoi$^{5}$　爭辯，爭吵　※甲

【著脈】　tioʔ$^{8}$ maʔ$^{8}$　（說話）點到要害　※乙

【蛇索】　sie$^{2}$ sɔʔ$^{7}$　隨聲附和（疑為「世索」的變調）　※丙

【野講】　ia$^{3}$ kouŋ$^{3}$　說謊，胡說　※甲

【野吠】　ia$^{3}$ puoɪ$^{6}$　狗沒有理由地亂叫；喻人亂說話　※甲

【野屐$^{=}$】　ia$^{3}$ khiak$^{8}$　閑言碎語；不著邊際的閑聊　※丙

【嗙$^{+}$】　aŋ$^{6}$　餵嬰兒時促其張口吃，說「～」　※甲

【喤呷】　huoŋ$^{2}$ ak$^{7}$　大聲呵斥　※丙

【掰頦】　paʔ$^{7}$ hai$^{2}$　說廢話；胡說　※甲

【賠話】　puɪ$^{2}$ ua$^{6}$　賠不是　※丙

【鑄話】　tsio$^{5}$ ua$^{6}$　編造假話　※甲

【催築】　tshui$^{1}$ tøyk$^{7}$　催促　※丙

【嗊$^{+}$】　kaøŋ$^{5}$　撐著喉嚨（大聲爭吵）　※甲

【嗊$^{+}$起嗊$^{+}$】　kaøŋ$^{5}$ khi$^{3}$ kaøŋ$^{5}$　爭執中不斷地大聲叫嚷　※甲

【填□】　teiŋ$^{2}$ mai$^{3}$　表示否定，表示不贊成　※甲

【數念】　sou$^{5}$ naiŋ$^{6}$　有條有理地訴說　※乙

【解口】　kɛ$^{3}$ kheu$^{3}$　改口（「解」應為「改」的又音）　※甲

【謫鼓$^{=}$】　tiek$^{7}$ ku$^{3}$　因醜行而被羞辱。今指當面指謫　※丁

【（嫖$^{=}$）嚗$^{+}$】　phieu$^{2}$ pɔʔ$^{7}$　用髒話辱罵　※甲

【褒儂】　pɔ$^{1}$ nøŋ$^{2}$　說好話讓人高興　※甲

【磴□】　teiŋ$^{1}$ tɔʔ$^{8}$　用話語傷人　※甲

【翻聲】　huaŋ$^{1}$ siaŋ$^{1}$　改口，食言　※甲

【籍嘴】　tsia$^{5}$ tshoi$^{5}$　說空話　※甲

## 3 心理動作

【□】　mauŋ$^{5}$　摸索，探索　※乙

【卜$^{+}$】　puak$^{8}$　測量　※乙

【犆】　taøk$^{7}$　扳指頭掐算　※乙

【八】　paik$^{7}$　知道　※甲

【比並】　pi$^{3}$ phiaŋ$^{6}$　放在一起比較　※甲

【主意】　tsio$^{3}$ ei$^{5}$　拿主意，擁有決定權　※甲

【卯$^{+}$】　mau$^{3}$（mau$^{5}$）　估計（數量）　※甲

【漢$^{=}$】　haŋ$^{5}$　以為，認為；說，告訴　※甲

【獪記的】　mɛ$^{6}$ kei$^{5}$ teik$^{7}$　記不得　※甲

【記獪真】　kei$^{5}$ mɛ$^{6}$ tsiŋ$^{1}$　記不清楚　※甲

【匡心】　khuoŋ$^{1}$ siŋ$^{1}$　使專心　※甲

【在覺】　tsai$^{6}$ kaøk$^{7}$　覺察；注意　※甲

【存（意）】　tsouŋ$^{2}$ ei$^{5}$　成心，存心　※甲

【存後】　tsouŋ$^{2}$ au$^{6}$　對事情的將來發展有所考慮　※丙

【約看】　ioʔ$^{7}$ khaŋ$^{5}$　大概估計（數量）　※甲

【詐聾】　ta$^{5}$ løŋ$^{2}$　假裝聽不見　※乙

【詐睏】　ta$^{5}$ khauŋ$^{5}$　假裝睡著　※甲

【詐癲】　ta$^{5}$ tieŋ$^{1}$　裝瘋賣傻　※甲

【詐戇】　ta$^{5}$ ŋauŋ$^{6}$　裝傻　※甲

【揀選】　keiŋ$^{3}$ souŋ$^{3}$　挑選　※甲

【試看】　tshei$^{5}$ khaŋ$^{5}$　試試看，試一試　※甲

【挃】　tiʔ$^{8}$　要，想要　※甲

【看獪出】　khaŋ$^{5}$ mɛ$^{6}$ tshouk$^{7}$　看不出　※甲

【科】　khuo$^{1}$　估計，料想　※甲

【科獪出】　khuo$^{1}$ mɛ$^{6}$ tshouk$^{7}$　估算不出　※甲

【科裡】 khuo$^{1}$ tiɛ$^{3}$ 保守地估算 ※甲

【語$^{=}$】 ŋy$^{3}$ 盤算，計畫 ※丙

【准獪著】 tsuŋ$^{3}$ mɛ$^{6}$ tioʔ$^{8}$ 猜不著 ※甲

【插】 tshak$^{7}$ 理睬，過問，關心 ※甲

【插事$^{+}$】 tshak$^{7}$ tai$^{6}$ 管閑事 ※甲

【搦心】 niaʔ$^{8}$ siŋ$^{1}$ 小心在意 ※甲

【摸】 mɔʔ$^{7}$ 摸索，猜測 ※甲

【嘴築】 tshoi$^{5}$ tøyk$^{7}$ 口算 ※甲

【嘴算】 tshoi$^{5}$ sauŋ$^{5}$ 口算 ※甲

【戇想】 ŋauŋ$^{6}$ sioŋ$^{3}$ 愚蠢的想法 ※甲

## 4 頭部五官動作

【□】 ŋɛ$^{6}$ 仔細瞧 ※甲

【□】 ŋiau$^{1}$ 逗嬰兒的睜眼閉眼遊戲 ※甲

【□】 niak$^{7}$ 眨（眼）；閃 ※甲

【□】 siaʔ$^{7}$（thiaʔ$^{7}$） 眨（眼） ※甲

【□□睨】 pɛ$^{1}$ lɛ$^{3}$ ŋɛ$^{3}$ 冷眼斜視 ※丙

【牙$^{=}$睨】 ŋa$^{2}$ ŋɛ$^{3}$ 斜視 ※丙

【偵】 tiaŋ$^{3}$ 注意地觀察，偵視 ※甲

【偵空】 tiaŋ$^{3}$ khaøŋ$^{5}$ 伺機 ※乙

【狠】 houŋ$^{3}$ 用惡狠狠的眼光看 ※甲

【看真】 khaŋ$^{5}$ tsiŋ$^{1}$ 看清楚 ※甲

【觀睄】 kuaŋ$^{1}$ sau$^{1}$ 觀察（四周情況） ※甲

【睥睨】 phɛ$^{3}$ ŋɛ$^{3}$ 仔細地查看 ※丙

【鼓隆齙】 ku$^{3}$ luŋ$^{3}$ pau$^{5}$ 眼球突出的嚇人樣子 ※甲

【映$^{+}$】 auŋ$^{5}$ 看守 ※甲

【矓$^{+}$】 løŋ$^{2}$ 伸頭瞧 ※丙

【偷瞕】　thau$^{1}$ tsioŋ$^{1}$　透過縫隙偷看　※甲

【睄】　sau$^{1}$（sau$^{3}$）　眼光一掃　※甲

【睨$^{+}$】　hɛ$^{3}$　斜視　※甲

【瞕】　tsioŋ$^{1}$　偷視　※甲

【瞌$^{+}$】　khaik$^{7}$　閉目　※甲

【覷】　tshøy$^{5}$　看　※甲

【覷真】　tshøy$^{5}$ tsiŋ$^{1}$　看清楚　※甲

【皺$^{*}$】　næu$^{5}$（nau$^{1}$）　皺，皺眉　※甲

【頭□下】　thau$^{2}$ mɪŋ$^{2}$ kia$^{6}$　頭低下　※丙

【頭覆下】　thau$^{2}$ phouk$^{7}$ kia$^{6}$　低頭　※甲

【扒$^{=}$拉$^{=}$頭】　pa$^{2}$ lak$^{8}$ thau$^{2}$　搖頭　※甲

【沒$^{+}$】　mei$^{6}$　低（頭），俯下　※甲

【驢$^{=}$】　lø$^{2}$　伸出（頭）　※甲

【岳$^{=}$】　ŋouk$^{8}$　抬（頭）　※甲

【額$^{=}$】　ŋiak$^{8}$　抬（頭）　※甲

【靡$^{+}$】　mi$^{2}$　低（頭），俯　※丙

【擺$^{=}$西$^{=}$】　pɛ$^{1}$ sɛ$^{1}$　轉頭看。今指轉頭　※丁

【挺】　thiŋ$^{3}$　頂（在頭上）　※甲

【鼻】　pei$^{6}$　嗅　※甲

【鼻香】　pei$^{6}$ hioŋ$^{1}$　嗅香味　※甲

【言$^{+}$】　mauŋ$^{5}$　沒有牙齒用牙齦吃東西的樣子　※乙

【卯$^{+}$】　mau$^{1}$（mau$^{3}$）　閉（嘴），不說話；含（進嘴裡）　※甲

【吐$^{=}$】　thu$^{3}$　伸出（舌頭）　※甲

【呸】　phuɪ$^{2}$　從口中噴出，用力吐出。今指吐痰的動作　※丁

【呸瀴】　phuoɪ$^{5}$ laŋ$^{3}$　吐唾沫　※甲

【咬】　ka$^{6}$　咬　※甲

【舐$^{*}$】　liaʔ$^{7}$　舐　※甲

【啃$^{*}$】　khɛ$^{1}$　啃　※甲

【掰嘴】　paʔ$^{7}$ tshoi$^{5}$　張嘴，打哈欠　※甲

【嗍】　sɔʔ$^{7}$　吮吸　※甲

【嗾$^{+}$】　søyʔ$^{7}$　吮吸　※甲

【噗$^{+1}$　phauk$^{7}$　大口啃咬　※甲

【噴$^{+}$】　puŋ$^{2}$　吹氣　※甲

【哱$^{+}$】　pak$^{8}$　吸（煙斗）　※甲

## 5 手部動作

【□】　ŋiak$^{7}$　剪　※甲

【□】　aŋ$^{2}$　搭配　※甲

【□】　auŋ$^{6}$　用手摩擦　※丙

【□】　hauk$^{7}$　（棒）擊　※甲

【□】　iak$^{7}$　掀，翻　※甲

【□】　køh$^{8}$　擲、扔　※甲

【□】　kaʔ$^{8}$　撬　※甲

【□】　mɔ$^{5}$　砸　※甲

【□】　mie$^{1}$　削皮，切削　※甲

【□】　miak$^{7}$　（黏糊糊地）貼　※甲

【□】　miak$^{8}$　（鞭子）抽打　※甲

【□】　ouk$^{8}$　抹擦　※甲

【□】　paiŋ$^{5}$　翻轉　※甲

【□】　pi$^{1}$　拔，揪　※甲

【□】　piak$^{7}$　（水）潑出　※甲

【□】　sa$^{2}$　繩套，用繩套　※甲

【□】　sai$^{2}$　擊打　※甲

【□】　sai$^{2}$　放置（大件物品）　※甲

【□】　sio⁶　鋪襯　※丙

【□】　souk⁸　塗（顏料）　※甲

【□】　tɔʔ⁸　（小刺）扎，戳　※甲

【□】　thø³　鏟　※甲

【□】　tsɔʔ⁷　堵塞洩漏　※甲

【□】　tsøʔ⁸　扔，棄　※甲

【□】　tshie²　不離地地移動重物　※甲

【□】　tshio¹　旋轉　※甲

【□】　tsiak⁷　突然猛力抽拉　※丙

【□】　tuʔ⁸（thuʔ⁸）　戳　※甲

【□□】　pɛ¹ laiŋ⁵　翻轉　※甲

【□一下】　khiaŋ⁶ sioʔ⁸ a⁶　對碰一下　※甲

【□緊】　khiaŋ⁶ kiŋ³　並攏　※甲

【□手】　thøyk⁷ tshiu³　縮手　※甲

【□蕩】　kɔ² tauŋ⁶　涮，晃動容器中的水使容器清潔　※甲

【□裡】　lauk⁷ tie³　套入，嵌入　※甲

【內⁺】　noi⁵　塞入，藏入　※乙

【勼⁺】　kiu¹　收縮，退縮　※甲

【匀】　yŋ²　分（成數量相等的幾份）　※甲

【匀三下】　yŋ² saŋ¹ a⁶　分成三份　※甲

【匀稠】　yŋ² seu²　分得均匀　※甲

【反起】　huaŋ³ khi³　掀起來　※甲

【手穿直】　tshiu³ tshioŋ¹ tik⁸　手伸直　※甲

【手做脫】　tshiu³ tsɔ⁵ thauk⁷　把手頭的事情做完　※丙

【木⁼】　muk⁸　揍　※甲

【比】　pi³　（用手）指示　※甲

【車】　tshia¹　轉動　※甲

【世】　sie$^{5}$　接續　※甲

【卯】　mau$^{3}$　卷（進一條邊）；卯合　※甲

【台$^{=}$補】　tai$^{2}$ puo$^{3}$　補綴，修補　※甲

【扒癢】　pa$^{2}$ sioŋ$^{6}$　抓癢　※甲

【扒擂】　pa$^{2}$ laø$^{6}$　撥拉，撥揀　※乙

【石$^{=}$】　sioʔ$^{8}$　射（箭）　※丙

【丟$^{*}$】　liu$^{1}$　扔，投擲，丟棄　※甲

【企】　khie$^{5}$　豎起　※甲

【伐$^{+}$】　phuak$^{8}$　披掛　※甲

【伐$^{+}$肩頭】　phuak$^{8}$ kieŋ$^{1}$ thau$^{2}$　披在肩頭　※甲

【傳】　thioŋ$^{6}$　傳遞；搬動　※甲

【劃】　uaʔ$^{8}$　筆劃，劃（幾筆）　※甲

【划】　ua$^{2}$　划（水）　※甲

【印】　eiŋ$^{3}$　輕觸，輕輕按壓　※丙

【吐$^{=}$乞】　thu$^{3}$ khøyk$^{7}$　交給　※甲

【瘖$^{+}$】　khiak$^{7}$　擠壓　※甲

【安】　eiŋ$^{1}$　放置　※甲

【安下】　eiŋ$^{1}$ kia$^{6}$　放下　※甲

【安乇】　eiŋ$^{1}$ nɔʔ$^{7}$　放置東西　※甲

【汑$^{+}$】　thauk$^{7}$　用熱水泡　※甲

【齊$^{=}$】　tsɛ$^{2}$　砸　※甲

【串】　tshioŋ$^{5}$　連接，套接　※甲

【刡$^{+}$】　mieŋ$^{2}$　削　※甲

【刣】　thai$^{2}$　殺，宰　※甲

【含】　haŋ$^{2}$　（門窗）虛掩　※甲

【囥】　khauŋ$^{5}$　藏，存放　※甲

【扯】　thie$^{3}$　撕　※甲

【扯掰】　thie$^{3}$ paʔ$^{7}$　撕扯　※甲

【扶】　phuo$^{2}$　扶托，扶助　※甲

【扶上】　phuo$^{2}$ sioŋ$^{6}$　勉強把重物抬上去　※甲

【扶托】　phuo$^{2}$ thɔʔ$^{7}$　扶助　※乙

【扼】　aik$^{7}$　壓　※甲

【抄】　tshau$^{1}$　從下往上或從裡往外翻動　※甲

【抄扎】　tshau$^{1}$ tsak$^{7}$　把褲腰拉高扎緊　※丙

【抄懸】　tshau$^{1}$ keiŋ$^{2}$　把衣袖、褲腰等往上拉　※乙

【抓】　tsau$^{1}$　抓取　※甲

【抓巴領】　tsua$^{1}$ pa$^{1}$ liaŋ$^{3}$　揪住（對方）領口　※甲

【抔】　pouk$^{7}$　手捧　※甲

【抖】　teu$^{3}$　抽打　※甲

【抗】　khauŋ$^{5}$　碰撞；用拳頭擊打　※丙

【摳$^{=}$】　khau$^{1}$　摻和　※甲

【灸】　kou$^{5}$　火炙，燒灼　※甲

【灸一鑽$^{=}$】　kou$^{5}$ sioʔ$^{8}$ tsauŋ$^{5}$　燒灼一個點　※丙

【肘門】　tiu$^{3}$ muoŋ$^{2}$　頂住門　※甲

【刳】　khuo$^{1}$　切割　※丙

【刳一墘】　khuo$^{1}$ sioʔ$^{8}$ kieŋ$^{2}$　切掉一條邊　※丙

【戽】　hou$^{5}$　潑灑　※甲

【承】　siŋ$^{2}$　承接　※甲

【承水】　siŋ$^{2}$ tsui$^{3}$　接水　※甲

【捕$^{+}$】　naŋ$^{5}$　（用勁）推　※甲

【披皮】　phie$^{1}$ phuɪ$^{2}$　削皮　※甲

【抔$^{+}$】　puɪ$^{3}$　翻揀尋覓　※甲

【抹乾$^{*}$】　maøk$^{7}$ ta$^{1}$　擦乾　※甲

【拈】　nieŋ$^{1}$　拿　※甲

【拉】　lua$^{1}$　手拉（注意讀音）　※丙

【拍門】　phaʔ$^{7}$ muoŋ$^{2}$　敲門　※甲

【拍戳】　phaʔ$^{7}$ tshouk$^{8}$　蓋章　※乙

【拔直】　peik$^{8}$ tik$^{8}$　伸直　※甲

【拔雄】　peik$^{8}$ hyŋ$^{2}$　繃直，繃緊　※甲

【拗】　a$^{3}$　折　※甲

【棗】　tsɔ$^{3}$　用指關節敲人腦門　※甲

【沾】　tsieŋ$^{1}$　（揪住衣裳一角）搓洗　※甲

【澤】　teik$^{8}$　讓濕物中的水在重力作用下分離出來　※甲

【炬】　køy$^{6}$　點（火）　※甲

【覓】　mei$^{6}$　尋找，搜索　※乙

【貯】　tio$^{3}$　盛、裝（在容器內）　※甲

【削】　sioʔ$^{7}$　（刀）切　※甲

【待$^{=}$】　tai$^{6}$　放置、處置　※甲

【待$^{=}$去】　tai$^{6}$ khɔ$^{5}$　扔掉　※丙

【拭】　tsheik$^{7}$　揩擦　※甲

【拽倒】　iek$^{8}$ tɔ$^{3}$　扳倒　※甲

【挑】　thieu$^{2}$　挑選　※甲

【挖】　uak$^{7}$　撓（癢），掏　※甲

【挖空】　uak$^{7}$ khaøŋ$^{5}$　掏窟窿；找空子　※甲

【挖搜】　uak$^{7}$ seu$^{1}$　到處翻找　※甲

【撓$^{+}$】　nau$^{1}$　手指收攏；皺起　※甲

【染$^{+}$】　niaŋ$^{3}$　弄混，混雜　※甲

【牽$^{+}$掰】　kheiŋ$^{2}$ paʔ$^{7}$　（小孩）緊緊地揪著（大人）衣服　※丙

【牽】　kheiŋ$^{1}$（kheiŋ$^{2}$）　※甲

【篤】　touk$^{7}$　點，點兒　※甲

【篤燈】　touk$^{7}$ tiŋ$^{1}$　點燈　※甲

【類】　loi$^{6}$　整理、收拾　※甲

【結死縲】　kaik$^{7}$ si$^{3}$ loi$^{1}$　打死結　※甲

【剞】　kie$^{1}$　刀割（而不切斷）　※甲

【喞】　tseiʔ$^{7}$　（從小孔中）擠出　※甲

【挫】　tshoi$^{5}$　砍（樹）　※甲

【振】　tsiŋ$^{3}$　移動位置　※甲

【捏$^{1+}$】　tiaŋ$^{2}$　重物跌落，砸　※甲

【捏$^{2+}$】　tiaŋ$^{2}$　摻進　※甲

【捏$^{2+}$水】　tiaŋ$^{2}$ tsui$^{3}$　摻水　※甲

【撈】　lɔ$^{6}$　從水中撈　※甲

【格】　kaʔ$^{7}$　測量　※乙

【頓平】　tauŋ$^{5}$ paŋ$^{2}$　豎起頓一頓，使之整齊　※甲

【頒$^{=}$開】　paŋ$^{1}$ khui$^{1}$　張開　※甲

【頌】　søyŋ$^{6}$　穿（衣）　※甲

【兜】　tau$^{1}$　摟　※甲

【啪一掌】　piak$^{8}$ sioʔ$^{8}$ tsioh$^{3}$（phiak$^{8}$）　打一耳光　※甲

【塹$^{+}$】　tshieŋ$^{5}$　（刀、矛）刺入。今指爭鬥　※丁

【摸】　thiaŋ$^{3}$　推　※甲

【掄$^{+}$】　luŋ$^{1}$　吊著晃蕩　※甲

【掇椅】　tauk$^{7}$ ie$^{3}$　端椅子　※甲

【掏】　tɔ$^{2}$　拿　※甲

【掐$^{*}$】　neu$^{5}$　用指尖或指甲擰　※甲

【排$^{=}$□】　pɛ$^{2}$ laiŋ$^{5}$　翻轉　※甲

【排$^{=}$冷$^{=}$】　pɛ$^{2}$ leiŋ$^{3}$　翻轉　※甲

【掘】　kuk$^{8}$　挖　※甲

【掠】　lioʔ$^{8}$，（liok$^{8}$）　用手掃過　※甲

【探】　thaŋ$^{5}$　張開、支起　※甲

【探大】　thaŋ$^{5}$ tuai$^{6}$　撐大　※甲

【掿$^{+}$】　nɔʔ$^{8}$　揉　※甲

【洶】　køyk$^{7}$　把容器底朝下按入手中，靠水的壓力檢查是否漏水　※甲

【焓】　haŋ$^{2}$　焚燒　※甲

【蓋$^{*}$一掌】　khaiŋ$^{5}$ sioʔ$^{8}$ tsioŋ$^{3}$　打一巴掌　※甲

【黏$^{*}$】　ni$^{1}$　黏貼　※甲

【舂】　tsyŋ$^{1}$　引申指用拳頭擊打　※甲

【觕】　taøk$^{7}$　（俗字），（牛角）頂；對頂　※甲

【觕虱母】　taøk$^{7}$ saik$^{7}$ mɔ$^{3}$　用指甲掐死虱子　※甲

【輔】　hou$^{6}$　扶　※甲

【邏$^{=}$門】　lɔ$^{6}$ muoŋ$^{2}$　上門栓　※甲

【鉸】　ka$^{1}$　剪　※甲

【掰兩爿】　paʔ$^{7}$ laŋ$^{6}$ peiŋ$^{2}$　掰成兩塊　※甲

【揇】　naŋ$^{3}$　推　※甲

【揇開】　naŋ$^{3}$ khui$^{1}$　推開　※甲

【插$^{+}$】　tshaʔ$^{7}$　攙扶　※甲

【揦$^{+}$】　lak$^{7}$　緊緊地套進去，如套戒指等　※甲

【揬$^{+}$】　thouʔ$^{7}$　捅，戳　※甲

【揭起】　kiak$^{8}$ khi$^{3}$　挑起，翹起　※甲

【揻$^{=}$】　ui$^{1}$　掩藏（本字可能是「窩」）　※甲

【搵】　ouŋ$^{5}$　蘸　※甲

【搵濫】　ouŋ$^{5}$ laŋ$^{6}$　蘸濕　※甲

【攪渾】　ku$^{3}$ huŋ$^{2}$　※甲

【敨】　thau$^{3}$　解開；用中藥化解　※甲

【敨散】　thau$^{3}$ saŋ$^{5}$　拆散　※甲

【敨朝直】　thau$^{3}$ tieu$^{2}$ tik$^{8}$　把扭曲的東西展開、抻平　※乙

【棘$^{+}$】　keiʔ$^{7}$（kiʔ$^{8}$）　刺、戳　※甲

【滋】　tsi$^{2}$　以火入水中發出滋滋聲　※甲

【晢】　taʔ$^{7}$　壓　※甲

【筅】　tsheiŋ$^{3}$　掃（動作幅度大）　※甲

【傾】　khiŋ$^{2}$　斟（茶、酒）　※甲

【塞】　saik$^{7}$　堵塞　※甲

【搡】　søŋ$^{3}$　猛然用力推　※甲

【搦正】　niaʔ$^{8}$ tsiaŋ$^{5}$　糾正　※甲

【搧$^{*}$】　iak$^{8}$　搖（扇子）　※甲

【搧$^{*}$手】　iak$^{8}$　招手　※甲

【摸】　mɔ$^{1}$　用手輕撫。今音略不同　※甲

【摸挲$^{+}$】　mɔ$^{1}$ souk$^{8}$　搓揉　※甲

【蒙$^{+}$】　maŋ$^{1}$　蒙上　※甲

【劃】　ua$^{1}$　淺割　※甲

【塈$^{+}$】　tseiʔ$^{7}$　堵塞滲漏　※甲

【截】　tseik$^{8}$　關上（閥門）　※甲

【摔$^{+}$】　søk$^{8}$　顛簸跳蕩　※甲

【摔一掌】　saøk$^{7}$ sioʔ$^{8}$ tsioŋ$^{3}$　打一巴掌　※甲

【摜$^{+}$】　kuaŋ$^{6}$　（手）提　※甲

【摜$^{+}$懸】　kuaŋ$^{6}$ keiŋ$^{2}$　提高　※甲

【敲$^{*}$】　kha$^{5}$　敲擊　※甲

【潨】　tsøŋ$^{2}$　用水沖　※甲

【瀓】　kaŋ$^{3}$　用濕布擦拭　※甲

【算$^{=}$】　sauŋ$^{5}$　用繩子勒　※甲

【算$^{=}$死】　sauŋ$^{5}$ si$^{3}$　勒死，絞死　※甲

【舞】　u$^{3}$　揮動　※甲

【蜞$^{+}$】　khi$^{2}$　鋦，用打鉚釘的方法來修補陶瓷器皿　※甲

【錸】　lɔi$^{5}$　鑽、錐　※甲

【鏤】　leu$^{3}$　用小刀挖　※甲

【劈】　phiek$^{7}$　刀劈　※甲

【撕】　tsi$^{1}$　扯　※甲

【撚$^{*}$】　louŋ$^{2}$（nouŋ$^{2}$）　捻，用手指頭搓　※甲

【撬】　tshieu$^{6}$　用器具強力打開　※丙

【撮】　tsauk$^{7}$（tshauk$^{7}$）　拔扯　※甲

【撮花】　tshauk$^{7}$ hua$^{1}$　隨機抽取　※乙

【撮帽】　tshauk$^{7}$ mɔ$^{6}$　揪下帽子　※甲

【撴$^{+}$】　tuŋ$^{1}$　碰，輕觸　※甲

【擒】　khieŋ$^{2}$　抓住　※甲

【鑷$^{*}$】　ŋiek$^{7}$　用鑷子夾取　※甲

【擂$^{+}$】　loi$^{2}$　用手指頭捏住皮肉擰，掐　※甲

【擻】　seu$^{3}$　用鞭子抽打　※甲

【穓】　ie$^{6}$　灑，播灑　※甲

【篦頭髮】　pei$^{6}$ thau$^{2}$ huok$^{7}$　用篦子梳理頭髮　※甲

【鎝】　thak$^{7}$　套（進去）　※甲

【羈】　kie$^{1}$　繫，扎，綁　※甲

【藏囥】　tsouŋ$^{2}$ khauŋ$^{5}$　收藏存放　※甲

【鍻】　hak$^{7}$　將刀口在石頭上磨兩下，使更鋒利　※甲

【戳通透】　tshɔʔ$^{8}$ thøŋ$^{12}$ thau$^{5}$　戳穿　※甲

【攋$^{+}$】　lak$^{8}$　捋，或如脫下戒指的動作　※甲

【鑢】　laø$^{5}$　銼，用力摩擦　※甲

【攮$^{+}$】　louŋ$^{1}$　撞擊，拳打　※甲

【劆】　thaøk$^{7}$　用力戳　※甲

【劆死】　thaøk$^{7}$ si$^{3}$　戳死　※甲

【抐$^{+}$】　uk$^{8}$　揮舞，利用慣性力擲出　※甲

【搙⁺】　nyʔ⁸　揉　※甲

【搙裡】　nøyk⁷ tie³　（揉成一團）塞進去　※甲

【捧】　tshouŋ⁶　扭轉，擰　※甲

【斅】　tshøyŋ⁵　拼裝，連接　※甲

【鍔】　tsak⁸　（俗字）剁　※甲

【鍔兩長】　tsak⁸ laŋ⁶ touŋ²　切成兩段　※甲

## 6 足部動作

【揭⁺】　kiak⁷　生氣扭身離去　※甲

【□】　nauŋ⁵　走，漫步　※丙

【□】　tshiaʔ⁸（tshiak⁸）　踩踏　※甲

【亡命跑*】　uoŋ² meiŋ⁶ pie⁵　沒命地跑。今說「斷命跑」　※丙

【車轉身】　tshia¹ tioŋ³ siŋ¹　轉身　※甲

【對扛】　tɔi⁵ kouŋ¹　兩人抬　※甲

【打□】　ta³ ta⁶　不穩的步態，蹣跚　※丙

【尋】　siŋ²　訪求，尋覓　※甲

【尖】　tsieŋ¹　擠進，頂入　※甲

【扛¹　khouŋ²　單肩負重　※甲

【扛²　kouŋ¹　（兩人或多人合力）抬　※甲

【行】　kiaŋ²　走　※甲

【行攏】　kiaŋ² løŋ³　走攏，走到一起　※甲

【行踏】　kiaŋ² tak⁸　走，踏步　※甲

【邁⁼】　mai⁶　背負　※甲

【邁⁼爿】　mai⁶ peiŋ²　側到一邊，側身　※丙

【走】　tsau³　逃跑　※甲

【走火】　tsau³ huɪ³　逃離火災現場　※丙

【走難】　tsau³ naŋ⁶　逃難　※丙

【進前】　tseiŋ$^{5}$ seiŋ$^{2}$　向前移動　※甲

【並緊】　phiaŋ$^{6}$ kiŋ$^{3}$　並立靠緊　※甲

【併排】　piaŋ$^{5}$ pɛ$^{2}$　排成一排　※乙

【跍】　khu$^{2}$　蹲伏　※甲

【蹲$^{*}$】　tshioŋ$^{2}$　下蹲　※甲

【咕隆蹲】　ku$^{2}$ luŋ$^{1}$ tshioŋ$^{2}$　下蹲　※乙

【攏兜】　løŋ$^{3}$ tau$^{1}$　靠近　※甲

【泅水】　siu$^{2}$ tsui$^{3}$　游泳　※甲

【玩一流】　uaŋ$^{2}$ sioʔ$^{8}$ lau$^{2}$　逛一圈　※甲

【環】　khuaŋ$^{2}$　轉圈，走（一圈）　※甲

【轉動】　tioŋ$^{3}$ taøŋ$^{6}$　轉身，在周圍活動　※甲

【娜】　nio$^{1}$　婦女款款的步態；緩慢的舞姿；緩慢拖拉　※甲

【尅】　khaik$^{7}$　擠，擁擠　※甲

【致$^{=}$】　tei$^{5}$　低頭，（頭向前）鑽　※甲

【逐】　tyk$^{8}$　驅趕；追逐　※甲

【偷走】　thau$^{1}$ tsau$^{3}$　逃走，逃跑　※甲

【徛】　khie$^{6}$　站立　※甲

【徛起】　khie$^{6}$ khi$^{3}$　站起身　※甲

【躍】　sioʔ$^{8}$　跳，驚跳　※甲

【逪$^{+}$】　tshɔʔ$^{8}$　奔走　※甲

【騎】　khia$^{2}$　跨（靜態）　※甲

【傲$^{+}$】　ŋɔ$^{5}$　（躺著時）抬起（頭、腳）　※甲

【滑一倒】　kouk$^{8}$ sioʔ$^{8}$ tɔ$^{3}$　滑一跤　※甲

【翹骹】　khieu$^{5}$ kha$^{1}$　腳朝天，喻跌倒、完蛋　※甲

【蹺骹】　khieu$^{1}$ kha$^{1}$　蹺腳　※甲

【浘$^{+}$水】　mei$^{6}$ tsui$^{3}$　潛水　※甲

【踏門】　tak$^{8}$ muoŋ$^{2}$　踹門　※甲

【踮$^{*}$】 naiŋ$^{5}$ 用足尖站立 ※甲

【綷柱】 luk$^{8}$ theu$^{6}$ 爬杆，沿著柱子爬上去 ※丙

【蹚】 touŋ$^{2}$ 蹬，重重地踏，用腳底踢 ※甲

【蹚跳】 touŋ$^{2}$ thieu$^{5}$ 蹦跳 ※甲

【蹴$^{+}$】 tshyk$^{8}$ 踐踏，踹 ※丙

【蹴$^{+}$平地】 tshyk$^{8}$ paŋ$^{2}$ tei$^{6}$ 踹平 ※丙

【蹴$^{+}$死】 tshyk$^{8}$ si$^{3}$ 踩死 ※丙

【戇闖】 ŋauŋ$^{6}$ tshauŋ$^{5}$ 盲目地闖 ※甲

【䟺】 pie$^{5}$ 跑 ※甲

## 7 其他動作行為

【□】 lauŋ$^{5}$ 練習（唱歌等） ※丙

【□】 miŋ$^{1}$ 安靜躺著，假寐 ※甲

【□】 nɔʔ$^{8}$ 丟棄（廢物） ※丙

【□】 thø$^{1}$ 躺（在斜面上） ※甲

【□】 pø$^{1}$ 失敗 ※丙

【□】 phɛʔ$^{8}$ （姿態不雅地）坐 ※甲

【□地兜】 phɛʔ$^{8}$ tei$^{6}$ tau$^{1}$ 坐地上 ※甲

【□倒】 lø$^{1}$ tɔ$^{3}$ 躺倒 ※甲

【□倒】 nø$^{1}$ tɔ$^{3}$ 滑倒 ※甲

【□起】 nioŋ$^{5}$ khi$^{3}$ 軟軟地起身；（飯）煮熟時膨脹起來 ※甲

【千$^{=}$】 tshieŋ$^{1}$ 頭朝下身子在上的姿勢 ※甲

【勼$^{+}$裡】 kiu$^{1}$ tie$^{3}$ 縮回，縮進去 ※甲

【無住】 mɔ$^{2}$ tøy$^{6}$ 不在 ※甲

【無閑】 mɔ$^{2}$ eiŋ$^{2}$ 沒有空，忙 ※甲

【無著】 mɔ$^{2}$ tioʔ$^{7}$ 不在 ※甲

【無歇】 mɔ$^{2}$ hiok$^{7}$ 不停，沒有中斷休息 ※甲

【世落】 sie$^{5}$ lɔʔ$^{8}$ 接下去 ※甲

【發$^{*}$】 huaʔ$^{7}$ 玩笑，戲鬧 ※丙

【去發$^{*}$】 khɔ$^{5}$ huaʔ$^{7}$ 去玩耍 ※丙

【去睏】 khɔ$^{5}$ khauŋ$^{5}$ 去睡覺 ※甲

【閃一板】 sieŋ$^{3}$ sioʔ$^{8}$ peiŋ$^{3}$ 緩一緩 ※丙

【後手】 au$^{6}$ tshiu$^{3}$ 最後的清理收拾 ※甲

【在】 tsai$^{6}$ 背靠，倚靠 ※甲

【成完】 tshiaŋ$^{2}$ uoŋ$^{2}$ 把剩下的一點事情做完 ※甲

【成尾】 tshiaŋ$^{2}$ muɪ$^{3}$ 把剩下的一點事情做完成 ※甲

【行房】 kiaŋ$^{2}$ puŋ$^{2}$ 性行為的文雅說法 ※乙

【作塌】 tsauk$^{7}$ thak$^{7}$ 糟蹋 ※甲

【坐一倒】 sɔi$^{6}$ sioʔ$^{8}$ tɔ$^{3}$ 摔了屁股墩 ※甲

【扳轉身】 peiŋ$^{3}$ tioŋ$^{3}$ siŋ$^{1}$ 翻身，轉身 ※甲

【沃一身】 uok$^{7}$ sioʔ$^{8}$ siŋ$^{1}$ 淋了一身 ※甲

【縱】 tsøyŋ$^{6}$ 添加，增加 ※丙

【肘定】 tiu$^{3}$ tiaŋ$^{6}$ 守著不放鬆 ※丙

【肘替】 tiu$^{3}$ thɛ$^{5}$ 頂替 ※甲

【單手】 taŋ$^{1}$ tshiu$^{3}$ 無人協助工作 ※甲

【夜一工】 ie$^{6}$ sioʔ$^{8}$ køŋ$^{1}$ 整夜加班加點 ※丙

【夜車】 ia$^{6}$ y$^{1}$ 開夜車加班 ※乙

【定動】 teiŋ$^{6}$ taøŋ$^{6}$ 動 ※甲

【屈】 khouk$^{7}$ 躲藏；在 ※甲

【屈一堆】 khouk$^{7}$ sioʔ$^{8}$ toi$^{1}$ 呆在一起 ※甲

【育$^{=}$起】 yk$^{8}$ khi$^{3}$ 從地上爬起 ※丙

【轉一板】 tioŋ$^{3}$ sioʔ$^{8}$ peiŋ$^{3}$ 轉而去做別的事情 ※乙

【郁$^{=}$□】 ouk$^{8}$ souk$^{8}$ 耽擱，延誤 ※丙

【咭$^{+}$】 khik$^{8}$ 耽擱，拖延 ※丙

【娜遲】　nuo¹ ti²　因動作緩慢耽誤了時間　※甲

【客留】　khaʔ⁷ liu²　玩兒　※甲

【拾一陣】　khak⁷ sioʔ⁸ teiŋ⁶　聚集一夥　※甲

【拾起肩】　khak⁷ khi³ kieŋ¹　聳起肩膀　※乙

【染⁺一堆】　niaŋ³ sioʔ⁸ toi¹　混在一起　※甲

【洗湯】　sɛ³ thouŋ¹　洗熱水澡　※甲

【洗身】　sɛ³ siŋ¹　洗澡　※甲

【活動】　uak⁸ taøŋ⁶　活動手腳　※甲

【熾火】　tshie⁵ huɪ³　引火，點火　※丙

【盈⁺一身】　iaŋ² sioʔ⁸ siŋ¹　擴散到全身（如皮疹）　※甲

【盈⁺滿塊*】　iaŋ² muaŋ³ tɔi⁵　擴散到四處　※甲

【誤卯】　ŋuo⁶ mau³　誤了時間　※丙

【誤做】　ŋuo⁶ tsɔ⁵　過失　※甲

【貴⁼髈】　kuoɪ⁵ phiaŋ¹　靠背，背靠　※丙

【食涼】　siaʔ⁸ lioŋ²　做無關痛癢的事　※丙

【涼風】　lioŋ² huŋ¹　乘涼　※甲

【圓】　ieŋ²　湊集　※甲

【圓一堆】　ieŋ² sioʔ⁸ toi¹　合在一起　※甲

【埋⁺下】　mɛ² kia⁶　俯下身子，趴下，蹲下　※甲

【換過邊】　uaŋ⁶ kuo⁵ peiŋ¹　轉到另一邊　※甲

【頒⁼罅】　paŋ¹ hia¹　張開　※甲

【做事】　tsɔ⁵ tai⁶　做事情　※甲

【做成】　tsɔ⁵ tshiaŋ²　把事情完成　※甲

【做便】　tsɔ⁵ pieŋ⁶　成習慣。今指做好準備　※丁

【偷拈】　thau¹ nieŋ¹　偷拿　※甲

【偷掏】　thau¹ tɔ²　偷（東西）　※甲

【捱⁺】　ŋai³　坐（在椅子邊緣上）　※乙

【擤⁺】 ieŋ$^{5}$ 強占，占據 ※甲

【擤⁺位】 ieŋ$^{5}$ oi$^{6}$ 占位子 ※甲

【揭肩頭】 kiak$^{8}$ kieŋ$^{1}$ thau$^{2}$ （扁擔等）架在肩頭 ※甲

【晢驚】 taʔ$^{7}$ kiaŋ$^{1}$ （吃點東西）壓驚 ※甲

【窩⁺一堆】 uo$^{1}$ siok$^{8}$ toi$^{1}$ 聚在一起 ※乙

【腆】 thaiŋ$^{5}$ 挺起（胸腹） ※甲

【舒倒】 tshy$^{1}$ tɔ$^{3}$ 平躺，放倒 ※丙

【落厝】 lɔʔ$^{8}$ tshio$^{5}$ 在家 ※丙

【歇晝】 hiok$^{7}$ tau$^{5}$ 午休 ※甲

【溜】 læu$^{5}$ 順著滑落 ※甲

【溜一流】 lau$^{5}$ sioʔ$^{8}$ lau$^{2}$ 從頭到尾順一遍（如背書、看帳本） ※甲

【溜走】 læu$^{5}$ tsau$^{3}$ 滑脫手 ※丙

【溜倒】 læu$^{5}$ tɔ$^{3}$ 滑到 ※丙

【碌】 louk$^{7}$ 溜走 ※甲

【碌手】 louk$^{7}$ tshiu$^{3}$ 滑脫手 ※甲

【賴⁺】 lai$^{5}$（lai$^{6}$） 蹭 ※甲

【熬眠】 ŋɔ$^{2}$ miŋ$^{2}$ 熬夜 ※甲

【褪開】 thaø$^{5}$ khui$^{1}$ 蹬掉，蹬開 ※甲

【褪被】 thaø$^{5}$ phuoɪ$^{6}$ 睡眠中蹬掉被子 ※甲

【縋】 toi$^{6}$ 拖拉，牽引 ※丙

【𠛗】 sa$^{5}$ 性交 ※甲

## （二十一）屬性狀態

### 1 性格特徵

【□】 ɔʔ$^{7}$ 聰明，乖巧 ※甲

【□】 leu$^{6}$ 動作快捷 ※甲

【□】　lia$^{5}$　（打扮）漂亮，惹人注目　※甲

【□】　nɛʔ$^{8}$　愚蠢　※丙

【□】　nɛ$^{1}$　慢吞吞地，拖拖拉拉　※甲

【□□】　ŋɔ$^{2}$ ŋɛ$^{3}$　傲慢地　※丙

【□□】　ŋau$^{2}$ tshiŋ$^{2}$　頑固　※乙

【□□】　miak$^{7}$ miak$^{7}$　奄奄一息的樣子　※丙

【□□】　nøy$^{5}$ nøy$^{5}$　半睡半醒的樣子　※甲

【□搭$^{=}$】　ua$^{3}$ tak$^{7}$　到處借錢都不還　※丙

【九怪】　kau$^{3}$ kuai$^{5}$　詭詐　※乙

【了離】　lieu$^{3}$ lie$^{6}$　辦事清楚，不拖泥帶水　※甲

【八見】　paik$^{7}$ kieŋ$^{5}$　見識　※甲

【刁$^{=}$苗$^{=}$】　tieu$^{1}$ mieu$^{2}$　調皮　※丙

【力落】　lik$^{8}$ lɔʔ$^{8}$　勤快　※甲

【小禮】　sieu$^{3}$ lɛ$^{3}$　害羞，羞恥　※甲

【手長】　tshiu$^{3}$ touŋ$^{2}$　有偷摸惡習　※丙

【無阻】　mɔ$^{2}$ tsu$^{3}$　心裡沒數；不知深淺；不明界限　※甲

【無定】　mɔ$^{2}$ tiaŋ$^{6}$　好動，不安分　※甲

【無威】　mɔ$^{2}$ ui$^{1}$　不能讓人敬畏的　※甲

【無面】　mɔ$^{2}$ meiŋ$^{5}$　沒臉，丟臉　※甲

【無粕】　mɔ$^{2}$ phɔʔ$^{7}$　無耻　※甲

【戔】　tsieŋ$^{3}$　年輕，不成熟　※甲

【生頭】　tshaŋ$^{1}$ thau$^{2}$　愚蠢而又自作聰明的人　※丙

【甲$^{=}$喇$^{=}$】　kak$^{7}$ la$^{5}$　狡詐，無賴　※乙

【目彩】　møk$^{8}$ tshai$^{3}$　眼力　※丙

【討裡】　thɔ$^{3}$ tie$^{3}$　謹小慎微　※丙

【伏毒】　huk$^{8}$ tuk$^{8}$　內心歹毒　※甲

【光鮮】　kuoŋ$^{1}$ tshieŋ$^{1}$　光彩照人的樣子　※甲

【好疼】　hɔ$^{3}$ thiaŋ$^{5}$　可愛　※甲

【有$^{=}$脆】　iu$^{3}$ tshuoɪ$^{5}$　服飾優雅，風度翩翩的　※丙

【有隧$^{=}$】　ou$^{6}$ suoɪ$^{5}$　有先例，有前科　※丙

【老興】　lau$^{6}$ heiŋ$^{5}$　老人的反常興致　※乙

【迂$^{=}$】　y$^{1}$　謂人富而驕。今指自在舒服　※丁

【馴馴】　souŋ$^{5}$ souŋ$^{5}$　聽話地，不作反抗地（今讀陰平調）※甲

【作疾】　tsauk$^{7}$ tsik$^{8}$　搗鬼，不安分　※甲

【呆□】　ŋai$^{2}$ ŋøyŋ$^{5}$　可憎的　※丙

【呆惡】　ŋai$^{2}$ auk$^{7}$　凶惡　※甲

【快脆】　khɛ$^{5}$ tshoi$^{5}$　動作利索，爽快　※甲

【靈覺】　liŋ$^{2}$ kauk$^{7}$　機敏　※乙

【悶$^{=}$】　mouŋ$^{5}$　愚蠢　※乙

【阿邦】　a$^{1}$ paŋ$^{1}$　討價還價；斤斤計較　※丙

【奇特】　ki$^{2}$ teik$^{8}$　特別，稀罕　※甲

【定蟲】　tiaŋ$^{6}$ thøŋ$^{2}$　懶惰的人，懶惰　※甲

【性剛】　saŋ$^{5}$ kouŋ$^{1}$　個性強，不隨意妥協　※乙

【性急】　saŋ$^{5}$ keik$^{7}$　※甲

【性耐】　saŋ$^{5}$ nai$^{6}$　有耐性，不急躁　※甲

【性慈】　saŋ$^{5}$ tsy$^{2}$　性格善良，有同情心。今指性格平穩，不急躁　※丁

【拍發$^{*}$】　phaʔ$^{7}$ huaʔ$^{7}$　花天酒地，嬉鬧無度　※丙

【拗】　ŋau$^{5}$　古怪，不正常　※甲

【拗□】　au$^{5}$ nau$^{1}$　貪婪　※丙

【拗鬧】　au$^{5}$ nau$^{6}$　不依不饒地鬧　※丙

【拗脾】　ŋau$^{5}$ pheik$^{7}$　古怪的脾氣　※甲

【拗脾】　au$^{5}$ pheik$^{7}$　拗脾氣　※甲

【玩$^{=}$遇$^{=}$】 ŋuaŋ$^{6}$ ŋøy$^{6}$ 可笑，出洋相 ※甲

【直截】 tik$^{8}$ tseik$^{8}$ 直爽 ※甲

【細膩】 sɛ$^{5}$ nei$^{6}$ 小心謹慎 ※甲

【細嫩】 sɛ$^{5}$ nauŋ$^{6}$ 幼小 ※甲

【儉】 kieŋ$^{6}$ 節省 ※甲

【恰儉】 khak$^{7}$ kieŋ$^{6}$ 太節省 ※甲

【變死】 pieŋ$^{5}$ si$^{3}$ 謂人行為反常 ※甲

【帶草】 tai$^{5}$ tshɔ$^{3}$ 意思模稜兩可 ※丙

【急氣】 keik$^{7}$ khei$^{5}$ 急性子 ※丙

【昵$^{=}$□】 ni$^{1}$ neu$^{1}$ 親昵、討好人的樣子 ※甲

【殘】 tshaŋ$^{2}$ 凶狠，勇猛 ※甲

【殘罵$^{=}$】 tshaŋ$^{2}$ ma$^{5}$ 急性子，敢冒險 ※甲

【毒心】 tøk$^{8}$ siŋ$^{1}$ 狠毒的心 ※甲

【活】 uak$^{8}$ 機靈，辦法多 ※甲

【胚魄】 phuɪ$^{1}$ phaøk$^{7}$ （人的）個性本質 ※甲

【草率】 tshau$^{3}$ tshaø$^{5}$ 做事馬虎 ※丙

【荒唐】 huoŋ$^{1}$ touŋ$^{2}$ 荒誕不經。今為罵人語，義近「混帳」 ※丁

【重膩】 thyŋ$^{2}$ nøy$^{5}$ （說話）重複囉嗦 ※丙

【格式】 kaʔ$^{7}$ seik$^{7}$ 格調，風格，作派 ※丙

【狻猊】 sɛ$^{2}$ ŋɛ$^{2}$ 傳說中的猛獸，像獅又像馬，喻人傲慢、苛求 ※甲

【離道】 lie$^{6}$ tɔ$^{6}$ （小孩）懂事，不用大人操心 ※甲

【笑面】 tshieu$^{5}$ meiŋ$^{5}$ 笑容滿面的樣子 ※甲

【缺草$^{=}$】 khiek$^{7}$ tshɔ$^{3}$ 麵團缺鹹，喻人不中用、無能力 ※丙

【脆呈$^{+}$】 tshuoɪ$^{5}$ tiaŋ$^{2}$（siaŋ$^{2}$） 有權勢的 ※丙

【臭面】 tshau$^{5}$ meiŋ$^{5}$ 拒絕的表情 ※甲

【調直】 tieu$^{2}$ tik$^{8}$ 直截了當，直爽 ※乙

【頒$^{=}$笨】 paŋ$^{1}$ pouŋ$^{6}$ 笨拙，笨 ※甲

【做柴】 tsɔ$^{5}$ tsha$^{2}$ 頑固，一意孤行 ※甲

【做脆】 tsɔ$^{5}$ tshuoɪ$^{5}$ 擺出一副豪爽、果敢的姿態 ※甲

【囉嗦】 lɔ$^{1}$ sɔ$^{1}$ 囉唆 ※甲

【排架】 pɛ$^{2}$ ka$^{5}$ 擺架子以顯示自己身分 ※乙

【犁$^{=}$命】 lɛ$^{2}$ miaŋ$^{6}$ 拚死努力 ※甲

【犁$^{=}$耙$^{=}$】 lɛ$^{2}$ pa$^{2}$ 堅持不捨 ※丙

【著拍】 tioʔ$^{8}$ phaʔ$^{7}$ 該打，欠揍 ※甲

【粗喇$^{=}$】 tshu$^{1}$ la$^{3}$ 粗鄙，粗俗 ※乙

【野綽】 ia$^{3}$ tshioʔ$^{7}$ 神氣活現的樣子 ※丙

【野瀓】 ia$^{3}$ thaøŋ$^{5}$ 懶洋洋的 ※丙

【麻利】 ma$^{2}$ lei$^{6}$ 機靈敏捷 ※甲

【麻炸$^{=}$】 ma$^{2}$ tsa$^{2}$ 蠻橫不講理 ※甲

【博命】 pauk$^{7}$ miaŋ$^{6}$ 拚命，豁出性命 ※甲

【喀$^{=}$喇$^{=}$】 khak$^{7}$ la$^{3}$ 狡猾，無賴 ※丙

【溫潤】 uŋ$^{1}$ nouŋ$^{5}$ 溫暖潮濕；愚蠢 ※甲

【猴仇】 kau$^{2}$ sieu$^{2}$ 性情反覆多變 ※乙

【猴尿】 kau$^{2}$ nieu$^{6}$ （小孩）調皮搗蛋 ※丙

【猴脾】 kau$^{2}$ pheik$^{7}$ 謂人好動 ※乙

【睞$^{+}$睞$^{+}$】 lai$^{5}$ lai$^{5}$ （性格）溫和，善良 ※乙

【硬直】 ŋaiŋ$^{6}$ tik$^{8}$ 耿直 ※丙

【絞攪】 ka$^{3}$ kø$^{3}$ 搗亂，添亂 ※甲

【翹膿】 khieu$^{5}$ neiŋ$^{3}$ 挺起胸，逞能 ※丙

【謙居】 khieŋ$^{1}$ ky$^{1}$ 謙虛 ※丙

【闊擺】 khuak$^{7}$ pai$^{3}$ 擺闊，大手大腳花錢 ※丙

【魯】 lø$^{3}$ 土氣，愚蠢 ※甲

【勤苦】　khyŋ$^{2}$ khu$^{3}$　勤奮刻苦　※甲

【勤緊】　khyŋ$^{2}$ kiŋ$^{3}$　勤奮，勤勞　※甲

【尷尬】　kaŋ$^{1}$ kai$^{5}$（ŋai$^{5}$）　※甲

【愆重】　khieŋ$^{1}$ taøŋ$^{6}$　罪過大　※甲

【愚$^{*}$】　khy$^{2}$（khø$^{2}$）　愚蠢　※甲

【搦手】　niaʔ$^{8}$ tshiu$^{3}$　拿手，在行　※丙

【搦格】　niaʔ$^{8}$ kaʔ$^{7}$　擺架子，擺譜　※乙

【攤架】　thaŋ$^{1}$ ka$^{5}$　搞排場　※丙

【攤擗】　thaŋ$^{1}$ paʔ$^{7}$　炫耀　※甲

【濫絆】　laŋ$^{6}$ puaŋ$^{6}$　髒，很不衛生　※甲

【濫漉】　laŋ$^{6}$ løk$^{8}$　馬虎，不認真　※乙

【纏絆】　tieŋ$^{2}$ puaŋ$^{6}$　麻煩　※甲

【蒙昧】　maŋ$^{2}$ muoɪ$^{6}$　※甲

【蹺欹】　khieu$^{1}$ khi$^{1}$　蹊蹺　※丙

【嫩膩】　nauŋ$^{6}$ nei$^{6}$　細緻，優雅　※甲

【贅悶】　thoi$^{5}$ mouŋ$^{6}$　囉嗦　※甲

【横横】　haiŋ$^{5}$ haiŋ$^{5}$　非常頑固，不講理　※丙

【褦戴】　nai$^{6}$ tai$^{5}$　無知　※丙

【襤褸】　laŋ$^{3}$ lou$^{6}$　（衣服）髒，不整潔　※甲

【嘴馬】　tshoi$^{5}$ ma$^{3}$　口才　※甲

【嘴禿】　tshoi$^{5}$ thuk$^{8}$　口拙　※甲

【嘴稞$^{=}$】　tshoi$^{5}$ iɛ$^{6}$　愛吃零食　※甲

【懶尸】　laŋ$^{3}$ si$^{1}$　懶惰　※甲

【懞$^{+}$懵】　maŋ$^{1}$ muŋ$^{1}$　頭腦不清楚，愚蠢　※甲

【諵$^{+}$□】　naŋ$^{1}$ nɛʔ$^{8}$　愚笨　※乙

【顢懵】　maŋ$^{1}$ muŋ$^{1}$　愚蠢，不開竅　※甲

【臊心】　tshɔ$^{1}$ siŋ$^{1}$　淫心　※丙

【癩⁺呔⁺】　lai¹ tai¹　肮髒，不整潔　※甲
【嬤躍】　muo³ siok⁸　非常積極地找小老婆（貶義）　※丙
【歊】　ŋauŋ⁶　傻　※甲
【歊驢】　ŋauŋ⁶ lø²　蠢貨　※甲

## 2 心理與精神

【□】　ŋøyŋ⁵　可怕，令人噁心　※甲
【□】　kɛʔ⁸　氣惱　※丙
【□】　kaʔ⁸　悲傷　※丙
【□】　nøy⁵　淺睡　※甲
【□】　niaʔ⁷　驚悚　※丙
【□】　sieu⁶　貪慕，羡慕，喜歡　※甲
【□□】　meiʔ⁷ meiʔ⁷　微笑的表情。今說陽去調　※甲
【□心】　huai¹ siŋ¹　消除（某種情緒）　※丙
【□儂好】　sieu⁶ nøŋ² hɔ³　巴望別人喜歡自己　※甲
【□食】　sieu⁶ siaʔ⁸　貪吃　※甲
【□頌】　sieu⁶ søŋ⁶　喜歡講究穿戴　※甲
【□清醒】　niaʔ⁷ tshiŋ¹ tshaŋ³　驚醒　※甲
【□塞】　kaʔ⁸ seik⁷　悲傷過度昏過去了　※丙
【□癲】　kaʔ⁸ tieŋ¹　悲傷得發了瘋　※丙
【□病】　kaʔ⁸ paŋ⁶　悲傷得病倒了　※丙
【心未便】　siŋ¹ muoɪ⁶ pieŋ⁶　還不習慣　※丙
【心把定】　siŋ¹ pa³ tiaŋ⁶　目標明確，不受外界影響　※甲
【心焦】　siŋ¹ tsieu¹　焦慮　※甲
【無心緒】　mɔ² siŋ¹ søy⁶　心煩意亂　※甲
【無趣】　mɔ² tshøy⁵　沒意思　※甲
【見覺】　kieŋ⁵ kaøk⁷　覺察，注意到　※甲

【車$^{=}$訝】　tshia$^{1}$ ŋia$^{2}$　驚訝　※丙

【樂意】　nouk$^{8}$ ei$^{5}$　（注意「樂」字讀音）　※甲

【生驚】　tshaŋ$^{1}$ kiaŋ$^{1}$　受驚嚇　※甲

【記心】　kei$^{5}$ siŋ$^{1}$　記在心上　※丙

【記時】　kei$^{5}$ si$^{2}$　記憶力　※甲

【伓八】　ŋ$^{6}$ paik$^{7}$　不知道　※甲

【伓在】　ŋ$^{6}$ tsai$^{6}$　不在乎，不在於　※甲

【伓使】　ŋ$^{6}$ sai$^{3}$　不要，不用　※甲

【伓便】　ŋ$^{6}$ pieŋ$^{6}$　不便，不方便　※乙

【伓夠】　ŋ$^{6}$ kau$^{5}$　不夠　※乙

【伓驚】　ŋ$^{6}$ kiaŋ$^{1}$　不怕　※甲

【伓嗵】　ŋ$^{6}$ thøŋ$^{1}$　不要（表勸阻）　※甲

【伓願】　ŋ$^{6}$ ŋuoŋ$^{6}$　不甘願　※甲

【有夠】　ou$^{6}$ kau$^{5}$　夠，夠了　※甲

【有趣】　ou$^{6}$ tshøy$^{5}$　有意思，好玩　※甲

【訝□】　ŋa$^{2}$ ŋøyŋ$^{5}$（ŋai$^{2}$）　使人受驚嚇，使人噁心　※丙

【訝諤】　ŋia$^{2}$ ŋauk$^{7}$　吃驚，驚諤　※丙

【防】　houŋ$^{2}$　提防　※甲

【吞忍】　thouŋ$^{1}$ nuŋ$^{3}$　忍氣吞聲　※甲

【含啼】　haŋ$^{2}$ thie$^{2}$　伴著哭泣　※甲

【摳$^{=}$氣】　khau$^{1}$ khei$^{5}$　麻煩，費勁　※甲

【炾汑$^{+}$】　kouŋ$^{2}$ thauk$^{7}$　使激動　※丙

【肘急】　tiu$^{3}$ keik$^{7}$　濟急，救急　※乙

【波$^{=}$羅$^{=}$燥】　pɔʔ$^{1}$ lɔ$^{2}$ tshɔ$^{5}$　突然發火　※甲

【艱業$^{=}$】　kaŋ$^{1}$ ŋiek$^{8}$　處境艱難，走投無路　※丙

【苦惻】　khu$^{3}$ tshaik$^{7}$　悲哀　※甲

【該當】　kai$^{1}$ touŋ$^{1}$　應該，活該　※甲

【貪□】 thaŋ$^{1}$ sieu$^{6}$ 貪慕 ※甲

【鬱陀$^{=}$】 ouk$^{7}$ tɔ$^{2}$ 非常焦慮 ※乙

【受氣】 seu$^{6}$ khei$^{5}$ 生氣 ※甲

【怒】 lou$^{6}$ 討厭、厭惡（注意聲母） ※甲

【怨命】 uoŋ$^{5}$ miaŋ$^{6}$ 自怨命運不好 ※甲

【恨心】 hauŋ$^{6}$ siŋ$^{1}$ 懷恨在心 ※甲

【惻】 tshaik$^{8}$ 傷心 ※甲

【惻心】 tshaik$^{7}$ siŋ$^{1}$ 悲哀 ※乙

【退悔】 thaø$^{5}$ huoɪ$^{5}$ 後悔 ※甲

【面綠】 meiŋ$^{5}$ liok$^{8}$ 丟臉。今指臉色發青 ※丁

【食力】 siaʔ$^{8}$ lik$^{8}$ 吃力 ※甲

【倚（望）】 ai$^{3}$ uoŋ$^{6}$ 指望，依靠 ※甲

【倚望】 ai$^{3}$ uoŋ$^{6}$ 指望，盼望 ※甲

【倚藉】 ai$^{3}$ tsia$^{6}$ 依靠 ※甲

【冤講】 uoŋ$^{1}$ kouŋ$^{3}$ 冤枉 ※甲

【容】 yŋ$^{2}$ 縱容，慣，欠管束 ※甲

【弱脾】 iok$^{7}$ pi$^{2}$（pai$^{2}$） 失去興趣 ※丙

【挨】 ɛ$^{1}$ 拖延 ※甲

【暈脹】 uoŋ$^{1}$ tioŋ$^{5}$ 頭昏腦脹，不知如何是好 ※丙

【格$^{=}$恭$^{=}$】 kak$^{7}$ kyŋ$^{1}$ 滿意 ※丙

【愛挃】 ɔi$^{5}$ tiʔ$^{8}$ 想要得到 ※甲

【愛清】 ɔi$^{5}$ tsheiŋ$^{5}$ 喜歡寒冷的天氣 ※甲

【疼□】 thiaŋ$^{5}$ taøŋ$^{5}$（laøŋ$^{5}$） 非常喜愛 ※丙

【疼入】 thiaŋ$^{5}$ nik$^{8}$ 非常喜愛 ※丙

【疼乇】 thiaŋ$^{5}$ nɔʔ$^{7}$ 愛惜東西 ※甲

【起興】 khi$^{3}$ heiŋ$^{5}$ 興致勃發 ※甲

【載的】 tsai$^{3}$ teik$^{7}$ 寧可 ※甲

【夠意】 kau$^{5}$ ei$^{5}$ 滿足 ※甲

【驚】 kiaŋ$^{1}$ 怕 ※甲

【驚場】 kiaŋ$^{1}$ tioŋ$^{2}$ 怕大場面 ※甲

【驚儂笑】 kiaŋ$^{1}$ nøŋ$^{2}$ tshieu$^{5}$ 怕別人笑話 ※甲

【驚凊】 kiaŋ$^{1}$ tsheiŋ$^{5}$ 怕冷 ※甲

【驚息去】 kiaŋ$^{1}$ seik$^{7}$ khɔ$^{5}$ 嚇昏過去了 ※甲

【慣勢】 kaiŋ$^{5}$ sie$^{5}$ 形成習慣 ※甲

【掬狂】 køyk$^{7}$ kuoŋ$^{2}$ 被騷擾激怒 ※丙

【望頭】 uoŋ$^{6}$ thau$^{2}$ 所盼望的，希望，盼頭 ※甲

【清醒】 tshiŋ$^{1}$ tshaŋ$^{3}$ 醒來 ※甲

【野夢】 ia$^{3}$ maøŋ$^{5}$ 荒誕不經的夢 ※甲

【啼】 thie$^{2}$ 哭 ※甲

【啼嘛】 thie$^{2}$ ma$^{2}$ 哭泣 ※甲

【喫虧】 kheik$^{7}$ khui$^{1}$ 痛苦，難受 ※甲

【喫疾】 kheik$^{7}$ tsik$^{8}$ 煩躁易怒 ※甲

【強勉】 kioŋ$^{3}$ mieŋ$^{3}$ 勉強 ※甲

【睏清醒】 khauŋ$^{5}$ tshiŋ$^{1}$ tshaŋ$^{3}$ 睡醒 ※甲

【睏落眠】 khauŋ$^{5}$ lɔʔ$^{8}$ miŋ$^{2}$ 睡熟 ※甲

【睏壁裡】 khauŋ$^{5}$ øiaʔ$^{7}$ tiɛ$^{3}$ 睡在（雙人床）靠牆的一側 ※甲

【晢落】 taʔ$^{7}$ lɔʔ$^{8}$ 玷污，使蒙羞 ※甲

【舒暢】 tshy$^{1}$ thioŋ$^{5}$ 舒服 ※甲

【落泊】 louk$^{8}$ pouk$^{8}$ 不得志，境遇不多 ※甲

【滾箭】 kuŋ$^{3}$ tsieŋ$^{5}$ 緊迫；迅速 ※乙

【滿做】 maŋ$^{3}$ tsɔ$^{5}$ 不敢做。(「滿」為「無敢」的合音） ※甲

【錯$^{+}$訝】 tshauk$^{7}$ ŋia$^{2}$ 驚訝 ※丙

【瞮】 tshuŋ$^{3}$ 困倦，瞌睡 ※甲

【瞌眠】　tshuŋ³ miŋ²　打瞌睡　※甲
【縲堆⁺】　loi⁶ tui¹　累墜　※甲
【嘴癢】　tshoi⁵ sioŋ⁶　嘴饞　※甲
【羈心】　kie¹ siŋ¹　挂慮，牽掛　※乙
【懵】　mouŋ¹　慌亂　※甲
【嬈】　tshøyk⁷　討厭，厭惡，憎恨　※甲

## 3 性質與數量

【晻】　ouŋ²　時間長　※甲
【侕】　sɛ⁶　多　※甲
【□】　aøŋ⁶　人多，氣氛熱烈　※甲
【□】　ei⁶　臟　※甲
【□】　hɛ⁶　鬆弛下垂　※甲
【喝⁺】　hak⁷　聲音沙啞　※甲
【委⁺】　io³　萎謝，萎靡，沒精神　※甲
【涿⁺】　kyk⁸　稠，濃　※甲
【□】　laøŋ⁵　放鬆，放緩，鬆弛　※甲
【□】　mɛʔ⁸　癟，低矮　※甲
【□】　naøŋ⁵　鬆軟　※甲
【□】　neik⁷　很少，幾乎不夠　※甲
【□】　neu¹　（水果等）起皺　※甲
【□】　thø¹　斜坡，傾斜　※甲
【□】　theiŋ⁶　整齊劃一　※丙
【□】　tiaŋ⁵　氣味強烈刺鼻　※甲
【□□】　ŋia¹ ŋia¹　數量不整，奇零　※甲
【□□】　ai³ nai⁶　很多　※丙
【□□】　lai¹ tai¹　髒，污穢　※乙

【□□】　mieŋ$^{1}$ mouŋ$^{1}$　（東西的擺放）安排妥貼　※甲

【□講】　ɔ$^{1}$ kouŋ$^{3}$　不好說，說起來費事　※甲

【敆亂】　kaʔ$^{8}$ lauŋ$^{5}$　絞纏不清　※丙

【□段】　kheu$^{5}$ tauŋ$^{6}$　堅挺，挺刮，不鬆軟　※甲

【九七】　kau$^{3}$ tsheik$^{7}$　差不多了（貶義）　※丙

【乾$^{*}$】　ta$^{1}$　乾燥　※甲

【乾$^{*}$鬆】　ta$^{1}$ søŋ$^{1}$　乾燥　※甲

【中使】　tøyŋ$^{5}$ sai$^{3}$　中用，可以用　※甲

【中揑】　tøyŋ$^{5}$ tiʔ$^{8}$　值得要，值得保留　※甲

【中食】　tøyŋ$^{5}$ siaʔ$^{8}$　可以吃的，值得一吃　※甲

【烏暗】　u$^{1}$ aŋ$^{5}$　黑暗　※甲

【五罅】　ŋu$^{3}$ hia$^{1}$　四分五裂　※甲

【仂】　leik$^{7}$　不太夠　※甲

【冇】　phaŋ$^{5}$　〔俗字〕空虛，不結實　※甲

【冇心】　phaŋ$^{5}$ siŋ$^{1}$　空心，內部不充實　※甲

【少少】　sieu$^{5}$ sieu$^{5}$　小巧玲瓏　※甲

【支離】　tsiɛ$^{1}$ liɛ$^{2}$　淒涼，淒慘　※甲

【方正】　huoŋ$^{1}$ tsiaŋ$^{5}$　方方正正　※甲

【另$^{+}$另$^{+}$】　liŋ$^{1}$ liŋ$^{1}$　不配套的，單獨的　※甲

【平八$^{=}$】　paŋ$^{2}$ paik$^{7}$　完全毀壞　※甲

【平搭】　paŋ$^{2}$ tak$^{7}$　（安排）妥當　※甲

【平鼎$^{=}$】　paŋ$^{2}$ tiaŋ$^{3}$　平滑　※丙

【幼】　eu$^{5}$　細嫩　※甲

【幼結】　eu$^{5}$ kiek$^{7}$　質地細嫩緊結　※丙

【伏勢】　huk$^{8}$ siɛ$^{5}$　伏貼，不翹起　※甲

【光單】　kuoŋ$^{1}$ taŋ$^{1}$　表面光滑　※甲

【光祥】　kuoŋ$^{1}$ sioŋ$^{2}$　很亮，亮堂堂　※甲

【光素】　kuoŋ$^1$ sou$^5$　沒有任何裝飾　※丙

【光滑】　kuoŋ$^1$ kouk$^8$　（注意「滑」字讀音）　※丙

【各樣】　kauk$^7$ ioŋ$^6$　異樣，異常　※甲

【壯$^+$】　tsuaŋ$^3$　肥壯，茁壯　※甲

【有徆】　ou$^6$ sɛ$^6$　多　※甲

【有下】　ou$^6$ ha$^6$　有辦法　※乙

【行時】　kiaŋ$^2$ si$^2$　流行，時髦　※甲

【過燥】　kuo$^1$ sɔ$^5$　太乾燥，烘乾過了頭　※丙

【防獪住】　houŋ$^2$ mɛ$^6$ teu$^6$　防不勝防，防不過來　※甲

【亂白繬】　nauŋ$^5$ paʔ$^8$ tsɛ$^5$　亂㾓，形容混亂　※丙

【作佳】　tsauk$^7$ ka$^1$　漂亮　※甲

【凍】　taøŋ$^5$　涼（觸覺）　※甲

【含□】　haŋ$^2$ hø$^1$　不像樣的，破破爛爛的　※丙

【含含】　haŋ$^2$ haŋ$^2$　事情做了一半，尚未完成的狀態　※甲

【完$^+$】　kuoŋ$^2$　完整的，不分拆的　※甲

【沉$^+$】　thiŋ$^2$　排列整齊　※甲

【屈】　khuk$^8$　毛髮脫盡　※甲

【禿倰】　thuk$^8$ tsouŋ$^5$　非常好　※丙

【虬$^=$】　khiu$^2$　窮　※甲

【迎$^=$】　ŋiaŋ$^2$　（米飯等因水分太少）乾硬；（頭髮）乾枯　※甲

【韌】　nouŋ$^6$　柔軟而不易斷　※甲

【杪】　mieu$^3$　細，直徑小　※甲

【杪命】　mieu$^3$ miaŋ$^6$　非常細，常用來形容人體的腰、胳膊等　※甲

【空冇】　khøŋ$^1$ phaŋ$^5$　空虛，不實的　※甲

【空空$^1$　khøŋ$^1$ khøŋ$^1$　什麼也沒有　※甲

【經燒】　kiŋ$^1$ sieu$^1$　（燃料）耐燒　※甲

【稠一號】　seu$^{2}$ sioʔ$^{8}$ hɔ$^{6}$　小一點　※乙

【肥】　pui$^{2}$　胖，肥，肥胖　※甲

【軟□】　nioŋ$^{3}$ naøŋ$^{5}$　鬆軟　※甲

【鄭$^{=}$】　taŋ$^{6}$　錯誤　※甲

【鬧熱】　nau$^{6}$ iek$^{8}$　熱鬧　※甲

【便急】　pieŋ$^{6}$ krik$^{7}$　方便　※甲

【俊】　tsouŋ$^{5}$　漂亮　※甲

【厐$^{+}$】　møŋ$^{1}$　膨鬆　※甲

【厚段】　kau$^{6}$ tauŋ$^{6}$　厚實　※甲

【獎俊】　tsioŋ$^{3}$ tsouŋ$^{5}$　特別好　※丙

【彎捲】　uaŋ$^{1}$ tshouŋ$^{6}$　扭曲　※乙

【挪】　nua$^{6}$（nuaʔ$^{8}$）　歪，扭，不在正常位置　※甲

【映$^{+1}$　iaŋ$^{6}$　錚亮　※甲

【枯乾$^{*}$】　ku$^{1}$ ta$^{1}$　缺乏水分　※甲

【毒】　tøk$^{8}$　有毒性　※甲

【澆離】　hiu$^{1}$ lie$^{2}$　反常的，蹊蹺的　※甲

【爛粽】　laŋ$^{6}$ tsaøŋ$^{5}$　破損、爛糟糟的樣子　※丙

【鈍】　touŋ$^{1}$　不鋒利（注意聲調）　※甲

【涼$^{+}$】　liaŋ$^{1}$　冷的感覺（注意聲調）　※甲

【熱落】　iek$^{8}$ lɔʔ$^{8}$　暖和，熱乎　※甲

【珠珠】　tsio$^{1}$ tsio$^{1}$　形容圓而質硬　※甲

【真好】　tsiŋ$^{1}$ hɔ$^{3}$　很好　※甲

【離胡】　lie$^{2}$ hu$^{2}$　離譜，胡來　※甲

【通天】　thøŋ$^{1}$ thieŋ$^{1}$　沒有遮蓋住的　※甲

【通曨】　thøŋ$^{1}$ løŋ$^{2}$　透明　※甲

【通透】　thøŋ$^{1}$ thau$^{5}$　穿透　※甲

【兜搭】　tau$^{1}$ tak$^{7}$　密合，銜接到位　※甲

【宿】　søyk$^{7}$　成熟，老化；放置，醃，捂　※甲

【猛搭】　maŋ$^{3}$ tak$^{7}$　動作迅猛　※甲

【琉$^{=}$羅$^{=}$】　liu$^{2}$ lɔ$^{2}$　（收拾）停當　※丙

【笡】　tshia$^{6}$　斜，歪　※甲

【黏穤$^{+}$】　nieŋ$^{2}$ nɔ$^{2}$　（湯汁）黏稠，喻關係親密　※甲

【攲】　khi$^{1}$　歪　※甲

【晾$^{+}$】　liaŋ$^{1}$　木桶因太乾而收縮導致漏水（注意聲調）　※甲

【滑溜】　kouk$^{8}$ leu$^{5}$　滑　※丙

【痞$^{+}$】　phai$^{3}$　下流，貧窮，破爛。今尤指性方面下流無恥　※丁

【硬襯】　ŋaiŋ$^{6}$ tshaiŋ$^{5}$　堅挺　※甲

【窩密】　uo$^{1}$ meik$^{9}$　不透風的，避風的　※乙

【窩窩】　uo$^{1}$ uo$^{1}$　弧形，圓轉　※甲

【翹□】　khieu$^{5}$ ŋau$^{2}$　（木板等）變形彎曲　※甲

【腌$^{+}$】　ioŋ$^{1}$　發臭　※甲

【膕$^{=}$】　kuok$^{7}$　直徑大，粗大　※甲

【餿】　theu$^{1}$　※甲

【騷】　tshieu$^{1}$　服裝豔麗；自以為了不起的樣子　※甲

【魯$^{=}$邋$^{+}$】　lu$^{3}$ lak$^{8}$　（地面）濕滑　※丙

【艠搕的】　mɛ$^{6}$ khouk$^{8}$ tei$^{7}$　碰不得　※甲

【濫】　laŋ$^{6}$　濕　※甲

【濫□】　laŋ$^{6}$ lø$^{1}$　髒，很不衛生　※丙

【漠$^{=}$】　mauk$^{7}$　爛　※甲

【膩$^{1}$】　nei$^{6}$　黏　※丙

【饃】　mɔ$^{1}$　凸，鼓出　※甲

【嘈】　tsa$^{2}$　嘈雜　※甲

【墜】　thoi$^{6}$　沉甸甸　※甲

【躴躿】　louŋ$^{3}$ khouŋ$^{3}$　體積大，大而無當　※甲

【鮮俏】　tshieŋ$^{1}$ tshieu$^{5}$　鮮豔　※甲
【澈潔】　thaʔ$^{7}$ kaik$^{7}$　乾淨　※甲
【鎮$^{=}$】　teiŋ$^{5}$　濃重、沉重　※甲
【橂心】　taiŋ$^{6}$ siŋ$^{1}$　物體內部堅實　※甲
【橂道】　taiŋ$^{6}$ tɔ$^{6}$　結實　※甲
【澱$^{+}$】　tieŋ$^{6}$　盛滿　※甲
【臊】　tshɔ$^{1}$　魚腥氣　※甲
【霿霿】　muo$^{2}$ muo$^{2}$　霧濛濛，模糊看不清　※甲
【瘶】　soi$^{1}$　瘦弱　※甲
【嫩隻】　nauŋ$^{6}$ tsiaʔ$^{7}$　小的（個體）　※甲
【大隻】　tuai$^{6}$ tsiaʔ$^{7}$　大的（個體）　※甲
【單隻】　taŋ$^{1}$ tsiaʔ$^{7}$　單個　※甲
【雙隻】　søŋ$^{1}$ tsiaʔ$^{7}$　雙個　※甲
【囫圇隻】　kɔ$^{3}$ louŋ$^{2}$ tsiaʔ$^{7}$　一整個　※甲
【全塊】　tsioŋ$^{2}$ tɔi$^{5}$　完整的塊　※甲
【半爿】　puaŋ$^{5}$ peiŋ$^{2}$　一半，半塊　※甲
【其半】　ki$^{2}$ puaŋ$^{5}$　一個半　※甲
【其上】　ki$^{2}$ sioŋ$^{6}$　一個多一點　※甲
【隻半】　tsiaʔ$^{7}$ puaŋ$^{5}$　一個半　※甲
【□□（囝）】　nia$^{1}$ noi$^{5}$　一點兒　※甲
【些微囝】　sie$^{1}$ mi$^{2}$ kiaŋ$^{3}$　一點兒　※丙
【一滴囝】　sioʔ$^{8}$ teik$^{7}$ kiaŋ$^{3}$　一點兒　※甲
【一知$^{=}$知$^{=}$】　sioʔ$^{8}$ ti$^{1}$ ti$^{1}$　很少一點兒　※甲
【□囝】　neik$^{7}$ kiaŋ$^{3}$　一點兒　※甲
【奇半爿】　khiɛ$^{1}$ puaŋ$^{5}$ peiŋ$^{2}$　配對的東西多出的一隻　※丙
【大老□】　tuai$^{6}$ lɔ$^{3}$ phouk$^{8}$　大塊　※丙
【成抱圍】　siaŋ$^{2}$ pɔ$^{6}$ ui$^{2}$　有一抱粗細　※乙

## 4 狀態與變化

【□】 ŋiaŋ[1] 毛髮上翹 ※甲
【□】 ŋiaŋ[5] 直立的物體向前傾 ※甲
【□】 ŋuaʔ[7] 骨關節發出的聲音 ※甲
【□】 øy[5] 沒有火焰的燃燒 ※甲
【□】 øy[6] 磨損，損耗 ※甲
【□】 aŋ[3] 腐爛 ※甲
【□】 hɛ[6] 嬰兒哭聲 ※甲
【□】 khiʔ[8]; kheiʔ[8] 擬憋不住的竊笑聲 ※甲
【□】 nø[1] （水平方向）滑動 ※甲
【□】 nøyk[7] 坍塌，坍 ※甲
【□】 niaŋ[1] （衣服）烤焦 ※丙
【□】 niaŋ[6] 火焰騰起 ※甲
【□】 niak[7] 弄混 ※甲
【□】 pø[2] 迸發 ※甲
【□】 phaøŋ[5] 蓬鬆；突然高漲 ※甲
【□】 phak[8] 泡沫，泡沫迅速聚集；今指滿溢 ※丁
【□】 phiʔ[8] 竄，飛快地移動 ※甲
【□】 phiaŋ[3] 濺灑 ※丙
【□】 phou[5] 鼓起，凸 ※甲
【□】 sø[2] 向外傾斜 ※甲
【□】 tø[2] 死（貶義） ※甲
【□】 thøyk[7] 縮小，縮短 ※甲
【□】 tsø[2] 洶湧，擁擠 ※甲
【□】 tshiʔ[8] 飛快地移動 ※甲
【□】 tsuaʔ[8] 偏離正常的位置或方向 ※甲

【□□】　ŋau$^{2}$ ŋaʔ$^{8}$　矛盾，衝突　※丙

【□□】　phiŋ$^{2}$ phouŋ$^{2}$　擬鞭炮聲　※甲

【□□□】　peiŋ$^{5}$ piaŋ$^{5}$ paiŋ$^{5}$　（船）搖晃　※甲

【□乾$^{*}$】　hɔʔ$^{7}$ ta$^{1}$　加熱使乾燥　※甲

【□乾$^{*}$】　lɔ$^{5}$ ta$^{1}$　曬乾　※丙

【□開】　ŋia$^{1}$ kui$^{1}$　（樹枝）分叉　※丙

【□過來】　tiak$^{8}$ kuo$^{5}$ li$^{2}$　氣味順風吹過來　※甲

【□熱】　hɔʔ$^{7}$ iek$^{8}$　使熱　※甲

【□做】　ɔ$^{1}$ tsɔ$^{5}$　不好做，不易做，做起來費事　※甲

【□落來】　thø$^{1}$lɔʔ$^{8}$ li$^{2}$　順斜面滑下來　※甲

【□腐】　aŋ$^{3}$ pou$^{6}$　腐爛　※甲

【□鼻】　tiak$^{8}$ phei$^{5}$　氣味撲鼻　※乙

【入】　nik$^{8}$　陷入　※甲

【上斑】　sioŋ$^{6}$ peiŋ$^{1}$　長出斑點　※甲

【勼$^{+}$一丸】　kiu$^{1}$ sioʔ$^{8}$ uoŋ$^{2}$　縮成一團　※甲

【勼$^{+}$一堆】　kiu$^{1}$ sioʔ$^{8}$ toi$^{1}$　縮成一堆　※甲

【勼$^{+}$短$^{*}$】　kiu$^{1}$ toi$^{3}$　縮短　※甲

【無去】　mɔ$^{2}$ khɔ$^{5}$　丟失，不見了　※甲

【水注】　tsui$^{3}$ tsøy$^{3}$　被水浸泡　※甲

【水凝】　tsui$^{3}$ ŋik$^{8}$　結冰　※甲

【火著】　huɪ$^{3}$ tioʔ$^{8}$　著火　※甲

【付】　hou$^{5}$　（時間）來得及　※甲

【凹$^{*}$】　naʔ$^{7}$（nɛʔ$^{7}$）　※甲

【凹$^{*}$裡】　naʔ$^{7}$ tiɛ$^{3}$　向內凹陷　※甲

【凹$^{*}$塌臼】　naʔ$^{7}$ thak$^{7}$ khou$^{6}$　凹陷的坑，凹陷　※甲

【出鹵】　tshouk$^{7}$ lou$^{6}$　非常髒　※甲

【加$^{=}$蘭$^{=}$欹】　ka$^{1}$ laŋ$^{1}$ khi$^{1}$　傾斜　※甲

【加$^{=}$拉$^{=}$叉】　ka$^{2}$ lak$^{8}$ tsha$^{1}$　交叉　※甲

【加$^{=}$流$^{=}$】　ka$^{2}$ lau$^{2}$　滾動（切腳詞）　※甲

【發殕】　puoʔ$^{7}$ phu$^{3}$　發黴　※甲

【對長】　tɔi$^{5}$ touŋ$^{2}$　折斷　※甲

【必罅】　peik$^{7}$ hia$^{1}$　裂開　※甲

【必一隧】　peik$^{7}$ sioʔ$^{8}$ suoɪ$^{6}$　裂了一道縫　※甲

【必裂】　peik$^{7}$ liek$^{8}$　裂　※甲

【打□橫】　ta$^{3}$ laŋ$^{1}$ huaŋ$^{2}$　橫　※甲

【正是】　tsiaŋ$^{5}$ sei$^{6}$　是，就是　※甲

【生分】　saŋ$^{1}$ houŋ$^{6}$　陌生　※甲

【生敦$^{=}$】　tshaŋ$^{1}$ tuŋ$^{1}$　耽擱　※丙

【生殕】　saŋ$^{1}$ phu$^{3}$　發黴　※甲

【生鉎】　saŋ$^{1}$ siŋ$^{1}$　長銹　※甲

【沖】　tshaøŋ$^{5}$　毛髮豎起，發火　※甲

【吊埕$^{=}$】　tæu$^{5}$ tiaŋ$^{2}$　懸掛　※丙

【成花】　siaŋ$^{2}$ hua$^{1}$　交易達成，事情辦成　※甲

【成命】　tshiaŋ$^{2}$ miaŋ$^{6}$　使人生命結束，要命　※甲

【有剩$^{*}$】　ou$^{6}$ tioŋ$^{6}$　有餘，有剩下的　※甲

【兩長】　laŋ$^{6}$ touŋ$^{2}$　斷成兩截　※甲

【餘剩$^{*}$】　y$^{2}$ tioŋ$^{6}$　剩下的　※甲

【呀】　ŋɛ$^{1}$　開門聲　※甲

【扳轉爿】　peiŋ$^{3}$ tioŋ$^{3}$ peiŋ$^{2}$　反面；翻轉過來　※甲

【扳轉裡】　peiŋ$^{3}$ tioŋ$^{3}$ li$^{3}$　裡子翻轉到外面　※甲

【扳轉覆】　peiŋ$^{3}$ tioŋ$^{3}$ phouk$^{7}$　底朝天　※甲

【排$^{=}$冷$^{=}$覆】　pɛ$^{2}$ leiŋ$^{3}$ phouk$^{7}$　翻過來　※甲

【鬮一堆】　khau$^{1}$ sioʔ$^{8}$ toi$^{1}$　合在一起　※甲

【汩$^{+}$】　miʔ$^{8}$　淹沒　※甲

【肘鼻】 tiu$^{3}$ phei$^{5}$ 頂著鼻子（謂飯碗盛太滿） ※甲

【肘壁】 tiu$^{3}$ piaʔ$^{7}$ 靠緊牆壁 ※甲

【虯】 khiu$^{2}$ 彎曲，扭結 ※甲

【虯□】 khiu$^{2}$ thøyk$^{7}$ 彎曲而縮短 ※乙

【虯短$^{*}$】 khiu$^{2}$ toi$^{3}$ 彎曲而顯短 ※乙

【走□】 tsau$^{3}$ tsuaʔ$^{8}$ 走樣，偏離標準 ※甲

【走味】 tsau$^{3}$ ei$^{6}$ 失去原有風味 ※甲

【走樣】 tsau$^{3}$ ioŋ$^{6}$ 失去應有的模樣 ※甲

【洽$^{+}$】 khiak$^{8}$ 摻和，混雜 ※甲

【味□】 ei$^{6}$ tiaŋ$^{5}$ 味道濃烈 ※甲

【居水】 ky$^{1}$ tsui$^{3}$ 蓄積水 ※甲

【拍無】 phaʔ$^{7}$ mɔ$^{2}$ 丟失，遺失 ※甲

【拍折】 phaʔ$^{7}$ siek$^{8}$ 折，斷 ※甲

【拍花】 phaʔ$^{7}$ hua$^{1}$ 弄髒 ※丙

【拍施】 phaʔ$^{7}$ sie$^{1}$ 灑落 ※甲

【拍惡】 phaʔ$^{7}$ ou$^{5}$ 玷污，弄髒 ※丙

【拍斷】 phaʔ$^{7}$ touŋ$^{3}$ 斷，折斷 ※甲

【拍蕩】 phaʔ$^{7}$ tauŋ$^{6}$ 丟失，落下 ※甲

【揀藍$^{=}$】 keiŋ$^{3}$ laŋ$^{2}$（thaŋ$^{2}$） 挑選剩下的 ※甲

【易大】 kiɛ$^{1}$ tuai$^{6}$ 生長得快（前字應為「易」的變調） ※甲

【沰】 thouk$^{8}$ （俗字）水位下降，降低，落後 ※甲

【泎】 tsiak$^{7}$ 容器內的水濺出 ※甲

【直□瓏$^{=}$】 tik$^{8}$ kø$^{2}$ løŋ$^{2}$ 直通通的，直截了當的 ※甲

【誕$^{=}$大】 taŋ$^{5}$ tuai$^{6}$ 撐大 ※甲

【變無去】 pieŋ$^{5}$ mɔ$^{2}$ khɔ$^{5}$ 不見了 ※甲

【咭$^{+}$】 khik$^{8}$ 風乾收縮，縮小 ※甲

【咳】 khøʔ$^{8}$ 清嗓子 ※甲

【嗶$^{+}$】　piʔ$^{8}$　水從小孔噴出　※甲

【映$^{+}$】　iaŋ$^{5}$　曬，陽光照射；一晃而過　※甲

【盈$^{+}$】　iaŋ$^{2}$　蔓延，擴散　※甲

【相同】　souŋ$^{1}$ tøŋ$^{2}$　相同（注意讀音）　※甲

【相食】　sioŋ$^{1}$ siaʔ$^{8}$　相適應　※甲

【結丸】　kiek$^{7}$ uoŋ$^{2}$　結成團塊　※甲

【重沓】　thyŋ$^{2}$ thak$^{8}$　重疊　※甲

【倒呆】　tɔ$^{5}$ ŋai$^{2}$　反而更壞了　※甲

【倒蔗】　tɔ$^{3}$ tsia$^{5}$　像甘蔗倒伏一樣成片倒下　※甲

【涼乾$^{*}$】　liaŋ$^{2}$ ta$^{1}$　晾，使乾　※甲

【涼凍】　liaŋ$^{2}$ taøŋ$^{5}$　使涼　※甲

【剮破】　kua$^{1}$ phuai$^{5}$　蹭在鋒利的東西上被劃破　※甲

【唧】　tsiʔ$^{8}$　液體從小孔中噴出　※甲

【圓鼎】　ieŋ$^{2}$ khuaŋ$^{2}$　很圓　※丙

【揑$^{+}$死】　tiaŋ$^{2}$ si$^{3}$　被落下的物體砸死　※甲

【敆】　kak$^{8}$　黏住，卡住，在（動詞、介詞）　※甲

【敆一丸】　kak$^{8}$ sioʔ$^{8}$ uoŋ$^{2}$　黏成一團　※甲

【敆糊】　kak$^{8}$ ku$^{2}$　糊作一團，黏在一起　※甲

【烊】　ioŋ$^{2}$　熔化，溶解　※甲

【烘乾$^{*}$】　haøŋ$^{6}$ ta$^{1}$　烘乾（衣服等）　※甲

【□一丸】　nau$^{1}$ sioʔ$^{8}$ uoŋ$^{2}$　皺成一團　※甲

【砰】　piaŋ$^{2}$　雷聲，撞門聲　※甲

【窄狹】　tsak$^{7}$ heik$^{8}$　狹窄　※丙

【缺】　khiek$^{7}$　缺失，殘缺　※甲

【耽頓】　taŋ$^{1}$ touŋ$^{5}$　耽誤時間　※甲

【臭殕】　tshau$^{5}$ phu$^{3}$　霉味　※甲

【臭餿】　tshau$^{5}$ theu$^{1}$　發餿的臭味；病怏怏的　※甲

【臭臊】 tshau$^{5}$ tshɔ$^{1}$ 魚腥氣 ※甲

【起手】 khi$^{3}$ tshiu$^{3}$ 開始 ※甲

【起色】 khi$^{3}$ saik$^{7}$ 開始好轉 ※甲

【起映$^{+}$】 khi$^{3}$ iaŋ$^{6}$ 發出毫光，非常光潔 ※甲

【透底】 thau$^{5}$ tɛ$^{3}$ 從來，永遠 ※甲

【遞風】 tɛ$^{6}$ huŋ$^{1}$ 遮風，擋風 ※甲

【遞暗】 tɛ$^{6}$ aŋ$^{5}$ 遮暗 ※甲

【啪$^{+}$】 phiak$^{7}$ （大面積的物體）傾倒下來 ※甲

【宿水】 søyk$^{7}$ tsui$^{3}$ 泡在水中 ※甲

【宿潤】 søyk$^{7}$ nouŋ$^{3}$ 潮濕仍然捂著 ※乙

【宿腐】 søyk$^{7}$ pou$^{6}$ 放在潮濕的環境中使之腐敗 ※甲

【斷截】 touŋ$^{3}$ tseik$^{8}$ 中斷 ※甲

【斷橛】 touŋ$^{3}$ khuok$^{8}$ （繩子或棍子）斷，折斷 ※甲

【溺死】 køyk$^{7}$ si$^{3}$ 淹死 ※甲

【著】 tøy$^{6}$ 在（存在動詞） ※甲

【蛀】 søy$^{5}$ （蠹魚等）蛀食 ※甲

【犆著】 taøk$^{7}$ tioʔ$^{8}$ 遇到，碰上 ※甲

【剩$^{*}$】 tioŋ$^{6}$ （本字可能是「長」） ※甲

【剩$^{*}$底】 tioŋ$^{6}$ tɛ$^{3}$ 剩下的 ※甲

【掣肘】 tsie$^{5}$ tiu$^{3}$ 妨礙，約束 ※甲

【敦$^{=}$遲】 tuŋ$^{1}$ ti$^{2}$ 耽擱晚了 ※丙

【攲一邊】 khi$^{1}$ sioʔ$^{8}$ peiŋ$^{1}$ 歪向一側 ※甲

【攲倒爿】 khi$^{1}$ tɔ$^{3}$ peiŋ$^{2}$ 歪向一側 ※乙

【落$^{+}$】 laøk$^{7}$ 脫落，不再相連 ※甲

【落$^{+}$底】 laøk$^{7}$ tɛ$^{3}$ 脫底 ※甲

【落弛$^{+}$】 lɔʔ$^{8}$ thɛ$^{2}$ 衰敗，失敗 ※丙

【落溜】 lɔʔ$^{8}$ leu$^{5}$ 落入水中 ※丙

【裂】　liaʔ$^{8}$　黏貼的東西部分鬆脫　※甲

【裂對爿】　liaʔ$^{8}$ tɔi$^{5}$ peiŋ$^{2}$　裂成兩塊　※甲

【裡手】　tie$^{3}$ tshiu$^{3}$　到手　※甲

【跋死】　puak$^{8}$ si$^{3}$　摔死　※甲

【跋倒】　puak$^{8}$ tɔ$^{3}$　跌倒　※甲

【跋摔】　puak$^{8}$ saøk$^{7}$　受折騰　※甲

【逿】　tauŋ$^{6}$　掉，落下；丟失　※甲

【逿無】　tauŋ$^{6}$ mɔ$^{2}$　丟失　※甲

【逿落】　tauŋ$^{6}$ lɔʔ$^{8}$　落下　※甲

【塌臼】　thak$^{7}$ khou$^{6}$　凹陷　※甲

【搖$^{+}$】　sieu$^{2}$　上下晃悠　※甲

【楦大】　huoŋ$^{5}$ tuai$^{6}$　撐大　※甲

【潷】　peiʔ$^{7}$　水流從小孔中噴出　※甲

【碌臼】　louk$^{7}$ khou$^{6}$　謂秘密洩漏　※丙

【摺翹】　lieu$^{6}$ khieu$^{5}$　死，完蛋　※甲

【漏】　lau$^{5}$（lau$^{6}$）　遺漏　※甲

【漾】　ioŋ$^{6}$　晃蕩　※甲

【精】　tsiaŋ$^{1}$　（受驚嚇）亂竄　※甲

【蜷一丸】　khuŋ$^{2}$ sioʔ$^{8}$ uoŋ$^{2}$　捲成一團　※甲

【褪毛】　thauŋ$^{5}$ mɔ$^{2}$　褪去禽類的羽毛　※甲

【褪膠】　thauŋ$^{5}$ ka$^{1}$　脫膠　※甲

【噗$^{+2}$　puk$^{8}$　煙薰　※甲

【暴$^{+}$】　pau（peu$^{5}$）　額外的增加　※甲

【暴$^{+}$】　pau$^{5}$　折斷，斷裂　※甲

【澄底】　tiŋ$^{2}$ tɛ$^{3}$　沉澱在底部　※甲

【磕著】　khouk$^{8}$ tioʔ$^{8}$　碰著，傷著　※甲

【燥乾$^{*}$】　sɔ$^{5}$ ta$^{1}$　把水分吸乾　※甲

【磴】　teiŋ$^{1}$　硌人　※甲

【翻生】　huaŋ$^{1}$ tshaŋ$^{1}$　由熟返生，喻事與願違　※甲

【爆開】　pauk$^{7}$ kui$^{1}$　崩裂　※甲

【露風】　lou$^{5}$ huŋ$^{1}$　沒有遮蓋嚴實　※甲

【敠手】　tshøyŋ$^{5}$ tshiu$^{3}$　碰巧落入手中，得來不費功夫　※丙

【敠著】　tshøyŋ$^{5}$ tiok$^{8}$　不期而遇　※丙

【澢】　thaøŋ$^{5}$　大水沖；隨著水流漂浮　※甲

【澢倒】　thaøŋ$^{5}$ tɔ$^{3}$　（大水）沖倒　※甲

【汖】　tsheiʔ$^{7}$　飛快地移動　※甲

## 5 修飾與關聯

【□】　sui$^{3}$（suɪ$^{3}$）（soi$^{3}$）　一起（可能是「一起」的合音）　※丙

【□□】　tshaʔ$^{8}$ tshiʔ$^{8}$　幾乎　※丙

【一堆】　sioʔ$^{8}$ toi$^{1}$　一起，在一起　※甲

【八曾】　paik$^{7}$ tseiŋ$^{2}$　曾經　※甲

【又又】　eu$^{6}$ eu$^{6}$　一再。今義為「究竟」　※丁

【三六九】　saŋ$^{1}$ løk$^{8}$ kau$^{3}$　間或的，不是每天的　※丙

【乞】　khøyk$^{7}$　（介詞）被　※甲

【亦好】　ia$^{6}$ hɔ$^{3}$　幸好　※甲

【也有】　ia$^{3}$ ou$^{6}$　頗為（後加形容詞，表示程度較高）　※甲

【也有好】　ia$^{3}$ ou$^{6}$ hɔ$^{3}$（ia$^{6}$）　比較好，還可以　※甲

【大母】　tuai$^{6}$ mɔ$^{3}$　大約，大體上　※甲

【才才】　tshai$^{1}$ tshai$^{1}$　片刻之前　※甲

【馬無歇】　ma$^{3}$ mɔ$^{2}$ hiok$^{7}$　不停的　※丙

【之至】　tsi$^{1}$ tsei$^{5}$　作形容詞補語，表示程度高　※甲

【儉儉】　kieŋ$^{6}$ kieŋ$^{6}$　勉強（夠）　※甲

【仍法】　iŋ$^{1}$ huak$^{7}$　仍然，依舊　※丙

【仍原】 iŋ¹ ŋuoŋ² 仍然，依舊 ※甲

【並只大】 phiaŋ⁶ tsi³ tuai⁶ 也像這麼大 ※乙

【並者樣】 phiaŋ⁶ tsia³ ioŋ⁶ 模仿這個樣子 ※甲

【化⁼的是】 hua⁵ teik⁷ sei⁶ （連詞）難怪 ※甲

【無搦】 mɔ² niaʔ⁸ 比不上，沒法比 ※丙

【乍（乍）】 tsiaʔ⁷ tsiaʔ⁷ 剛剛 ※甲

【獪債】 mɛ⁶ tsai⁵ 或許；說不定 ※丙

【平平】 paŋ² paŋ² 一樣（後加形容詞，用於平比，表示程度相同） ※甲

【未曾】 muoɪ⁶ tseiŋ² 還沒有 ※丙

【母略】 mu³ liok⁸ 大致的估計 ※乙

【囫圇】 kɔ² louŋ² 一整（個） ※甲

【時一】 si² sioʔ⁸ 每一，逐一（後加量詞） ※甲

【永古】 iŋ³ ku³ 永遠（只用於否定句，「古」的本字可能是「久」） ※乙

【漢⁼漢⁼】 haŋ⁵ haŋ⁵ 馬虎地，不太認真地。今說 haʔ⁷ haʔ⁷ ※丁

【討姆（伲）】 thɔ³ mɔ³ niɛ² 大約，差不多 ※甲

【伶】 taŋ¹ 現在，如今（僅多讀上聲調） ※甲

【伓啻】 ŋ⁶ sie⁵ 不止，不僅 ※甲

【何啻】 hɔ² sie⁵ 何止 ※甲

【剛剛好】 kaŋ¹ kaŋ¹ hɔ³ （官話借音詞） ※丙

【在汝】 tsai⁶ ny³ 任你；隨你的便 ※甲

【安禮】 eiŋ¹ lɛ³ 擱著，留著，放在那兒 ※甲

【盡】 tseiŋ⁶ 很，非常 ※甲

【當真】 touŋ¹ tsiŋ¹ 真的，真地 ※甲

【約約】 ioʔ⁷ ioʔ⁷ 大概，差不多（數量） ※甲

【約略伲】　iok$^{7}$ liok$^{7}$ niɛ$^{2}$　大約，差不多　※甲

【伽】　na$^{6}$　僅，只　※甲

【伽汝】　na$^{6}$ ny$^{3}$　就你，只有你（才如此）　※甲

【齊齊】　tsɛ$^{2}$ tsɛ$^{2}$　一同，一齊　※甲

【呔$^{+}$使】　tai$^{1}$ sai$^{3}$　何必　※甲

【時□□】　si$^{2}$ nia$^{1}$ nɔi$^{5}$　一點一點地　※乙

【更更】　keiŋ$^{5}$ kaiŋ$^{5}$　更加　※甲

【肘肘】　tiu$^{3}$ tiu$^{3}$　剛好，恰巧　※甲

【肘肘好】　tiu$^{3}$ tiu$^{3}$ hɔ$^{3}$　正好，恰巧　※甲

【堵$^{=}$堵$^{=}$好】　tu$^{3}$ tu$^{3}$ hɔ$^{3}$　正好，正巧　※甲

【僥倖】　xieu$^{1}$ haiŋ$^{6}$　※甲

【淨（淨）】　tsiaŋ$^{6}$ tsiaŋ$^{6}$　純粹，純淨　※甲

【單倒】　taŋ$^{1}$ tɔ$^{5}$　相反　※甲

【固】　kou$^{5}$　還；又；更　※甲

【固連】　kou$^{6}$ lieŋ$^{2}$　而且　※甲

【學將$^{=}$萬$^{=}$】　ɔʔ$^{8}$ tsioŋ$^{1}$ uaŋ$^{6}$　像這樣，如此　※甲

【怪的是】　kuai$^{5}$ teik sei$^{6}$　（連詞）難怪　※丙

【抱乍】　pɔ$^{6}$ tsa$^{6}$　初次；偶然　※甲

【攏總】　luŋ$^{3}$ tsuŋ$^{3}$　攏共　※甲

【攔面】　laŋ$^{2}$ meiŋ$^{5}$　當面　※甲

【的著】　teik$^{7}$ tioʔ$^{8}$　一定　※丙

【空蕘$^{=}$】　khøŋ$^{1}$ ŋieu$^{2}$　（副詞）白；沒有結果地　※乙

【實落】　sik$^{8}$ lɔʔ$^{8}$　實在，確實　※丙

【罔】　muoŋ$^{3}$　越，更，亦發　※甲

【若$^{*}$】　na$^{6}$　如果，若是　※甲

【若$^{*}$無】　na$^{6}$ mɔ$^{2}$　如果不是這樣，或者　※甲

【復連】　pou$^{6}$ lieŋ$^{2}$　而且　※甲

【複兼】　pou$^{6}$ kieŋ$^{1}$　而且，再加上　※甲

【總母$^{1}$　tsuŋ$^{3}$ mɔ$^{3}$　大約，大體上　※丙

【恰過】　khak$^{7}$ kuo$^{5}$　太過　※甲

【故此】　kou$^{6}$ tshy$^{3}$　因此　※甲

【除起】　ty$^{2}$ khi$^{3}$　除非，除了　※甲

【敋煞】　kak$^{8}$ sak$^{7}$　最終　※甲

【特直】　teik$^{8}$ tik$^{8}$　特意　※甲

【真真】　tsiŋ$^{1}$ tsiŋ$^{1}$　真的　※甲

【莫】　mɔʔ$^{8}$　（表勸阻的副詞）不要　※甲

【趕趕】　kaŋ$^{3}$ kaŋ$^{3}$　趕緊　※甲

【鐵實】　thiek$^{7}$ sik$^{8}$　實在，確實　※甲

【預早】　øy$^{6}$ tsa$^{3}$　預先　※乙

【隨少】　sui$^{2}$ tsieu$^{3}$　一點一點地　※甲

【堪堪】　khaŋ$^{1}$ khaŋ$^{1}$　恰恰，恰巧　※甲

【堪堪好】　khaŋ$^{1}$ haŋ$^{1}$ hɔ$^{3}$　正好，恰巧　※甲

【屢屢】　li$^{3}$ li$^{3}$　總是，老是　※甲

【替$^{+}$手】　thie$^{5}$ tshiu$^{3}$　順手（做）　※甲

【替$^{+}$尾後】　thie$^{5}$ muɪ$^{3}$ au$^{6}$　隨後　※甲

【落$^{+}$雹】　løk$^{8}$ phøk$^{8}$　像落雹一樣緊迫地　※丙

【落底】　lɔʔ$^{8}$ tɛ$^{3}$　本來，原來，一般情況下　※甲

【像見】　tshioŋ$^{6}$ kieŋ$^{5}$　假如，假使　※丙

【寢$^{=}$寢$^{=}$】　tshiŋ$^{3}$ tshiŋ$^{3}$　剛剛　※甲

【塹$^{+}$塹$^{+}$】　tshieŋ$^{5}$ tshieŋ$^{5}$　修飾數量，表示不多不少　※甲塹

【煞實】　sak$^{7}$ sik$^{8}$　確實　※乙

【稠$^{+}$（稠$^{+}$）】　seu$^{2}$ seu$^{2}$　經常　※甲

【遘伶】　kau$^{5}$ taŋ$^{1}$　到現在，至今　※甲

【遘尾】　kau$^{5}$ muɪ$^{3}$　後來，最終　※甲

【暴乍】　pɔ$^{2}$ tsa$^{6}$　初次；突然　※甲

【横直】　huaŋ$^{2}$ tik$^{8}$　反正　※甲

【窿$^{+}$窿$^{+}$著】　løŋ$^{1}$ løŋ$^{1}$ tioʔ$^{8}$　（因空疏）感覺有些冷　※甲

【傲傲著】　ŋɔ$^{5}$ ŋɔ$^{5}$ tioʔ$^{8}$　傲慢的樣子　※甲

【猛猛勢】　maŋ$^{3}$ maŋ$^{3}$ sie$^{5}$　很快地，迅猛地　※甲

【定定著】　tiaŋ$^{6}$ tiaŋ$^{6}$ tioʔ$^{8}$　安分，安靜，老老實實地　※甲

【耍耍著】　sua$^{3}$ sua$^{3}$ tioʔ$^{8}$　無拘無束的樣子　※丙

【瓮瓮著】　aøŋ$^{5}$ oøŋ$^{5}$ tioʔ$^{8}$　（嘴）噘起的樣子　※甲

【詐詐著】　ta$^{3}$ ta$^{3}$ tioʔ$^{8}$　假裝著　※丙

【扶扶著】　phuo$^{2}$ phuo$^{2}$ tioʔ$^{8}$　手底稍稍用力扶著　※甲

【□□著】　ŋø$^{1}$ ŋø$^{1}$ tioʔ$^{8}$（ŋio$^{1}$ ŋio$^{1}$）　冷淡、有敵意的態度　※甲

【□□著】　hɛ$^{6}$ hɛ$^{6}$ tioʔ$^{8}$　鬆弛下垂的樣子　※甲

## （二十二）熟語

### 1 VAA式

【□直直】　lø$^{1}$ tik$^{8}$ tik$^{8}$　直挺挺地躺著　※甲

【妝脆脆】　tsouŋ$^{1}$ tshɔi$^{5}$ tshɔi$^{5}$　打扮得根漂亮　※乙

【安現現】　eiŋ$^{1}$ hieŋ$^{6}$ hieŋ$^{6}$　放在現眼的地方　※甲

【相真真】　sioŋ$^{5}$ tsiŋ$^{1}$ tsiŋ$^{1}$　仔細端詳　※甲

【除澈澈】　ty$^{2}$ thaʔ$^{7}$ thaʔ$^{7}$　清除得乾乾淨淨　※甲

【皺$^{*}$緊緊】　næu$^{5}$ kiŋ$^{3}$ kiŋ$^{3}$（nau$^{1}$）　（眉頭）皺得緊緊的　※甲

【的$^{+}$緊緊】　teik$^{7}$ kiŋ$^{3}$ kiŋ$^{3}$　緊緊逼著　※甲

【褪徹徹】　thauŋ$^{5}$ thaʔ$^{7}$ thaʔ$^{7}$　脫得精光　※甲

【瞌$^{+}$緊緊】　khaik$^{7}$ kiŋ$^{3}$ kiŋ$^{3}$　眼睛閉得緊緊的　※甲

【覷白白】　tshøy$^{5}$ paʔ$^{8}$ paʔ$^{8}$　眼巴巴看著，表示絕望　※甲

## 2 AXX式

【白粞粞】　paʔ$^{8}$ tshɛ$^{5}$ tshɛ$^{5}$　很白　※甲

【白□□】　paʔ$^{8}$ lia$^{5}$ lia$^{5}$　蒼白　※甲

【紅□□】　øŋ$^{2}$ liek$^{7}$ liek$^{7}$　紅豔豔　※丙

【紅□□】　øŋ$^{2}$ tou$^{5}$ tou$^{5}$　紅豔豔　※丙

【紅丹丹】　øŋ$^{2}$ taŋ$^{1}$ taŋ$^{1}$　紅豔豔　※甲

【花碌碌】　hua$^{1}$ louk$^{7}$ louk$^{7}$　很花，大紅大綠的　※甲

【綠彭彭】　lioʔ$^{8}$ phaŋ$^{2}$ phaŋ$^{2}$　很綠　※甲

【綠滋滋】　lioʔ$^{8}$ tsi$^{2}$ tsi$^{2}$　很綠　※乙

【黃□□】　uoŋ$^{2}$ na$^{2}$ na$^{2}$　很黃　※丙

【黃蠟蠟】　uoŋ$^{2}$ lak$^{8}$ lak$^{8}$　很黃　※丙

【烏黜黜】　u$^{1}$ tshuk$^{8}$ tshuk$^{8}$　很黑，很暗　※甲

【乾*磕磕】　ta$^{1}$ khauk$^{7}$ khauk$^{7}$　形容很乾燥　※甲

【烏碌碌】　u$^{1}$ louk$^{7}$ louk$^{7}$（thouk$^{7}$ thouk$^{7}$）　很黑，很暗　※甲

【仂分分】　leik$^{7}$ huŋ$^{1}$ huŋ$^{1}$　有些不夠　※丙

【冇糟糟】　phaŋ$^{5}$ tsau$^{1}$ tsau$^{1}$　非常不結實　※甲

【光壇壇】　kuoŋ$^{1}$ thaŋ$^{2}$ thaŋ$^{2}$　很亮　※丙

【凍冰冰】　taøŋ$^{5}$ piŋ$^{1}$ piŋ$^{1}$　冰涼　※甲

【赤光光】　tshiaʔ$^{7}$ kuoŋ$^{1}$ kuoŋ$^{1}$　錚亮　※丙

【空撈撈】　khøŋ$^{1}$ lau$^{1}$ lau$^{1}$　空空如也　※甲

【肥□□】　pui$^{2}$ naø$^{5}$ naø$^{5}$　肥胖多肉的樣子　※甲

【肥□□】　pui$^{2}$ nai$^{1}$ nai$^{1}$　肥胖多肉的樣子　※甲

【軟糍糍】　nioŋ$^{3}$ si$^{2}$ si$^{2}$　很軟　※乙

【金赤赤】　kiŋ$^{1}$ tshiaʔ$^{7}$ tshiaʔ$^{7}$　金光燦爛　※乙

【活跳跳】　uak$^{8}$ thieu$^{5}$ thieu$^{5}$　鮮活的，活蹦亂跳　※甲

【胡西西*】　hu$^{2}$ sɛ$^{1}$ sɛ$^{1}$　形容滿口胡說　※甲

【圓珠珠】 ieŋ$^{2}$ tsio$^{1}$ tsio$^{1}$ 很圓，圓溜溜 ※甲

【寬犖犖】 khuaŋ$^{1}$ lauk$^{7}$ lauk$^{7}$ 很寬大，太寬 ※甲

【煙蠻$^{=}$蠻$^{=}$】 iŋ$^{1}$ maŋ$^{2}$ maŋ$^{2}$ 煙氣瀰漫 ※甲

【皺$^{*}$巴巴】 næu$^{5}$ pa$^{1}$ pa$^{1}$ ※甲

【臭□□】 tshau$^{5}$ iaŋ$^{1}$ iaŋ$^{1}$ 臭烘烘 ※甲

【衰□□】 soi$^{1}$ khiak$^{8}$ khiak$^{8}$ 非常瘦 ※乙

【萎$^{+}$流流】 io$^{3}$ lau$^{2}$ lau$^{2}$ 萎靡不振的 ※丙

【硬□□】 ŋaiŋ$^{6}$ tiu$^{1}$ tiu$^{1}$ 很硬 ※甲

【硬闊闊】 ŋaiŋ$^{6}$ khuak$^{7}$ khuak$^{7}$ 很硬 ※甲

【暗摸摸】 aŋ$^{5}$ mɔk$^{7}$ mɔk$^{7}$ 很暗 ※甲

【濫漬漬】 laŋ$^{6}$ tsɛk$^{8}$ tsɛk$^{8}$ 濕漉漉 ※甲

【矮□□】 ɛ$^{3}$ nouʔ$^{7}$ nouʔ$^{7}$ 矮矮的 ※甲

【酸□□】 souŋ$^{1}$ keu$^{5}$ leu$^{5}$ 很酸 ※乙

3 XXA式

【□□大】 thieŋ$^{2}$ thieŋ$^{2}$ tuai$^{6}$ 大小都差不多的 ※甲

【□□直】 thø$^{1}$ thø$^{1}$ tik$^{8}$ 直挺挺躺著 ※甲

【丟丟直】 tiu$^{1}$ tiu$^{1}$ tik$^{8}$ 直挺挺的 ※甲

【□□熱】 phø$^{1}$ phø$^{1}$ iek$^{8}$ 很熱 ※甲

【車車圓】 tshia$^{1}$ tshia$^{1}$ ieŋ$^{2}$ 很圓 ※甲

【平平大】 paŋ$^{2}$ paŋ$^{2}$ tuai$^{6}$ 一樣大 ※甲

【淒淒白】 tshɛ$^{5}$ tshɛ$^{5}$ paʔ$^{8}$ 雪白 ※甲

【卵卵光】 lauŋ$^{6}$ lauŋ$^{6}$ kuoŋ$^{1}$ 很光潔 ※甲

【沉沉平】 thiŋ$^{2}$ thiŋ$^{2}$ paŋ$^{2}$ 很平整 ※甲

【燦燦新】 tshaŋ$^{3}$ tshaŋ$^{3}$ siŋ$^{1}$ 嶄新 ※甲

【狂狂熱】 kuoŋ$^{2}$ kuoŋ$^{2}$ iek$^{8}$ 發怒 ※丙

【紛紛亂】 huŋ$^{1}$ huŋ$^{1}$ nauŋ$^{5}$ 很亂 ※甲

【詐詐蠻】　ta$^{5}$ ta$^{5}$ maŋ$^{2}$　假裝很凶的樣子　※丙

【偵偵虛】　tiaŋ$^{3}$ tiaŋ$^{3}$ hy$^{1}$　防備的空隙　※丙

【和和熱】　huo$^{2}$ huo$^{2}$ iek$^{8}$　微溫　※甲

【定定乖$^{*}$】　tiaŋ$^{6}$ tiaŋ$^{6}$ ɔʔ$^{7}$　形容人的一種不事張揚內心精明的性格　※甲

【忙$^{+}$忙$^{+}$眩】　mouŋ$^{1}$ mouŋ$^{1}$ hiŋ$^{2}$　慌亂，手忙腳亂　※甲

【映$^{+}$映$^{+}$光】　iaŋ$^{6}$ iaŋ$^{6}$ kuoŋ$^{1}$　很亮，雪亮　※甲

【犖犖寬】　lauk$^{7}$ lauk$^{7}$ khuaŋ$^{1}$　很寬鬆，太寬鬆　※甲

【通通光】　thøŋ$^{1}$ thøŋ$^{1}$ kuoŋ$^{1}$　瞭如指掌　※乙

【通通直】　thøŋ$^{1}$ thøŋ$^{1}$ tik$^{8}$　直通通　※甲

【頒$^{=}$頒$^{=}$重】　paŋ$^{1}$ paŋ$^{1}$ taøŋ$^{6}$　自高自大的樣子　※丙

【豚豚大】　thouŋ$^{2}$ thouŋ$^{2}$ tuai$^{6}$　個頭大小都差不多　※甲

【雪雪白】　siok$^{7}$ siok$^{7}$ paʔ$^{8}$　雪白　※甲

【溜溜熟】　lau$^{5}$ lau$^{5}$ syk$^{8}$　（背書）很熟練　※甲

【碌碌烏】　louk$^{7}$ louk$^{7}$ u$^{1}$　很黑　※甲

【稠稠大】　seu$^{2}$ seu$^{2}$ tuai$^{6}$　大小均勻　※甲

【鼻鼻嫩】　phei$^{5}$ phei$^{5}$ nauŋ$^{6}$　很小　※甲

【膨膨脹】　phaŋ$^{2}$ paŋ$^{2}$ tioŋ$^{5}$　（肚子）很脹　※甲

【簇簇新】　tshaøk$^{7}$ tshaøk$^{7}$ siŋ$^{1}$　嶄新　※甲

【糟糟亂】　tsau$^{1}$ tsau$^{1}$ lauŋ$^{5}$　亂糟糟　※甲

【鱶鱶平】　lɛ$^{2}$ lɛ$^{2}$ paŋ$^{2}$　竹筒量米用一隻筷子齊沿刮過，使份量不過多　※乙

## 4 AAN式

【喝喝聲】　hak$^{7}$ hak$^{7}$ siaŋ$^{1}$　沙啞的聲音　※甲

【□□聲】　phø$^{2}$ phø$^{2}$ siaŋ$^{1}$　沙啞的聲音　※甲

【□□形】　neu$^{1}$ neu$^{1}$ hiŋ$^{2}$　親昵、討好儂的樣子，帶貶義　※甲

【□□味】　iaŋ$^{1}$ iaŋ$^{1}$ ei$^{6}$（hiaŋ$^{1}$ hiaŋ$^{1}$）　很臭的氣味　※甲

【文文步】　uŋ$^{2}$ uŋ$^{2}$ puo$^{6}$　踱方步　※丙

【長長聲】　touŋ$^{2}$ touŋ$^{2}$ siaŋ$^{1}$　拖長的聲音　※甲

【弛$^{+}$弛$^{+}$聲】　thɛ$^{2}$ thɛ$^{2}$ siaŋ$^{1}$　平緩無起伏的說話聲　※甲

【弛$^{+}$弛$^{+}$步】　thɛ$^{2}$ thɛ$^{2}$ puo$^{6}$　不緊不慢的平緩步伐　※甲

【拖拖步】　thua$^{1}$ thua$^{1}$ puo$^{6}$　緩慢的步伐　※乙

【稠$^{+}$稠$^{+}$步】　seu$^{2}$ seu$^{2}$ puo$^{6}$　不大而均勻的步子　※甲

【屁屁事】　phei$^{5}$ phei$^{5}$ tai$^{6}$　很小的事情，無關緊要的事情　※甲

【閑閑板】　eiŋ$^{2}$ eiŋ$^{2}$ peiŋ$^{3}$　悠閑地　※乙

【寬寬板】　khuaŋ$^{1}$ khuaŋ$^{1}$ peiŋ$^{3}$　非常從容地，一點兒不急地　※甲

【空空手】　khøŋ$^{1}$ khøŋ$^{1}$ tshiu$^{3}$　指（作客）沒有攜帶禮物　※甲

【亮亮面】　lioŋ$^{6}$ lioŋ$^{6}$ meiŋ$^{5}$　開朗、誠實的容貌　※丙

【扁扁嘴】　pieŋ$^{3}$ pieŋ$^{3}$ tshoi$^{5}$　小孩將哭未哭的表情　※甲

【犖犖仙】　lauk$^{7}$ lauk$^{7}$ sieŋ$^{1}$　很悠閑地散步的人　※甲

【哶哶嘴】　mɛʔ$^{7}$ mɛʔ$^{7}$ kieu$^{5}$　沒有牙齒癟癟的嘴　※甲

【離離手】　lie$^{2}$ lie$^{2}$ tshiu$^{3}$　不沾手，避免用手接觸　※乙

【啁啁聲】　tseu$^{2}$ tseu$^{2}$ siaŋ$^{1}$　擾人不休的聲音　※丙

【囉囉板】　lɔ$^{1}$ lɔ$^{1}$ peiŋ$^{3}$　慢條斯理地，不慌不忙　※甲

【宿宿味】　søyk$^{7}$ søyk ei$^{6}$　捂出的不新鮮的味兒　※甲

【短$^{*}$短$^{*}$骹】　toi$^{3}$ toi$^{3}$ kha$^{1}$　小腳　※甲

【腌$^{+}$腌$^{+}$味】　ioŋ$^{1}$ ioŋ$^{1}$ ei$^{6}$　腐敗的臭味　※甲

【雄雄手】　hyŋ$^{2}$ hyŋ$^{2}$ tshiu$^{3}$　手的動作快而有力　※乙

【煞煞心】　sak$^{7}$ sak$^{7}$ siŋ$^{1}$　下狠心　※甲

## 5 AAV式

【□□叫】　kɛ$^{2}$ kɛ$^{2}$ kieu$^{5}$　哇哇叫　※甲

【□□叫】 $kaø^5$ $kaø^5$ $kieu^5$ 叫嚷 ※甲

【哇哇叫】 $ua?^7$ $ua?^7$ $kieu^5$ 豬不停地叫 ※甲

【□□念】 $tsøk^8$ $tsøk^8$ $nai\eta^6$ 嘮叨 ※丙

【□□瀉】 $pø^2$ $pø^2$ $sia^5$ 拉急屎 ※乙

【□□轉】 $kiak^7$ $kiak^7$ $tio\eta^3$ 氣沖沖地走來走去 ※甲

【□□轉】 $phiak^7$ $phiak^7$ $tio\eta^3$ 赤足走來走去 ※甲

【□□轉】 $tshio^1$ $tshio^1$ $tio\eta^3$ 轉來轉去 ※甲

【□□漏】 $sø^2$ $sø^2$ $lau^6$ 漏得厲害，水刷刷地流 ※甲

【卜卜叫】 $pauk^7$ $pauk^7$ $kieu^5$ 一連串的爆裂聲 ※甲

【車車轉】 $tshia^1$ $tshia^1$ $tuo\eta^3$ 轉來轉去 ※甲

【平平過】 $pa\eta^2$ $pa\eta^2$ $kuo^5$ 過得不好也不壞 ※甲

【吁吁叫】 $y^1$ $y^1$ $kieu^5$ 豬叫 ※甲

【忙忙走】 $mou\eta^2$ $mou\eta^2$ $hi\eta^2$ 匆忙地來回奔走 ※丙

【澤澤落】 $teik^8$ $teik^8$ $l\mathrm{ɔ}?^8$ 水滴不斷地落下來 ※甲

【環環圍】 $khua\eta^2$ $khua\eta^2$ $ui^2$ 圍成一圈 ※甲

【環環躍】 $khua\eta^2$ $khua\eta^2$ $siok^8$ 繞著圈跑動，奔走 ※甲

【穿穿轉】 $tshio\eta^1$ $tshio\eta^1$ $tio\eta^3$ 走來走去 ※甲

【哮哮叫】 $hau^1$ $hau^1$ $keu^5$ 狗叫聲 ※甲

【唧唧叫】 $tsei?^7$ $tsei?^7$ $kieu^5$ 擬聲，老鼠的叫聲 ※甲

【逐逐轉】 $tyk^8$ $tyk^8$ $tio\eta^3$ 到處追 ※甲

【康康叫】 $khou\eta^1$ $khou\eta^1$ $keu^5$ 金屬的撞擊聲 ※甲

【邏邏轉】 $l\mathrm{ɔ}^6$ $l\mathrm{ɔ}^6$ $tio\eta^3$ 逛來逛去，來回逛 ※甲

【掰掰斷】 $pak^7$ $pak^7$ $tou\eta^3$ （繩子）一再斷裂 ※甲

【替⁺替⁺落】 $thi\varepsilon^5$ $thi\varepsilon^5$ $l\mathrm{ɔ}?^8$ 水滴接連不斷地落下 ※甲

【輦輦轉】 $lie\eta^5$ $lie\eta^5$ $tio\eta^3$ 滾來滾去，轉來轉去 ※甲

【嗷嗷叫】 $\eta\mathrm{ɔ}^5$ $\eta\mathrm{ɔ}^5$ $kieu^5$ 很大的鼾聲 ※甲

【塳塳起】 $phu\eta^2$ $phu\eta^2$ $khi^3$ （塵土）揚起來 ※甲

【微微笑】　mi$^{2}$ mi$^{2}$ tshieu$^{5}$　笑盈盈　※甲

【滾滾輦】　kuŋ$^{3}$ luŋ$^{3}$ lieŋ$^{5}$　滾動　※甲

【嘈嘈叫】　tsa$^{2}$ tsa$^{2}$ kieu$^{5}$　吵鬧的聲音　※甲

【嘛嘛啼】　ma$^{2}$ ma$^{2}$ thiɛ$^{2}$　很傷心地哭　※甲

【慢慢行】　maiŋ$^{6}$ maiŋ$^{6}$ kiaŋ$^{2}$　慢慢走，送客時的客套話　※甲

【慢慢捱】　maiŋ$^{6}$ maiŋ$^{6}$ ŋai$^{1}$　艱難地移動腳步（如有足疾）※甲

【精精轉】　tsiaŋ$^{1}$ tsiaŋ$^{1}$ tioŋ$^{3}$　（目光）四處溜　※乙

【舞舞轉】　u$^{3}$ u$^{3}$ tioŋ$^{3}$　不停地到處轉　※甲

【鏘鏘叫】　khiaŋ$^{1}$ khiaŋ$^{1}$ keu$^{5}$　擬金屬碰撞發出的聲音　※甲

【磕磕叫】　khouk$^{8}$ khouk$^{8}$ keu$^{5}$　如硬底鞋的腳步聲　※甲

【篷$^{+}$篷$^{+}$起】　phøŋ$^{2}$ phøŋ$^{2}$ khi$^{3}$　篷勃而起　※甲

【跰跰走】　pie$^{5}$ pie$^{5}$ tsau$^{3}$　逃竄　※乙

## 6 其他三字結構

【一頓快】　khaʔ$^{7}$ sioʔ$^{8}$ tauŋ$^{5}$ khuai$^{5}$　（玩）個痛快　※甲

【十字敧】　seik$^{8}$ tsei$^{6}$ kaʔ$^{8}$　十字架　※甲

【工夫囝】　køŋ$^{1}$ hu$^{1}$ kiaŋ$^{3}$　手藝　※丙

【五行$^{=}$臭】　ŋu$^{3}$ haiŋ$^{6}$ tshau$^{5}$　非常臭　※甲

【元帥結=】　ŋuoŋ$^{2}$ sɔi$^{5}$ kiek$^{7}$　黑話「二」，「天元帥」神像是伸出兩個手指頭的造型　※丙

【冇蜂窩】　phaŋ$^{5}$ puŋ$^{1}$ uo$^{1}$　內部空虛得像蜂窩狀；今說「冇蜂宿」　※丙

【凶起凶】　hyŋ$^{1}$ khi$^{3}$ hyŋ$^{1}$　氣勢洶洶　※甲

【雙騎馬】　søŋ$^{1}$ khia$^{2}$ ma$^{3}$　一物兩用；一語雙關　※丙

【手神重】　tshiu$^{3}$ siŋ$^{2}$ taøŋ$^{6}$　手頭動作粗重，常弄出一片聲響　※甲

【無乇講】 mɔ² nɔʔ⁷ kouŋ³ 無話可說 ※甲
【無風□】 mɔ² huŋ¹ iaŋ³ 無法證實 ※丙
【無主意】 mɔ² tsio³ ei⁵ 不可挽救 ※甲
【無身勢】 mɔ² siŋ¹ sie⁵ 不能夠 ※丙
【無儂頭】 mɔ² nøŋ² thau² 沒有朋友幫助，缺乏人緣關係 ※丙
【無奈何】 mɔ² nai⁶ hɔ² 沒辦法，受不了 ※甲
【無底坑】 mɔ² tɛ³ khaŋ¹ 謂食量很大的人 ※丙
【無擔當】 mɔ² taŋ¹ touŋ¹ 不能，做不到 ※丙
【無法的】 mɔ² huak⁷ teik⁷ 不得已 ※甲
【無的過】 mɔ² teik⁷ kuo⁵ 過不去 ※甲
【無的落⁺】 mɔ² teik⁷ laøk⁷ 擺脫不掉，無法了結 ※甲
【無者事】 mɔ² tsia³ tai⁶ 沒有這回事 ※甲
【無該載】 mɔ² kai¹ tsai⁵ 不一定，靠不住 ※甲
【無相干】 mɔ² sioŋ¹ kaŋ¹ 無用的，不頂事的 ※甲
【無要緊】 mɔ² ieu⁵ kiŋ³ 不要緊，不重要 ※甲
【無敆涉】 mɔ² kak⁸ siaʔ⁸ 沒關係 ※甲
【無理會】 mɔ² li³ huoɪ⁶ 愚蠢 ※丙
【比奴想】 pi³ nu² sioŋ³ 依我看 ※丙
【火燒厝】 hui³ sieu¹ tshio⁵ 火燒房子，火災 ※甲
【長門風】 touŋ³ muoŋ² huŋ¹ 提高家族聲譽 ※乙
【出頭角】 tshouk⁷ thau² kaøk⁷ 喻壞人、惡人，需要提防的人 ※丙
【出儂前】 tshouk⁷ nøŋ² seiŋ² 出現在眾人面前 ※甲
【加倍惡】 ka¹ puoɪ⁶ auk⁷ 更加凶很 ※丙
【半生死】 puaŋ⁵ saŋ¹ si³ 半死不活 ※甲
【半浮沉】 puaŋ⁵ phu² theiŋ² 狀況不好也不壞 ※乙
【半闌成】 puaŋ⁵ laŋ² tshiaŋ² （事情進行到）一半 ※甲

【四不像】　sei$^{5}$ pouk$^{7}$ tshioŋ$^{6}$　謂人無論做什麼都做不好　※甲

【未成局】　muoɪ$^{6}$ siaŋ$^{2}$ kuoʔ$^{8}$　辦事還沒辦成　※甲

【玉禮澈】　ŋuoʔ$^{8}$ lɛ$^{3}$ thaʔ$^{7}$　像玉石一樣純淨　※丙

【生$^{=}$問$^{=}$當$^{=}$】　tshaŋ$^{1}$ muoŋ$^{5}$ tauŋ$^{5}$　幼稚可笑　※丙

【由在汝】　iu$^{2}$ tsai$^{6}$ ny$^{3}$　任你，隨你決定。今說「在汝」　※丁

【目頭淺】　møk$^{8}$ thau$^{2}$ tshieŋ$^{3}$　謂人愛貪小便宜　※丙

【艾母乾$^{*}$】　ŋiɛ$^{5}$ mɔ$^{3}$ ta$^{1}$　像艾蒿一樣乾燥，很乾燥　※丙

【討母$^{=}$八】　thɔ$^{3}$ mɔ$^{3}$ paik$^{7}$　略知一二　※丙

【討報仇】　thɔ$^{3}$ pɔ$^{5}$ siu$^{2}$　報復　※乙

【討脾$^{=}$意$^{=}$】　thɔ$^{3}$ pi$^{2}$ ei$^{5}$　異想天開　※丙

【𣍐記心】　mɛ$^{5}$ kei$^{5}$ siŋ$^{1}$　記不住，沒有記住　※甲

【龍禮活】　lyŋ$^{2}$ lɛ$^{3}$ uak$^{8}$　正活躍，神氣活現地　※丙

【爭志氣】　tsaŋ$^{1}$ tsei$^{5}$ khei$^{5}$　發憤，爭氣　※甲

【企銜頭】　khie$^{5}$ haŋ$^{2}$ thau$^{2}$　公布頭銜，掛頭銜　※乙

【伓五$^{=}$熟】　ŋ$^{6}$ ŋu$^{3}$ syk$^{8}$　不熟悉　※丙

【伓在勢】　ŋ$^{6}$ tsai$^{6}$ siɛ$^{5}$　冒險，不謹慎　※乙

【伓存想】　ŋ$^{6}$ tsouŋ$^{2}$ sioŋ$^{3}$　不想，沒有這個打算　※乙

【伓存意】　ŋ$^{1}$ tsouŋ$^{2}$ ei$^{5}$　沒有料到　※乙

【伓過心】　ŋ$^{6}$ kuo$^{5}$ siŋ$^{1}$　於心不忍，良心不安　※甲

【伓取意】　ŋ$^{6}$ tshy$^{3}$ ei$^{5}$　不滿意，不滿足　※乙

【伓濟事】　ŋ$^{6}$ tsiɛ$^{5}$ søy$^{6}$　數量很少，不夠　※乙

【伓起動】　ŋ$^{6}$ khi$^{3}$ taøŋ$^{6}$　答他人道謝的禮貌用語：不用謝　※甲

【伓像儂】　ŋ$^{1}$ tshioŋ$^{6}$ nøŋ$^{2}$　不像樣，不像話　※甲

【伓像做】　ŋ$^{1}$ tshioŋ$^{6}$ tsɔ$^{5}$　做事態度不認真　※甲

【伓酬債】　ŋ$^{6}$ siu$^{2}$ tsai$^{5}$　不還債，喻子女不孝　丙

【會使的】　ɛ$^{6}$ sai$^{3}$ teik$^{7}$　可以，可以用的　※甲

【會做家】　ɛ$^{2}$ tsɔ$^{5}$ ka$^{1}$　節儉　※甲

【會犁耙】 ε$^{2}$ lε$^{2}$ pa$^{2}$ 勤儉節約的；今謂善於跟人拉關係的 ※丁

【冰霜凍】 piŋ$^{1}$ souŋ$^{1}$ taøŋ$^{5}$ 冰涼 ※甲

【吃不飽】 tshiʔ$^{8}$ pouk$^{7}$ pau$^{3}$ 形容胃口大（模仿官話發音） ※甲

【回轉頭】 huɪ$^{2}$ tioŋ$^{3}$ thau$^{2}$ 回頭，返回 ※甲

【妝野翹】 tsouŋ$^{1}$ ia$^{3}$ khieu$^{5}$ 打扮得很漂亮 ※丙

【當會住】 touŋ$^{1}$ ε$^{6}$ teu$^{5}$ 受得了，支持得住 ※甲

【當膾住】 touŋ$^{1}$ mε$^{6}$ teu$^{6}$ 受不了，支持不住 ※甲

【成儂懸】 siaŋ$^{2}$ nøŋ$^{2}$ keiŋ$^{2}$ 有一人高 ※乙

【成堆山】 siaŋ$^{2}$ toi$^{1}$ saŋ$^{1}$ 很多 ※甲

【有歸著】 ou$^{6}$ kui$^{1}$ tioh$^{8}$ 有著落，有歸宿 ※乙

【有身勢】 ou$^{6}$ siŋ$^{1}$ sie$^{5}$ 能夠，有能力 ※丙

【有擔當】 ou$^{6}$ taŋ$^{1}$ touŋ$^{1}$ 能夠，有能力 ※丙

【雜不等】 tsak$^{8}$ pouk$^{7}$ yeiŋ$^{3}$ 各種各樣的 ※甲

【約喇母】 ioʔ$^{7}$ la$^{3}$ mɔ$^{3}$ 估計個大概 ※乙

【耳皮軟】 ŋei$^{6}$ phuɪ$^{2}$ nuoŋ$^{3}$ 謂輕信，容易被說動 ※乙

【耳朝西】 ŋei$^{6}$ tieu$^{2}$ sε$^{1}$ 謂聽而不聞 ※甲

【自瞞自】 tsei$^{6}$ muaŋ$^{2}$ tsei$^{6}$ 自欺欺人，自己騙自己 ※丙

【行斜墿】 kiaŋ$^{2}$ sia$^{2}$ tio$^{6}$ 走歪道 ※甲

【講六章】 kouŋ$^{3}$ løk$^{8}$ tsioŋ$^{1}$ 講話亂扯一通，漫無邊際 ※丙

【講膾盡】 kouŋ$^{3}$ mε$^{6}$ tseiŋ$^{6}$ 說不完 ※甲

【訝半日】 ŋia$^{2}$ puaŋ$^{5}$ nik$^{8}$ 驚呆了好一會兒 ※丙

【齊莫笑】 tsε$^{2}$ mɔʔ$^{8}$ tshieu$^{5}$ 不互相非笑 甲

【伴儂過】 phuaŋ$^{6}$ nøŋ$^{2}$ kuo$^{5}$ 形容潦倒的人生，枉過一輩子 ※丙

【含胡八】 haŋ$^{2}$ hu$^{2}$ paik$^{7}$ 知道，但不清楚 ※乙

【吼伓應】　hau$^{3}$ ŋ$^{6}$ eiŋ$^{5}$　叫他也不應答　※甲

【坐清椅】　sɔi$^{6}$ tsheiŋ$^{5}$ ie$^{3}$　坐冷椅，喻遭冷遇　※丙

【坐獪敆】　soi$^{6}$ mɛ$^{6}$ kak$^{8}$　坐不住　※甲

【妒心重】　tou$^{6}$ siŋ$^{1}$ taøŋ$^{6}$　妒忌心強　※乙

【忌透底】　kei$^{6}$ thau$^{5}$ tɛ$^{3}$　永遠的仇恨　※丙

【時道出】　si$^{2}$ tɔ$^{6}$ tshouk$^{7}$　交上好運　※甲

【禿肘呆】　thuk$^{8}$ tiu$^{3}$ ŋai$^{2}$　絕頂的壞，壞極了　※乙

【罕得罕】　haŋ$^{3}$ taik$^{7}$ haŋ$^{3}$　非常稀罕　※乙

【角反天】　kaøk$^{7}$ huaŋ$^{3}$ thieŋ$^{1}$　形容尖厲的叫聲　※乙

【併過碗】　piaŋ$^{5}$ kuo$^{5}$ uaŋ$^{3}$　從一只碗倒入另一只碗　※甲

【儂剋儂】　nøŋ$^{2}$ khaik$^{7}$ nøŋ$^{2}$　形容擁擠，剋：擁擠　※甲

【獪到老】　mɛ$^{6}$ tɔ$^{5}$ lɔ$^{3}$　（謂某種事業）短命的，長不了的　※丙

【刺目睭】　tshie$^{5}$ møk$^{8}$ tsiu$^{1}$　刺眼　※甲

【單$^{=}$倒做】　taŋ$^{1}$ tɔ$^{3}$ tsɔ$^{5}$　反過來做，做事的順序顛倒　※甲

【單肘單】　taŋ$^{1}$ tiu$^{3}$ taŋ$^{1}$　單挑決鬥，一個對一個　※甲

【單倒頭】　taŋ$^{1}$ tɔ$^{5}$ thau$^{2}$　頭尾顛倒（第一字應為「鄭$^{=}$（錯）」）　※甲

【呼（搭）喝】　hu$^{1}$ tak$^{7}$ hak$^{8}$　說大話、謊話　※甲

【咕咕咕】　ku$^{1}$ ku$^{3}$ kou$^{6}$　鴿子等的叫聲（注意連讀音變）　※甲

【學儂嘴】　ɔʔ$^{8}$ nøŋ$^{2}$ tshoi$^{5}$　重複別人的話，學舌　※甲

【屈草縫】　khouk$^{7}$ tsau$^{3}$ phouŋ$^{5}$　躲在草叢中　※甲

【底墿厚】　tɛ$^{3}$ tio$^{6}$ kau$^{6}$　有錢，家底厚　※丙

【廟前馬】　mieu$^{6}$ seiŋ$^{2}$ ma$^{3}$　廟前的石馬，喻好看不重用　※丁

【怪成篇】　kuai$^{5}$ siaŋ$^{2}$ phieŋ$^{1}$　抱怨很多　※乙

【承雨漏】　siŋ$^{2}$ y$^{3}$ læu$^{6}$　接漏下的雨水　※甲

【揇獪起】　naŋ$^{5}$ mɛ$^{6}$ khi$^{3}$　（用盡力氣還是）撐不起來　※甲

【抱新鮮】　pɔ$^{6}$ siŋ$^{1}$ sieŋ$^{1}$　喜好新鮮的東西　※甲

【拍□頭】　phaʔ⁸ ŋøyŋ⁵ thau²　受驚嚇　※丙
【拍掃興】　phaʔ⁷ sau⁵ heiŋ⁵　使掃興　※丙
【拍折牙】　phaʔ⁷ siek⁸ ŋai³　說話表達錯了　※甲
【拍轉頭】　phaʔ⁷ tioŋ³ thau²　首尾對調，轉一百八十度　※甲
【拍倒講】　phaʔ⁷ tɔ⁵ kouŋ³　顛倒著說，說反話　※乙
【拍滾斗】　phaʔ⁷ kuŋ³ tau³　翻跟頭　※甲
【拔草菲】　peik⁸ tshau³ phi³　拔草；謂牽扯進別人的麻煩　※丁
【拗蠻理】　au⁵ maŋ² li³　不講理　※甲
【易上藝】　kie⁶ sioŋ⁶ ŋie⁶　（手藝）學得快　※甲
【易變面】　kie⁶ pieŋ⁵ meiŋ⁵　容易跟別人翻臉　※甲
【知⁼都⁼都⁼】　ti¹ tu¹ tu¹　很不整齊地懸掛著　※甲
【肥都必】　pui² tu¹ peik⁷　過度肥胖　※丙
【肩肘肩】　kieŋ¹ tiu³ kieŋ¹　形容擁擠　※甲
【肩膀闊】　kieŋ¹ pouŋ³ khuak⁷　喻人有勢力　※丙
【肯插事⁺】　khiŋ³ tshak⁷ tai⁶　樂於幫助別人　※甲
【試手段】　tshei⁵ tshiu³ tauŋ⁶　展示技藝　※甲
【軟糍巴】　nioŋ³ si² pa¹　很軟　※丙
【厚皮膚⁼】　kau⁶ puɪ² løy⁶　皮膚厚，引申謂臉皮厚　※丙
【娜繪出】　nuo¹ mɛ⁶ tshouk⁷　（出門前）拖拖拉拉　※甲
【孩溪崩】　hai² khɛ¹ puŋ¹　謂小孩非常吵鬧　※丙
【恨遘死】　hauŋ⁶ kau⁵ si³　恨死了　※甲
【惻心動】　tshaik⁷ siŋ¹ taøŋ⁶　妒忌　※甲
【拚輸贏】　phiaŋ¹ sio¹ iaŋ²　豁出去拚個輸贏　※甲
【拾著命】　khak⁷ tioʔ⁸ miaŋ⁶　撿了條命，喻大難不死　※甲
【故心意】　ku³ liŋ² ei⁵　故意（注意原用字與注音不合）　※甲
【洗平地】　sɛ³ paŋ² tei⁶　把所有東西都砸爛　※甲
【活成龍】　uak⁸ siaŋ² lyŋ²　非常活躍　※甲

【看儂待】　khaŋ$^{3}$ nøŋ$^{2}$ tai$^{6}$　勢利眼，沒有平等看待人　※丙

【重晢重】　thyŋ$^{2}$ taʔ$^{7}$ thyŋ$^{2}$　多層重疊　※甲

【面皮厚】　meiŋ$^{5}$ phuɪ$^{2}$ kau$^{6}$　臉皮厚，不知羞恥　※甲

【食艙幹*】　siaʔ$^{8}$ mɛ$^{6}$ ta$^{1}$　吃不消，幹不了　※甲

【食食祿】　siaʔ$^{8}$ sik$^{8}$ lyk$^{8}$　過奢華的生活　※丙

【骨頭毛】　kauk$^{7}$ thau$^{2}$ nɔʔ$^{7}$　廢物，無用的東西　※甲

【鬼搶齋】　kui$^{3}$ tshioŋ$^{3}$ tsɛ$^{1}$　形容爭搶　※甲

【倒捏$^{+}$東$^{=}$】　tɔ$^{5}$ tiaŋ$^{2}$ tuŋ$^{1}$　彈跳。今說「倒朝東$^{=}$」　※丙

【倒捏$^{+}$聲】　tɔ$^{5}$ tiaŋ$^{2}$ siaŋ$^{1}$　回聲。今說「倒朝聲」　※丙

【借火籠】　tsioʔ$^{7}$ hui$^{3}$ løŋ$^{2}$　把小火籠塞在棉袍下襬內取暖　※丙

【值儂疼】　teik$^{8}$ nøŋ$^{2}$ thiaŋ$^{5}$　惹人喜愛　※甲

【健身𢫕】　kioŋ$^{6}$ siŋ$^{1}$ naŋ$^{5}$　非常用勁地，用全身力氣地　※甲

【哩拉拉】　li$^{1}$ la$^{1}$ la$^{1}$　牽扯，交往，糾纏在一起　※甲

【尅都□】　khaik$^{7}$ tu$^{1}$ peu$^{5}$　非常擁擠，擠爆　※丙

【愛排場】　ɔi$^{5}$ pɛ$^{2}$ tioŋ$^{2}$　愛炫耀　※甲

【病錢羅$^{=}$】　paŋ$^{6}$ tsieŋ$^{2}$ lɔ$^{2}$　財迷心竅　※丙

【破渣梨】　phuai$^{5}$ tsa$^{1}$ li$^{2}$　破爛不堪，如爛梨　※丙

【脆兩長】　tshuoɪ$^{5}$ laŋ$^{6}$ touŋ$^{2}$　脆得斷成兩截，諷刺儂自我感覺太好　※丙

【臭五行】　tshau$^{5}$ ŋu$^{3}$ haiŋ$^{6}$　極臭　※甲

【臭五性】　tshau$^{5}$ ŋu$^{3}$ seiŋ$^{5}$　極臭　※甲

【臭心肝】　tshau$^{5}$ siŋ$^{1}$ kaŋ$^{1}$　腐敗墮落的內心　※丙

【臭火煙】　tshau$^{5}$ hui$^{3}$ iŋ$^{1}$　煙薰的氣味　※甲

【臭字運】　tshau$^{5}$ tsei$^{6}$ ouŋ$^{6}$　不該得的好運氣　※甲

【臭辣白$^{=}$】　tshau$^{5}$ lak$^{8}$ pak$^{8}$　臭不可聞　※丙

【臭膿膻】　tshau$^{5}$ neiŋ$^{2}$ sieŋ$^{1}$　奶腥味　※甲

【衰螺尾】　soi$^{1}$ loi$^{2}$ muɪ$^{3}$　謂總是倒霉　※丙

【趕去死】　kaŋ$^{3}$ khɔ$^{5}$ si$^{3}$　罵別人太性急　※甲

【趕去刣】　kaŋ$^{3}$ khɔ$^{5}$ thai$^{2}$　罵別人太性急　※丙

【載的起】　tsai$^{5}$ teik$^{7}$ khi$^{3}$　可以承受　※甲

【載𣍐起】　tsai$^{3}$ mɛ$^{6}$ khi$^{3}$　承受不起　※甲

【透乍過】　thæu$^{5}$ tsia$^{2}$ kuo$^{5}$　勉強熬過（經濟難關）　※丙

【通天曉】　thuŋ$^{1}$ thieŋ$^{1}$ hieu$^{3}$　譃謂不懂裝懂的人　※丙

【錢當命】　tsieŋ$^{2}$ tauŋ$^{5}$ miaŋ$^{6}$　愛錢如命　※乙

【鬥輸贏】　tau$^{5}$ sio$^{1}$ iaŋ$^{2}$　爭勝負　※甲

【假八真】　ka$^{3}$ paik$^{7}$ tsiŋ$^{1}$　譃謂以為自己什麼都知道的人　※甲

【做傀儡】　tsɔ$^{5}$ khui$^{3}$ loi$^{3}$　喻指上吊　※丙

【做款款】　tsɔ$^{5}$ khuaŋ$^{3}$ khuaŋ$^{3}$　故意鬧彆扭。今指裝腔作勢　※丁

【偷食步】　thau$^{1}$ siaʔ$^{8}$ puo$^{6}$　靠觀察偷學武藝，今指在比賽中，暗中設計進攻對方　※丙

【湊禮亂】　tshæu$^{5}$ lɛ$^{3}$ lauŋ$^{5}$　添亂，亂上加亂　※甲

【啪嘴髀】　piak$^{8}$ tshoi$^{5}$ phɛ$^{3}$（phiak$^{8}$）　打耳光，掌嘴　※甲

【懸下心】　keiŋ$^{2}$ kia$^{6}$ siŋ$^{1}$　偏心　※甲

【捱𣍐過】　ŋai$^{1}$ mɛ$^{6}$ kuo$^{5}$　受不了，熬不過去　※甲

【掏$^{=}$澤$^{=}$毛】　tɔ$^{2}$ teik$^{8}$ nɔ$^{17}$　糟蹋東西　※甲

【掏$^{=}$澤$^{=}$儂】　tɔ$^{2}$ teik$^{8}$ nøŋ$^{2}$　作弄人　※甲

【掏礱臂】　tɔ$^{2}$ løŋ$^{2}$ pie$^{5}$　白費勁，失望　※丙

【排羅漢】　pɛ$^{2}$ lɔ$^{2}$ haŋ$^{5}$　謂眾人坐成一排　※乙

【探口意】　thaŋ$^{5}$ kheu$^{3}$ ei$^{5}$　探口風（「意」可能是「氣」的音變）　※甲

【掩$^{+}$禮做】　ieŋ$^{5}$ lɛ$^{3}$ tsɔ$^{5}$　占著做，不讓別人做　※甲

【犁駛豬】　lɛ$^{2}$ sai$^{3}$ ty$^{1}$　沒有牛犁地寧可用豬，喻固執　※丙

【嗙豬脬】　puŋ$^{2}$ ty$^{1}$ pha$^{1}$　吹豬尿泡　※丙

【貓偵鼠】　ma$^{2}$ tiaŋ$^{3}$ tshy$^{3}$　貓窺視老鼠的動靜，喻密切注視　※乙

【琉璃腹】　liu$^{2}$ lɛ$^{2}$ pouk$^{7}$　謂人聰明，頭腦清楚　※丙

【眶眼大】　khuoŋ$^{1}$ ŋaŋ$^{3}$ tuai$^{6}$　眼界大，欲望大　※丙

【眶眼細】　khuoŋ$^{1}$ ŋaŋ$^{3}$ sɛ$^{5}$　目光短淺，易滿足　※丙

【剩$^{*}$禮尾】　tioŋ$^{6}$ lɛ$^{3}$ muɪ$^{3}$　留個尾巴，沒有了結　※甲

【啼的惻】　thiɛ$^{2}$ teik$^{7}$ tshaik$^{7}$　哭得很傷心　※甲

【啼嘛笑】　thiɛ$^{2}$ ma$^{2}$ tshieu$^{5}$　邊哭邊笑　※甲

【強身誕$^{=}$】　kɪŋ$^{3}$ siŋ$^{1}$ taŋ$^{5}$　勉強　※甲

【替$^{+}$儂聲】　thiɛ$^{5}$ nøŋ$^{2}$ siaŋ$^{1}$　隨聲附和　※乙

【欺艙帶$^{=}$】　khia$^{1}$ mɛ$^{6}$ tai$^{5}$　壓不住，控制不了　※丙

【滑乍滑】　kouk$^{8}$ tsia$^{6}$ kouk$^{8}$　很滑　※乙

【痞$^{+}$神氣】　phai$^{3}$ siŋ$^{2}$ khei$^{5}$　無恥的神態或行為　※甲

【短$^{*}$命相】　toi$^{3}$ miaŋ$^{6}$ sioŋ$^{5}$　某些預示壽命不長的命相特徵　※甲

【翹起天】　khieu$^{5}$ khi$^{3}$ thieŋ$^{1}$　腳朝天，喻跌倒、完蛋　※乙

【朧翹翹】　neiŋ$^{3}$ kieu$^{5}$ khieu$^{5}$　挺胸凸肚大模大樣　※乙

【汨過頭】　mik$^{8}$ kuo$^{5}$ thau$^{2}$　水淹過頭　※甲

【跛$^{+}$慣勢】　phia$^{3}$ kaiŋ$^{5}$ sie$^{5}$　腳板歪著走成了習慣　※丙

【鵝對鶚$^{+}$】　ŋie$^{2}$ tɔi$^{5}$ ŋauk$^{7}$　鵝打架，喻兩人爭鬥不肯相讓　※丙

【塕塵宿】　uŋ$^{1}$ tiŋ$^{2}$ seu$^{5}$　沾滿塵土的屋子　※丙

【塗糜漿】　thu$^{2}$ muɪ$^{2}$ tsioŋ$^{1}$　泥漿　※甲

【塞儂嘴】　saik$^{7}$ nøŋ$^{2}$ tshoi$^{5}$　給好處以封人口　※甲

【想心事】　sioŋ$^{3}$ siŋ$^{1}$ søy$^{2}$　謂人心不在焉　※甲

【搏命做】　pauk$^{7}$ miaŋ$^{6}$ tsɔ$^{5}$　拚命幹　※甲

【暗□□】　aŋ$^{5}$ maŋ$^{5}$ kaʔ$^{8}$　暗自悲傷　※丙

【暗暝做】　aŋ$^{5}$ maŋ$^{2}$ tso$^{5}$　偷偷地做　※甲

【睨$^{+}$生花】 hɛ$^{3}$ saŋ$^{1}$ hua$^{1}$ 盯得太久眼發花 ※丙

【碰時道】 phauŋ$^{6}$ si$^{2}$ tɔ$^{6}$ 碰運氣 ※甲

【罩過頭】 tau$^{5}$ kuo$^{5}$ thau$^{2}$ 頭縮在被窩裡 ※甲

【腹裡明】 pouk$^{7}$ tie$^{3}$ miŋ$^{2}$ 心裡明白，心知肚明 ※乙

【蒲盤坐】 pu$^{2}$ puaŋ$^{2}$ sɔi$^{6}$ 盤腿坐 ※丙

【劏腹腸】 ua$^{1}$ pouk$^{7}$ touŋ$^{2}$ 開膛 ※甲

【截脈（擇）】 tseik$^{8}$ maʔ$^{8}$ tio$^{6}$ 武術的一種，點穴 ※乙

【潣$^{+}$頭游】 mei$^{6}$ thau$^{2}$ siu$^{2}$ 頭部沒入水中的游泳姿勢 ※甲

【管會住】 kuaŋ$^{3}$ ɛ$^{6}$ teu$^{6}$ 管得住，管得了 ※甲

【管獪住】 kuaŋ$^{3}$ mɛ$^{6}$ teu$^{6}$ 管不了，照應不過來 ※甲

【贅悶事*】 thoi$^{6}$ mouŋ$^{6}$ tai$^{6}$ 麻煩的事情 ※甲

【橄欖式】 ka$^{3}$ laŋ$^{3}$ seik$^{7}$ 橄欖形，菱形 ※乙

【醋心動】 tshou$^{5}$ siŋ$^{1}$ taøŋ$^{6}$ 妒忌 ※甲

【醋母酸】 tshou$^{5}$ mɔ$^{3}$ souŋ$^{1}$ 很酸 ※甲

【額頭慶$^{=}$】 ŋiaʔ$^{8}$ thau$^{2}$ kheiŋ$^{5}$ 額頭突出 ※甲

【骹頒$^{=}$頒$^{=}$】 kha$^{1}$ paŋ$^{1}$ paŋ$^{1}$ 兩腳分得很開的走路樣子 ※甲

【嘴凸凸】 tshoi$^{5}$ thu$^{3}$ thu$^{3}$ 嘴噘出的樣子 ※甲

【瞕門縫】 tsioŋ$^{1}$ muoŋ$^{2}$ phouŋ$^{5}$ 從門縫偷窺 ※甲

【戴綠帽】 tai$^{5}$ lioʔ$^{8}$ mɔ$^{6}$ 因妻子有外遇而被辱的男人 ※甲

【綷過牆】 luk$^{8}$ kuo$^{5}$ tshioŋ$^{2}$ 沿著柱子爬過牆 ※丙

【羈禮逗】 kie$^{1}$ lɛ$^{3}$ tau$^{6}$ 受牽連，擺脫不開 ※甲

【羈身邊】 kie$^{1}$ siŋ$^{1}$ pieŋ$^{1}$ 老帶在身邊 ※甲

【翻轉爿】 huaŋ$^{1}$ tioŋ$^{3}$ peiŋ$^{2}$ 翻轉過來 ※甲

【躐$^{+}$過骹】 lak$^{8}$ kuo$^{5}$ kha$^{1}$ 涉水過去 ※丙

【孽死儂】 ŋiek si$^{3}$ nøŋ$^{2}$ 逼死人 ※乙

【曝日頭】 phuoʔ$^{8}$ nik$^{8}$ thau$^{2}$ 曬太陽 ※甲

【簸箕鼓】 puai$^{1}$ ki$^{1}$ ku$^{3}$ 謂（婦女）敲著簸箕罵人 ※丙

【鱉睨卵】　piek$^{7}$ hɛ$^{3}$ lauŋ$^{6}$　王八盯著自己下的蛋（喻義不詳）丁

【髆肘髆】　phiaŋ$^{1}$ tiu$^{3}$ phiaŋ$^{1}$　背靠背，喻共同努力　※甲

## 7 四字結構

【□□□□】　meiʔ$^{7}$ meiʔ$^{7}$ mɛʔ$^{7}$ mɛʔ$^{7}$　將要哭出來的表情　※丙

【唧唧嗾嗾】　tshiʔ$^{8}$ tshiʔ$^{8}$ tshuʔ$^{8}$ tshuʔ$^{8}$　耳語聲。今四個音節均不送氣　※甲

【□□□□】　tshi$^{1}$ tshi$^{1}$ thøyk$^{7}$ thøyk$^{7}$　畏縮不前的樣子　※乙

【啪裡啪出】　phiak$^{7}$ tie$^{3}$ phiak$^{7}$ tshouk$^{7}$　（髒鞋）踩進踩出　※甲

【七講八講】　tsheik$^{7}$ kouŋ$^{3}$ paik$^{7}$ kouŋ$^{3}$　說三道四，無根據的議論　※甲

【七講八聽】　tsheik$^{7}$ kouŋ$^{3}$ paik$^{7}$ thiaŋ$^{5}$　說三道四，無根據的議論　※甲

【七補八納】　tsheik$^{7}$ puo$^{3}$ paik$^{7}$ nak$^{8}$　形容衣物破舊，補釘多　※乙

【七通八竅】　tsheik$^{7}$ thuŋ$^{1}$ paik$^{7}$ kheu$^{5}$　喻儂很聰明，理解力強　※乙

【七做八做】　tseik$^{7}$ tsɔ$^{5}$ paik$^{8}$ tsɔ$^{5}$　沒有計畫地胡亂做　※甲

【人情世事】　iŋ$^{2}$ tsiŋ$^{2}$ sie$^{5}$ søy$^{6}$　人情世故　※甲

【八節平安】　paik$^{7}$ tsaik$^{7}$ piŋ$^{2}$ aŋ$^{1}$　一年的八個傳統節日都平安，即一年平安　※丁

【幾世無目】　kui$^{3}$ sie$^{5}$ mɔ$^{2}$ møk$^{8}$　喻缺乏正常的判斷力　※丙

【刀槍艙入】　tɔ$^{1}$ tshioŋ$^{1}$ mɛ$^{6}$ nik$^{8}$　刀槍不入　※丙

【十精九□】　seik$^{8}$ tsiŋ$^{1}$ kau$^{3}$ tou$^{5}$　非常精通　※丙

【二八平光】　nei$^{6}$ paik$^{7}$ paŋ$^{2}$ kuoŋ$^{1}$　農曆二月和八月晝夜長度相等　※丙

【三叮兩再】　saŋ$^{1}$ tiŋ$^{1}$ laŋ$^{6}$ tsai$^{6}$　反覆叮囑　※乙

【久癬成癩】　kiu$^{3}$ tshiaŋ$^{3}$ siŋ$^{2}$ lai$^{6}$　喻小毛病不及時消除就會變成大毛病　※丙

【女假男妝】　ny$^{3}$ ka$^{3}$ naŋ$^{2}$ tsouŋ$^{1}$　女扮男裝　※甲

【醜形醜狀】　thiu$^{3}$ hiŋ$^{2}$ thiu$^{3}$ tsauŋ$^{6}$　行為愚蠢可笑　※丙

【中中正正】　touŋ$^{1}$ touŋ$^{1}$ tsiaŋ$^{5}$ tsiaŋ$^{5}$　（為人）非常正直　※甲

【中中稠$^{=}$稠$^{=}$】　tyŋ$^{1}$ tyŋ$^{1}$ seu$^{2}$ seu$^{2}$　中等或中下水平的　※乙

【五帝的去】　ŋu$^{3}$ tɛ$^{5}$ teik$^{7}$ khɔ$^{5}$　口頭語，表示吃驚　※甲

【五鬼冤仇】　ŋu$^{3}$ kui$^{3}$ uoŋ$^{1}$ siu$^{2}$　很深的仇怨　※丙

【五離昏散】　ŋu$^{3}$ lie$^{6}$ huoŋ$^{1}$ saŋ$^{5}$　很分散　※丙

【五愆的去】　ŋu$^{3}$ khieŋ$^{1}$ teik$^{7}$ khɔ$^{5}$　口頭語，表示吃驚　※丙

【雙手摸天】　søŋ$^{1}$ tshiu$^{3}$ mɔ$^{1}$ thieŋ$^{1}$　謂人野心大　※丙

【天平地平】　thieŋ$^{1}$ paŋ$^{2}$ tei$^{6}$ paŋ$^{2}$　非常平　※乙

【天平地懸】　thieŋ$^{1}$ paŋ$^{2}$ tei$^{6}$ keiŋ$^{2}$　非常高　※丙

【心無在間】　siŋ$^{1}$ mɔ$^{2}$ tsai$^{6}$ kaŋ$^{1}$　心不在焉　※丙

【心肝腆腆】　siŋ$^{1}$ kaŋ$^{1}$ thaiŋ$^{5}$ thaiŋ$^{5}$　胸脯挺得老高　※甲

【心事𣍐□】　siŋ$^{1}$ søy$^{6}$ mɛ$^{6}$ huai$^{1}$　無法解除憂慮　※丙

【斤雞斗米】　kyŋ$^{1}$ kie$^{1}$ tau$^{3}$ mi$^{3}$　養一斤雞要耗費一斗米　※乙

【無大不細】　mɔ$^{2}$ tuai$^{6}$ pouk$^{7}$ sɛ$^{5}$　沒大沒小，不知尊敬長輩的　※甲

【無山無岸】　mɔ$^{2}$ saŋ$^{1}$ mɔ$^{2}$ ŋiaŋ$^{6}$　喻達到目標的途徑不明確；今指人說話沒有分寸　※丁

【無只無許】　mɔ$^{2}$ tsi$^{3}$ mɔ$^{2}$ hy$^{3}$　沒有來由，沒頭沒腦　※甲

【無塊*栖泊】　mɔ$^{2}$ tɔi$^{5}$ tshɛ$^{1}$ pɔk$^{8}$　無處投靠，無家可歸　※甲

【無尾蚼蚤】　mɔ$^{2}$ mui$^{3}$ ka$^{3}$ tshau$^{3}$　喻指行踪不定，難以信賴的人　※甲

【無所不愆】　u$^{2}$ su$^{3}$ pouk$^{7}$ khieŋ$^{1}$　所有的事情都辦不好　※乙

【無魚盻纚】　mɔ$^{2}$ ŋy$^{2}$ hɛ$^{3}$ lai$^{3}$　本義不詳，喻指生意上放棄大的，追求小的　※丙

【無停無歇】　mɔ$^{2}$ tiŋ$^{2}$ mɔ$^{2}$ hiok$^{7}$　不停地　※甲

【無痕無迹】　mɔ$^{2}$ houŋ$^{2}$ mɔ$^{2}$ tsiaʔ$^{7}$　沒有絲毫痕迹　※甲

【無搕無釁】　mɔ$^{2}$ khouk$^{8}$ mɔ$^{2}$ puaŋ$^{5}$　沒有招惹　※甲

【毛蟹鬮$^{-}$柿】　mɔ$^{2}$ hɛ$^{6}$ khau$^{1}$ khei$^{6}$　毛蟹和柿子同時吃有毒，據說能導致麻瘋病　※丙

【水淺魚現】　tsui$^{3}$ tshieŋ$^{3}$ ŋy$^{2}$ hieŋ$^{6}$　喻事實簡單明白　※丙

【見錢就蹭】　kieŋ$^{5}$ tsieŋ$^{2}$ tseu$^{6}$ tshioŋ$^{2}$　形容貪婪　※丙

【東拖西拔】　tøŋ$^{1}$ tua$^{1}$ sɛ$^{1}$ peik$^{8}$　被人爭相邀請　※甲

【東請西催】　tøŋ$^{1}$ tshiaŋ$^{3}$ sɛ$^{1}$ tshuɪ$^{1}$　被人爭相邀請　※丙

【另$^{+}$另$^{+}$掄$^{+}$掄$^{+}$】　liŋ$^{1}$ liŋ$^{1}$ luŋ$^{1}$ luŋ$^{1}$　晃晃蕩蕩地懸掛著　※甲

【扒頭挖耳】　pa$^{2}$ thau$^{2}$ uak$^{7}$ ŋei$^{6}$　焦急時的神態動作，抓耳撓腮　※甲

【目睭□懸】　møk$^{8}$ tsiu$^{1}$ nieu$^{5}$ keiŋ$^{2}$　抬眼往上看　※丙

【目睭睨睨】　møk$^{8}$ tsiu$^{1}$ nei$^{5}$ nei$^{5}$　近視眼；瞇眼　※甲

【記才平正】　kei$^{5}$ tsai$^{2}$ paŋ$^{2}$ tsiaŋ$^{5}$　記憶力不佳　※丙

【伓長伓短$^{*}$】　ŋ$^{6}$ touŋ$^{2}$ ŋ$^{6}$ toi$^{3}$　不長不短　※甲

【伓好看相】　ŋ$^{6}$ hɔ$^{3}$ khaŋ$^{5}$ sioŋ$^{5}$　令人尷尬的樣子　※甲

【伓好意思】　ŋ$^{6}$ hɔ$^{3}$ ei$^{5}$ søy$^{5}$　不好意思　※甲

【伓是復講】　ŋ$^{6}$ sei$^{6}$ pou$^{6}$ kouŋ$^{3}$　（慣用語，強調自己先前的意見是對的）　※甲

【伓夠抹濫$^{+}$】　ŋ$^{6}$ kau$^{5}$ maøk$^{7}$ laŋ$^{3}$　不夠抹口水，謂食物太少　※乙

【會汆$^{+}$會泅】　ɛ$^{6}$ mei$^{6}$ ɛ$^{6}$ siu$^{2}$　能潛水也能游泳，喻在生意場上能幹　※丙

【光光潤潤】　kuoŋ$^{1}$ kuoŋ$^{1}$ aøŋ$^{6}$ aøŋ$^{6}$　光滑細膩　※乙

【全八全驚】 tsioŋ2 paik7 tsioŋ2 kiaŋ1 知道詳情更令人害怕 ※丙

【衝撞馬頭】 tshyŋ1 tauŋ6 ma3 thau2 冒犯了有勢力的人物 ※丙

【劃正鑿歪】 hua2 tsiaŋ5 tshøk8 uai1 位置算準了可是鑿歪了，喻計畫好的事辦壞了 ※乙

【動骹動手】 taøŋ6 kha1 taøŋ6 tshiu3 動手動腳 ※甲

【安禮聽更】 eiŋ1 lɛ3 tiaŋ1 kaŋ1 留著聽打更的聲音，謔謂嫖客性無能的 ※丙

【安禮現世】 eiŋ1 lɛ3 hieŋ6 sie5 謂人無用，一無是處 ※乙

【有七無八】 ou6 tsheik7 mɔ2 paik7 沒有條理的，不完整的 ※甲

【有三無兩】 ou6 saŋ1 mɔ2 laŋ6 沒有條理的，不完整的 ※甲

【有頭無尾】 ou6 thau2 mɔ2 muɪ3 ※甲

【歡喜無命】 huaŋ1 hi3 mɔ2 miaŋ6 歡喜極了 ※甲

【歡喜會跳】 huaŋ1 hi3 ɛ6 thieu5 歡喜極了 ※甲

【死蛇活尾】 si3 sie2 uak8 muɪ3 謂仍可能造成危害，不能掉以輕心 ※乙

【羊囝替拍】 ioŋ2 kiaŋ3 tɛ5 phaʔ7 喻代人受過 ※丙

【耳肘禮聽】 ŋei6 tiu3 lɛ3 thiaŋ1 直起耳朵聽 ※甲

【自唱無聲】 tsɛy6 tsuoŋ5 mɔ2 siaŋ1 喻無人欣賞就做不好事情 ※丙

【觀前顧後】 kuaŋ1 seiŋ2 kou5 hau6 辦事考慮周全 ※甲

【講天擂地】 kouŋ3 thieŋ1 lɔi6 tei6 海闊天空地瞎扯 ※丙

【講話敆糟】 kouŋ3 ua6 kak8 tsau1 說話拖泥帶水，廢話多 ※丙

【講話嚼嚼】 kouŋ3 ua6 tsiok8 tsiok8 說話要謹慎 ※乙

【齊做齊食】 tsɛ2 tsɔ5 tsɛ2 siak8 一齊勞動一齊吃飯，同甘共苦 ※甲

【兩縣染考】 lioŋ3 kaiŋ6 liaŋ3 khɔ3 （閩縣、侯官）兩縣的考生合在一起進行鄉試，喻不同類的事物混在一起 ※丙

【亂講亂聽】 lauŋ$^{5}$ kouŋ$^{3}$ lauŋ$^{5}$ thiaŋ$^{5}$　胡說，說謊　※甲

【含眠含睏】 haŋ$^{2}$ miŋ$^{2}$ haŋ$^{2}$ khauŋ$^{5}$　半睡的，迷迷糊糊的　※甲

【含眠含膩】 haŋ$^{2}$ miŋ$^{2}$ haŋ$^{2}$ nøy$^{5}$　半睡半醒，迷迷糊糊　※甲

【吼死吼活】 hau$^{3}$ si$^{3}$ hau$^{3}$ uak$^{8}$　叫死叫活　※丙

【吼來吼去】 hau$^{3}$ li$^{2}$ hau$^{3}$ khɔ$^{5}$　彼此呼喚　※丙

【聲吼聲應】 siaŋ$^{1}$ hau$^{3}$ siaŋ$^{1}$ eiŋ$^{5}$　此呼彼應　※丙

【扯掰面皮】 thie$^{3}$ paʔ$^{7}$ meiŋ$^{5}$ phuɪ$^{2}$　撕破臉皮，做不光彩的事　※乙

【扼牆扼壁】 aik$^{7}$ tshɪoŋ$^{2}$ aik$^{7}$ piaʔ$^{7}$　扶著牆（行走），行動艱難　※乙

【折一流骹】 siek$^{8}$ sioʔ$^{8}$ lau$^{2}$ kha$^{1}$　白跑一趟　※丙

【時一時兩】 si$^{2}$ sioʔ$^{8}$ si$^{2}$ laŋ$^{6}$　一步一步地　※甲

【更長夢俪】 kaŋ$^{1}$ touŋ$^{2}$ maøŋ$^{5}$ sɛ$^{6}$　※甲

【灯燒拔舌】 kouŋ$^{2}$ sieu$^{1}$ peik$^{8}$ siek$^{8}$　瞎說，亂講話　※丙

【男人女相】 naŋ$^{2}$ iŋ$^{2}$ ny$^{3}$ sioŋ$^{5}$　男人的相貌舉止像女人　※甲

【祀觀音堂】 sai$^{6}$ kuaŋ$^{1}$ iŋ$^{1}$ touŋ$^{2}$　安放在觀音堂裡，譃謂常在家裡陪老婆的人　※丙

【紙做欄牢】 tsai$^{3}$ tsɔ$^{5}$ laŋ$^{2}$ lɔ$^{2}$　紙做的護欄，喻很不可靠　※丙

【花狸麻炸$^{=}$】 hua$^{1}$ li$^{2}$ ma$^{2}$ tsa$^{2}$　蠻橫無理　※丙

【閑講閑聽】 eiŋ$^{2}$ kouŋ$^{3}$ eiŋ$^{2}$ thiaŋ$^{5}$　聊天，說閑話　※甲

【閑做白做】 eiŋ$^{2}$ tsɔ$^{5}$ paʔ$^{8}$ tsɔ$^{5}$　沒事找事做　※甲

【雞扒草藟】 kie$^{1}$ pa$^{2}$ tshau$^{3}$ laø$^{6}$　喻潦草做事　※甲

【其其個個】 ki$^{2}$ ki$^{2}$ kɔ$^{5}$ kɔ$^{5}$　人人，個個　※丙

【和犬相咬】 huo$^{2}$ kheiŋ$^{3}$ souŋ$^{1}$ ka$^{6}$　挑動兩條狗打架，喻挑唆引起爭鬥　※丙

【廟裡豬頭】 mieu$^{6}$ tie$^{3}$ ty$^{1}$ thau$^{2}$　放在廟裡上供的豬頭，按俗例供完後原主各自取回，常喻已訂婚的女子歸屬已定　※乙

【拖犬落湯】　thai$^{1}$ kheiŋ$^{3}$ lɔʔ$^{8}$ thouŋ$^{1}$　很不情願地被拖著做某事　※丙

【揀肥揀瘖】　keiŋ$^{3}$ puɪ$^{2}$ keiŋ$^{3}$ seiŋ$^{3}$　挑肥揀瘦　※甲

【攔頭至面】　laŋ$^{2}$ thau$^{2}$ tsei$^{5}$ meiŋ$^{5}$　當面，迎面　※乙

【易會難精】　kie$^{6}$ ɛ$^{6}$ naŋ$^{2}$ tsiŋ$^{1}$　容易學，但精通很難　※甲

【易飽易厭】　kie$^{6}$ pa$^{3}$ kie$^{6}$ ieŋ$^{5}$　興趣不能持久　※甲

【注生注死】　tsio$^{5}$ saŋ$^{1}$ tsio$^{5}$ si$^{3}$　人的生死是注定的　※丙

【畫眉跳架】　hua$^{1}$ mi$^{2}$ thieu$^{5}$ ka$^{5}$　喻小孩好動　※丙

【悶捏悶叫】　muoŋ$^{3}$ nick$^{7}$ muoŋ$^{3}$ kieu$^{5}$　越捏叫得越大聲　※丙

【肥肥腯腯】　pui$^{2}$ pui$^{2}$ thouŋ$^{6}$ thouŋ$^{6}$　胖墩墩的樣子　※甲

【誕$^{=}$起喉嚨】　taŋ$^{5}$ khi$^{3}$ hɔ$^{2}$ løŋ$^{2}$　撐著嗓門（大聲叫）　※甲

【該遭者數】　kai$^{1}$ tsɔ$^{1}$ tsia$^{3}$ sou$^{5}$　活該　※丙

【轉骹轉手】　tioŋ$^{6}$ kha$^{1}$ tioŋ$^{6}$ tshiu$^{3}$　活動手腳　※丙

【軟腰拔骨】　nioŋ$^{3}$ ieu$^{1}$ peik$^{8}$ kauk$^{7}$　伸展腰肢　※甲

【鄭$^{=}$了濫成】　taŋ$^{6}$ lau$^{3}$ laŋ$^{6}$ tshiaŋ$^{2}$　既錯了索性錯到底，「濫」應該是「鄭（錯）」的音訛　※丙

【金瓜斷藤】　kiŋ$^{1}$ kua$^{1}$ touŋ$^{3}$ tiŋ$^{2}$　南瓜從藤上掉下來，喻人重重地摔倒　※甲

【復七復八】　pou$^{6}$ tsheik$^{7}$ pou$^{6}$ paik$^{7}$　又是這又是那的，要求太多　※甲

【復啼復笑】　pou$^{6}$ thie$^{2}$ pou$^{6}$ tshieu$^{5}$　又哭又笑　※甲

【復糟復醬】　pou$^{6}$ tsau$^{1}$ pou$^{6}$ tsioŋ$^{5}$　做得太過分，要求太多　※甲

【將七將八】　tsioŋ$^{1}$ tseik$^{7}$ tsioŋ$^{1}$ paik$^{7}$　（物品）差不多徹底損壞了　※丙

【帶蠻帶笑】　tai$^{5}$ maŋ$^{2}$ tai$^{5}$ tshieu$^{5}$　開玩笑地　※丙

【挖頭扒耳】　uak$^{7}$ thau$^{2}$ pa$^{2}$ ŋei$^{6}$　抓耳撓腮，想不出答案的樣子　※甲

【撻椅撻桌】　tak$^{7}$ ie$^{3}$ tak$^{7}$ tɔʔ$^{7}$　（威脅性的）拍擊桌椅　※甲

【歪頭歪腦】　uai$^{1}$ thau$^{2}$ uai$^{1}$ nɔ$^{3}$　歪歪扭扭的　※甲

【殘牛殘馬】　tshaŋ$^{2}$ ŋu$^{2}$ tshaŋ$^{2}$ ma$^{3}$　凶猛如獸　※丙

【殘骹殘手】　tshaŋ$^{2}$ kha$^{1}$ tshaŋ$^{2}$ tshiu$^{3}$　四肢粗壯有力　※丙

【渾渾化化】　huŋ$^{2}$ huŋ$^{2}$ hua$^{5}$ hua$^{5}$　渾渾的精神狀態，感覺遲鈍　※丙

【牽牛過欄】　kheiŋ$^{1}$ ŋu$^{2}$ kuo$^{5}$ laŋ$^{2}$　喻既要用力也要引導　※乙

【眉頭拾襉】　mi$^{2}$ thau$^{2}$ kah$^{7}$ kieŋ$^{3}$　皺眉頭　※丙

【看伓上眼】　khaŋ$^{5}$ ŋ$^{6}$ sioŋ$^{6}$ ŋaŋ$^{3}$　看不上眼　※甲

【穿手摸天】　tshioŋ$^{1}$ tshiu$^{3}$ muo$^{1}$ thieŋ$^{1}$　伸手要摸天，喻野心太大　※丙

【穿骹□倒】　tshioŋ$^{1}$ kha$^{1}$ lø$^{1}$ tɔ$^{3}$　得到一個伸腳的空間就整個人躺下去，喻得寸進尺　※丙

【胡行亂做】　hu$^{2}$ heiŋ$^{2}$ lauŋ$^{5}$ tsɔ$^{5}$　胡作非為　※乙

【重講重聽】　thyŋ$^{2}$ kouŋ$^{3}$ thyŋ$^{2}$ thiaŋ$^{5}$　重複囉嗦　※甲

【罵風罵雨】　ma$^{5}$ huŋ$^{1}$ ma$^{5}$ y$^{3}$　（語義不詳）　※丙

【淒涼淒慘】　tshɛ$^{1}$ lioŋ$^{2}$ tshɛ$^{1}$ tshaŋ$^{3}$　淒慘，常用作感嘆詞　※甲

【哩哩囉囉】　li$^{1}$ li$^{1}$ lɔ$^{1}$ lɔ$^{1}$　絮絮叨叨　※甲

【喚賭必輸】　huaŋ$^{5}$ tu$^{3}$ peik$^{7}$ sio$^{1}$　主動邀人賭搏的人必將是輸家　※甲

【懇恩救難】　khouŋ$^{3}$ ouŋ$^{1}$ keu$^{5}$ naŋ$^{6}$　苦苦哀求　※乙

【拳頭骹尖】　kuŋ$^{2}$ thau$^{2}$ kha$^{1}$ tsieŋ$^{1}$　拳打腳踢　※丙

【挨時度日】　ɛ$^{1}$ si$^{2}$ tuo$^{6}$ nik$^{8}$　熬日子　※乙

【梨芯柿蒂】　li$^{2}$ siŋ$^{1}$ khei$^{6}$ tei$^{5}$　無價值的小東西，雞毛蒜皮　※丙

【蠶鹹食箬】　tsheiŋ$^{2}$ keiŋ$^{3}$ siaʔ$^{8}$ nioʔ$^{8}$　蠶吃桑葉，喻拚命吃，不停地吃　※乙

【豺狼心肝】　tshai$^{2}$ louŋ$^{2}$ siŋ$^{1}$ kaŋ$^{1}$　喻心腸狠毒　※乙

【透底透面】　thau$^{5}$ tɛ$^{3}$ thau$^{5}$ meiŋ$^{5}$　徹頭徹尾　※甲

【逐群拍陣】　tyk$^{8}$ kuŋ$^{2}$ phaʔ$^{7}$ teiŋ$^{6}$　糾集成群　※乙

【驚驚興興】　kiaŋ$^{1}$ kiaŋ$^{1}$ heiŋ$^{5}$ heiŋ$^{5}$　又害怕又興奮　※丙

【捧茶裝薰】　phuŋ$^{2}$ ta$^{2}$ tsouŋ$^{1}$ houŋ$^{1}$　敬煙敬茶地招待　※乙

【掏箸遮鼻】　tɔ$^{2}$ tøy$^{6}$ tsia$^{1}$ phei$^{5}$　徒勞的掩飾　※甲

【掘儂墓頭】　kuk$^{8}$ nøŋ$^{2}$ muo$^{5}$ thau$^{2}$　喻侵犯別人的根本利益　※乙

【猖嘴野尺$^{=}$】　tshioŋ$^{1}$ tshoi$^{5}$ ia$^{3}$ tshioʔ$^{7}$　指愛亂說話的人　※丙

【蓋世伓值】　kai$^{5}$ sie$^{5}$ ŋ$^{6}$ teik$^{8}$　最不值得的　※乙

【蓋世難尋】　kai$^{5}$ sie$^{5}$ naŋ$^{2}$ siŋ$^{2}$　謂非常罕見的　※甲

【野念野唱】　ia$^{3}$ naiŋ$^{6}$ ia$^{3}$ tshioŋ$^{5}$　唱曲等大聲喧鬧　※甲

【頗頗罔去】　phuo$^{3}$ phuo$^{3}$ muoŋ$^{3}$ khɔ$^{5}$　馬馬虎虎，勉強可以　※甲

【傍儂門棟$^{+}$】　pauŋ$^{6}$ nøŋ$^{2}$ muoŋ$^{2}$ tshie$^{5}$　寄人籬下　※乙

【鑿天本領】　tshøk$^{8}$ thieŋ$^{1}$ puoŋ$^{3}$ liŋ$^{3}$　喻超凡的本領　※丙

【強頭強腦】　kioŋ$^{2}$ thau$^{2}$ kioŋ$^{2}$ nɔ$^{3}$　傲慢專橫　※丙

【掰門掰戶】　paʔ$^{7}$ muoŋ$^{2}$ paʔ$^{7}$ hou$^{6}$　不停地開門關門　※丙

【猥猥扼扼】　ui$^{1}$ ui$^{1}$ aik$^{7}$ aik$^{7}$　遮遮掩掩　※甲

【搜尋挖空】　seu$^{1}$ siŋ$^{2}$ uak$^{7}$ khaøŋ$^{5}$　反覆尋找；挖空心思　※甲

【搥門拍戶】　tui$^{2}$ muoŋ$^{2}$ phaʔ$^{7}$ hou$^{6}$　粗暴地敲門　※丙

【攲攲曲曲】　khi$^{1}$ khi$^{1}$ khuoʔ$^{7}$ khuoʔ$^{7}$　歪歪曲曲　※丙

【渫熟犬頭】　sak$^{8}$ syk$^{8}$ kheiŋ$^{3}$ thau$^{2}$　嘻皮笑臉的人　※乙

【煮水敆鼎】　tsy$^{3}$ tsui$^{3}$ kaʔ$^{8}$ tiaŋ$^{3}$　燒水燒糊了，喻倒霉極了　※甲

【猴柿有核】　kau$^{2}$ khei$^{6}$ ou$^{6}$ houk$^{8}$　喻小孩子狡黠。「猴柿」是一種野柿子，個兒小　※丙

【睏一久眠】　khauŋ$^{5}$ sioʔ$^{8}$ ku$^{3}$ miŋ$^{2}$　小寐　※甲

【等水難漲】　tiŋ$^{3}$ tsui$^{3}$ naŋ$^{2}$ touŋ$^{3}$　等潮水漲卻老不見漲，喻心急　※丙

【翹頭翹腦】　khieu$^{5}$ thau$^{2}$ khieu$^{5}$ nɔ$^{3}$　趾高氣揚的樣子　※丙

【落一麵粉】　loʔ$^{8}$ sioʔ$^{8}$ meiŋ$^{5}$ huŋ$^{3}$　形容滿面羞愧　※丙

【蠻蠻笑笑】　maŋ$^{2}$ maŋ$^{2}$ tshieu$^{5}$ tshieu$^{5}$　說說笑笑　※丙

【賠嘴賠舌】　puɪ$^{2}$ tshoi$^{5}$ puɪ$^{2}$ siek$^{8}$　為人說好話　※丙

【盪伊鼎禮】　tauŋ$^{6}$ i$^{1}$ tiaŋ$^{3}$ lɛ$^{3}$　落入他的圈套　※甲

【量腹食水】　lioŋ$^{2}$ pouk$^{7}$ siaʔ$^{8}$ tsui$^{3}$　量力而行　※丙

【碎講碎聽】　tshoi$^{5}$ kouŋ$^{3}$ tshoi$^{5}$ thiaŋ$^{5}$　閑聊，東拉西扯　※甲

【腰邊有毛】　ieu$^{1}$ pieŋ$^{1}$ ou$^{6}$ nɔʔ$^{7}$　謂有錢　※丙

【賴菢雞母】　lai$^{6}$ pou$^{6}$ kie$^{1}$ mɔ$^{3}$　抱窩的母雞，喻不修邊幅的女人　※甲

【雷拍火燒】　lai$^{2}$ phaʔ$^{7}$ huɪ$^{3}$ sieu$^{1}$　形容非常急迫　※甲

【瘌皮老鼠】　lak$^{7}$ phuɪ$^{2}$ lɔ$^{3}$ tshy$^{3}$　國外表醜陋　※甲

【瘌澈盡光】　lak$^{7}$ thak$^{7}$ tseiŋ$^{6}$ kuoŋ$^{1}$　精光，沒有一點剩餘　※甲

【睶一古$^{=}$眠】　tshuŋ$^{3}$ sioʔ$^{8}$ ku$^{3}$ miŋ$^{2}$　瞌睡一會兒　※甲

【睶一刻古$^{=}$】　tshuŋ$^{3}$ sioʔ$^{8}$ khaik$^{7}$ ku$^{3}$　瞌睡一會兒　※甲

【蜜餞砒霜】　mik$^{8}$ tsieŋ$^{5}$ phie$^{1}$ souŋ$^{1}$　喻包藏禍心的甜言蜜語　※丙

【鼻長過桌】　phei$^{5}$ touŋ$^{2}$ kuo$^{5}$ tɔʔ$^{7}$　很機敏精明的　※丙

【撩事撥刺】　lieu$^{2}$ søy$^{6}$ puak$^{7}$ tshie$^{5}$　尋釁生事　※甲

【橫講橫聽】　huaŋ$^{2}$ kouŋ$^{3}$ huaŋ$^{2}$ thiaŋ$^{5}$　說話蠻橫，不講理　※甲

【瞎子聽聲】　hak$^{7}$ tsy$^{3}$ thiaŋ$^{1}$ siaŋ$^{1}$　喻根據片面信息下判斷　※丙

【覷天食飯】　tshøy$^{5}$ thieŋ$^{1}$ siaʔ$^{8}$ puoŋ$^{6}$　看天吃飯，生計受天氣、氣候影響極大　※甲

【踏骹足$^{+}$底】　tak$^{8}$ kha$^{1}$ tsioʔ$^{7}$ tɛ$^{3}$　踩在腳底下，謂欺淩　※甲

【跕*骹跕*手】　naiŋ$^{5}$ kha$^{1}$ naiŋ$^{5}$ tshiu$^{3}$　躡手躡腳　※乙

【醋甏摔破】　tshou$^{5}$ phaŋ$^{1}$ saøk$^{7}$ phuai$^{5}$　喻妒忌心大發　※甲

【頦掰頦脫】　hai$^{2}$ paʔ$^{7}$ hai$^{2}$ touk$^{8}$　造謠瞎說　※丙

【骹皮行薄】　kha$^{1}$ puɪ$^{2}$ kiaŋ$^{2}$ pɔʔ$^{8}$　形容走了很多路　※丁

【骹債未完】　kha$^{1}$ tsai$^{5}$ muoɪ$^{6}$ uoŋ$^{2}$　為某事奔走還沒結束　※丙

【操心掰腹】　tshɔ$^{1}$ siŋ$^{1}$ pak$^{7}$ pouk$^{7}$　操心　※丙

【翻講翻聽】　huaŋ$^{1}$ kouŋ$^{3}$ huaŋ$^{1}$ thiaŋ$^{5}$　改口另說一套；今指強詞奪理　※丁

【蹬骹跳地】　touŋ$^{2}$ kha$^{1}$ thieu$^{5}$ tei$^{6}$　頓足，氣急了或非常悲痛的樣子　※甲

【癲形癲狀】　tieŋ$^{1}$ hiŋ$^{2}$ tieŋ$^{1}$ tsauŋ$^{6}$　瘋瘋癲癲的樣子　※甲

【戇頭戇腦】　ŋauŋ$^{6}$ thau$^{2}$ ŋauŋ$^{6}$ nɔ$^{3}$　傻頭傻腦　※甲

【汔汔趞趞】　tshi$^{2}$ tsheiʔ$^{7}$ tshɔʔ$^{8}$ tshɔʔ$^{8}$　來來往往地亂跑　※甲

## 8 五字結構

【九精十一智】　kau$^{3}$ tsiŋ$^{1}$ seik$^{8}$ eik$^{7}$ tei$^{5}$　謂小孩早慧　※丙

【又又一層層】　eu$^{6}$ eu$^{6}$ eik$^{7}$ tseiŋ$^{2}$ tseiŋ$^{2}$　同樣的步驟一步步重新做　※丙

【久佃成業主】　kiu$^{3}$ tieŋ$^{6}$ siaŋ$^{2}$ ŋiek$^{8}$ tsio$^{3}$　租佃時間長了，似乎成了業主　※丙

【女獪過親夫】　ny$^{3}$ mɛ$^{6}$ kuo$^{5}$ tshiŋ$^{1}$ hu$^{1}$　俗以為女人患痲瘋病不會傳染給自己的丈夫　※丙

【工字無土頭】　køŋ$^{1}$ tsei$^{6}$ mɔ$^{2}$ thu$^{3}$ thau$^{2}$　謂勞動者沒有出頭之日；土：伸出　※乙

【烏字上白紙】　u$^{1}$ tsei$^{6}$ sioŋ$^{6}$ paʔ$^{8}$ tsai$^{3}$　白紙黑字，書證確鑿　※甲

【烏豬對白羊】　u$^{1}$ ty$^{1}$ tɔi$^{5}$ paʔ$^{8}$ ioŋ$^{2}$　謂不協調，不搭配　※乙

【書讀頭禮去】　tsy$^{1}$ thøyk$^{8}$　喻人愚笨，讀了書也不開竅；禮：處所助詞　※甲

【五株錢大空】　ŋu$^{3}$ thy$^{1}$ tsieŋ$^{2}$ tuai$^{6}$ khøŋ$^{1}$　五銖錢的孔大，謂人嗓門大　※丙

【鳳凰百般毛】　houŋ$^{6}$ huoŋ$^{2}$ paʔ$^{7}$ puaŋ$^{1}$ mɔ$^{2}$　「毛」諧音「無」，雙關強調「沒有」　※丙

【少食多滋味】　tsieu$^{3}$ siaʔ$^{8}$ tɔ$^{1}$ tsøy$^{5}$ ei$^{6}$　喻享受要有節制　※乙

【無尾乞你搦】　mɔ$^{2}$ muɪ$^{3}$ khøyk$^{7}$ ny$^{3}$ niaʔ$^{8}$　沒有尾巴（把柄）讓你抓　※甲

【欠債怨債主】　khieŋ$^{5}$ tsai$^{5}$ uoŋ$^{5}$ tsai$^{5}$ tsio$^{3}$　喻以怨報德　※甲

【犬面易生毛】　kheiŋ$^{3}$ meiŋ$^{5}$ kie$^{5}$ saŋ$^{1}$ mɔ$^{2}$　狗臉上毛長得快，謂人翻臉後又很快和好　※丙

【加減就成花】　ka$^{1}$ keiŋ$^{3}$ tseu$^{6}$ siaŋ$^{2}$ hua$^{1}$　討價還價中雙方各讓一步就能成交　※丙

【叫鳥刣無肉】　kieu$^{5}$ tseu$^{3}$ thai$^{2}$ mɔ$^{2}$ nyk$^{8}$　會叫的鳥殺了沒多少肉，喻善言者無實效　※丙

【四角十六斛】　sei$^{5}$ kaøk$^{7}$ seik$^{8}$ løk$^{8}$ høk$^{8}$　形容非常嚴格刻板　※乙

【外甥多似舅】　ŋie$^{6}$ seiŋ$^{1}$ tɔ$^{1}$ søy$^{6}$ keu$^{6}$　外甥往往長得像舅舅　※甲

【平水駛平船】　paŋ$^{2}$ tsui$^{3}$ sai$^{3}$ paŋ$^{2}$ suŋ$^{2}$　誠實經營。今指平等交往　※丁

【生殕白絲毛】　saŋ$^{1}$ phu$^{3}$ paʔ$^{8}$ si$^{1}$ mɔ$^{2}$　發黴長毛　※丙

【目睭望生花】　møk$^{8}$ tsiu$^{1}$ uoŋ$^{6}$ saŋ$^{1}$ hua$^{1}$　形容盼望殷切，盼穿眼　※乙

【討墿乞骹行】　thɔ$^{3}$ tio$^{6}$ khøyk$^{7}$ kha$^{1}$ kiaŋ$^{2}$　沒事找事，自找麻煩　※甲

【買貓偷抱犬】 mɛ$^{3}$ ma$^{2}$ thau$^{1}$ pɔ$^{6}$ kheiŋ$^{3}$ 好貓可以買到，而想得到好狗只能去偷（主人是不會出售的自家的好狗的） ※丙

【壓雞伓成孵】 ak$^{7}$ kie$^{1}$ ŋ$^{6}$ siaŋ$^{2}$ pou$^{6}$ 喻強迫沒有什麼好的效果 ※乙

【後胭先爬起】 au$^{6}$ kauŋ$^{5}$ seiŋ$^{1}$ pa$^{2}$ khi$^{3}$ 形容比別人辛勞 ※乙

【好囝伓在多】 hɔ$^{3}$ kiaŋ$^{3}$ ŋ$^{6}$ tsai$^{6}$ tɔ$^{1}$ 好子女不須數量多 ※乙

【有空無□鑽】 ou$^{6}$ khaøŋ$^{5}$ mɔ$^{2}$ noi$^{5}$ tsauŋ$^{5}$ 有洞不能鑽，喻有辦法卻不能用 ※丙

【燈芯當杖具】 tieŋ$^{1}$ siŋ$^{1}$ tauŋ$^{5}$ thioŋ$^{6}$ kaø$^{6}$ 把燈芯當作拐杖拄著，謂難堪 ※丙

【紅粉起白肉】 øŋ$^{2}$ huŋ$^{3}$ khi$^{3}$ paʔ$^{8}$ nyk$^{8}$ 富態白皙，面色紅潤 ※甲

【老命共伊拼】 lau$^{6}$ miaŋ$^{6}$ kaøŋ$^{6}$ i$^{1}$ phiaŋ$^{1}$ 拚老命 ※甲

【老鴟抹雞囝】 lau$^{6}$ ioʔ$^{8}$ muak$^{7}$ kie$^{1}$ kiaŋ$^{3}$ 老鷹抓小雞 ※甲

【肉爛汁禮討】 nyk$^{8}$ laŋ$^{6}$ tsaik$^{7}$ lɛ$^{3}$ thɔ$^{3}$ 肉煮爛了仍然都在湯裡 ※甲

【齊食齊有味】 tsɛ$^{2}$ siak$^{8}$ tsɛ$^{2}$ ou$^{6}$ ei$^{6}$ 有福同享 ※甲

【兩個山請出】 laŋ$^{6}$ a$^{3}$ saŋ$^{1}$ tshiaŋ$^{3}$ tshouk$^{7}$ 逐客語，兩個「山」疊成「出」字 ※丙

【初九二十四】 tshø$^{1}$ kau$^{3}$ nei$^{6}$ seik$^{8}$ sei$^{5}$ 從初九到二十四的半個月時間 ※丙

【別儂骹踢犬】 peik$^{8}$ nøŋ$^{2}$ kha$^{1}$ theik$^{7}$ kheiŋ$^{3}$ 借別人的腳去踢狗，利用他人 ※丙

【吞漤問心肝】 thouŋ$^{1}$ laŋ$^{3}$ muoŋ$^{5}$ siŋ$^{1}$ kaŋ$^{1}$ 捫心自問 ※丙

【呆竹出好筍】 ŋai$^{2}$ tøyk$^{7}$ tshouk$^{7}$ hɔ$^{3}$ suŋ$^{3}$ 喻不好的家庭中培養出好子女：壞 ※乙

【尾囝尾珍珠】　muɪ$^{3}$ kiaŋ$^{3}$ muɪ$^{3}$ tsiŋ$^{1}$ tsio$^{1}$　謂最小的兒子常得父母的寵愛　※甲

【旱田伓夠燥】　aŋ$^{6}$ tsheiŋ$^{2}$ ŋ$^{6}$ kau$^{5}$ sɔ$^{5}$　喻：杯水車薪　※乙

【肖蛇多心事】　sau$^{5}$ sie$^{2}$ to$^{1}$ siŋ$^{1}$ søy$^{6}$　屬蛇的人多疑，謂人多疑　※甲

【陳林天下半】　tiŋ$^{2}$ liŋ$^{2}$ thieŋ$^{1}$ ha$^{6}$ puaŋ$^{5}$　謂姓陳、林的人很多　※甲

【驢囝伓過站】　lø$^{2}$ kiaŋ$^{3}$ ŋ$^{6}$ kuo$^{5}$ tsaŋ$^{6}$　小驢到了驛站就不肯再往前走，喻不肯額外多做一點事情的人　※丙

【雞啄蚶折嘴】　kie$^{1}$ tauk$^{7}$ haŋ$^{1}$ siek$^{8}$ tshoi$^{5}$　雞啄蚶反而折了雞喙　※丙

【單竹伓成林】　taŋ$^{1}$ tøyk$^{7}$ ŋ$^{6}$ siaŋ$^{2}$ liŋ$^{2}$　一棵竹子不能說是竹林　※丙

【單橫槽講話】　taŋ$^{1}$ huaŋ$^{2}$ sɔ$^{2}$ kouŋ$^{3}$ ua$^{6}$　說不講理的話　※丙

【哻哻啼嘛王】　haø$^{6}$ haø$^{6}$ thie$^{2}$ ma$^{2}$ uoŋ$^{2}$　用食指刮臉，逗正在啼哭的小孩　※乙

【咋咋三分甜】　tsiak$^{7}$ tsiak$^{7}$ saŋ$^{1}$ huŋ$^{1}$ tieŋ$^{1}$　喻嘗試之後就會慢慢喜歡上　※乙

【咒儂無起稿】　tsou$^{5}$ nøŋ$^{2}$ mɔ$^{2}$ khi$^{3}$ kɔ$^{3}$　喻毫無節制地咒罵人　※甲

【官字兩個口】　kuaŋ$^{1}$ tsei$^{6}$ laŋ$^{6}$ a$^{3}$ kheu$^{3}$　官字出爾反爾，怎麼說都有理　※甲

【抱貓獪咬鼠】　pɔ$^{6}$ ma$^{2}$ mɛ$^{6}$ ka$^{6}$ tshy$^{3}$　抱著的貓不能抓老鼠，要放手讓它自由活動　※甲

【□市賣無錢】　ua$^{5}$ tshei$^{6}$ mɛ$^{6}$ mɔ$^{2}$ tsieŋ$^{2}$　生意很好，但沒有什麼利潤　※甲

【油嘴剃刀心】　iu$^{2}$ tshoi$^{5}$ thie$^{5}$ tɔ$^{1}$ siŋ$^{1}$　花言巧語心腸歹毒　※丙

【泊儂門嘴邊】　pɔʔ$^{8}$ nøŋ$^{2}$ muoŋ$^{2}$ tshoi$^{5}$ pieŋ$^{1}$　寄人籬下；泊：依附　※乙

【空腹受拳頭】　khøŋ$^{1}$ pouk$^{7}$ seu$^{6}$ kuŋ$^{2}$ thau$^{2}$　遭受不公正的詆毀　※丙

【臨門三般相】　liŋ$^{2}$ muoŋ$^{2}$ saŋ$^{1}$ puaŋ$^{1}$ sioŋ$^{5}$　相面術的說法，謂一見面就可看出三種來意，具體內容不詳　※丙

【巷少乞食侕】　haøŋ$^{5}$ tsieu$^{3}$ khøyk$^{7}$ siaʔ$^{8}$ sɛ$^{6}$　巷子少而乞丐多，喻義同「僧多粥少」　※丙

【恨生無恨死】　hauŋ$^{6}$ saŋ$^{1}$ mɔ$^{2}$ hauŋ$^{6}$ si$^{3}$　不必對已死的人繼續懷恨　※乙

【春天後奶面】　tshuŋ$^{1}$ thieŋ$^{1}$ au$^{6}$ nɛ$^{3}$ meiŋ$^{5}$　春天像後娘的臉色，說變就變　※乙

【眉毛掛豬膽】　mi$^{2}$ thau$^{2}$ kua$^{5}$ ty$^{1}$ taŋ$^{3}$　極為悲痛的樣子　※丙

【鈍刀對利手】　touŋ$^{1}$ tɔ$^{1}$ tɔi$^{5}$ lei$^{6}$ tshiu$^{3}$　謂功夫好就可以克服不利因素　※甲

【閩縣前光餅】　miŋ$^{2}$ kaiŋ$^{6}$ seiŋ$^{2}$ kuoŋ$^{1}$ piaŋ$^{3}$　縣衙前賣的光餅個兒大卻不見得質量好　※乙

【夏至日出火】　ha$^{6}$ tsei$^{5}$ nik$^{8}$ tshouk$^{7}$ hui$^{3}$　從夏至開始，天氣開始炎熱起來　※甲

【惡貓管九家】　auk$^{7}$ ma$^{2}$ kuaŋ$^{3}$ kau$^{3}$ ka$^{1}$　凶猛的貓能嚇走左鄰右舍的老鼠　※乙

【燒香拍倒佛】　sieu$^{1}$ hioŋ$^{1}$ phaʔ$^{7}$ tɔ$^{3}$ huk$^{8}$　燒香時碰倒了佛像，喻人做事毛手毛腳　※乙

【留命看太平】　lau$^{2}$ miaŋ$^{6}$ khaŋ$^{5}$ thai$^{5}$ piŋ$^{2}$　經歷劫難而不死　※乙

【鹽甕自生蟲】　sieŋ$^{2}$ aøŋ$^{5}$ tsei$^{6}$ saŋ$^{1}$ thøŋ$^{2}$　喻家庭內部會自然產生矛盾　※乙

【鹽醋未嘗著】 sieŋ$^{2}$ tshou$^{5}$ muoɪ$^{6}$ sioŋ$^{2}$ tioʔ$^{8}$ 喻沒有經歷過刑訊（不知道厲害） ※丙

【鹽醋都嘗過】 sieŋ$^{2}$ tshou$^{5}$ tu$^{1}$ sioŋ$^{2}$ kuo$^{5}$ 喻經歷過各種辛酸 ※丙

【筆架上蜘蛛】 peik$^{7}$ ka$^{5}$ sioŋ$^{6}$ thi$^{1}$ thy$^{1}$ 形容醫生或算命者沒有顧客上門 ※丙

【緊水好討魚】 kiŋ$^{3}$ tsui$^{3}$ hɔ$^{3}$ thɔ$^{3}$ ŋy$^{2}$ 喻受限制的生意更容易賺錢 ※丙

【賊是急儂做】 tsheɪk$^{8}$ sei$^{6}$ keik$^{7}$ nøŋ$^{2}$ tsɔ$^{5}$ 都是走投無路的人才做賊 ※丙

【賊嘴賊聖旨】 tsheik$^{8}$ tshoi$^{5}$ tsheik$^{8}$ seiŋ$^{5}$ tsi$^{3}$ 喻人說大謊話 ※丙

【錢穿拔𣍐過】 tsieŋ$^{2}$ tshioŋ$^{1}$ peik$^{8}$ mɛ$^{6}$ kuo$^{5}$ 喻人吝嗇 ※丙

【鐵尺磨成針】 thiek$^{7}$ tshioʔ$^{7}$ muai$^{2}$ siaŋ$^{1}$ tseiŋ$^{1}$ 即「鐵棒磨成針」，形容不易 ※丙

【鐵錘對鐵墻】 thiek$^{7}$ thui$^{2}$ tɔi$^{5}$ thiek$^{7}$ touŋ$^{3}$ 謂兩強相爭，硬碰硬 ※丙

【鸕鷀碰著獺】 lu$^{2}$ li$^{2}$ pauŋ$^{6}$ tioʔ$^{8}$ thiak$^{7}$ 謂雙方利益衝突 ※丙

【做鬼沰人後】 tsɔ$^{5}$ kui$^{3}$ thouk$^{8}$ nøŋ$^{2}$ au$^{6}$ 形容事事落後 ※甲

【做夢拾著銀】 tsɔ$^{5}$ maøŋ$^{5}$ khak$^{7}$ tioʔ$^{8}$ ŋyŋ$^{2}$ 謂白日做夢，空想 ※丙

【淡客請淡茶】 taŋ$^{6}$ khaʔ$^{7}$ tshiaŋ$^{3}$ taŋ$^{6}$ ta$^{2}$ 非貴客就只要淡茶招待 ※丙

【船過水無痕】 suŋ$^{2}$ kuo$^{5}$ tsui$^{3}$ mɔ$^{2}$ houŋ$^{2}$ 喻發生過的事情了無痕迹 ※甲

【菜蟲菜禮死】 tshai$^{5}$ thøŋ$^{2}$ tshai$^{5}$ lɛ$^{3}$ si$^{3}$ 菜蟲死在菜裡，喻惡有惡報 ※丙

【菱角鬼出尖】　leiŋ$^{2}$ kaøk$^{7}$ kui$^{3}$ tshouk$^{7}$ tsieŋ$^{1}$　喻不起眼的小人物起了大作用　※丙

【謀天做鼎片】　meu$^{2}$ thieŋ$^{1}$ tsɔ$^{5}$ tiaŋ$^{3}$ phieŋ$^{5}$　想把天用來做鍋蓋，喻貪心且性急　※丙

【搓索縛風颱】　tshɔ$^{1}$ sɔʔ$^{7}$ puok$^{8}$ huŋ$^{1}$ sai$^{1}$　搓繩子想要縛住颱風，喻異想天開　※丙

【猴頭老鼠耳】　kau$^{2}$ thau$^{2}$ lɔ$^{3}$ tshy$^{3}$ ŋei$^{6}$　尖嘴猴腮，謂人長得難看　※甲

【猴戲上千本】　kau$^{2}$ hie$^{5}$ sioŋ$^{6}$ tshieŋ$^{1}$ puoŋ$^{3}$　喻無聊的把戲層出不窮　※丙

【趁食趁客留】　theiŋ$^{5}$ siaʔ$^{8}$ theiŋ$^{5}$ khaʔ$^{7}$ liu$^{2}$　賺得免費伙食和玩樂的機會　※甲

【魯鵯生鵝卵】　lu$^{3}$ peik$^{7}$ saŋ$^{1}$ ŋie$^{2}$ lauŋ$^{6}$　謂出人意料。魯鵯：一種很小的雀鳥　※甲

【意好伓在食】　ei$^{5}$ hɔ$^{3}$ ŋ$^{1}$ tsai$^{6}$ siaʔ$^{8}$　主人殷勤，客人不在乎食物如何　※甲

【搬厝拍遢嬤】　puaŋ$^{1}$ tshio$^{5}$ phaʔ$^{7}$ tauŋ$^{6}$ muo$^{3}$　搬家丟失了老婆，喻辦事糊塗　※乙

【腹佬有書卷】　pouk$^{7}$ lɔ$^{3}$ ou$^{6}$ tsy$^{1}$ kuoŋ$^{5}$　喻人有學問　※丙

【腹佬筋笑虯】　pouk$^{7}$ lɔ$^{3}$ kyŋ$^{1}$ tshieu$^{5}$ khiu$^{2}$　笑得肚子疼　※甲

【雷拍七世愆】　lai$^{2}$ phaʔ$^{7}$ tsheik$^{7}$ sie$^{5}$ khieŋ$^{1}$　喻做壞事遲早會遭報應　※乙

【榕樹空出世】　syŋ$^{2}$ tsheu$^{5}$ khøyŋ$^{1}$ tshouk$^{7}$ siɛ$^{5}$　榕樹洞鑽出來的，謂人忘本，人不孝順父母　※丙

【熬眠成大病】　ŋɔ$^{2}$ miŋ$^{2}$ siaŋ$^{2}$ tuai$^{6}$ paŋ$^{6}$　長期熬夜會釀成大病　※丙

【筴粟養斤雞】　lai$^{2}$ tshioʔ$^{7}$ ioŋ$^{3}$ kyŋ$^{1}$ kiɛ$^{1}$　一筐穀子的成本產出一斤的雞　※丙

【棰頭出好囝】　tshuɪ$^{2}$ thau$^{2}$ tshouk$^{7}$ hɔ$^{3}$ kiaŋ$^{3}$　喻嚴厲的家教才能培養好子女　※丙

【靜靜莫做聲】　saŋ$^{6}$ saŋ$^{6}$ mɔʔ$^{8}$ tsɔ$^{5}$ siaŋ$^{1}$　保持安靜不要作聲　※甲

【橫米煮無飯】　huaŋ$^{2}$ mi$^{3}$ tsy$^{3}$ mɔ$^{2}$ puoŋ$^{6}$　喻不義之財不能使人真正受惠　※丙

【磨層硩心肝】　mɔ$^{6}$ tseiŋ$^{2}$ taʔ$^{7}$ siŋ$^{1}$ kaŋ$^{1}$　磨盤壓在胸口上，喻心情沉重　※甲

【薯湯洽芋汁】　sy$^{2}$ thouŋ$^{1}$ khiak$^{8}$ uo$^{6}$ tsaik$^{7}$　喻把不同的事物混為一談　※丙

【顴骨企命硬】　kuoŋ$^{2}$ kauk$^{7}$ khie$^{5}$ miaŋ$^{6}$ ŋaiŋ$^{6}$　謂婦女顴骨突出是剋夫相　※乙

【髆脊骨艙硬】　phiaŋ$^{1}$ tseik$^{7}$ kauk$^{7}$ mɛ$^{6}$ ŋaiŋ$^{6}$　喻不堅強，不可倚靠　※乙

【豨猊碰著獅】　sɛ$^{2}$ ŋɛ$^{2}$ pauŋ$^{6}$ tioʔ$^{8}$ sai$^{1}$　喻傲慢、苛求的人正好遇上與其相似的人；今用諧音義，指愛挑剔的人吃飯常咬到沙子　※丁

## 9 三三結構

【一頭貓，九條命】　sioʔ$^{8}$ thau$^{2}$ ma$^{2}$，kau$^{3}$ teu$^{2}$ miaŋ$^{6}$　民間認為貓有九條命　※乙

【七其上，八其下】　tsheik$^{7}$ ki$^{2}$ sioŋ$^{6}$，paik$^{7}$ ki$^{2}$ kia$^{6}$　七上八下，喻拿不定主意　※丙

【八拳頭，好相拍】　paik$^{7}$ kuŋ$^{2}$ thau$^{2}$，hɔ$^{3}$ souŋ$^{1}$ phaʔ$^{7}$　要先學會武術才能打鬥　※丙

【八釐戥，無銀稱】　paik$^{7}$ lie$^{2}$ tiŋ$^{3}$，mɔ$^{2}$ ŋyŋ$^{2}$ tshiŋ$^{1}$　會用釐戥，卻沒有機會用　※丙

【上跳財，下跳喜】 sioŋ$^{6}$ thieu$^{5}$ tsai$^{2}$，a$^{6}$ thieu$^{5}$ hi$^{3}$ 關於眼皮跳的迷信說法 ※甲

【開大門，掰大戶】 khui$^{1}$ tuai$^{6}$ muoŋ$^{2}$，paʔ$^{7}$ tuai$^{6}$ hou$^{6}$ 敞開門窗，喻坦蕩，無隱瞞 ※丙

【無瞞天，無瞞地】 mɔ$^{2}$ muaŋ$^{2}$ thieŋ$^{1}$，mɔ$^{2}$ muaŋ$^{2}$ tei$^{6}$ 光明磊落 ※丙

【未養囝，先號名】 muoɪ$^{6}$ ioŋ$^{3}$ kiaŋ$^{3}$，seiŋ$^{1}$ hɔ$^{6}$ miaŋ$^{2}$ 孩子還沒出生先取個名字 ※乙

【正月酒，易還敬】 tsiaŋ$^{1}$ ŋuok$^{8}$ tsiu$^{3}$，kie$^{6}$ huaŋ$^{2}$ keiŋ$^{5}$ 喻很快就會得到報復 ※甲

【龍眼核，看儂待】 leiŋ$^{3}$ keiŋ$^{3}$ houk$^{8}$，khaŋ$^{5}$ nøŋ$^{2}$ tai$^{6}$ 「待」有「放置」和「對待」兩種意思，這條熟語取其音義雙關，指勢利眼 ※乙

【劉九媽，認鄭$^{=}$婿】 lau$^{2}$ kau$^{3}$ ma$^{3}$，neiŋ$^{6}$ taŋ$^{6}$ sai$^{5}$ 認錯了丈夫（出典不詳） ※丙

【死貓腸，死貓肚】 si$^{3}$ ma$^{2}$ tioŋ$^{2}$ si$^{3}$ ma$^{2}$ tou$^{6}$ 謂污穢的東西 ※甲

【自腹疼，自腹挼$^{+}$】 tsøy$^{6}$ pouk$^{7}$ thiaŋ$^{5}$，tsøy$^{6}$ pouk$^{7}$ nuɪ$^{2}$ 喻自己的麻煩自己解決 ※丙

【過的海，就是仙】 kuo$^{5}$ teik$^{7}$ hai$^{3}$，tseu$^{6}$ sei$^{6}$ sieŋ$^{1}$ 能做到這一步的人，你就得承認是有本事的 ※丙

【吧$^{=}$吧$^{=}$鳥，別儂聲】 pa$^{2}$ pa$^{5}$ tseu$^{3}$，peik$^{8}$ nøŋ$^{2}$ siaŋ$^{1}$ 鷯哥只是模仿別人的聲音 ※丙

【弟罵兄，上官廳】 tie$^{6}$ ma$^{5}$ hiaŋ$^{1}$，sioŋ$^{6}$ kuaŋ$^{1}$ thiaŋ$^{1}$ 辱罵兄長是一種罪行 ※丙

【時時翻，刻刻變】 si$^{2}$ si$^{2}$ huaŋ$^{1}$，khaik$^{7}$ khaik$^{7}$ pieŋ$^{5}$ 變化無常 ※甲

【求儂頭，覷儂面】　kiu$^{2}$ nøŋ$^{2}$ thau$^{2}$，tshøy$^{5}$ nøŋ$^{2}$ meiŋ$^{5}$　求人就要看人臉色　※丙

【財勢力，三般全】　tsai$^{2}$ sie$^{5}$ lik$^{8}$，saŋ$^{1}$ puaŋ$^{1}$ tsioŋ$^{2}$　有錢有勢　※丙

【赤囝鬼，易消撤】　tshiaʔ$^{7}$ kiaŋ$^{3}$ kui$^{3}$，kie$^{2}$ sieu$^{1}$ thiek$^{7}$　傳說赤仔鬼比較容易對付，喻人要求不高　※丙

【赤保銅，假正金】　tshiaʔ$^{7}$ pɔ$^{3}$ tøŋ$^{2}$，ka$^{3}$ tsiaŋ$^{5}$ kiŋ$^{1}$　諧音「假正經」　※丙

【針肑針，線肑線】　tseiŋ$^{1}$ tiu$^{3}$ tseiŋ$^{1}$，siaŋ$^{5}$ tiu$^{3}$ siaŋ$^{5}$　喻密切配合協作　※乙

【儂講天，伊講地】　nøŋ$^{2}$ kouŋ$^{3}$ thieŋ$^{1}$，i$^{1}$ kouŋ$^{3}$ tei$^{6}$　人家說天他說地，謂答非所問　※甲

【呺呺儂，無面皮】　haø$^{6}$ haø$^{6}$ nøŋ$^{2}$，mɔ$^{2}$ meiŋ$^{5}$ phuɪ$^{2}$　這是逗啼哭小兒的話，說的時候用食指刮臉，　※丙

【炒獪熟，灴獪爛】　tsha$^{3}$ mɛ$^{6}$ syk$^{8}$，kouŋ$^{2}$ mɛ$^{6}$ laŋ$^{6}$　煮不爛的，喻人死頑固　※甲

【狐狸尾，滿地拖】　hu$^{1}$ li$^{2}$ muɪ$^{3}$，muaŋ$^{3}$ tei$^{6}$ thua$^{1}$　喻被人一眼識破　※乙

【青不青，藍不藍】　tshaŋ$^{1}$ pouk$^{7}$ tshaŋ$^{1}$，laŋ$^{2}$ pouk$^{7}$ laŋ$^{2}$　喻又像聰明又像傻　※丙

【青盲儂，騎瞎馬】　tshaŋ$^{1}$ maŋ$^{2}$ nøŋ$^{2}$，kie$^{2}$ hak$^{8}$ ma$^{3}$　盲人騎瞎馬，喻盲目做事　※丙

【魚幫水，水幫魚】　ŋy$^{2}$ pouŋ$^{1}$ tsui$^{3}$，tsui$^{3}$ pouŋ$^{1}$ ŋy$^{2}$　喻相互幫助，互相依存　※丙

【惻儂富，笑儂窮】　tshaik$^{7}$ nøŋ$^{2}$ pou$^{5}$，tshieu$^{5}$ nøŋ$^{2}$ kyŋ$^{2}$　妒忌富人，看不起窮人　※丙

【皇帝嘴，乞食身】　huoŋ$^{2}$ tɛ$^{5}$ tshoi$^{5}$，khøyk$^{7}$ siaʔ$^{8}$ siŋ$^{1}$　滿口大話卻一身打扮寒酸。今指講究吃而衣裳襤褸　※丁

【祠堂鼓，自家擂】　sy² touŋ² ku³，tsei⁶ ka¹ lɔi⁶　謂家庭內部的紛爭　※丙

【食儂飯，快⁼儂傳】　siaʔ⁸ nøŋ² puoŋ⁶，khɛ³ nøŋ² thioŋ⁶　吃人家的飯就要為之做事　※丙

【娘奶聖，保護弟】　nouŋ² nɛ³ siaŋ⁵，pɔ³ hou⁶ tie⁶　娘奶：稱女神「臨水夫人」。「弟」：對家中男孩的愛稱　※乙

【拳頭柿，挰死儂】　kuŋ² thau² puoɪ⁵，tiaŋ² si³ nøŋ²　喻誤傷也能致命　※甲

【桐油甕，貯桐油】　thøŋ² iu² aøŋ⁵，tio³ thøŋ² iu²　謂事物各有所用　※丙

【浸水蟶，兩頭邏】　tseiŋ⁵ tsui³ theiŋ¹，laŋ⁶ thau² lɔ⁵　「蟶」是一種海貝，浸在水中頭尾都會伸出來活動。喻失敗（？）※丙

【臭溝窟，浸死儂】　tshau⁵ kau¹ khauk⁷，tseiŋ⁵ si³ nøŋ²　陰溝裡也會淹死人　※乙

【假至誠，偷掏佛】　ka³ tsei⁵ siŋ²，thau¹ tɔ² huk⁸　假裝虔誠，卻偷了神像　※乙

【教徒弟，拍師父】　ka⁵ tu² tɛ⁶，phaʔ⁷ sa¹ hou⁶　徒弟對師父恩將仇報　※甲

【犁𫟎著，耙亦著】　lɛ² mɛ⁶ tioʔ⁸，pa⁶ ia⁶ tioʔ⁸　喻總是能解決的　※丙

【菖蒲花，罕得開】　tshøŋ¹ puo² hua¹，haŋ³ teik⁷ khui¹　喻難得發生的事情　※丙

【麻是麻，豆是豆】　muai² sei⁶ muai²　，tau⁶ sei⁶ tau⁶　喻不能混為一談　※丙

【搓卜圓，捏卜扁】　tshɔ¹ puoʔ⁷ ieŋ²，niek⁷ puoʔ⁷ pieŋ³　喻事情將要成功（？）　※丙

【替儂生，替儂死】　thɛ$^{5}$ nøŋ$^{2}$ saŋ$^{1}$，thɛ$^{5}$ nøŋ$^{2}$ si$^{3}$　為他人赴湯蹈火　※乙

【溫潤氣，起華光】　uŋ$^{1}$ nouŋ$^{5}$ khei$^{5}$，khi$^{3}$ hua$^{2}$ kuoŋ$^{1}$　謂蠢人偶爾顯露出智慧　※丙

【福州客，對半掰】　houk$^{7}$ tsiu$^{1}$ khaʔ$^{7}$，tɔi$^{5}$ puaŋ$^{5}$ paʔ$^{7}$　福州人總是以對折還價　※丙

【纏儂骹，絆儂手】　tieŋ$^{2}$ nøŋ$^{2}$ kha$^{1}$，puaŋ$^{6}$ nøŋ$^{2}$ tshiu$^{3}$　羈絆，添麻煩　※甲

【蒲蠅鼻，乞食耳】　pu$^{2}$ siŋ$^{2}$ phei$^{5}$，køyʔ$^{7}$ siaʔ$^{8}$ ŋei$^{6}$　蒼蠅嗅覺靈敏，乞丐注意紅白喜事的消息及時前往乞討　※乙

【雷拍秋，大半收】　lai$^{2}$ phaʔ$^{7}$ tshiu$^{1}$，tuai$^{6}$ puaŋ$^{5}$ siu$^{1}$　立秋如果打雷，收成將大減　※甲

【暴乍清，清死儂】　pɔ$^{6}$ tsa$^{6}$ tsheiŋ$^{5}$，tsheiŋ$^{5}$ si$^{3}$ nøŋ$^{2}$　剛轉冷的時候覺得特別冷　※甲

【暴乍富，欺負儂】　pɔ$^{6}$ tsa$^{6}$ pou$^{5}$，khi$^{1}$ hou$^{6}$ nøŋ$^{2}$　暴發戶特別愛欺負人　※甲

【熟熟熟，賣貴肉】　syk$^{8}$ syk$^{8}$ syk$^{8}$，mɛ$^{6}$ koi$^{5}$ nyk$^{8}$　喻奸商在價格上宰熟客　※甲

【糍趁熱，粿趁鮮】　si$^{2}$ theiŋ$^{5}$ iek$^{8}$，kui$^{3}$ theiŋ$^{5}$ tshieŋ$^{1}$　吃糍粑要趁熱，吃米粿趁新鮮，喻不要誤了時機　※乙

【糠養豬，米養儂】　khouŋ$^{1}$ ioŋ$^{3}$ ty$^{1}$，mi$^{3}$ ioŋ$^{3}$ nøŋ$^{2}$　（童謠）※甲

【蟳比蟹，差的俬】　siŋ$^{2}$ pi$^{3}$ hɛ$^{6}$，tsha$^{1}$ teik$^{7}$ sɛ$^{6}$　喻同類而價值相差大　※乙

【齷齪食，齷齪肥】　auk$^{7}$ tshao$^{7}$ siaʔ$^{8}$，auk$^{7}$ tshau$^{7}$ pui$^{2}$　飲食不講究衛生一樣健康　※甲

【蛇無目，蝦做目】　tha$^{5}$ mɔ$^{2}$ møk$^{8}$，ha$^{2}$ tsɔ$^{5}$ møk$^{8}$　傳說海蜇無目，在海中靠蝦領路　※甲

## 10 其他俗諺

【一骹踏兩船旁】　sioʔ$^{8}$ kha$^{1}$ tak$^{8}$ laŋ$^{6}$ suŋ$^{2}$ pouŋ$^{2}$　腳踩兩隻船 ※丙

【人中翹遘鼻，𤆬食二十四】　iŋ$^{2}$ tyŋ$^{1}$ khieu$^{5}$ kau$^{5}$ phei$^{5}$，mɛ$^{6}$ siaʔ$^{8}$ nei$^{6}$ seik$^{8}$ sei$^{5}$　上唇翹得很高是短命相，活不到二十四歲 ※丙

【三山六海一份田】　saŋ$^{1}$ saŋ$^{1}$ løk$^{8}$ hai$^{3}$ sioʔ$^{8}$ houŋ$^{6}$ tsheiŋ$^{2}$　形容多山多海而田地少　※乙

【三月枇杷出好勢】　saŋ$^{1}$ ŋuok$^{8}$ pi$^{2}$ pa$^{2}$ tshouk$^{7}$ hɔ$^{3}$ sie$^{5}$　枇杷三月上市，其他水果還未成熟，得天時之利　※甲

【乞食伓過爛柴橋】　khøyk$^{7}$ siaʔ$^{8}$ ŋ$^{6}$ kuo$^{5}$ laŋ$^{6}$ tsha$^{2}$ kio$^{2}$　乞丐也不願冒生命危險　※甲

【大水𤆬流石舂臼】　tuai$^{6}$ tsui$^{3}$ mɛ$^{6}$ lau$^{2}$ sioʔ$^{8}$ tsyŋ$^{1}$ khou$^{6}$　喻立場堅定，不為所動　※乙

【山豬碰著人家瀋】　saŋ$^{1}$ ty$^{1}$ phauŋ$^{6}$ tioʔ$^{8}$ iŋ$^{2}$ ka$^{1}$ phuŋ$^{1}$　謂窮困者意外得財　※丙

【井水𤆬起的浪】　tsaŋ$^{3}$ tsui$^{3}$ mɛ$^{6}$ khi$^{3}$ teik$^{7}$ lauŋ$^{6}$　喻沒有能力做成某事　※乙

【井深𤆬賴的索短】　tsaŋ$^{3}$ tshiŋ$^{1}$ mɛ$^{6}$ lai$^{6}$ teik$^{7}$ sɔʔ$^{7}$ toi$^{3}$　是井太深不能怨井繩太短　※乙

【雙手搦著兩頭鰻】　søŋ$^{1}$ tshiu$^{3}$ niaʔ$^{8}$ tioʔ$^{8}$ laŋ$^{6}$ thau$^{2}$ muaŋ$^{2}$　喻同時做兩件事　※乙

【手面亦是肉，手底亦是肉】　tshiu$^{3}$ meiŋ$^{5}$ ia$^{6}$ sei$^{6}$ nyk$^{8}$，tshiu$^{3}$ tɛ$^{3}$ ia$^{6}$ sei$^{6}$ nyk$^{8}$　喻不偏心　※甲

【木匠掏枷自枷自】　muk$^{8}$ tshioŋ$^{5}$ tɔ$^{2}$ kia$^{2}$ tsei$^{6}$ kia$^{2}$ tsei$^{6}$　喻自作自受　※丙

【火燒骹骬故獪急】　huɪ$^{3}$ sieu$^{1}$ kha$^{1}$ taŋ$^{1}$ kou$^{5}$ mɛ$^{6}$ keik$^{7}$　喻慢性子。骹骬：腳後跟　※甲

【台⁼補無搦原痕】　tai$^{2}$ puo$^{3}$ mɔ$^{2}$ niaʔ$^{8}$ ŋuoŋ$^{2}$ houŋ$^{2}$　修補過的總比不上原來的樣子　※乙

【處處君子，處處小人】　tshøy$^{5}$ tshøy$^{5}$ kuŋ$^{1}$ tsy$^{3}$，tshøy$^{5}$ tshøy$^{5}$ sieu$^{3}$ iŋ$^{2}$　任何地方都有好人，也都有壞人　※丙

【歸楚伓是，歸漢伓是】　kui$^{1}$ tshu$^{3}$ ŋ$^{6}$ sei$^{6}$，kui$^{1}$ haŋ$^{5}$ ŋ$^{6}$ sei$^{6}$　喻難以抉擇　※丙

【戔瓜無囊，戔仔無腹腸】　tsieŋ$^{3}$ kua$^{1}$ mɔ$^{2}$ louŋ$^{2}$，tsieŋ$^{3}$ kiaŋ$^{3}$ mɔ$^{2}$ pouk$^{7}$ touŋ$^{2}$　喻太年輕缺乏經驗智慧　※乙

【未食三日菜，就想上西天】　muoɪ$^{6}$ siaʔ$^{8}$ saŋ$^{1}$ nik$^{8}$ tshai$^{5}$，tseu$^{6}$ sioŋ$^{3}$ sioŋ$^{6}$ sɛ$^{1}$ thieŋ$^{1}$　喻人急於求成　※甲

【本山牛㑚食本山草】　puoŋ$^{3}$ saŋ$^{1}$ ŋu$^{2}$ na$^{6}$ siaʔ$^{8}$ puoŋ$^{3}$ saŋ$^{1}$ tshau$^{3}$　本地牛只吃本地的草，喻只在自己的領域內經營　※甲

【田塍居的水，道理縛的儂】　tsheiŋ$^{2}$ tshiŋ$^{2}$ ky$^{1}$ teik$^{7}$ tsui$^{3}$，tɔ$^{6}$ li$^{3}$ puok$^{8}$ teik$^{7}$ nøŋ$^{2}$　倫理道德能夠規範人的行為　※丙

【禮生伊弟】　禮等　lɛ$^{3}$ seiŋ$^{1}$ i$^{1}$ tie$^{6}$　lɛ$^{3}$ tiŋ$^{3}$　諧音歇後語，「禮等」義為「在等待」　※乙

【讓儂三分未算痴】　nioŋ$^{6}$ nøŋ$^{2}$ saŋ$^{1}$ huŋ$^{1}$ muoɪ$^{6}$ sauŋ$^{5}$ tshi$^{1}$　勸人多謙讓　※乙

【伓像菜頭伓像芋】　ŋ$^{6}$ tshioŋ$^{6}$ tshai$^{5}$ thau$^{2}$ ŋ$^{6}$ tshioŋ$^{6}$ uo$^{6}$　不像蘿蔔也不像芋頭，不倫不類　※甲

【共接疏記一樣】　kaøŋ$^{6}$ tsiek$^{7}$ saø$^{5}$ kei$^{5}$ sioʔ$^{8}$ ioŋ$^{6}$　像道士接過疏記一樣，形容收受錢財覺得理所當然　※丙

【關門賣痌瘂藥】　kuoŋ$^{1}$ muoŋ$^{2}$ mɛ$^{6}$ kɔ$^{2}$ lɔ$^{6}$ iɔʔ$^{8}$　喻暗地裡的交易　※丙

【囝肉囝命囝心肝】　kiaŋ$^{3}$ nyk$^{8}$ kiaŋ$^{3}$ miaŋ$^{6}$ kiaŋ$^{3}$ siŋ$^{1}$ kaŋ$^{1}$　孩子是父母的心頭肉　※甲

【好鐵不經三爐火】　hɔ$^{3}$ thiek$^{7}$ pouk$^{7}$ kiŋ$^{1}$ saŋ$^{1}$ lu$^{2}$ huɪ$^{3}$　喻質量好就無須反覆驗證　※丙

【好蜂伓采落地花】　hɔ$^{3}$ phuŋ$^{1}$ ŋ$^{6}$ tshai$^{3}$ louk$^{8}$ tei$^{6}$ hua$^{1}$　喻人眼界高　※乙

【此景伓比許景】　tshy$^{3}$ kiŋ$^{3}$ ŋ$^{6}$ pi$^{3}$ hy$^{3}$ kiŋ$^{3}$　時過境遷，情況不同了　※丙

【燈芯做鼓槌嫩嫩拍】　tieŋ$^{1}$ siŋ$^{1}$ tsɔ$^{5}$ ku$^{3}$ thui$^{2}$ nauŋ$^{6}$ nauŋ$^{6}$ phaʔ$^{7}$　謂做事沒效率　※丙

【衣裳愛新儂愛舊】　i$^{1}$ sioŋ$^{2}$ ɔi$^{5}$ siŋ$^{1}$ nøŋ$^{2}$ ɔi$^{5}$ kou$^{6}$　謂要珍惜老交情　※甲

【陰陽伽隔一重紙】　iŋ$^{1}$ ioŋ$^{2}$ na$^{6}$ kaʔ$^{7}$ sioʔ$^{8}$ tyŋ$^{2}$ tsai$^{3}$　生死之間只隔了一層紙　※乙

【初三初四眉毛月】　tshø$^{1}$ saŋ$^{1}$ tshø$^{1}$ sei$^{5}$ mi$^{2}$ mɔ$^{2}$ ŋuok$^{8}$　初三初四的月亮彎彎　※乙

【刣頭生意有儂做】　thai$^{2}$ thau$^{2}$ seiŋ$^{1}$ ei$^{5}$ ou$^{6}$ nøŋ$^{2}$ tsɔ$^{5}$　（為逐利）總有人鋌而走險　※甲

【呆錢使會盡，溫⁼潤⁼死獪完】　ŋai$^{2}$ tsieŋ$^{2}$ sai$^{3}$ ɛ$^{6}$ tseiŋ$^{6}$，uŋ$^{1}$ nouŋ$^{5}$ si$^{3}$ mɛ$^{6}$ uoŋ$^{2}$　殘次的錢幣難被接受但總能逐漸使用出去，蠢人卻層出不窮　※丙

【良心天理，鼎禮無米】　lioŋ$^{2}$ siŋ$^{1}$ thieŋ$^{1}$ li$^{3}$，tiaŋ$^{3}$ lɛ$^{3}$ mɔ$^{2}$ mi$^{3}$　講良心卻要受窮　※乙

【花會三十六蹲】　hua$^{1}$ huoɪ$^{6}$ saŋ$^{1}$ seik$^{8}$ løk$^{8}$ ua$^{3}$　開彩的結果變化多端，難以預測　※丙

【辛酸莫去墿頭啼】　siŋ$^{1}$ souŋ$^{1}$ mɔʔ$^{8}$ khɔ$^{5}$ tio$^{6}$ thau$^{2}$ thie$^{2}$　辛酸也不要在街頭哭，謂世人缺乏同情心　※甲

【進是文章中是命】　tseiŋ$^{5}$ sei$^{6}$ uŋ$^{2}$ tsioŋ$^{1}$ tøyŋ$^{5}$ sei$^{6}$ miaŋ$^{6}$　文章可以通過努力進步，但能否中（舉）則靠命運　※丙

【遠親無㧅近鄰】　uoŋ$^{3}$ tshiŋ$^{1}$ mɔ$^{2}$ niaʔ$^{8}$ køyŋ$^{6}$ liŋ$^{2}$　遠親不如近鄰　※甲

【閒閑管大伯無嘴須】　eiŋ$^{2}$ kuaŋ$^{3}$ tuai$^{6}$ paʔ$^{7}$ mɔ$^{2}$ tshoi$^{5}$ siu$^{1}$　謂（女人）愛說三道四說閒話　※丙

【飯三碗，粥也三碗】　puoŋ$^{6}$ saŋ$^{1}$ uaŋ$^{3}$，tsøyk$^{7}$ ia$^{3}$ saŋ$^{3}$ uaŋ$^{3}$　喻規矩不變　※乙

【飯𪜶曉的米煮】　puoŋ$^{6}$ mɛ$^{6}$ hieu$^{3}$ teik$^{7}$ mi$^{3}$ tsy$^{3}$　謂蠢人什麼都不懂　※乙

【飲那罔凍亦黏挪$^{-}$】　aŋ$^{3}$ na$^{6}$ muoŋ$^{3}$ taøŋ$^{5}$ ia$^{6}$ nieŋ$^{2}$ nɔ$^{2}$　米湯雖然涼了仍然黏稠，喻義同「血濃於水」　※丙

【麥貴食餅出錢】　maʔ$^{8}$ koi$^{5}$ siaʔ$^{8}$ piaŋ$^{3}$ tshouk$^{7}$ tsieŋ$^{2}$　麥子貴了也是吃餅的人付錢，商人的利潤不受影響　※乙

【乖$^{*}$儂糴白米，㰦人煮爛飯】　ɔʔ$^{7}$ nøŋ$^{2}$ tiaʔ$^{8}$ paʔ$^{8}$ mi$^{3}$，ŋauŋ$^{6}$ nøŋ$^{2}$ tsy$^{3}$ laŋ$^{6}$ puoŋ　聰明人買白米，蠢人煮出爛糟糟的飯，喻後續者把事情辦壞了　※丙

【和尚𪜶做的，嬤複𪜶討的】　hu$^{2}$ sioŋ$^{6}$ mɛ$^{6}$ tsɔ$^{5}$ teik$^{7}$，muo$^{3}$ pou$^{6}$ mɛ$^{6}$ thɔ$^{3}$ teik$^{7}$　不能當和尚又不能娶妻，喻兩難境地　※乙

【官話伓夠土腔湊】　kuaŋ$^{1}$ ua$^{6}$ ŋ$^{6}$ kau$^{5}$ thu$^{3}$ khioŋ$^{1}$ tshæu$^{5}$　謂人說夾雜方言的官話　※乙

【府禮復誤，縣禮復誤】　hu$^{3}$ lɛ$^{3}$ pou$^{6}$ ŋuo$^{6}$，kaiŋ$^{6}$ lɛ$^{3}$ pou$^{6}$ ŋuo$^{6}$　喻事情兩頭誤　※甲

【肩頭乞儂做墿行】　kieŋ$^{1}$ thau khøyk$^{7}$ nøŋ$^{2}$ tsɔ$^{5}$ tio$^{6}$ kiaŋ$^{2}$　喻受壓迫欺負　※丙

【苦瓠那生苦瓠囝】　khu$^{3}$ pu$^{2}$ na$^{6}$ saŋ$^{1}$ khu$^{3}$ pu$^{2}$ kiaŋ$^{3}$　苦瓠藤上只能長出苦瓠瓜　※丙

【青盲抱嬤㑚卜大】　tshaŋ$^{1}$ maŋ$^{2}$ pɔ$^{6}$ muo$^{3}$ na$^{6}$ puoʔ$^{7}$ tuai$^{6}$　瞎子挑老婆只要大的，喻人挑選東西只看大小　※乙

【城裡燈籠鄉下骨】 siaŋ$^{2}$ tie$^{3}$ tiŋ$^{2}$ løŋ$^{2}$ hioŋ$^{1}$ a$^{6}$ kauk$^{7}$ 喻住在城裡的鄉下人，仍表現出鄉下人的特點 ※甲

【杜$^{=}$墊$^{=}$無骹一洞蛇】 tou$^{6}$ taiŋ$^{6}$ mɔ$^{2}$ kha$^{1}$ sioʔ$^{8}$ taøŋ$^{6}$ sie$^{2}$ 「杜墊」是一種蜥蜴，如果沒有腳就跟蛇沒什麼差別 ※丙

【是神著拜，是粞著挼】 sei$^{6}$ siŋ$^{2}$ tioʔ$^{8}$ puai$^{5}$，sei$^{6}$ tshɛ$^{5}$ tioʔ$^{8}$ nuɪ$^{2}$ 根據對象特點用適當的方法對付，以達到目的；粞：糯米粉；挼：搓揉 ※乙

【爛骹臁磕門墊】 laŋ$^{6}$ kha$^{1}$ lieŋ$^{2}$ khauk$^{7}$ muoŋ$^{2}$ taiŋ$^{6}$ 腳脖子潰爛偏偏磕在門檻上 ※乙

【皇帝有錢獪買的萬萬歲】 huoŋ$^{2}$ tɛ$^{5}$ ou$^{6}$ tsieŋ$^{2}$ mɛ$^{6}$ mɛ$^{3}$ teik$^{7}$ uaŋ$^{6}$ uaŋ$^{6}$ suoɪ$^{5}$ 沒有人能夠長生不死 ※甲

【神仙也有拍湯劍】 siŋ$^{2}$ sieŋ$^{1}$ ia$^{3}$ ou$^{6}$ phaʔ$^{7}$ tauŋ$^{6}$ kieŋ$^{5}$ 人都難免會有過失；拍湯：丟失 ※甲

【秋分夜，一夜冷一夜】 tshiu$^{1}$ huŋ$^{1}$ ia$^{6}$，eik$^{7}$ ia$^{6}$ leiŋ$^{3}$ eik$^{7}$ ia$^{6}$ 秋分以後，一夜比一夜冷 ※甲

【草儂囝聽亦會爆筒】 tshau$^{3}$ nøŋ$^{2}$ kiaŋ$^{3}$ tiaŋ$^{1}$ ia$^{6}$ ɛ$^{6}$ pauk$^{7}$ tøŋ$^{2}$ 稻草人聽了都會激動起來，喻激動人心的消息 ※丙

【葷禮三般菜，菜禮三般葷】 huŋ$^{1}$ lɛ$^{3}$ saŋ$^{1}$ puaŋ$^{1}$ tshai$^{5}$，tshai$^{5}$ lɛ$^{3}$ saŋ$^{1}$ puaŋ$^{1}$ huŋ$^{1}$ 動物性食物中有樣是素的（奶、蜜、蛋），蔬菜中有三種算是葷的（葱、蒜、韭菜） ※甲

【韭菜命，一長就割】 kiu$^{3}$ tshai miaŋ$^{6}$，sioʔ$^{8}$ touŋ$^{2}$ tseu$^{6}$ kak$^{7}$ 喻人命運不濟，稍好即遭打擊 ※甲

【食信老鼠走無退$^{=}$】 siaʔ$^{8}$ seiŋ$^{5}$ lɔ$^{3}$ tshy tsau$^{3}$ mɔ$^{2}$ thɔi$^{5}$ 吃了毒餌的老鼠無法逃回洞，喻死路一條 ※丙

【香米初一十五】 hioŋ$^{1}$ mi$^{3}$ tshø$^{1}$ eik$^{7}$ seik$^{8}$ ŋou$^{6}$ 初一十五要向本地廟宇捐米，喻例行的義務 ※丙

【罵儂伓使起稿】 ma$^{5}$ nøŋ$^{2}$ ŋ$^{6}$ sai$^{3}$ khi$^{3}$ kɔ$^{3}$ 謂很會罵人，張口就罵 ※甲

【倩儂啼嘛無目滓】　tshiaŋ⁵ nøŋ² thie² ma² mɔ² møk⁸ tsai³　受雇哭喪的沒有眼淚　※乙

【熱是公眾，凊是私家】　iek⁸ sei⁶ kuŋ¹ tsøyŋ⁵，tsheiŋ⁵ sei⁶ sai¹ ka¹　冷的感覺有個體差異　※甲

【爹無親，奶無戚】　tia¹ mɔ² tshiŋ¹ nɛ³ mɔ² tsheik⁷　沒有任何親戚　※甲

【爹有奶有，無搦自家有】　tia¹ ou⁶ nɛ³ ou⁶，mɔ² niaʔ⁸ tsei⁶ ka¹ ou⁶　父母有也不如自己有　※甲

【破儂姻緣七世窮】　phɔ⁵ nøŋ² iŋ¹ ioŋ² tsheik⁷ sie⁵ khieŋ¹　不能破壞別人的姻緣　※甲

【笊籬無柄，鬣𥯨奪權】　tsia¹ lie² mɔ² paŋ⁵，hau⁵ hie¹ touk⁸ kuoŋ²　喻乘機取而代之　※丙

【筍殼做帽彎彎伲】　suŋ³ khaøk⁷ tsɔ⁵ mɔ⁶ uaŋ¹ uaŋ¹ nie²　謂事物的特點正合心意　※丙

【請東請西無請對面街】　tshiaŋ³ tøŋ¹ tshiaŋ³ sɛ¹ mɔ² tshiaŋ³ tɔi⁵ meiŋ⁵ kɛ¹　什麼人都請了就是沒請對面的鄰居，喻遺漏了最不該遺漏的對象　※丙

【請客伓在一雙箸】　tshiaŋ³ khaʔ⁷ ŋ⁶ tsai⁶ sioʔ⁸ søŋ¹ tøy⁶　請客吃飯時不在乎多添一個客人　※甲

【鴨母貪食乞磟碡踏】　ak⁷ mɔ³ thaŋ¹ siaʔ⁸ khøk⁷ løk⁸ tøk⁸ taʔ⁷　母鴨貪食被石滾壓死，即「鳥為食亡」之義　※丙

【娶妻娶德，娶妾娶色】　tshøy⁵ tshɛ¹ tshøy⁵ taik⁷，tshøy⁵ tshiek⁷ tshøy⁵ saik⁷　娶妻以「婦德」為選擇標準，娶妾則主要看姿色　※乙

【掏遘嘴口復無食】　tɔ² kau⁶ tshoi⁵ khau³ pou⁶ mɔ² siaʔ⁸　到口邊了又沒吃上　※甲

【救蛇救蟲莫救兩骹儂】　keu⁵ sie² keu⁵ thøŋ² mɔʔ⁸ keu⁵ laŋ⁶ kha¹ nøŋ²　謂人忘恩負義　※丙

【添喇香爐多喇鬼】 thieŋ$^1$ la$^3$ hioŋ$^1$ lu$^2$ thieŋ$^1$ la$^3$ kui$^3$ 多了個香爐多了個鬼 ※甲

【豬髈運運有油】 ty$^1$ phiaŋ$^1$ auŋ$^6$ auŋ$^6$ ou$^6$ iu$^2$ 撫摸豬背也能沾上一點油，謂說些奉承話能得到一些好處 ※丙

【喝一聲，鵝變做鴨】 hak$^7$ sioʔ$^8$ siaŋ$^1$，ŋie$^2$ pieŋ$^5$ tsɔ$^5$ ak$^7$ 喻在斥喝之下，非常害怕 ※甲

【彭祖婆啼野惻】 phaŋ$^2$ tsu$^3$ pɔ$^2$ thie$^2$ ia$^3$ tshaik$^7$ 農曆六月十二是彭祖的忌日，這一天大雨俗謂彭祖婆哭得很傷心 ※丙

【慌雞伓畏棰，慌儂伓畏皮】 huoŋ$^1$ kie$^1$ ŋ$^6$ oi$^5$ tshuɪ$^2$，huoŋ$^1$ nøŋ$^2$ ŋ$^6$ oi$^5$ phuɪ$^2$ 饑餓的雞不怕鞭打，饑餓的人不顧臉皮 ※丙

【湖南透過四川】 hu$^2$ naŋ$^2$ thau$^5$ kuo$^5$ søy$^5$ tsioŋ$^1$ 謔謂衣服通透無遮攔 ※乙

【番石榴獪上的三界桌】 huaŋ$^1$ sioʔ$^8$ liu$^2$ mɛ$^6$ sioŋ$^6$ teik$^7$ saŋ$^1$ kai$^5$ tɔʔ$^7$ 番石榴不能作為供果，喻義如「狗肉擺不上桌」 ※丙

【癆蠱膈，神仙醫不得】 lɔ$^6$ ku$^3$ kaik$^7$，siŋ$^2$ sieŋ$^1$ i$^1$ pouk$^7$ taik$^7$ 癆（肺結核）、中蠱、膈（食道癌）都是不治之症 ※丙

【賭錢會變上癩亦有藥】 tu$^3$ tsieŋ$^2$ ɛ$^6$ pieŋ$^5$ sioŋ$^6$ lai$^6$ ia$^6$ ou$^6$ iok$^8$ 謂賭徒戒賭跟治癔痲瘋病一樣不太可能 ※丙

【遇著先生就看命】 ŋøy$^6$ tioʔ$^8$ siŋ$^1$ saŋ$^1$ tseu$^6$ khaŋ$^5$ miaŋ$^6$ 喻義同「見廟就燒香」 ※乙

【道士拍死道士聲】 tɔ$^2$ tai$^6$ phaʔ$^7$ si$^3$ tɔ$^2$ tai$^6$ siaŋ$^1$ 喻改不了的本性（「道士」二字語音都與字面不符） ※甲

【塗苗搵醋加七八折】 thu$^2$ mieu$^2$ ouŋ$^5$ tsou$^5$ ka$^1$ tsheik$^7$ paik$^7$ siek$^8$ 喻生意損失慘重（字面意思不詳） ※丙

【腹佬裡蛤蟆囝堆山】 pouk$^7$ lɔ$^3$ tie$^3$ ha$^2$ ma$^2$ kiaŋ$^3$ toi$^1$ saŋ$^1$ 謂非常聰明，點子多 ※丙

【鑼攢過山去拍】　lɔ$^{2}$ kuaŋ$^{6}$ kuo$^{5}$ saŋ$^{1}$ khɔ$^{5}$ phaʔ$^{7}$　鑼提到山那邊去打，喻有本領應該到外面世界去施展　※甲

【骰家兼賭，輸汝無祖】　tau$^{2}$ ka$^{1}$ kieŋ$^{1}$ tu$^{3}$，sio$^{1}$ ny$^{3}$ mɔ$^{2}$ tsu$^{3}$　如果賭博的主持人本身也參賭，你就會輸得很慘　※丙

【嫖賭飲鴉片拳頭伬】　phieu$^{2}$ tu$^{3}$ iŋ$^{3}$ a$^{1}$ phieŋ$^{5}$ kuŋ$^{2}$ thau$^{2}$ tshie$^{1}$　拳頭：武術；伬：唱曲；泛指各種惡習　※甲

【旗下契奶乾媽媽】　ki$^{2}$ a$^{6}$ khie$^{5}$ nɛ$^{3}$ kaŋ$^{1}$ ma$^{1}$ ma$^{1}$　諧音「乾巴巴」，表示沒有錢　※丙

【瞎囝氣目睭光】　hak$^{7}$ kiaŋ$^{3}$ khei$^{5}$ møk$^{8}$ tsiu$^{1}$ kuoŋ$^{1}$　瞎了氣得睜開眼，喻非常氣憤　※丙

【嘴裡念彌陀，心間掏剃刀】　tshoi$^{5}$ tie$^{3}$ naiŋ$^{6}$ mi$^{2}$ tɔ$^{2}$，siŋ$^{1}$ kaŋ$^{1}$ tɔ$^{2}$ thie$^{5}$ tɔ$^{1}$　口蜜腹劍　※丙

## 第三節　一個多世紀以來福州方言語彙的變化

### 各範疇類的歷時屬性一覽表

| 歷時屬性 | 甲 | | 乙 | | 丙 | | 丁 | | 合計 |
|---|---|---|---|---|---|---|---|---|---|
| 自然地理 | 226 | 68% | 52 | 15% | 55 | 16% | 4 | 1% | 337 |
| 農業植物 | 137 | 62% | 38 | 17% | 46 | 21% | 0 | | 221 |
| 動　　物 | 213 | 80% | 13 | 5% | 37 | 14% | 1 | 1% | 264 |
| 房屋建築 | 114 | 66% | 27 | 15% | 33 | 19% | 1 | 2% | 175 |
| 水陸交通 | 77 | 45% | 36 | 21% | 57 | 33% | 1 | 1% | 171 |
| 居家用品 | 193 | 56% | 61 | 18% | 83 | 25% | 2 | 1% | 339 |
| 家庭生活 | 146 | 68% | 34 | 15% | 34 | 16% | 3 | 1% | 217 |
| 人　　物 | 102 | 43% | 32 | 14% | 95 | 40% | 8 | 3% | 237 |
| 身　　體 | 128 | 84% | 11 | 7% | 10 | 7% | 3 | 2% | 152 |
| 疾　　病 | 174 | 58% | 48 | 16% | 75 | 24% | 5 | 2% | 302 |

| 歷時屬性 | 甲 | | 乙 | | 丙 | | 丁 | | 合計 |
|---|---|---|---|---|---|---|---|---|---|
| 服　　飾 | 92 | 36% | 41 | 16% | 117 | 46% | 5 | 2% | 255 |
| 飲　　食 | 344 | 71% | 35 | 7% | 94 | 20% | 9 | 2% | 482 |
| 婚喪節慶 | 114 | 44% | 55 | 21% | 85 | 33% | 7 | 3% | 261 |
| 鬼神信仰 | 84 | 36% | 80 | 34% | 66 | 29% | 3 | 1% | 233 |
| 官府獄刑 | 41 | 20% | 24 | 12% | 127 | 62% | 10 | 6% | 202 |
| 商業經濟 | 88 | 31% | 39 | 14% | 152 | 53% | 9 | 3% | 288 |
| 資產財務 | 63 | 28% | 37 | 16% | 122 | 54% | 2 | 1% | 224 |
| 手藝勞務 | 97 | 54% | 29 | 17% | 49 | 28% | 2 | 1% | 177 |
| 教育文化 | 84 | 36% | 33 | 14% | 111 | 48% | 7 | 3% | 235 |
| 動作行為 | 508 | 77% | 42 | 7% | 98 | 15% | 8 | 1% | 656 |
| 性質狀態 | 536 | 76% | 41 | 6% | 116 | 17% | 8 | 1% | 701 |
| 熟　　語 | 409 | 48% | 138 | 16% | 289 | 34% | 14 | 2% | 851 |
| 合　　計 | 3970 | 57% | 946 | 14% | 1952 | 28% | 112 | 1% | 6980 / 100% |

我們可以把甲類詞語所占的百分比稱為「保留率」，把丙類詞語所占的百分比稱為「淘汰率」，整個乙類都看作介於保留和淘汰之間的過渡區間。丁類詞語數量很少，這說明在詞形不變的條件下，詞義的演變多半發生在非基本義的範圍內，詞的基本義是相當穩固的。

我們有理由認為，一種方言在作為區域性首要交際工具的各個歷史階段，其詞語的總量是一個常數。從這個假設出發，我們可以推論方言詞語在一段時期內的淘汰率也就是它的替換率，或者說是同一段時期內進入方言交際系統的「新詞率」。當然這是就方言詞彙總體而論的，不能把這個推論直接分解到各個下位的範疇類中去。例如我們看到，在十九世紀的詞彙中，關於「鬼神信仰」的詞語很多，在這一個多世紀中的淘汰率也很高，這個範疇類的萎縮是絕對的。但這一時期內，同樣屬於意識形態領域的新詞大量湧入方言也是補正的事實。

以下我們按淘汰率的高低重新排列各範疇類的次序：

| 歷時屬性 | 甲 | | 乙 | | 丙 | | 丁 | | 合計 |
|---|---|---|---|---|---|---|---|---|---|
| 官府獄刑 | 41 | 20% | 24 | 12% | 127 | 62% | 10 | 6% | 202 |
| 資產財務 | 63 | 28% | 37 | 16% | 122 | 54% | 2 | 1% | 224 |
| 商業經濟 | 88 | 31% | 39 | 14% | 152 | 53% | 9 | 3% | 288 |
| 服　　飾 | 92 | 36% | 41 | 16% | 117 | 46% | 5 | 2% | 255 |
| 教育文化 | 84 | 36% | 33 | 14% | 111 | 48% | 7 | 3% | 235 |
| 人　　物 | 102 | 43% | 32 | 14% | 95 | 40% | 8 | 3% | 237 |
| 婚喪節慶 | 114 | 44% | 55 | 21% | 85 | 33% | 7 | 3% | 261 |
| 熟　　語 | 409 | 48% | 138 | 16% | 289 | 34% | 14 | 2% | 851 |
| 水陸交通 | 77 | 45% | 36 | 21% | 57 | 33% | 1 | 1% | 171 |
| 鬼神信仰 | 84 | 36% | 80 | 34% | 66 | 29% | 3 | 1% | 233 |
| 手藝勞務 | 97 | 54% | 29 | 17% | 49 | 28% | 2 | 1% | 177 |
| 居家用品 | 193 | 56% | 61 | 18% | 83 | 25% | 2 | 1% | 339 |
| 疾　　病 | 174 | 58% | 48 | 16% | 75 | 24% | 5 | 2% | 302 |
| 農業植物 | 137 | 62% | 38 | 17% | 46 | 21% | 0 | | 221 |
| 飲　　食 | 344 | 71% | 35 | 7% | 94 | 20% | 9 | 2% | 482 |
| 房屋建築 | 114 | 66% | 27 | 15% | 33 | 19% | 1 | 2% | 175 |
| 性質狀態 | 536 | 76% | 41 | 6% | 116 | 17% | 8 | 1% | 701 |
| 自然地理 | 226 | 68% | 52 | 15% | 55 | 16% | 4 | 1% | 337 |
| 家庭生活 | 146 | 68% | 34 | 15% | 34 | 16% | 3 | 1% | 217 |
| 動作行為 | 508 | 77% | 42 | 7% | 98 | 15% | 8 | 1% | 656 |
| 動　　物 | 213 | 80% | 13 | 5% | 37 | 14% | 1 | 1% | 264 |
| 身　　體 | 128 | 84% | 11 | 7% | 10 | 7% | 3 | 2% | 152 |

保留率最高的範疇類依次是：身體（各部分名稱），動物（名稱），（表示一般）動作行為（的動詞），家庭生活，自然地理，（表示一般）性質狀態（的形容詞），飲食，農業植物。

保留率較高的一組更多地具有「自然」的屬性，身體各部分名稱，動物名稱，不屬於特定範疇的動詞、形容詞等通常是屬於基本詞彙的內容，保留率較高是很自然的。淘汰率最高的範疇類依次是：官府刑獄，資產財務，商業經濟，服飾，教育文化，人物稱謂，婚喪節慶。淘汰率較高的一組的詞語多屬「上層建築」，與特定的社會形態、社會制度關係密切。從十九世紀到今天，歷經清王朝、國民政府、中華人民共和國以及最後這三十年的改革開放時期，社會形態發生了翻天覆地的變化，與舊的社會形態相聯繫的詞語被淘汰，被取代，是語言與社會的關係的體現。滿清的衙門現在只能在戲曲、電視劇中見到了；「康熙板」和「光番」早已退出流通領域；昔日的商業經濟體系先經過徹底的摧毀，又在「與國際接軌」的大潮中改型；以八股取士的科舉制度一百年前就壽終正寢，自然不會再有人說起「破团」與「筅卷」的舊事。

統計結果排名中，讓人感到有些意外的是「飲食」類在保留率上的靠前位置，居然領先於包含親屬稱謂的「家庭生活」類和包含亙古不變的日月星辰風霜雨雪的「自然地理」類。「衣」與「食」都是物質生活的基本要素，常相提並論，但統計結果顯示「服飾」類卻屬於淘汰率較高的範疇，與「飲食」類相形益彰。看來服飾作為身分符號的社會功能比保暖禦寒的原始功能更為突出。

各個語義範疇的詞語淘汰率和保留率一般是成反比的，但「鬼神信仰」這一類淘汰率不高，保留率也不高；而處於二者之間的「乙類」比例特別高。這一點反映出在當前社會在文化方面的明顯分化。半個多世紀以來結合科學文化教育的破除迷信、移風易俗工作富有成效，再經過「破四舊」的暴力衝擊，千百年來的閩地淫祀之風早已蕩滌殆盡。只是近年來在政府的寬鬆政策下又有所回潮，但熱衷的只有一小部分受教育不多的老年人。所以這部分詞語對大部分市民來說已經很陌生了。

「熟語」類是從形式而不是從意義範疇角度歸納的，性質不同。這一類中集中了具有「熟語」性質三字以上的組合。從語法屬性上說，除了「AXX」「XXA」等是意義比較單純的形容詞之外，都是短語或句子的結構，難以歸入具體的意義範疇。其歷時屬性似乎也應該再進一步具體分析。以下是統計表：

| 歷時屬性 | 甲 | | 乙 | | 丙 | | 丁 | | 合計 |
|---|---|---|---|---|---|---|---|---|---|
| 三字組 | 247 | 63% | 46 | 12% | 90 | 23% | 6 | 2% | 389 |
| 四字組 | 86 | 43% | 31 | 15% | 79 | 40% | 4 | 2% | 200 |
| 五字組以上 | 76 | 29% | 61 | 23% | 121 | 47% | 4 | 1% | 262 |

看來「三字組」的歷時變化情況與方言詞彙總體情況差不多。「四字組」以上的保留率明顯低於平均數。字數越多語句結構越複雜，語義內容越具體豐富，則歷時穩定性越差。

最後要說明的是，從《字典》出版的一八七〇年至今已有一百三十七年了，但本文筆者以及向筆者提供諮詢意見的朋友都是上世紀四五十年代出生的中老年人。近二十多年來，福州市區內出生的兒童通常以普通話為第一語言，加上社會物質文化的巨大變化，即使是那一部分能用福州話進行一般交流的年輕人，他們能掌握的方言詞彙也與我們遠遠不能相比。

## 第四節　語言年代學考察

傳教士留下的這批十九世紀福州土白資料內容豐富、形式多樣。我們不僅要把它們放在一起互相考核，還要物盡其用，儘量利用各種資料的特點展開研究。以下用《英華福州方言詞典》(以下簡稱《英華》) 做一個語言年代學的考察：

《英華》的編輯方法給我們的研究帶來三個方面的便利：第一，可以方便地把英文單詞的「目」當作說明概念的元語言看待，我們得到一個以英文為工作語言的的語彙集。第二，圍繞著每一個「目」，我們可以觀察到多種表達同一概念（或大同小異的概念）的方法，也就是所謂「同義詞群」。並且可以根據同義詞語的排列順序，一般地了解到它們相對的使用頻度。第三，不言而喻，按字母順序排列的各條目很容易查找。

美國語言學家斯瓦迪士從考古學放射性碳的年代推算中得到啟發，提出了語言年代學的理論假設：「任何語言中由詞根、基本的日常的概念組成的那部分詞彙變化的速度是比較固定的。用一項試驗詞表來計算這些成分保留的百分比可以確定過去的年代。」[1]

以下，我們就用斯瓦蒂士一百核心詞表在《英華》中進行搜檢，再將所得結果與先秦漢語、現代漢語普通話進行異同比較。本表對斯瓦迪士的一百基本詞表的理解以及對先秦漢語、現代漢語相關詞項的認定參照徐通鏘《歷史語言學》(頁457-458)。福州土白詞彙項目（包括同義詞的排列順序）是完全按照《英華》填寫的，筆者根據原著中的拉丁化拼音文字辨認福州話詞語，並轉寫為漢字，寫不出漢字的用國際音標表示。

請見下表：

1　M.Swadesh：〈事前民族接觸的詞彙統計學的年代推算〉，轉引自徐通鏘：《歷時語言學》(北京市：商務印書館，2001年)，頁453-454。

| | | **福州土白** | **先秦** | | **現漢** | |
|---|---|---|---|---|---|---|
| 1 | I | 我，儂家，奴 | 我、吾 | + | 我 | + |
| 2 | you | 汝① | 爾、汝 | + | 你 | + |
| 3 | we | 我各儂，我儂，儂家儂 | | – | 我們 | – |
| 4 | this | 嚽，只，者② | 此、是 | – | 這 | – |
| 5 | that | 佪，遐〔hia$^{3}$〕 | 彼、夫 | – | 那 | – |
| 6 | who | 底儂 | 誰、孰 | – | 誰 | – |
| 7 | what | 世乇，乜乇，乜 | 何 | – | 什麼 | – |
| 8 | not | 伓，無，(不) ③ | 不、弗 | – | 不 | – |
| 9 | all | 攏總，都， | 皆、咸、悉 | – | 全部 | – |
| 10 | many | 偲〔sɛ$^{6}$〕 | 多 | – | 多，許多 | + |
| 11 | one | 蜀〔sioʔ$^{8}$〕④，一 | 一 | ± | 一 | ± |
| 12 | two | 兩白④，二，(兩文) | 二 | ± | 二 | ± |
| 13 | big | 大 | 大 | + | 大 | + |
| 14 | long | 長 | 長 | + | 長 | + |
| 15 | small | 嫩，細，細嫩 | 小 | – | 小 | – |
| 16 | woman | 諸娘儂，婦女儂⑤ | 女、婦人 | – | 女（人） | – |
| 17 | man | 丈夫儂 | 男、夫 | + | 男（人） | – |
| 18 | person | 儂 | 人 | – | 人 | – |
| 19 | fish | 魚 | 魚 | + | 魚 | + |
| 20 | bird | 鳥⑥，鳥隻 | 鳥 | + | 鳥 | + |
| 21 | dog | 犬，犬囝 | 犬 | + | 狗 | – |
| 22 | louse | 虱母 | 虱 | + | 虱子 | + |
| 23 | tree | 樹 | 木 | – | 樹 | + |
| 24 | seed | 種，種耔，耔 | 種 | + | 種子 | + |
| 25 | leaf | 箬 | 葉 | – | 葉子 | – |
| 26 | root | 根 | 本 | – | 根兒 | + |
| 27 | bark | 樹皮，殼 | 皮 | – | 樹皮 | + |
| 28 | skin | 皮 | 膚、皮 | + | 皮，皮膚 | + |
| 29 | flesh | 肉 | 肉、肌 | + | 肉 | + |
| 30 | blood | 血 | 血 | + | 血 | + |
| 31 | bone | 骨 | 骨 | + | 骨頭 | + |

| | | 福州土白 | 先秦 | | 現漢 | |
|---|---|---|---|---|---|---|
| 32 | greese | 油 | 膏、脂 | － | 脂肪 | ＋ |
| 33 | egg | 卵 | 卵 | ＋ | 蛋 | － |
| 34 | horn | 角 | 角 | ＋ | 角兒 | ＋ |
| 35 | tail | 尾 | 尾 | ＋ | 尾巴 | ＋ |
| 36 | feather | 毛 | 羽 | － | 毛兒 | ＋ |
| 37 | hair | 毛，頭髮 | 髮 | ＋ | 頭髮 | ＋ |
| 38 | head | 頭 | 首 | － | 頭 | ＋ |
| 39 | ear | 耳 | 耳 | ＋ | 耳朵 | ＋ |
| 40 | eye | 目瞷 | 目 | ＋ | 眼睛 | － |
| 41 | nose | 鼻 | 鼻 | ＋ | 鼻子 | ＋ |
| 42 | mouth | 嘴〔tshoi$^{5}$〕⑦，(口) | 口 | － | 嘴（巴） | ＋ |
| 43 | tooth | <u>牙齒</u>⑧，齒〔khi$^{3}$〕 | 牙、齒 | ＋ | 牙，牙齒 | － |
| 44 | tongue | 嘴舌 | 舌 | ＋ | 舌頭 | ＋ |
| 45 | claw | 爪 | 爪 | ＋ | 爪子 | ＋ |
| 46 | foot | 骹 | 足 | － | 腳 | － |
| 47 | knee | 骹腹頭 | 膝 | － | 膝蓋 | － |
| 48 | hand | 手 | 手 | ＋ | 手 | ＋ |
| 49 | belly | 腹佬 | 腹 | ＋ | 肚子 | － |
| 50 | neck | 脰骨 | 頸 | － | 脖子 | － |
| 51 | breasts | 胸前⑨，朧〔neiŋ$^{2}$〕 | 乳 | － | 乳房 | － |
| 52 | heart | 心，心裡 | 心 | ＋ | 心 | ＋ |
| 53 | liver | 肝 | 肝 | ＋ | 肝 | ＋ |
| 54 | drink | 啜，食 | 飲 | － | 喝 | － |
| 55 | eat | 食 | 食 | ＋ | 吃 | － |
| 56 | bite | 咬 | 嚙 | － | 咬 | ＋ |
| 57 | see | 看，覷，見 | 見 | ＋ | 看見 | ＋ |
| 58 | hear | 聽，聽見 | 聽、聞 | ＋ | 聽 | ＋ |
| 59 | know | 曉，曉的，八 | 知 | － | 知道 | － |
| 60 | sleep | 睏 | 寐 | － | 睡 | － |
| 61 | die | 死，過世，斷氣 | 死 | ＋ | 死 | ＋ |
| 62 | kill | 刣 thai$^{2}$，□〔muok$^{8}$〕 | 殺 | － | 殺 | － |

| | | 福州土白 | 先秦 | | 現漢 | |
|---|---|---|---|---|---|---|
| 63 | swim | 泅⑩，泅水 | 游、泳 | + | 游，游泳 | + |
| 64 | fly（v.） | 飛 | 飛 | + | 飛 | + |
| 65 | walk | 行，□〔lauk[7]〕 | 行 | + | 走 | − |
| 66 | come | 來 | 來 | + | 來 | + |
| 67 | lie | 倒 | 臥 | − | 躺 | − |
| 68 | sit | 坐 | 坐 | + | 坐 | + |
| 69 | stand | 徛，企 | 立 | − | 站 | − |
| 70 | give | 乞 | 與 | − | 給 | − |
| 71 | say | 講 | 言 | − | 說 | − |
| 72 | sun | 日，日頭 | 日 | + | 太陽 | − |
| 73 | moon | 月 | 月 | + | 月亮 | + |
| 74 | star | 星 | 星 | + | 星星 | + |
| 75 | water | 水 | 水 | + | 水 | + |
| 76 | rain | 雨〔y[3]〕，雨〔huo[6]〕 | 雨 | + | 雨 | + |
| 77 | stone | 石，石頭 | 石 | + | 石頭 | + |
| 78 | sand | 沙 | 沙 | + | 沙子 | + |
| 79 | earth | 地 | 地 | + | 地 | + |
| 80 | cloud | 雲 | 雲 | + | 雲 | + |
| 81 | smoke | 煙〔iŋ[1]〕，火煙 | 煙 | + | 煙 | + |
| 82 | fire | 火 | 火 | + | 火 | + |
| 83 | ashes | 火灰，灰 | 灰 | + | 灰 | + |
| 84 | burn | 燒，焓〔haŋ[2]〕 | 燃 | − | 燒 | − |
| 85 | path | 墿，墿徑 | 道、路 | − | 路 | + |
| 86 | mountain | 山 | 山 | + | 山 | + |
| 87 | red | 紅 | 赤 | − | 紅 | + |
| 88 | green | 綠，青 | 綠 | + | 綠 | + |
| 89 | yellow | 黃 | 黃 | + | 黃 | + |
| 90 | white | 白 | 白 | + | 白 | − |
| 91 | black | 烏，大青 | 黑 | − | 黑 | − |
| 92 | night | 冥晡，晡 | 夜、夕 | − | 夜 | + |
| 93 | hot | 熱 | 熱 | + | 熱 | + |

| | | 福州土白 | 先秦 | | 現漢 | |
|---|---|---|---|---|---|---|
| 94 | cold | 清，凍，冷 | 寒 | − | 冷 | − |
| 95 | full | 滿，澱 | 盈 | − | 滿 | + |
| 96 | new | 新 | 新 | + | 新 | + |
| 97 | good | 好 | 良、善 | − | 好 | + |
| 98 | round | 圓 | 圓 | + | 圓 | + |
| 99 | dry | 焦〔ta1〕，乾 | 燥 | − | 干 | − |
| 100 | name | 名 | 名 | + | 名兒 | + |
| （相對於福州土白的）相同率： | | | | 58% | | 63% |

對應詞項的異同判定依據的是在同一義位是否使用同樣的詞根語素。與先秦漢語以及現代漢語進行比較的福州方言詞語不應是讀書的「字音」，這樣來自書面語的「字音」加括號表示，不參加比較。其他需要具體說明的語素按順序排列如下：

一、現代漢語的「你」來源於「爾」，也與「汝」同源。

二、這三個近指代詞的語法功能互補，「嚽」是名詞性的，「只」是副詞性的，「者」是形容詞性的。[2]

三、「伓」和「無」的語法功能不同，「伓」是副詞性的，「無」大致相當於普通話的「沒有」。「不」不是福州話的固有成分。[3]

四、「蜀、兩」與「一、二」的分布不同，前者表基數，後者表序數；前者能與量詞組合，後者一般不能與量詞組合。[4]比較結果都算是異同各半。

五、按我們的理解，這兩個義位指表示男人或女人的名詞，而不是表示性別的區別詞。「婦女儂」顯然是從書面語詞「婦女」派生出來的。

---

2 參看陳澤平：〈福州方言的代詞〉，載李如龍、張雙慶主編：《中國東南方言比較第四輯——代詞》（廣州市：暨南大學出版社，1999年）。

3 參看陳澤平：〈福州方言的否定詞和反復疑問句〉，載《方言》1998年1期，頁63-70。

4 參看陳澤平：《福州方言研究》（福州市：福建人民出版社，1998年），頁123。

六、「鳥」《廣韻》「都吊切」，今普通話讀泥母可能是避諱的結果，福州土白「鳥」讀〔tseu³〕，也可以做同樣解釋，所以都認為是同一個語素。

七、「嘴」有人認為應該是「昌芮切」的「喙」字。無論如何，「嘴」和「喙」應該是關係很密切的同源詞

八、福州土白「牙」字白讀「ŋai³」，實際上是「牙齒」二字的合音。

九、作為基本詞彙的核心，「breast」一條應該指婦女的乳房，福州土白的對應詞是本字不明的「朧」。傳教士有些語言「潔癖」，首選詞用詞義比較模糊的書面語「胸前」，這與全書絕大多數詞目的體例不符。

十、這個詞讀「siu²」，一般認為是「泅」字。閩語較早的層次有「以」母讀「s-」的規律，所以這個詞的本字可能就是「游」。

根據上表的異同率統計結果，套入斯瓦迪士、李茲的計算公式（先秦諸子文獻語言以距今兩千三百年計算），得出基本詞根語素的千年保留率常數為：

$$r=2.3\sqrt{0.58}=0.79$$

李茲（Robert B Lees）比較十三種歐洲語言得出平均常數為零點八一，並認為這個常數具有普遍意義。徐通鏘先生以普通話（北京話）代表現代漢語，統計古今漢語的同源詞根語素占百分之六十六，計算出基本詞根語素的千年保留率常數為零點八三。[5]如果將徐先生的數據看作是北方漢語的代表，而將我們的數據作為南方漢語的代表，二者平均常數值也是零點八一。這個數值的吻合應該不是偶然的。

福州土白與現代漢語普通話的同源語素率為百分之六十三，下面將三種常數數值代入語言年代學的李茲公式：

---

5 徐通鏘：《歷史語言學》（北京市：商務印書館，2001年），頁418。

$$T1 = \log c / 2 \log r = \log 0.63 / 2 \log 0.79 = 0.98$$

$$T2 = \log c / 2 \log r = \log 0.63 / 2 \log 0.81 = 1.10$$

$$T3 = \log c / 2 \log r = \log 0.63 / 2 \log 0.83 = 1.24$$

（c 代表同源詞根語素的保留百分比，r 為分化一千年後同源詞根語素的保留率常數，t 代表分化的時間深度）

「T×1000」是兩種親屬語言（方言）的分離後的時間跨度。以上三個數值提示，福州話與北方漢語分道揚鑣於唐中期至宋初這段歷史時期內（767-1020）。計算的結果與通過史料研究得出的一般結論相符。

根據《英華》而不是當代福州話資料（例如筆者參與編寫的《福州方言詞典》）來做這項研究有兩個優越之處：第一，可以有效地排除整個二十世紀中普通話對福州方言的強大影響；第二，可以很大程度上避免筆者的主觀意圖影響同義詞的選擇從而影響異同比較的客觀性。

# 參考文獻

Adam,T. B. *An English-Chinese Dictionary of the Foochow Dialect*（英漢福州方言詞典）. Methodist Episcopal Mission Press, 1891.

Baldwin, C. C. *Manual of the Foochow Dialect*（榕腔初學撮要）. Methodist Episcopal Mission Press, 1871.

Baldwin, C. C. *Condensed Sketch of the Foochow Mission 1847-1905*. Boston.

British and Foreign Bible Society, 1908. （聖經新舊約全書〔福州土腔〕）

Carlson, E. C.*The Foochow Missionaries, 1847-1880,* LON: Harvard University Press, 1974.

Champnes, C. S. & A. E. Champnes A Manual of the Foochow Dialect in Twenty Lessons（福州方言入門二十課）Methodist Episcopal Mission Press, 1904.

Doolittle, J.*Social Life Of The Chinese: With Some Account Of Their Religious, Governmental, Educational And Business Customs And Opinions* NY: Harper & Brothers, 1865.

Lacy, W. H. *Handbook of The Foochow Dialect in Three Volumes*, Methodist Episcopal Mission Press, 1902.

Maclay, R. S. *Life Among the Chinese*, NY: Carlton & Porter, 1861.

Maclay, R. S. & C. C. Baldwin. “The Alphabetic Dictionary in the Foochow Dialect”（福州話拼音字典），Methodist Episcopal Mission Press, 1870.

Parker, E. H. “Tonic and Vocal Modification in the Foochow Dialect.” *The China Review* 7. (1878): 182-187.

Parker, E. H. “Foochow Syllabary.” *The China Review*9.2 (1880):63-82.

White, M. C.The Chinese Language Spoken at Fuh Chau. Methodist Quarterly Review For July. 1856.

北京大學中文系語言學教研室 《漢語方言詞彙》 北京市 語文出版社 1995年 第2版

北京大學中文系語言學教研室 《漢語方音字彙》 北京市 語文出版社 2003年 第2版

陳天泉、李如龍、梁玉璋 〈福州話聲母類化音變的再探討〉 載《中國語文》1981年第3期

陳澤平 〈試論完成貌助詞「去」〉 載《中國語文》1992年第2期 頁143-146

陳澤平 〈方言詞考本字芻議〉 《福建師範大學學報（哲學社會科學版）》1998年第2期 頁73-77

陳澤平 〈福州方言的否定詞和反覆疑問句〉 載《方言》1998年第1期 頁63-70

陳澤平 《福州方言熟語歌謠》 福州市 福建人民出版社 1998年

陳澤平 《福州方言研究》 福州市 福建人民出版社 1998年

陳澤平 〈從現代方言釋《韻鏡》的假二等和內外轉〉 載《語言研究》1999年第2期 頁160-168

陳澤平 〈方言詞彙的同源分化〉 載《中國語文》2000年第2期 頁146-191

陳澤平 〈十九世紀傳教士研究福州方言的幾種重要文獻〉 載《福建師範大學學報》（哲學社會科學版）2003年第3期

陳澤平 《閩語新探索》 上海市 上海遠東、三聯出版社 2003年

陳澤平　〈試論琉球官話課本的音系特徵〉　載《方言》2004年第1期　頁47-53

陳支平主編　《福建宗教史》　福州市　福建教育出版社　1996年

陳忠敏　〈方言間的層次對應以吳閩語虞韻的讀音為例〉　載《閩語研究及其與周邊方言的關係》　香港　香港中文大學出版社　2002年

陳忠敏　〈吳語及鄰近方言魚韻的讀音層次——兼論「金陵切韻」魚韻的音值〉　載《語言學論叢》　北京市　商務印書館　2003年　第27輯

丁邦新　〈重建漢語中古音系的一些想法〉　載《中國語文》1995年第6期　頁414-419

丁聲樹、李榮　《古今字音對照手冊》　北京市　中華書局　1981年

方　梅　〈北京話句中語氣詞的功能研究〉　載《中國語文》1994年第2期　頁129-138

馮愛珍　《福清方言研究》　北京市　社會科學文獻出版社　1993年

馮愛珍　《福州方言詞典》　南京市　江蘇教育出版社　1998年

福建省地方志編纂委員會　《方言志》　《福建省志》　福州市　方志出版社　1998年

福建省政協文史資料委員會　《文史資料選編・基督教天主教編》　福州市　福建人民出版社　2003年

高本漢　《中國音韻學研究》　北京市　商務印書館　1995年

高黎平　《美國傳教士與晚清翻譯》　天津市　百花文藝出版社　2006年

耿振生　《音韻通講》　石家莊市　河北教育出版社　2001年

耿振聲　《明清等韻學通論》　北京市　語文出版社　1992年

顧黔、石汝杰　《漢語方言詞彙調查手冊》　北京市　中華書局　2006年

何大安　《規律與方向：變遷中的音韻結構》　臺北市　中央研究院歷史語言研究所　1988年
侯精一　《現代漢語方言概論》　上海市　上海教育出版社　2002年
胡明揚　〈北京話的語氣助詞和嘆詞〉　載《中國語文》1981第5期
胡樸安　《中國風俗》　北京市　九州出版社　2007年
黃伯榮　《漢語方言語法類編》　青島市　青島出版社　1996年
黃伯榮　《漢語方言語法調查手冊》　廣州市　廣東人民出版社　2001年
江藍生　〈疑問語氣詞「呢」的來源〉　載《語文研究》1986年第2期　頁17-26
蔣紹愚　《近代漢語研究概要》　北京市　北京大學出版社　2005年
蔣紹愚、曹廣順　《近代漢語語法史研究綜述》　北京市　商務印書館　2005年
金立鑫　〈關於疑問句中的「呢」〉　載《語言教學與研究》1996年第4期
李葆嘉　《中國語言文化史》　南京市　江蘇教育出版社　2003年
李　藍　〈方言比較、區域方言史與方言分區——以晉語分音詞和福州切脚詞為例〉　載《方言》2002年第1期　頁41-59
李臨定　《現代漢語句型》　北京市　商務印書館　1986年
李　榮　《切韻音系》　北京市　中國科學院出版社　1952年
李如龍　《福建方言》　福州市　福建人民出版社　1997年
李如龍　《漢語方言的比較研究》　北京市　商務印書館　2001年
李如龍　《漢語方言學》　北京市　高等教育出版社　2007年　第2版
李如龍、梁玉璋　《福州方言志》　福州市　海風出版社　2001年
李如龍、梁玉璋、陳天泉　〈福州話語音演變概說〉　載《中國語文》1979年第4期　頁287-293

李如龍、梁玉璋、鄒光椿、陳澤平　《福州方言詞典》　福州市　福建人民出版社　1996年　修訂版

李如龍、張雙慶主編　《動詞謂語句》　廣州市　暨南大學出版社　1997年

李如龍、張雙慶主編　《介詞》　廣州市　暨南大學出版社　2000年

李思敬　《漢語「兒」〔ɚ〕音史研究》　北京市　商務印書館　1986年

李文革　《西方翻譯理論流派研究》　北京市　中國社會科學出版社　2004年

李新魁　《韻鏡校證》　北京市　中華書局　1982年

李新魁　《漢語等韻學》　北京市　中華書局　1983年

林　乾　《清代衙門圖說》　北京市　中華書局　2006年

林寒生　《閩東方言詞彙語法研究》　昆明市　雲南大學出版社　2002年

林金水、謝必震　《福建對外文化交流史》　福州市　福建教育出版社　1997年

劉丹青　〈語法化中的共性與個性，單向性與多向性——以北部吳語的同義多功能虛詞「搭」和「幫」為例〉　載吳福祥、洪波主編　《語法化與語法研究（一）》　北京市　商務印書館　2003年

劉丹青　《語序類型學與介詞理論》　北京市　商務印書館　2003年

劉勛寧　《現代漢語研究》　北京市　北京語言文化大學出版社　1998年

劉月華　〈語調是非問句〉　載《語言教學與研究》1988年第2期　頁25-34

陸儉明　〈關於現代漢語裡的疑問語氣詞〉　載《中國語文》1984年第5期　頁330-337

陸志韋　《古音說略》　《陸志韋語言學著作集》　北京市　中華書局　1985年
呂叔湘　《漢語語法論文集》 北京市　商務印書館 1984年　增訂本
呂叔湘主編　《現代漢語八百詞》　北京市　商務印書館　1984年
羅常培　《羅常培語言學論文選集》　北京市　中華書局　1963年
羅昕如　《湘南土話詞彙研究》　北京市　中國社會科學出版社　2004年
馬貝加　《近代漢語介詞》　北京市　中華書局　2003年
馬慶株　《漢語動詞和動詞性結構（一編）》　北京市　北京大學出版社　2005年
梅祖麟　〈方言本字研究的兩種方法〉　載《吳語和閩語的比較研究》　上海市　上海教育出版社　1995年
梅祖麟　《梅祖麟語言學論文集》　北京市　商務印書館　2000年
繆啟愉　《齊民要術校釋》　北京市　農業出版社　1982年
齊滬揚　《語氣詞與語氣系統》　合肥市　安徽教育出版社　2002年
錢乃榮　《上海語言發展史》　上海市　上海人民出版社　2003年
秋谷裕幸　《浙南的閩東區方言》　臺北市　中央研究院語言學研究所　2005年
裘錫圭　《文字學概要》　北京市　商務印書館　2005年
商衍鎏　《清代科舉考試述錄》　天津市　百花文藝出版社　2004年
邵敬敏　〈語氣詞「呢」在疑問句中的作用〉　載《中國語文》1989年第3期　頁170-175
孫錫信　《漢語歷史語法要略》　上海市　復旦大學出版社　1992年
孫錫信　《近代漢語語氣詞》　北京市　語文出版社　1999年
呂叔湘、江藍生　《近代漢語指代詞》 上海市　學林出版社　1985年
唐作藩　《音韻學教程》　北京市　北京大學出版社　1987年
陶燠民　《閩音研究》　北京市　科學出版社　1956年

王　力　《漢語史稿》　北京市　中華書局　2004年

王福堂　《漢語方言語言演變和層次》　北京市　語文出版社　2005年　修訂本

王紹新　〈唐代詩文小說中名量詞的運用〉　載程湘清　《隋唐五代漢語研究》　濟南市　山東教育出版社　1990年

王士元　〈聲調的音系特徵〉　《國外語言學》1987第1期　頁1-11

王天昌　《福州語音研究》　臺北市　世界書局　1969年

王治心　《中國基督教史綱》　上海市　上海古藉出版社　2004年

王祖麟、王光輝　《福州民間信仰》　香港　華星出版社　1999年

文安主編　《晚清述聞》　北京市　中國文史出版社　2004年

吳福祥　《敦煌變文12種語法研究》　長沙市　河南大學出版社　2004年

吳福祥、洪波主編　《語法化與語法研究（一）》　北京市　商務印書館　2003年

吳福祥主編　《漢語語法化研究》　北京市　商務印書館　2005年

吳義雄　《在宗教與世俗之間：基督教新教傳教士在華南沿海的早期活動研究》　廣州市　廣東教育出版社　2000年

徐時儀　《漢語白話發展史》　北京市　北京大學出版社　2007年

徐通鏘　《歷史語言學》　北京市　商務印書館　2001年

楊伯峻、何樂士　《古漢語語法及其發展》　北京市　語文出版社　1992年

游汝杰　《漢語方言學導論》　上海市　上海教育出版社　2000年

游汝杰　《西洋傳教士漢語方言學著作書目考述》　哈爾濱市　黑龍江教育出版社　2002年

游汝杰　《漢語方言學教程》　上海市　上海教育出版社　2004年

余光中、植田均　《近代漢語語法研究》　上海市　學林出版社　1998年

袁家驊　《漢語方言概要》　北京市　文字改革出版社　1983年　第2版
張伯江　〈疑問句功能瑣議〉　《中國語文》1997年第2期　頁104-110
張伯江、方梅　《漢語功能語法研究》　南昌市　江西教育出版社　1996年
張嘉星　《閩方言研究專題文獻輯目索引：1403～2003》　北京市　社會科學文獻出版社　2004年
張雙慶主編　《動詞的體》　香港　香港中文大學中國文化研究所吳多泰中國語文研究中心　1996年
張西平　《傳教士漢學研究》　鄭州市　大象出版社　2005年
張誼生　《助詞與相關格式》　合肥市　安徽教育出版社　2002年
趙日和　〈閩音斟疑——與李如龍等同志商榷〉　載《中國語文》1980年第3期
趙世瑜　《腐朽與神奇：清代城市生活長卷》　長沙市　湖南人民出版社　2006年　第2版
趙元任　《漢語口語語法》　北京市　商務印書館　1979年
趙元任　《趙元任語言學論文集》　北京市　商務印書館　2002年
鄭廷植　《漢字學通論》　福州市　福建人民出版社　1997年
周振鶴、游汝杰　《方言與中國文化》　上海市　上海人民出版社　2006年　第2版
朱德熙　《語法講義》　北京市　商務印書館　1982年
〔美〕丁韙良　《花甲憶記：一位美國傳教士眼中的晚清帝國》　桂林市　廣西師範大學出版社　2004年
〔美〕明恩溥　《中國鄉村生活》　北京市　時事出版社　1998年
〔美〕衛斐列　《衛三畏生平及書信》　北京市　廣西師範大學出版社　2004年

〔日〕太田辰夫　《中國話歷史文法》　北京市　北京大學出版社　1958年

〔日〕中川忠英　《清俗紀聞》　北京市　中華書局　2006年

〔日〕志村良治　《中國中世語法史研究》　北京市　中華書局　1995年

〔英〕麥高溫　《中國人生活的明與暗》　北京市　時事出版社　1998年

〔英〕威妥瑪　《語言自邇集：十九世紀中期的北京話》　北京市　北京大學出版社　2002年

# 附圖

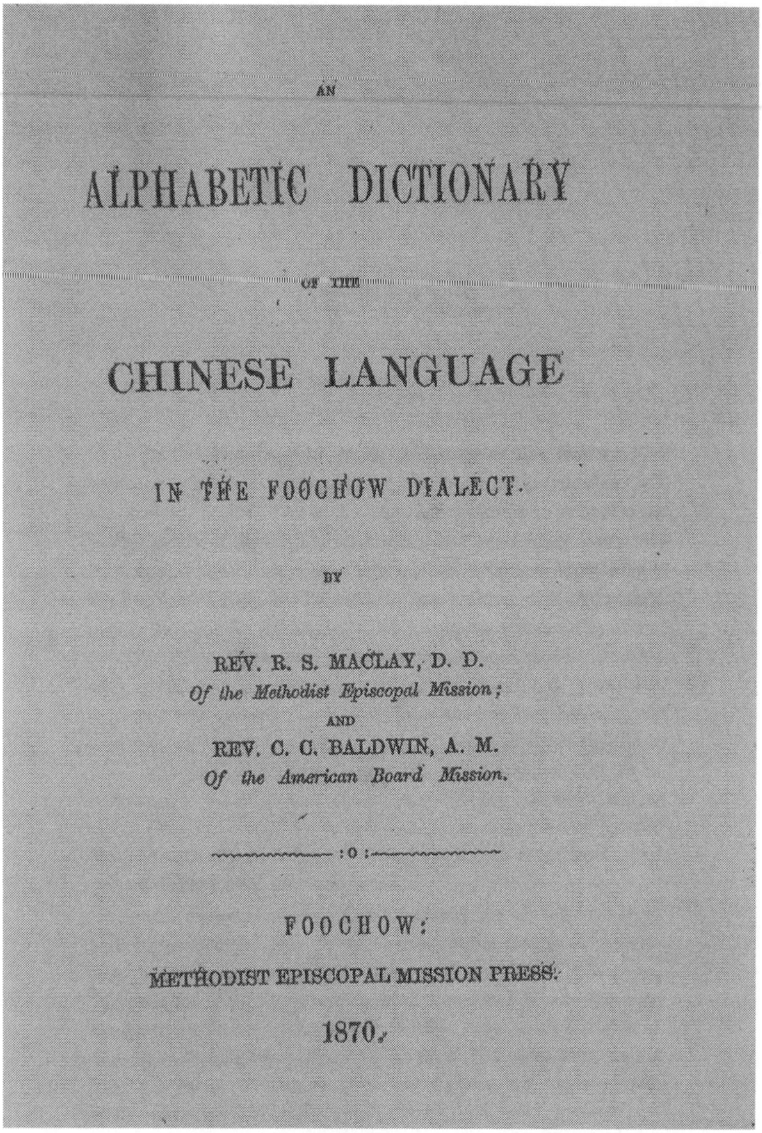

AN

ALPHABETIC DICTIONARY

OF THE

CHINESE LANGUAGE

IN THE FOOCHOW DIALECT.

BY

REV. R. S. MACLAY, D. D.
*Of the Methodist Episcopal Mission;*
AND
REV. C. C. BALDWIN, A. M.
*Of the American Board Mission.*

:o:

FOOCHOW:
METHODIST EPISCOPAL MISSION PRESS.
1870.

圖一　《福州話拼音字典》扉頁

CHA.　　　　CHÁ.　　　　17

driven but not entering: ‘ch‘iu k‘ŏŭk, nóh, ꜀mō cha' the hand crushed by a blow; ꜀tiăng cha' bruised by something falling on it.

咋 A loud sound, a rude noise. Cha.

Cha. Read ꜀cha in the *Paik, ꜀Ing* in the sense of crooked, irregular teeth: COLL., [1]꜀ma ꜀cha, to insist unreasonably; fretful, troublesome, as a child; confused, indistinct; chê' ‘siă cheng' k‘ô' ꜀ma ꜀cha, the words written very confusedly.

꜀Cha. A coll. word: clamor, confusion; to disturb by noise: ꜀cha ꜀cha kieu' clamor, confused sounds, uproar; ꜀cha ꜀cha naung' confused by noise; k‘ŏŭk, ꜀i ꜀cha naung' k‘ô' my mind all confused by him.

꜀Cha. A coll. word: to fry in fat or vegetable oil: pong' ꜀iu ‘lâ ꜀cha, fry it in oil; ꜀cha ꜀su ꜀su tioh, fry it crisp.

乍 Read cha': used in the *Paik, ꜀Ing* for the coll. cha' as in pô' cha' now, just now, for the first time; unexpectedly; pô' cha' ꜀t‘iăng, hear it now for the first time; pô' cha' ch‘eng' ch‘ong' ‘sí ꜀nëng, pô' cha' po' ꜀k‘i ho' ꜀nëng, a sudden cold freezes people to death, (so) one suddenly rich imposes on others. Cha.

(15) Chá.

齋 A school; to abstain from animal food, vegetable diet; to revere, to respect; pure, reverential, serious; a closet: the 1st also read ꜀chai; q. v.: [2]꜀chá kai' to abstain from animal food, and vicious indulgence; COM., [3]꜀chü ꜀chá, a school, a schoolroom; [4]‘ka' ꜀chá, to teach school; [5]siong' ꜀chá, to enter the school; [6]꜀chá ꜀kië, rules of the school; [7]꜀chá ‘iu, or [8]꜀tëng ꜀chá, schoolmates; [9]꜀k‘wi ꜀chá, to open a school; [10]꜀chá ‘su, a study; [11]sang' ꜀chá, to discontinue a school; [12]꜀nang ꜀chá, a boys' school; [13]‘nü ꜀chá, a girls' school; [14]꜀chá ꜀kung, one in charge of a temple, a kind of lay-priest; [15]꜀chá ‘ma, a priestess, one who recites prayers in houses and in Kwanyin temples; COLL., [16]sŏï' ꜀chá, to be a school-teacher; [17]꜀kwong ꜀mwong ꜀chá, a private school; [18]꜀kwong ꜀chá, or ꜀kong ꜀chá, to make offerings in school to Confucius in the 4th moon; [19]siăh, ꜀tong ꜀chá, a vegetarian; [20]siăh, ꜀hwa ꜀chá, a partial vegetarian; [21]siăh, ‘cha ꜀chá, to abstain from meat at breakfast; [22]꜀chá ch‘ai' a vegetable offering to the idols, vegetable diet; ꜀chá ‘k‘ê or ꜀chá ‘kë, the mischief-maker of a school. Chai.

The last two are unauthorized, but are commonly used in Foochow: sweet cakes made of rice or wheat flour, stuffed with sugar and glutinous rice—offered to ghosts—i. e., spirits of the wretched dead, as Ch‘i.

[1]麻齇 [2]齋戒 [3]書齋 [4]教齋 [5]上齋 [6]齋規 [7]齋友 [8]同齋 [9]開齋 [10]齋所 [11]散齋 [12]男齋 [13]女齋 [14]齋公 [15]齋媽 [16]坐齋 [17]關門齋 [18]光齋 [19]食長齋 [20]食花齋 [21]食早齋 [22]齋菜

ALPH. DICT. 3

圖二　《福州話拼音字典》內頁

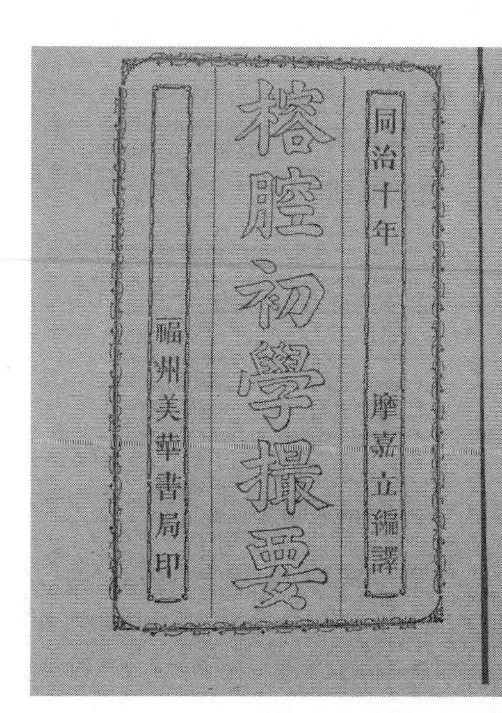

同治十年

榕腔初學撮要

摩嘉立編譯

福州美華書局印

PREFACE.

This Manual is designed to facilitate the study of the Foochow Dialect in its construction, idioms, and some of its common terms and phrases. The aim has been to present the elementary rules and principles of the dialect in such simple forms and connections as to aid the student in the beginning of his task. Familiar examples and brief explanations are introduced under the various subjects treated in the work.

The plan and scope of the volume appear in the Index. Its extent and practical availability as a Manual are seen from the number of Chinese words and expressions introduced in various forms as single or compound names and terms, as examples, as set phrases, and as Chinese equivalents of English words. The number of such words and expressions is estimated to be in Part 1st, 800, Part 2d, 1130, Part 3d, 720, Part 4th, 730, Part 5th, 1220, Part 6th, 1150, Part 7th, 2850, giving an aggregate of 8600. Making a reduction of $\frac{1}{4}$ to $\frac{1}{3}$ from this aggregate on account of repetitions of the same words or expressions, there will remain about 6000 different words, terms, and phrases. These may be memorized and employed as models by the learner in the prosecution of his studies.

The first sixteen pages of the Manual, comprising orthography and explanations, is taken—with slight modifications and additions—from the Introduction of the Alphabetic Dictionary in the Foochow Dialect. The orthography being the same, the Romanized Chinese words of the Manual, with rare exceptions as in case of a few commercial and other technical terms, may be readily found in the Dictionary, where discriminations in meaning are more fully developed. The two works may therefore be used together with advantage.

It should be observed, however, that some of the Romanized words have no Chinese characters to represent them in the Dic-

圖三　《榕腔初學撮要》中文扉頁

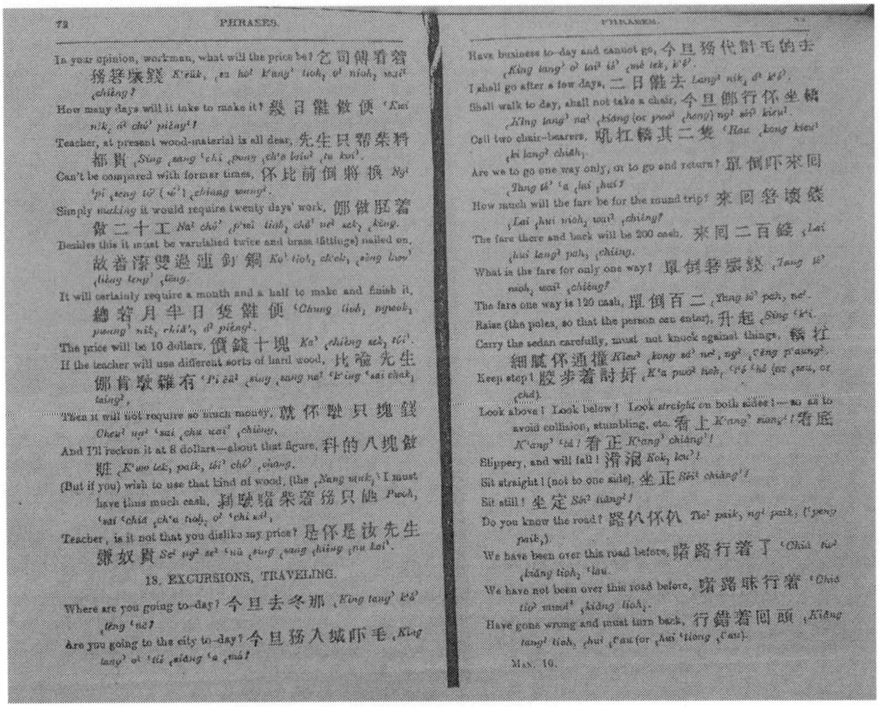

In your opinion, workman, what will the price be? 乞司傅看䆀務賠壞錢 K'ŭk, su ho k'ang tioh o nioh wai chiêng?

How many days will it take to make it? 幾日䆀做便 Kui nik a chŏ piêng?

Teacher, at present wood-material is all dear, 先生只帮柴料都貴 Sing sang chi pong ch'a laiu tu koi.

Can't be compared with former times, 伓比前倒將換 Ng pi seng tŏ (sŏ) chiang wang.

Simply *making* it would require twenty days' work, 那做賠着做二十工 Na chŏ p'oi tioh chŏ ne sek kĕng.

Besides this it must be varnished twice and brass (fittings) nailed on, 故着漆雙過連釘銅 Ku tioh ch'ek sing kuo liêng teng tŏng.

It will certainly require a month and a half to make and finish it, 總着月半日㪟䆀便 Chung tioh ngwok puang nik chiă a piêng.

The price will be 10 dollars, 價錢十塊 Ka chiêng sek tôi.

If the teacher will use different sorts of hard wood, 比喻先生那肯駛雜有 Pi ü sing sang na k'ing sai chak taing,

Then it will not require so much money, 就伓駛只塊錢 Cheu ng sai chu wai chiêng.

And I'll reckon it at 8 dollars—about that figure, 科的八塊做賬 K'uo tek paik tôi chŏ chiang.

(But if you) wish to use that kind of wood, (the Nang muk) I must have thus much cash, 若駛堵柴着務只䆀 Puoh sai chiă ch'a tioh o chi sie.

Teacher, is it not that you dislike my price? 是伓是汝先生嫌奴貴 Se ng se nü sing sang hiêng nu kai.

18. EXCURSIONS, TRAVELING.

Where are you going to-day? 今旦去冬那 King tang k'ŏ tĕng nĕ?

Are you going to the city to-day? 今旦務入城卟毛 King tang o tii siang a mŏ?



Have business to-day and cannot go, 今旦務代計毛的去 King tang o tai ie mŏ tek k'ŏ.

I shall go after a few days, 二日䆀去 Lang nik a k'ŏ.

Shall walk to day, shall not take a chair, 今旦那行伓坐轎 King tang na kiăng (or puo hang) ng sŏi kieu.

Call two chair-bearers, 吼扛轎其二隻 Hau kong kieu ki lang chiăh.

Are we to go one way only, or to go and return? 單倒卟來回 Tang tŏ a lai hui?

How much will the fare be for the round trip? 來回䆀壞錢 Lai hui nioh wai chiêng?

The fare there and back will be 200 cash, 來回二百錢 Lai hui lang pah chiêng.

What is the fare for only one way? 單倒䆀壞錢 Tang tŏ nioh wai chiêng?

The fare one way is 120 cash, 單倒百二 Tang tŏ pah ne.

Raise (the poles, so that the person can enter), 升起 Sing k'i.

Carry the sedan carefully, must not knock against things, 轎扛細膩伓通撞 Kieu kong sa ne, ng t'ĕng p'aung.

Keep step! 跤步着討好 K'a puo tioh t'ŏ hŏ (or seu, or chŏ).

Look above! Look below! Look *straight* on both sides!—so as to avoid collision, stumbling, etc. 看上 K'ang siang! 看底 K'ang tă! 看正 K'ang chiang!

Slippery, and will fall! 滑溜 Kok lau!

Sit straight! (not to one side), 坐正 Sŏi chiang!

Sit still! 坐定 Sŏi tiang!

Do you know the road? 路八伓八 Tuo paik ng paik (peng paik).

We have been over this road before, 堵路行着了 Chiă tuo kiăng tioh lau.

We have not been over this road before, 堵路昧行着 Chiă tuo muoi kiăng tioh.

Have gone wrong and must turn back, 行錯着回頭 Kiăng tang tioh hui t'au (or hui tiong t'au).

Man. 10.

圖四　《榕腔初學撮要》內頁

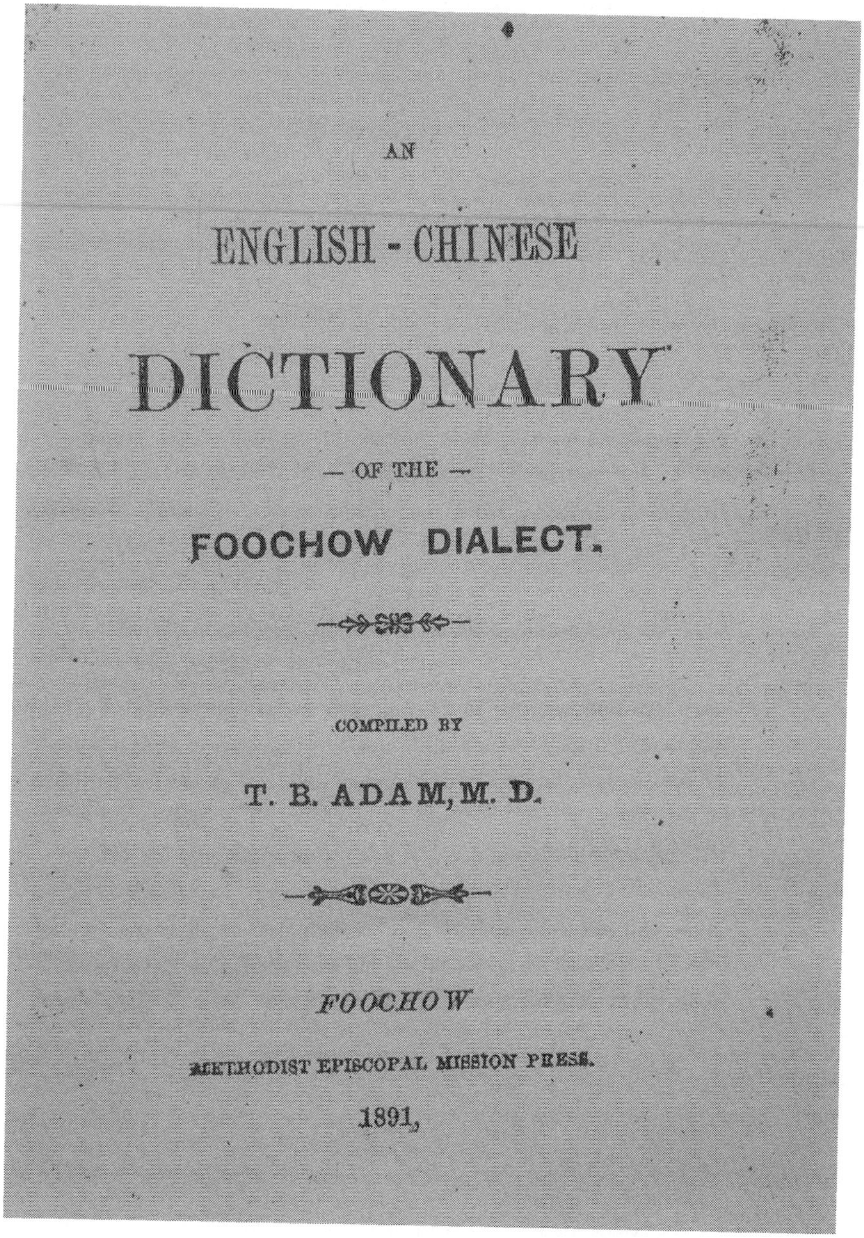

AN

ENGLISH - CHINESE

DICTIONARY

— OF THE —

FOOCHOW DIALECT.

COMPILED BY

T. B. ADAM, M. D.

*FOOCHOW*

METHODIST EPISCOPAL MISSION PRESS.

1891,

圖五 《英華福州方言詞典》扉頁

sou$^{2}$.

Broker, sing heng: nga nêng$^{2}$; king ‘chhiu; tüng nêng: marriage –, mui nêng.

Brokerage, sing heng ëüng$^{2}$; nga ëüng$^{2}$: thiu thau:

Bronchitis, hie$^{3}$ siong hung.

Bronze, ‘ku têng.

Brooch, ‘liang cheng.

Brood, po$^{2}$.

Brook, khé: kang$^{3}$.

Broom, sau$^{3}$ ‘chhiu.

Broth, thong; chicken –, kie thong.

Brothel, ‘pieu ‘chü tiong; phwang$^{3}$ khwi mwong: – runner, ‘cheu ‘keu.

Brother, elder –, hiang kó: younger –, tie$^{2}$; –s, hiang tie$^{2}$ kó: hiang tie$^{2}$.

Brother-in-law, elder sister's husband, ‘chia hu; younger sister's husband, mwoi$^{3}$ hu.

Brow, ngiah, thau.

Browbeat, hiah.

Brown, ‘chie: cheng saik: cheng ‘chie.

Bruise, N.&V. siong: V. phah, siong: bruised, sou$^{2}$ siong.

Brush, N. shoe –, i sauk; broom, sau$^{3}$ ‘chhiu: – for cleaning pole, ‘tiang ‘chheng: V. sauk: sweep sau$^{3}$; to – away mosquitoes, pwang$^{3}$ hung mwong.

Brute, thau sang.

Brutal, sing haing$^{2}$ tek.

Bubble, N. phwok: phau$^{2}$: ‘chwi phau$^{2}$; soap –s, king king phau phau$^{2}$; V. – up, phuk; ëüng$^{3}$; – up as boiling water, pha pha ‘kung.

Bubo, pong ngü.

Bucket, ‘thëng; well –, phwak ‘thëng: dung –, pong$^{3}$ ‘theng.

Buckwheat, sang kaak, mah.

Buckle, kho$^{3}$ chha.

Bud, N. ‘lwi; hwa ‘lwi; ngok: nga: a new –, sing ‘yong: V. to –, pwek, nga; phah, ‘lwi; pwok, ‘yong.

Buddha, huk: Buddhist Priest, hwo siong$^{2}$.

Buddhism, huk, kau$^{3}$; huk, mwong; sek, kau$^{3}$.

Buffalo, ‘chwi ngu.

Buffoon, (male), sang hwa ‘thiu: ‘thiu ne$^{2}$: sang hwa: (female), hwa tang$^{3}$.

Bug, bed –, mëk, saik.

Build, ‘khi: – a house, ‘khi chhio$^{3}$: – a brick or stone wall, ‘lie chhiong: – a mud wall, tëük, chhiong: building materials, chai liu$^{2}$.

Bulb, hwa thau.

Bulky, long ‘khong.

Bull, ngu ‘këng.

Bullet yong ‘chi: tang ‘chi.

Bullion, gold –, king teu: silver –, ngüng teu.

Bullock, tong ki ngu.

Bully, N. adult –, te$^{1}$ kong$^{3}$; school –, chá ‘kë: V. chia$^{2}$ twai sk, ‘sieu.

Bulrush, lu ‘chhan.

Bulwarks, lang tó.

Bump, – against, phaung$^{3}$.

Bunch, pi; pi ti; – of grapes, sioh, pi pwo tó: a – of keys, sioh, kwang$^{2}$ ‘só sie.

Bundle, sioh, ‘pa: sioh, ‘khung: to tie into a –, chak; ‘khung chak.

Bung, khwong sek.

圖六　《英華福州方言詞典》內頁

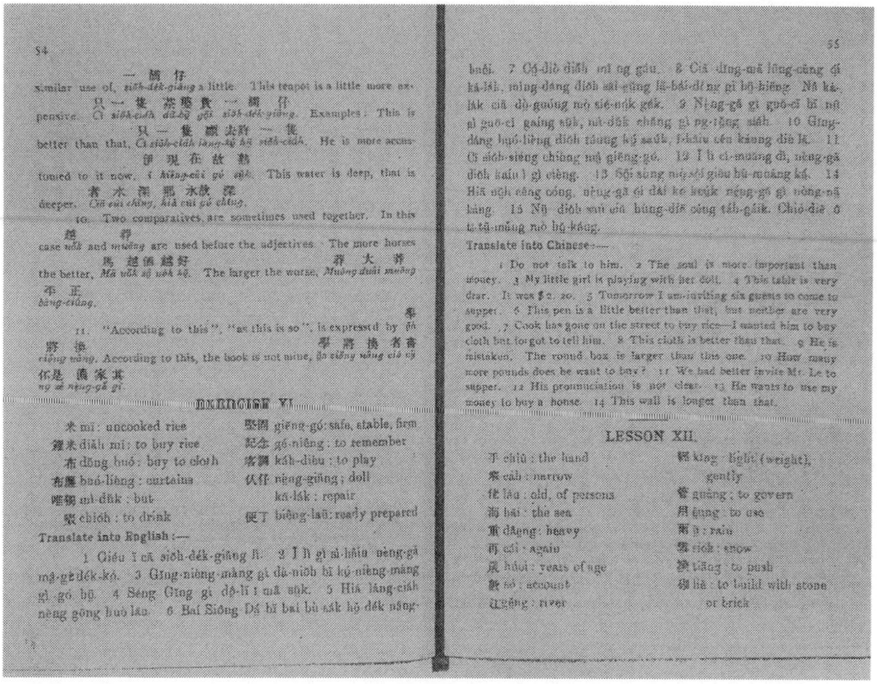

54

similar use of, *siŏh-dék-giāng* a little. This teapot is a little more expensive. *Ci siŏh-ciáh dă-hŏ̤ gŭi siŏh-dék-giāng.* Examples: This is better than that, *Ci siŏh-ciáh lăng-hŏ̤ hĭ siŏh-ciáh.* He is more accustomed to it now, *I hiĕng-cāi gó̤ sáh.* This water is deep, that is deeper. *Ciă cui chĭng, hiă cui gó̤ chĭng.*

10. Two comparatives are sometimes used together. In this case *uĕ̤k* and *muōng* are used before the adjectives. The more horses the better, *Mā uĕ̤k sŏ̤ uĕ̤k hō̤.* The larger the worse, *Muōng duâi muōng bàng-ciăng.*

11. "According to this", "as this is so", is expressed by *ŏ̤h ciŏng uâng.* According to this, the book is not mine, *Ŏ̤h ciŏng uâng ciă cĭ ng sê nḡ-gă gì.*

## EXERCISE VI.

米 mĭ : uncooked rice
糴米 diăh mĭ : to buy rice
布 dŏng buó : buy to cloth
布簾 buó-lièng : curtains
咩獨 mi-dŭk : but
喫 chiŏh : to drink
堅固 giĕng-gó : safe, stable, firm
記念 gé-niĕng : to remember
客調 kăh-diĕu : to play
伬仔 nèng-giăng : doll
kă-lăk : repair
便了 biĕng-laū : ready prepared

**Translate into English:—**

1 Giĕu I că siŏh-dék-giăng lì. 2 Ī lì gì sì-hăiu nèng-gă mŏ̤-gĕ dék-kó̤. 3 Gĭng-niĕng-màng gì dà-niŏh hĭ kó̤-niĕng-màng gì gó̤ hō̤. 4 Sĕng Gĭng gì dô̤-lī 1 mā sŏ̤k. 5 Hiă làng-ciăh nèng gŏ̤ng buó lău. 6 Bai Siŏng Dŏ̤ hĭ bai bù săk hō̤ dék nàng-buŏi. 7 Ŏ̤-diŏ diăh mĭ ng gāu. 8 Ciă dŭng-mă lŭng-cŭng dī kă-lăk, mìng-dàng diŏh săi-gĭng lă-băi-dĭ ng gì hō̤-hiĕng. Nō̤ kă-lăk ciă dŏ̤-guŏng mŏ̤ siĕ-nŏ̤k gĕk. 9 Nèng-gă gì guó-cĭ hĭ nō̤ gì guó-cĭ gaing sŏ̤k, mì-dŭk chăng gì ng-tĕ̤ng siăh. 10 Gĭng-dàng huŏ-lièng diŏh tūng hō̤ săuk, î-hāiu cĕu kāung diĕ lì. 11 Ci siŏh-siĕng chiŏng mŏ̤ giĕng-gó. 12 Ī lì ci-muŏng dĭ, nèng-gă diŏh kăiu Ī gì ciĕng. 13 Sŏ̤i sŭng mŏ̤ sŏ̤i giĕu hŭ-muŏng kó̤. 14 Hiă ŏ̤h nèng cŏng, nèng-gă ci dăi kó̤ kuŏ̤k nèng-gŏ̤ gì nŏ̤ng-nă kàng. 15 Nŏ̤ diŏh sui ciă hŭng-diĕ cŏng tĕ̤h-găik. Chiŏ-diĕ ŏ̤ tŏ̤-tă-măng mŏ̤ hō̤-kăng.

55

**Translate into Chinese:—**

1 Do not talk to him. 2 The soul is more important than money. 3 My little girl is playing with her doll. 4 This table is very dear. It was $2. 20. 5 Tomorrow I am inviting six guests to come to supper. 6 This pen is a little better than that, but neither are very good. 7 Cook has gone on the street to buy rice—I wanted him to buy cloth but forgot to tell him. 8 This cloth is better than that. 9 He is mistaken. The round box is larger than this one. 10 How many more pounds does he want to buy? 11 We had better invite Mr. Le to supper. 12 His pronunciation is not clear. 13 He wants to use my money to buy a house. 14 This wall is longer than that.

## LESSON XII.

手 chiū : the hand
窄 căh : narrow
佬 lău : old, of persons
海 hāi : the sea
重 dĕ̤ng : heavy
再 cāi : again
歲 huói : years of age
數 sò : account
江 gĕ̤ng : river
輕 kĭng : light (weight), gently
管 guāng : to govern
用 ê̤ng : to use
雨 ŏ̤ : rain
雪 siŏh : snow
推 tŭng : to push
砌 kiă : to build with stone or brick

圖七 《福州方言二十課》內頁

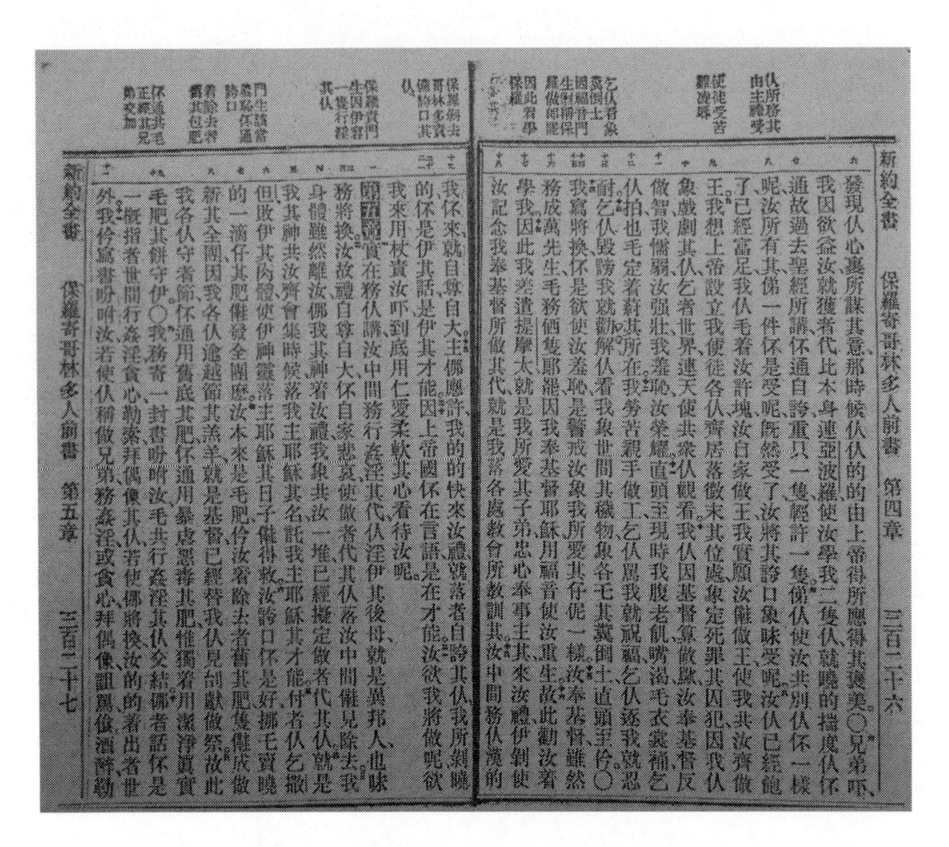
新約全書　保羅寄哥林多人前書　第四章　三百二十六

發現伙心裏所謀其意、那時候伙伙的的由上帝得所應得其褒美。○兄弟吓、
我因欲益汝就獲著代比本身連亞波羅、使汝學我二隻伙、就曉的揣度伙伓
通故過去聖經所講、伓通自誇重只一隻輕許一隻。儕伙使汝共別伙伓一樣
呢、汝所有其、偖一件伓是受呢、既然受了、汝將其誇口象昧受呢。汝伙已經飽
了、已經富足、我伙毛著汝許塊汝自家做王、我實願汝儺做王、使我共汝齊做
王。我想上帝設立我使徒各伙齊居落微末其位處、象定死罪其因犯因我伙
象戲劇其伙、乞著世界、連天使共衆伙觀看。我伙因基督算做獃、汝奉基督反
做智、我儕弱、汝強壯、我羞恥、汝榮耀。直頭至現時我腹老飢、嘴渴、毛衣裳穿、乞
伙拍、也毛定著蔚其所在。我勞苦親手做工、乞伙罵我就祝福、乞伙逐我就忍
耐。乞伙毀謗我就勸解、伙看我象世間其穢物、象各毛其糞倒土、直頭至伶。○
我寫將換、伓是欲使汝羞恥、是警戒汝象我所愛其仔伲一樣。汝奉基督、雖然
務成萬先生、毛務倆隻耶罷、因我奉基督耶穌用福音使汝重生、故此勸汝著
學我。因此我差遣提摩太、就是我所愛其子弟、忠心奉事主、其來汝禮伊倒使
汝記念我奉基督所做其代、就是我落各處教會所教訓其。汝中間務伙漢的

新約全書　保羅寄哥林多人前書　第五章　三百二十七

我伓來、就自尊自大。主佛應許、我的的快來汝禮、就落著自誇其伙、我所緊曉
的、伓是伊其話、是伊其才能。因上帝國伓在言語、是在才能。汝欲我將做呢、欲
我來用杖責汝吓、到底用仁愛柔軟其心看待汝呢。
第五章 實在務伙講、汝中間務行姦淫其代、伙淫伊其後母、就是異邦人也昧
務將換。汝故禮自尊自大、伓自家悲哀、使做者代其伙落汝中間儺兒除去。我
身體雖然離汝、佛我其神著汝禮、我象共汝一堆、已經擬定做者代其伙、就是
我其神共汝齊會集時候、落我主耶穌其名、託我主耶穌其才能、付者伙乞撒
但、敗伊其肉體、使伊神靈落主耶穌其日子儺得救。汝誇口伓是好、揶毛寶曉
的一滴仔其肥儺發全團麼。汝本來是毛肥、伶汝著除去著舊其肥、隻儺成做
新其全團。因我各伙逾越節其羔羊、就是基督、已經替我伙見刣獻做祭。故此
我各伙守者節、伓通用舊底其肥、伓通用暴虐惡毒其肥、惟獨著用潔淨真實
毛肥其餅守伊。○我務寄一封書吩咐汝、毛共行姦淫其伙交結、揶者話伓是
一概指者世間行姦淫貪心、勒索、拜偶像其伙、若使揶將換、汝的的著出者世
外。我伶寫書吩咐汝、若使伙稱做兄弟、務姦淫、或貪心、拜偶像、詛罵、食酒醉、勒

圖八　《福州土白新約全書》內頁

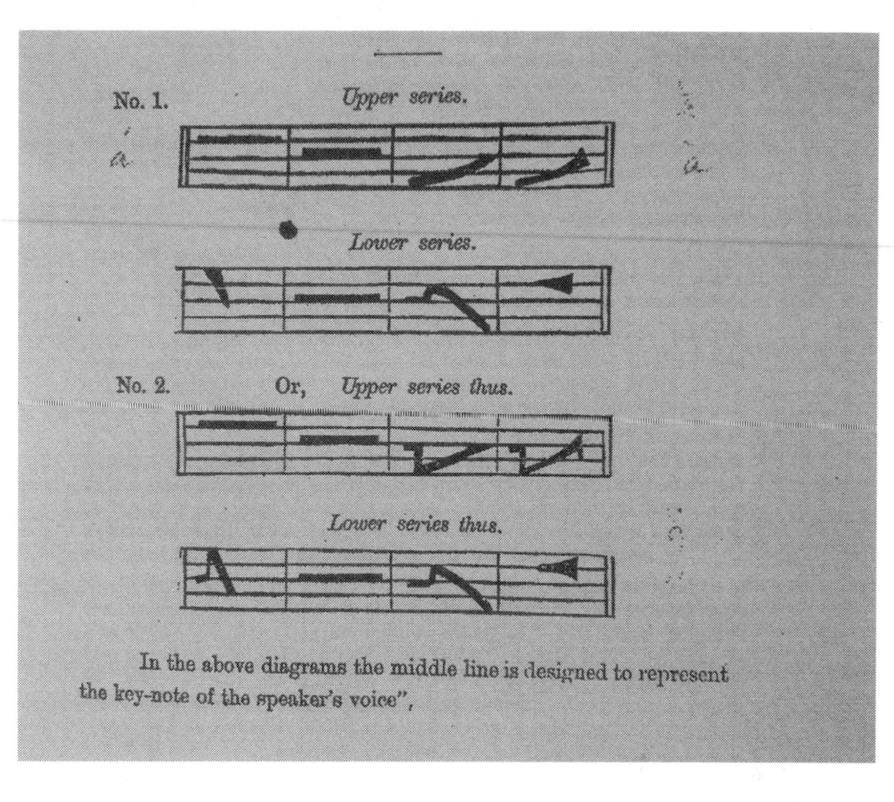


圖九 《福州話拼音字典》〈緒論〉聲調示意圖

# 作者簡介

## 陳澤平

一九五三年生。一九八〇年畢業於福州師專，一九八三年畢業於北京大學中文系，獲碩士學位。任福建師範大學文學院教授、博士生導師。專業範圍：現代漢語與方言。出版《福州方言研究》、《中國人的社會生活》、《閩語新探索》、《十九世紀以來的福州方言——傳教士福州土白文獻之語言學研究》等專著或譯著八種，發表專業論文數十篇。主持過兩項國家社科基金專案。獲得福建省政府社科成果一等獎一項，三等獎兩項。曾經在美國、日本從事對外漢語教學。

# 本書簡介

本書根據十九世紀西方傳教士編寫的各種福州土白詞典和教科書，還原十九世紀中後期福州方言的面貌，進而與今福州方言對比，分析近一百五十年間福州方言在語音、詞彙、語法方面的變化細節，探討南方方言的近期演變規律。

福建師範大學文學院百年學術論叢·第三輯 1702C08

# 十九世紀以來的福州方言
## ——傳教士福州土白文獻之語言學研究

作　　者　陳澤平
總 策 畫　鄭家建　李建華

發 行 人　陳滿銘
總 經 理　梁錦興
總 編 輯　陳滿銘
副總編輯　張晏瑞
編 輯 所　萬卷樓圖書股份有限公司
排　　版　林曉敏
印　　刷　百通科技股份有限公司

發　　行　萬卷樓圖書股份有限公司
臺北市羅斯福路二段 41 號 6 樓之 3
電話 (02)23216565
傳真 (02)23218698
電郵 SERVICE@WANJUAN.COM.TW
香港經銷　香港聯合書刊物流有限公司
電話 (852)21502100
傳真 (852)23560735

ISBN 978-986-478-182-9
2018 年 9 月再版
2016 年 12 月初版
定價：新臺幣 960 元

如何購買本書：
1. 劃撥購書，請透過以下郵政劃撥帳號：
帳號：15624015
戶名：萬卷樓圖書股份有限公司
2. 轉帳購書，請透過以下帳戶
合作金庫銀行 古亭分行
戶名：萬卷樓圖書股份有限公司
帳號：0877717092596
3. 網路購書，請透過萬卷樓網站
網址 WWW.WANJUAN.COM.TW
大量購書，請直接聯繫我們，將有專人為您服務。客服：(02)23216565 分機 10
如有缺頁、破損或裝訂錯誤，請寄回更換



國家圖書館出版品預行編目資料

十九世紀以來的福州方言——傳教士福州土白文獻之語言學研究 /陳澤平著.
-- 再版. -- 臺北市 : 萬卷樓, 2018.09
面 ; 公分. --（福建師範大學文學院百年學術論叢・第三輯・第 8 冊）
ISBN 978-986-478-182-9（平裝）
1.閩語 2.福州話
820.8　107014178